BUR

Aleksandr S. Puškin

Eugenio Onegin

a cura di ERIDANO BAZZARELLI

testo russo a fronte

Biblioteca Universale Rizzoli

ISBN 88-17-16519-0

Titolo originale dell'opera:
ЕВГЕНИЙ ОНЕГИН

prima edizione: giugno 1985
sesta edizione: dicembre 2000

INTRODUZIONE

Aleksandr Sergeevič Puškin nacque il 26 maggio (ora 7 giugno) dell'anno 1799. Suo padre, Sergej L'vovič, apparteneva a un'antica famiglia dell'alta nobiltà moscovita: si era stabilito a Mosca dopo il congedo militare. La madre, Nadežda Osipovna Gannibal, era la nipote di Hannibal, «il negro di Pietro il Grande», il figlio di un principe abissino che, donato dal Sultano turco allo zar, aveva compiuto in Russia una brillante carriera, divenendo generale e ottenendo grandi proprietà terriere. Nella sua infanzia, Puškin fu affidato alle cure di precettori stranieri, francesi e tedeschi, come era il costume; ma la vera amica della sua infanzia fu piuttosto la «njanja», la nutrice Arina Rodjonovna, una contadina trasferitasi a Mosca al seguito di Nadežda Osipovna. Arina Rodjonovna raccontava al bambino le meravigliose storie dei tempi andati, le storie della mitologia minore degli Slavi: racconti di «rusalke», di «domovoj», e di altri esseri favolosi di cui era ricca la fantasia popolare, che trasformava in immagini gli incanti e i misteri della natura russa.

A questa prima conoscenza fantastica, si venne sovrapponendo la cultura letteraria, la conoscenza della poesia: fin «dall'età della ragione». Già la famiglia dei Puškin era incline a interessi letterari: la loro casa era frequentata da eminenti scrittori come Karamzin, Dmitriev, Žukovskij. Il padre di Puškin si compiaceva di scrivere versi, e lo zio, Vasilij L'vovič, era un poeta abbastanza conosciuto. Verso i dieci anni Aleksandr Sergeevič cominciò a frequentare e ad esplorare la biblioteca paterna. Questa era composta in gran parte di libri francesi del XVIII secolo: da Montesquieu a Rousseau e a Voltaire; fornita di classici dei secoli precedenti: c'era Molière. Il bambino conosceva il francese forse meglio del russo, e, proprio a dieci anni, influenzato da quelle letture, scrisse in francese un poemetto, la *Tolyade*, una storia di guerra fra nani e buffoni alla corte di Carlo Magno. Deriso dal precettore, il bambino bruciò il poema (se ne salvarono solo quattro versi). Qualche mese dopo scrisse, a quanto si sa, un altro poema, pure in francese, l'*Escamoteur*. Fra l'estate e l'autunno del 1811, Aleksandr Sergeevič partì per il Liceo di Carskoe Selo, una scuola riservata ai figli delle grandi famiglie, alla quale si era ammessi per concorso. I corsi del liceo dovevano durare sei anni, e Aleksandr vi ebbe un insegnamento vagamente liberale. La vita al Liceo fu abbastanza interessante e anche piacevole: la disciplina non era troppo rigorosa, e neppure rigorosi erano gli studi; specialmente nel periodo 1814-1816 i giovani studenti ebbero la possibilità di uscire giorno e notte, di divertirsi in ogni modo. Tra i professori c'era il fratello del celebre Marat, il rivoluzionario francese ucciso da Carlotta Corday; c'era Kunicyn, insegnante di scienze politiche e personalità notevole (forse la più notevole tra i professori della scuola); e Košanskij, che insegnava letteratura. In genere, si può dire però che molto più interessanti erano i compagni di scuola di Puškin: Puščin, il futuro decabrista, Del'vig e Kjuchel'beker, due poeti di valore.

Mentre il giovane studiava al Liceo, avvenivano fatti eccezionali: la guerra del 1812, Napoleone, l'invasione francese, la vittoria. Gli ufficiali russi che tornavano da Parigi, nella quale erano entrati trionfalmente, portavano idee nuove, perché Napoleone e la libertà avevano esercitato una notevole attrazione su di loro. Molti di questi ufficiali si incontravano con i giovani del Liceo di Carskoe

Selo, e ne nascevano accalorate discussioni.

Aleksandr Sergeevič venne presto riconosciuto come un'autorità in fatto di poesia, specialmente dopo che il vecchio Deržavin ebbe ascoltato, durante l'esame del 1815, la lirica *Ricordi a Carskoe Selo*, ed ebbe pronosticato per il giovanetto poeta un futuro di gloria. Oramai la fama di Puškin usciva dai confini del Liceo, le sue poesie erano lette nella capitale, ed egli cominciava a frequentare i maggiori circoli letterari.

Nel 1816 il poeta passò molte sere in casa del grande storico e letterato Karamzin. Questi era il sostenitore di un rinnovamento dello stile letterario russo, e le sue idee erano state accolte da molti letterati e critici (fra cui Žukovskij), i quali si riunivano in un circolo letterario detto «Arzamas», in lotta contro i conservatori e sostenitori dello stile russo-slavonico tradizionale, che facevano capo ad Aleksandr Semjonovič Šiškov e al circolo degli «Amici della parola russa». Puškin, s'intende, era dalla parte dell'«Arzamas».

Le prime poesie liceali di Puškin erano anzitutto traduzioni e imitazioni, che gli permettevano di raffinare il proprio linguaggio. Si sente in esse l'influenza delle poesie dello zio Vasilij, di Deržavin, di Dmitriev, di Bogdanovič, di Žukovskij, di Batjuškov; vi prevale la «clarté», ed è quasi assente ogni elemento vago o misticheggiante. Tra i francesi, Puškin amava soprattutto Voltaire, specialmente per quanto riguarda il linguaggio, e Parny e la sua poesia elegantemente arcadica. La sua poesia liceale, più che per i contenuti, è interessante per lo stile, la purezza dell'espressione, l'armonia che nasce da un dono di natura potenziato dallo studio e dalla assidua ricerca. Egli si rese presto conto del valore della sua forza poetica e capì che la poesia si affina con l'esperienza letteraria. Le poesie sono ancora impregnate di immagini libresche: non siamo ancora al verso puškiniano limpido come il cristallo, di una limpidità raggiunta anche sui piani più profondi.

Verso il 1817 le liriche raggiungono una maggiore validità artistica. Taluni critici ricordano la poesia *La finestra* come quella che preannuncia meglio la futura grandezza di Puškin.

Puškin uscì dal Liceo nel 1817, entrando in servizio presso il Collegio (Ministero) degli Affari Esteri. Nei salotti di Pietroburgo gli amanti della poesia leggevano le sue liriche, specialmente quelle dedicate a Marija Del'vig. Intanto, il poeta si dava a frequentare teatri e a corteggiare le belle donne della capitale, specialmente le attrici. Tre anni trascorse a Pietroburgo, dal 1817 al 1820; tre anni che noi possiamo seguire anche leggendo il capitolo primo dell'*Eugenio Onegin*, per tanta parte così autobiografico.

Il lavoro al Ministero degli Esteri lo impegnava poco. Di giorno non faceva quasi nulla, di notte si dedicava alla poesia. La tradizione biografica parla di una vita «folle», ricca di amori e avventure; ma vi è molta esagerazione. Sia perché, a causa della scarsità di denaro, Aleksandr Sergeevič non aveva troppi mezzi per folleggiare; sia perché egli studiava, componeva, lavorava seriamente. Le manifestazioni di ardore vitale, che venivano attribuite alla sua «africanità», costituivano un'esigenza della sua indole, ma egli andava, nello stesso tempo, maturando in sé il suo mondo lirico. L'ozio era dunque apparente: nelle ore notturne la Musa gli appariva sovente, come già gli era apparsa al liceo. Nella cameretta che aveva affittato presso la Fontanka lavorava e scriveva.

A Pietroburgo si erano andati formando circoli letterario-politici e società segrete di intonazione massonico-liberale che si proponevano di conquistare la libertà di opinione in Russia e di lottare contro la politica di Alessandro I, che diveniva sempre più conservatrice e oppressiva. A queste società Puškin non fu mai ammesso, benché la sua poesia ne esprimesse i sentimenti e le aspirazioni. I motivi possono essere diversi (ciò vale anche per i rapporti che il poeta avrà con le società dei decabristi): o gli affiliati a queste società, molti dei quali suoi ammiratori e amici, volevano evitargli una diretta responsabilità politica e preferivano che egli contribuisse alla lotta per la libertà con la forza della sua poesia; o non si fidavano del suo carattere; o egli stesso non si sentiva di impegnarsi in un'attività politica precisa, e preferiva esprimere i suoi sentimenti liberamente. C'è del vero in ciascuna di queste tre possibilità. Se il poeta non fece parte delle società segrete direttamente politiche, strinse amicizia con molti membri di queste, con i futuri decabristi Nikolaj Ivanovič Turgenev, Nikolaj Michajlovič Krivcov, Ivan Dmitrievič Jakuškin, Nikita Michajlovič Murav'jov, Sergej Ivanovič Murav'jov-Apostol, Michail Sergeevič Lunin, e il già ricordato Puščin. L'ode *Alla Libertà*, che è della fine del 1817, è largamente influenzata dalle idee di quei cospiratori, e così l'ode *A Čaadaev* e la poesia *Il villaggio*.

Inoltre egli prendeva parte viva all'attività di alcuni gruppi letterari, che erano legati alle società segrete e ne costituivano, in un certo qual modo, l'espressione profana. Così frequentò le riunioni della «Libera società degli amici della letteratura russa», dove trovava Ryleev, Bestužev-Marlinskij, Del'vig, Kjuchel'beker, Baratynskij; nel 1819 si costituì il circolo letterario «La lampada verde», circolo clandestino, o quasi, legato alla segreta «Lega della prosperità». Di questo circolo Puškin fu membro attivo.

Intanto la sua fama si accresceva, in seguito alla pubblicazione di *Ruslan e Ljudmila* (1820), dove realizza le sue precedenti intenzioni di creare un poema denso di meravigliose imprese, di prodigi, di nani e di cavalieri, di non casti amori e di eroiche imprese; un poema ispirato in parte all'*Orlando Furioso*. Questo poema scandalizzò i letterati conservatori, che ne riprovarono le frequenti espressioni popolari, la presunta immoralità di certe scene, e lo stile, che essi consideravano rozzo.

Quando si parla delle tendenze politiche di Puškin, occorre sottolineare il fatto che non è possibile considerarlo un radicale: egli è ancora legato al metodo delle riforme dall'alto. Tuttavia, nel capitolo decimo dell'*Onegin*, l'imperatore Alessandro viene duramente criticato, come chi aveva fatto diecimila promesse e non le aveva mantenute. Secondo Aleksej Tolstoj, per questa poesia letta in un convito di amici, Puškin sarebbe stato invitato a un posto di polizia e picchiato. Il poeta nega che ciò sia avvenuto. Comunque le sue simpatie liberaleggianti suscitavano inquietudini nelle alte sfere. Lo zar minacciò di inviarlo in Siberia; la minaccia non fu realizzata, ma Puškin fu praticamente esiliato dalla capitale: col pretesto di motivi di servizio, venne mandato nella Russia del Sud. Il 6 maggio 1820 partiva da Pietroburgo, e verso la metà del mese giungeva a Ekaterinoslav.

Poco dopo l'arrivo, il poeta si ammalò: una febbre per un non opportuno bagno nel Dnepr, e trovò protezione e assistenza nella famiglia del generale Raevskij, il cui figlio Nikolaj gli era stato amico a Pietroburgo. I Raevskij ottennero di condurre con sé il poeta nel Caucaso e poi in Crimea. Il viaggio durò tre mesi, e lasciò in Puškin impressioni indimenticabili, anche per l'amicizia che strinse con le tre figlie del generale: Katja, la maggiore, Elena, una fanciulla malaticcia, e Marija. Marija aveva sedici anni, era bionda, e forse Aleksandr Sergeevič se ne innamorò (si innamorava di tutte le belle ragazze). Ma la ragazza resterà nella sua memoria e nella nostra, perché entrerà a far parte dell'immagine di Tatiana Larina, l'eroina dell'*Onegin*; e perché dimostrerà una grande fermezza di carattere quando vorrà seguire nella deportazione in Siberia il marito, il decabrista principe Volkonskij. Dal viaggio nel Caucaso e in Crimea il poeta trarrà ispirazione per i poemi «meridionali», detti anche, non esattamente, «byroniani»: *Il prigioniero del Caucaso, La fontana di Bachčisaraj*.

A metà settembre 1820 Puškin dovette, a malincuore,

lasciare i Raevskij e raggiungere il suo superiore, il generale Inzov, il quale era stato trasferito a Kišinjov, in Moldavia. Inzov era una brava persona, un uomo paterno e molto comprensivo: lasciava grande libertà al suo sottoposto, di cui aveva capito il genio, e Puškin poté lavorare alla sua poesia, frequentare gli intellettuali del luogo, divertirsi, e leggere o ascoltare avidamente le notizie sulle insurrezioni carbonare dell'Europa: l'insurrezione spagnola di Riego, i moti di Napoli e quelli del Piemonte, l'insurrezione greca del 1821, e la sommossa di un reggimento della guardia, il reggimento Semjonovskij, avvenuta a Pietroburgo alla fine del 1820. Si erano costituite le due principali società di liberali, che organizzeranno i moti decabristi del 1825: la «Lega del Nord», ispirata specialmente da Ryleev, e la «Lega del Sud», di cui era anima Pestel'. A Kišinjov, Puškin dovette incontrare molti che facevano parte della «Lega del Sud»: Puškin venne iniziato alla massoneria, ed entrò a far parte della loggia «Ovidio». Egli frequentava anche il villaggio di Kamenka, un possedimento dei Davydov, amici dei Raevskij, dove incontrava il decabrista Jakuškin. Non venne però mai accolto nella «Lega del Sud», che era la società segreta delle zone meridionali. L'incontro fra Puškin e Pestel' avvenne all'inizio dell'aprile del 1821; nell'autunno dello stesso anno Puškin strinse amicizia con V. F. Raevskij, che sarà arrestato per motivi politici nel febbraio del 1822.

Del 1822 è il poema incompiuto *I fratelli masnadieri*, dove l'afflato romantico lascia già intravedere le linee della futura arte di Puškin: arte che sarà una fortunata fusione di impeti romantici placati nella lucida e serena chiarezza di un realismo che unisce il ricordo dello stile settecentesco, di derivazione illuminista, col senso vivo e continuamente operante della realtà, sempre trasfigurata dal pathos lirico, e rinchiusa mirabilmente nella perfezione dello stile. Del resto, anche nei poemi «meridionali» la fedele descrizione dei costumi dei montanari del Caucaso, o la narrazione chiara ed elegante delle leggende della Crimea manifestano già la tensione verso la rappresentazione poetica della realtà, senza artifici retorici. In questo periodo Puškin partecipava attivamente alla battaglia tra romantici e classicisti: egli si oppose ai classicisti (il classicismo si presentava come neoclassicismo), ma senza abbracciare integralmente l'ideologia romantica. Egli sottolineava la necessità di creare una letteratura russa, e non imitata da quella francese o da quella tedesca: imitazione cara, rispettivamente, ai classicisti e ai romantici.

Puškin ardeva dal desiderio di tornare a Pietroburgo e, nel 1823, chiese che gli fosse concesso almeno di trascorrere alcuni mesi nella capitale. Non gli venne concesso. Tutto ciò che fu possibile ottenere da Alessandro I fu il suo trasferimento a Odessa, in qualità di funzionario della segreteria del conte Voroncov, generale governatore di Novorossijsk. Giunse a Odessa all'inizio del luglio del 1823; e in quella città, alla quale dedica non poche strofe dell'*Eugenio Onegin*, lavorò molto e seriamente. Terminò il primo capitolo dell'*Onegin*; abbozzò gli *Zingari*, seguì gli avvenimenti politici: la guerra per l'indipendenza della Grecia, la sconfitta dei patrioti spagnoli e italiani, la fine di quegli ideali di libertà nei quali la gioventù europea aveva creduto. Ora le liriche di Puškin sono improntate a un forte pessimismo. Di questo periodo è la poesia *Il demone* (1823-4). Con il suo superiore Voroncov, Puškin non andava d'accordo. Da una parte il poeta trascurava i doveri del suo ufficio: non voleva abbassarsi di fronte al generale, e scriveva epigrammi feroci che mandavano su tutte le furie Voroncov. Si sussurrava anche (ma non si ha fondamento per ritenere vera la cosa) che fra gli amori di Puškin ci fosse anche la moglie del generale. La polizia intercettò un suo messaggio molto imprudente, in cui egli dichiarava di incontrarsi con un «ateo intelligente» e di ritenere l'ateismo «un sistema più veritiero». Per tutti questi motivi, Voroncov chiese l'allontanamento del suo dipendente, che odiava di tutto cuore. Alessandro I ordinò di esonerarlo dal servizio e di confinarlo a Michajlovskoe, il villaggio di proprietà dei Puškin. Il poeta dovette partire. Prima di lasciare Odessa, scrisse il suo saluto al mare: «Addio, libero elemento...»: il mare, simbolo della libertà, sempre sognata e mai raggiunta.

L'itinerario gli fu imposto; la partenza venne fissata per il 10 giugno 1824; il poeta ricevette il foglio di viaggio e il denaro: sei copeche per cavallo e per versta. Un poliziotto lo scortò: l'itinerario era stato studiato in modo che Puškin evitasse di passare per Kamenka e per gli altri centri del decabrismo.

A Michajlovskoe, Puškin arrivò nell'agosto del 1824: il governatore di Pskov (da cui Michajlovskoe dipendeva), su indicazione del governatore delle province del Nord-Ovest (il quale era un piemontese, il Paulucci), impose al padre del poeta di controllare le attività del figlio, con l'aiuto del priore del vicino convento e del maresciallo della nobiltà. Così, la vita in casa divenne piuttosto difficile; c'era sempre la minaccia di un esilio in luoghi più remoti. Felici erano i giorni in cui rimaneva solo, quando i familiari nell'inverno stavano a Pietroburgo, quando ascoltava i racconti della «njanja», o cavalcava per lunghe ore, o leggeva disperatamente, implorando parenti e amici che gli mandassero libri. Talvolta, alcune visite rompevano la monotonia dei giorni. Molto cara gli fu la visita dell'amico del liceo, il caro Puščin, già ufficiale della guardia diventato giudice. Poche ore di gioia, di eccitata conversazione. Poi la partenza. Puškin non doveva più rivedere quel caro e generoso compagno dell'adolescenza: Puščin fu deportato in Siberia in seguito agli avvenimenti del 1825, e il poeta riuscirà a fargli avere, di nascosto, i versi: «O mio primo amico, mio fedele Puščin / Una volta, in esilio, ho benedetto la mia sorte: / Fu un giorno d'inverno, quando le campanelle d'argento / Della tua slitta allegra di colpo risvegliarono / La mia casa addormentata sotto la neve ammucchiata. / Ora io imploro il Signore: / Permetta che i miei versi diano alla tua sventura / La stessa consolazione che la tua visita mi ha recato. / Possano illuminare la tua prigione, o nobile cuore, / Col raggio di sole dei nostri giorni del liceo».

Il paesaggio di Michajlovskoe è minutamente descritto nell'*Onegin*, come i luoghi del vicino possedimento di Trigorskoe, dove abitava Praskov'ja Aleksandrovna Osipova con i suoi sei figli e la nipote Anna Kern. Non fu certo spiacevole il gioco d'amore con le ragazze di Trigorskoe. Intanto Puškin terminava il capitolo terzo dell'*Onegin*, e gli *Zingari*, il cui eroe Aleko rappresenta criticamente l'individualismo altero e solitario romantico-byroniano. Questo poema segna il superamento della precedente tendenza al soggettivismo romantico, senza l'abbandono degli aspetti più profondi e duraturi del romanticismo: lo spirito di ribellione e di protesta, l'idea della libertà di creazione, la penetrazione psicologica, l'impeto lirico; caratteristiche che Puškin conserverà anche nelle opere future, potenziandole.

Nel dicembre 1824 iniziò il *Boris Godunov*, la cui ispirazione si rifà a Shakespeare. Egli aveva chiara la necessità di assimilare il processo storico del suo paese e di arricchire il proprio mondo con una profonda cultura storica. Era giunto alla conclusione che l'assimilazione della storia nazionale fosse uno dei compiti fondamentali della letteratura russa. Così, a Michajlovskoe, studiò la *Storia dello Stato russo* di Karamzin, le cronache, la vita di Pugačjov, la vita di Sten'ka Razin e, in particolare, le vicende degli «anni torbidi»: il periodo che seguì alla morte di Ivan il Terribile, la fine del XVI secolo, le vicende di Boris Godunov e dei falsi Demetrii.

Nel 1825 scrisse un racconto in versi di contenuto scherzoso, *Il conte Nulin*, e le liriche *Il fidanzato, Sera d'inverno, 19 Ottobre*; in queste ultime due troviamo, come anche nel *Conte Nulin*, descrizioni poetiche della natura russa affini a quelle che s'incontrano nell'*Onegin*. Anche del 1825 è l'ode *Andrea Chénier*, il canto della lotta per la libertà.

Fra una cavalcata e l'altra («a cavallo di un destriero nero come l'ebano», riferisce, trasfigurando romanticamente, il poeta Jazykov), fra le passeggiate da un villaggio all'altro (che frequentava in costume russo, accompagnato da due magnifici cani), fra le meditazioni in collina e le passeggiate in barca, Puškin trascorreva la vita estiva di Michajlovskoe. C'erano anche le visite dei vicini: egli non li amava, come si può vedere dal comportamento di Eugenio Onegin che, quando sentiva avvicinarsi qualcuno, fuggiva per porte nascoste.

Ma la casa degli Osipov a Trigorskoe gli era aperta e ospitale, con tutte quelle belle ragazze e quel simpatico Pjotr Vul'f, così abile nel preparare i «punch» e così dotto nella cultura tedesca. Puškin ricorderà sempre con rimpianto Anna Kern, che nel 1827 divorzierà, dopo lunghi litigi, dal marito generale, comandante della fortezza di Riga. A questo divorzio avrebbe contribuito anche il nostro poeta? Non si sa: certo è che la Kern dovette essere, per lui, qualcosa di più che una semplice amicizia.

Nel dicembre 1825 giunse la notizia della morte dell'imperatore Alessandro e dello scoppio della rivolta dei decabristi, avvenuta il 14 dicembre. Emozionato ed agitato, Puškin decise di andare a Pietroburgo. Ma la sua decisione non fu attuata: difatti, poco dopo, venne a sapere che la rivolta era stata schiacciata, chc sul trono era salito Nicola I, e che i congiurati (quasi tutti amici o conoscenti di Puškin) erano stati arrestati: Ryleev, Pestel', Murav'jov, Puščin, Murav'jov-Apostol, Volkonskij, Kjuchel'beker.

Approfittando del fatto che il poeta non aveva partecipato materialmente al movimento, alcuni influenti amici perorarono presso il nuovo imperatore la causa del suo ritorno a Pietroburgo. L'imperatore era incerto sulla sorte del poeta. Decise di usare una tattica duplice. Un corriere dello zar andò a prendere, all'inizio di settembre, Puškin, per accompagnarlo immediatamente a Mosca. Appena giunto, dovette presentarsi all'imperatore. Questi gli chiese che cosa avrebbe fatto, se si fosse trovato a Pietroburgo il 14 dicembre. «Sarei stato con gli insorti» rispose Puškin. Almeno così dice la tradizione. Ma lo zar liberò il poeta dall'esilio, sperando, forse, di trarlo dalla sua parte con la generosità: «Sarò io il tuo censore» gli disse: «sciocchezze, ne hai fatte abbastanza. Spero che ora diventerai ragionevole, così non avremo motivo di litigare». La libertà di Puškin era dunque una libertà controllata, e del controllo era incaricato il ministro Benkendorf, un meticoloso burocrate. A Puškin venne imposto di ritirare dalla circolazione i versi sediziosi; gli era aperta la corrispondenza; veniva persino pedinato. I suoi viaggi erano limitati: andare in Germania? A Parigi? Sogni assurdi. La gabbia era un po' più ampia di prima: ecco tutto. Qualche volta il poeta sognava con una certa tristezza la serena quiete delle campagne di Michajlovskoe. Sebbene egli rimanesse fedele ai suoi ideali di libertà, più generalmente umani che strettamente politici, andava mutando certi suoi atteggiamenti; e sottolineava un qualche suo conservatorismo, fondato su sentimenti patriottici.

In questo periodo terminò il capitolo settimo dell'*Onegin*, e affrontò per la prima volta la prosa con *Il negro di Pietro il Grande*. Nuovi guai gli procurò la scoperta, da parte della polizia, della *Gabrieliade*, il poemetto voltairiano scritto in gioventù. Puškin negò di esserne l'autore: l'inchiesta venne chiusa per ordine dello zar.

Nel 1828 scrisse il poema romantico-eroico *Poltava*. Trascorse l'anno a Pietroburgo, dove frequentò Del'vig, Glinka, il musicista, e Griboedov, l'autore di *L'ingegno, che guaio!* Nel settembre 1830, per sistemare faccende di famiglia, Puškin si recò a Boldino, un possedimento del padre, dove terminò (il 18 settembre) il capitolo nono dell'*Onegin* (l'ottavo dell'edizione definitiva), finì il 23 ottobre *Il cavaliere avaro*, il 26 ottobre il dramma *Mozart e Salieri*, il 1° novembre la *Storia del villaggio di Gorjuchino*, il 4 novembre *Il convitato di pietra*, il 6 novembre il *Festino durante la peste*, per non parlare delle numerose liriche e degli articoli di critica letteraria. Verso la fine di novembre (era stato trattenuto a Boldino anche da una quarantena, dato che c'era un'epidemia di colera nella Russia centrale), poté tornare a Mosca. Il 18 febbraio del 1831 sposò Natal'ja Nikolaevna Gončarova. Subito dopo le nozze gli sposi si trasferiscono a Carskoe Selo e, nell'autunno, a Pietroburgo.

In principio, tutto sembrò bello; poi cominciarono le amarezze. Bisognava far fronte alle necessità economiche: l'impiego di storiografo di corte e la carica di sottociambellano (*Kammerjunker*) con l'obbligo, odioso, di portare una specie di livrea, non gli davano il reddito sufficiente per mantenere la famiglia (uno dopo l'altro, arrivarono tre figli), tanto più che la moglie amava spendere. Quindi, continue preoccupazioni, ipoteche, malattie. La stessa Natal'ja era una preoccupazione: tanto bella e tanto giovane, ma un po' sventata; delle Muse, amava solo Tersicore, così come amava il successo in società e farsi corteggiare. Il poeta ne era geloso. Natal'ja, però, fu una moglie fedele e, pur senza capirlo, amava il marito. Almeno così pare a molti biografi.

Nuovi, clamorosi eventi contrassegnarono l'inizio del 1830: la rivoluzione francese di luglio e l'insurrezione polacca, che trovarono il loro riflesso nella poesia di Puškin. A proposito dell'insurrezione polacca, egli tenne in sostanza una posizione di patriottismo o nazionalismo russo: l'unità dell'impero zarista andava mantenuta.

Cessata la pubblicazione della «Gazzetta letteraria»

(giugno 1831), Puškin cercò di pubblicare una sua rivista letterario-politica: ma otterrà l'autorizzazione solo nel 1835. Sarà «Il Contemporaneo». Nel 1831 iniziò il *Dubrovskij*, nel 1832 si occupò di raccogliere testimonianze sulla rivolta di Pugačjov e, a Boldino, terminò la *Storia di Pugačjov*, scrisse il poema *Il cavaliere di bronzo* e alcune fiabe in versi. Il materiale della storia di Pugačjov gli servirà poi come base per un'opera in prosa: *La figlia del capitano* (1836). Nell'aprile del 1836 uscì il primo numero del «Contemporaneo», cui collaborarono Gogol', Vjazemskij, Odoevskij e altri scrittori.

Nel frattempo la situazione del poeta, a corte, si aggravava: la corte gli sembrava, sempre più, una «palude infetta», brulicante di mezzi nobili (la «folla» che aveva disprezzato in una famosa lirica) invidiosi e meschini, non pochi dei quali avevano approfittato delle disgrazie degli autentici nobili russi che avevano preso parte al moto decabrista. Puškin non era ben visto da questi nobili, che gli epigrammi feroci del poeta irritavano.

I figli erano saliti a quattro (Marija, Aleksandr, Grigorij, Natal'ja) e le spese erano anch'esse salite. Nicola I, generoso, faceva continuamente prestiti al poeta, vincolandolo così al suo carro, o almeno tentando di farlo. La società pietroburghese, alla quale Natal'ja era legata, diventava sempre più odiosa per lui: circolavano voci derisorie sulla fedeltà della moglie.

Nell'ottobre 1833 apparve a Pietroburgo un certo barone d'Anthès, figlio adottivo del ministro d'Olanda, barone van Heeckeren. Era un bellimbusto, galante e vanesio: s'innamorò della bella Natal'ja, o finse d'innamorarsene, come sostengono alcuni che vedono nella vicenda una congiura, voluta a freddo dallo zar e dalla corte, contro il poeta. Puškin fu subito avvisato da lettere anonime, e chiese spiegazioni a d'Anthès, che affermò di essersi innamorato della sorella di Natal'ja, Katja, una fanciulla né bella né ricca, che viveva nella casa dei Puškin. D'Anthès venne costretto a sposarla; ed ebbe, così, libero ingresso in casa Puškin. Qualche tempo dopo il poeta ricevette il diploma di un «Ordine dei becchi». Alla volgare beffa, che testimonia il grado di delicatezza dei cortigiani di Nicola I, non era estraneo il barone van Heeckeren: a costui il poeta inviò una lettera sprezzante, chiamandolo mezzano del figlioccio («le maquereau de votre bâtard»). D'Anthès rispose con una sfida: il poeta accettò; suo padrino fu il colonnello Danzas, già compagno di liceo a Carskoe Selo. Il duello fu fissato per il 27 gennaio 1837, alle quattro del pomeriggio, alla periferia di Pietroburgo. Il poeta venne colpito per primo, al fianco. Sparò a sua volta, e colpì l'avversario alla mano, che egli aveva messo davanti al petto, per proteggersi.

Il poeta fu subito trasportato a casa, dove lo visitò il chirurgo dello zar, Ahrendt, il quale gli disse francamente che c'erano poche speranze. Puškin lo ringraziò della franchezza. Erano intanto arrivati Vjazemskij, Žukovskij (che lasciò una descrizione del duello e della morte di Puškin), Aleksandr Ivanovič Turgenev, un messaggero dell'imperatore, il prete. L'agonia cominciò il 29 gennaio, e durò pochi minuti. Alle 2,45 del pomeriggio, Puškin aveva cessato di vivere. Il popolo di Pietroburgo era in preda alla commozione più forte, e questo provocò notevole irritazione nel governo. Il ministro Uvarov rimproverò i giornalisti, per aver espresso troppo vivo dolore nel parlare della sventura di Puškin, e ordinò che i ritratti del poeta fossero tolti dalle vie.

Il corpo del poeta venne sepolto quasi di nascosto, vicino a Trigorskoe, nel convento di Svjatogorsk.

La morte del poeta fu sentita come un lutto nazionale. Anche lo zar ne fu turbato: avrebbe poi concretamente aiutato la famiglia Puškin con pensioni e sussidi.

L'*Eugenio Onegin* accompagna la vita di Puškin dal 1824 fino al 1830 e al 1831. Oltre che una «enciclopedia della vita russa», secondo l'espressione di Belinskij, esso è anche la somma delle esperienze del poeta, il suo diario lirico e intellettuale, il riassunto delle sue speranze e delle sue delusioni. La critica storico-biografica ha cercato i prototipi reali dei personaggi e ha visto in primo luogo il rapporto tra Puškin e il suo eroe, Onegin. Ma questi rapporti sono tutt'altro che semplici. Eugenio è un personaggio libero, indipendente anche da Puškin, col quale ha in comune un certo numero di atteggiamenti, di idiosincrasie, di vizi, di ideali. Puškin e Onegin sono figli della stessa epoca, della stessa civiltà, dello stesso gruppo sociale e culturale, la nobiltà colta e il suo modo di vedere se stessa e gli altri ceti. Puškin ha un affetto un po' ironico ma profondo per i suoi personaggi. Questo affetto è il senso del romanzo, la ragione della sua liricità, la radice da cui nasce la sua poesia. Il poema trova la sua espressione più sottile in un equilibrio mirabile fra l'impeto soggettivo e la sua oggettivazione poetica, la sua resa in parole e sillabe, nessuna delle quali gira a vuoto. Superati i clamori del romanticismo più avanzato, Puškin non ricade nella fredda razionalità del classicismo, né ritorna alla grazia limpida e un po' frivola della poesia francese della fine del Settecento: raggiunge veramente un'espressione nuova che vanifica le etichette «romanticismo» e «realismo» e le fonde nell'autentico realismo poetico. Il poema è molto complesso: semplice nell'apparenza, ricco di movimenti e di intrecci sotterranei, in realtà. Vi entrano le componenti soggettive, che lo avvicinano alle liriche; l'elemento romanzesco di una trama, di una «fabula» relativamente esile, che serve per proiettare sullo sfondo della Russia, come società umana e come paesaggio, il rapporto tra il poeta, il mondo in cui vive e i personaggi tipici e rappresentativi che crea. Come ogni grande opera d'arte, l'*Onegin* si proietta in diverse direzioni, e tutti gli aspetti della vita russa «in un determinato momento del suo sviluppo» (Belinskij) sono venuti a confluire e ad armonizzarsi mirabilmente nell'unità del poema-romanzo. Queste componenti sono lo sfondo, la società in cui Onegin e Tatiana agiscono, il paesaggio, visto nell'avvicendarsi essenziale delle stagioni (Puškin ama in particolare l'inverno) e le trasformazioni che queste imprimono alle cose e agli uomini; i personaggi, con i loro sentimenti, le loro idee e i riflessi dell'educazione ricevuta: col loro istinto o coscienza di generazione. Ciò è particolarmente evidente nel rapporto Tatiana-Onegin: la fanciulla, pur essendo più giovane di Eugenio, riflette le idee e i sentimenti della generazione precedente, secondo la legge delle «aree laterali» (Tatiana vive in provincia), mentre Eugenio è più moderno, contemporaneo alla sua società. Di qui una delle ragioni del conflitto o del mancato accordo. Uno dei punti fondamentali per capire il poema è la dinamicità dei personaggi: né Eugenio né Tatiana sono uguali all'inizio e alla fine dell'opera. Questo può essere dovuto certo (in parte) alla frammentarietà con cui il poema è stato scritto, ma è anche una scelta dell'autore. Così, Eugenio e Tatiana vanno letti proprio nel fluire della loro vita, delle loro esperienze, sconfitte e mutazioni.

L'idea dell'*Onegin* sorse, in Puškin, in Crimea, intorno al 1820, dopo che egli aveva letto (in parte) il *Don Giovanni* di Byron. Il poema venne iniziato a Odessa, terminato a Boldino, vicino alla città di Nižnij Novgorod (ora Gor'kij), ricordata per la sua fiera nel *Viaggio di Onegin*. I canti centrali furono scritti a Michailovskoe. La trama è molto semplice: Eugenio Onegin è un *dandy* che ha perduto le sue sostanze e che ritrova la ricchezza grazie all'eredità che gli lascia uno zio. Deve però vivere, per qualche tempo, in campagna. Qui incontra il poeta Lenskij, col quale stringe amicizia e che gli presenta la famiglia dei Larin. La figlia maggiore dei Larin, Tatiana, s'innamora di Eugenio, ma questi respinge il suo amore. Poi, o per noia o per gioco, vuole fare un dispetto a Lenskij, per punirlo di averlo trascinato a una festa nella casa noiosa e provinciale dei Larin, e fa la corte a Olga, sorella di Tatiana e fidanzata di Lenskij. Lenskij sfida l'amico a duello: nel duello il poeta resta ucciso. Onegin si mette in viaggio, ritorna a Mosca: ritrova Tatiana, ora sposata e trasformata in una signora del gran mondo; questa trasformazione suscita interesse in Eugenio, e l'interesse si trasforma in amore. O forse solo in una forma di esaltazione e di tristezza? Ma ora è Tatiana che lo respinge: afferma di amarlo ancora, ma di voler restare fedele al marito.

Il «romanzo in versi» non si riduce certo a questa trama, abbastanza scontata.

Il poema procede per otto capitoli e tale trama si dilata, diventa il pretesto per un racconto che esprime, quasi senza residui, la società russa (della piccola nobiltà russa, con allusioni all'elemento contadino): si complica per le molte digressioni, mirabilmente legate al sottofondo fabulistico; la varietà dei contenuti si traduce in varietà di forme, fuse nella superiore unità del «romanzo in versi»; l'elemento epico, l'elemento lirico, l'elemento drammatico, il tono patetico e quello ironico, la narrazione descrittiva e il tumultuare del dialogo, la minuziosa rappresentazione e l'evocazione essenziale mediante segni caratteristici. Le digressioni erano una delle caratteristiche del poema romantico, e specialmente del poema byroniano. Non sempre, però, la fusione fra i diversi toni e generi è realizzata: occorre tener conto che il romanzo è stato scritto in molti anni e che l'originaria intenzione satirica (sulla scorta della tradizione preromantica del poema epico-satirico, derivato, con non poche trasformazioni, dal poema eroicomico) si venne poi perdendo. Ne venne fuori, comunque, un'opera di grande complessità.

Che cosa volle ottenere Puškin, con l'*Onegin*? Volle rappresentare la realtà a lui contemporanea (gli avvenimenti del romanzo vanno dal 1819 fino alla primavera del 1825). Al lettore si apre la vita di Pietroburgo e di Mosca, vengono descritti i costumi e la mentalità della provincia con tutte le sue limitazioni, sono delineate le differenze tra i diversi strati sociali, è data una minuta e precisa relazione delle correnti ideologiche, di costume, di gusto: dal dandismo della *jeunesse dorée* di Pietroburgo ai semplici costumi delle giovanette di campagna, dai problemi della servitù della gleba a quelli della letteratura; e tutto ciò con una grande varietà di metodi: per esempio, il mondo culturale dei protagonisti è rivelato, oltre che dalle loro dirette parole, dai cataloghi dei libri che essi amano leggere: Tatiana è così rappresentata come appassionata lettrice dei romanzi del Settecento e la cultura di Onegin è vista pure attraverso l'elenco dei libri della sua biblioteca. Se comprendiamo nel romanzo anche i frammenti esclusi dall'edizione a stampa, come il *Viaggio di Onegin* in tutte le sue varianti, il quadro si allarga ad abbracciare molte altre città russe, delle quali vengono date le caratteristiche attraverso le impressioni di Onegin. Onegin e Lenskij, considerati personaggi tipici (ma, come tutte le creature realizzate dall'arte, essi sono anzitutto individuali e originali) dell'intellettualità nobile più aperta ai problemi del tempo, più vicina alla cultura europea da una parte, e più sensibile all'esigenza di trasformare la Russia in un paese moderno. Tutto questo è possibile, ma è solo lo sfondo: i due protagonisti, ciascuno a suo modo, sfuggono alla comprensione reale del proprio tempo, e Onegin si abbandona sempre più a quell'angoscia che è il «signum individuationis» della generazione postnapoleonica, mentre Lenskij trova l'evasione nel misticismo elegiaco della sua fantasia romantica. E non conosciamo il destino futuro di Onegin: che il poeta volesse poi fargli trovare un momento di certezza nella partecipazione al decabrismo, non è affatto sicuro; i frammenti del capitolo decimo sono troppo scarsi perché si possa arrivare a una conclusione. La conclusione di Onegin è l'angoscia, la tristezza e l'irrequietudine, che lo sospingono senza pace, che provocano in lui una serie di fallimenti, a cominciare da quello che costituisce il racconto, il fallimento del suo incontro con Tatiana. Anche Lenskij ha scelto una via che non può concludersi che in due modi: o tragicamente e in bellezza, come si conclude, o comicamente, nell'ottusità di un vecchio gottoso proprietario di campagna.

Eugenio Onegin si trasforma nel corso del romanzo. All'inizio è raffigurato come disincantato, scettico, sprezzante, nauseato della vita mondana, delle signore troppo facili, delle ragazze altrettanto facili, delle attrici, dello *champagne*: poi diventa un bravo ragazzo, «come voi, come me, come tutti». Tuttavia questo è un considerare il personaggio da un punto di vista sostanzialmente esteriore, che impedisce di vedere qual è la «parola» alla quale egli rimane sostanzialmente fedele; e che costituisce la realtà e l'unità di Eugenio, oltre i mutamenti di atteggiamento cui abbiamo accennato. Nelle note, il lettore potrà rendersi conto del giudizio classico ma un po' rigido di Belinskij: qui però occorre arrivare a una diversa definizione del personaggio. Pensiamo prima di tutto alla preistoria di Eugenio. Molte sono state le ipotesi sul prototipo intorno al quale egli si sarebbe formato, nella coscienza creatrice di Puškin. L'Ovsianiko-Kulikovskij, per esempio, nella sua *Storia della letteratura russa del diciannovesimo secolo*[1], ritiene che tale prototipo sia Aleksandr Raevskij «il Demone», ed anche Čackij, l'eroe di *L'ingegno, che guaio!* di Griboedov. Sia Onegin che Čackij appartengono allo stesso gruppo sociale, dal quale sono usciti, allora e in seguito, liberali e radicali (decabristi). Come in Čackij, anche in Onegin la gioventù si presenta sotto il segno della «chandra»: la malinconia. Questa parola traduce, pressappoco, l'inglese «spleen», ed è sinoni-

[1] Mosca, 1908: ristampa anastatica, Ann Arbor, Michigan, 1947.

mo di «skuka», «toska», «unynie». Qualcosa di più della malinconia: noia, tedio, ma anche affanno e angoscia, sconforto e abbattimento. La «chandra» è la greca «hypochondria» (da cui la parola, etimologicamente, deriva), ma con nuove sfumature di significato, con un nuovo approfondimento. È insomma quel male che colpisce la gioventù europea dopo il crollo dell'esaltazione napoleonica. Questa «chandra» diviene sempre più intensa con l'andar degli anni: nel *Viaggio di Onegin* il poeta usa il termine «toska», che vuol dire angoscia.

In *Onegin* sono anche inseriti alcuni elementi che ricordano Raevskij; ma in una qualche misura l'eroe riflette lo stesso autore. Il capitolo primo dell'opera è anche il diario degli anni giovanili di Puškin, quelli trascorsi a Pietroburgo, fra uno spettacolo, la corte a un'attrice e un pranzo succulento e innaffiato di vini francesi: vero o immaginario che fosse. L'autore interviene direttamente nell'opera, inserendo momenti autobiografici e mettendosi, a volte, accanto al suo eroe. Ancora: Onegin è Čackij, Raevskij, Čaadaev, Puškin, ma anche il «personaggio tipico» della gioventù intorno al 1820. A sua volta Onegin sarà il prototipo o l'«impulso» di partenza di non pochi altri personaggi tipici della letteratura successiva (il Pečorin di Lermontov, il Rudin di Turgenev).

In che modo il poeta proietta se stesso nell'Onegin? Puškin respinge (vedi cap. I, strofa LVI) l'identificazione tra se stesso e il suo eroe: questa dichiarazione è già un fatto letterario, perché ispirata ad analoga negazione di Byron a proposito dei rapporti fra lui e Childe Harold. Noi possiamo anche accettare le parole di Puškin: effettivamente, nessuno può affermare che Eugenio e Puškin coincidano, anche se hanno molti tratti in comune.

Quale «eroe», del resto, «coincide» col suo autore e creatore? Ma coincidono le loro esperienze essenziali e i riflessi di queste sulle loro coscienze; coincidono perché Onegin riflette caratteri tipici dell'epoca, che anche Puškin condivideva. C'è tra loro un'identità oggettiva, di esperienze e reazioni, che però va considerata alla luce di una differenza limite: Puškin si salva perché, dopo aver provato delusioni e amarezze, non ripiega nello scetticismo e nell'angoscia, e continua a credere sempre e perennemente nella forza liberatrice della poesia. Alla strofa 16 del cap. II si dice che Eugenio «capiva poco di poesia»: Eugenio non crede in nulla, anche se è dotato di sentimenti e di un'anima sensibile. La «chandra» è per lui come una febbre incurabile, per la quale non servono i medicamenti che va cercando (il teatro, le facili avventure, i libri, il biliardo, l'amicizia con Lenskij, il gioco con Olga, il duello, la corsa frenetica attraverso la Russia, l'amore di Tatiana e, forse, la cospirazione politica). Sotto la cristallina chiarezza del verso, sotto lo svolgersi lieve degli eventi, è forse questo il dramma autentico che trascorre il poema: dramma reso con sottile magia, con equilibrio e sobrietà, come se il poeta volesse dimenticare la tristezza col ricordo della pastorale e illuministica speranza del diciottesimo secolo.

Alla radice del personaggio possiamo trovare l'eternità del suo destino artistico. Ha così piena giustificazione quanto dice Belinskij: «l'epoca di Onegin è tramontata, ma ognuno di noi ritrova in Eugenio o in Tatiana alcuni momenti della sua vita, e perciò si commuove». Ognuno di noi coglie in Eugenio quella sensazione insopprimibile di tristezza che accompagna sempre la nostra vita. I due tentativi seri che Eugenio vorrebbe fare per sfuggire alla sua «chandra» sono l'amore e, forse, la cospirazione, ma quest'ultima sembra piuttosto un'esagerazione dei critici. L'esito dell'attività politica di Eugenio ci è ignoto: l'autore, per evitare i rigori della censura, distrusse i passi relativi, il capitolo decimo. E nessuno può inventare quello che forse non è stato mai scritto. Doveva, Eugenio, concludere tragicamente la sua esistenza senza altra possibile soluzione, pugnalato o impiccato? Ma, altrettanto probabilmente, avrebbe concluso la sua avventura politica con un'ennesima delusione. L'amore per Tatiana nasce certo dalla reazione nel trovare la fanciulla trasformata in signora del gran mondo: dal fatto che Tatiana è sposata, e ciò risveglia l'interesse dell'eroe. Ma esso nasce anche dal bisogno di sperimentare, di vedere se questa volta «gli andrà bene», se troverà una soluzione ai suoi affanni. Stizza, vanità, amore: certo. E il ritorno all'adolescenza, la felicità: «ecco la felicità», dice Eugenio nella lettera che manda a Tatiana; dove le espressioni, volutamente banali e ricche dei giuramenti soliti, esprimono una verità: Tatiana, per Eugenio, è la carta che egli gioca per sopravvivere come uomo, per dimenticare la malattia spirituale che lo divora inesorabilmente.

Le vicissitudini subite dal romanzo hanno certo modificato dall'esterno, e a volte ingiustificatamente, lo sviluppo artistico del protagonista. Queste deviazioni sono state però soltanto parziali. Eugenio dal principio alla fine è fedele alla sua «chandra». Questo è il sottotesto determinante che ne accompagna le vicende e che a volte riaffiora quasi programmaticamente.

Si è accennato alle trasformazioni subite dall'opera. Il poeta, difatti, doveva modificare il romanzo, per poterlo pubblicare: la censura vietava qualsiasi richiamo men che ortodosso alla morale, alla religione, alla politica. Se nel 1823, a Kišinjov in Moldavia, Puškin si era accinto a scrivere il poema in tutta libertà creativa, senza preoccuparsi della censura e dei censori, quando si trattò di pubblicarlo fu costretto a togliere espressioni, frasi, riferimenti (come il lettore potrà vedere dalle varianti e dalle nostre note). Il segno della «chandra» rimase però sempre il segno chiave per capire Eugenio. Eugenio non esce dai confini psicologici simbolicamente rappresentati, nella sfera lessicale, dai termini «chandra-toska». Questi atteggiamenti, in Čackij come in Onegin sono attivati, più che originati, dalla sazietà e dall'ozio.

Nel piano primitivo dell'opera, non compiuto, il capitolo primo è proprio dedicato alla «chandra». Questo piano era il seguente:

PARTE PRIMA:
Capitolo 1 - La chandra
Capitolo 2 - Il poeta
Capitolo 3 - La signorina

PARTE SECONDA:
Capitolo 4 - Il villaggio
Capitolo 5 - L'onomastico
Capitolo 6 - Il duello

PARTE TERZA:
Capitolo 7 - Mosca
Capitolo 8 - Il viaggio
Capitolo 9 - Il gran mondo

Sullo schema di questo piano, il critico russo Dmitrij Dmitrievič Blagoj, nell'opera *Il magistero di Puškin*[2] (*Masterstvo Puškina*), tenta di afferrare la «ragione geometrica» del poema. Il Blagoj ricorda l'ammirazione di Puškin per il «piano» e le corrispondenze numeriche della *Divina Commedia*, e ricerca quindi le simmetrie dell'*Onegin*. Già dal piano del poema, in parte realizzato, risulta che il materiale del racconto è distribuito fra le tre parti in modo preciso. La prima parte è una specie di esposizione, in cui si presentano i caratteri dei tre eroi principali: Onegin, Lenskij, Tatiana. Nella lezione che ci è pervenuta, il capitolo primo è quasi interamente dedicato a Onegin e alla sua «chandra» o a quella forma iniziale di «chandra», in parte dovuta ancora a posa, che si legava al suo dandismo, o che lo determinava; la parte centrale del capitolo secondo è dedicata a Lenskij e ai suoi rapporti con i Larin; il capitolo terzo è assorbito completamente da Ta-

[2] Mosca, 1955.

tiana Larina. Olga, nel piano dell'opera, ha un'importanza minore, sebbene anch'essa sia indispensabile.

L'eroe Onegin è contrapposto a Lenskij come «l'onda e la pietra»: l'entusiasmo lirico e romantico di Lenskij è l'esatto contrapposto della tristezza senza fede, della «chandra» di Eugenio. Allo stesso modo sono contrapposte le due eroine sorelle, Tatiana pensosa, e Olga bionda e leggera. Dice il Blagoj: «...nella prima parte del romanzo (nei primi tre capitoli) vengono date al lettore le immagini di tutti gli eroi principali, e vengono descritti qui rapporti che si stabiliscono fra di loro: l'amicizia fra Onegin e Lenskij, l'amore di Lenskij per Olga, di Tatiana per Onegin. Se la prima parte è più espositiva e, in sostanza, relativamente statica, la seconda parte (i successivi tre capitoli, dal quarto al sesto) dipinge quegli urti, quei conflitti che sorgono fra gli eroi principali, in relazione con i loro caratteri sviluppati nella prima parte e con i rapporti colà stabiliti. Questa seconda parte, centrale, cui partecipano in misura quasi eguale tutti e tre gli eroi principali, è la più dinamica e drammatica delle tre parti, sia nel senso della complessità e ricchezza dell'azione, che nel significato del suo carattere: la ''predica'' di Onegin a Tatiana, in risposta alla sua appassionata lettera di dichiarazione d'amore; il sogno di Tatiana, ''profetico'' e ''popolare'', carico di dinamismo; la disputa per una futile questione fra i due amici (la lieve stizza di Onegin contro Lenskij, la leggerezza egoistica di Olga), problema che assume nell'immaginazione romantica di Lenskij un aspetto iperbolico. Risultato: il duello e la conclusione sanguinosa, l'assassinio di Lenskij da parte di Onegin». E ancora: «Alla fine del capitolo sesto il poeta, per bocca di una delle sue lettrici, una giovane sognatrice della città, che ha visitato la tomba di Lenskij, pone una serie di domande: ''Che è avvenuto di Olga? A lungo il suo cuore ha patito, o svanì presto il tempo del pianto? E dov'è ora sua sorella? E dov'è colui che fugge gli uomini e il mondo, il nemico delle belle alla moda? Dov'è questo tipo cupo e strano, l'assassino del giovane poeta?''». Continua il Blagoj: «La terza parte è la risposta conseguente a queste tre domande: la parte conclusiva del romanzo (capitoli dal settimo al nono). Questa terza parte, nel senso della sua struttura, sembra avere un carattere sintetico: in essa coesistono esposizione e conflitto. Lenskij non c'è più. All'inizio del capitolo settimo anche Olga esce dal romanzo, Olga che molto presto aveva dimenticato Lenskij ed era andata sposa a un ufficiale degli ulani, accompagnandolo poi al reggimento. Nel romanzo restano solo i due eroi principali: Onegin e Tatiana. La terza parte è costruita in rapporto con tale situazione. I capitoli settimo e ottavo hanno, in parte, il carattere di una nuova esposizione. Il settimo è dedicato a Tatiana soltanto: Onegin non c'è; nel capitolo si mostra come, sotto l'influsso delle letture di Onegin, si allarghi l'orizzonte culturale della fanciulla e si sviluppi il suo carattere... L'ottavo (dell'edizione primitiva) era interamente dedicato a Onegin. Purtroppo questo capitolo... è giunto a noi solo in parte, ma a giudicare da tutti gli elementi doveva avere uno scopo analogo; mostrare come si sviluppa, a sua volta, il carattere di Onegin, come si manifesti la possibilità di una sua rinascita morale sotto l'influsso della morte di Lenskij e in particolare per le impressioni ricevute durante i ''viaggi'' per la Russia e per la conoscenza della sua realtà sociale-politica, dei quadri di corruzione, oppressione e violenza... Nell'ultimo capitolo, il nono, i due eroi, ciascuno dei quali si è a suo modo trasformato, di nuovo entrano in conflitto...». Questo capitolo, come si vedrà dalle note, è diventato l'ottavo. La razionalizzazione del Blagoj è senza dubbio interessante, ma non è possibile ridurre il poema a una simile precisa equazione: in realtà l'ultima parte, la terza, è stata sgretolata da molte vicende, e i personaggi e i loro rapporti hanno dovuto subire una curvatura che forse non era prevista nelle intenzioni iniziali del poeta. Non ci sentiremmo di condividere le conclusioni ottimistiche (almeno intenzionalmente ottimistiche) che il Blagoj attribuisce a Puškin nella costruzione del personaggio Onegin: cioè la sua catarsi, la sua «rinascita morale», che sarebbe poi la guarigione dalla «chandra». Anzi, questa peggiora, tanto è vero che nel *Viaggio*, più che di «chandra», come si è detto, si parla di «toska», di angoscia. Il male di Eugenio è troppo profondo perché possa guarire.

Abbiamo, finora, parlato quasi esclusivamente di Eugenio. È Eugenio (personaggio lievemente antipatico) il protagonista del romanzo? Sì, se riduciamo il romanzo alla sua «fabula». Ma questo non è possibile. Comunque l'*Eugenio Onegin* è non solo il romanzo di Eugenio ma anche del mondo di Eugenio e del mondo di Puškin. E Tatiana? Del protagonista, e di Tatiana, il lettore troverà altre testimonianze nelle note: qui occorre sottolineare il fascino che Tatiana ha esercitato su generazioni e generazioni di lettori e di lettrici, fino ai nostri giorni. Dall'interpretazione di Belinskij abbastanza critica, a quella esaltatrice (ed esaltata) di Dostoevskij, Tatiana ha sempre più assunto un valore di simbolo e, naturalmente, anche tratti retorici e pedagogici. Essa è stata identificata con la donna russa che, in nome del dovere, rinuncia all'amore, alla felicità. Ma il poeta ha per lei una tenerezza particolare, la avvolge di un'aura dolce e triste, la immerge in un'atmosfera di pacata mestizia e di sogno, dove, forse, suonano meno armoniche le manifestazioni di adesione alla moralità ufficiale: l'altera Tatiana dell'ultima parte del libro è, almeno per quel che riguarda la prima parte del suo colloquio con Onegin e la sua descrizione come donna del gran mondo, un poco dissonante; per noi Tatiana è colei che s'identifica con la Musa, la dolce signorina di provincia con un libro francese tra le mani, la sognatrice al chiaro di luna, la sorella di Lenskij. Non poteva realizzare l'incontro con Onegin, perché troppo diversa da lui e nello stesso tempo a lui troppo vicina. L'affinità di Tatiana con Onegin è la loro ferita non chiusa: per Eugenio la «chandra» è nata da una delusione di origine certamente storica, trasformatasi in elemento perenne, per Tatiana, più modestamente e sommessamente, da una pena d'amore mai mitigata. Perciò il destino dei due eroi è simile: essi non potranno mai raggiungere la felicità. Preferiamo fermare il nostro ricordo su questa Tatiana interiore, alla parte che in lei è delicata e chiara come un racconto preromantico. Occorre però ricordare che fra la Tatiana dei primi capitoli e la Tatiana dell'ottavo è accaduta la vicenda di Marija Raevskaja Volkonskaja che seguì nell'esilio il marito che non amava per dovere di fedeltà, per ammirazione, per devozione. In questo senso la Tatiana della seconda maniera è, in parte, il riflesso di un personaggio reale, o, implicitamente, un elogio delle donne dei decabristi.

La complessità del giudizio sull'*Eugenio Onegin* può derivare anche da una sua stratificazione di generi. Nel poema troviamo, difatti, gli echi del romanzo preromantico, del romanzo francese, del poema byroniano; possiamo considerarlo anche un insieme di racconti, di liriche, di elegie, di narrazioni in versi ma di andamento prosastico, dove tuttavia lo stile, nonostante l'uso di parole colloquiali, ed anche di tipo «vulgar», come dice a un certo punto il poeta, non risulta, per questo, meno letterario e levigato.

Il romanzo viene a collocarsi in una posizione che può essere definita espressione del passaggio al realismo, per quanto riguarda il «tono», il contenuto, la descrizione dei personaggi; ed espressione del romanticismo, per quanto riguarda il genere letterario e non poche intrusioni (anche se, a volte, con una lieve inclinazione ironica) di tipo e tono nettamente romantici. Il romanticismo russo, come osserva il Čiževskij, è anche un riesame del sistema classico dei generi. Esso è accompagnato dal sempre maggiore interesse per la «ballata», dall'uso, nel teatro, della tecnica shakespeariana, dallo sviluppo del «poema libero».

Quest'ultimo è un nuovo genere romantico, conosciuto anche come poema byroniano e sviluppato da Puškin nei poemi «meridionali». Il byronismo di questi poemi non consiste tanto nei contenuti e, in genere, nel tono (Puškin è già abbastanza autonomo da rivelare se stesso e da caratterizzarsi), quanto nel genere usato: il discorso si riferisce non tanto a una vera e propria storia della poesia, quanto a una storia del genere letterario. Elementi di questo «poema libero» sono alla base della costruzione dell'*Onegin* chiamato, in sfida al classicismo, «romanzo in versi». Il «poema libero» ha, come la ballata, una struttura lirica e libera; esso combina elementi di varia derivazione: epici, lirici, drammatici, e fa uso di digressioni; riprende, come s'è visto, elementi tratti dal genere della poesia eroicomica, per quanto l'ironia diffusa nell'opera sia piuttosto un'ironia di tipo «slavo», sottospecie dell'ironia romantica (come nel *Pan Tadeusz* di Mickiewicz). Si tratta di un'ironia sottile e nostalgica formata come dal lieve gioco che l'autore si prende dei suoi personaggi, e anche di se stesso, gioco in cui entrano ricordi e delusioni, e che si conclude, di solito, con una manifestazione di affetto lirico. Il romanticismo si manifesta nel vocabolario; nell'uso di parole colloquiali, senza la crosta di vetro che si era depositata sui vocabolari usati nella letteratura neoclassica. Questo uso di parole colloquiali rispondeva anche a un preciso scopo polemico, contro i sostenitori della lingua classicheggiante, come Šiškov.

Qui non possiamo insistere nell'elencare le parole «arcaiche» o le parole di «medio stile» o le parole «colloquiali» usate dal poeta: alcuni accenni a queste differenziazioni, tuttavia, il lettore le troverà nelle note ai singoli punti del testo, specialmente nel capitolo primo. La colloquialità intenzionale dell'*Onegin* (e anche qui sta l'essenza del passaggio dal classicismo al realismo) si manifesta non solo nei vocaboli tratti da lingue straniere, dal linguaggio europeo contemporaneo (termini del tipo «frac», «gilet», «bolivar», ma anche nel particolare uso di particelle congiuntive tratte dalla parlata volgare e, nella sintassi, già moderna. Mirabile è questo mosaico di lingue stilistiche, armoniosamente fuse tra di loro, con passaggi sempre poeticamente giustificati, con trapassi improvvisi a segnare un particolare stato lirico, con l'alternanza lessicale che risponde, come uno strumento perfetto, all'alternanza delle commozioni.

Questa intenzionalità letteraria di Puškin, questo suo voler non solo rispondere a una sollecitazione della sua Musa, ma anche inserire l'espressione di essa in una polemica letteraria importantissima, perché il suo esito avrebbe determinato il futuro della letteratura russa — suscitò polemiche e critiche. Bestužev-Marlinskij e Ryleev, per esempio, preferivano i poemi meridionali al capitolo primo dell'*Onegin*. Essi erano irritati che Puškin «sciupasse il suo genio» per rappresentare la «prosa della vita» e non i «temi sublimi», che essi ritenevano, da romantico-byroniani conseguenti, l'oggetto fondamentale della poesia. Bestužev-Marlinskij (che sottolineava con compiacimento solo i momenti più lirici del poema) e Kjuchel'beker criticarono pure gli altri capitoli del romanzo, ritenendo che Puškin non avesse saputo o voluto esprimere in modo più chiaro la protesta contro la società zarista. Specialmente i poeti decabristi considerarono l'*Onegin* come un ripudio del romanticismo. E, sia pure per altre ragioni, non possiamo dar loro torto: alla conclusione, l'*Eugenio Onegin* è più figlio del realismo che non del romanticismo. Ma, conservando tracce indelebili del momento romantico, può attribuirsi a un preciso genere letterario di transizione. Questo «romanticismo reale», come veniva allora chiamato, si manifesta nella costruzione dei personaggi, rivelati nella loro pienezza e complessità, come riflesso del sostanziale e del generale nel concreto e individuale. A questo proposito il Sokolov[3] suggerisce di con-

[3] *Dal romanticismo al realismo*, Mosca 1957.

frontare la «povera Tania», l'ideale di Tatiana, con la «povera Liza», l'eroina dell'omonimo romanzo sentimentale di Karamzin; Liza è una figura sostanzialmente astratta e irreale: astratta e irreale perché poeticamente inesistente. La sua assenza di densità non può paragonarsi a Tatiana, che resta espressione della realtà soprattutto perché è poeticamente «densa» benché nasca, anch'essa, da una radice letteraria e si carichi di risvolti tenero-ironici. Il superamento dell'astrattezza tipica del neoclassicismo è una delle conquiste che Puškin realizza coll'*Onegin*. Tuttavia la separazione dell'autore dal suo eroe (di Puškin da Eugenio), benché sia un fatto più avanzato che non nel *Prigioniero del Caucaso* o negli *Zingari* (Aleko), non è ancora portato a termine: nonostante le affermazioni di Puškin, il poeta si ritrova spesso nella sua creatura.

Lo strumento ritmico di cui Puškin si serve per esprimere il mondo dell'*Onegin* è la strofa detta, appunto, oneginiana. Questa strofa è formata da quattordici versi (supera quindi quel limite che si riteneva massimo per la strofa odica, dieci versi): l'ampiezza della strofa oneginiana permetteva all'autore di sviluppare liberamente il tema. La strofa è organizzata in tre quartine seguite da una conclusione, l'epifonema, formato da un distico, a rima baciata come nel poema eroico e cavalleresco italiano. Secondo il Tomaševskij[4], la prima quartina è la più autonoma della strofa e contiene la tesi, una breve formulazione del tema della strofa; la seconda e la terza quartina sviluppano il tema e sono più libere, capricciose e bizzarre. Il distico è spesso dato in forma di aforisma. Questa pausa finale della strofa e lo sviluppo della strofa permettevano al poeta di cambiare continuamente argomento, di inserire sistematicamente le digressioni, e di passare rapidamente dal

[4] *Problemi di lingua nell'opera puškiniana*, in Puškin, *Ricerche e materiali*, Mosca-Leningrado, 1957.

tono sentimentale a quello lirico, dal tono lirico a quello sarcastico o ironico, dal tono sognante a quello della minuta descrizione. Il tono di fondo cambia con il progredire dell'opera; nel capitolo primo lo sfondo generale è la lieve ironia, che ci ricorda, in parte, l'ironia oraziana; ma già in esso osserviamo elementi elegiaci, sovente suscitati dal ricordo. In questo capitolo primo si hanno le descrizioni-ricordo della natura del Sud, rese in un tono elegiaco: la natura del Nord è rappresentata a partire dal capitolo terzo, e il tono della rappresentazione è più realistico.

Forse uno dei modelli della strofa oneginiana (vera e propria, e geniale invenzione di Puškin) poteva essere stato il sonetto; ma se la strofa ricorda esternamente la sua struttura, due quartine e due terzine, conchiuse, in genere, con un segno di interpunzione abbastanza forte come il punto e virgola o forte come il punto (ma non sempre), l'onda ritmica e la successione delle strofe rompono la chiusura del sonetto. A questo problema ha dedicato molta attenzione Nabokov (N. 1, 10 e sgg.), che, tra l'altro, sottolinea certe analogie con il tipo di strofe e di rime dei *Contes* di La Fontaine. I versi di Puškin sono tetrametri giambici, con rime maschili e femminili ora alternate ora accoppiate. Difficilmente troveremo nell'*Onegin* dei metri-ritmi o delle rime di carattere meccanico, cioè non dettati dall'ispirazione e dall'aderenza al momento poetico interno, ma da una ripetizione automatica di cadenze esterne. L'*Eugenio Onegin* è un capolavoro anche per la ricchezza e vitalità dei suoi ritmi e delle sue rime.

ERIDANO BAZZARELLI

Milano/S. Michele - 1982/1983.

CRONOLOGIA DELLA VITA E DELLE OPERE

1799, 26 maggio. Aleksandr Sergeevič Puškin nasce a Mosca, in via Molčanovka (oggi via Bauman: la casa di Puškin non si è conservata). È figlio di Sergej L'vovič Puškin, di antica famiglia di origine baltica, e di Nadežda Osipovna Gannibal, discendente dall'etiope Hannibal, il «moro di Pietro il Grande».

1811, estate. Lo zio di Puškin, il poeta Vasilij L'vovič, accompagna Aleksandr Sergeevič al Liceo di Carskoe Selo, che era appena stato fondato per volontà dello zar Alessandro.

1811, 19 ottobre. Inaugurazione solenne del Liceo, alla presenza della famiglia imperiale.

1813. A Natalia (K Natal'e): la prima poesia pervenuta di Puškin, ancora al Liceo.

1814. Ricordi a Carskoe Selo (Vospominanija v Carskom Sele): lirica letta da Puškin ragazzo alla presenza di Gavrila Deržavin, il decano dei poeti russi. Secondo la tradizione Deržavin avrebbe apprezzato il dono lirico del giovane.

1817, 9 giugno. Conclusione del Liceo.
11 giugno. Puškin si trasferisce a Pietroburgo.

1817-1920. Il periodo pietroburghese di Puškin, riflesso anche nel primo capitolo dell'*Eugenio Onegin*. Puškin frequenta poeti e letterati, oltre che attrici. Fra i suoi amici, gli ex compagni di liceo, come Del'vig e Kjuchel'beker, e personalità del mondo letterario e sociale, già conosciute al tempo del liceo, come Karamzin, Žukovskij, Batjuškov. Puškin frequenta anche pensatori e uomini attenti alle sorti della Russia e desiderosi di mutamenti positivi, come Nikolaj Turgenev e Čaadaev. È in contatto con associazioni di carattere letterario (ma non solo letterario) come la «Lampada Verde», e con persone che stavano costituendo gruppi di impegno politico pre-decabrista.

1820, 26 marzo. Puškin termina il poema *Ruslan e Ljudmila*, che viene pubblicato il *15 maggio.* Il poema suscita grandi discussioni.
6 maggio. Puškin viene mandato con provvedimento amministrativo nel sud della Russia e parte per la sua prima meta, Ekaterinoslav (oggi Dnepropetrovsk).
metà di maggio. Sosta a Kiev, dove il poeta incontra il generale Nikolaj Nikolaevič Raevskij (eroe della grande guerra del 1812) e la sua famiglia. Viene accolto con affetto. Conosce in questi giorni Marija Raevskaja.
17 maggio. Puškin arriva a Ekaterinoslav e prende servizio. Il suo superiore è il generale Inzov, che dimostra per lui grande benevolenza.
estate. Viaggio nel Caucaso e in Crimea, insieme con la famiglia Raevskij. Pretesto formale del viaggio: una malattia e la convalescenza.
21 settembre. Arrivo a Kišinjov, in Bessarabia, nuova sede del generale Inzov.

1821, 15 maggio. Puškin termina il poema *Il prigioniero del Caucaso* (Kavkazskij Plennik), pubblicato nel 1822.
aprile. Scrive la *Gabrieliade* (Gavriliada), un poemetto blasfemo, che farà circolare manoscritto. Dopo che la polizia ne sarà a conoscenza, la sorte di Puškin avrà qualche conseguenza negativa.
26 dicembre. Scrive l'elegia *A Ovidio* (K Ovidiju).

1821-1822. Scrive i poemi *Vadim* (incompiuto, pubblicato nel 1827) e *I fratelli masnadieri* (Brat'ja Razbojniki).

1821-1823. Scrive il poema *La fontana di Bachčisaraj* (Bachčisarajskij Fontan), pubblicato nel 1824.

1822. Scrive le liriche *A Baratynskij dalla Bessarabia* (K Baratynskomu iz Bessarabii), *Agli amici* (Druz'jam), *Il canto del profetico Oleg* (Pesn' o veščem Olege), *A una greca* (Grečanke), *Il prigioniero* (Uznik).

1823, 9 maggio. Puškin inizia il poema-romanzo *Eugenio Onegin*.
2 luglio. Parte per Odessa, sede del generale M.S. Voroncov, nuovo e assai meno benevolo superiore. Il generale ha una bella moglie, della quale Puškin (forse) si innamora).
22 ottobre. Puškin termina il primo capitolo dell'*Eugenio Onegin*.
8 dicembre. Termina il secondo capitolo dell'*Eugenio Onegin* (meno tre strofe, la XXXV, la XXXIX e la XL, che scriverà in seguito). Tra le liriche scritte nel 1823, *Il demone* (Demon), *Solitario seminatore di libertà* (Svobody sejatel' pustynnyj), *Il carro della vita* (Telega žizni), *Al fratello L. Puškin* (L. Puškinu).

1824, seconda metà di gennaio. Puškin compie un viaggio attraverso la Bessarabia.
8 febbraio. Puškin incomincia il terzo capitolo dell'*Onegin*.
gennaio. Scrive il poema *Gli zingari* (Cygany), pubblicato nel 1827.
1 agosto. Puškin parte per Michajlovskoe, nel governatorato di Pskov, dove viene mandato per decisione dello zar, «a causa delle sue idee perverse». Michajlovskoe era un possedimento della famiglia paterna di Puškin, dove egli era stato durante l'infanzia e la giovinezza in vacanza: non lontano da Pokrovskoe, possedimento della madre, e

da Trigorskoe, dove abitavano gli Osipov, amici del poeta.
9 agosto. Puškin, che aveva seguito l'itinerario ordinatogli dalle autorità di polizia, cioè senza soste salvo che a Pskov, arriva a Michajlovskoe. Il periodo di Michajlovskoe sarà uno dei più fecondi del poeta: a Michajlovskoe Puškin ritrova la vecchia bambinaia Arina Rodjonovna. Tra le poesie composte nel 1824, alcune scritte ancora nel sud: *Al poeta Davydov* (Davydovu), *Contro Voroncov* (Na Voroncova: due epigrammi). A Michajlovskoe: *A Jazykov* (Jazykovu), *Imitazioni del Corano* (Podražanija Koranu), *A Čaadaev* (Čaadaev), *Cleopatra* (Kleopatra).
2 ottobre. Termina il terzo capitolo.
novembre/dicembre. Puškin lavora al dramma *Boris Godunov*. Sarà pubblicato nel 1830, con la data 1831.

1824-1825. Puškin lavora al quarto capitolo dell'*Eugenio Onegin*.

1825, 13-14 dicembre. Puškin scrive il poema *Il conte Nulin* (Graf Nulin).
14 dicembre. Insurrezione dei decabristi. Tra le poesie scritte nel 1825: *Andrea Chénier, A* *** (scritta per Anna Kern, che il poeta aveva conosciuto nel 1819 e incontrò nuovamente nel 1825 a Trigorskoe); *Il fidanzato* (Ženich), *Canto bacchico* (Vakchičeskaja pesnja), *19 ottobre* (19 oktjabrja), *La tempesta* (Burja), *Splende la luna, immobile dorme il mare* (Blestit luna, nedvižno more spit).

1826, 4 gennaio. Puškin incomincia il quinto capitolo dell'*Eugenio Onegin*.
6 gennaio. Puškin termina il quarto capitolo dell'*Onegin*.
8 settembre. Incontro di Puškin con lo zar Nicola, che l'aveva fatto venire a Mosca da Michajlovskoe, in occasione della sua incoronazione. Durante questo incontro, la tradizione (non sicura ma ricca di risonanze retoriche) racconta che lo zar avrebbe chiesto a Puškin che cosa

avrebbe fatto se si fosse trovato a Pietroburgo il 14 dicembre. Puškin rispose: «Sarei stato con gli insorti». Cioè i decabristi. Lo zar concesse a Puškin di lasciare il suo esilio di Michajlovskoe e di risiedere a Mosca o a Pietroburgo. Lo zar in persona (in realtà attraverso il ministro Benkendorf e i funzionari incaricati) sarebbe stato il censore del poeta. Durante tutto il 1826 Puškin lavora al sesto capitolo dell'*Onegin*. Tra le liriche scritte nel 1826: *Dall'Orlando Furioso* dell'Ariosto (Iz Ariostova «Orlando Furioso»); *A Vjazemskij* (K Vjazemskomu), *A Jazykov* (K Jazykovu), *Canti su Sten'ka Razin* (Pesni o Sten'ke Razine), *A Puščin* (K Puščinu), *Alla sua bambinaia* (K njane).

1826-1829. Puškin vive e lavora a Mosca, a Pietroburgo, a Michajlovskoe, a Malinniki (un possedimento degli amici Vul'f, nel governatorato di Tver').

1827, 18 marzo. Puškin incomincia il settimo capitolo dell'*Onegin*.
31 luglio/10 agosto. Lavora al racconto storico (incompiuto) *Il negro di Pietro il Grande* (Arap Petra Velikogo). Tra le liriche scritte nel 1827: *Nella profondità delle miniere siberiane* (Vo glubine sibirskich rud), *Arione, L'Angelo* (Angel), *Messaggio a Del'vig* (Poslanie Del'vigu), *19 ottobre 1827* (19 oktjabrja 1827), *Il talismano* (Talisman), *Al principe P.P. Vjazemskij* (Kn. P.P. Vjazemskomu), *Primavera, primavera, tempo dell'amore* (Vesna, vesna, pora ljubvi).
1828, aprile-ottobre. Puškin scrive il poema *Poltava*, pubblicato nel 1829.
4 novembre. Puškin termina il settimo capitolo dell'*Onegin*.
Tra le poesie liriche scritte nel 1828 ricordiamo: *Agli amici* (Druz'jam), *Ricordo* (Vospominanie), *Dono inutile, dono casuale* (Dar naprasnyj, dar slučajnyj), *Non canta-*

re, bella, davanti a me (Ne poj, krasavica, pri mne), *Rima, amica armoniosa* (Rifma, zvučnaja podruga), *Città lussuosa, città misera* (Gorod pyšnyj, gorod bednyj), *L'albero del veleno* (Ančar), *Il fiorellino* (Cvetok), *Il poeta e la folla* (Poet i tolpa), il frammento lirico *Kirdžali*.

1829, 2 ottobre. Puškin scrive le prime cinque strofe del *Viaggio di Onegin*.
Puškin scrive il *Romanzo in lettere*, incompiuto. Verrà pubblicato solo nel 1857, nella *Raccolta* delle Opere.
Tra le poesie scritte da Puškin nel 1829: *A una calmucca* (Kalmyčke), *Sui colli di Georgia giace la tenebra notturna* (Na cholmach Gruzii ležit nočnaja t'ma), *Da Hafiz* (Iz Gafiza), *Lo scudo di Oleg* (Olegov ščit), *È inverno. Che devo fare al villaggio?* (Zima. Čto delat' nam v derevne?), *Vi ho amata, l'amore forse...* (Ja vas ljubil: ljubov' eščjo, byt' možet), *Se erro lungo le vie rumorose* (Brožu li ja vdol' ulic šumnych), *Il Caucaso* (Kavkaz), *Il monastero sul Kazbek* (Monastyr' na Kazbeke), *L'assemblea degli insetti* (Sobranie nasekomych), *Ricordi di Carskoe Selo* (Vospominanija o Carskom Sele).

1828-1829. Puškin scrive il poema *Tazit*, pubblicato nel 1837.

1829-1832. Puškin scrive il «piccolo dramma» *La Rusalka*, che resta incompiuto.

1830, 6 maggio. Puškin si fidanza ufficialmente con Natal'ja Nikolaevna Gončarova.
31 agosto. Puškin parte per Boldino, un possedimento del padre, nel governatorato di Nižnij Novgorod (oggi Gor'kij). Arriva a Boldino il 3 settembre. Rimane tre mesi a Boldino, in un eccezionale fervore creativo (l'«autunno d'oro di Boldino»).
9 settembre-20 ottobre. Puškin scrive *I racconti di Belkin* (Povesti pokojnogo Ivana Petroviča Belkina).
13 ottobre. Puškin scrive la fiaba in versi *Storia del pope e*

del suo operaio Balda (Skazka o pope i o rabotnike ego Balde).
18 settembre. Puškin termina il *Viaggio di Onegin*.
25 settembre. Puškin termina l'ottavo capitolo dell'*Eugenio Onegin* (che in origine era il nono), meno la *Lettera di Onegin a Tatiana*.
19 ottobre. Puškin brucia quanto aveva scritto del cosiddetto decimo capitolo.
23 ottobre. Puškin termina il dramma breve *Il cavaliere avaro* (Skupoj Rycar'), che sarà pubblicato nel 1836.
26 ottobre. Puškin termina il dramma breve *Mozart e Salieri*, che sarà rappresentato il 27 gennaio 1832.
31 ottobre-1 novembre. Puškin scrive il racconto *La storia del villaggio di Gorjuchino* (Istorija sela Goriuchina).
4 novembre. Puškin termina il dramma breve *Il convitato di pietra* [Don Giovanni] (Kamennyj Gost').
5 dicembre. Puškin fa ritorno a Mosca.
Nell'ottobre Puškin scrive il poemetto *La casetta a Kolomna* (Domik v Kolomne).
Tra le liriche scritte nel 1830: *Il sonetto* (Sonet), *Al poeta* (Poetu), *Madonna, I demoni* (Besy), *Elegia (La gioia spenta dei folli anni*) (Elegija. Bezumnych let ugasšee vesel'e), *Versi scritti di notte durante l'insonnia* (Stichi, sočinennye noč'ju vo vremja bessonicy), *Gli zingari* (Cygany).

1831, 18 febbraio. Matrimonio con Natal'ja Nikolaevna Gončarova, diciannovenne.
agosto. Puškin scrive la fiaba in versi *Storia dello zar Saltan* (Skazka o care Saltane).
Nel 1831 Puškin inizia il racconto in prosa *Roslavlev*, lasciato incompiuto, pubblicato nel 1832, e scrive le liriche: *Ai calunniatori della Russia* (Klevetnikam Rossii), *Anniversario di Borodino* (Borodinskaja Godovščina), *L'eco*.

1832. Puškin scrive il romanzo *Dubrovskij*, che lascia incompiuto, e verrà pubblicato nel 1841.

Tra le liriche del 1832: *A Gnedič* (Gnediču), dedicata al traduttore dell'*Iliade*; *La bella* (Krasavica), *A *** (No, no, non devo, non oso, non posso*); *Frammenti* (Otryvki [Odni stichi emu čitala]).

1833. gennaio. Puškin inizia il romanzo *La figlia del capitano* (Kapitanskaja dočka), al quale lavorerà fino al 1836 e che pubblicherà nello stesso anno.
gennaio. Inizia il saggio storico *Storia di Pugačjov* (Istorija Pugačjova), che continuerà nel 1834 e che sarà pubblicato (incompiuto) nello stesso anno.
febbraio-ottobre. Puškin scrive il poema *Angelo* (Andželo).
6-31 ottobre. Puškin scrive il poema *Il cavaliere di bronzo* (Mednyj vsadnik).
8 ottobre. Arriva a Pietroburgo il barone alsaziano George d'Anthès, emigrato, figlioccio del plenipotenziario olandese a Pietroburgo, barone Louis van Heeckeren de Beverwaard.
ottobre. Puškin scrive la fiaba *Storia del pescatore e del pesciolino* (Skazka o rybake i rybke), pubblicato nel 1835.
ottobre-novembre. Scrive il romanzo *La dama di picche* (Pikovaja Dama), pubblicato nel 1834; e la fiaba *La storia della Reginotta morta e dei sette eroi* (Skazka o mertvoj carevne i o semi bogatyrjach), pubblicata nel 1835.
30 dicembre. Puškin, per volontà dello zar, viene nominato *kammerjunker*, una carica a corte che il poeta ritiene umiliante.

1833-1835. Puškin lavora al poema (incompiuto) *Ezerskij*, pubblicato nel 1836.

1833. Fra le poesie liriche scritte nel 1833: *L'Autunno* (Osen'), *Nel campo aperto s'inargenta* (V pole čistom serebritsja), *I campanelli suonano* (Kolokol' čiki zvenjat).

1834. Scrive il poemetto incompiuto *Kirdžali*, pubblicato nello stesso anno.

20 settembre. Termina la fiaba in versi *Storia del galletto d'oro* (Skazka o zolotom petuche), pubblicata nel 1835. Tra le liriche scritte nel 1834: *È tempo, amico mio, è tempo! il cuore chiede pace* (Pora, moj drug, pora! Pokoja serdce prosit) e *I canti degli slavi meridionali* (Pesni zapadnych slavjan).

1834-1835. Scrive la *Storia di Pietro il Grande*, che resta incompiuta.

1835. Scrive *Le notti egiziane* (Egipetskie noči), frammento di un romanzo incompiuto (pubblicato nel 1837, postumo).
15 agosto. Inizia *Scene dei tempi cavallereschi* (Sceny iz rycarskich vremjo), dramma rimasto incompiuto. Tra le liriche del 1834: *Da Anacreonte* (Iz Anacreonta), traduzioni poetiche; *La nube* (Tuča), *Da A. Chénier* (Iz A. Chénier), *Nella nativa Spagna* (Na Ispaniju rodnuju), *Il pellegrino* (Strannik), *Nei miei ozi autunnali* (V moi osennie dosugi).

1836. Puškin pubblica la rivista letteraria «Il Contemporaneo» (Sovremennik). Tra le liriche di quest'anno ricordiamo: *All'artista* (Chudožniku), *Da Pindemonte* (Iz Pindemonte), *Quando, fuori città, erro pensieroso* (Kogda za gorodom, zadumčiv, ja brožu), *Mi sono innalzato un monumento non fatto con le mani* (Ja pamjatnik sebe vozdvig nerukotvornyj: ispirato all'oraziano *Exegi monumentum aere perennius*), *La genealogia del mio eroe* (Genealogija moego geroja).

1837, 26 gennaio. Puškin manda una lettera offensiva al barone van Heeckeren, accusandolo di tener mano alle tresche del figlioccio, che continuava a corteggiare Natal'ja, nonostante il matrimonio (impostogli) con la sorella di questa.

1837, 27 gennaio. Duello fra Puškin e d'Anthès. Puškin viene mortalmente ferito.
29 gennaio. 2.45 della notte: Puškin muore.

GIUDIZI CRITICI

UN POEMA STORICO

Devo riconoscerlo: non senza una certa timidezza mi accingo all'esame critico di un poema come l'*Eugenio Onegin*. Questa timidezza è giustificata da molte ragioni. L'*Onegin* è l'opera più intima e autentica di Puškin, il frutto più caro della sua fantasia; sono veramente poche le opere che, come l'*Onegin*, riflettano con tale pienezza, così chiaramente e luminosamente, la personalità del poeta. Qui c'è tutta la sua vita, tutta la sua anima, tutto il suo amore; qui ci sono i suoi sentimenti, i suoi pensieri, i suoi ideali. Valutare una tale opera significa valutare il poeta in persona, in tutta l'ampiezza della sua attività creatrice. Senza parlare della dignità artistica dell'*Onegin*, questo poema ha per noi, russi, un enorme significato storico e sociale. Persino ciò che la critica oggi potrebbe con fondamento definire debole o invecchiato nell'*Onegin*, persino questo appare pieno di un profondo significato, di un grande interesse. [...] I nostri giudizi possono sembrare a molti ancor più contraddittori, perché l'*Onegin* per la forma è un'opera d'arte di altissimo livello, e per il contenuto le sue stesse manchevolezze ne costituiscono la grandissima dignità. [...] Nell'*Onegin* noi vediamo, prima di tutto, la riproduzione poetica della società russa, colta in uno dei più interessanti momenti del suo sviluppo. Da questo punto di vista l'*Eugenio Onegin* è un *poema storico* nel pieno senso della parola, anche se tra i suoi eroi non c'è neppure un personaggio storico. Il significato storico del poema è tanto più alto, in quanto è stato il primo e brillante esperimento di questo tipo in Russia. Nell'*Onegin* Puškin non si rivela soltanto e semplicemente poeta, ma anche rappresentante dell'autocoscienza sociale che si era per la prima volta svegliata: merito inapprezzabile.

(V. Belinskij, *Sočinenija Aleksandra Puškina. Stat'ja Vos'maja. «Evgenij Onegin».)*

UN ETERNO EMBRIONE

Così, Onegin mangia, beve, critica i balletti, balla tutte le notti, in una parola: fa una bella vita. In questa felice vita, il prevalente interesse di Onegin è per «la scienza della tenera passione», della quale Eugenio si occupa con grande zelo e con brillante successo. «Ma era felice il mio Eugenio?» si chiede Puškin. Eugenio non era felice, e da quest'ultima circostanza Puškin trae la conclusione che egli era molto al di sopra della folla spregevole e contenta di sé. Con questa conclusione è d'accordo, come s'è visto, Belinskij. Ma io, con mio grande dispiacere, sono costretto a contraddire sia il nostro più grande poeta, sia il nostro più grande critico. La noia di Onegin non ha niente in comune con la scontentezza della vita; in questa noia non si può neppure notare la protesta istintiva contro le forme e i rapporti sconvenienti, cui si conforma e in cui si adagia per abitudine e inerzia la moltitudine passiva. Questa noia non è altro che la semplice conseguenza fisiologica di una vita molto disordinata: è un aspetto di quel sentimento che i tedeschi chiamano *Katzenjammer* e che di solito visita qualsiasi bisboccione il giorno successivo a quello di una buona bevuta. L'uomo è fatto dalla natura in modo che non può continuamente ingozzarsi, bere e studiare continuamente la «scienza della tenera passione». [...] Se l'uomo, sfiancato dal piacere, non sa neppure mettersi alla scuola della ragione e della lotta vitale, possiamo dire chiaramente che questo embrione non diventerà mai un essere pensante e quindi non potrà mai avere il diritto di osservare con disprezzo la massa passiva. A questi eterni embrioni senza speranza appartiene anche Onegin.

(D.I. Pisarev, *Puškin i Belinskij, Evgenij Onegin* [1865].)

TATIANA

Ma così non è Tatiana [cioè non è come Eugenio, senza radici - E.B.]: Tatiana è un tipo fermo, che sta saldamente sulla sua terra. Essa è più profonda di Onegin, e, certo, più intelligente di lui. Sente con il suo solo nobile istinto dove e in che cosa sta la verità, come è detto nel finale del poema. Forse Puškin avrebbe fatto meglio a chiamare il suo poema con il nome di Tatiana e non con quello di Onegin, perché senza dubbio è lei la vera e principale eroina del poema. Tatiana è un tipo positivo, non negativo; è il tipo della bellezza positiva, è l'apoteosi della donna russa, ed è a lei che il poeta ha affidato il compito di esprimere il senso del poema nella famosa scena dell'ultimo incontro con Onegin. Si può persino dire che un tale tipo positivo di bellezza della donna russa non si è più ripetuto nella letteratura russa, tranne forse la figura di Liza, in *Nido di nobili* di Turgenev. [...] Onegin non ha saputo riconoscere nella povera fanciulla né compiutezza né perfezione, e, forse, effettivamente, la scambiò per un «embrione morale». Proprio lei, e dopo la lettera che scrisse a Onegin! Se c'è nel poema un embrione morale, è certo lui, Onegin: su ciò non si discute. E del resto non poteva riconoscerla: forse era in grado di conoscere l'anima umana? Onegin è stato un uomo astratto, un sognatore inquieto per tutta la vita. Ma non la conobbe neppure dopo, a Pietroburgo, quando la vide nella figura di una dama dell'alta società; quando, secondo le sue parole nella lettera a Tatiana, «aveva capito con l'anima la sua perfezione». Ma erano solo parole: era passato accanto alla sua vita sconosciuta e non apprezzata. In questo sta la tragedia del loro romanzo. O se allora, al villaggio, nel primo incontro con lei, fosse giunto dall'Inghilterra Childe Harold o, persino, in qualche modo, lo stesso lord Byron, e, notato il timido, modesto fascino di lei, l'avessero indicata a Onegin, oh! allora Onegin sarebbe stato colpito e stupito, perché in questi «sofferenti universali» c'è a volte molto servilismo spirituale! Ma questo non accadde: il cercatore dell'armonia universale, facendole la predica e comportandosi con lei, del resto, molto onestamente, se ne partì con la sua angoscia universale e con le mani sporche di sangue per una stupida cattiveria: se ne partì per un viaggio nella patria, senza notarla e capirla, pieno di salute e di forza, ed esclamando con maledizioni: «Sono giovane, la vita in me è forte. Che cosa devo attendermi, angoscia, angoscia!».

(F.M. Dostoevskij, *Reč' o Puškine*, 1880.)

ONEGIN E L'OCCIDENTE

Onegin non è capace né di amore, né di amicizia: è incapace di contemplare, è incapace di qualsiasi impresa. Come Aleko — secondo quanto dice il vecchio Zingaro — egli è «cattivo e ardito». Come Pečorin e Raskol'nikov, egli è un assassino, e il suo delitto è privo di forza e di grandezza, come ne sono prive le sua qualità. Egli è uscito tutto intero da una cultura falsa, mediocre e borghese.

Egli è un fantasma estraneo, non russo, nebuloso, nato dai soffi della vita occidentale. Tatiana è tutta nostra, tutta nata dalla vita russa, dalla natura russa; enigmatica, oscura e profonda, come una fiaba russa. [...]

La sua anima è semplice, come l'anima del popolo russo. Tatiana viene da quel mondo crepuscolare, antico, dove nacquero l'Uccello di Fuoco, Ian figlio di re, la Baba-Jagà, «là sono i prodigi, là vagabonda il Lešij, lo spirito dei boschi, e la rusalka siede sui rami», «là c'è lo spirito russo, là c'è l'odore della Russia». L'unica amica di Tatiana è la vecchia bambinaia, la quale le bisbigliava le fiabe dell'antico tempo incantato. Come lo Zingaro, Tatiana attinge la sua grande umiltà e semplicità di cuore dalla tranquilla contemplazione della calma natura. Come Tazit, ella è selvatica ed estranea nella sua stessa famiglia; è come un cervo prigioniero, «guarda sempre verso il bosco, brama sempre fuggire nella profondità della foresta».

Tatiana è infinitamente lontana da quel mondo brillante e falso nel quale vive Onegin. Come si è potuta innamorare di lui? «Ma il suo cuore arde e ama perché non può non amare.» L'amore è un mistero e un prodigio. Tatiana si abbandona all'amore come alla morte e al destino. [...]

E Onegin passa accanto a questo santo prodigio dell'amore con morto cuore. Egli adempie al dovere dell'onore, si manifesta come uomo d'ordine, e rifiuta il dono immeritato, mandatogli da Dio, con alcune insignificanti parole sulla noia della vita matrimoniale. In questa impotenza ad amare, più che nell'assassinio di Lenskij, si rivela tutto l'orrore di ciò per cui Onegin, Aleko, Pečorin vanno orgogliosi, come il più alto fiore della cultura occidentale. Alle parole dell'amore, alle quali lo chiamano la natura, l'innocenza, la bellezza, egli sa rispondere solo con un consiglio pratico: «Imparate a dominarvi. Non tutti vi capirebbero come me, e l'inesperienza può portare alla sciagura».

[...] Le ultime parole di Tatiana [nell'ultimo incontro, quando Tatiana è diventata una signora dell'alta società. - E.B.] la principessa le pronuncia con labbra morte, e di nuovo la circonda l'aura del «freddo delle feste dell'Epifania» e di nuovo tra Onegin e lei si apre un abisso di ghiaccio, invalicabile come la morte, l'abisso del dovere, della legge, dell'onore del matrimonio, dell'opinione pubblica, di tutto ciò al quale Onegin aveva sacrificato l'amore di una bambina. Per l'ultima volta ella gli dimostra di aver imparato la sua lezione, di aver appreso a dominarsi, a soffocare la voce della natura. Entrambi dovevano perire, perché avevano asservito se stessi alla menzogna umana, si erano staccati dall'amore e dalla natura. «Entrambi dovevano diventare crudeli, indurirsi e, alla fine, pietrificarsi nella mortifera ebbrezza del gran mondo».

(D.S. Merežkovskij, *Puškin* in *Polnoe Sobranie Sočinenij Dmitrija Sergeeviča Merežkovskogo*, Tom XVIII, Moskva, 1914, pp. 122-126.)

L'ONEGIN E IL TEMPO

Se dovesse venire un tempo — fra migliaia e migliaia di anni — in cui si dovesse ricostruire la cultura della Russia del XX secolo in base ad avare testimonianze letterarie conservatesi (come succede non di rado per alcune epoche dell'antichità), questa strofa [la strofa 4ª del II capitolo / Il gioco della vecchia *barščina* / Egli mutò con il più leggero obrok ecc. - E.B.] darebbe al futuro scienziato la possibilità di giudicare sull'essenza della nostra servitù della gleba. Egli imparerebbe, da questa strofa, che nella Russia del XIX secolo esistevano gli «schiavi», che erano sottomessi alla pesante «barščina», che certi possidenti «stravaganti» (cioè delle eccezioni) tentavano di mutare tale giogo con il più leggero «obrok», ma i loro vicini, altri possidenti, vedevano in ciò «un grave danno» ecc. In breve, l'analisi filologica di questi versi darebbe molte più testimonianze sul contadino-servo russo di qualsiasi verso di Virgilio, Orazio od Ovidio sul colono romano.

Ma si può dire che solo a questa strofa si limita ciò che il romanzo di Puškin ci dice sul flagello e sulla vita dei contadini del suo tempo? Nello stesso secondo capitolo, nel rappresentare la vecchia Larina, Puškin caratterizza a sufficienza i diritti e i costumi di una possidente nei confronti dei servi della gleba e dei domestici: «Essa sovrintendeva ai lavori, salava i funghi per l'inverno, controllava le spese, *radeva le fronti*, andava al bagno ogni sabato, irritata picchiava le serve, e tutto questo senza chieder nulla al marito». «Irritata picchiava le serve» e «radeva le fronti», cioè mandava i servi a soldato: non sono forse queste le caratteristiche del costume feudale? E per di più la Larina faceva questo senza accorgersene, semplicemente, come salare i funghi e andare al bagno di sabato.

Si può forse dimenticare il racconto della *njanja* di Tatiana, sulla sua vita? «E tu non ti sei sposata, *njanja*? Così, si vede, me l'ha ordinato Dio. Il mio Vanja era più giovane di me, luce mia, e io avevo tredici anni... ecc.»

Osserviamo che nel manoscritto, dapprima, Puškin aveva scritto «quindici anni», ma poi l'ha cambiato in «tredici anni», più crudele, ma del tutto concordante con la realtà.

(Valerij Brjusov, *Puškin i krepostnoe pravo* [K 85-letiju so dnja smerti], 1922 [in: Valerij Brjusov, *Sobranie Sočinenij*, vol. VII, Moskva, 1975, pp. 117-118].)

L'ONEGIN E L'ADOLPHE

Così vediamo che Puškin, alla fine degli anni '20, volendo risolvere il problema della creazione di un eroe non più byroniano, si appoggia in parte sull'*Adolphe*.

Il mutamento di Puškin nei confronti di Byron si nota già nell'*Eugenio Onegin*. Nella letteratura puškiniana la somiglianza tra Onegin e Adolphe è stata più volte sottolineata. Da tutti i convincenti confronti tra Onegin e Adolphe si può trarre una conclusione: *Adolphe* è stata una di quelle opere che hanno ispirato a Puškin una posizione scettica e realista, antibyroniana.

Bisogna notare che la somiglianza tra Onegin e Adolphe cresce verso la fine del romanzo puškiniano, ed è particolarmente evidente nell'VIII capitolo (1830). Oggi noi conosciamo una serie di fatti che illuminano nuovamente il rapporto di Puškin con Adolphe, e così possiamo con maggiore sicurezza indicare ancora alcune altre coincidenze, assai importanti, tra l'VIII capitolo dell'*Onegin* e il romanzo di Benjamin Constant.

Comincerò dalle varianti di minuta: «Superata la sua indole selvatica» - cfr. *Adolphe*: «ce caractère qu'on dit bizarre et sauvage...». L'ultimo verso della 12ª strofa era all'inizio così:

> Voleva occuparsi di qualche cosa.

Adolphe pure sogna un'attività. Inoltre, nel confrontare l'VIII capitolo con l'*Adolphe* si possono trovare esempi più stretti, più di quanto non sia stato fatto sinora: il barone T. dice ad Adolphe: «Avete 26 anni, raggiungerete la metà della vostra vita senza aver intrapreso niente, senza aver compiuto niente». Nell'VIII capitolo dell'*Onegin*:

> Dopo [...] essere vissuto senza scopo, e senza fatica,
> fino a ventisei anni, annoiato dall'inane ozio...

Poi Adolphe dice: «Ho gettato uno sguardo lungo e triste sul tempo trascorso senza ritorno: ho ricordato le speranze della giovinezza... La mia inattività mi opprimeva...». Cfr. l'VIII capitolo: «Ma come è triste pensare che la gioventù ci è stata data invano...». C'è una somiglianza tra la situazione rappresentata dall'VIII capitolo e l'inizio del romanzo di Constant.

Un parente dell'eroe, il conte P., della cui amica Adolphe è innamorato, lo invita a una serata. Il principe N., marito di Tatiana, invita Onegin a una serata.

Adolphe, desiderando rivedere Ellenore, guarda continuamente l'orologio. «Onegin ancora una volta conta le ore, ancora una volta non è in grado di aspettare la fine del giorno!»

«Finalmente batte l'ora in cui Adolphe doveva andare dal conte.»

«Finalmente battono le dieci...»

Adolphe si sente tremare, mentre si avvicina a Ellenore;

«Egli con tremore va dalla principessa.»

Ma la cosa più notevole di tutte è che nell'VIII capitolo il dandy mondano Onegin diventa all'improvviso vergognoso e timido, proprio come Adolphe, quando si trova solo con Ellenore.

«La trova sola, e per qualche minuto siedono accanto. *Le labbra di Eugenio non trovano parola.* Tetro, impacciato le risponde appena».

Qui Puškin ripete molto da vicino B. Constant: «tous mes discours expiraient sur mes lèvres».

Onegin, come Adolphe, non si decide a spiegarsi e manda una lettera. Per questa lettera Puškin attinge all'*Adolphe* una serie intera di formule e così ricorre all'*Adolphe* per creare la lingua dei sentimenti amorosi:

> «So già che il mio tempo è contato; ma perché la mia vita si prolunghi ancora, ogni mattino devo esser certo di rivedervi quello stesso giorno...»

Cfr. in Constant: «Je n'ai plus le courage de supporter un si long malheur, mais je dois vous voir s'il faut que je vive».

Adolphe, che ha spedito la prima lettera d'amore a Ellenore, temeva di scorgere nel suo sorriso la traccia di un qualche disprezzo verso di lui. Cfr. nella lettera di Onegin:

> «Quale amaro disprezzo esprimerà il vostro sguardo altero!».

> «Che voglio?» esclama Onegin.
> «Qu'est-ce que j'exige?»

chiede Adolphe nella dichiarazione a Ellenore (capitolo III). Nella stessa dichiarazione a Ellenore Adolphe dice: «la tensione, che io domino per parlare con voi un po' tranquillamente, è la testimonianza *di un sentimento per voi offensivo*» e chiede a Ellenore di non punirlo, per aver scoperto il suo mistero (cioè il suo amore).

Questo passo è sottolineato nella copia dell'*Adolphe* che Puškin possedeva.

Cfr. nella «Lettera di Onegin»:

> Tutto prevedo: vi offenderà la rivelazione del triste *segreto*.

L'espressione «cara abitudine», usata due volte da Puškin in dichiarazioni d'amore, e fra l'altro, nella «Lettera di Onegin» («Non ho voluto abbandonarmi a una cara abitudine»), si trova nella stessa dichiarazione di Adolphe a Ellenore (Vous avez laissé naître et se former cette douce habitude).

E, infine, la lettera di Adolphe a Ellenore (cap. III), la seconda parte della quale è sottolineata nella copia di Puškin a matita (dalle parole «Tout près de vous» alla fine) contiene un passo, molto vicino alla «Lettera di Onegin», scritta il 3 ottobre 1831.

Desiderare abbracciarvi le ginocchia, E, piangendo, ai vostri piedi versare preghiere, confessioni, canti, tutto, tutto quello che potrei esprimere, e difendere le parole e gli sguardi con simulata freddezza.	Lorsque j'aurai un tel besoin de me reposer de tant d'angoisse, de poser ma tête sur vos genoux, de donner un libre cours à mes larmes il faut que je me contraigne... (cap. III)

Tutti questi confronti vanno considerati quali esempi di come Puškin abbia trasportato dall'*Adolphe* all'*Eugenio Onegin* la terminologia psicologica delle esperienze amorose.

(Anna Achmatova, *Adol'f Benžamena Konstana v tvorčestve Puškina*, in: *Puškin. Vremennik Puškinskoj Komissii Akademii Nauk SSSR*. Tom 1. Moskva-Leningrad, 1936, ristampata in: Anna Achmatova, *Sočinenija*. Tom Vtoroj, Inter-Language Literary Associates, München, 1968, pp. 246-250.)

LA PANCHINA DI TATIANA

Un po' più tardi, avevo sei anni, ed era il mio primo anno di musica, nella Scuola di Musica Zograf-Plaksina, in via Merzljakov, ci fu una serata pubblica (come allora si diceva). Era Natale. Rappresentavano una scena dalla *Rusalka*, poi la *Rogneda* e, infine «Ora voliamo nel giardino dove Tatiana s'incontrò con lui».

La panchina. Sulla panchina Tatiana. Poi arriva Onegin, ma non si siede, e *lei* si alza. Stanno in piedi tutti e due. Ma parla solo lui, per tutto il tempo, a lungo, e lei non dice una parola. E qui io capisco [...] che questo è — amore: quando c'è una panca, sulla panca c'è lei, poi arriva lui e parla per tutto il tempo, e lei non dice una parola.

— E allora Musja, che cosa ti è piaciuto di più?

— Tatiana e Onegin.

— Ma come? Non la *Rusalka*, dove c'è il mulino, il principe, e il *lešij* [spirito dei boschi]? Non *Rogneda*?

— Tatiana e Onegin.

— Ma come può essere? Lì non hai capito niente. Su, che cosa puoi aver capito?

Sto zitta.

Mia madre trionfante;

— Hai visto? Non hai capito neanche una parola, come pensavo. A sei anni! Che cosa poteva piacerti?

— Tatiana e Onegin.

— Sei proprio una stupida, e più testarda di dieci asini!

[interviene il direttore della scuola]

— Ma perché, Musen'ka, Tatiana e Onegin? — mi chiede bonariamente il direttore.

[interviene anche la sorella di Brjusov, Nadežna Nikolaevna Brjusova, ma la piccola Marina, alla quale il direttore regala un mandarino, ostinatamente ripete: Tatiana e Onegin]

Io mi ero fatta del tutto muta, di pietra, e nessun sorriso al mandarino, né del direttore né della Brjusova, e nessuno sguardo terribile della madre potevano far apparire sulle mie labbra un sorriso di gratitudine. Sulla via del ritorno, sulla slitta, era tardi, nel silenzio, mia madre mi rimprovera:

— Mi hai svergognata! Non hai ringraziato per il mandarino! Stupida: a sei anni si innamora di Onegin!

Mia madre si sbagliava. Non mi ero innamorata di Onegin, ma di Onegin e di Tatiana (e, forse, di Tatiana un po' di più), di loro due insieme, dell'amore.

[..]

Ma l'*Eugenio Onegin* è stato per me una predestinazione ancora per una cosa, non una, ma molte. Se io per tutta la vita, fino a quest'ultimo giorno, sono sempre stata la prima a scrivere, la prima a tendere la mano, le mani, senza paura dei giudizi, è stato solo perché all'alba dei miei giorni Tatiana, coricata con il suo libro, al lume della candela, con la treccia sciolta sul petto, aveva fatto così, davanti ai miei occhi. E se poi, quando se ne andavano, e se ne andavano sempre, non solo non tendevo loro le braccia, ma non voltavo neppure la testa, era perché allora, nel giardino, Tatiana era rimasta ferma come una statua.

Lezione di coraggio. Lezione di orgoglio. Lezione di fedeltà. Lezione di destino. Lezione di solitudine.

•

Quale popolo ha un'eroina d'amore così? Coraggiosa e dignitosa, innamorata e inflessibile, veggente e amante.

Perché nella risposta di Tatiana non c'è l'ombra di spirito vendicativo. Per questo ne esce una piena nemesi, e Onegin se ne sta come colpito da un tuono.

Tutte le briscole sono nelle mani di lei, per vendicarsi e farlo impazzire, tutte le briscole per umiliarlo, per calpestare a terra quella panchina, pareggiare il parquet di quella sala. Ma Tatiana distrugge tutto questo lasciandosi sfuggire: «Vi amo. Perché fingere?».

Perché fingere? Ma per trionfare! E perché trionfare? Ma ecco, in effetti, non c'è risposta per Tatiana, comprensibile: e di nuovo lei sta lì, nel cerchio incantato della sala, come allora nel cerchio incantato del giardino, — nel cerchio incantato della sua solitudine amorosa. Allora: non voluta; adesso: desiderata. E allora e adesso innamorata, e senza poter essere amata.

Tutte le briscole erano nelle sue mani: ma lei non le ha giocate.

[...]

Così, Tatiana non ha solo influito sulla mia vita, ma sul fatto stesso della mia vita: se non fosse esistita la Tatiana di Puškin, non sarei esistita neppure io.

Così, difatti, le donne leggono i poeti. Non altrimenti.

È significativo, per altro, che mia madre non mi chiamò Tatiana. Forse, tuttavia, ebbe pietà della figlia.

(Marina Cvetaeva, *Moj Puškin*. Sovremennye Zapiski, 1937, n. 64, in: Marina Cvetaeva, *Sočinenija*, Tom Vtoroj. *Proza*, M., 1980, pp. 342-345.)

LE COSIDDETTE DIGRESSIONI

L'*Eugenio Onegin* è un romanzo la cui base è formata dai reciproci rapporti tra i due eroi principali, Eugenio e Tatiana. Ma, per essere più precisi, bisogna dire che il romanzo è costruito su tre personaggi centrali. Il terzo e, probabilmente, il più centrale, il personaggio che attraversa tutto il romanzo e unisce tutto il testo, è l'immagine dello stesso poeta. Alla sua manifestazione sono dedicate le cosiddette «digressioni liriche» del romanzo. L'autore presenzia incessantemente a tutte le scene del romanzo; le commenta, dà le sue spiegazioni, i suoi giudizi, le sue valutazioni. È presente non solo come autore (il quale è presente, letterariamente, in ogni romanzo), ma proprio come personaggio, come testimone, a volte anche partecipe degli avvenimenti e storiografo di tutto quello che succede. Egli è «materializzato», ha una biografia, un destino personale, un carattere, sempre ampi sguardi. Perciò difficilmente si può essere d'accordo col termine «digressioni liriche», se applicate all'*Eugenio Onegin*. I passaggi indicati da questo termine non sono delle liriche nel senso abituale, perché hanno lo scopo di creare l'immagine oggettiva del personaggio. È insensato immaginarsi il romanzo puškiniano senza le digressioni. Non solo muterebbe, come ogni opera che comprende nella sua struttura delle digressioni (il *Don Giovanni* di Byron, *Guerra e Pace*), ma semplicemente si spaccherebbe. Tutto il resto del romanzo, definito nel suo ambito dall'immagine del poeta, eroe di queste digressioni, sarebbe privo di senso. Diventerebbero incomprensibili l'ironia, la tristezza, le idee che attraversano tutto il testo: senza digressioni, esse perderebbero l'unità e di conseguenza la necessità. Il poeta, tuttavia, non entra nell'intreccio principale del soggetto. Il soggetto è costruito su due personaggi: i rimanenti sono soltanto elementi dello sfondo, più o meno autonomi, che servono per sottolineare i due personaggi principali. Perciò possono anche uscire dal romanzo molto prima della sua conclusione; queste uscite (per esempio la morte di Lenskij) non ostacolano affatto la continuazione del romanzo e non influiscono neppure sullo sviluppo del soggetto.

(G.A. Gukovskij, *Puškin i problemy realističeskogo stilja. Evgenij Onegin*, 1948 [ma pubblicato nel 1957].)

Il movimento del cielo stellato compenetra anche il romanzo *Eugenio Onegin*. [...] Se l'immagine di Eugenio tende al principio amletico, l'immagine di Tatiana è più vicina all'immagine di Giulietta. Giulietta, come Tatiana, affida i suoi segreti al cielo stellato, e Romeo in un appassionato monologo la paragona alla luna [...] La purezza lunare e la luminosità stellare delle donne shakespeariane sono vicine a Tatiana Larina. Il primo ritratto di Tatiana è intessuto di stelle e di aurora [E.O. V, V-VI].

Il ritratto di Tatiana è descritto con il movimento delle stelle. Del movimento delle stelle è impregnato tutto il romanzo. Nel suo primo capitolo, c'è un baluginare di candele e di lampioni; poi la luce artificiale cede sempre di più il posto allo splendore delle stelle, alla tranquilla luce della luna, allo splendore del sole.

Del «raggio di Diana» è illuminata nel romanzo Tatiana Larina. Il moto della luna è contemporaneamente anche il movimento del soggetto del romanzo. Al lume della luna ispiratrice Tatiana scrive la lettera a Onegin, e la termina solo quando «lo splendore della luce lunare si spegne». L'infinito cielo stellato e l'andare della luna si riflettono nello specchio di Tatiana, durante il sortilegio [E.O. V, IX].

Il tremolio, inafferrabile, della mano di Tatiana, il battito del suo polso, il tremore della sua anima, sono trasmessi all'universo, e nell'«oscuro specchio sola trema la triste luna». «Il divino coro degli astri» si ferma nel suo piccolo specchio.

(K. Kedrov, *Evgenij Onegin v sisteme obrazov mirovoj literatury*, in: V mire Puškina, M. 1974.)

PUŠKIN, IL NULLA E LO SCHERZO

Ma Puškin ha scritto apposta un romanzo sul nulla.

Nell'*Eugenio Onegin* egli pensa solo a come sfuggire ai doveri di un narratore. Il romanzo è formato da digressioni, che fissano la nostra attenzione sugli spazi della pagina poetica e ostacolano lo sviluppo della fabula scelta dallo scrittore. L'azione si tiene a malapena su due lettere con due monologhi di un qui pro quo amoroso, dal quale comunque non vien fuori niente; c'è una nullità innalzata a eroe, e ogni frase è materiale secondario, di diversione. Qui organizzano un ballo almeno tre volte e, grazie alla confusione, l'autore perde il filo del racconto, si confonde, stiracchia la storia, e si mette a sedere tra i cespugli, nel retrocortile del suo proprio racconto. Il litigio tra Onegin e Lenskij, per fare un esempio, litigio che fa da primo violino nel conflitto, per poco non viene a cadere, soffocato dalle torte dell'onomastico. È letteralmente lacerato da una quantità enorme di dilazioni, indugi, a cominciare dalla ressa in anticamera [...], costruita col metodo di distogliere gli occhi dal centro per fissarli sulla periferia degli avvenimenti, dove, come un ballo sulla corda, scivola la narrazione. [...] Ma ecco che gli ospiti a fatica hanno mangiato, si sono asciugati e aspettano che finalmente qualcosa incominci. Ma no. Il pensiero nella strofa oneginiana si muove non direttamente ma di sghimbescio in rapporto al corso iniziato; grazie a questo, noi, leggendo, scivoliamo lungo le diagonali, allontanandoci dagli avvenimenti. Osservate come si realizza il cambio di una direzione con una seconda, una terza, una quinta, una decima, così che alla fine della strofa ci si dimentica di ciò che si diceva all'inizio. [...] Il romanzo ci scorre attraverso le dita, e persino nelle situazioni decisive, dove il primo posto è dato non all'uomo ma a un interno, esso è inafferrabile come l'aria, minacciando di sciogliersi in uno strato compatto di vernice e, poi, di colare nel nulla. In scarabocchiamento di carta. Non per nulla sulle sue pagine sono previste tante macchie bianche, tanti vuoti, ricoperti, per vuota ostentazione, da una rete di puntini, su cui a suo tempo ha riso a sazietà il pubblico, che per la prima volta aveva a che fare con l'arte di un astrattista grafico. Si può garantire che dietro la pubblicazione delle strofe tralasciate non si nascondeva proprio niente, oltre quell'aria, che arieggiava lo spazio del libro, libro che allargava i suoi confini nell'assenza di misura del tema, fino a perdere quello che, propriamente, doveva confidarci l'inebetito autore. [...] Il genere del romanzo pŭskiniano, «romanzo in versi», è condizionato dalla chiacchiera: il verso diventa il mezzo per scalzare il romanzo, e trova nella chiacchiera un importante motivo per la sua indeterminatezza e per la sua vagabonda irrequietezza. L'assenza di contenuto si unisce, in questo romanzo, alla sovrabbondanza delle idee e al massimo degli attacchi (momentanei) contro oggetti gettati qua e là come capita e collegati come una scimmietta alla catena, dalla pronta vivacità di una rete di gesticolamenti. [...]

La chiacchiera presupponeva, nella generale mondanità del tono, un certo necessario abbassamento del linguaggio, verso la sfera del quotidiano, che in tal modo viene alla luce con tutte le carabattole domestiche e le insulsaggini della vita comune. Da qui è venuto fuori il *realismo*. Ma la stessa chiacchiera escludeva una qualsiasi forma di serietà e una profonda conoscenza della realtà, dalla quale l'autore si allontana con dei complimenti, e mandando baci aerei galoppa via a schiacciare le mosche. Non puoi chiedere al realismo puškiniano: e dov'è, qui, che Lei mostra la servitù della gleba? E dove ha cacciato il famoso capitolo X dell'*Eugenio Onegin*? Egli si scusa sempre, dicendo «ho scherzato».

(Abram Terc [Andrej Sinjavskij], *Progulki s Puškinym*, London, 1975, pp. 81-85 [passim].)

BIBLIOGRAFIA ESSENZIALE

*a) Edizioni dell'*Eugenio Onegin

La presente traduzione è stata condotta sul testo dell'edizione accademica: A.S. Puškin. *Polnoe Sobranie Sočinenij* [v 16 + 1 tt.]. Tom šestoj. *Evgenij Onegin*, Leningrad, Izdanie Akademii Nauk SSSR, 1937.

Tale edizione è stata ristampata più volte in URSS, in qualche caso con lievi modifiche. Abbiamo tenuto conto anche di successive edizioni, fra cui, in particolare, l'edizione in dieci volumi;

Puškin, A.S., *Polnoe Sobranie Sočinenij v desjati tomach.* Tom V / Tom pjatyj. Evgenij Onegin. Dramatičeskie proizvedenija, Moskva-Leningrad, Izdanie Akademii Nauk SSSR, 1949.

*b) Commenti ed edizioni commentate dell'*Eugenio Onegin

Alexander Sergeevič Puškin. *Evgenij Onegin. A novel in verse.* The Russian text edited with introduction and commentary by Dmitry Čiževskij, Cambridge, Harvard Univ. Press, 1953.

Brodskij, N.L., *Evgenij Onegin.* Roman A.S. Puškina, Moskva, 1957[4].

Eugene Onegin. A novel in verse by Aleksandr Pushkin. Translated from the Russian, with a Commentary by

Vladimir Nabokov. In four volumes, Princeton University Press, 1975[2].

Lotman, Jurij M., *Evgenij Onegin*, Moskva, 1978.

c) Su Puškin.

Belinskij, V.G., *Sočinenija Aleksandra Puškina* (1843-1846), in: V.G. Belinskij, *Polnoe Sobranie Sočinenij*, t. 7, Moskva, 1955.

Annenkov, P.V., *Materialy dlja biografii A.S. Puškina*, S. Peterburg, 1855. Ristampato a Mosca, 1955.

Merežkovskij, D.S., *Puškin*. In: *Polnoe Sobranie Sočinenij Dmitrija Sergeeviča Merežkovskogo*. Tom XVIII. *Večnye Sputniki*, Moskva, 1914. (Pubblicazione anastatica: Georg Olms Verlag, Hildesheim - New York, vol. V, 1973).

Brjusov, V. Ja., *Stat'i o Puškine* (saggi vari dal 1915 al 1924), in: Valerij Brjusov, *Sobranie Sočinenij v semi tomach. Tom sed'moj. Stat'i o Puškine. Stat'i ob Armjanskoj Literature. Učiteli Učitelej*, Moskva, 1975.

Žirmunskij, V.M., *Bajron i Puškin*, L. 1924.

Brjusov, V. Ja., *Moj Puškin*, Moskva-Leningrad, 1929.

S. Bondi, *Novye stranicy Puškina*, Moskva, 1931.

Veresaev, V.V., *Puškin v žizni*, tt. 1-2, Moskva, 1936-1937[6].

Brodskij, N.L., *A.S. Puškin, Biografija*, Moskva, 1937.

Burcev, V.L., *VIII, IX i X glava Evgenija Onegina*, Paris, 1937.

Alessandro Puškin nel primo centenario della morte, a cura di E. Lo Gatto, Roma, 1937.

Cvetaeva, Marina, *Moj Puškin*, Paris, 1937 (ora anche

in: Cvetaeva, Marina, *Sočinenija*, Tom Vtoroj, *Proza*, Moskva, 1980.

Ivanov, Vjačeslav, *Gli aspetti del Bello e del Bene nella poesia di Puškin*, in: *Alessandro Puškin nel primo centenario della morte*, a cura di Ettore Lo Gatto, Roma, 1937.

Poggioli, Renato, *Sull'Eugenio Onegin*, in: *Alessandro Puškin nel primo centenario della morte*, Roma, 1937.

Troyat, H., *Pouchkine*, Paris, 1947.

Blagoj, D.D., *Tvorčeskij Put' Puškina* (1813-1826), Moskva-Leningrad, 1950.

A.S. Puškin v russkoj kritike. Sbornik statej. Vstupitel'naja stat'ja i primečanija V. Dorofeeva i G. Čeremina, Moskva, 1950.

Slonimskij, A.L., *Masterstvo Puškina*, Moskva, 1955.

Tomaševskij, B.V., *Puškin. Kniga I (1813-1824)*, Moskva-Leningrad, 1956.

Grossman, L.P., *Puškin*, Moskva, 1958[2].

Lo Gatto, Ettore, *Storia di un poeta e del suo eroe (Eugenio Onegin)*, Milano, 1959.

Lehrmann Gandolfi, S., *Puschkin, l'iniziatore della grande letteratura russa*, Varese, 1959.

Makogonenko, G.P., *Roman Puškina E. Onegin*, Moskva, 1963.

Tomaševskij, B.V., *Puškin. Kniga 2. Materialy k monografii*, Moskva-Leningrad, 1961.

Achmatova, Anna, *Stat'i o Puškine* (vari articoli scritti fra il 1933 e il 1962), in: Anna Achmatova, *Sočinenija*, Tom Vtoroj, München, 1968.

Gukovskij, G.A., *Puškin i russkij romantizm*, Moskva, 1965.

Blagoj, D.D., *Puškin* (1826-1830), Moskva, 1967.

Alekseev, M.P., *Puškin*, Leningrad, 1972.

Mejlach, B., *Žizn' Aleksandra Puškina*, Leningrad, 1974.

A.S. Puškin v vospominanijach sovremennikov, tt. 1 u 2, Moskva, 1974.

Terc, Abram (Andrej Sinjavskij, *Progulki s Puškinym*, London, 1975.

Izmajlov, I.V., *Očerki tvorčestva Puškina*, Leningrad, 1975.

Čerejskij, L.A., *Puškin i ego okruženie*, Leningrad, 1975.

Smolenskij, J., *V sojuze zvukov, čuvstv i dum*, Moskva, 1976.

Ivanov, Vs. N., *Aleksandr Puškin i ego vremja. Istoričeskoe povestvovanie*, Moskva, 1977.

Bondi, S., *O Puškine. Stat'i i issledovanja*, Moskva, 1978.

Lotman, Ju., M., *Aleksandr Sergeevič Puškin*, Moskva, 1981.

d) *Principali traduzioni italiane dell'* Eugenio Onegin.

Eugenio Oniegin. Traduzione, introduzione e note di Ettore Lo Gatto, Firenze, 1925 [in prosa].

A.S. Puškin, *Eugenio Onegin,* traduzione in versi di Ettore Lo Gatto, Milano, 1936 (poi: Torino, 1950).

A.S. Puškin, *Opere poetiche,* a cura di Ettore Lo Gatto, Milano, 1936 [in prosa].

A.S. Puškin, *Eugenij Onegin*, traduzione (in versi) di Giovanni Giudici. Introduzione e note di Giovanna Spendel, Milano, 1975 (2ª ed. 1984).

NOTA ALLA TRADUZIONE

Nel 1960 veniva pubblicata nella BUR la presente traduzione, accompagnata da un ampio commento. A distanza di oltre vent'anni, ripresentiamo la stessa traduzione in prosa, riveduta e corretta, e accompagnata da un commento più ampio. I criteri che seguimmo allora sono gli stessi seguiti oggi: questa traduzione in prosa ha lo scopo di accostare il lettore italiano al testo, di accompagnarne, se possibile, la lettura dell'originale, ma anche quello di farsi leggere e di rendere alcuni dei molteplici sensi del poema-romanzo. La traduzione in versi è sempre una sfida, che riesce per alcuni aspetti, ma fallisce sempre e inesorabilmente per altri. Questo vale in particolare per un testo come l'*Onegin*. Come rendere tutte le sue dimensioni? La tensione polisemantica dell'*Onegin*, l'intrico di *enjambements*, di richiami fonici, di assonanze, di ritmi che si intersecano armoniosamente a diversi livelli di profondità, il passaggio mutevole e straordinario di stili, di intonazioni, di umori, come tutto ciò può essere tradotto e specialmente in versi? Nel n. 8 di gennaio del 1955 della rivista «The New Yorker», Vladimir Nabokov (al quale si deve una traduzione inglese in versi dell'*Onegin*, famosa in sé e per la personalità di Nabokov, poeta e scrittore in russo e in inglese) scriveva due «stanze», per chiedere perdono, della sua traduzione. Ne riportiamo la prima, perché dà il senso di che cosa sia una traduzione poetica:

What is translation? On a platter
A poet's pale and glaring head,
A parrot's screech, a monkey's chatter,
And profanation of the dead.
The parasites you were so hard on
Are pardoned if I have your pardon,
O Pushkin, for my stratagem.
I traveled down your secret stem,
And reached the root, and fed upon it;
Then, in a language newly learned,
I grew another stalk and turned
Your stanza, patterned on a sonnet,
Into my honest roarside prose -
All thorn, but cousin to your rose.[1]

Non è questo il luogo per riprendere l'eterna querelle della traduzione poetica. Se una traduzione in versi dell'*Onegin* è una giusta sfida, la nostra traduzione in prosa vuol essere solo un aiuto. Ma anche così ne rivendico l'importanza e la necessità. Per chi studia il russo, e in particolare per gli studenti delle università, l'ideale sarebbe che, dopo aver seguito la nostra traduzione, imparassero a leggere il testo e a capirlo, in modo da gettar via la traduzione. Ma per coloro che non si occuperanno mai di lingua russa, la traduzione vuole tentare di far loro amare i personaggi di Puškin, o i paesaggi, e i sentimenti, e, qualche volta, anche il soffio della musa puškiniana, di cui, forse, un'eco e un'ombra si può sentire anche nel ritmo della prosa. In italiano si hanno due traduzioni in versi del poema: la pri-

[1] «Che cos'è una traduzione? La pallida e abbagliante / Testa di un poeta su un gran piatto, / Lo strillo di un pappagallo, di una scimmia il cicalare / E la profanazione della morte. / I parassiti con i quali siete stato così severo / O Puškin, saranno perdonati se io avrò / il vostro perdono per il mio stratagemma. / Ho studiato a fondo il vostro segreto albero / Ho raggiunto la radice e me ne sono nutrito, / così in un linguaggio di nuovo imparato / Ho fatto crescere un altro stelo e ho mutato la vostra strofa / Scritta sul modello dei sonetti / Nella mia modesta e rauca prosa / Tutta spine, ma cugina della vostra rosa.»

ma, in endecasillabi, è dovuta a Ettore Lo Gatto, che ha dedicato tutta la sua lunga e operosa vita allo studio di Puškin (e all'amore per Puškin); la seconda è di Giovanni Giudici, in novenari. Le traduzioni in versi possono essere accettate come modi di esprimere un certo numero di «valenze» dell'originale. La trasposizione dei significanti non è possibile, ma certi ritmi possono essere resi. L'*Eugenio Onegin* è un classico; come in tutte le opere classiche, il momento della trama, dei personaggi, delle atmosfere, dei rapporti, il momento della profonda e complessa umanità è importante; e questi sentimenti e vicissitudini interiori riescono a farsi strada anche attraverso le traduzioni: l'intraducibilità di Puškin, di cui giustamente si parla, non è minore nell'*Eugenio Onegin*.

Nel commento si è cercato di insistere di più su certi caratteri più sottili dell'eroe, sulle sue ambiguità; e si è cercato di sottolineare come il fascino del poema consista proprio nella presenza di tutti quei piani, di tutti quei «corpi sottili» che vanno ben oltre un'espressione realistica del mondo russo di allora. Ironia e sentimento, chiara visione dell'animo umano e abbandoni lirici: l'*Eugenio Onegin* è tutto questo, e altro ancora. Per la tradizione russa, da Belinskij a Dostoevskij ai critici sovietici, nell'*Eugenio Onegin* vengono sottolineati certi valori nazionali. Ma Eugenio e Tatiana sono caratteri universali, che si trovano a vivere un momento particolarmente acuto di delusione. Le speranze libertarie fallite, alle quali Eugenio aveva forse creduto con una dose di scetticismo; quello scetticismo che gli era congeniale, e che si accompagnava ad entusiasmi; l'amore per la vita, cui facevano seguito momenti di freddezza e di cattiveria; e l'amore per Tatiana, o forse un'ultima infatuazione, tale da permettergli di scrivere alla fanciulla una bella lettera tutta ricca di luoghi comuni (l'ironia di Puškin non lascia un momento il suo eroe, che pure ama)... La lettura «nazionale» del poema non ci interessa più molto, se non come uno dei miti di cui si è caricato il poema: ma ci interessa Onegin, nei suoi vagabondaggi culturali e ideali, sentimentali e reali, e nell'assenza (per fortuna) di una definizione del suo destino, del suo carattere ambiguo e aperto.

TRASLITTERAZIONE DEI NOMI RUSSI

Viene usata la traslitterazione tradizionalmente adottata in Italia, e detta «scientifica». Quindi:

c: si legge come *z* sorda (*ts*: zucca)
č: si legge come *c* palatale (cielo)
ch: si legge come un'aspirazione (h aspirata)
g: si legge sempre velare (gatto, ghiro)
j: si legge sempre come *i* semivocalica (iodio)
s: si legge sempre come *s* sorda (sotto)
š: si legge sempre come *sc* in *scena*
z: si legge sempre come *s* sonora (rosa)
ž: si legge sempre come *j* francese.

Invece della traslitterazione usuale *ë* abbiamo sempre usato *jo* (che è sempre accentata; *o* dopo consonante palatale).

I nomi dei quattro protagonisti sono stati, per una scelta precisa, italianizzati (Eugenio, Tatiana, Vladimiro, Olga).

Puškin: ritratto di V. A. Tronšin.

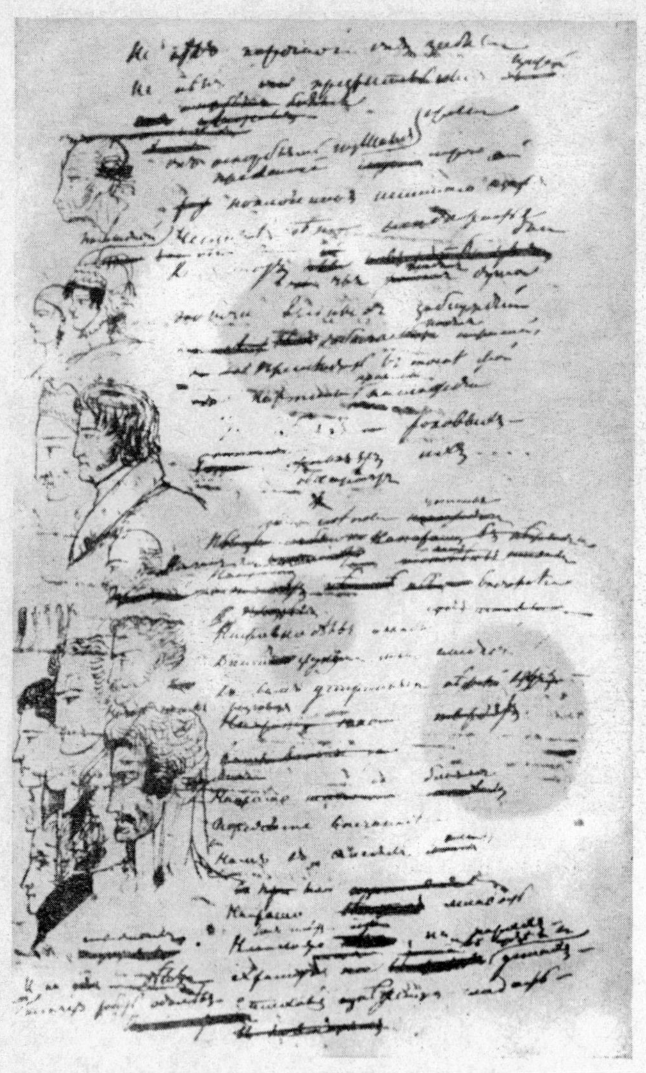

Pagina manoscritta dal secondo capitolo dell'*Eugenio Onegin*.

Maria Raevskaja (1805-1863), moglie di S. G. Volkonskij, amica e ispiratrice di Puškin. Puškin si innamorò di lei.

Duello di Onegin e Lenskij (da un disegno di I. E. Repnin, 1898).

Una veduta di Odessa nel 1839.

Pietroburgo: la guglia dell'Ammiragliato.

Svetlana che interroga il destino (K. Brjulov): personaggio di una celebre ballata di Žukovskij, Puškin la ricorda nel quinto capitolo.

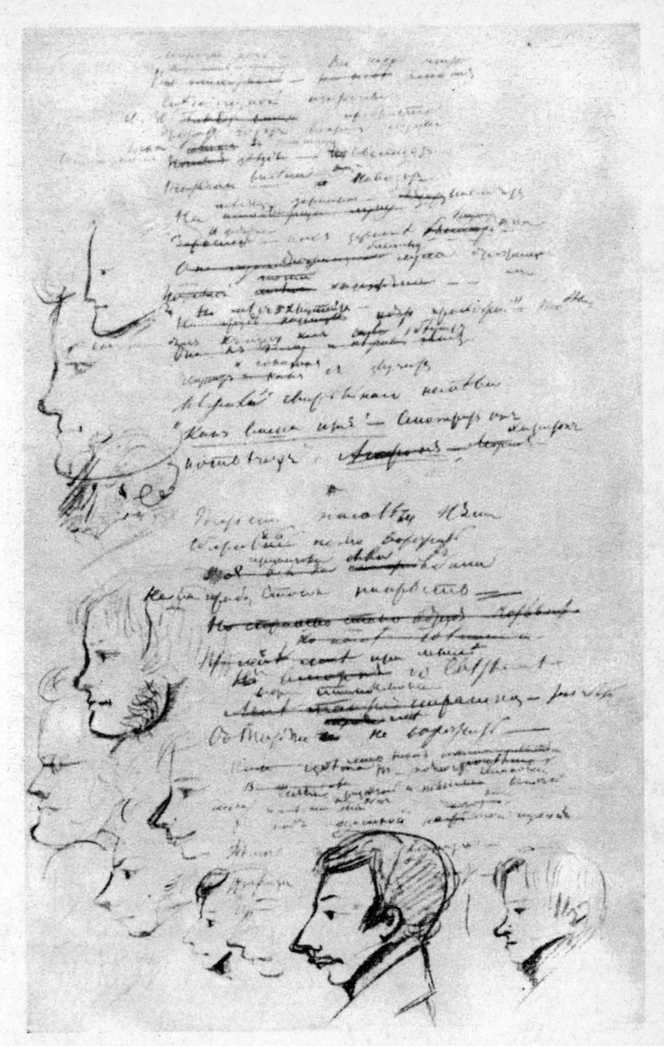

Profili di decabristi in un manoscritto dell'*Onegin*.

P. Ja. Čaadaev (disegno di Puškin): Čaadaev, scrittore e filosofo, più volte ricordato da Puškin, sul quale ebbe influenza.

Autoritratti di Puškin.

Puškin, in atteggiamento byroniano, sulla riva del Mar Nero (olio di I. Ajzovskij e J. Repin).

EUGENIO ONEGIN

ЕВГЕНИЙ ОНЕГИН

Romanzo in versi

Pétri de vanité, il avait encore plus de cette espèce d'orgueil qui fait avouer avec la même indifférence les bonnes comme les mauvaises actions, suite d'un sentiment de supériorité peut-être imaginaire.

Tiré d'une lettre particulière

N.B. Le quarantaquattro note di Puškin sono stampate a piè di pagina, richiamate dagli asterischi: le note del commento, stampate in fondo al volume, sono indicate da numeri progressivi.

La traduzione è stata condotta sul testo dell'edizione: A.S. Puškin, *Polnoe Sobranie Sočinenii,* Tom šestoj, Izdatel'stvo Akademii Nauk SSSR, Leningrado, 1937.

Не мысля гордый свет забавить,
Вниманье дружбы возлюбя,
Хотел бы я тебе представить
Залог достойнее тебя,
Достойнее души прекрасной,
Святой исполненной мечты,
Поэзии живой и ясной,
Высоких дум и простоты;
Но так и быть — рукой пристрастной
Прими собранье пестрых глав,
Полу-смешных, полу-печальных,
Простонародных, идеальных,
Небрежный плод моих забав,
Бессонниц, легких вдохновений,
Незрелых и увядших лет,
Ума холодных наблюдений
И сердца горестных замет.

Non penso di divertire il mondo superbo, e desidero piuttosto l'attenzione degli amici. Avrei voluto presentarti un pegno più degno di te, più degno dell'anima bella presa da un sacro sogno, dalla viva e luminosa poesia, da elevati pensieri, dalla semplicità; ma pur così, accogli con la mano appassionata questa raccolta di capitoli multicolori, un po' scherzosi, un po' tristi, scritti secondo i modi del popolo semplice, ideali; frutto trasandato dei miei piaceri, delle mie insonnie, del facile estro, degli anni immaturi e di quelli appassiti, delle fredde osservazioni della ragione e delle note dolorose del cuore.[1]

[1] *Non penso di divertire:* la dedica è rivolta al letterato Pjotr Aleksandrovič Pletnjov (1792-1865), professore, accademico e rettore dell'Università di Mosca. La storia delle «dediche» del poema è abbastanza complessa: la dedica a Pletnjov (che fu sempre sincero e caro amico del poeta) si trova per la prima volta pubblicata nel 1828 (nell'edizione separata dei capitoli 4° e 5°). Nell'edizione del 1837, la seconda dell'intera opera, precede tutto il poema. Il capitolo 1° era stato originariamente dedicato al fratello di Puškin, Lev Sergeevič (v. L., 116-117).

ГЛАВА ПЕРВАЯ.

И жить торопится и чувствовать спешит.

К. Вяземский.

I

„Мой дядя самых честных правил,
Когда не в шутку занемог,
Он уважать себя заставил
И лучше выдумать не мог.
Его пример другим наука;
Но, боже мой, какая скука
С больным сидеть и день и ночь,
Не отходя ни шагу прочь!
Какое низкое коварство
Полу-живого забавлять,
Ему подушки поправлять,
Печально подносить лекарство,
Вздыхать и думать про себя:
Когда же чорт возьмет тебя!“

II

Так думал молодой повеса,
Летя в пыли на почтовых,
Всевышней волею Зевеса
Наследник всех своих родных. —
Друзья Людмилы и Руслана!
С героем моего романа
Без предисловий, сей же час
Позвольте познакомить вас:

CAPITOLO PRIMO

E s'affretta a vivere, e s'affretta a provar sentimenti.

Vjazemskij[1]

I

"Mio zio, uomo dei più onesti principii[2], quando non per celia si ammalò, seppe farsi rispettare, e non poteva avere una migliore idea. Il suo esempio è insegnamento per gli altri; ma, Dio mio, che noia starsene giorno e notte con un malato, senza allontanarsi neppur d'un passo! E che bassa perfidia far divertire uno che è mezzo morto, rassettargli i guanciali, porgergli la medicina con volto triste, sospirare e pensare fra sé: ma il diavolo quando ti porterà via?"

II

Così pensava, volando in mezzo alla polvere, su una vettura di posta, un giovane scavezzacollo[3], erede[4], per volontà suprema di Zeus, di tutti i suoi parenti. Amici di Ljudmila e Ruslan[5]! Subito, senza alcun preambolo[6], permettetemi di presentarvi l'eroe del mio romanzo:

Онегин, добрый мой приятель,
Родился на брегах Невы,
Где может быть родились вы,
Или блистали, мой читатель;
Там некогда гулял и я:
Но вреден север для меня.[1]

III

Служив отлично-благородно,
Долгами жил его отец,
Давал три бала ежегодно
И промотался наконец.
Судьба Евгения хранила:
Сперва *Madame* за ним ходила,
Потом *Monsieur* ее сменил;
Ребенок был резов, но мил.
Monsieur l'Abbé, француз убогой,
Чтоб не измучилось дитя,
Учил его всему шутя,
Не докучал моралью строгой,
Слегка за шалости бранил,
И в Летний сад гулять водил.

IV

Когда же юности мятежной
Пришла Евгению пора,
Пора надежд и грусти нежной,
Monsieur прогнали со двора.
Вот мой Онегин на свободе;
Острижен по последней моде;
Как *dandy*[2] лондонской одет —
И наконец увидел свет.
Он по-французски совершенно
Мог изъясняться и писал;

Onegin[7], mio buon amico, nacque sulle rive della Neva[8], là dove, forse, sei nato pure tu, o hai brillato, mio lettore. Là un tempo passeggiavo anch'io, ma il Settentrione[9] mi è nocivo*.

III

Suo padre, dopo aver prestato servizio molto egregiamente, era vissuto di debiti: dava tre balli all'anno, e finì col rovinarsi. Il destino però proteggeva Eugenio: per prima *Madame* ebbe cura di lui, poi fu sostituita da *Monsieur*[10]. Il bambino era turbolento ma carino; *Monsieur l'abbé*, un povero francese, perché il bambino non si stancasse, gl'insegnava ogni cosa scherzando, non lo annoiava con la severa morale, gli rimproverava con dolcezza le monellerie, e lo accompagnava a passeggio nel Giardino d'Estate[11].

IV

Quando poi giunse per Eugenio il tempo della turbolenta giovinezza[12], il tempo delle speranze e dei teneri affanni, *Monsieur* fu licenziato. Ed ecco il mio Onegin perfettamente libero: pettinato all'ultima moda, abbigliato come un *dandy**[13] londinese, finalmente vide il gran mondo. Egli sapeva esprimersi e scriveva in francese a perfezione,

* Scritto in Bessarabia.
* *dandy*: elegantone.

Легко мазурку танцовал,
И кланялся непринужденно;
Чего ж вам больше? Свет решил,
Что он умен и очень мил.

V

Мы все учились понемногу
Чему-нибудь и как-нибудь,
Так воспитаньем, слава богу,
У нас немудрено блеснуть.
Онегин был по мненью многих
(Судей решительных и строгих)
Ученый малый, но педант:
Имел он счастливый талант
Без принужденья в разговоре
Коснуться до всего слегка,
С ученым видом знатока
Хранить молчанье в важном споре,
И возбуждать улыбку дам
Огнем нежданных эпиграмм.

VI

Латынь из моды вышла ныне:
Так, если правду вам сказать,
Он знал довольно по-латыне,
Чтоб эпиграфы разбирать,
Потолковать об Ювенале,
В конце письма поставить *vale*,
Да помнил, хоть не без греха,
Из Энеиды два стиха.
Он рыться не имел охоты
В хронологической пыли
Бытописания земли:
Но дней минувших анекдоты

danzava leggero la mazurca e faceva gli inchini senza impaccio. Che volete di più? Il mondo lo giudicò intelligente e molto amabile.

V

Noi tutti, a poco a poco e in qualche modo, abbiamo imparato qualcosa; così, con l'educazione, grazie a Dio, da noi non è difficile risplendere in società. Onegin, secondo il giudizio di molti, giudici severi e categorici, era un giovane colto, ma stravagante[14]. Aveva, nella conversazione, il dono[15] felice di sfiorare ogni argomento con spigliatezza; in una discussione solenne[16] sapeva star zitto, con un'aria dotta d'intenditore e suscitava il sorriso delle dame col lampeggio d'improvvisi epigrammi.

VI

Il latino[17] è oggi passato di moda: così, se devo dirvi la verità, egli sapeva di latino solo quanto bastava per decifrare un'epigrafe, per dir due parole su Giovenale[18], per mettere un *vale* alla fine delle lettere; ricordava poi, non senza qualche errore, un paio di versi dell'*Eneide*. Non aveva alcun desiderio di frugare nella polvere delle cronache della

От Ромула до наших дней
Хранил он в памяте своей.

VII

Высокой страсти не имея
Для звуков жизни не щадить,
Не мог он ямба от хорея,
Как мы ни бились, отличить.
Бранил Гомера, Феокрита;
За то читал Адама Смита,
И был глубокой эконом,
То есть, умел судить о том,
Как государство богатеет,
И чем живет, и почему
Не нужно золота ему,
Когда *простой продукт* имеет.
Отец понять его не мог
И земли отдавал в залог.

VIII

Всего, что знал еще Евгений,
Пересказать мне недосуг;
Но в чем он истинный был гений,
Что знал он тверже всех наук,
Что было для него измлада
И труд и мука и отрада,
Что занимало целый день
Его тоскующую лень, —
Была наука страсти нежной,
Которую воспел Назон,
За что страдальцем кончил он
Свой век блестящий и мятежный
В Молдавии, в глуши степей,
Вдали Италии своей.

terra, ma teneva a mente gli aneddoti dei tempi passati, da Romolo ai nostri giorni.

VII

Non provava grande passione a tormentarsi l'esistenza per le armonie del verso, e non sapeva quindi distinguere un giambo da un coreo[19] (per quanto ci sforzassimo).

Biasimava Omero[20], Teocrito[21], ma leggeva Adam Smith[22], ed era un profondo economista, sapeva cioè giudicare in che modo lo Stato si arricchisca[23] di che viva, e perché l'oro non gli sia necessario se possiede "materie prime". Il padre non poteva capirlo, e cedeva in ipoteca le terre.

VIII

Non ho il tempo di raccontare tutto ciò che d'altro Eugenio conosceva; ma in una scienza egli era un vero genio, una scienza che egli sapeva meglio di tutte le altre, che era per lui, sin dall'infanzia, e fatica e tormento e gioia, che teneva occupata per l'intero giorno la sua malinconica pigrizia: era la scienza della tenera passione[24]. Essa fu cantata da Ovidio[25], che per lei dovette, come un martire, finire la sua vita scintillante e burrascosa in Moldavia[26], nelle squallide steppe, lontano dalla sua Italia.

IX

. . . .
. . . .
. . . .

X

Как рано мог он лицемерить,
Таить надежду, ревновать,
Разуверять, заставить верить,
Казаться мрачным, изнывать,
Являться гордым и послушным,
Внимательным, иль равнодушным!
Как томно был он молчалив,
Как пламенно красноречив,
В сердечных письмах как небрежен!
Одним дыша, одно любя,
Как он умел забыть себя!
Как взор его был быстр и нежен,
Стыдлив и дерзок, а порой
Блистал послушною слезой!

XI

Как он умел казаться новым,
Шутя невинность изумлять,
Пугать отчаяньем готовым,
Приятной лестью забавлять,
Ловить минуту умиленья,
Невинных лет предубежденья
Умом и страстью побеждать,
Невольной ласки ожидать,
Молить и требовать признанья,
Подслушать сердца первый звук.

IX

. . . .
. . . .
. . . .

X

Come Eugenio fu presto capace di fingere, di nascondere una speranza, di fare il geloso, di dissuadere, di far credere, di sembrar tenebroso, di languire, di mostrarsi orgoglioso e docile, attento o indifferente! Come stava languidamente silenzioso, come era ardente nella sua eloquenza, come noncurante nelle lettere d'amore! Amando e respirando, sempre avvinto dalla stessa passione, come sapeva abbandonarsi! Come il suo sguardo era rapido e tenero, vergognoso e insolente, e, talora, come scintillava di una docile lacrima!

XI

Riusciva a sembrare sempre originale, a far stupire l'innocenza con lo scherzo, a spaventare con una disperazione bell'e pronta, a rallegrare con piacevole adulazione, a cogliere un momento di tenerezza, a vincere, con l'intelligenza e la passione, i pregiudizi dell'età ingenua; sapeva attendere una carezza involontaria, pregare e chiedere la confessione, cogliere il primo battito di un cuore, insegui-

Преследовать любовь, и вдруг
Добиться тайного свиданья...
И после ей наедине
Давать уроки в тишине!

XII

Как рано мог уж он тревожить
Сердца кокеток записных!
Когда ж хотелось уничтожить
Ему соперников своих,
Как он язвительно злословил!
Какие сети им готовил!
Но вы, блаженные мужья,
С ним оставались вы друзья:
Его ласкал супруг лукавый,
Фобласа давний ученик,
И недоверчивый старик,
И рогоносец величавый,
Всегда довольный сам собой,
Своим обедом и женой.

XIII XIV

. . . .
. . . .
. . . .

XV

Бывало, он еще в постеле:
К нему записочки несут.
Что? Приглашенья? В самом деле,
Три дома на вечер зовут:
Там будет бал, там детский праздник.

re l'amore, e, d'improvviso, ottenere un incontro segreto... E poi, da solo a sola, dar lezioni alla bella in tranquillità.

XII

Come presto poté turbare i cuori delle più esperte civette! Quando poi voleva distruggere i suoi rivali, come sapeva sparlarne velenosamente! Quali reti preparò loro! Ma voi, mariti beati, gli rimanevate amici; lo accarezzava il consorte astuto, da tempo discepolo di Faublas[27], e il vecchio sospettoso, e il maestoso cornuto[28], sempre soddisfatto di sé, del pranzo e della moglie.

XIII. XIV

. . . .
. . . .
. . . .
. . . .

XV

Di solito, mentre era ancora a letto[29], gli portavano bigliettini. Di che si tratta? Tre famiglie lo chiamavano ad una serata: qui vi sarà un ballo, là una festa di bambini.

Куда ж поскачет мой проказник?
С кого начнет он? Всё равно:
Везде поспеть немудрено.
Покаместь в утреннем уборе,
Надев широкий *боливар*,[3]
Онегин едет на бульвар,
И там гуляет на просторе,
Пока недремлющий брегет
Не прозвонит ему обед.

XVI

Уж темно: в санки он садится.
„Пади, пади!“ раздался крик;
Морозной пылью серебрится
Его бобровый воротник.
К *Talon*[4] помчался: он уверен,
Что там уж ждет его Каверин.
Вошел: и пробка в потолок,
Вина кометы брызнул ток,
Пред ним *roast-beef* окровавленный,
И трюфли, роскошь юных лет,
Французской кухни лучший цвет,
И Страсбурга пирог нетленный
Меж сыром Лимбургским живым
И ананасом золотым.

XVII

Еще бокалов жажда просит
Залить горячий жир котлет,
Но звон брегета им доносит,
Что новый начался балет.
Театра злой законодатель,
Непостоянный обожатель
Очаровательных актрис,

Dove galopperà il mio perdigiorno? Da chi comincerà? Fa lo stesso: è facile arrivare in tempo dappertutto. Intanto, vestito da mattina, indossato un largo *bolivar**[30], Onegin va in carrozza sul *Boulevard*[31], e là passeggia in libertà, finché il vigile Bréguet[32] non gli suona l'ora del pranzo.

XVI

È già buio: siede nella slitta. Echeggia il grido: «Va', va'!», s'inargenta di polvere gelata il suo bavero di castoro. Galoppa verso il Talon*[33]; qui, ne è certo, Kaverin[34] già lo attendeva. Entra: e il turacciolo è volato al soffitto, zampilla il vino della "cometa"[35], davanti a lui stanno un *roastbeef* al sangue, tartufi, delizie degli anni giovanili, il miglior fiore della cucina francese, e un meraviglioso pâté di Strasburgo, tra un vivo formaggio del Limburgo e un ananasso[36] dorato.

XVII

La sete chiede ancora boccali, a spegnere il grasso ardore delle costolette, ma il suono del Bréguet gli ricorda che è cominciato il nuovo balletto. Severo legislatore di teatro, volubile adoratore di incantevoli attrici, cittadino onora-

* Cappello *à la Bolivar*.
* Noto ristorante.

Почетный гражданин кулис,
Онегин полетел к театру,
Где каждый, вольностью дыша,
Готов охлопать *entrechat*,
Обшикать Федру, Клеопатру,
Моину вызвать (для того,
Чтоб только слышали его).

XVIII

Волшебный край! там в стары годы,
Сатиры смелый властелин,
Блистал Фонвизин, друг свободы,
И переимчивый Княжнин;
Там Озеров невольны дани
Народных слез, рукоплесканий
С младой Семеновой делил;
Там наш Катенин воскресил
Корнеля гений величавый;
Там вывел колкий Шаховской
Своих комедий шумный рой,
Там и Дидло венчался славой,
Там, там под сению кулис
Младые дни мои неслись.

XIX

Мои богини! что вы? где вы?
Внемлите мой печальный глас:
Всё те же ль вы? другие ль девы,
Сменив, не заменили вас?
Услышу ль вновь я ваши хоры?
Узрю ли русской Терпсихоры
Душой исполненный полет?
Иль взор унылый не найдет
Знакомых лиц на сцене скучной,

rio delle quinte, Onegin vola a teatro, dove ciascuno, spirando libertà, è pronto ad applaudire l'*entrechat*, a fischiare Fedra[37], Cleopatra, ad acclamare la Moina[38] (solo perché tutti lo sentano).

XVIII

Terra[39] incantata! Là, nei vecchi anni, brillavano Fonvizin[40], il coraggioso signore della satira, l'amico della libertà, e il facile imitatore Knjažnin[41]; là Ozerov[42] divise con la giovane Semjonova[43] i doni spontanei del popolo, le lacrime e gli applausi; là il nostro Katenin[44] fece risorgere il genio magnifico di Corneille[45], là il mordace Šachovskoj[46] scatenò la muta rumorosa delle sue commedie; là anche Didelot[47] s'incoronò di gloria; là, all'ombra delle quinte, trascorsero i miei anni giovanili.

XIX

Mie dee! Che cosa siete divenute! Dove siete? Ascoltate la mia triste voce: siete ancora le stesse? Altre fanciulle non vi hanno sostituite? Sentirò ancora i vostri cori? Rivedrò forse il volo, compiuto con l'anima, di una Tersicore russa? O lo sguardo malinconico non troverà più, sulla scena che annoia, i volti conosciuti; e, fissando con il binocolo

И, устремив на чуждый свет
Разочарованный лорнет,
Веселья зритель равнодушный,
Безмолвно буду я зевать
И о былом воспоминать?

XX

Театр уж полон; ложи блещут;
Партер и кресла, всё кипит;
В райке нетерпеливо плещут,
И, взвившись, занавес шумит.
Блистательна, полувоздушна,
Смычку волшебному послушна,
Толпою нимф окружена,
Стоит Истомина; она,
Одной ногой касаясь пола,
Другою медленно кружит,
И вдруг прыжок, и вдруг летит,
Летит, как пух от уст Эола;
То стан совьет, то разовьет,
И быстрой ножкой ножку бьет.

XXI

Всё хлопает. Онегин входит,
Идет меж кресел по ногам,
Двойной лорнет скосясь наводит
На ложи незнакомых дам;
Все ярусы окинул взором,
Всё видел: лицами, убором
Ужасно недоволен он;
С мужчинами со всех сторон
Раскланялся, потом на сцену
В большом рассеяньи взглянул,
Отворотился — и зевнул,

disincantato[48] un mondo straniero, dovrò, spettatore indifferente alla gioia, sbadigliare taciturno e ricordare il passato?

XX

Il teatro è già affollato; i palchi scintillano[49]; platea e poltrone, tutto brulica; nel loggione applaudono impazienti; alzandosi, il sipario fruscia. Scintillante, diafana, docile al magico archetto, attorniata da una folla di ninfe, danza l'Istomina[50]; con un piede sfiora il suolo, con l'altro lentamente gira, e improvvisamente vola, vola come piuma al soffio di Eolo; ora flette il corpo, ora lo distende, e con un rapido piedino batte l'altro piedino.

XXI

Tutti applaudono. Onegin entra, cammina fra le poltrone, sui piedi altrui, punta il binocolo obliquamente, sulle dame sconosciute dei palchi. Ha già percorso con lo sguardo tutte le file dei palchi, ha visto tutto; è terribilmente scontento dei volti, delle acconciature; si inchina ai signori da tutte le parti, dà un'occhiata distratta alla sce-

И молвил: „всех пора на смену;
Балеты долго я терпел,
Но и Дидло мне надоел“.[5]

XXII

Еще амуры, черти, змеи
На сцене скачут и шумят;
Еще усталые лакеи
На шубах у подъезда спят;
Еще не перестали топать,
Сморкаться, кашлять, шикать, хлопать;
Еще снаружи и внутри
Везде блистают фонари;
Еще, прозябнув, бьются кони,
Наскуча упряжью своей,
И кучера, вокруг огней,
Бранят господ и бьют в ладони:
А уж Онегин вышел вон;
Домой одеться едет он.

XXIII

Изображу ль в картине верной
Уединенный кабинет,
Где мод воспитанник примерный
Одет, раздет и вновь одет?
Всё, чем для прихоти обильной
Торгует Лондон щепетильный
И по Балтическим волнам
За лес и сало возит нам,
Всё, что в Париже вкус голодный,
Полезный промысел избрав,
Изобретает для забав,
Для роскоши, для неги модной, —
Всё украшало кабинет
Философа в осьмнадцать лет.

na, si rigira, sbadiglia. Poi dice: «È ora di cambiar tutto: ho sopportato a lungo i balletti, ma mi ha stancato anche Didelot*».

XXII

Ancora gli amorini, i diavoli, i draghi saltano e rumoreggiano sulla scena; ancora gli stanchi lacchè dormono sulle pellicce, all'ingresso; ancora non hanno smesso di pestare i piedi, di soffiarsi il naso, di tossire, di fischiare, di batter le mani; ancora, dentro e fuori, ovunque, brillano le lampade; ancora i cavalli intirizziti si agitano, stanchi di star bardati, e i cocchieri, intorno ai fuochi, maledicono il padrone e battono le palme: ma Onegin è già uscito, e va a casa a cambiarsi.

XXIII

Devo forse descrivere, in un quadro fedele, il solitario camerino dove l'alunno esemplare delle mode si veste, si spoglia e si riveste ancora? Tutte le minute galanterie che commercia Londra[51], per il ricco capriccio, e trasporta a noi, sulle onde del Baltico, in cambio di legname e di sego, tutto ciò che a Parigi un gusto sempre insoddisfatto (utile industria!) inventa per i divertimenti, per il lusso, per la mollezza della moda, tutto ciò adornava il camerino del filosofo diciottenne[52].

*Indice di carattere freddo, degno di Childe Harold. I balletti del signor Didelot sono ricchi di vivace immaginazione e di insolito fascino. Un nostro scrittore romantico ha trovato in essi maggiore intensità di poesia che non in tutta la letteratura francese.

XXIV

Янтарь на трубках Цареграда,
Фарфор и бронза на столе,
И, чувств изнеженных отрада,
Духи в граненом хрустале;
Гребенки, пилочки стальные,
Прямые ножницы, кривые,
И щетки тридцати родов
И для ногтей и для зубов.
Руссо (замечу мимоходом)
Не мог понять, как важный Грим
Смел чистить ногти перед ним,
Красноречивым сумасбродом.[6]
Защитник вольности и прав
В сем случае совсем не прав.

XXV

Быть можно дельным человеком
И думать о красе ногтей:
К чему бесплодно спорить с веком?
Обычай деспот меж людей.
Второй Чадаев, мой Евгений,
Боясь ревнивых осуждений,
В своей одежде был педант
И то, что мы назвали франт.
Он три часа по крайней мере
Пред зеркалами проводил,
И из уборной выходил
Подобный ветреной Венере,
Когда, надев мужской наряд,
Богиня едет в маскарад.

XXVI

В последнем вкусе туалетом
Заняв ваш любопытный взгляд,

XXIV

L'ambra delle pipe di Bisanzio, ceramica e bronzi sul tavolo, e, delizia di effeminati sensi, i profumi nel cristallo sfaccettato; pettinini, limette d'acciaio, forbicette diritte e ricurve, e spazzole di trenta specie, per le unghie e per i denti. Rousseau (lo noto incidentalmente) non poteva comprendere come il serio Grimm[53] osasse pulirsi le unghie davanti a lui, ciarlatano eloquente*[54]. Il difensore della libertà e dei diritti aveva del tutto torto, in questo caso.

XXV

Si può essere un uomo importante e pensare alla bellezza delle unghie: perché contrastare inutilmente col proprio tempo? L'uso è un despota, fra gli uomini. Come un secondo Čadaev[55], il mio Eugenio, che temeva i giudizi dettati dalla gelosia, era pedante nel suo abbigliamento, era quello che noi chiameremmo un raffinato elegante. Passava tre ore almeno davanti agli specchi, e usciva dalla toeletta simile alla volubile Venere, quando in costume maschile si reca ad un ballo in maschera.

XXVI

Potrei suscitare l'interesse del vostro sguardo curioso con la *toilette* all'ultima moda, potrei qui descrivere, davanti

* «*Tout le mond sut qu'il mettait du blanc; et moi, qui n'en croyais rien, je commençais de le croire, non seulement par l'embellissement de son teint et pour avoir trouvé des tasses de blanc sur sa toilette, mais sur ce qu'entrant un matin dans sa chambre, je le trouvais brossant ses ongles avec une petite vergette faite exprès, ouvrage qu'il continua fièrement devant moi. Je jugeais qu'un homme qui passe deux heures tous les matins à brosser ses ongles, peut bien passer quelques instants à remplir de blanc les creux de sa peau*» (*Confessions* di J.-J. Rousseau). Grimm era più progredito del suo secolo: oggi in tutta l'Europa colta le unghie si puliscono mediante uno speciale spazzolino.

Я мог бы пред ученым светом
Здесь описать его наряд;
Конечно б это было смело,
Описывать мое же дело:
Но *панталоны, фрак, жилет*,
Всех этих *слов* на русском нет;
А вижу я, винюсь пред вами,
Что уж и так мой бедный слог
Пестреть гораздо б меньше мог
Иноплеменными словами,
Хоть и заглядывал я встарь
В Академический Словарь.

XXVII

У нас теперь не то в предмете:
Мы лучше поспешим на бал,
Куда стремглав в ямской карете
Уж мой Онегин поскакал.
Перед померкшими домами
Вдоль сонной улицы рядами
Двойные фонари карет
Веселый изливают свет
И радуги на снег наводят;
Усеян плошками кругом,
Блестит великолепный дом;
По цельным окнам тени ходят,
Мелькают профили голов
И дам и модных чудаков.

XXVIII

Вот наш герой подъехал к сеням;
Швейцара мимо он стрелой
Взлетел по мраморным ступеням,
Расправил волоса рукой,

al colto mondo, il suo abbigliamento; certo sarebbe ardito il farlo: ma *pantaloni, frac, gilet*[56], sono tutte parole che in russo non esistono; e io vedo, ve lo confesso, che già anche così il mio povero stile non poteva essere meno variopinto di parole di radice straniera, sebbene io abbia scrutato a lungo nel *Dizionario* dell'Accademia[57].

XXVII

Non è questo l'oggetto della nostra storia: è meglio che ci affrettiamo al ballo, verso il quale il mio Onegin ha già galoppato in una vettura di posta. Davanti alle case buie, lungo la via sonnolenta, le schiere dei duplici fanali delle carrozze diffondono una luce allegra e gettano sulla neve riflessi iridescenti. Disseminato intorno di lampioncini, risplende un palazzo magnifico; attraverso i vetri delle finestre passano ombre, appaiono i profili delle teste delle dame e degli stravaganti alla moda.

XXVIII

Ecco: il nostro eroe è giunto all'ingresso; è passato vicino al portiere volando come una freccia su per i gradini di marmo, con la mano s'è ravviato i capelli; è entrato. La

Вошел. Полна народу зала;
Музыка уж греметь устала;
Толпа мазуркой занята;
Кругом и шум и теснота;
Бренчат кавалергарда шпоры;
Летают ножки милых дам;
По их пленительным следам
Летают пламенные взоры,
И ревом скрыпок заглушон
Ревнивый шопот модных жен.

XXIX

Во дни веселий и желаний
Я был от балов без ума:
Верней нет места для признаний
И для вручения письма.
О вы, почтенные супруги.
Вам предложу свои услуги;
Прошу мою заметить речь:
Я вас хочу предостеречь.
Вы также, маминьки, построже
За дочерьми смотрите вслед:
Держите прямо свой лорнет!
Не то... не то, избави боже!
Я это потому пишу,
Что уж давно я не грешу.

XXX

Увы, на разные забавы
Я много жизни погубил!
Но если б не страдали нравы,
Я балы б до сих пор любил.
Люблю я бешеную младость,
И тесноту, и блеск, и радость,

sala è piena di gente. La musica si è stancata di far chiasso: la folla è tutta presa da una mazurca; intorno, chiacchierio e ressa; tintinnano gli speroni dei cavalieri della guardia; volano i piedini delle dame graziose; dietro le loro orme incantevoli volano gli sguardi infiammati, ed il mormorio geloso delle mogli alla moda[58] è soffocato dal gemere dei violini.

XXIX

Nei giorni delle allegrie e dei desideri io andavo pazzo per i balli: non vi era luogo più sicuro per le dichiarazioni e per consegnare una lettera. O voi, rispettabili mariti! Vi offro i miei servigi; vi prego di tener conto della mia parola: vi voglio mettere in guardia. Voi anche, mammine, state un po' più attente alle vostre figlie: tenete ben diritto l'occhialino! Altrimenti... Altrimenti, salvaci, Signore! Io scrivo questo perché non pecco più da tempo.

XXX

Ahimè, in diversi sollazzi ho perduto gran parte della mia vita! Ma se i costumi non ne soffrissero, io amerei ancora i balli. Io amo la pazza gioventù, la folla, e lo splendore, e

И дам обдуманный наряд;
Люблю их ножки; только вряд
Найдете вы в России целой
Три пары стройных женских ног.
Ах! долго я забыть не мог
Две ножки... Грустный, охладелый,
Я всё их помню, и во сне
Они тревожат сердце мне.

XXXI

Когда ж, и где, в какой пустыне,
Безумец, их забудешь ты?
Ах, ножки, ножки! где вы ныне?
Где мнете вешние цветы?
Взлелеяны в восточной неге,
На северном, печальном снеге
Вы не оставили следов:
Любили мягких вы ковров
Роскошное прикосновенье.
Давно ль для вас я забывал
И жажду славы и похвал,
И край отцов и заточенье?
Исчезло счастье юных лет —
Как на лугах ваш легкой след.

XXXII

Дианы грудь, ланиты Флоры
Прелестны, милые друзья!
Однако ножка Терпсихоры
Прелестней чем-то для меня.
Она, пророчествуя взгляду
Неоцененную награду,
Влечет условною красой
Желаний своевольный рой.

la gioia, e l'abbigliamento ben studiato delle dame; io amo i loro piedini; però difficilmente troverete, in tutta la Russia, tre paia di piedini femminili ben fatti. Non potei dimenticare, per lungo tempo, due piedini[59]... Io li ricordo sempre, ora, che sono triste e freddo, e nel sogno essi mi turbano il cuore.

XXXI

Quando e dove, allora, in qual deserto, folle, tu li dimenticherai? Ah, piedini, piedini! Dove siete ora? Dove premete fiori primaverili? Avvezzi alle blandizie dell'Oriente, voi non avete lasciato orme nella triste neve settentrionale: amavate il fastoso contatto dei morbidi tappeti. Non avevo già per voi dimenticato, or è molto tempo, brama di gloria e di lodi, e la terra dei padri, e il carcere? È svanita la felicità degli anni giovanili, come sui prati è svanita la vostra orma lieve.

XXXII

Il seno di Diana, le guance di Flora sono incantevoli, cari amici! Tuttavia il piedino di Tersicore, non so perché, è per me più incantevole ancora. Esso, profetando allo sguardo un premio inestimabile, attrae con la sua bellezza convenzionale lo sciame dispotico dei desideri.

Люблю ее, мой друг Эльвина,
Под длинной скатертью столов,
Весной на мураве лугов,
Зимой на чугуне камина,
На зеркальном паркете зал,
У моря на граните скал.

XXXIII

Я помню море пред грозою:
Как я завидовал волнам,
Бегущим бурной чередою
С любовью лечь к ее ногам!
Как я желал тогда с волнами
Коснуться милых ног устами!
Нет, никогда средь пылких дней
Кипящей младости моей
Я не желал с таким мученьем
Лобзать уста младых Армид,
Иль розы пламенных ланит,
Иль перси, полные томленьем;
Нет, никогда порыв страстей
Так не терзал души моей!

XXXIV

Мне памятно другое время!
В заветных иногда мечтах
Держу я счастливое стремя...
И ножку чувствую в руках;
Опять кипит воображенье,
Опять ее прикосновенье
Зажгло в увядшем сердце кровь,
Опять тоска, опять любовь!..
Но полно прославлять надменных
Болтливой лирою своей;

Io l'amo, Elvina[60], amica mia, sotto la lunga tovaglia delle mense, a primavera sull'erba dei prati, d'inverno sugli alari del camino, sul pavimento di specchio delle sale, presso il mare, sul granito degli scogli.

XXXIII

Ricordo il mare[61], prima del temporale: come invidiai alle onde, che si inseguivano in tempestoso ritmo, di giacere con amore ai piedi di lei! Come desideravo, allora, insieme con le onde, sfiorare con le labbra i cari piedini! No, negli ardenti giorni della mia fervente giovinezza, non desiderai mai con tale tormento baciare le labbra delle giovani Armide[62], o le rose delle guance di fiamma, o il seno, colmo di languore; no, mai l'impeto delle passioni straziò così l'anima mia.

XXXIV

Un altro tempo ricordo! Talora, nei segreti sogni, io reggo una staffa felice[63], e sento il piedino nelle mie mani; di nuovo ferve[64] la mia fantasia, di nuovo quel contatto ha riacceso il sangue nel cuore avvizzito; di nuovo il tormento, di nuovo l'amore!... Ma non voglio più glorificare con la mia lira ciarliera le altere fanciulle, che non meritano né

Они не стоят ни страстей,
Ни песен, ими вдохновенных:
Слова и взор волшебниц сих
Обманчивы... как ножки их.

XXXV

Что ж мой Онегин? Полусонный
В постелю с бала едет он:
А Петербург неугомонный
Уж барабаном пробужден.
Встает купец, идет разносчик,
На биржу тянется извозчик,
С кувшином охтинка спешит,
Под ней снег утренний хрустит.
Проснулся утра шум приятный.
Открыты ставни; трубный дым
Столбом восходит голубым,
И хлебник, немец акуратный,
В бумажном колпаке, нераз
Уж отворял свой *васисдас*.

XXXVI

Но, шумом бала утомленный,
И утро в полночь обратя,
Спокойно спит в тени блаженной
Забав и роскоши дитя.
Проснется зà-полдень, и снова
До утра жизнь его готова,
Однообразна и пестра.
И завтра то же, что вчера.
Но был ли счастлив мой Евгений,
Свободный, в цвете лучших лет,
Среди блистательных побед,
Среди вседневных наслаждений?

passioni, né canti da esse ispirati: le parole e lo sguardo di quelle incantatrici sono un inganno... come i loro piedini.

XXXV

Che fa[65] il mio Onegin? Mezzo addormentato, dal ballo va a letto: e l'irrequieta Pietroburgo è già svegliata dal tamburo. Si alza il mercante, va il merciaiolo, si trascina il cocchiere al suo posto, la popolana di Ochta[66] s'affretta con la brocca, e sotto di lei scricchiola la neve mattutina. Si sveglia il piacevole rumore del giorno. Le imposte sono aperte; il fumo dei camini sale come una colonna bluastra; e il fornaio, un tedesco molto preciso, col suo berretto di carta, già più di una volta ha aperto il suo sportellino[67].

XXXVI

Affaticato dal rumore del ballo, e trasformando il mattino in notte piena, dorme tranquillamente ancora, nel buio delizioso, il figlio del lusso e dei piaceri.

Si sveglierà dopo mezzogiorno, e di nuovo fino al mattino successivo la sua vita è già preparata, sempre eguale e variopinta insieme. E domani sarà come ieri. Ma era forse felice il mio Eugenio, libero, nel fiore dei migliori anni, tra le conquiste più scintillanti, tra quotidiani diletti? O

Вотще ли был он средь пиров
Неосторожен и здоров?

XXXVII

Нет: рано чувства в нем остыли;
Ему наскучил света шум;
Красавицы не долго были
Предмет его привычных дум;
Измены утомить успели;
Друзья и дружба надоели,
Затем, что не всегда же мог
Beef-steaks и страсбургский пирог
Шампанской обливать бутылкой
И сыпать острые слова,
Когда болела голова:
И хоть он был повеса пылкой,
Но разлюбил он наконец
И брань и саблю и свинец.

XXXVIII

Недуг, которого причину
Давно бы отыскать пора,
Подобный английскому *сплину*,
Короче: русская *хандра*
Им овладела понемногу;
Он застрелиться, слава богу,
Попробовать не захотел;
Но к жизни вовсе охладел.
Как *Child-Harold*, угрюмый, томный
В гостиных появлялся он;
Ни сплетни света, ни бостон,
Ни милый взгляд, ни вздох нескромный,
Ничто не трогало его,
Не замечал он ничего.

forse in mezzo alle feste non era egli troppo incauto e spensierato?

XXXVII

No: presto i suoi sentimenti si raffreddarono; i rumori mondani gli vennero a noia; le belle non furono più l'oggetto dei suoi pensieri abituali: i tradimenti lo avevano stancato; e così gli amici e le amicizie. Poiché non poteva sempre innaffiare con una bottiglia di *champagne* bistecche e pasticci strasburghesi, e dire motti brillanti anche quando aveva il mal di testa, e benché fosse un impetuoso scavezzacollo, alfine cessò di amare le parole ingiuriose, e la sciabola, e il piombo.

XXXVIII

Una malattia, la cui causa sarebbe ora tempo di ricercare, simile allo *spleen* inglese, in breve, l'ipocondria[68] russa, a poco a poco si era impadronita di lui. Egli, grazie a Dio, non voleva far neppure la prova di spararsi; ma era divenuto del tutto freddo nei confronti della vita. Si mostrava nei salotti cupo e languido come Childe Harold[69]; né i pettegolezzi del mondo, né il *boston*, né uno sguardo carezzevole, né un sospiro indiscreto, nulla più lo toccava, niente più lo interessava.

XXXIX. XL. XLI

. . . .
. . . .
. . . .

XLII

Причудницы большого света!
Всех прежде вас оставил он;
И правда то, что в наши лета
Довольно скучен высший тон;
Хоть, может быть, иная дама
Толкует Сея и Бентама,
Но вообще их разговор
Несносный, хоть невинный вздор;
К тому ж они так непорочны,
Так величавы, так умны,
Так благочестия полны,
Так осмотрительны, так точны,
Так неприступны для мужчин,
Что вид их уж рождает *сплин.*[7]

XLIII

И вы, красотки молодые,
Которых позднею порой
Уносят дрожки удалые
По петербургской мостовой,
И вас покинул мой Евгений.
Отступник бурных наслаждений,
Онегин дома заперся,
Зевая, за перо взялся,
Хотел писать — но труд упорный
Ему был тошен; ничего

XXXIX. XL. XLI[70]

. . . .
. . . .
. . . .

XLII

Capricciose signore del gran mondo! Prima di tutti, Onegin ha lasciato voi; e in verità, oggidì, il tono dell'alta società è abbastanza noioso; se anche qualche dama ragiona, per caso, di Say[71] o di Bentham[72], in generale la loro conversazione è insopportabile, benché le loro assurdità siano innocenti. Esse, inoltre, sono così caste, così maestose, così sagge, così colme di pietà, così prudenti, così precise, così inaccessibili agli uomini, che il solo guardarle ti fa nascere lo *spleen**.

XLIII

E voi, giovani bellezze, che a tarda ora carrozze temerarie trasportano sul selciato di Pietroburgo, anche voi il mio Eugenio ha lasciato. Apostata di tempestosi piaceri, Onegin si è chiuso in casa, sbadigliando; ha preso la penna per scrivere: ma la fatica tenace gli dava la nausea, nulla uscì

* Tutta questa strofa ironica non è altro che una lode sottile delle nostre compatriote. Così Boileau, sotto la finzione di un rimprovero, glorifica Luigi XIV. Le nostre signore congiungono la cultura all'amabilità, e una severa purità di costumi con quell'incanto orientale che tanto affascinava la signora di Staël. (Vedi: *Dix ans d'exil*).

Не вышло из пера его,
И не попал он в цех задорный
Людей, о коих не сужу,
Затем, что к ним принадлежу.

XLIV

И снова, преданный безделью,
Томясь душевной пустотой,
Уселся он — с похвальной целью
Себе присвоить ум чужой;
Отрядом книг уставил полку,
Читал, читал — а всё без толку:
Там скука, там обман иль бред;
В том совести, в том смысла нет;
На всех различные вериги;
И устарела старина,
И старым бредит новизна.
Как женщин, он оставил книги,
И полку, с пыльной их семьей,
Задернул траурной тафтой.

XLV

Условий света свергнув бремя,
Как он, отстав от суеты,
С ним подружился я в то время.
Мне нравились его черты,
Мечтам невольная преданность,
Неподражательная странность
И резкий, охлажденный ум.
Я был озлоблен, он угрюм;
Страстей игру мы знали оба:
Томила жизнь обоих нас;
В обоих сердца жар угас;
Обоих ожидала злоба

dalla sua penna, ed egli non finì nella corporazione litigiosa di quegli uomini, dei quali non voglio dare un giudizio, dato che sono anch'io uno di loro[73].

XLIV

E di nuovo, abbandonandosi all'ozio, oppresso dal vuoto dell'anima, s'è messo a sedere con il lodevole scopo di acquisire la sapienza altrui; ha guarnito con una schiera di libri un palchetto; legge, legge sempre inutilmente: lì la noia e l'inganno o il delirio; in quel libro non vi è coscienza, in questo non vi è senso; su tutti pesano varie catene, e l'antichità è troppo vecchia e quel ch'è nuovo farnetica per l'antico. Come le donne, ha lasciato anche i libri, e sullo scaffale, con la sua famiglia polverosa, ha tirato una cortina funebre.

XLV[74]

Anch'io, in quel tempo, avevo respinto il peso delle convenzioni sociali, come lui; anch'io ero rimasto lontano dalle vanità, e mi ero fatto suo amico. Mi piaceva il suo carattere, quel suo abbandonarsi involontario ai sogni, quella sua stranezza originale e la mente acuta e fredda. Io ero irritato, egli mesto: entrambi avevamo conosciuto il gioco delle passioni; entrambi la vita aveva fatto soffrire;

Слепой Фортуны и людей
На самом утре наших дней.

XLVI

Кто жил и мыслил, тот не может
В душе не презирать людей;
Кто чувствовал, того тревожит
Призрак невозвратимых дней:
Тому уж нет очарований,
Того змия воспоминаний,
Того раскаянье грызет.
Всё это часто придает
Большую прелесть разговору.
Сперва Онегина язык
Меня смущал; но я привык
К его язвительному спору,
И к шутке, с желчью пополам,
И злости мрачных эпиграм.

XLVII

Как часто летнею порою,
Когда прозрачно и светло
Ночное небо над Невою,[8]
И вод веселое стекло
Не отражает лик Дианы,
Воспомня прежних лет романы,
Воспомня прежнюю любовь,
Чувствительны, беспечны вновь,
Дыханьем ночи благосклонной
Безмолвно упивались мы!
Как в лес зеленый из тюрьмы
Перенесен колодник сонный,
Так уносились мы мечтой
К началу жизни молодой.

in entrambi si era spento il fuoco del cuore; entrambi attendeva la cattiveria della cieca Fortuna e degli uomini, proprio nel mattino dei nostri giorni.

XLVI

Chi ha vissuto e pensato non può nell'anima sua non disprezzare gli uomini, chi ha provato sentimenti e passioni è turbato dal fantasma dei giorni irripetibili: per lui non vi sono più incanti; il serpe delle memorie, il rimorso lo rode. E tutto questo, spesso, dà un grande fascino alla conversazione.

In principio la lingua di Onegin mi turbava; ma poi mi abituai alla sua discussione pungente, al suo scherno a metà bilioso, e alla cattiveria dei suoi tenebrosi epigrammi.

XLVII

Come sovente ci inebriavamo, nel tempo d'estate, quando il cielo notturno sulla Neva*[75], era trasparente e luminoso, e il vetro gioioso delle acque non rifletteva il volto di Diana! Come ci inebriavamo silenziosamente del respiro della notte benigna ricordando i romanzi degli anni passati, l'amore di un tempo, di nuovo sensibili e spensierati!

Come un galeotto portato nel sonno dal carcere in un verde bosco, così riandavamo nel sogno all'inizio della giovane vita.

* I lettori ricorderanno l'incantevole descrizione di una notte di Pietroburgo, nell'idillio di Gnedič: «Ecco la notte: ma non si spengono le fasce dorate delle nubi. Senza stelle e senza luna, pur risplendono gli spazi del cielo. Vele si scorgono, sul lido lontano, di vascelli appena visibili, che paiono fluttuare nell'azzurrità del cielo. E il cielo notturno scintilla di uno splendore senz'ombre, e la porpora dell'Occidente si fonde con l'oro dell'Est: pare che dalla sera l'aurora faccia sorgere il mattino di rosa. È il tempo dorato in cui i giorni dell'estate vincono la signoria della notte, e lo sguardo dello straniero è incantato a mirare il cielo del Nord, in cui magicamente si confonde l'ombra con la dolce luce, quale

XLVIII

С душою, полной сожалений,
И опершися на гранит,
Стоял задумчиво Евгений,
Как описал себя Пиит.[9]
Всё было тихо; лишь ночные
Перекликались часовые;
Да дрожек отдаленный стук
С Мильонной раздавался вдруг;
Лишь лодка, веслами махая,
Плыла по дремлющей реке:
И нас пленяли вдалеке
Рожок и песня удалая...
Но слаще, средь ночных забав,
Напев Торкватовых октав!

XLIX

Адриатические волны,
О Брента! нет, увижу вас,
И, вдохновенья снова полный,
Услышу ваш волшебный глас!
Он свят для внуков Аполлона;
По гордой лире Альбиона
Он мне знаком, он мне родной.
Ночей Италии златой
Я негой насладжусь на воле
С венециянкою младой,
То говорливой, то немой,
Плывя в таинственной гондоле;
С ней обретут уста мои
Язык Петрарки и любви.

XLVIII

Con l'anima colma di rimpianti, e appoggiandosi al granito, Eugenio stava pensieroso, proprio come si è dipinto il vate*[76]. Tutto era calmo, solo le sentinelle notturne si davan la voce, e lo strepito lontano di carrozze echeggiava improvviso dalla Mil'jonnaja[77]; solo una barca, agitando i remi, navigava sul fiume insonnolito; e ci affascinavano il suono lontano di un corno[78] e una ardita canzone. Ma più dolce, fra i diletti notturni, era la melodia delle ottave del Tasso[79]!

XLIX

Adriatiche onde[80], o Brenta! No, vi vedrò e nuovamente colmo d'ispirazione ascolterò la vostra magica voce! Essa è sacra per i nipoti di Apollo; per l'orgogliosa lira di Albione, essa mi è intima e nota. Della dolcezza delle notti dell'Italia dorata liberamente io gioirò con una giovane veneziana, ora ciarliera ora silenziosa, navigando in una gondola misteriosa; da lei le mie labbra impareranno la lingua del Petrarca e dell'amore.

mai ha adornato il mezzogiorno; quella luminosità che è simile agli incanti di una fanciulla del Nord, cui gli occhi azzurri e le rosse guance sono appena adombrati dalle chiare onde dei riccioli. Allora sulla Neva e sulla lussuosa Pietroburgo la sera è senza tenebra e le notti veloci sono senz'ombra; allora Filomela appena può terminare i canti notturni, che subito intona un nuovo cantico per salutare il giorno che nasce. Ma è tardi, già ha soffiato la frescura sulle tundre della Neva; la rugiada si è posata... È mezzanotte: la Neva è immota, dopo lo sciabordio serale di migliaia di remi; si sono dispersi gli ospiti della città; non c'è voce sulla riva, né creste di schiuma sul liquido elemento; tutto tace. Solo di quando in quando viene dai ponti un rumore sull'acqua, solo il grido prolungato giunge fino a noi da un lontano paese, dove, nella notte, la sentinella risponde al grido della sentinella. Tutto dorme...».

* «Vede realmente la benevola dea // il poeta che trascorre, // nel delirio, la notte insonne, // appoggiato al granito» (Murav'jov, *Alla dea della Neva*).

L

Придет ли час моей свободы?
Пора, пора! — взываю к ней;
Брожу над морем,[10] жду погоды,
Маню ветрила кораблей.
Под ризой бурь, с волнами споря,
По вольному распутью моря
Когда ж начну я вольный бег?
Пора покинуть скучный брег
Мне неприязненной стихии,
И средь полуденных зыбей,
Под небом Африки моей,[11]
Вздыхать о сумрачной России,
Где я страдал, где я любил,
Где сердце я похоронил.

LI

Онегин был готов со мною
Увидеть чуждые страны;
Но скоро были мы судьбою
На долгой срок разведены.
Отец его тогда скончался.
Перед Онегиным собрался
Заимодавцев жадный полк.
У каждого свой ум и толк:
Евгений, тяжбы ненавидя,
Довольный жребием своим,
Наследство предоставил им,
Большой потери в том не видя,
Иль предузнав издалека
Кончину дяди старика.

LII

Вдруг получил он в самом деле
От управителя доклад,

L

Verrà forse l'ora della mia libertà[81]? È tempo, è tempo! Io la invoco; vado errando lungo il mare*, attendo l'ora; e faccio cenno alle vele dei vascelli.

Sotto il manto delle bufere, lottando con le onde, per il libero crocevia del mare, quando incomincerò la libera corsa? È tempo di lasciare la riva noiosa di un elemento a me malevolo, e fra il mareggio del mezzogiorno, sotto il cielo della mia Africa*[82], sospirare la Russia tenebrosa dove ho sofferto, dove ho amato, dove ho sepolto il cuore.

LI[83]

Onegin era pronto, con me, a visitare terre straniere; ma il destino presto ci separò, e per lungo tempo[84]. Morì allora suo padre. Davanti a lui si raccolse un reggimento avido di usurai. Ciascuno espone le sue ragioni, il suo modo di vedere le cose: Eugenio, che odiava i processi, contento della sua sorte, lasciò loro l'eredità, non vedendo in ciò una grande perdita, oppure prevedendo, da lontano, la fine del vecchio zio.

LII

Difatti, all'improvviso, ricevette dall'intendente la noti-

* Scritto a Odessa.
* Vedi la prima edizione dell'*Eugenio Onegin*.

Что дядя при смерти в постеле
И с ним проститься был бы рад.
Прочтя печальное посланье,
Евгений тотчас на свиданье
Стремглав по почте поскакал
И уж заранее зевал,
Приготовляясь, денег ради,
На вздохи, скуку и обман
(И тем я начал мой роман);
Но, прилетев в деревню дяди,
Его нашел уж на столе,
Как дань готовую земле.

LIII

Нашел он полон двор услуги;
К покойнику со всех сторон
Съезжались недруги и други,
Охотники до похорон.
Покойника похоронили.
Попы и гости ели, пили,
И после важно разошлись,
Как будто делом занялись.
Вот наш Онегин сельской житель,
Заводов, вод, лесов, земель
Хозяин полный, а досель
Порядка враг и расточитель,
И очень рад, что прежний путь
Переменил на что-нибудь.

LIV

Два дня ему казались новы
Уединенные поля,
Прохлада сумрачной дубровы,
Журчанье тихого ручья;
На третий роща, холм и поле

zia che lo zio era nel letto, prossimo a morte, e sarebbe stato felice di dirgli addio. Dopo aver visto il triste annuncio, Eugenio subito partì per l'incontro. Galoppò in gran fretta su una vettura di posta, e già sbadigliava in anticipo, preparandosi, per amore del denaro, ai sospiri, alla noia, all'inganno (con questo io ho incominciato il mio romanzo); ma giunto volando dallo zio, nel suo villaggio, lo trovò già sul tavolo[85], come un dono preparato per la terra.

LIII

Trovò la villa piena di servi; da tutte le parti, nemici ed amici erano accorsi dal morto, per il piacere del funerale. Lo zio fu sepolto. Preti e ospiti mangiarono, bevvero, e dopo, pieni di sussiego, se ne andarono in diverse direzioni, come se fossero occupati in affari.

Ecco il nostro Eugenio abitatore di campagna, assoluto padrone di fabbriche, acque, boschi, terre: colui che fino allora era stato un nemico dell'ordine e un dissipatore è molto felice che la vecchia vita si sia mutata in qualche cosa d'altro.

LIV

Per due giorni gli sembrarono nuovi i campi solitari, la frescura del parco ombroso[86], il mormorio del placido ruscello; al terzo giorno il boschetto, la collina e il campo

Его не занимали боле;
Потом уж наводили сон;
Потом увидел ясно он,
Что и в деревне скука та же,
Хоть нет ни улиц, ни дворцов,
Ни карт, ни балов, ни стихов.
Хандра ждала его на страже,
И бегала за ним она,
Как тень, иль верная жена.

LV

Я был рожден для жизни мирной,
Для деревенской тишины:
В глуши звучнее голос лирный,
Живее творческие сны.
Досугам посвятясь невинным,
Брожу над озером пустынным,
И *far niente* мой закон.
Я каждым утром пробужден
Для сладкой неги и свободы:
Читаю мало, долго сплю,
Летучей славы не ловлю.
Не так ли я в былые годы
Провел в бездействии, в тени
Мои счастливейшие дни?

LVI

Цветы, любовь, деревня, праздность,
Поля! я предан вам душой.
Всегда я рад заметить разность
Между Онегиным и мной,
Чтобы насмешливый читатель
Или какой-нибудь издатель
Замысловатой клеветы,
Сличая здесь мои черты,

non lo interessavano già più, poi gli conciliarono il sonno; poi vide chiaramente che in campagna si prova la stessa noia che in città, anche se non ci sono vie, né palazzi, né carte, né balli, né poesie. La malinconia lo attendeva come un guardiano, e correva dietro a lui come un'ombra o una moglie fedele.

LV

Io sono nato per una vita tranquilla, per la calma della campagna; nei luoghi remoti più sonora è la voce della lira[87], più vivi i sogni creatori. Dedito a piaceri innocenti, erro presso un lago deserto, e «far niente» è la mia legge. Ogni mattino mi sveglio per la dolce tenerezza e per la libertà; leggo poco, dormo a lungo, non do la caccia alla effimera gloria. Non ho trascorso così, negli anni passati[88], nell'ozio, nell'ombra, i miei giorni più felici?

LVI

Fiori, amore, il villaggio, non far nulla, campi! Con tutto il cuore mi son dato a voi. Sono sempre felice di notare la differenza fra Onegin e me[89], perché il lettore beffardo, o qualche editore di arzigogolate calunnie, confrontando qui il mio carattere, non ripeta poi empiamente che io ho

Не повторял потом безбожно,
Что намарал я свой портрет,
Как Байрон, гордости поэт,
Как будто нам уж невозможно
Писать поэмы о другом,
Как только о себе самом.

LVII

Замечу кстати: все поэты —
Любви мечтательной друзья.
Бывало, милые предметы
Мне снились, и душа моя
Их образ тайный сохранила;
Их после Муза оживила:
Так я, беспечен, воспевал
И деву гор, мой идеал,
И пленниц берегов Салгира.
Теперь от вас, мои друзья,
Вопрос нередко слышу я:
„О ком твоя вздыхает лира?
Кому, в толпе ревнивых дев,
Ты посвятил ее напев?

LVIII

„Чей взор, волнуя вдохновенье,
Умильной лаской наградил
Твое задумчивое пенье?
Кого твой стих боготворил?“
И, други, никого, ей богу!
Любви безумную тревогу
Я безотрадно испытал.
Блажен, кто с нею сочетал
Горячку рифм: он тем удвоил
Поэзии священный бред,
Петрарке шествуя вослед,

scarabocchiato il mio ritratto, come Byron, poeta dell'orgoglio; quasi che a noi fosse impossibile scrivere poemi su altri, ma solo su noi stessi[90].

LVII

A questo proposito voglio fare un'osservazione: tutti i poeti sono amici del sognante amore. Accadeva che io sognassi i cari soggetti dell'amore, e l'anima mia custodisse la loro immagine segreta; poi la musa li faceva rivivere: così io, spensierato, cantai la fanciulla delle montagne[91], mio ideale, e le prigioniere delle rive del Salgir[92]. Ora, amici miei, non di rado sento la vostra domanda: «Per chi sospira la tua lira? A chi, nella folla delle fanciulle gelose, tu hai dedicato la tua melodia?»

LVIII

«Lo sguardo di chi, come una soave carezza, accendendo la tua ispirazione, ha ricompensato il tuo canto pensieroso? Quale donna il tuo verso ha reso divina?». Nessuna, amici, nessuna, lo giuro! Ho dolorosamente provato la folle inquietudine dell'amore. Beato colui che ha congiunto ad essa l'ardore delle rime; egli ha così raddoppiato il delirio sacro della poesia, vero seguace del Petrarca,

А муки сердца успокоил,
Поймал и славу между тем:
Но я, любя, был глуп и нем.

LIX

Прошла любовь, явилась Муза,
И прояснился темный ум.
Свободен, вновь ищу союза
Волшебных звуков, чувств и дум;
Пишу, и сердце не тоскует,
Перо, забывшись, не рисует,
Близ неоконченных стихов,
Ни женских ножек, ни голов;
Погасший пепел уж не вспыхнет,
Я всё грущу: но слез уж нет,
И скоро, скоро бури след
В душе моей совсем утихнет:
Тогда-то я начну писать
Поэму песен в двадцать пять.

LX

Я думал уж о форме плана,
И как героя назову;
Покаместь моего романа
Я кончил первую главу:
Пересмотрел всё это строго;
Противоречий очень много,
Но их исправить не хочу;
Цензуре долг свой заплачу,
И журналистам на съеденье
Плоды трудов моих отдам:
Иди же к невским берегам,
Новорожденное творенье,
И заслужи мне славы дань:
Кривые толки, шум и брань!

ha pacificato i tormenti del cuore, e ha conquistato intanto anche la gloria; ma io, quando amavo, ero stupido e muto.

LIX

Ora è passato l'amore, è apparsa la musa, e la mente cupa si è schiarita. Libero, io cerco di unire nuovamente i suoni che incantano, i sentimenti, e i pensieri; scrivo, e il cuore non soffre; la penna, abbandonandosi, non disegna[93], vicino a versi incompiuti, né piedini né teste femminili; la cenere spenta più non dà scintille; io sono sempre triste, ma non ho più lacrime, e presto, presto, l'orma della bufera si calmerà del tutto nell'anima mia: allora comincerò a scrivere un poema di venticinque canti[94].

LX

Già ho pensato allo schema, e già so il nome dell'eroe. Nel frattempo ho finito il capitolo primo del mio romanzo; ho riveduto tutto questo con severità. Vi sono molte contraddizioni, ma non voglio correggerle; pagherò il mio debito alla censura, e all'ingordigia dei giornalisti darò i frutti delle mie fatiche. Va' dunque sulle rive della Neva, o creatura nata da poco, e domani abbiti i premi della gloria: commenti contorti, clamori e ingiurie!

ГЛАВА ВТОРАЯ.

O rus!...
Hor.
О Русь!

I

Деревня, где скучал Евгений,
Была прелестный уголок;
Там друг невинных наслаждений
Благословить бы небо мог.
Господский дом уединенный,
Горой от ветров огражденный,
Стоял над речкою. Вдали
Пред ним пестрели и цвели
Луга и нивы золотые,
Мелькали сёлы; здесь и там
Стада бродили по лугам,
И сени расширял густые
Огромный, запущенный сад,
Приют задумчивых Дриад.

II

Почтенный замок был построен
Как замки строиться должны:
Отменно прочен и спокоен
Во вкусе умной старины.
Везде высокие покои,
В гостиной штофные обои,
Царей портреты на стенах,
И печи в пестрых изразцах.

CAPITOLO SECONDO

O rus!...
Orazio
O Rus'![1]

I

Il villaggio dove Eugenio si annoiava era un angolo incantevole[2]; là un amico di piaceri innocenti avrebbe potuto benedire il cielo. La casa signorile, appartata, che un colle riparava dai venti, era situata presso un fiumicello. Davanti le fiorivano prati variopinti e campi dorati; qua e là apparivano villaggi; qua e là le greggi erravano per i prati; un grande giardino, lasciato in abbandono, rifugio delle Driadi malinconiche, allargava le sue dense ombre.

II

Il rispettabile castello[3] era costruito come devono essere costruiti i castelli, solidissimo e tranquillo, secondo il gusto dei saggi, vecchi tempi. Ovunque alte stanze; nel salotto, tappezzerie di stoffa, ritratti di zar appesi alle pareti, e

Всё это ныне обветшало,
Не знаю право почему;
Да впрочем, другу моему
В том нужды было очень мало,
Затем, что он равно зевал
Средь модных и старинных зал.

III

Он в том покое поселился,
Где деревенской старожил
Лет сорок с ключницей бранился,
В окно смотрел и мух давил.
Всё было просто: пол дубовый,
Два шкафа, стол, диван пуховый,
Нигде ни пятнышка чернил.
Онегин шкафы отворил:
В одном нашел тетрадь расхода,
В другом наливок целый строй,
Кувшины с яблочной водой,
И календарь осьмого года:
Старик, имея много дел,
В иные книги не глядел.

IV

Один среди своих владений,
Чтоб только время проводить,
Сперва задумал наш Евгений
Порядок новый учредить.
В своей глуши мудрец пустынный,
Ярем он барщины старинной
Оброком легким заменил;
И раб судьбу благословил.
За то в углу своем надулся,
Увидя в этом страшный вред,

stufe di maioliche variopinte. Ora, tutto questo, non so per quale motivo, era diventato vetusto; certo, il mio amico non ne aveva molto bisogno, perché, indifferente, sbadigliava fra le sale alla moda e quelle antiche.

III

Si sistemò nella vecchia stanza dove il vecchio campagnolo[4], per circa quarant'anni, aveva litigato con la governante, guardato alla finestra e schiacciato le mosche. Tutto era semplice: il pavimento di quercia, due armadi, un tavolo, un divano di piume; in nessun posto neppure una macchiolina d'inchiostro. Onegin aprì gli armadi: in uno trovò il quaderno delle spese, in un altro un'intera serie di rosoli, brocche con acqua di mele e un calendario del 1808[5]. Il vecchietto, che aveva molto da fare, non aveva mai guardato altri libri.

IV

Solo nei suoi possedimenti, per passare il tempo, dapprima il nostro Eugenio si propose di instaurare un nuovo ordine. Nel suo angolo sperduto, il saggio solitario sostituì i fardelli delle vecchie *corvées*[6] con il lieve *obrok*, e il servo della gleba benedisse la sorte. Però un suo vicino economo, ritenendo tutto ciò molto dannoso, si ar-

Его расчетливый сосед;
Другой лукаво улыбнулся
И в голос все решили так,
Что он опаснейший чудак.

V

Сначала все к нему езжали;
Но так как с заднего крыльца
Обыкновенно подавали
Ему донского жеребца,
Лишь только вдоль большой дороги
Заслышат их домашни дроги: —
Поступком оскорбясь таким,
Все дружбу прекратили с ним.
„Сосед наш неуч; сумасбродит;
Он фармазон; он пьет одно
Стаканом красное вино;
Он дамам к ручке не подходит;
Всё *да*, да *нет*; не скажет *да-с*
Иль *нет-с*". Таков был общий глас.

VI

В свою деревню в ту же пору
Помещик новый прискакал,
И столь же строгому разбору
В соседстве повод подавал.
По имени Владимир Ленской,
С душою прямо геттингенской,
Красавец, в полном цвете лет,
Поклонник Канта и поэт.
Он из Германии туманной
Привез учености плоды:
Вольнолюбивые мечты,
Дух пылкий и довольно странный,

rabbiò, dal suo cantuccio; un altro sorrise con malizia; e ad una voce tutti lo giudicarono un pericolosissimo originale.

V

In principio tutti si recavano da lui; ma poiché egli fuggiva dal pianerottolo posteriore su uno stallone del Don, non appena sentiva le loro carrozze private sulla grande strada, tutti si offesero per un tale modo di fare: e ruppero i rapporti di amicizia. «Il nostro vicino è un ignorante, uno stravagante pazzo; è un frammassone[7]; beve soltanto vino rosso nel bicchiere; non bacia la mano delle dame: dice solo: "sì" e "no", e non: "sissignore", "nossignore"[8]». Tale era la voce corrente.

VI

In quel tempo, nei suoi possedimenti era giunto un altro nuovo proprietario, che pure aveva dato motivo a severe dicerie al vicinato. Si chiamava Vladimiro Lenskij[9], aveva l'anima del tutto gottinghiana[10], era bello, nel pieno fiore degli anni, seguace di Kant[11] e poeta. Egli dalla nebbiosa Germania[12] aveva recato i frutti dell'istruzione: appassionati sogni di libertà, l'anima impetuosa e abbastan-

Всегда восторженную речь
И кудри черные до плеч.

VII

От хладного разврата света
Еще увянуть не успев,
Его душа была согрета
Приветом друга, лаской дев;
Он сердцем милый был невежда,
Его лелеяла надежда,
И мира новый блеск и шум
Еще пленяли юный ум.
Он забавлял мечтою сладкой
Сомненья сердца своего;
Цель жизни нашей для него
Была заманчивой загадкой,
Над ней он голову ломал
И чудеса подозревал.

VIII

Он верил, что душа родная
Соединиться с ним должна,
Что безотрадно изнывая,
Его вседневно ждет она;
Он верил, что друзья готовы
За честь его приять оковы,
И что не дрогнет их рука
Разбить сосуд клеветника;
Что есть избранные судьбами,
Людей священные друзья;
Что их бессмертная семья
Неотразимыми лучами,
Когда-нибудь, нас озарит
И мир блаженством одарит.

za strana, la parola sempre esaltata, e riccioli neri fino alle spalle[13].

VII

La sua anima, che la fredda depravazione del mondo ancora non aveva fatto sfiorire, era riscaldata dal sorriso degli amici e dalla carezza delle fanciulle; nel cuore era un caro inesperto, la speranza lo blandiva, e il rumore e lo scintillio nuovo del mondo affascinavano il suo giovane ingegno. Egli rallegrava, con un dolce sogno, i dubbi del cuore; lo scopo della nostra vita era per lui un mistero affascinante, sul quale si rompeva la testa; e credeva nei prodigi.

VIII

Credeva che un'anima gemella[14] si dovesse unire con lui, e soffrendo di languore lo aspettasse ogni giorno; credeva che gli amici fossero pronti, per il suo onore, a prendere le catene[15], e che la loro mano non avrebbe esitato a spezzare gli strumenti dei calunniatori; credeva nell'esistenza di eletti dal destino[16], amici sacri degli uomini, la cui immortale famiglia, con raggi irresistibili, un giorno ci avrebbe illuminati e avrebbe donato al mondo la beatitudine.

IX

Негодованье, сожаленье,
Ко благу чистая любовь,
И славы сладкое мученье
В нем рано волновали кровь.
Он с лирой странствовал на свете;
Под небом Шиллера и Гете,
Их поэтическим огнем
Душа воспламенилась в нем;
И Муз возвышенных искусства,
Счастливец, он не постыдил:
Он в песнях гордо сохранил
Всегда возвышенные чувства,
Порывы девственной мечты
И прелесть важной простоты.

X

Он пел любовь, любви послушный,
И песнь его была ясна,
Как мысли девы простодушной,
Как сон младенца, как луна
В пустынях неба безмятежных,
Богиня тайн и вздохов нежных;
Он пел разлуку и печаль,
И *нечто*, и *туманну даль*,
И романтические розы;
Он пел те дальные страны,
Где долго в лоно тишины
Лились его живые слёзы;
Он пел поблеклый жизни цвет,
Без малого в осьмнадцать лет.

XI

В пустыне, где один Евгений
Мог оценить его дары,

IX

L'indignazione, il compianto, il puro amore per il bene e il dolce tormento della gloria commossero presto il suo sangue. Egli con la lira aveva peregrinato per il mondo; sotto il cielo di Schiller e di Goethe[17], la sua anima si era infiammata del loro poetico fuoco; fortunato, non offese l'arte delle muse eccelse; nei canti orgogliosamente racchiudeva sublimi sentimenti, gli slanci di un sogno verginale e l'incanto di una semplicità profonda.

X

Cantava l'amore, egli che all'amore obbediva, e il suo canto era chiaro come i pensieri di una vergine dal semplice cuore, come il sogno di un bambino, come la luna, dea dei misteri e dei teneri sospiri, nelle immensità deserte e serene del cielo; egli cantava l'abbandono e la tristezza, e «un non so che» e «la lontananza nebbiosa» e le romantiche rose; egli cantava quei paesi lontani dove per lungo tempo, nel seno della quiete, erano sgorgate le sue lacrime vive; egli cantava l'appassito fiore della vita, all'età di non ancora diciott'anni[18].

XI

In quel deserto dove Eugenio soltanto poteva stimare il suo talento, egli non amava i festini dei signori dei villaggi

Господ соседственных селений
Ему не нравились пиры,
Бежал он их беседы шумной.
Их разговор благоразумный
О сенокосе, о вине,
О псарне, о своей родне,
Конечно не блистал ни чувством,
Ни поэтическим огнем,
Ни остротою, ни умом,
Ни общежития искусством;
Но разговор их милых жен
Гораздо меньше был умен.

XII

Богат, хорош собою, Ленской
Везде был принят как жених;
Таков обычай деревенской;
Все дочек прочили своих
За *полурусского соседа;*
Взойдет ли он, тотчас беседа
Заводит слово стороной
О скуке жизни холостой;
Зовут соседа к самовару,
А Дуня разливает чай,
Ей шепчут: „Дуня, примечай!"
Потом приносят и гитару:
И запищит она (бог мой!).
Приди в чертог ко мне златой!..[12]

XIII

Но Ленский, не имев конечно
Охоты узы брака несть,
С Онегиным желал сердечно
Знакомство покороче свесть.

vicini; rifuggiva dalla conversazione rumorosa. Il loro discorso da bempensanti sulla fienagione, sul vino, sul canile, sui parenti, non brillava certo per sensibilità, né per fuoco poetico, né per acutezza, né per intelligenza, né per arte della vita in società; la conversazione delle gentili signore era poi infinitamente meno intelligente.

XII

Ricco, bello, Lenskij era ovunque accolto come un fidanzato. Tale è l'abitudine in campagna: tutti destinavano le loro figlie al «vicino mezzorusso»; non appena entrava, il discorso cadeva subito sulla noia della vita da scapolo: lo invitavano al *samovar* e mormoravano a Dunja che versava il té: «Dunja, stagli attenta»; poi portavano anche la chitarra: e lei si metteva a miagolare (Dio mio!): «Vieni da me nel mio palazzo d'oro*[19]!...».

XIII

Ma Lenskij, che del resto non aveva nessuna voglia di stringere i nodi del matrimonio, desiderava di cuore e al più presto far conoscenza con Onegin. Si incontrarono.

* Dalla prima parte della *Rusalka del Nipro*.

Они сошлись. Волна и камень,
Стихи и проза, лед и пламень
Не столь различны меж собой.
Сперва взаимной разнотой
Они друг другу были скучны;
Потом понравились; потом
Съезжались каждый день верьхом,
И скоро стали неразлучны.
Так люди (первый каюсь я)
От *делать нечего* друзья.

XIV

Но дружбы нет и той меж нами.
Все предрассудки истребя,
Мы почитаем всех нулями,
А единицами — себя.
Мы все глядим в Наполеоны;
Двуногих тварей миллионы
Для нас орудие одно,
Нам чувство дико и смешно.
Сноснее многих был Евгений;
Хоть он людей конечно знал,
И вообще их презирал, —
Но (правил нет без исключений)
Иных он очень отличал,
И вчуже чувство уважал.

XV

Он слушал Ленского с улыбкой.
Поэта пылкий разговор,
И ум еще в сужденьях зыбкой,
И вечно вдохновенный взор, —
Онегину всё было ново:
Он охладительное слово

L'acqua e la pietra, i versi e la prosa, il ghiaccio e il fuoco non sono così diversi. Dapprima la diversità dette loro reciproca molestia: poi si piacquero; si misero a cavalcare insieme ogni giorno, e presto divennero inseparabili. Così gli uomini (per primo lo confesso io) per non aver nulla da fare diventano amici[20].

XIV

Ma neppure una tale amicizia esiste oggi fra di noi. Col distruggere tutti i pregiudizi, consideriamo gli altri degli zeri, e noi stessi invece ci riteniamo esseri unici. Tutti noi ci giudichiamo dei Napoleoni; milioni di creature bipedi sono per noi solo uno strumento; riteniamo il sentimento cosa barbara e ridicola[21]. Eugenio era più sopportabile di molti, sebbene conoscesse certo gli uomini e in generale li disprezzasse. Ma non vi è regola senza eccezione, ed egli ne distingueva molto alcuni e ne rispettava i sentimenti, pur non condividendoli.

XV

Ascoltava Lenskij col sorriso. L'ardente parola del poeta, e la mente, ancora nell'incertezza delle opinioni, e lo sguardo eternamente ispirato, erano una novità per Onegin, che cercava di trattenere tra le labbra la parola ag-

В устах старался удержать
И думал: глупо мне мешать
Его минутному блаженству;
И без меня пора придет;
Пускай покаместь он живет
Да верит мира совершенству;
Простим горячке юных лет
И юный жар и юный бред.

XVI

Меж ими всё рождало споры
И к размышлению влекло:
Племен минувших договоры,
Плоды наук, добро и зло
И предрассудки вековые,
И гроба тайны роковые,
Судьба и жизнь в свою чреду,
Всё подвергалось их суду.
Поэт в жару своих суждений
Читал, забывшись, между тем
Отрывки северных поэм,
И снисходительный Евгений,
Хоть их не много понимал,
Прилежно юноше внимал.

XVII

Но чаще занимали страсти
Умы пустынников моих.
Ушед от их мятежной власти,
Онегин говорил об них
С невольным вздохом сожаленья:
Блажен, кто ведал их волненья
И наконец от них отстал,
Блаженней тот, кто их не знал,

ghiacciante, e pensava: "È sciocco che io turbi la sua fuggitiva beatitudine; verrà anche senza di me il tempo della delusione; che egli possa fin allora vivere e credere alla perfezione del mondo; perdoniamo all'ardore dei giovani anni e alla febbre giovanile e al giovanile delirio".

XVI

Ogni argomento[22] suscitava tra loro discussioni e conduceva alla meditazione. I trattati[23] dei popoli antichi, i frutti della scienza[24], il bene e il male, e i pregiudizi secolari, e i misteri fatali della tomba, il destino e la vita di volta in volta, tutto era sottomesso al loro esame. Il poeta, nel calore dei suoi giudizi, leggeva, intanto, in tutto abbandono, brani di poemi nordici[25] ed Eugenio, indulgente, benché li capisse poco, li stava ad ascoltare con attenzione.

XVII

Ma più sovente erano le passioni[26] che interessavano la mente dei miei eremiti. Libero dalla forza turbolenta di esse, Onegin ne parlava con un sospiro involontario di rimpianto: beato chi ha conosciuto le loro agitazioni e finalmente se ne è staccato: ma più beato ancora chi non le

Кто охлаждал любовь — разлукой,
Вражду — злословием; порой
Зевал с друзьями и с женой,
Ревнивой не тревожась мукой,
И дедов верный капитал
Коварной двойке не вверял.

XVIII

Когда прибегнем мы под знамя
Благоразумной тишины,
Когда страстей угаснет пламя,
И нам становятся смешны
Их своевольство, иль порывы
И запоздалые отзывы —
Смиренные не без труда,
Мы любим слушать иногда
Страстей чужих язык мятежный
И нам он сердце шевелит.
Так точно старый инвалид
Охотно клонит слух прилежный
Рассказам юных усачей,
Забытый в хижине своей.

XIX

За то и пламенная младость
Не может ничего скрывать.
Вражду, любовь, печаль и радость
Она готова разболтать.
В любви считаясь инвалидом,
Онегин слушал с важным видом,
Как, сердца исповедь любя,
Поэт высказывал себя;
Свою доверчивую совесть
Он простодушно обнажал.

ha conosciute, chi ha soffocato l'amore con la lontananza, l'inimicizia con la maldicenza: di tanto in tanto sbadiglia con gli amici e la moglie, senza turbarsi per le pene della gelosia, senza avere affidato il sicuro capitale dei nonni al perfido due di carte.

XVIII

Quando ci rifugeremo sotto la bandiera della saggia e beata tranquillità, quando si sarà spenta la fiamma delle passioni e la loro natura capricciosa, gli slanci e i tardivi richiami diventeranno ridicoli, pacificati non senza fatica, ascolteremo talora con piacere la lingua turbolenta delle passioni altrui, che ci farà agitare il cuore. Così un vecchio veterano, dimenticato nella sua casupola, china volentieri la testa per ascoltare i racconti dei giovani baffuti.

XIX

Tuttavia la gioventù ardente non può nascondere nulla: è pronta a comunicare agli altri l'inimicizia, l'amore, la tristezza e la gioia. E Onegin, che si considerava un invalido dell'amore, ascoltava col volto serio il poeta, il quale, amante delle confessioni, si rivelava a lui, e metteva a nudo la sua coscienza fiduciosa con spirito semplice. Euge-

Евгений без труда узнал
Его любви младую повесть,
Обильный чувствами рассказ,
Давно не новыми для нас.

XX

Ах, он любил, как в наши лета
Уже не любят; как одна
Безумная душа поэта
Еще любить осуждена:
Всегда, везде одно мечтанье,
Одно привычное желанье,
Одна привычная печаль.
Ни охлаждающая даль,
Ни долгие лета разлуки,
Ни музам данные часы,
Ни чужеземные красы,
Ни шум веселий, ни Науки
Души не изменили в нем,
Согретой девственным огнем.

XXI

Чуть отрок, Ольгою плененный,
Сердечных мук еще не знав,
Он был свидетель умиленный
Ее младенческих забав;
В тени хранительной дубравы
Он разделял ее забавы,
И детям прочили венцы
Друзья соседы, их отцы.
В глуши, под сению смиренной,
Невинной прелести полна,
В глазах родителей, она
Цвела как ландыш потаенный,

nio, senza fatica, venne così a conoscere il romanzo giovanile del suo amore, un racconto ricco di sentimenti oramai così vecchi per noi.

XX

Vladimiro amava[27] come nei nostri anni più non si ama; come solo l'anima pazza del poeta è ancora destinata ad amare: sempre, ovunque, un solo sogno, un solo consueto desiderio, una sola consueta tristezza. Né la lontananza che agghiaccia, né i lunghi anni del distacco, né le ore dedicate alle muse, né le bellezze straniere, né il rumore delle allegrie, né le Scienze avevano in lui alterato l'anima, riscaldata da un verginale fuoco.

XXI

Appena adolescente, incantato da Olga[28], senza conoscere ancora i tormenti del cuore, egli fu testimone tenero dei trastulli infantili di lei. All'ombra di un querceto protettore, egli aveva condiviso i giochi di Olga; e i genitori di entrambi, amici e vicini, avevano già assicurato le coroncine nuziali ai due fanciulli. Nella solitudine, sotto la placida ombra, colma di ingenuo fascino, davanti agli occhi dei genitori, ella fioriva come un mughetto nascosto[29],

Незнаемый в траве глухой
Ни мотыльками, ни пчелой.

XXII

Она поэту подарила
Младых восторгов первый сон,
И мысль об ней одушевила
Его цевницы первый стон.
Простите, игры золотые!
Он рощи полюбил густые,
Уединенье, тишину,
И Ночь, и Звезды, и Луну,
Луну, небесную лампаду,
Которой посвящали мы
Прогулки средь вечерней тьмы,
И слёзы, тайных мук отраду...
Но нынче видим только в ней
Замену тусклых фонарей.

XXIII

Всегда скромна, всегда послушна,
Всегда как утро весела,
Как жизнь поэта простодушна,
Как поцалуй любви мила,
Глаза как небо голубые,
Улыбка, локоны льняные,
Движенья, голос, легкой стан,
Всё в Ольге... но любой роман
Возьмите и найдете верно
Ее портрет: он очень мил,
Я прежде сам его любил,
Но надоел он мне безмерно.
Позвольте мне, читатель мой,
Заняться старшею сестрой.

celato tra la folta erba, ignoto all'ape e alle farfalle.

XXII

Olga aveva dato al poeta il primo sogno degli impeti giovanili, e il pensiero di lei aveva ispirato al giovanetto il primo lamento della zampogna. Addio, giochi dorati! Egli s'innamorò delle folte selvette, della solitudine, della pace; amò la Notte e le Stelle; e la Luna, la Luna, lampada celeste, alla quale noi abbiamo consacrato le passeggiate nella tenebra della sera e le lacrime, consolazione di pene segrete; ma ora in lei vediamo solo, purtroppo, un sostituto di opachi fanali.

XXIII

Sempre modesta, sempre docile, sempre gaia come il mattino, semplice di cuore come la vita del poeta, dolce come un bacio d'amore, gli occhi azzurri come il cielo, il sorriso, i riccioli come il fiore del lino, la voce, i gesti, il corpo snello; tutto in Olga...[30] Ma prendete un romanzo qualsiasi, e vi troverete il suo ritratto fedele: esso è molto gentile; io stesso prima l'ho amato, ma oramai mi ha stancato troppo.

Ed ora, mio lettore, concedimi di occuparmi della sorella maggiore.

XXIV

Ее сестра звалась Татьяна...[13]
Впервые именем таким
Страницы нежные романа
Мы своевольно освятим.
И что ж? оно приятно, звучно;
Но с ним, я знаю, неразлучно
Воспоминанье старины
Иль девичьей! мы все должны
Признаться: вкусу очень мало
У нас и в наших именах
(Не говорим уж о стихах);
Нам просвещенье не пристало,
И нам досталось от него
Жеманство, — больше ничего.

XXV

Итак она звалась Татьяной.
Ни красотой сестры своей,
Ни свежестью ее румяной
Не привлекла б она очей.
Дика, печальна, молчалива,
Как лань лесная боязлива,
Она в семье своей родной
Казалась девочкой чужой.
Она ласкаться не умела
К отцу, ни к матери своей;
Дитя сама, в толпе детей
Играть и прыгать не хотела,
И часто целый день одна
Сидела молча у окна.

XXVI

Задумчивость, ее подруга
От самых колыбельных дней,

XXIV

La sorella si chiamava Tatiana*... Noi, per primi, liberamente, consacreremo con un tal nome le tenere pagine di un romanzo. E che? Esso è piacevole e di bel suono; certo, lo so, è legato al ricordo dei tempi antichi e delle serve! Dobbiamo sempre riconoscerlo: usiamo molto poco i nostri nomi (per non parlare dei versi); non abbiamo raggiunto la cultura, e ne abbiamo preso solo l'affettazione: niente più.

XXV

Così, si chiamava Tatiana. Non attirava lo sguardo né per la bellezza, come la sorella, né per la freschezza dell'incarnato. Selvatica, triste, silenziosa, come una daina timida di bosco, nella sua famiglia sembrava un'estranea. Non sapeva blandire né il padre né la madre; ancor bimba, in mezzo ai fanciulli, non voleva giocare né saltare, e, sovente, per l'intero giorno sedeva sola e tacita presso la finestra.

XXVI

L'immaginazione malinconica, sua amica sin dai giorni della culla, le aveva rallegrato coi sogni lo scorrere

* I nomi greci dal dolce suono vengono da noi usati solo fra la gente semplice: Agafon, Filat, Fedora, Fjokla, eccetera.

Теченье сельского досуга
Мечтами украшала ей.
Ее изнеженные пальцы
Не знали игл; склонясь на пяльцы,
Узором шелковым она
Не оживляла полотна.
Охоты властвовать примета,
С послушной куклою дитя
Приготовляется, шутя,
К приличию — закону света,
И важно повторяет ей
Уроки маминьки своей.

XXVII

Но куклы даже в эти годы
Татьяна в руки не брала;
Про вести города, про моды
Беседы с нею не вела.
И были детские проказы
Ей чужды: страшные рассказы
Зимою в темноте ночей
Пленяли больше сердце ей.
Когда же няня собирала
Для Ольги на широкий луг
Всех маленьких ее подруг,
Она в горелки не играла,
Ей скучен был и звонкий смех,
И шум их ветреных утех.

XXVIII

Она любила на балконе
Предупреждать зари восход,
Когда на бледном небосклоне
Звезд исчезает хоровод,

dell'ozio campestre. Le sue dita delicate non conoscevano gli aghi; mai, china sul telaio, ella aveva ravvivato la tela con il ricamo di seta. Le bambine (è segno del desiderio di dominare) si preparano alle buone maniere e alla legge della società, giocando con la bambola obbediente, alla quale, con sussiego, ripetono le lezioni imparate dalla mammina.

XXVII

Ma neppure in quegli anni Tatiana prese in braccio la bambola, né le parlava delle notizie della città, della moda. E i giochi infantili le erano estranei: avvincevano di più il suo cuore i racconti spaventosi nel buio delle notti d'inverno. Quando la *njanja*[31] radunava nel vasto prato tutte le piccole amiche di Olga, essa non giocava più a rincorrersi; le erano noiosi il riso sonoro e il chiasso della loro gioia sventata.

XXVIII

Preferiva attendere al balcone il sorgere dell'alba, quando al pallido orizzonte svanisce il girotondo delle stelle e pla-

И тихо край земли светлеет,
И вестник утра, ветер веет,
И всходит постепенно день.
Зимой, когда ночная тень
Полмиром доле обладает,
И доле в праздной тишине,
При отуманенной луне,
Восток ленивый почивает,
В привычный час пробуждена
Вставала при свечах она.

XXIX

Ей рано нравились романы;
Они ей заменяли всё;
Она влюблялася в обманы
И Ричардсона и Руссо.
Отец ее был добрый малой,
В прошедшем веке запоздалый;
Но в книгах не видал вреда;
Он, не читая никогда,
Их почитал пустой игрушкой,
И не заботился о том,
Какой у дочки тайный том
Дремал до утра под подушкой.
Жена ж его была сама
От Ричардсона без ума.

XXX

Она любила Ричардсона,
Не потому, чтобы прочла,
Не потому, чтоб Грандисона
Она Ловласу предпочла;[14]
Но встарину княжна Алина,
Ее московская кузина,

cido s'illumina l'orizzonte, soffia il vento, messaggero del mattino, e il giorno avanza a poco a poco. D'inverno, quando l'ombra notturna più a lungo domina mezzo mondo, e più a lungo nella calma l'oriente pigro riposa sotto la luna avvolta da brume, all'ora solita, si svegliava e si alzava, a lume di candela.

XXIX

Presto le piacquero i romanzi: rappresentavano tutto per lei; si innamorò degli inganni di Richardson e di Rousseau[32]. Suo padre[33] era un brav'uomo, arretrato di un secolo, ma non vedeva nessun male nei libri: egli, che non leggeva mai, li considerava un vuoto giochetto, e non si preoccupava del fatto che un certo volume misterioso sonnecchiasse fino al mattino sotto il cuscino della figlia. Anche sua moglie, del resto, andava pazza per Richardson.

XXX

Ella amava Richardson, non perché l'avesse letto, non perché preferisse Grandison a Lovelace*[34]; ma perché, molto tempo prima, la principessa Alina, sua cugina mo-

* Grandison e Lovelace, eroi di due famosi romanzi.

Твердила часто ей об них.
В то время был еще жених
Ее супруг, но по неволе;
Она вздыхала по другом,
Который сердцем и умом
Ей нравился гораздо боле:
Сей Грандисон был славный франт,
Игрок и гвардии сержант.

XXXI

Как он, она была одета
Всегда по моде и к лицу; —
Но не спросясь ее совета,
Девицу повезли к венцу.
И чтоб ее рассеять горе,
Разумный муж уехал вскоре
В свою деревню, где она,
Бог знает кем окружена,
Рвалась и плакала сначала,
С супругом чуть не развелась;
Потом хозяйством занялась,
Привыкла, и довольна стала.
Привычка свыше нам дана:
Замена счастию она.[15]

XXXII

Привычка усладила горе
Неотразимое ничем;
Открытие большое вскоре
Ее утешило совсем:
Она меж делом и досугом
Открыла тайну, как супругом
Самодержавно управлять,
И всё тогда пошло на стать.

scovita, gliene aveva parlato sovente. Allora era ancora fidanzata col marito, ma contro la sua volontà: sospirava difatti per un altro, che le piaceva molto di più: e questo Grandison era un noto elegantone, giocatore e sergente della guardia.

XXXI

Come lui, anch'ella portava vestiti sempre alla moda, che le donavano; però, senza chiedere il suo parere, l'avevano condotta al matrimonio. E per dissipare la sua amarezza il saggio marito era partito presto per la sua campagna, dove la ragazza, Dio sa da chi circondata, in principio urlò e pianse, e per poco non si separò dallo sposo: poi cominciò a occuparsi della casa, divenne abitudinaria e soddisfatta. A noi dal cielo è data l'abitudine: essa sostituisce la felicità*.

XXXII

L'abitudine addolcì l'amarezza, che non traspariva da nulla; una grande scoperta presto la confortò del tutto: tra le faccende e l'ozio ella scoprì il segreto di governare a sua volontà il marito. Tutto allora si sistemò: controllava

* «*Si j'avais la folie de croire encore au bonheur, je le chercherais dans l'habitude*» (Chateaubriand).

Она езжала по работам,
Солила на зиму грибы,
Вела расходы, брила лбы,
Ходила в баню по суботам,
Служанок била осердясь;
Всё это мужа не спросясь.

XXXIII

Бывало, писывала кровью
Она в альбомы нежных дев,
Звала Полиною Прасковью,
И говорила нараспев,
Корсет носила очень узкий,
И русской *Н* как *N* французский
Произносить умела в нос;
Но скоро всё перевелось:
Корсет, Альбом, княжну Алину,
Стишков чувствительных тетрадь
Она забыла; стала звать
Акулькой прежнюю Селину,
И обновила наконец
На вате шлафор и чепец.

XXXIV

Но муж любил ее сердечно,
В ее затеи не входил,
Во всем ей веровал беспечно,
А сам в халате ел и пил;
Покойно жизнь его катилась;
Под вечер иногда сходилась
Соседей добрая семья,
Нецеремонные друзья,
И потужить и позлословить
И посмеяться кой о чем.

i lavori, salava i funghi per l'inverno, amministrava le spese, tosava le reclute[35], faceva il bagno tutti i sabati, picchiava le serve quando si arrabbiava, senza chieder mai nulla al marito.

XXXIII

Prima, aveva scritto col sangue negli album delle tenere fanciulle. Praskov'ja, la chiamava Pauline[36]; parlava con cantilena, portava un corsetto molto attillato, sapeva pronunciare nel naso la «n» russa come la «n» francese[37]; ma poi tutto mutò; dimenticò tutto: il corsetto, l'album, la principessa Alina, il quaderno di versi sentimentali; incominciò a chiamare Céline col vecchio nome di Akulka, e introdusse l'uso della vestaglia ovattata e della cuffia.

XXXIV

Il marito l'amava di tutto cuore. Non si occupava dei suoi capricci, le credeva sempre, senza darsene pensiero; egli stesso mangiava e beveva in veste da camera; la sua vita procedeva tranquilla; verso sera talvolta si riuniva una buona compagnia di vicini, amici senza tante cerimonie, e si mettevano a dir male e a deridere questo o quello. Dico-

Проходит время; между тем
Прикажут Ольге чай готовить,
Там ужин, там и спать пора,
И гости едут со двора.

XXXV

Они хранили в жизни мирной
Привычки милой старины;
У них на масленице жирной
Водились русские блины;
Два раза в год они говели;
Любили круглые качели,
Подблюдны песни, хоровод;
В день троицын, когда народ
Зевая слушает молебен,
Умильно на пучок зари
Они роняли слезки три;
Им квас как воздух был потребен,
И за столом у них гостям
Носили блюды по чинам.

XXXVI

И так они старели оба.
И отворились наконец
Перед супругом двери гроба,
И новый он приял венец.
Он умер в час перед обедом,
Оплаканный своим соседом,
Детьми и верною женой
Чистосердечней чем иной.
Он был простой и добрый барин,
И там, где прах его лежит,
Надгробный памятник гласит:
Смиренный грешник, Дмитрий Ларин,

no ad Olga di preparare il té; viene l'ora di cena; poi il tempo di dormire, e gli ospiti se ne vanno.

XXXV

Essi mantenevano nella vita tranquilla i costumi del buon tempo andato; a carnevale usavano mangiare le frittelle russe; due volte all'anno facevano il digiuno[38], amavano le giostre, i canti «del piattino[39]» e i girotondi; nel giorno della Trinità, quando il popolo sbadigliando ascolta le preghiere, essi lasciavano cadere tre tenere lacrimette sul fascio di erba[40] *zarja*[41]; il *kvas*[42] era loro necessario come l'aria; e a tavola servivano i piatti secondo i gradi degli ospiti.

XXXVI

Così entrambi invecchiarono. Finalmente si aprirono davanti al marito le porte del sepolcro, ed egli prese una nuova coroncina[43]. Morì un'ora prima del pranzo, pianto dal suo vicino, dai figli e dalla moglie fedele, dal cuore più puro di qualsiasi altra. Egli era stato un semplice e buon signore, e là dove giace la sua cenere dice un'iscrizione sepolcrale: *«L'umile peccatore Dmitrij Larin*[44]*, servo del Si-*

Господний раб и бригадир
Под камнем сим вкушает мир.

XXXVII

Своим пенатам возвращенный,
Владимир Ленский посетил
Соседа памятник смиренный,
И вздох он пеплу посвятил;
И долго сердцу грустно было.
„*Poor Yorick!*[16] молвил он уныло,
Он на руках меня держал.
Как часто в детстве я играл
Его Очаковской медалью!
Он Ольгу прочил за меня,
Он говорил: дождусь ли дня?.."
И полный искренней печалью,
Владимир тут же начертал
Ему надгробный мадригал.

XXXVIII

И там же надписью печальной
Отца и матери, в слезах,
Почтил он прах патриархальный...
Увы! на жизненных браздах
Мгновенной жатвой поколенья,
По тайной воле провиденья,
Восходят, зреют и падут;
Другие им вослед идут...
Так наше ветреное племя
Растет, волнуется, кипит
И к гробу прадедов теснит.
Придет, придет и наше время,
И наши внуки в добрый час
Из мира вытеснят и нас!

gnore e brigadiere[45], *sotto questa pietra gioisce della pace eterna*».

XXXVII

Tornato ai suoi penati, Vladimiro Lenskij visitò l'umile tomba del vicino, e consacrò alla cenere un sospiro; e a lungo il suo cuore fu triste. «*Poor Yorick**[46]», mormorò tristemente, «egli mi ha tenuto in braccio. Come spesso nell'infanzia io giocavo con la sua medaglia dell'ordine di Očakov[47]! Egli mi promise Olga dicendo: "Arriverò a quel giorno?..."». E colmo di una sincera tenerezza Vladimiro scrisse appunto allora un madrigale funebre per lui.

XXXVIII

E proprio là, con un triste epitaffio, in pianto, egli onorò la cenere patriarcale del padre e della madre... Ahimè! nelle briglie della vita le generazioni sono come la messe di un momento: esse per volontà misteriosa della Provvidenza sorgono, maturano e cadono[48]; altre seguono... Così la nostra stirpe sventata cresce, si agita, tutta in fermento, e spinge alla tomba gli avi. Verrà, verrà anche il nostro tempo, e i nostri nipoti, nell'ora assegnata, cacceranno dal mondo anche noi!

* «Povero Yorick!», esclamazione di Amleto davanti al teschio del buffone (vedi Shakespeare e Sterne).

XXXIX

Покаместь упивайтесь ею,
Сей легкой жизнию, друзья!
Ее ничтожность разумею,
И мало к ней привязан я;
Для призраков закрыл я вежды;
Но отдаленные надежды
Тревожат сердце иногда:
Без неприметного следа
Мне было б грустно мир оставить.
Живу, пишу не для похвал;
Но я бы кажется желал
Печальный жребий свой прославить,
Чтоб обо мне, как верный друг,
Напомнил хоть единый звук.

XL

И чье-нибудь он сердце тронет;
И сохраненная судьбой,
Быть может в Лете не потонет
Строфа слогаемая мной;
Быть может (лестная надежда!)
Укажет будущий невежда
На мой прославленный портрет,
И молвит: то-то был Поэт!
Прими ж мои благодаренья,
Поклонник мирных Аонид,
О ты, чья память сохранит
Мои летучие творенья;
Чья благосклонная рука
Потреплет лавры старика!

XXXIX

E intanto inebriatevi di essa, di questa lieve vita, o amici! Io comprendo la sua nullità, e poco le sono legato; ho chiuso per sempre le palpebre ai fantasmi; ma remote speranze turbano il cuore, talora: mi sarebbe amaro lasciar la vita senza un'orma appena percettibile. Vivo, scrivo, non per la gloria; ma forse, vorrei glorificare il mio triste destino, perché, come un buon amico, mi ricordasse almeno un'unica voce.

XL

E questa voce toccherà il cuore di qualcuno: serbata dal destino, la strofa, sillabata da me, forse non annegherà nel Lete; forse (speranza adulatrice) un futuro ignorantone sentenzierà sul mio glorioso ritratto, dicendo: «Costui fu un poeta». Ricevi la mia gratitudine, adoratore delle pacifiche Aonidi, tu, il cui ricordo conserverà le mie alate creature, la cui mano benefica sfiorerà gli allori di un vecchio[49].

ГЛАВА ТРЕТЬЯ.

Elle était fille, elle était amoureuse.

Malfilâtre.

I

„Куда? Уж эти мне поэты!“
—Прощай, Онегин, мне пора.
„Я не держу тебя; но где ты
Свои проводишь вечера?“
—У Лариных.—„Вот это чудно.
Помилуй! и тебе не трудно
Там каждый вечер убивать?“
—Ни мало.—„Не могу понять.
Отселе вижу, что такое:
Во-первых (слушай, прав ли я?),
Простая, русская семья,
К гостям усердие большое,
Варенье, вечный разговор
Про дождь, про лен, про скотный двор...“

II

—Я тут еще беды не вижу.
„Да скука, вот беда, мой друг“.
—Я модный свет ваш ненавижу;
Милее мне домашний круг,
Где я могу...—„Опять эклога!
Да полно, милый, ради бога.
Ну что ж? ты едешь: очень жаль.
Ах, слушай, Ленской; да нельзя ль

CAPITOLO TERZO

Elle était fille, elle était amoureuse.
Malfilâtre[1]

I

«Dove vai? Oh, questi poeti!». «Addio Onegin, è ora». «Io non ti trattengo: ma dove trascorri le tue sere?». «Dai Larin». «Che strano! Scusa, ma non ti è faticoso perdere là ogni sera?». «Ma neanche per sogno». «Non posso capire. Di qui vedo com'è la cosa: anzitutto (senti, non ho ragione?), una famiglia russa, semplice, un grande fervore per gli ospiti, la marmellata, una sempiterna conversazione sulla pioggia, sul lino, sulle stalle...».

II

«Io non ci vedo nulla di grave». «La noia, ecco il guaio, mio caro». «Odio il vostro mondo alla moda; preferisco l'angolo domestico, dove posso...». «Di nuovo l'egloga! Ne ho abbastanza, per l'amor di Dio. E allora? Tu vai; che dispiacere! Ma, senti Lenskij, non è possibile vedere

Увидеть мне Филлиду эту,
Предмет и мыслей, и пера,
И слез, и рифм et cetera?..
Представь меня". — Ты шутишь. — „Нету".
— Я рад. — „Когда же?" — Хоть сейчас.
Они с охотой примут нас.

III

Поедем. —
Поскакали други,
Явились; им расточены
Порой тяжелые услуги
Гостеприимной старины.
Обряд известный угощенья:
Несут на блюдечках варенья,
На столик ставят вощаной
Кувшин с брусничною водой
. . . .
. . . .
. . . .
. . . .
. . . .
. . . .

IV

Они дорогой самой краткой
Домой летят во весь опор.[17]
Теперь подслушаем украдкой
Героев наших разговор:
— Ну что ж, Онегин? ты зеваешь. —
— „Привычка, Ленской". — Но скучаешь
Ты как-то больше. — „Нет, равно.
Однако в поле уж темно;

questa Fillide[2], oggetto dei pensieri, della penna, delle lacrime, delle rime, *et cetera*?... Presentami!». «Tu scherzi». «No». «Sono contento». «Quando?». «Anche subito: i Larin ci accoglieranno volentieri».

III

«Andiamo».
Gli amici hanno galoppato, ed eccoli qua. Subito, la pesante accoglienza della vecchia ospitalità viene loro profusa. La nota cerimonia del ricevimento[3]: portano la marmellata sui piattini, pongono sul tavolino incerato la caraffa con l'acqua di mirtilli rossi . . . .

. . . .

. . . .

. . . .

. . . .

. . . .

. . . .

IV

Volano a casa* per la strada più breve, a tutta briglia. Ora ascoltiamo (di nascosto) la conversazione dei nostri eroi: «E allora, Onegin, sbadigli?». «L'abitudine, Lenskij». «Ma per qualche verso sembri più annoiato». «No, sempre lo stesso. Ma nei campi è già buio; più svelto! Corri,

* Nell'edizione precedente, invece di «volano a casa» [in russo: a casa = *domoj*], per errore era scritto: «volano d'inverno» [in russo: *zimoj*] (il che non aveva alcun senso). I critici, che non avevano capito di che si trattava, dissero che il passo discordava con le strofe successive. Ci permettiamo di garantire che nel nostro romanzo il tempo è calcolato sul calendario.

Скорей! пошел, пошел, Андрюшка!
Какие глупые места!
А кстати: Ларина проста,
Но очень милая старушка;
Боюсь: брусничная вода
Мне не наделала б вреда.

V

Скажи: которая Татьяна?"
— Да та, которая, грустна
И молчалива как Светлана,
Вошла и села у окна. —
„Неужто ты влюблен в меньшую?"
— А что? — „Я выбрал бы другую,
Когда б я был как ты поэт.
В чертах у Ольги жизни нет.
Точь в точь в Вандиковой Мадоне:
Кругла, красна лицом она,
Как эта глупая луна
На этом глупом небосклоне".
Владимир сухо отвечал
И после во весь путь молчал.

VI

Меж тем Онегина явленье
У Лариных произвело
На всех большое впечатленье
И всех соседей развлекло.
Пошла догадка за догадкой.
Все стали толковать украдкой,
Шутить, судить не без греха,
Татьяне прочить жениха;
Иные даже утверждали,
Что свадьба слажена совсем,

corri, Andrjuška! Che stupidi luoghi! E a proposito: la Larina è una vecchietta semplice, ma molto amabile; ho paura che l'acqua di mirtilli mi abbia fatto male».

V

«Dì: qual è Tatiana?». «Quella che è entrata, triste e silenziosa come Svetlana[4], e si è seduta presso la finestra». «E tu ti sei innamorato della minore?». «E con ciò?». «Io avrei scelto l'altra, se fossi come te, poeta. Non c'è vita, nei lineamenti di Olga. Proprio come in una Madonna del Van Dyck[5]: rotonda, bella[6] in volto, come questa stupida luna in questo stupido cielo». Vladimiro ribatté seccamente, e poi stette zitto per tutta la strada.

VI

Intanto l'apparizione di Onegin dai Larin aveva provocato in tutti una grande impressione, e aveva distratto i vicini. Le supposizioni seguivano alle supposizioni. Si misero tutti a discutere, di nascosto, a motteggiare, a giudicare non senza malignità, a predirlo fidanzato di Tatiana; altri già affermavano che le nozze erano ormai combinate, ma

Но остановлена затем,
Что модных колец не достали.
О свадьбе Ленского давно
У них уж было решено.

VII

Татьяна слушала с досадой
Такие сплетни; но тайком
С неизъяснимою отрадой
Невольно думала о том;
И в сердце дума заронилась;
Пора пришла, она влюбилась.
Так в землю падшее зерно
Весны огнем оживлено.
Давно ее воображенье,
Сгорая негой и тоской,
Алкало пищи роковой;
Давно сердечное томленье
Теснило ей младую грудь;
Душа ждала... кого-нибудь,

VIII

И дождалась... Открылись очи;
Она сказала: это он!
Увы! теперь и дни и ночи,
И жаркий одинокой сон,
Всё полно им; всё деве милой
Без умолку волшебной силой
Твердит о нем. Докучны ей
И звуки ласковых речей,
И взор заботливой прислуги.
В уныние погружена,
Гостей не слушает она,
И проклинает их досуги,

erano state sospese sol perché mancavano gli anelli alla moda. Le nozze di Lenskij, s'intende, erano già state decise da tempo.

VII

Tatiana[7] ascoltava[8] con stizza questi pettegolezzi; ma vi pensava in segreto, senza volerlo, e ciò le dava una gioia inspiegabile; nel suo cuore era penetrato un pensiero; era giunto il tempo: si era innamorata. Così il seme di grano caduto nella terra viene vivificato dal fuoco della primavera. Da tempo la sua fantasia, ardendo di tenerezza e di tristezza, bramava il nutrimento fatale; da tempo la commozione del cuore opprimeva il suo giovane petto; l'anima attendeva qualcuno...

VIII

E finalmente egli giunse... Gli occhi le si aprirono; disse: «È lui!». Ahimè! Ora solo lui colma il giorno e la notte, e il sonno caldo, solitario; ogni cosa, insomma, come una forza incantata, parla incessantemente di lui alla dolce fanciulla. Le parole carezzevoli e lo sguardo della nutrice, piena di premure, le riescono noiosi. Immersa nella sua malinconia, non ascolta gli ospiti, e maledice i loro ozi,

Их неожиданный приезд
И продолжительный присест.

IX

Теперь с каким она вниманьем
Читает сладостный роман,
С каким живым очарованьем
Пьет обольстительный обман!
Счастливой силою мечтанья
Одушевленные созданья,
Любовник Юлии Вольмар,
Малек-Адель и де Линар,
И Вертер, мученик мятежный,
И бесподобный Грандисон,[18]
Который нам наводит сон,
Все для мечтательницы нежной
В единый образ облеклись,
В одном Онегине слились.

X

Воображаясь героиной
Своих возлюбленных творцов,
Кларисой, Юлией, Дельфиной,
Татьяна в тишине лесов
Одна с опасной книгой бродит,
Она в ней ищет и находит
Свой тайный жар, свои мечты,
Плоды сердечной полноты,
Вздыхает, и себе присвоя
Чужой восторг, чужую грусть,
В забвеньи шепчет наизусть
Письмо для милого героя...
Но наш герой, кто б ни был он,
Уж верно был не Грандисон.

i loro arrivi inattesi e le visite troppo lunghe.

IX

Con quale attenzione legge ora un dolciastro romanzo, con quale vivo incanto beve l'inganno seducente! Le creature, rese vive dalla potenza felice del sogno, l'amante di Giulia Wolmar[9], Malek-Adel[10] e de Linar*[11] e Werther[12], il ribelle martire, e l'impareggiabile Grandison, che a noi concilia il sonno, tutte queste creature, per la tenera sognatrice, confluivano in un'unica immagine, si fondevano nell'unico Onegin.

X

Tatiana, immaginando di essere l'eroina dei suoi romanzi, Clarissa, Giulia, Delfina[13], erra nella calma dei boschi, sola con un libro pericoloso. In esso cerca e trova il suo ardore misterioso, i suoi sogni, i frutti della pienezza del cuore; sospira, e, facendo sua una gioia altrui, un'altrui amarezza, mormora a memoria, in tutto abbandono, una lettera per il suo caro eroe. Ma il nostro eroe, chiunque fosse, non era certo un Grandison.

* Giulia Wolmar, *La nuova Eloisa*; Malek-Adel, eroe di un mediocre romanzo di madame Cottin; Gustav de Linar, eroe di un incantevole racconto della baronessa Krudener.

XI

Свой слог на важный лад настроя,
Бывало, пламенный творец
Являл нам своего героя
Как совершенства образец.
Он одарял предмет любимый,
Всегда неправедно гонимый,
Душой чувствительной, умом
И привлекательным лицом.
Питая жар чистейшей страсти
Всегда восторженный герой
Готов был жертвовать собой,
И при конце последней части
Всегда наказан был порок,
Добру достойный был венок.

XII

А нынче все умы в тумане,
Мораль на нас наводит сон,
Порок любезен — и в романе,
И там уж торжествует он.
Британской музы небылицы
Тревожат сон отроковицы,
И стал теперь ее кумир
Или задумчивый Вампир,
Или Мельмот, бродяга мрачный,
Иль вечный жид, или Корсар,
Или таинственный Сбогар.[19]
Лорд Байрон прихотью удачной
Облек в унылый романтизм
И безнадежный эгоизм.

XIII

Друзья мои, что ж толку в этом?
Быть может, волею небес,

XI

Una volta, l'artista infiammato, ordinando il suo stile su un tono elevato, ci rappresentava il suo eroe come il modello della perfezione[14]. L'autore dava al protagonista, sempre perseguitato ingiustamente, un'anima sensibile, intelligenza, e un aspetto affascinante. L'eroe sublime, che nutriva in sé il calore di una passione purissima, era sempre pronto a sacrificarsi, e, alla fine dell'ultima parte, il vizio era sempre punito e al bene era concessa la meritata corona.

XII

Ma ora[15] tutte le menti si sono annebbiate, la morale ci provoca il sonno, anche nel romanzo il vizio è amabile, e già vi trionfa. Le favole della musa britannica turbano il sonno dell'adolescenza, i cui idoli sono ora il pensoso Vampiro[16], o Melmoth[17], il vagabondo tenebroso, o l'Ebreo errante[18], o il Corsaro[19], o il misterioso Sbogar*[20]. Lord Byron, con una fantasia felice, ha saputo rivestire di triste romanticismo anche l'egoismo più disperato.

XIII

Amici miei[21], che senso v'è in ciò? Forse, per la volontà del cielo, io smetterò di essere poeta, di incarnare in me un

* *Vampiro*, racconto erroneamente attribuito a lord Byron; *Melmoth*, opera geniale di Maturin; *Jean Sbogar*, noto romanzo di Charles Nodier.

Я перестану быть поэтом,
В меня вселится новый бес,
И, Фебовы презрев угрозы,
Унижусь до смиренной прозы;
Тогда роман на старый лад
Займет веселый мой закат.
Не муки тайные злодейства
Я грозно в нем изображу,
Но просто вам перескажу
Преданья русского семейства,
Любви пленительные сны,
Да нравы нашей старины.

XIV

Перескажу простые речи
Отца иль дяди старика,
Детей условленные встречи
У старых лип, у ручейка;
Несчастной ревности мученья,
Разлуку, слёзы примиренья,
Поссорю вновь, и наконец
Я поведу их под венец...
Я вспомню речи неги страстной,
Слова тоскующей любви,
Которые в минувши дни
У ног любовницы прекрасной
Мне приходили на язык,
От коих я теперь отвык.

XV

Татьяна, милая Татьяна!
С тобой теперь я слезы лью;
Ты в руки модного тирана
Уж отдала судьбу свою.

nuovo demone, e, disprezzando le minacce di Febo[22], scenderò fino all'umile prosa. Allora un romanzo di vecchio stile occuperà il mio lieto tramonto. Io non raffigurerò, minaccioso, in esso le angosce occulte della malvagità, ma vi racconterò semplicemente le tradizioni di un famiglia russa, i sogni incantevoli dell'amore e i costumi dei nostri vecchi tempi.

XIV

Narrerò i semplici discorsi del padre o del vecchio zio, gli appuntamenti dei ragazzi presso i vecchi tigli e il ruscelletto, i tormenti della gelosia infelice, il distacco, le lacrime della rappacificazione, il nuovo litigio, e infine li porterò sotto la coroncina nuziale... Ricorderò i discorsi della tenerezza appassionata, le parole dell'amore che fa languire, parole che nei giorni trascorsi ai piedi di una bellissima amata[23] mi venivano sulla bocca, e alle quali oggi mi sono disabituato.

XV

Tatiana, cara Tatiana! Con te io verso ora le lacrime; tu hai già affidato il tuo destino alle mani di un tiranno alla

Погибнешь, милая; но прежде
Ты в ослепительной надежде
Блаженство темное зовешь,
Ты негу жизни узнаешь,
Ты пьешь волшебный яд желаний,
Тебя преследуют мечты:
Везде воображаешь ты
Приюты счастливых свиданий;
Везде, везде перед тобой
Твой искуситель роковой.

XVI

Тоска любви Татьяну гонит,
И в сад идет она грустить,
И вдруг недвижны очи клонит
И лень ей далее ступить.
Приподнялася грудь, ланиты
Мгновенным пламенем покрыты,
Дыханье замерло̀ в устах,
И в слухе шум, и блеск в очах...
Настанет ночь; луна обходит
Дозором дальный свод небес,
И соловей во мгле древес
Напевы звучные заводит.
Татьяна в темноте не спит
И тихо с няней говорит:

XVII

„Не спится, няня: здесь так душно!
Открой окно, да сядь ко мне“.
— Что, Таня, что с тобой? — „Мне скучно,
Поговорим о старине“.
— О чем же, Таня? Я, бывало,
Хранила в памяти не мало

moda. Perirai, o cara; ma prima tu, nella speranza che acceca, invocherai un'ignota beatitudine, conoscerai la delizia della vita, berrai il veleno incantatore dei desideri; i sogni ti inseguiranno: ovunque tu immaginerai i rifugi per gli incontri felici; ovunque, ovunque sarà davanti a te il tuo tentatore fatale.

XVI

L'ansia d'amore sospinge Tatiana, e nel giardino ella va con tristezza; e improvvisamente china gli occhi immobili, e l'indolenza non le fa muovere un passo. Il suo petto si solleva, le gote si coprono di una fiamma improvvisa, il sospiro le muore sulle labbra, e negli orecchi ha un rombo, e negli occhi un bagliore... Scende la notte; la luna percorre la lontana volta celeste, e l'usignolo nella tenebra dei boschi fa profluire le sue melodie sonore. Tatiana non dorme nel buio, e piano parla con la *njanja*[24]:

XVII

«Non posso dormire[25], *njanja*: si soffoca, qui! Apri la finestra e siedimi vicino». «Che cos'hai, Tania?». «Che noia. Parliamo un po' dei vecchi tempi». «Di che, Tania? Allora tenevo nella memoria non poche vecchie storie, fa-

Старинных былей, небылиц
Про злых духов и про девиц;
А нынче всё мне тёмно, Таня:
Что знала, то забыла. Да,
Пришла худая череда!
Зашибло... — „Расскажи мне, няня,
Про ваши старые года:
Была ты влюблена тогда?“

XVIII

— И, полно, Таня! В эти лета
Мы не слыхали про любовь;
А то бы согнала со света
Меня покойница свекровь. —
„Да как же ты венчалась, няня?“
— Так, видно, бог велел. Мой Ваня
Моложе был меня, мой свет,
А было мне тринадцать лет.
Недели две ходила сваха
К моей родне, и наконец
Благословил меня отец.
Я горько плакала со страха,
Мне с плачем косу расплели,
Да с пеньем в церковь повели.

XIX

И вот ввели в семью чужую...
Да ты не слушаешь меня... —
„Ах, няня, няня, я тоскую,
Мне тошно, милая моя:
Я плакать, я рыдать готова!..“
— Дитя мое, ты нездорова;
Господь помилуй и спаси!
Чего ты хочешь, попроси...

vole di spiriti cattivi e di fanciulle; e ora tutto è buio in me, Tania; ciò che sapevo, l'ho dimenticato. Sì, è venuto il mio tempo cattivo. Ho perso la memoria». «Parlami, *njanja*, dei vostri vecchi anni: fosti tu innamorata, allora?».

XVIII

«Ma che dici, Tania! In quegli anni noi non sapevamo nulla dell'amore; la mia defunta suocera mi avrebbe cacciata». «E come ti sei sposata, *njanja*?». «Così, come Dio ha comandato. Il mio Vania era più giovane di me, luce mia, e io avevo tredici anni. La comare venne in casa per circa due settimane e infine mio padre mi benedì. Io piangevo amaramente di paura; mi sciolsero la treccia[26] che ero tutta in lacrime e mi condussero in chiesa coi cantici[27].

XIX

«Ed ecco, mi fecero entrare in una famiglia estranea... Ma tu non mi ascolti...». «Ah, *njanja, njanja*, io mi rodo, mi tormento, mia cara. Ho voglia di piangere, di singhiozzare...». «Bambina mia, tu non stai bene; il Signore ti perdoni e ti salvi! Chiedimi quello che vuoi... Lascia che

Дай окроплю святой водою,
Ты вся горишь...—„Я не больна:
Я... знаешь, няня... влюблена“.
—Дитя мое, господь с тобою!—
И няня девушку с мольбой
Крестила дряхлою рукой.

XX

„Я влюблена“, шептала снова
Старушке с горестью она.
—Сердечный друг, ты нездорова.
„Оставь меня: я влюблена“.
И между тем луна сияла
И томным светом озаряла
Татьяны бледные красы,
И распущенные власы,
И капли слез, и на скамейке
Пред героиней молодой,
С платком на голове седой,
Старушку в длинной телогрейке;
И всё дремало в тишине
При вдохновительной луне.

XXI

И сердцем далеко носилась
Татьяна, смотря на луну...
Вдруг мысль в уме ее родилась...
„Поди, оставь меня одну.
Дай, няня, мне перо, бумагу,
Да стол подвинь; я скоро лягу;
Прости“. И вот она одна.
Всё тихо. Светит ей луна.
Облокотясь, Татьяна пишет,
И всё Евгений на уме,

ti spruzzi con l'acqua santa, tu bruci tutta». «Non sono malata. Io... lo sai, *njanja*?... sono innamorata!». «Bambina mia, il Signore sia con te!». E la *njanja*, pregando, fece con la mano decrepita il segno di croce sulla fanciulla.

XX

«Sono innamorata», mormorava di nuovo amaramente Tania alla vecchietta. «Cuoricino mio, tu sei malata». «Lasciami: sono innamorata». E intanto la luna scintillava e illuminava con la luce tenue i pallidi lineamenti di Tatiana, i capelli disciolti, le lacrime, e la vecchietta nel lungo giubbotto, col fazzoletto sulla testa, seduta sullo sgabello davanti alla giovane eroina; e tutto dormiva nel silenzio, alla luce ispiratrice della luna.

XXI

E Tatiana col cuore volava lontano, guardando la luna... All'improvviso un pensiero le nacque... «Va', lasciami sola. Dammi penna, carta e avvicina il tavolo; presto andrò a dormire; addio». Ed ecco, ella è sola. Tutto tace. La luna l'illumina. Scrive appoggiandosi sul gomito; Eugenio è sempre nella sua mente, e nella lettera scritta di

И в необдуманном письме
Любовь невинной девы дышет.
Письмо готово, сложено...
Татьяна! для кого ж оно?

XXII

Я знал красавиц недоступных,
Холодных, чистых как зима,
Неумолимых, неподкупных,
Непостижимых для ума;
Дивился я их спеси модной,
Их добродетели природной,
И признаюсь, от них бежал,
И, мнится, с ужасом читал
Над их бровями надпись ада:
Оставь надежду навсегда.[20]
Внушать любовь для них беда,
Пугать людей для них отрада.
Быть может на брегах Невы
Подобных дам видали вы.

XXIII

Среди поклонников послушных
Других причудниц я видал,
Самолюбиво равнодушных
Для вздохов страстных и похвал.
И что ж нашел я с изумленьем?
Они, суровым поведеньем
Пугая робкую любовь,
Ее привлечь умели вновь,
По крайней мере, сожаленьем,
По крайней мере, звук речей
Казался иногда нежней,
И с легковерным ослепленьем

getto spira l'amore di una vergine innocente. La lettera è pronta[28], piegata... Tatiana, per chi è questa lettera?

XXII

Ho conosciuto bellezze inaccessibili, fredde, pure come l'inverno, inesorabili, incorruttibili, inaccessibili alla mente; mi stupivo della loro arroganza alla moda, della loro naturale virtù, e, lo confesso, fuggivo lontano da loro; e mi pareva con terrore di leggere sulle loro sopracciglia l'iscrizione dell'inferno: "Lasciate ogni speranza...[29]*". Ispirare amore per esse è una disgrazia; loro gioia è spaventare gli uomini. Forse, sulle rive della Neva, anche voi avete visto simili dame.

XXIII

In mezzo a docili adulatori ho conosciuto altre bizzarre donne, indifferenti, per amor proprio, ai sospiri appassionati e alle lodi. E, con meraviglia, che cosa ho scoperto? Spaventavano il timido amore con una condotta austera e poi di nuovo lo attraevano almeno con la compassione. Il suono delle parole, almeno, sembrava talora più

* «Lasciate ogni speranza, voi ch'entrate». Il modesto nostro autore ha tradotto solo la prima metà del famoso verso.

Опять любовник молодой
Бежал за милой суетой.

XXIV

За что ж виновнее Татьяна?
За то ль, что в милой простоте
Она не ведает обмана
И верит избранной мечте?
За то ль, что любит без искусства,
Послушная влеченью чувства,
Что так доверчива она,
Что от небес одарена
Воображением мятежным,
Умом и волею живой,
И своенравной головой,
И сердцем пламенным и нежным?
Ужели не простите ей
Вы легкомыслия страстей?

XXV

Кокетка судит хладнокровно,
Татьяна любит не шутя
И предается безусловно
Любви, как милое дитя.
Не говорит она: отложим —
Любви мы цену тем умножим,
Вернее в сети заведем;
Сперва тщеславие кольнем
Надеждой, там недоуменьем
Измучим сердце, а потом
Ревнивым оживим огнем;
А то, скучая наслажденьем,
Невольник хитрый из оков
Всечасно вырваться готов.

tenero, e con credula cecità di nuovo il giovane amante correva dietro a quella cara frivolità...

XXIV

Perché è più colpevole Tatiana? Forse perché con la sua chiara semplicità non conosce gli inganni e crede al sogno prescelto? Forse perché ama senza artifici, docile all'attrazione del sentimento, perché è così fiduciosa, perché ebbe in dono dal cielo un'immaginazione ribelle, una mente e una volontà vive, una testina capricciosa e un cuore ardente e tenero? Non perdonerete, forse, le incaute mosse della passione?

XXV

La civetta[30] decide a sangue freddo, Tatiana ama sul serio e si abbandona senza limiti all'amore, come una bambina. Non dice: «Temporeggiamo, così rialzeremo il prezzo dell'amore, più sicuramente lo trarremo nella rete; dapprima pungeremo la vanità con la speranza, poi con l'indecisione stancheremo il cuore, indi lo bruceremo col fuoco della gelosia; altrimenti, annoiato dalla sua felicità, l'astuto schiavo sarà pronto a liberarsi ad ogni momento dalle catene».

XXVI

Еще предвижу затрудненья:
Родной земли спасая честь,
Я должен буду, без сомненья,
Письмо Татьяны перевесть.
Она по-русски плохо знала,
Журналов наших не читала,
И выражалася с трудом
На языке своем родном,
Итак, писала по-французски...
Что делать! повторяю вновь:
Доныне дамская любовь
Не изъяснялася по-русски,
Доныне гордый наш язык
К почтовой прозе не привык.

XXVII

Я знаю: дам хотят заставить
Читать по-русски. Право, страх!
Могу ли их себе представить
С Благонамеренным[21] в руках!
Я шлюсь на вас, мои поэты;
Неправда ль: милые предметы,
Которым, за свои грехи,
Писали втайне вы стихи,
Которым сердце посвящали,
Не все ли, русским языком
Владея слабо и с трудом,
Его так мило искажали,
И в их устах язык чужой
Не обратился ли в родной?

XXVIII

Не дай мне бог сойтись на бале
Иль при разъезде на крыльце

XXVI

Prevedo ancora altre difficoltà: per salvare l'onore della terra patria, io dovrò tradurre, senza dubbio, la lettera di Tatiana. Ella conosceva poco il russo, non leggeva le nostre riviste, e si esprimeva con fatica nella sua lingua materna: perciò scriveva in francese... Che fare? Lo ripeto di nuovo: fino ad oggi l'amore delle dame non si è mai espresso in russo, fino ad oggi la nostra lingua orgogliosa non si è abituata al linguaggio della posta[31].

XXVII

Lo so: vogliono costringere le signore a leggere il russo. Davvero, è uno spavento! Come posso immaginarmele con il *Blagonamerennyj*[32]* fra le mani? Mi richiamo a voi, miei poeti; non è vero, forse? Coloro alle quali, per i vostri peccati, avete scritto versi in segreto, alle quali avete consacrato il cuore, non hanno tutte storpiato caramente la lingua russa, che conoscevano male? Sulle loro labbra la lingua straniera non diveniva la loro lingua materna?

XXVIII

Dio mi conceda di non incontrare mai a un ballo o nel momento della partenza, sulla scalinata, un seminarista in

* Rivista una volta pubblicata, assai irregolarmente, dal fu A. Izmajlov. L'editore un giorno si scusò col pubblico dicendo che nei giorni di festa «andava a divertirsi».

С семинаристом в желтой шале
Иль с академиком в чепце!
Как уст румяных без улыбки,
Без грамматической ошибки
Я русской речи не люблю.
Быть может, на беду мою,
Красавиц новых поколенье,
Журналов вняв молящий глас,
К грамматике приучит нас;
Стихи введут в употребленье;
Но я... какое дело мне?
Я верен буду старине.

XXIX

Неправильный, небрежный лепет,
Неточный выговор речей
По прежнему сердечный трепет
Произведут в груди моей;
Раскаяться во мне нет силы,
Мне галлицизмы будут милы,
Как прошлой юности грехи,
Как Богдановича стихи.
Но полно. Мне пора заняться
Письмом красавицы моей;
Я слово дал, и что ж? ей-ей
Теперь готов уж отказаться.
Я знаю: нежного Парни
Перо не в моде в наши дни.

XXX

Певец Пиров и грусти томной,[22]
Когда б еще ты был со мной,
Я стал бы просьбою нескромной
Тебя тревожить, милый мой:

scialle giallo, o un accademico con la cuffia[33]! Come non amo labbra rosse[34] senza sorriso, così non amo la lingua russa senza errori di grammatica. Forse, per mia sventura, la generazione delle nuove bellezze, accogliendo la voce implorante delle riviste, ci insegnerà la grammatica; introdurranno l'uso dei versi; ma io che cosa devo fare? Sarò fedele ai tempi antichi.

XXIX

Un balbettio sbagliato, confuso, parole inesatte e trasandate fanno tremare, come prima, il mio cuore; non ho la forza di pentirmi, i gallicismi mi saranno sempre cari, come i peccati della giovinezza trascorsa, come i versi di Bogdanovič[35]. Ma basta. Devo occuparmi ora della lettera della mia bella; l'ho promesso. Ma che? Quasi quasi, ora sarei pronto a ritirarmi. Lo so: la penna del tenero Parny[36] non è di moda ai nostri giorni.

XXX

O cantore dei Banchetti[37] e della languida tristezza*, se ancora tu fossi con me, io ti annoierei con una preghiera indiscreta, mio caro: ti chiederei di ridire con le tue melo-

* E. A. Baratynskij.

Чтоб на волшебные напевы
Переложил ты страстной девы
Иноплеменные слова.
Где ты? приди: свои права
Передаю тебе с поклоном...
Но посреди печальных скал,
Отвыкнув сердцем от похвал,
Один, под финским небосклоном,
Он бродит, и душа его
Не слышит горя моего.

XXXI

Письмо Татьяны предо мною;
Его я свято берегу,
Читаю с тайною тоскою
И начитаться не могу.
Кто ей внушал и эту нежность,
И слов любезную небрежность?
Кто ей внушал умильный вздор,
Безумный сердца разговор
И увлекательный, и вредный?
Я не могу понять. Но вот
Неполный, слабый перевод,
С живой картины список бледный,
Или разыгранный Фрейшиц
Перстами робких учениц:

Письмо
Татьяны к Онегину.

Я к вам пишу — чего же боле?
Что я могу еще сказать?
Теперь, я знаю, в вашей воле
Меня презреньем наказать.
Но вы, к моей несчастной доле
Хоть каплю жалости храня,
Вы не оставите меня.

die incantate, le parole straniere di una fanciulla appassionata. Dove sei? Vieni: con un inchino ti cederò i miei diritti... Ma fra le tristi rocce, con il cuore non più abituato alle lodi, solitario sotto il cielo di Finlandia, egli erra e la sua anima non sente la mia amarezza[38].

XXXI

La lettera di Tatiana[39] è davanti a me, io la custodisco religiosamente, la leggo con segreta nostalgia, e non posso saziarmene. Chi le ha ispirato questa tenerezza e la gentile trascuratezza? Chi le ha ispirato queste carezzevoli assurdità, il discorso folle e avvincente e dolorante del cuore? Non posso capirlo. Ma eccone una traduzione incompleta, debole, come la copia pallida di un quadro vivo, o la musica del Freischütz[40] suonata dalle dita di timide allieve:

LETTERA DI TATIANA A ONEGIN

Vi scrivo - che altro più? Che cosa posso dire ancora? Lo so, ora sta alla vostra volontà punirmi col disprezzo. Ma voi, se troverete almeno una briciola di pietà per il mio triste destino, non mi abbandonerete. Dapprima avrei volu-

Сначала я молчать хотела;
Поверьте: моего стыда
10 Вы не узнали б никогда,
Когда б надежду я имела
Хоть редко, хоть в неделю раз
В деревне нашей видеть вас,
Чтоб только слышать ваши речи,
Вам слово молвить, и потом
Всё думать, думать об одном
И день и ночь до новой встречи.
Но говорят, вы нелюдим;
В глуши, в деревне всё вам скучно,
20 А мы... ничем мы не блестим,
Хоть вам и рады простодушно.

Зачем вы посетили нас?
В глуши забытого селенья,
Я никогда не знала б вас,
Не знала б горького мученья.
Души неопытной волненья
Смирив со временем (как знать?),
По сердцу я нашла бы друга,
Была бы верная супруга
30 И добродетельная мать.

Другой!.. Нет, никому на свете
Не отдала бы сердца я!
То в вышнем суждено совете...
То воля неба: я твоя;
Вся жизнь моя была залогом
Свиданья верного с тобой;
Я знаю, ты мне послан богом,
До гроба ты хранитель мой...
Ты в сновиденьях мне являлся,
40 Незримый, ты мне был уж мил,
Твой чудный взгляд меня томил,
В душе твой голос раздавался
Давно... нет, это был не сон!

to tacere; credetemi, non avreste mai conosciuto la mia vergogna, se io avessi avuto la speranza di vedervi nel nostro villaggio, pur raramente, pure una sola volta alla settimana; di udire soltanto la vostra conversazione, di dirvi una parola almeno, e poi pensare, pensare sempre ad una cosa soltanto, giorno e notte, fino al nuovo incontro. Dicono che voi siete un misantropo; tutto vi annoia in questo paese sperduto, e noi... noi non siamo certo brillanti, ma con semplice cuore siamo felici di voi.

Perché siete venuto a trovarci? In questo villaggio sperduto e dimenticato, io non vi avrei mai conosciuto, non avrei mai conosciuto l'amaro tormento. Avrei placato col tempo i turbamenti di un'anima inesperta (chissà!), avrei trovato un compagno per il cuore, sarei divenuta una moglie fedele e una madre virtuosa.

Un altro!... No, a nessuno al mondo avrei dato il mio cuore! È stato decretato nell'alto consiglio divino... È volontà del cielo: io sono tua; tutta la mia vita è stata un pegno del fedele incontro con te; so che tu mi sei stato mandato da Dio, fino alla tomba tu sarai il mio angelo custode. Tu mi sei apparso nei sogni; prima ancora di vederti, tu mi eri caro; il tuo sguardo meraviglioso mi faceva languire; nell'anima mia, da tempo risuonava la tua voce... No, non è stato un sogno, questo! Appena tu sei entrato,

Ты чуть вошел, я вмиг узнала,
Вся обомлела, запылала
И в мыслях молвила: вот он!
Не правда ль? я тебя слыхала:
Ты говорил со мной в тиши,
Когда я бедным помогала,
50 Или молитвой услаждала
Тоску волнуемой души?
И в это самое мгновенье
Не ты ли, милое виденье,
В прозрачной темноте мелькнул,
Приникнул тихо к изголовью?
Не ты ль, с отрадой и любовью,
Слова надежды мне шепнул?
Кто ты, мой ангел ли хранитель,
Или коварный искуситель:
60 Мои сомненья разреши.
Быть может, это всё пустое,
Обман неопытной души!
И суждено совсем иное...
Но так и быть! Судьбу мою
Отныне я тебе вручаю,
Перед тобою слезы лью,
Твоей защиты умоляю...
Вообрази: я здесь одна,
Никто меня не понимает,
70 Рассудок мой изнемогает,
И молча гибнуть я должна.
Я жду тебя: единым взором
Надежды сердца оживи,
Иль сон тяжелый перерви,
Увы, заслуженным укором!

Кончаю! Страшно перечесть...
Стыдом и страхом замираю...
Но мне порукой ваша честь,
И смело ей себя вверяю...

ti riconobbi subito, rimasi come stupita, avvampai, e dissi nel mio pensiero: eccolo! Non è vero, forse? Io ti ascoltavo: non parlavi con me nel silenzio, quando io aiutavo un povero o alleviavo con una preghiera l'amarezza della mia anima turbata? E proprio in questo istante, cara visione, non sei tu apparso nella tenebra trasparente, non ti sei chinato al mio guanciale? Non mi hai tu mormorato parole di consolazione e d'amore? parole di speranza? Chiunque tu sia, mio angelo protettore o perfido tentatore, dissipa i miei dubbi. Forse, tutto questo è vano, è un inganno dell'anima inesperta! E il destino è del tutto diverso. Ma sia pure così! Ora ti affido la mia sorte, piango davanti a te, imploro che tu mi protegga... Pensa; io sono qui, sola, nessuno mi capisce, la mia mente si perde, io devo morire in silenzio. Ti aspetto; fa vivere la speranza del cuore con un solo sguardo, oppure distruggi questo sogno greve con il tuo rimprovero, ahimè, giusto!

Finisco! Ho il terrore a rileggere... Muoio di vergogna e di paura... Il vostro onore mi è di difesa, e coraggiosamente a esso mi affido...

XXXII

Татьяна то вздохнет, то охнет;
Письмо дрожит в ее руке;
Облатка розовая сохнет
На воспаленном языке.
К плечу головушкой склонилась.
Сорочка легкая спустилась
С ее прелестного плеча...
Но вот уж лунного луча
Сиянье гаснет. Там долина
Сквозь пар яснеет. Там поток
Засеребрился; там рожок
Пастуший будит селянина.
Вот утро: встали все давно,
Моей Татьяне всё равно.

XXXIII

Она зари не замечает,
Сидит с поникшею главой
И на письмо не напирает
Своей печати вырезной.
Но, дверь тихонько отпирая,
Уж ей Филипьевна седая
Приносит на подносе чай.
„Пора, дитя мое, вставай:
Да ты, красавица, готова!
О пташка ранняя моя!
Вечор уж как боялась я!
Да, слава богу, ты здорова!
Тоски ночной и следу нет,
Лицо твое как маков цвет“.

XXXIV

— Ах! няня, сделай одолженье. —
„Изволь, родная, прикажи“.

XXXII

Tatiana ora sospira, ora piange: la lettera trema nella sua mano, la rosea ceralacca si dissecca sulla lingua che brucia. Ha chinato la testolina sulla spalla. La leggera camicia le è scivolata dalla spalla incantevole... Ma, ecco, già lo splendore della luce lunare si spegne. Là risplende la valle attraverso i vapori dell'alba. Là il ruscello si è fatto d'argento, là il corno del pastore risveglia il contadino. Ecco il mattino: tutti sono ormai alzati, e tutto, alla mia Tatiana, è indifferente.

XXXIII

Non si accorge dell'alba, siede con la testa china e non pone sulla lettera il suo sigillo. Aprendo piano la porta, già la canuta Filip'evna le porta il tè sul vassoio. «È ora, figlia mia, àlzati: ma tu, bella, sei già pronta! O uccellino mio mattiniero! Come ero spaventata ieri sera! Ma sì, grazie a Dio, tu stai bene! Non v'è segno del notturno dolore, il tuo volto è come un fior di papavero».

XXXIV

«*Njanja*, fammi un favore». «Volentieri, cara, dimme-

— Не думай... право... подозренье...
Но видишь... ах! не откажи. —
„Мой друг, вот бог тебе порука“.
— Итак пошли тихонько внука
С запиской этой к О... к тому...
К соседу... да велеть ему —
Чтоб он не говорил ни слова,
Чтоб он не называл меня... —
„Кому же, милая моя?
Я нынче стала бестолкова.
Кругом соседей много есть;
Куда мне их и перечесть“.

XXXV

— Как недогадлива ты, няня! —
„Сердечный друг, уж я стара,
Стара: тупеет разум, Таня;
А то, бывало, я востра,
Бывало, слово барской воли...“
— Ах, няня, няня! до того ли?
Что нужды мне в твоем уме?
Ты видишь, дело о письме
К Онегину. — „Ну дело, дело.
Не гневайся, душа моя,
Ты знаешь, непонятна я...
Да что ж ты снова побледнела?“
— Так, няня, право ничего.
Пошли же внука своего. —

XXXVI

Но день протек, и нет ответа.
Другой настал: всё нет, как нет.
Бледна как тень, с утра одета,
Татьяна ждет: когда ж ответ?

lo». «Non pensare... è giusto... un sospetto... Ma vedi, non rifiutare!». «Mia cara, Dio è testimone». «Ecco, manda, senza farti sentire, il tuo nipotino con questo biglietto a O... a quello... al vicino... e raccomandagli di non dire una parola e di non fare il mio nome...». «A chi, cara? Io sono diventata una sciocca... Qui intorno vi sono molti vicini; non li so neppure contare».

XXXV

«Come non indovini nulla tu, *njanja!*». «Cuoricino mio, io sono vecchia, vecchia, la mente s'indebolisce, Tania; un tempo ero sempre svelta alla volontà dei padroni...». «Ah, *njanja, njanja*! Che importa di allora? Che bisogno ho io della tua intelligenza? Vedi, si tratta di una lettera da dare a Onegin». «Su, va bene! Non irritarti, anima mia, tu lo sai, capisco poco... Ma che hai? impallidisci di nuovo?». «Così, *njanja*, non è nulla. Manda tuo nipote».

XXXVI

Il giorno passò, e non vi fu risposta. Ne passò un altro: ancora niente, e niente. Pallida come un'ombra, vestita fin dalla mattina, Tatiana aspetta: quando risponderà? È

Приехал Ольгин обожатель.
„Скажите: где же ваш приятель?“
Ему вопрос хозяйки был:
„Он что-то нас совсем забыл“.
Татьяна, вспыхнув, задрожала.
— Сегодня быть он обещал,
Старушке Ленской отвечал:
Да, видно, почта задержала. —
Татьяна потупила взор,
Как будто слыша злой укор.

XXXVII

Смеркалось; на столе блистая
Шипел вечерний самовар,
Китайской чайник нагревая;
Под ним клубился легкой пар.
Разлитый Ольгиной рукою,
По чашкам темною струею
Уже душистый чай бежал,
И сливки мальчик подавал;
Татьяна пред окном стояла,
На стекла хладные дыша,
Задумавшись, моя душа,
Прелестным пальчиком писала
На отуманенном стекле
Заветный вензель *О* да *Е*.

XXXVIII

И между тем, душа в ней ныла,
И слез был полон томный взор.
Вдруг топот!... кровь ее застыла.
Вот ближе! скачут... и на двор
Евгений! „Ах!“ — и легче тени
Татьяна прыг в другие сени,

arrivato l'adoratore di Olga. La padrona gli chiede: «Dite: dov'è il vostro amico? Egli ci ha completamente dimenticati». Tatiana, tutta rossa, tremava. «Aveva promesso di essere qui oggi», rispose Lenskij alla vecchietta, «forse la posta l'ha trattenuto».[41] Tatiana chinò lo sguardo, come se avesse sentito un acerbo rimprovero.

XXXVII

Già imbruniva: sul tavolo scintillante ribolliva il *samovar* della sera, scaldando la teiera cinese; il vapore soffice fluttuava. Già il tè profumato fluiva nelle tazze come un ruscelletto scuro, versato dalla mano di Olga, e il ragazzo distribuiva la crema; Tatiana stava presso la finestra, alitando sui freddi vetri, tutta assorta nel suo pensiero, l'anima mia, e scriveva col suo ditino leggiadro, sul vetro appannato, il segreto, sospirato monogramma O ed E.

XXXVIII

E intanto la sua anima era oppressa dal dolore, e il suo sguardo languido era colmo di lacrime. Ecco; un calpestio! Il sangue le si fermò. È più vicino! Galoppano... nel cortile c'è Eugenio! Ah! E più lieve di un'ombra Tatiana si precipitò verso l'altro ingresso, e dal terrazzino nel cor-

С крыльца на двор, и прямо в сад,
Летит, летит; взглянуть назад
Не смеет; мигом обежала
Куртины, мостики, лужок,
Аллею к озеру, лесок,
Кусты сирен переломала,
По цветникам летя к ручью
И задыхаясь, на скамью

XXXIX

Упала...
„Здесь он! здесь Евгений!
О боже! что подумал он!“
В ней сердце полное мучений
Хранит надежды темный сон;
Она дрожит и жаром пышет,
И ждет: нейдет ли? Но не слышет.
В саду служанки, на грядах,
Сбирали ягоды в кустах
И хором по наказу пели
(Наказ, основанный на том,
Чтоб барской ягоды тайком
Уста лукавые не ели,
И пеньем были заняты:
Затея сельской остроты!)

Песня девушек.

Девицы, красавицы
Душеньки, подруженьки,
Разыграйтесь, девицы,
Разгуляйтесь, милые!
Затяните песенку,
Песенку заветную,
Заманите молодца
К хороводу нашему.

tile, e poi nel giardino; vola, vola, non ha il coraggio di guardare indietro; in un attimo ha oltrepassato le aiuole, i ponticelli, il piccolo prato, il viale che porta al lago, il boschetto, ha spezzato i cespugli di lillà, volando per le aiuole verso il ruscello, finché, ansimando, non cade

XXXIX

su una panca... «Egli è qui, Eugenio è qui! O Dio! Che cosa avrà pensato?». Il cuore pieno di tormenti, le serba l'oscuro sogno della speranza; trema e arde come di febbre, e aspetta: verrà? Ma non sente nulla. Nel giardino le serve, nelle aiuole, raccoglievano le bacche tra i cespugli e in coro cantavano, secondo l'ordine ricevuto (l'ordine era stato dato perché quelle bocche furbe non mangiassero le bacche dei padroni e fossero sempre occupate a cantare: una trovata dell'astuzia campagnola!).

CANTO DELLE FANCIULLE[42]

Fanciulle, bellezze
Anime mie, amichette,
Giocate e divertitevi,
Fanciulle care!

Intonate la canzoncina,
La canzone più sospirata,
Attirate il giovanotto
Nella nostra danza.

Как заманим молодца,
Как завидим издали,
Разбежимтесь, милые,
Закидаем вишеньем,
Вишеньем, малиною,
Красною смородиной.
Не ходи подслушивать
Песенки заветные,
Не ходи подсматривать
Игры наши девичьи.

XL

Они поют, и с небреженьем
Внимая звонкой голос их,
Ждала Татьяна с нетерпеньем,
Чтоб трепет сердца в ней затих,
Чтобы прошло ланит пыланье.
Но в персях то же трепетанье,
И не проходит жар ланит,
Но ярче, ярче лишь горит...
Так бедный мотылек и блещет
И бьется радужным крылом,
Плененный школьным шалуном;
Так зайчик в озиме трепещет,
Увидя вдруг издалека
В кусты припадшего стрелка.

XLI

Но наконец она вздохнула
И встала со скамьи своей;
Пошла, но только повернула
В аллею, прямо перед ней,
Блистая взорами, Евгений
Стоит подобно грозной тени,

Quando attireremo il ragazzo,
Quando di lontano lo vedremo,
O care fanciulle,
Fuggiamo via.

Gettiamogli ciliege,
Ciliege, lamponi,
E rosso ribes.

Non venire ad ascoltare
La canzoncina più segreta,
Non venire a spiare
I nostri giochi di fanciulle.

XL

Esse cantano, e Tatiana, ascoltando indifferente le loro voci, aspettava impaziente che il tremore del cuore si calmasse, che sparisse la fiamma dalle guance. Ma nel seno vi è lo stesso tremito, e non se ne va l'ardore del volto, anzi, arde più bruciante, più bruciante ancora. Così la povera farfalla, prigioniera di uno scolaro birichino, luccica e batte l'ala iridata, così la lepre sussulta tra il grano d'autunno, scorgendo all'improvviso, lontano, tra i cespugli, il cacciatore steso al suolo.

XLI

Alfine, sospirando, si alzò dalla panca; s'incamminò, ma era appena entrata nel viale, che Eugenio le apparve, proprio davanti a lei e con lo sguardo scintillante, come un'ombra terribile; Tatiana come avvolta dal fuoco, si

И как огнем обожжена
Остановилася она.
Но следствия нежданой встречи
Сегодня, милые друзья,
Пересказать не в силах я;
Мне должно после долгой речи
И погулять и отдохнуть:
Докончу после как-нибудь.

fermò. Cari amici, oggi non ho la forza di raccontare le conseguenze di questo incontro inatteso; dopo un lungo discorso devo passeggiare un po' e riposare. Finirò poi, in qualche modo[43].

ГЛАВА ЧЕТВЕРТАЯ.

La morale est dans la nature des choses.
Necker.

I. II. III. IV. V. VI.

VII

Чем меньше женщину мы любим,
Тем легче нравимся мы ей,
И тем ее вернее губим
Средь обольстительных сетей.
Разврат, бывало, хладнокровный
Наукой славился любовной,
Сам о себе везде трубя,
И наслаждаясь не любя.
Но эта важная забава
Достойна старых обезьян
Хваленых дедовских времян:
Ловласов обветшала слава
Со славой красных каблуков
И величавых париков.

VIII

Кому не скучно лицемерить,
Различно повторять одно,
Стараться важно в том уверить,
В чем все уверены давно,
Всё те же слышать возраженья,
Уничтожать предрассужденья,
Которых не было и нет
У девочки в тринадцать лет!

CAPITOLO QUARTO

La morale est dans la nature des choses.
Necker[1]

I. II. III. IV. V. VI.

VII

Quanto meno si ama una donna, tanto più le si piace[2], e tanto più sicuramente la si rovina nelle reti della seduzione. È accaduto che la dissolutezza dal sangue freddo sia stata vantata come scienza d'amore e, facendo dovunque squillare la tromba delle sue imprese, abbia goduto senza innamorarsi. Ma questo divertimento così importante è però degno di vecchi scimmioni, al tempo lodato degli avi. Ora la gloria dei Lovelace[3] è decrepita, come quella dei tacchi rossi[4] e delle grandi parrucche.

VIII

Ma chi non si annoia a far l'ipocrita, chi può ripetere con indifferenza le stesse parole, cercar di far credere, seriamente, ciò di cui tutti, da tempo, sono convinti, sentire sempre le medesime risposte, abbattere dei pregiudizi che neppure le fanciulle di tredici anni non han mai avuto e

Кого не утомят угрозы,
Моленья, клятвы, мнимый страх,
Записки на шести листах,
Обманы, сплетни, кольцы, слезы,
Надзоры тёток, матерей,
И дружба тяжкая мужей!

IX

Так точно думал мой Евгений.
Он в первой юности своей
Был жертвой бурных заблуждений
И необузданных страстей.
Привычкой жизни избалован,
Одним навремя очарован,
Разочарованный другим,
Желаньем медленно томим,
Томим и ветреным успехом,
Внимая в шуме и в тиши
Роптанье вечное души,
Зевоту подавляя смехом:
Вот, как убил он восемь лет,
Утратя жизни лучший цвет.

X

В красавиц он уж не влюблялся,
А волочился как-нибудь;
Откажут — мигом утешался;
Изменят — рад был отдохнуть.
Он их искал без упоенья,
А оставлял без сожаленья,
Чуть помня их любовь и злость.
Так точно равнодушный гость
На *вист* вечерний приезжает,
Садится; кончилась игра:

non hanno[5]. Chi non si stanca delle minacce, delle preghiere, dei giuramenti, delle false paure, delle lettere di sei pagine, degli inganni, delle calunnie, degli anelli, delle lacrime, della vigilanza delle zie, delle madri, della pesante amicizia dei mariti?

IX

Proprio così pensava il mio Eugenio, che nella sua prima giovinezza era stato vittima di tempestosi errori e di mal contenute passioni. Rovinato dall'abitudine, ora era incantato da un oggetto, ora disincantato da un altro, languendo lentamente per un desiderio o per un successo volubile; attento, nell'ora della quiete o del tumulto, all'eterno sussurrare dell'anima; o reprimeva nel riso uno sbadiglio; così, insomma, egli uccise otto anni, così perse il fiore più bello della vita.

X

Ormai non si innamorava più delle belle: le corteggiava trascuratamente. Se le belle rifiutavano, egli si consolava subito; se lo tradivano, era felice del riposo. Le cercava senza inebriarsi, le lasciava senza rimpianti, quasi non ricordando neppure il loro amore e la loro cattiveria. Proprio così giunge un ospite indifferente, per la sua serotina partita di *whist*[6], si siede; il gioco finisce e l'ospite se ne va.

Он уезжает со двора,
Спокойно дома засыпает,
И сам не знает поутру,
Куда поедет ввечеру.

XI

Но, получив посланье Тани,
Онегин живо тронут был:
Язык девических мечтаний
В нем думы роем возмутил;
И вспомнил он Татьяны милой
И бледный цвет, и вид унылый;
И в сладостный, безгрешный сон
Душою погрузился он.
Быть может, чувствий пыл старинный
Им на минуту овладел;
Но обмануть он не хотел
Доверчивость души невинной.
Теперь мы в сад перелетим,
Где встретилась Татьяна с ним.

XII

Минуты две они молчали,
Но к ней Онегин подошел
И молвил: „вы ко мне писали,
Не отпирайтесь. Я прочел
Души доверчивой признанья,
Любви невинной излиянья;
Мне ваша искренность мила;
Она в волненье привела
Давно умолкнувшие чувства;
Но вас хвалить я не хочу;
Я за нее вам отплачу
Признаньем также без искусства;

Tranquilla s'addormenta la casa e il giorno dopo lo stesso ospite non sa dove andrà, sopraggiunta la sera.

XI

Eppure, dopo aver ricevuto il messaggio di Tania, Eugenio fu vivamente turbato. Le parole del sogno verginale avevano sollevato in lui uno sciame di pensieri; ed egli ricordò il caro pallore della fanciulla e il malinconico aspetto; l'anima gli s'immerse in una dolce e pura visione. Forse l'antico fervore dei sentimenti per un istante lo possedette; ma egli non voleva ingannare la fiducia di un'anima innocente.

Ed ora voliamo nel giardino, dove Tatiana s'incontrò con lui.

XII

Stettero silenziosi per qualche attimo. Poi Onegin le si avvicinò, le disse[7]: «Mi avete scritto, non negatelo. Ho letto la confessione della vostra anima fiduciosa, l'effusione del vostro puro amore. Cara mi è la vostra sincerità; ha agitato in me sentimenti che tacevano da tanto tempo; ma non voglio lodarvi: in cambio, vi farò una confessione

Примите исповедь мою:
Себя на суд вам отдаю.

XIII

„Когда бы жизнь домашним кругом
Я ограничить захотел;
Когда б мне быть отцом, супругом
Приятный жребий повелел;
Когда б семейственной картиной
Пленился я хоть миг единый, —
То верно б кроме вас одной
Невесты не искал иной.
Скажу без блесток мадригальных:
Нашед мой прежний идеал,
Я верно б вас одну избрал
В подруги дней моих печальных,
Всего прекрасного в залог,
И был бы счастлив... сколько мог!

XIV

„Но я не создан для блаженства;
Ему чужда душа моя;
Напрасны ваши совершенства:
Их вовсе недостоин я.
Поверьте (совесть в том порукой),
Супружество нам будет мукой.
Я, сколько ни любил бы вас,
Привыкнув, разлюблю тотчас;
Начнете плакать: ваши слезы
Не тронут сердца моего,
А будут лишь бесить его.
Судите ж вы, какие розы
Нам заготовит Гименей
И, может быть, на много дней.

senza artifici. Accettatela: la sottopongo al vostro giudizio.

XIII

«Se avessi voluto limitare la mia esistenza al cerchio dei domestici affetti, se avessi scelto la piacevole sorte di essere padre e sposo, se per un istante solo fossi stato affascinato dal quadro della vita familiare, certo non avrei cercato nessun'altra fidanzata se non voi. Lo dico senza splendore di madrigali. Avendo trovato il mio antico ideale, solo voi avrei scelto come compagna dei miei tristi giorni; voi, pegno di tutto ciò che è bello: e sarei stato felice...per quanto possibile!

XIV

«Purtroppo, non sono nato per la felicità: l'anima mia le è estranea; e le vostre perfezioni sono inutili: non ne sono degno. Credetemi (ve lo giuro sulla mia coscienza), il nostro matrimonio sarebbe un tormento. Per quanto vi amassi, subito, per l'abitudine, mi disamorerei. E voi incomincereste a piangere, ma le vostre lacrime non turberebbero il mio cuore, lo irriterebbero solo. Giudicate quali rose ci preparerebbe Imeneo e per un tempo, forse, molto lungo.

XV

„Что может быть на свете хуже
Семьи, где бедная жена
Грустит о недостойном муже
И днем и вечером одна;
Где скучный муж, ей цену зная
(Судьбу однако ж проклиная),
Всегда нахмурен, молчалив,
Сердит и холодно-ревнив!
Таков я. И того ль искали
Вы чистой, пламенной душой,
Когда с такою простотой,
С таким умом ко мне писали?
Ужели жребий вам такой
Назначен строгою судьбой?

XVI

„Мечтам и годам нет возврата;
Не обновлю души моей...
Я вас люблю любовью брата
И, может быть, еще нежней.
Послушайте ж меня без гнева:
Сменит не раз младая дева
Мечтами легкие мечты;
Так деревцо свои листы
Меняет с каждою весною.
Так видно небом суждено.
Полюбите вы снова: но...
Учитесь властвовать собою;
Не всякой вас, как я, поймет;
К беде неопытность ведет".

XVII

Так проповедовал Евгений.
Сквозь слез не видя ничего,

XV

«Quale cosa peggiore vi è al mondo di una famiglia in cui la povera moglie soffra per un marito indegno, sola giorno e notte; una famiglia in cui il marito, pur riconoscendo il valore della sposa, maledica sempre il destino, sia sempre cupo, sempre silenzioso, si irriti sempre e sia freddo e geloso! Così sarei io. E un compagno così voi avete cercato, con l'anima pura e ardente, quando con tanta semplicità e tanta intelligenza mi avete scritto? Quale crudele destino ha deciso per voi una simile sorte?

XVI

«Non v'è ritorno ai sogni, agli anni perduti; né potrò rinnovare l'anima mia... Io vi amo con l'amore di un fratello e, forse, ancor più teneramente... Ascoltatemi senza sdegnarvi: sovente una fanciulla può mutare lievi sogni con altri lievi sogni; così muta l'albero tenero le sue foglie, ogni primavera. Così ha voluto il cielo. Amerete ancora: ma... sappiate dominarvi; pochi vi potranno comprendere come me, e l'inesperienza procura dei guai».

XVII

In questo modo Eugenio le diceva il sermone. E Tatiana lo ascoltava, senza veder nulla per le lacrime, respirando

Едва дыша, без возражений,
Татьяна слушала его.
Он подал руку ей. Печально
(Как говорится, *машинально*)
Татьяна, молча, оперлась,
Головкой томною склонясь;
Пошли домой вкруг огорода;
Явились вместе, и никто
Не вздумал им пенять на то:
Имеет сельская свобода
Свои счастливые права,
Как и надменная Москва.

XVIII

Вы согласитесь, мой читатель,
Что очень мило поступил
С печальной Таней наш приятель;
Не в первый раз он тут явил
Души прямое благородство,
Хотя людей недоброхотство
В нем не щадило ничего:
Враги его, друзья его
(Что, может быть, одно и то же)
Его честили так и сяк.
Врагов имеет в мире всяк,
Но от друзей спаси нас, боже!
Уж эти мне друзья, друзья!
Об них недаром вспомнил я.

XIX

А что? Да так. Я усыпляю
Пустые, черные мечты;
Я только *в скобках* замечаю,
Что нет презренной клеветы,

appena, senza replicare. Egli le dà il braccio. Tristemente (o, come si dice, macchinalmente[8]) Tatiana, in silenzio, vi si appoggia, chinando languida la testolina. Girarono intorno all'orto e ritornarono a casa. Furono visti insieme, ma nessuno pensò, per tal motivo, di rimproverarli: la libertà di campagna ha pure i suoi felici diritti, come ne ha la superba Mosca.

XVIII

Sarai anche tu d'accordo, mio lettore, che il nostro amico si comportò con la triste Tania in modo molto delicato. Non fu la prima volta, allora, che egli manifestò la retta nobiltà del suo cuore, sebbene la malignità della gente non gli perdonasse nulla e amici e nemici (il che forse è la stessa cosa) lo ingiuriassero in tutti i modi. Tutti, al mondo, hanno dei nemici, ma dagli amici Dio ci salvi! Ah, questi amici, questi amici! Non senza motivo io li ho ricordati[9].

XIX

E perché? Così... Farò dormire le mie fantasie, vuote e oscure; e, lo noto *fra parentesi*, non v'è spregevole calun-

На чердаке вралем рожденной
И светской чернью ободренной,
Что нет нелепицы такой,
Ни эпиграммы площадной,
Которой бы ваш друг с улыбкой,
В кругу порядочных людей,
Без всякой злобы и затей,
Не повторил сто крат ошибкой;
А впрочем он за вас горой:
Он вас так любит... как родной!

XX

Гм! гм! Читатель благородный,
Здорова ль ваша вся родня?
Позвольте: может быть, угодно
Теперь узнать вам от меня,
Что значат имянно *родные*.
Родные люди вот какие:
Мы их обязаны ласкать,
Любить, душевно уважать
И, по обычаю народа,
О рожестве их навещать,
Или по почте поздравлять,
Чтоб остальное время года
Не думали о нас они...
И так, дай бог им долги дни!

XXI

Зато любовь красавиц нежных
Надежней дружбы и родства:
Над нею и средь бурь мятежных
Вы сохраняете права.
Конечно так. Но вихорь моды,
Но своенравие природы,

nia, nata in qualche solaio [9 bis] da un ciarlone bugiardo e incoraggiata dalla plebaglia moderna, non v'è assurdità o epigramma di piazza su di voi, che il vostro amico, oh! senza malizia, senza premeditazione, non ripeta, cento volte, per errore e con un sorriso, fra la gente perbene. Eppure egli è tutto per voi, vi ama...vi ama proprio come un...parente!

XX

Hum! Magnanimo lettore, stan bene i vostri cari parenti? Permettete: forse è utile che voi sappiate da me che cosa vuol dire «parenti». Ecco che cosa sono i parenti: siamo obbligati a carezzarli e, com'è costume, ad andarli a trovare a Natale, o, almeno, a mandar loro gli auguri per posta perché, per il resto dell'anno, si dimentichino di noi...Così, Dio li conservi a lungo!

XXI

L'amore per le tenere bellezze è però più sicuro di ogni amicizia e di ogni parentela: su tale amore voi potrete conservare il vostro diritto anche attraverso le più tempestose bufere. Certo, è proprio così. Ma il vortice della moda, ma l'indole capricciosa, ma l'opinione pubblica? E il te-

Но мненья светского поток...
А милый пол, как пух, легок.
К тому ж и мнения супруга
Для добродетельной жены
Всегда почтенны быть должны;
Так ваша верная подруга
Бывает вмиг увлечена:
Любовью шутит сатана.

XXII

Кого ж любить? Кому же верить?
Кто не изменит нам один?
Кто все дела, все речи мерит
Услужливо на наш аршин?
Кто клеветы про нас не сеет?
Кто нас заботливо лелеет?
Кому порок наш не беда?
Кто не наскучит никогда?
Призрака суетный искатель,
Трудов напрасно не губя,
Любите самого себя,
Достопочтенный мой читатель!
Предмет достойный: ничего
Любезней верно нет его.

XXIII

Что было следствием свиданья?
Увы, не трудно угадать!
Любви безумные страданья
Не перестали волновать
Младой души, печали жадной;
Нет, пуще страстью безотрадной
Татьяна бедная горит;
Ее постели сон бежит;

nero sesso è leggero come una piuma. Inoltre, una moglie bennata deve tener conto pure delle opinioni del consorte, e rispettarle sempre; così può accadere che la vostra compagna fedele vi sia portata via in un momento: Satana scherza con l'amore[10].

XXII

Amare chi? In chi credere? Chi, solo, non ci tradirà? Chi sa misurare, calmo, ogni gesto, ogni parola, secondo il nostro metro? Chi non seminerà calunnie sul nostro conto? Chi, sollecito e amico, ci coprirà di carezze? Chi non penserà che i nostri vizi siano una gran sciagura? Chi non ci annoierà mai? Vano cercatore di fantasmi, non affaticarti inutilmente: ama solo te stesso, mio stimabile lettore! Tu solo, per te, sei l'oggetto più degno di rispetto, nessun altro più amabile potrai mai trovare[11].

XXIII

Non è difficile[12] indovinare, purtroppo, quale fu la conseguenza di quell'incontro! Le folli sofferenze dell'amore continuarono ad agitare il giovane cuore, assetato di tristezza. La povera Tatiana arde della sua sconsolata passione; il sonno fugge il suo letto; la salute, fiore e dolcezza

Здоровье, жизни цвет и сладость,
Улыбка, девственный покой,
Пропало всё, что звук пустой,
И меркнет милой Тани младость:
Так одевает бури тень
Едва раждающийся день.

XXIV

Увы, Татьяна увядает;
Бледнеет, гаснет и молчит!
Ничто ее не занимает,
Ее души не шевелит.
Качая важно головою,
Соседи шепчут меж собою:
Пора, пора бы замуж ей!..
Но полно. Надо мне скорей
Развеселить воображенье
Картиной счастливой любви.
Невольно, милые мои,
Меня стесняет сожаленье;
Простите мне: я так люблю
Татьяну милую мою!

XXV

Час от часу плененный боле
Красами Ольги молодой,
Владимир сладостной неволе
Предался полною душой.
Он вечно с ней. В ее покое
Они сидят в потемках двое;
Они в саду, рука с рукой,
Гуляют утренней порой;
И что ж? Любовью упоенный,
В смятеньи нежного стыда,

della vita, il sorriso, la sua calma verginale, tutto è svanito come una musica illusoria, e così si copre d'ombra la giovinezza della cara Tania. Così l'ombra cupa[13] della tempesta avvolge il giorno appena sorto.

XXIV

Ahimè! Tatiana sfiorisce; si fa pallida, si spegne, e tace! Nulla più l'interessa, l'anima sua più non ha fremiti. I vicini, agitando la testa con sussiego, mormorano: sarebbe ora di darle marito! Basta. Devo, al più presto, rallegrare la mia mente con la immagine di un amore felice. Senza volerlo, amici miei, la pietà mi prende: voglio così bene alla mia cara Tatiana!

XXV

Vladimiro[14], sempre più avvinto dalle bellezze della giovane Olga, si è abbandonato con tutta l'anima ricolma alla dolce schiavitù. È sempre con lei. Tutti e due siedono nella cameretta della fanciulla, al buio; in giardino si tengono per mano e passeggiano, nelle ore del mattino. E perché non dovrebbe essere così? Ebbro d'amore, nel turbamento di una tenera vergogna, incoraggiato dal sorriso

Он только смеет иногда,
Улыбкой Ольги ободренный,
Развитым локоном играть,
Иль край одежды целовать.

XXVI

Он иногда читает Оле
Нравоучительный роман,
В котором автор знает боле
Природу, чем Шатобриан,
А между тем две, три страницы
(Пустые бредни, небылицы,
Опасные для сердца дев)
Он пропускает покраснев.
Уединясь от всех далеко,
Они над шахматной доской,
На стол облокотясь, порой
Сидят, задумавшись глубоко,
И Ленской пешкою ладью
Берет в рассеяньи свою.

XXVII

Поедет ли домой: и дома
Он занят Ольгою своей.
Летучие листки альбома
Прилежно украшает ей:
То в них рисует сельски виды,
Надгробный камень, храм Киприды,
Или на лире голубка
Пером и красками слегка;
То на листках воспоминанья
Пониже подписи других
Он оставляет нежный стих,
Безмолвный памятник мечтанья,

di Olga, egli solo qualche volta osa giocare con un ricciolo sciolto, o baciarle il lembo della veste.

XXVI

Talvolta le legge un romanzo moraleggiante, il cui autore conosce la natura meglio di Chateaubriand[15], e di tanto in tanto salta, arrossendo, due o tre pagine (vuote vanità, fantasie pericolose per il cuore delle fanciulle). E ancora soli, lungi dagli altri, siedono davanti alla scacchiera, immersi in pensieri remoti, e Lenskij, assorto e distratto, prende la propria torre con un pedone.

XXVII

Anche quando torna a casa, è ancora preso dalla sua Olga. I foglietti sparsi di un album egli adorna con i ricordi assidui di lei; con penna e colori, ora delicatamente dipinge un paesaggio campestre, o la pietra di un sepolcro, o un tempio di Cipride, o una colomba sulla lira. Ora sugli album dei ricordi scrive, dopo firme altrui, un tenero verso, silenzioso ricordo di una visione, ormai prolungata del

Мгновенной думы долгий след,
Всё тот же после многих лет.

XXVIII

Конечно вы не раз видали
Уездной барышни альбом,
Что все подружки измарали
С конца, с начала и кругом.
Сюда, на зло правописанью,
Стихи без меры, по преданью
В знак дружбы верной внесены,
Уменьшены, продолжены.
На первом листике встречаешь
Qu'écrirez-vous sur ces tablettes;
И подпись: *t. à v. Annette;*
А на последнем прочитаешь:
„*Кто любит более тебя,
Пусть пишет далее меня*".

XXIX

Тут непременно вы найдете
Два сердца, факел и цветки;
Тут верно клятвы вы прочтете
В любви до гробовой доски;
Какой-нибудь *пиит* армейской
Тут подмахнул стишок злодейской.
В такой альбом, мои друзья,
Признаться, рад писать и я,
Уверен будучи душою,
Что всякой мой усердный вздор
Заслужит благосклонный взор,
И что потом с улыбкой злою
Не станут важно разбирать,
Остро, иль нет я мог соврать.

pensiero di un attimo, di un pensiero che è sempre lo stesso, dopo molti anni.

XXVIII

Avrete certo visto molte volte l'album[16] di una signorina di provincia, album che le amiche hanno imbrattato da tutte le parti. Vi avrete trovato versi senza metro, scritti contro l'ortografia, dedicati, secondo il costume, all'amicizia eterna, ora troppo corti, ora troppo lunghi. Sul primo foglio potrete leggere: «*Qu'écrirez-vous sur ces tablettes*», e la firma: «*t. à v., Annette*»; e sull'ultimo foglietto leggerete: «*Scriva dopo di me chi ti ama di più*».

XXIX

Troverete immancabilmente due cuori, la fiaccola, i fiorellini, ed eterni giuramenti «*Amore fino alla tomba*». Qualche «vate», ufficiale di carriera, avrà certo abbozzato un verso scellerato. Del resto, amici miei, devo riconoscerlo, sono felice di scrivere anch'io su un album come quelli, sicuro dentro di me che ogni mia sciocchezza, uscita dal cuore, troverà uno sguardo benevolo, e che poi nessuno con maligno sorriso si metterà a discutere con sussiego se io abbia detto sottili bugie o se sia stato sincero.

XXX

Но вы, разрозненные томы
Из библиотеки чертей,
Великолепные альбомы,
Мученье модных рифмачей,
Вы, украшенные проворно
Толстого кистью чудотворной
Иль Баратынского пером,
Пускай сожжет вас божий гром!
Когда блистательная дама
Мне свой in-quarto подает,
И дрожь и злость меня берет,
И шевелится эпиграмма
Во глубине моей души,
А мадригалы им пиши!

XXXI

Не мадригалы Ленской пишет
В альбоме Ольги молодой;
Его перо любовью дышет,
Не хладно блещет остротой;
Что ни заметит, ни услышит
Об Ольге, он про то и пишет:
И полны истинны живой
Текут элегии рекой.
Так ты, Языков вдохновенный,
В порывах сердца своего,
Поешь, бог ведает, кого,
И свод элегий драгоценный
Представит некогда тебе
Всю повесть о твоей судьбе.

XXXII

Но тише! Слышишь? Критик строгой
Повелевает сбросить нам

XXX

Ma voi, scompaiati volumi di una biblioteca diabolica, album meravigliosi, tormento dei rimatori alla moda, voi, che agilmente adorna il pennello miracoloso di Tolstoj[17] o la penna di Baratynskij[18], possiate essere distrutti dal fulmine divino! Quando una dama, tutta sfavillante, mi porge il suo in-quarto, subito ira e rabbia prendono il mio cuore, e nel profondo della mia anima s'agita il desiderio di rivolgerle un pungente epigramma. E invece mi tocca scriverle un madrigale!

XXXI

Lenskij non scrive madrigali nell'album della giovane Olga; la sua penna spira amore e non brilla di fredde acutezze: egli scrive tutto ciò che nota o sente di Olga, e le elegie fluiscono come un fiume, colme di viva verità[19]. Così tu, ispirato Jazykov[20], negli impeti del cuore, canti Dio sa chi, ma il codice prezioso delle elegie ti aprirà un giorno tutto il racconto del tuo destino.

XXXII

Silenzio! Non senti? Un critico severo[21] ci ordina di gettar

Элегии венок убогой,
И нашей братье рифмачам
Кричит: „да перестаньте плакать,
И всё одно и то же квакать,
Жалеть *о прежнем, о былом:*
Довольно, пойте о другом!“
— Ты прав, и верно нам укажешь
Трубу, личину и кинжал,
И мыслей мертвый капитал
Отвсюду воскресить прикажешь:
Не так ли, друг? — Ничуть. Куда!
„Пишите оды, господа,

XXXIII

„Как их писали в мощны годы,
Как было встарь заведено...“
— Одни торжественные оды!
И, полно, друг; не всё ль равно?
Припомни, что сказал сатирик!
Чужого толка хитрый лирик
Ужели для тебя сносней
Унылых наших рифмачей? —
„Но всё в элегии ничтожно;
Пустая цель ее жалка;
Меж тем цель оды высока
И благородна...“ Тут бы можно
Поспорить нам, но я молчу;
Два века ссорить не хочу.

XXXIV

Поклонник славы и свободы,
В волненьи бурных дум своих,
Владимир и писал бы оды,
Да Ольга не читала их.

via l'umile ghirlanda delle elegie e grida alla nostra compagnia di rimatori: «Smettetela di piagnucolare e di gracidare sempre le stesse cose. Basta col rimpianto del *passato*, dei *giorni che furono*. Cantate altro!». Hai ragione, critico, e giustamente ci indichi la tromba, la maschera e il pugnale[22], ordinandoci anche di far rivivere il capitale[23] morto dei pensieri: non è così, amico? Proprio no! Per qual motivo? «Scrivete delle odi, miei signori,

XXXIII

come ne hanno scritto nei tempi magnanimi, come era regola negli anni antichi...». Solo odi trionfali? Ma basta, amico: non è lo stesso? Ricorda ciò che disse uno scrittore di satire! "Forse che il furbo lirico 'delle ragioni altrui[24]' è più tollerabile dei nostri piagnucolosi rimatori?". «Ma tutta l'elegia val poco; e il suo inutile scopo è ben misero; mentre, al contrario, il fine dell'ode è sublime e nobile...». Potremmo discutere, ma io sto zitto; non voglio metter discordia fra due secoli.

XXXIV

Vladimiro[25], devoto alla gloria e alla libertà, avrebbe certo scritto odi, nel tumulto dei suoi tempestosi pensieri: Olga, però, non le leggeva. È mai accaduto che i poeti del

Случалось ли поэтам слезным
Читать в глаза своим любезным
Свои творенья? Говорят,
Что в мире выше нет наград.
И впрям, блажен любовник скромный,
Читающий мечты свои
Предмету песен и любви,
Красавице приятно-томной!
Блажен... хоть, может быть, она
Совсем иным развлечена.

XXXV

Но я плоды моих мечтаний
И гармонических затей
Читаю только старой няни,
Подруги юности моей,
Да после скучного обеда
Ко мне забредшего соседа,
Поймав нежданно за полу,
Душу трагедией в углу,
Или (но это кроме шуток),
Тоской и рифмами томим,
Бродя над озером моим,
Пугаю стадо диких уток:
Вняв пенью сладкозвучных строф,
Они слетают с берегов.

XXXVI XXXVII

А что ж Онегин? Кстати, братья!
Терпенья вашего прошу:
Его вседневные занятья
Я вам подробно опишу.
Онегин жил анахоретом;
В седьмом часу вставал он летом

pianto abbiano letto le loro creazioni all'amata? Non vi sarebbe premio maggiore di questo, dicono. Beato davvero l'umile innamorato che legge i suoi sogni all'oggetto del canto e dell'amore: alla ridente e languida bellezza! Beato davvero... anche se, forse, la bella intanto è distratta da altri pensieri.

XXXV

Ma io solo alla vecchia *njanja* voglio leggere i frutti dei miei sogni, le mie armoniose avventure; solo all'amica dei miei anni giovanili[26]. Altra volta, dopo un pranzo noioso, ho cacciato in un angolo, all'improvviso, un vicino capitato per caso da me, e gli ho chiesto di giudicare le mie tragedie... O anche, e non è uno scherzo, oppresso dalla tristezza e dalle rime, erro a volte presso il mio lago e spavento stormi di anitre selvatiche con la sonora dolcezza delle mie strofe... E le anitre fuggono lontano dalla riva.

XXXVI. XXXVII

Che fa Onegin[27]? A proposito, fratelli! Abbiate un po' di pazienza: vi narrerò minuziosamente le sue quotidiane occupazioni. Egli viveva come un eremita; d'estate si alzava

И отправлялся налегке
К бегущей под горой реке;
Певцу Гюльнары подражая,
Сей Геллеспонт переплывал,
Потом свой кофе выпивал,
Плохой журнал перебирая,
И одевался...

XXXVIII. XXXIX

Прогулки, чтенье, сон глубокой,
Лесная тень, журчанье струй,
Порой белянки черноокой
Младой и свежий поцалуй,
Узде послушный конь ретивый,
Обед довольно прихотливый,
Бутылка светлого вина,
Уединенье, тишина:
Вот жизнь Онегина святая;
И нечувствительно он ей
Предался, красных летних дней
В беспечной неге не считая,
Забыв и город и друзей
И скуку праздничных затей.

XL

Но наше северное лето,
Каррикатура южных зим,
Мелькнет и нет: известно это,
Хоть мы признаться не хотим.
Уж небо осенью дышало,
Уж реже солнышко блистало,
Короче становился день,
Лесов таинственная сень
С печальным шумом обнажалась,

dopo le sei, indossava un abito leggero e andava verso il fiume[28] che scorre sotto il colle; imitando il cantore di Gulnara[29], traversava a nuoto quell'Ellesponto; poi sorbiva il caffè, sfogliando una brutta rivista, e infine si rivestiva...

XXXVIII. XXXIX

Passeggiate[30], letture, sonni profondi, ombra dei boschi, mormorio delle onde, e talora il giovane e fresco bacio di una fanciulla[31] dalla pelle bianca e dagli occhi neri; un cavallo focoso ma docile al freno, un pranzo un po' bizzarro, una bottiglia di vino fresco, la solitudine e il silenzio: ecco l'intima vita di Onegin; quasi senza rendersene conto, egli vi si abbandonava; non contando neppure, nella sua trascurata mollezza, i bei giorni d'estate; dimentico della città, degli amici, e della noia degli impegni festivi.

XL

La nostra nordica estate[32] è una caricatura degli inverni del Sud; appare un momento e svanisce: tutti lo sappiamo, anche se non vogliamo riconoscerlo. Già nel cielo c'è l'alito dell'autunno. Già più raramente scintilla il solicello, il giorno è diventato più breve, l'ombra misteriosa del

Ложился на поля туман,
Гусей крикливых караван
Тянулся к югу: приближалась
Довольно скучная пора;
Стоял ноябрь уж у двора.

XLI

Встает заря во мгле холодной;
На нивах шум работ умолк;
С своей волчихою голодной
Выходит на дорогу волк;
Его почуя, конь дорожный
Храпит — и путник осторожный
Несется в гору во весь дух;
На утренней заре пастух
Не гонит уж коров из хлева,
И в час полуденный в кружок
Их не зовет его рожок;
В избушке распевая, дева[23]
Прядет, и, зимних друг ночей,
Трещит лучинка перед ней.

XLII

И вот уже трещат морозы
И серебрятся средь полей...
(Читатель ждет уж рифмы *розы;*
На, вот возьми ее скорей!)
Опрятней модного паркета
Блистает речка, льдом одета.
Мальчишек радостный народ[24]
Коньками звучно режет лед;
На красных лапках гусь тяжелый,
Задумав плыть по лону вод,
Ступает бережно на лед,

bosco si sfronda al fruscìo amaro delle foglie; sui campi la nebbia è discesa e la processione delle oche gridanti è volata verso il Sud: si è avvicinato il tempo della noia; alla soglia è già novembre.

XLI

Sorge l'alba nella fredda oscurità; nei campi tace il rumore delle opere; con la sua lupa affamata esce il lupo sulla strada; lo fiuta il cavallo e sbuffa, mentre il cauto passeggero arranca a tutto fiato sulla strada in salita; all'alba il pastore più non spinge le vacche fuori dalla stalla, né a mezzodì le riunisce in cerchio, chiamandole col corno. Nella casetta la fanciulla*, cantando, fila, mentre l'amico delle notti invernali, il lucignolo, sfrigola davanti a lei.

XLII

Ed ecco che già scricchiola il gelo, ed i campi si fanno d'argento: (il lettore si aspetterebbe qui la rima «vento»[33], e che la metta subito, allora!). Più lucido di un *parquet* alla moda, il ruscello risplende, rivestito di gelo. Il popolo giulivo dei fanciulli**, rumorosamente, solca coi pattini il ghiaccio, e la greve oca, circospetta, poggia su di esso le zampe rosse, credendo di nuotare nel mezzo dell'acqua;

* Nelle riviste si stupirono, leggendo che avevo chiamato «fanciulla» una semplice contadina, mentre, un poco più oltre, alcune nobili signorine vengono chiamate «ragazzotte».

** «Ciò significa», nota uno dei nostri critici, «che i ragazzi pattinano coi pattini». Proprio giusto.

Скользит и падает; веселый
Мелькает, вьется первый снег,
Звездами падая на брег.

XLIII

В глуши что делать в эту пору?
Гулять? Деревня той порой
Невольно докучает взору
Однообразной наготой.*
Скакать верьхом в степи суровой?
Но конь, притупленной подковой
Неверный зацепляя лед,
Того и жди, что упадет.
Сиди под кровлею пустынной,
Читай: вот Прадт, вот W. Scott.
Не хочешь? — поверяй расход,
Сердись, иль пей, и вечер длинный
Кой-как пройдет, а завтра тож,
И славно зиму проведешь.

XLIV

Прямым Онегин Чильд Гарольдом
Вдался в задумчивую лень:
Со сна садится в ванну со льдом,
И после, дома целый день,
Один, в расчеты погруженный,
Тупым кием вооруженный,
Он на бильярде в два шара
Играет с самого утра.
Настанет вечер деревенской:
Бильярд оставлен, кий забыт,
Перед камином стол накрыт,
Евгений ждет: вот едет Ленской
На тройке чалых лошадей:
Давай обедать поскорей!

ma trova il solido, scivola e cade. Sfarfallando allegra, turbina la prima neve e cade, come pioggia di stelle, sulla riva.

XLIII

Che fare, nell'eremo, di questo tempo? Andare a passeggio? La campagna annoia involontariamente l'occhio, con la sua nudità uniforme[34]. Cavalcare nella cupa steppa? Ma il cavallo, impacciato dai ferri, tenta malcerto il ghiaccio, ed è lì lì per cadere. Sta' dunque sotto il tuo tetto solitario, e leggi[35]: eccoti Pradt[36], eccoti Walter Scott[37]. Non vuoi? Verifica i conti, arrabbiati o bevi, e così la lunga sera passerà in qualche modo, l'indomani sarà lo stesso, e anche l'inverno lo passerai.

XLIV

Proprio come Childe Harold[38], Onegin si abbandona alla sua pensierosa pigrizia: dopo il sonno, s'immerge in un bagno ghiacciato, e se ne sta in casa tutto il giorno, solo, preso dai calcoli; armato di una stecca smussata, gioca al biliardo con due palle[39]. Giunge la sera, la sera di campagna; il biliardo è lasciato, la stecca abbandonata; Eugenio fa apparecchiare davanti al camino, e aspetta, Lenskij arriva, con una *trojka*[40] di cavalli leardi. Presto, si pranza!

XLV

Вдовы Клико или Моэта
Благословенное вино
В бутылке мерзлой для поэта
На стол тотчас принесено.
Оно сверкает Ипокреной;[25]
Оно своей игрой и пеной
(Подобием того-сего)
Меня пленяло: за него
Последний бедный лепт, бывало,
Давал я. Помните ль, друзья?
Его волшебная струя
Рождала глупостей не мало,
А сколько шуток и стихов,
И споров и веселых снов!

XLVI

Но изменяет пеной шумной
Оно желудку моему,
И я *Бордо* благоразумный
Уж нынче предпочел ему.
К *Аи* я больше не способен;
Аи любовнице подобен
Блестящей, ветреной, живой,
И своенравной, и пустой...
Но ты, *Бордо*, подобен другу,
Который, в горе и в беде,
Товарищ завсегда, везде,
Готов нам оказать услугу,
Иль тихий разделить досуг.
Да здравствует *Бордо*, наш друг!

XLV

Il vino[41] celebrato della vedova Cliquot o di Moët, nella bottiglia ghiacciata, viene subito portato in tavola, per il poeta. Come l'Ippocrene*, il vino scintilla; frizzando e spumeggiando (come questo o quello), esso mi ha incantato; per esso, spendevo l'ultimo dei miei poveri quattrini. Lo ricordate, amici? La sua magica onda provocava non poche sciocchezze, e quanti giochi, e quanti versi, e discussioni, e ilari sogni!

XLVI

Purtroppo, con la sua schiuma frusciante, ora tradisce il mio stomaco: perciò gli debbo preferire il moderato Bordeaux. L'Ay non fa più per me; l'Ay è simile a un'amante, splendida, sventata, viva, capricciosa e vuota... Ma tu, Bordeaux, sei come un amico, sempre e dovunque compagno, nella sventura e nella gioia, pronto a condividere un placido ozio. Evviva dunque l'amico nostro, il Bordeaux!

* «Nei miei verd'anni // il poetico Ay // mi piacque per la spuma scoppiettante. // Per questa immagine dell'amore // o della giovinezza spensierata», eccetera (Messaggio a L.P.).

XLVII

Огонь потух; едва золою
Подернут уголь золотой;
Едва заметною струею
Виется пар, и теплотой
Камин чуть дышит. Дым из трубок
В трубу уходит. Светлый кубок
Еще шипит среди стола.
Вечерняя находит мгла...
(Люблю я дружеские враки
И дружеский бокал вина
Порою той, что названа
Пора меж волка и собаки,
А почему, не вижу я.)
Теперь беседуют друзья:

XLVIII

„Ну, что соседки? Что Татьяна?
Что Ольга резвая твоя?"
— Налей еще мне пол-стакана...
Довольно, милый... Вся семья
Здорова; кланяться велели.
Ах, милый, как похорошели
У Ольги плечи, что за грудь!
Что за душа!... Когда-нибудь
Заедем к ним; ты их обяжешь;
А то, мой друг, суди ты сам:
Два раза заглянул, а там
Уж к ним и носу не покажешь.
Да вот... какой же я болван!
Ты к ним на той неделе зван. —

XLIX

„Я?" — Да, Татьяны именины
В субботу. Олинька и мать

XLVII

Il fuoco è spento; il rosseggiante carbone è appena coperto di cenere; a malapena percettibile, s'alza un fil di fumo, e il camino, per il calore, è quasi soffocato. Il fumo delle pipe sale su per la cappa. In mezzo al tavolo, frizza ancora il calice scintillante. Giunge l'ombra della sera... (Come amo le amichevoli frottole e l'amico bicchier di vino, in quell'ora che è detta — né so perché — "tra il lupo e il cane[42]"!) Ora i nostri amici[43] chiacchierano:

XLVIII

«Che fanno le vicine? Che fa Tatiana? E la tua Olga così vivace?». «Versami ancora mezzo bicchiere... Ecco, basta, caro... Tutta la famiglia sta bene; m'ha pregato di salutarti. Ah, mio caro, come si son fatte più belle le spalle di Olga! E il seno! E l'anima!... Andremo da loro, una volta o l'altra; te ne saranno grate. Giudica tu stesso, amico: sei andato a trovarle solo due volte, e poi non ti sei fatto più vedere... Ma che sciocco, sono! Ti hanno invitato per la prossima settimana».

XLIX

«Io?». «Sì. Sabato si festeggerà l'onomastico di Tatiana[44]. Olen'ka[45] e la madre mi han pregato d'invitarti, e

Велели звать, и нет причины
Тебе на зов не приезжать.—
„Но куча будет там народу
И всякого такого сброду...“
—И, никого, уверен я!
Кто будет там? своя семья.
Поедем, сделай одолженье!
Ну, что ж?—„Согласен“.—Как ты мил!—
При сих словах он осушил
Стакан, соседке приношенье,
Потом разговорился вновь
Про Ольгу: такова любовь!

L

Он весел был. Чрез две недели
Назначен был счастливый срок.
И тайна брачныя постели
И сладостной любви венок
Его восторгов ожидали.
Гимена хлопоты, печали
Зевоты хладная чреда
Ему не снились никогда.
Меж тем как мы, враги Гимена,
В домашней жизни зрим один
Ряд утомительных картин,
Роман во вкусе Лафонтена...[26]
Мой бедный Ленской, сердцем он
Для оной жизни был рождён.

LI

Он был любим... по крайней мере
Так думал он, и был счастлив.
Стократ блажен, кто предан вере,
Кто хладный ум угомонив,

non c'è motivo perché tu non accetti!». «Ma ci sarà gran folla, e marmaglia di ogni genere». «Nessuno, te lo garantisco! Chi vuoi che ci sia? Solo la loro famiglia. Andiamo, ti prego... Allora?». «D'accordo». «Come sei gentile!». E, così dicendo, vuotò il bicchiere, in offerta votiva alla vicina; poi parlarono ancora di Olga: perché l'amore è così.

L

Era felice. Dopo due settimane, era fissato il giorno della gioia. E il mistero del letto nuziale e la dolce coroncina dell'amore attendevano le sue estasi. Non pensava mai ai fastidi e agli affanni di Imeneo, né al freddo tempo dello sbadiglio. Noi invece, che d'Imeneo siamo nemici, nella vita domestica scorgiamo solo una serie di immagini estenuanti, un romanzo nel gusto di Lafontaine[46]*... L'anima del mio povero Lenskij, al contrario, era fatta proprio per quella vita.

LI

Era amato... o così, almeno, pensava. Ed era felice. Mille volte beato chi crede, chi, placati i dubbi della fredda

* Auguste Lafontaine, autore di numerosi romanzi per famiglia.

Покоится в сердечной неге,
Как пьяный путник на ночлеге,
Или, нежней, как мотылек,
В весенний впившийся цветок;
Но жалок тот, кто всё предвидит,
Чья не кружится голова,
Кто все движенья, все слова
В их переводе ненавидит,
Чье сердце опыт остудил
И забываться запретил!

mente, riposa nella tenerezza del cuore, come nell'ostello notturno l'ebbro passeggero, o, più dolcemente, come la farfalla tuffatasi nel fiore di primavera; ma triste è colui che tutto prevede, che non perde mai la testa, che odia tutte le parole, tutti i moti, se trasposti dal loro senso, cui l'esperienza ha ghiacciato il cuore, che non è più capace di abbandonarsi![47]

ГЛАВА ПЯТАЯ.

> О, не знай сих страшных снов
> Ты, моя Светлана!
>
> *Жуковский*

I

В тот год осенняя погода
Стояла долго на дворе,
Зимы ждала, ждала природа.
Снег выпал только в январе
На третье в ночь. Проснувшись рано,
В окно увидела Татьяна
Поутру побелевший двор,
Куртины, кровли и забор,
На стеклах легкие узоры,
Деревья в зимнем серебре,
Сорок веселых на дворе
И мягко устланные горы
Зимы блистательным ковром.
Всё ярко, всё бело кругом.

II

Зима!.. Крестьянин торжествуя
На дровнях обновляет путь;
Его лошадка, снег почуя,
Плетется рысью как-нибудь;
Бразды пушистые взрывая,
Летит кибитка удалая;
Ямщик сидит на облучке
В тулупе, в красном кушаке.

CAPITOLO QUINTO

Oh, non conoscere questi sogni spaventosi, mia Svetlana!

Žukovskij[1]

I

Quell'anno l'autunno fu assai lungo: la natura attese, attese l'inverno, e la neve cadde solo la notte del 3 gennaio[2]. Il mattino dopo, Tatiana si svegliò per tempo e, dalla finestra, vide il cortile tutto bianco, e così le aiuole, i tetti e la palizzata; vide i sottili arabeschi sui vetri e gli alberi inargentati; vide le gazze allegre in cortile, e le colline, soffici, ricoperte dal tappeto scintillante dell'inverno. Intorno, tutto era nitido e candido.

II

L'inverno!... Il contadino, esultante[3], traccia con la slitta un nuovo sentiero, e il suo cavallino, fiutando la neve, cerca di trottare; la *kibitka*[4] audace vola scavando soffici strisce; il cocchiere siede in serpa, avvolto nel suo *tulup*[5], con la cintura rossa. Un ragazzo della servitù viene cor-

Вот бегает дворовый мальчик,
В салазки *жучку* посадив,
Себя в коня преобразив;
Шалун уж заморозил пальчик:
Ему и больно и смешно,
А мать грозит ему в окно...

III

Но, может быть, такого рода
Картины вас не привлекут:
Всё это низкая природа;
Изящного не много тут.
Согретый вдохновенья богом,
Другой поэт роскошным слогом
Живописал нам первый снег
И все оттенки зимних нег:[27]
Он вас пленит, я в том уверен,
Рисуя в пламенных стихах
Прогулки тайные в санях;
Но я бороться не намерен
Ни с ним покаместь, ни с тобой,
Певец Финляндки молодой![28]

IV

Татьяна (русская душою,
Сама не зная, почему)
С ее холодною красою
Любила русскую зиму,
На солнце иний в день морозный,
И сани, и зарею поздной
Сиянье розовых снегов,
И мглу крещенских вечеров.
По старине торжествовали
В их доме эти вечера:

rendo, trascinando una slitta, come se fosse un puledro, e sopra ci sta il cagnolino[6]. Già un dito si è gelato, al bricconcello, gli fa male, ma egli ride, e la mamma, dalla finestra, lo minaccia...

III

Forse, però, quadretti del genere non vi attraggono: certo, di elegante non v'è molto, si tratta solo dell'umile natura[7]. Un altro poeta[8], infiammato dal dio dell'ispirazione, già ci ha dipinto con splendido stile la prima neve, e tutte le sfumature delle gioie invernali*. Egli vi affascina, ne sono convinto, descrivendo con versi ardenti le corse segrete sulla slitta... Ma io non sono all'altezza di lottare con lui, né con te[9], dolce poeta della giovane donna di Finlandia*!

IV

Tatiana (russa nell'anima[10], senza sapere lei stessa perché) amava l'inverno russo per la sua fredda bellezza, per la brina scintillante al sole in un giorno di gelo, per la slitta, per lo splendore delle rosate nevi, nella tarda aurora, per il buio misterioso delle sere dell'Epifania. Secondo l'antico costume, quelle sere si festeggiavano in casa: da tutta la

* Vedi *La prima neve*, poesia del principe Vjazemskij.
* Vedi la descrizione dell'inverno finlandese nell'*Eda* di Baratynskij.

Служанки со всего двора
Про барышен своих гадали
И им сулили каждый год
Мужьев военных и поход.

V

Татьяна верила преданьям
Простонародной старины,
И снам, и карточным гаданьям,
И предсказаниям луны.
Ее тревожили приметы;
Таинственно ей все предметы
Провозглашали что-нибудь,
Предчувствия теснили грудь.
Жеманный кот, на печке сидя,
Мурлыча, лапкой рыльцо мыл:
То несомненный знак ей был,
Что едут гости. Вдруг увидя
Младой двурогой лик луны
На небе с левой стороны,

VI

Она дрожала и бледнела.
Когда ж падучая звезда
По небу темному летела
И рассыпалася, — тогда
В смятеньи Таня торопилась,
Пока звезда еще катилась,
Желанье сердца ей шепнуть.
Когда случалось где-нибудь
Ей встретить черного монаха,
Иль быстрый заяц меж полей
Перебегал дорогу ей,
Не зная, что начать со страха,

fattoria le serve venivano a predire la sorte alle signorine, e raccontare loro di un marito ufficiale, e di campagne militari.

V

E Tatiana credeva alle favole dei tempi antichi, le favole del popolo semplice[11]; credeva ai sogni, al destino predetto dalle carte, alle profezie della luna[12]. La turbavano i segni[13]. Ogni oggetto, misteriosamente, le preannunciava qualcosa... E i presentimenti le opprimevano il petto. Ora erano le moine di un gatto che, accovacciato sulla stufa, faceva le fusa e si lavava il musino con la zampetta: segno infallibile dell'arrivo di ospiti[14]. Se vedeva all'improvviso l'aspetto bicorne della luna, a sinistra nel cielo,

VI

subito tremava e impallidiva. Quando una stella cadente volava per la tenebra celeste e poi svaniva, Tania turbata si affrettava a mormorarle il desiderio germogliato nel cuore, in fretta, mentre ancora scorreva la stella. O se le accadeva, in qualche posto, di incontrare un monaco nero, o se una lepre veloce nel fuggire tra i campi le attraver-

Предчувствий горестных полна,
Ждала несчастья уж она.

VII

Что ж? Тайну прелесть находила
И в самом ужасе она:
Так нас природа сотворила,
К противуречию склонна.
Настали святки. То-то радость!
Гадает ветреная младость,
Которой ничего не жаль,
Перед которой жизни даль
Лежит светла, необозрима;
Гадает старость сквозь очки
У гробовой своей доски,
Всё потеряв невозвратимо;
И всё равно: надежда им
Лжет детским лепетом своим.

VIII

Татьяна любопытным взором
На воск потопленный глядит:
Он чудно-вылитым узором
Ей что-то чудное гласит;
Из блюда, полного водою,
Выходят кольцы чередою;
И вынулось колечко ей
Под песенку старинных дней:
„Там мужички-то всё богаты,
Гребут лопатой серебро;
Кому поем, тому добро
И слава!“ Но сулит утраты
Сей песни жалостный напев;
Милей *кошурка* сердцу дев.[29]

sava la via, stava immota per la paura, piena di amari presentimenti, in attesa di una disgrazia.

VII

Ma che volete? Proprio nello spavento Tatiana avvertiva come un fascino misterioso: perché così ci ha creati la natura, incline alle contraddizioni. Oramai si era alle feste[15]. Che gioia! La gioventù spensierata, che di nulla prova rimpianto, e che ha davanti a sé l'orizzonte luminoso e sconfinato della vita, la gioventù si fa dire le sorti. Ma anche la vecchiaia occhialuta, cui è vicina la pietra del sepolcro, e tutto ha perduto senza ritorno, si fa pure predire il futuro. La speranza mente per lei, con un suo balbettio puerile.

VIII

Cola nell'acqua la cera[16], e Tatiana la osserva attenta e curiosa: strani ricami fusi nell'acqua le dicono meravigliosi presagi. Ciascuno toglie il suo anello, dal piatto colmo d'acqua, al canto di una canzoncina di tempi lontani:

Là i contadini sono tutti signori;
Con pale rastrellano l'argento;
A colui che cantiamo, sian bene ed onori.

Sventura e malasorte, purtroppo, predice l'aria triste di questa canzone! Perciò le fanciulle le preferiscono il "canto della gattina"*[17].

* «Chiama il gatto la gattina // a dormir sulla stufetta». Presagio di matrimonio; l'altra canzone preannuncia invece la morte.

IX

Морозна ночь; всё небо ясно;
Светил небесных дивный хор
Течет так тихо, так согласно...
Татьяна на широкой двор
В открытом платьице выходит,
На месяц зеркало наводит;
Но в темном зеркале одна
Дрожит печальная луна...
Чу... снег хрустит... прохожий; дева
К нему на цыпочках летит
И голосок ее звучит
Нежней свирельного напева:
Как ваше имя?[30] Смотрит он
И отвечает: Агафон.

X

Татьяна, по совету няни
Сбираясь ночью ворожить,
Тихонько приказала в бани
На два прибора стол накрыть;
Но стало страшно вдруг Татьяне...
И я — при мысле о Светлане
Мне стало страшно — так и быть...
С Татьяной нам не ворожить.
Татьяна поясок шелковый
Сняла, разделась и в постель
Легла. Над нею вьется Лель,
А под подушкою пуховой
Девичье зеркало лежит.
Утихло всё. Татьяна спит.

XI

И снится чудный сон Татьяне.
Ей снится, будто бы она

IX

La notte è di gelo, tutto il cielo è sereno. Armonioso e placido scorre lo sciame divino delle stelle celesti... Tatiana esce nel grande cortile col suo vestitino aperto, e rivolge uno specchio alla luna[18]: ma nell'oscuro specchio trema sola la triste luna... Ascolta... La neve scricchiola... Un viandante... La ragazza corre da lui, in punta di scarpine, gli chiede, con la vocina più lieve di un'aria di flauto: «Come vi chiamate?*». L'altro la guarda e risponde: «Agatone[19]».

X

Per consiglio della *njanja*, ora Tatiana si prepara a un sortilegio notturno; in segreto ha già ordinato che nel bagno preparino un pranzo per due persone... Ma una paura improvvisa l'assale, ed io, pensando a Svetlana[20], mi sono pure spaventato. E va bene... Meglio non chiedere il futuro di Tatiana. Ora la fanciulla ha slacciato la cinturetta di seta, si è svestita, è andata a dormire; Lel'[21] vola su di lei; sotto il cuscino di piume c'è uno specchietto. Tutto tace. Tatiana dorme.

XI

E sogna un sogno[22] strano. Sogna di andare per un campo

* In questo modo vengono a sapere il nome del loro futuro fidanzato.

Идет по снеговой поляне,
Печальной мглой окружена;
В сугробах снежных перед нею
Шумит, клубит волной своею
Кипучий, темный и седой
Поток, не скованный зимой;
Две жордочки, склеены льдиной,
Дрожащий, гибельный мосток,
Положены через поток:
И пред шумящею пучиной,
Недоумения полна,
Остановилася она.

XII

Как на досадную разлуку,
Татьяна ропщет на ручей;
Не видит никого, кто руку
С той стороны подал бы ей;
Но вдруг сугроб зашевелился,
И кто ж из-под него явился?
Большой, взъерошенный медведь;
Татьяна *ах!* а он реветь,
И лапу с острыми когтями
Ей протянул; она скрепясь
Дрожащей ручкой оперлась
И боязливыми шагами
Перебралась через ручей;
Пошла — и что ж? медведь за ней!

XIII

Она, взглянуть назад не смея,
Поспешный ускоряет шаг;
Но от косматого лакея
Не может убежать никак;

coperto di neve, avvolta da triste ombra; fra i cumuli di neve ecco che mormora e scorre con la sua onda davanti a lei un torrente[23] che l'inverno non ha ancora gelato, ribollente, oscuro e biancheggiante; due esili aste, tenute insieme da un ghiacciuolo e gettate attraverso il fiume, sono il ponticello, periglioso e infido. Davanti al gorgo rumoreggiante, angosciata, Tatiana si ferma.

XII

Si lagna contro il torrente, quasi cagione di uno spiacevole distacco, ma non vede nessuno che, di là, le tenda una mano. All'improvviso un cumulo di neve si sposta. E chi appare là dietro? Un orso[24], un orso enorme, dall'irto pelame. Tatiana grida! Ma l'orso rugge, le tende la zampa unghiuta. Ora Tatiana si fa coraggio, si appoggia alla zampa con manina tremante, e passa il ruscello. E l'orso? L'orso la segue.

XIII

Tatiana non osa guardare indietro: affretta la corsa, ma non può sfuggire a quel suo servitore villoso: l'orso, in-

Кряхтя, валит медведь несносный;
Пред ними лес; недвижны сосны
В своей нахмуренной красе;
Отягчены их ветви все
Клоками снега; сквозь вершины
Осин, берез и лип нагих
Сияет луч светил ночных;
Дороги нет; кусты, стремнины
Мятелью все занесены,
Глубоко в снег погружены.

XIV

Татьяна в лес; медведь за нею;
Снег рыхлый по колено ей;
То длинный сук ее за шею
Зацепит вдруг, то из ушей
Златые серьги вырвет силой;
То в хрупком снеге с ножки милой
Увязнет мокрый башмачок;
То выронит она платок;
Поднять ей некогда; боится,
Медведя слышит за собой,
И даже трепетной рукой
Одежды край поднять стыдится;
Она бежит, он всё вослед:
И сил уже бежать ей нет.

XV

Упала в снег; медведь проворно
Ее хватает и несет;
Она бесчувственно-покорна,
Не шевельнется, не дохнет;
Он мчит ее лесной дорогой;
Вдруг меж дерев шалаш убогой;

sopportabile, brontola e la segue. Un bosco sta davanti a loro: i pini sono immobili, nella loro aggrondata bellezza: i loro rami sono appesantiti dalla neve. Attraverso le cime delle tremule, delle betulle, dei nudi tigli, risplende il raggio degli astri notturni. Non v'è sentiero: solo cespugli e frane, coperti dalla bufera di neve, immersi nella neve profonda.

XIV

Tatiana s'inoltra nel bosco, e l'orso la segue; la neve soffice le arriva al ginocchio; ora un lungo ramo adunco, all'improvviso, la trattiene per il collo, le strappa a forza gli orecchini d'oro; ora dal tenero piedino le resta impigliata la scarpetta fradicia nella neve friabile; ora lascia cadere il fazzoletto, e non può raccoglierlo, ha paura, sente l'orso dietro di sé, prova vergogna a sollevare con mano tremante l'orlo del vestito, corre, e l'orso che sempre le vien dietro: Tatiana oramai non ha più la forza di fuggire.

XV

È caduta nella neve. L'orso, destramente, l'afferra, se la porta con sé. Tatiana ha perso i sensi, sta immobile, docile, non si muove, non respira. La bestia la trascina sul sentiero boscoso. D'improvviso fra gli alberi, appare una mi-

Кругом всё глушь; отвсюду он
Пустынным снегом занесен,
И ярко светится окошко,
И в шалаше и крик, и шум;
Медведь промолвил: *здесь мой кум:*
Погрейся у него немножко!
И в сени прямо он идет,
И на порог ее кладет.

XVI

Опомнилась, глядит Татьяна:
Медведя нет; она в сенях;
За дверью крик и звон стакана,
Как на больших похоронах;
Не видя тут ни капли толку,
Глядит она тихонько в щелку,
И что же видит?.. за столом
Сидят чудовища кругом:
Один в рогах с собачьей мордой,
Другой с петушьей головой,
Здесь ведьма с козьей бородой,
Тут остов чопорный и гордый,
Там карла с хвостиком, а вот
Полу-журавль и полу-кот.

XVII

Еще страшней, еще чуднее:
Вот рак верьхом на пауке,
Вот череп на гусиной шее
Вертится в красном колпаке,
Вот мельница в присядку пляшет
И крыльями трещит и машет;
Лай, хохот, пенье, свист и хлоп,
Людская молвь и конской топ![31]

sera capanna. Intorno tutto è deserto. Tutto è ingombro di neve. E una finestrina illuminata brilla; dalla capanna vengono grida e frastuono. L'orso mormora: «Qui sta il mio compare: va' un pochettino a riscaldarti da lui!», ed entra deciso in anticamera, la deposita sulla soglia.

XVI

Tatiana rinviene, si guarda in giro: l'orso è scomparso; lei si trova nell'andito, e dietro la porta sente gridare, e il rumore di bicchieri, proprio come ai banchetti funebri solenni; e non riesce a capire... Silenziosamente guarda attraverso una fessura, e che vede? Intorno a un tavolo stan seduti degli esseri mostruosi[25]: uno ha le corna, ma il muso è di cane; l'altro ha la testa di gallo; poi c'è una strega con la barba di caprone, più in qua uno scheletro tronfio e pieno di sussiego; più in là un nano col codino, ed ecco un mostro mezzo gatto e mezzo gru.

XVII

E gli altri esseri sono ancora più mostruosi: ecco un gambero a cavallo di un ragno; ecco un teschio sul collo di un'oca, che gira coperto da un berretto rosso; ecco un mulino che balla la *prisjadka*[26] facendo scricchiolare le ali e agitandole; si sente abbaiare, ridere, cantare, fischiare, fare "hlop! hlop"[27], scalpitare di cavalli e voci umane*.

* Nelle riviste sono state criticate le parole: *hlop, molv, top*, quali neologismi mal riusciti. Queste parole sono schiettamente di radice russa. «È uscito Bova dal suo padiglione a rinfrescarsi, e ha sentito nel campo aperto *molv* di uomini e *top* di cavalli» (*Racconto di Bova figlio di re*). *Hlop* si usa nel discorso corrente invece di *hlopanie*, come šip invece di šipenie: «Egli lanciò un sibilo, come un serpente» (*Antichi versi russi*). Non si deve privare della libertà la nostra ricca e bellissima lingua.

Но что подумала Татьяна,
Когда узнала меж гостей
Того, кто мил и страшен ей,
Героя нашего романа!
Онегин за столом сидит
И в дверь украдкою глядит.

XVIII

Он знак подаст: и все хлопочут;
Он пьет: все пьют и все кричат;
Он засмеется: все хохочут;
Нахмурит брови: все молчат;
Он там хозяин, это ясно:
И Тане уж не так ужасно,
И любопытная теперь
Немного растворила дверь...
Вдруг ветер дунул, загашая
Огонь светильников ночных;
Смутилась шайка домовых;
Онегин, взорами сверкая,
Изо стола гремя встает;
Все встали: он к дверям идет.

XIX

И страшно ей; и торопливо
Татьяна силится бежать:
Нельзя никак; нетерпеливо
Метаясь, хочет закричать:
Не может; дверь толкнул Евгений:
И взорам адских привидений
Явилась дева; ярый смех
Раздался дико; очи всех,
Копыты, хоботы кривые,
Хвосты хохлатые, клыки,

Ma che dovette pensare Tatiana quando riconobbe, tra quegli ospiti, colui che le era così caro e temibile, l'eroe del nostro romanzo?! Onegin, difatti, se ne sta seduto al tavolo, guardando furtivo la porta.

XVIII

Egli fa un segno, e tutti si dan da fare; egli beve, e tutti bevono e gridano; egli si mette a ridere, e tutti sghignazzano; egli corruga le ciglia, e tutti tacciono: è chiaro che lì è lui il padrone. Tania, ora, non ha più così paura; curiosa, apre un poco la porta... Improvvisamente un vento soffia, che spegne il fuoco delle fiaccole notturne; la banda dei *domovoj*[28] si spaventa; Onegin manda fiamme dagli occhi, si alza con gran frastuono; tutti si alzano. Onegin cammina verso la porta.

XIX

Tatiana ha terrore, e cerca in fretta di fuggire, ma non può; si agita impaziente, vorrebbe gridare, ma non può. Eugenio ha spinto la porta, e agli sguardi di quelle visioni d'inferno appare la giovane. Si leva un riso furioso e selvaggio. Tutti la indicano: con gli occhi, con gli zoccoli, con le ritorte proboscidi, con le code crestate, con le zanne, con i mustacchi, con le lingue sporche di sangue, con

Усы, кровавы языки,
Рога и пальцы костяные,
Всё указует на нее,
И все кричат: мое! мое!

XX

Мое! сказал Евгений грозно,
И шайка вся сокрылась вдруг;
Осталася во тьме морозной
Младая дева с ним сам-друг;
Онегин тихо увлекает[32]
Татьяну в угол и слагает
Ее на шаткую скамью
И клонит голову свою
К ней на плечо; вдруг Ольга входит,
За нею Ленской; свет блеснул;
Онегин руку замахнул
И дико он очами бродит,
И незванных гостей бранит;
Татьяна чуть жива лежит.

XXI

Спор громче, громче; вдруг Евгений
Хватает длинный нож, и вмиг
Повержен Ленской; страшно тени
Сгустились; нестерпимый крик
Раздался... хижина шатнулась...
И Таня в ужасе проснулась...
Глядит, уж в комнате светло;
В окне сквозь мерзлое стекло
Зари багряный луч играет;
Дверь отворилась. Ольга к ней,
Авроры северной алей
И легче ласточки влетает;

le corna, con le dita ossute: tutti la indicano e urlano: «È mia! È mia!».

XXI

«È mia!», dice minaccioso Eugenio, e la congrega di colpo scompare; la fanciulla è rimasta sola con lui, nella gelida oscurità. Onegin dolcemente l'attira* in un angolo, la fa sedere su uno sgabello malfermo, china il capo sulla sua spalla. All'improvviso entra Olga, seguita da Lenskij. Un lume si accende. Onegin agita la mano, rotea gli occhi, come un selvaggio, e insulta gli ospiti non invitati. Tatiana giace, come morta.

XXI

La disputa si fa più calda, più accesa; Eugenio afferra un lungo coltello, e in un attimo Lenskij è abbattuto. Le tenebre paurose si fanno più fitte... Riecheggia un grido terribile... La capanna trema... E Tania, terrorizzata, si sveglia... Guarda: fa già chiaro, nella cameretta; alla finestra, attraverso il vetro ricoperto di arabeschi di ghiaccio, entra giocando il raggio purpureo dell'aurora. La porta s'apre, e Olga corre da lei, rossa come un'aurora boreale,

* Uno dei nostri critici, sembra, trova in questi versi una sconvenienza che noi non comprendiamo.

„Ну, — говорит: — скажи ж ты мне,
Кого ты видела во сне?“

XXII

Но та, сестры не замечая,
В постеле с книгою лежит,
За листом лист перебирая,
И ничего не говорит.
Хоть не являла книга эта
Ни сладких вымыслов поэта,
Ни мудрых истин, ни картин;
Но ни Виргилий, ни Расин,
Ни Скотт, ни Байрон, ни Сенека,
Ни даже Дамских Мод Журнал
Так никого не занимал:
То был, друзья, Мартын Задека,[33]
Глава халдейских мудрецов,
Гадатель, толкователь снов.

XXIII

Сие глубокое творенье
Завез кочующий купец
Однажды к ним в уединенье
И для Татьяны наконец
Его с разрозненной *Мальвиной*
Он уступил за три с полтиной,
В придачу взяв еще за них
Собранье басен площадных,
Грамматику, две Петриады,
Да Мармонтеля третий том.
Мартын Задека стал потом
Любимец Тани... Он отрады
Во всех печалях ей дарит
И безотлучно с нею спит.

leggera più di una rondine, e le dice: «Su, raccontami che cos'hai sognato».

XXII

Ma Tatiana, come se non avesse neppur visto la sorella, se ne sta a letto a sfogliare un libro, una pagina dopo l'altra, e non dice nulla. Quel libro non conteneva né le dolci finzioni dei poeti, né le verità dei sapienti, e neanche disegni di quadri; eppure, nessun altro libro è stato mai più interessante e attraente di esso: né Virgilio, né Racine, né Scott, né Byron, né Seneca, né la "Rivista delle signore alla moda".[29] Si trattava, amici miei, di Martin Zadek*[30], il capo dei sapienti di Caldea, un grande indovino..., un interprete dei sogni.

XXIII

Quel libro profondo era stato portato un giorno nel loro eremo da un mercante girovago, che l'aveva venduto a Tatiana per tre rubli e mezzo, insieme a una copia rovinata di *Malvina*[31], e, per giunta, a una raccolta di favolette volgari[32], una grammatica, due *Petriadi*[33] e il terzo volume di Marmontel[34]. Poi Martin Zadek divenne il libro preferito di Tania: la consolava in tutte le tristezze e dormiva, inseparabile, con lei.

* I libri degli indovini vengono da noi pubblicati sotto il nome di Martin Zadek, rispettabile personaggio, che non ha mai scritto libri del genere, come osserva B.M. Fjodorov.

XXIV

Ее тревожит сновиденье.
Не зная, как его понять,
Мечтанья страшного значенье
Татьяна хочет отыскать.
Татьяна в оглавленьи кратком
Находит азбучным порядком
Слова: бор, буря, ведьма, ель,
Еж, мрак, мосток, медведь, мятель
И прочая. Ее сомнений
Мартын Задека не решит;
Но сон зловещий ей сулит
Печальных много приключений.
Дней несколько она потом
Всё беспокоилась о том.

XXV

Но вот багряною рукою [34]
Заря от утренних долин
Выводит с солнцем за собою
Веселый праздник имянин.
С утра дом Лариных гостями
Весь полон; целыми семьями
Соседи съехались в возках,
В кибитках, в бричках и в санях.
В передней толкотня, тревога;
В гостиной встреча новых лиц,
Лай мосек, чмоканье девиц,
Шум, хохот, давка у порога,
Поклоны, шарканье гостей,
Кормилиц крик и плач детей.

XXVI

С своей супругою дородной
Приехал толстый Пустяков;

XXIV

La visione notturna la tormenta. Non sa come spiegarla, vuole trovare il senso di quel sogno spaventoso. Nel breve indice trova le parole, in ordine alfabetico: abete, bosco, bufera, orso, ponte, riccio, strega, tempesta di neve, tenebra eccetera. Martin Zadek non risolve i suoi dubbi: ma il sogno malefico le preannuncia molte sventure, e per parecchi giorni ancora la turba.

XXV

Ma ecco l'aurora con mano di porpora*[35] condurre il sole dalle valli del mattino e portare il lieto giorno dell'onomastico[36]. La casa dei Larin si riempie di ospiti fin dalle prime ore: in vettura, in *kibitka*[37], in calesse, in slitta, son giunte, al completo, le famiglie dei vicini. In anticamera c'è confusione, folla; in salotto, tanta gente nuova; abbaiano i cuccioli; si sbaciucchiano le ragazze; risa, rumori, ressa presso la porta, inchini, scalpiccio; gridano le balie e piangono i bambini.

XXVI

È arrivato il grosso Pustjakov[38] con la sua enorme consor-

* Parodia dei noti versi di Lomonosov: «L'alba con mano di porpora // esce dalle acque tranquille del mattino // col sole dietro di sé», eccetera.

Гвоздин, хозяин превосходный,
Владелец нищих мужиков;
Скотинины, чета седая,
С детьми всех возрастов, считая
От тридцати до двух годов;
Уездный франтик Петушков,
Мой брат двоюродный, Буянов
В пуху, в картузе с козырьком[35]
(Как вам конечно он знаком),
И отставной советник Флянов,
Тяжелый сплетник, старый плут,
Обжора, взяточник и шут.

XXVII

С семьей Панфила Харликова
Приехал и мосье Трике,
Остряк, недавно из Тамбова,
В очках и в рыжем парике.
Как истинный француз, в кармане
Трике привез куплет Татьяне
На голос, знаемый детьми:
Réveillez vous, belle endormie.
Меж ветхих песен альманаха
Был напечатан сей куплет;
Трике, догадливый поэт,
Его на свет явил из праха,
И смело вместо belle Nina
Поставил belle Tatiana.

XXVIII

И вот из ближнего посада
Созревших барышен кумир,
Уездных матушек отрада,
Приехал ротный командир;

te; ecco Gvozdin[39], terriero molto abile e padrone di miseri contadini; gli Skotinin[40], una coppia canuta, con figli di tutte le età, dai trenta ai due anni; Petuškov[41], l'elegantone locale; mio cugino Bujanov[42], con la barba, il berretto a visiera* (senza dubbio lo conoscete); ecco Fljanov, consigliere in pensione, pettegolo inveterato e vecchio imbroglione, ingordo, barattiere e pagliaccio.

XXVII

Insieme con la famiglia di Panfilo Charlikov[43], è venuto pure *monsieur* Triquet[44], un furbacchione giunto poco prima da Tambov[45], in occhiali e parrucca rossa. Da buon francese, Triquet ha in tasca un distico per Tatiana, da cantarsi su un'aria che anche i bambini conoscono: "*Réveillez vous, belle endormie*". Questi versi erano stampati tra le vecchie canzoni di un almanacco, e Triquet, poeta ingegnoso, li aveva tratti dalla polvere, sostituendo, arditamente, "*belle Tatiana*" a "*belle Nina*".

XXVIII

Dal vicino *posad*[46] è venuto il comandante della compagnia: idolo delle signorine un po' mature, incanto delle

* «Bujanov, mio vicino... // è venuto ieri da me, con i baffi non rasati, // scarmigliato, peloso, con un berretto con la visiera... (*Il vicino pericoloso*).

Вошел... Ах, новость, да какая!
Музыка будет полковая!
Полковник сам ее послал.
Какая радость: будет бал!
Девчонки прыгают заране;[36]
Но кушать подали. Четой
Идут за стол рука с рукой.
Теснятся барышни к Татьяне;
Мужчины против: и крестясь,
Толпа жужжит за стол садясь.

XXIX

На миг умолкли разговоры;
Уста жуют. Со всех сторон
Гремят тарелки и приборы,
Да рюмок раздается звон.
Но вскоре гости понемногу
Подъемлют общую тревогу.
Никто не слушает, кричат,
Смеются, спорят и пищат.
Вдруг двери настежь. Ленской входит
И с ним Онегин. „Ах, творец!"
Кричит хозяйка: „наконец!"
Теснятся гости, всяк отводит
Приборы, стулья поскорей;
Зовут, сажают двух друзей.

XXX

Сажают прямо против Тани,
И, утренней луны бледней
И трепетней гонимой лани,
Она темнеющих очей
Не подымает: пышет бурно
В ней страстный жар; ей душно, дурно;

madri di paese... Quante novità! Ci sarà la banda del reggimento! Il colonnello in persona l'ha mandata. Che felicità: ci sarà il ballo... Le ragazze si metton già a saltare*; ma il pranzo è servito. A coppie, dandosi il braccio, vanno a tavola. Le signorine si stringono intorno a Tatiana; i signori stanno di fronte; fanno il segno della croce, mormorano tutti insieme, si siedono a tavola.

XXIX

Per un momento tutti i discorsi tacciono. Le bocche masticano. Da tutte le parti si sente rumor di piatti e di stoviglie, e il suono dei cristalli. Ma, a poco a poco, gli ospiti sollevano di nuovo un frastuono generale: nessuno ascolta, tutti gridano, ridono, discutono e pigolano. All'improvviso la porta si spalanca. Entra Lenskij, e con lui Onegin. «Dio benedetto!», grida la padrona. «Finalmente!». Gli ospiti si stringono, ciascuno tira a sé in fretta le proprie posate, le sedie; chiamano i due amici, li fan sedere.

XXX

Proprio di fronte a Tania[47]; più pallida della luna mattutina, più trepida di una cerva inseguita, non alza neppure gli occhi annebbiati: brucia tempestoso in lei il fuoco della passione; soffoca, si sente male; non ode nemmeno il sa-

* I nostri critici, devoti fedeli del bel sesso, hanno fortemente rimproverato la sconvenienza di questo verso.

Она приветствий двух друзей
Не слышит, слезы из очей
Хотят уж капать; уж готова
Бедняжка в обморок упасть;
Но воля и рассудка власть
Превозмогли. Она два слова
Сквозь зубы молвила тишком
И усидела за столом.

XXXI

Траги-нервических явлений,
Девичьих обмороков, слез
Давно терпеть не мог Евгений:
Довольно их он перенес.
Чудак, попав на пир огромный,
Уж был сердит. Но девы томной
Заметя трепетный порыв,
С досады взоры опустив,
Надулся он, и негодуя
Поклялся Ленского взбесить
И уж порядком отомстить.
Теперь, заране торжествуя,
Он стал чертить в душе своей
Каррикатуры всех гостей.

XXXII

Конечно не один Евгений
Смятенье Тани видеть мог;
Но целью взоров и суждений
В то время жирный был пирог
(К несчастию, пересоленый);
Да вот в бутылке засмоленой,
Между жарким и блан-манже,
Цимлянское несут уже;

luto dei due amici, già le lacrime vogliono scivolarle dagli occhi; la poverina si sente già svenire, ma la volontà e la ragione riescono a vincere. Dice due parole confuse, sottovoce, e siede a tavola.

XXXI

Da tanto tempo Eugenio non sopporta più le scene tragico-isteriche, gli svenimenti, le lacrime delle ragazze; ne aveva sopportati fin troppi. Da stravagante qual era, già si era irritato di essere venuto a quella festa provinciale. Poi, accorgendosi dell'impeto fremente della languida Tania, aggrottò gli occhi dalla stizza, s'incupì e, arrabbiatissimo, giurò di vendicarsi perbene contro Lenskij. Così, pregustando il trionfo, si mette a disegnare con la fantasia la caricatura di tutti gli ospiti.

XXXII

Non fu solo Eugenio, s'intende, ad accorgersi del turbamento di Tania: ma proprio allora un succulento pasticcio (purtroppo un po' salato) divenne l'oggetto degli sguardi e dei giudizi di tutti; poi fu la volta di una bottiglia ben sigillata, fra l'arrosto e il *blanc-manger*[48]. Già portano lo spumante di Cimljanskaja,[49] cui segue una schiera di

За ним строй рюмок узких, длинных,
Подобно талии твоей,
Зизи, кристал души моей,
Предмет стихов моих невинных,
Любви приманчивый фиял,
Ты, от кого я пьян бывал!

XXXIII

Освободясь от пробки влажной,
Бутылка хлопнула; вино
Шипит; и вот с осанкой важной,
Куплетом мучимый давно,
Трике встает; пред ним собранье
Хранит глубокое молчанье.
Татьяна чуть жива; Трике,
К ней обратясь с листком в руке,
Запел, фальшивя. Плески, клики
Его приветствуют. Она
Певцу присесть принуждена;
Поэт же скромный, хоть великий,
Ее здоровье первый пьет
И ей куплет передает.

XXXIV

Пошли приветы, поздравленья;
Татьяна всех благодарит.
Когда же дело до Евгенья
Дошло, то девы томный вид,
Ее смущение, усталость
В его душе родили жалость:
Он молча поклонился ей;
Но как-то взор его очей
Был чудно нежен. Оттого ли,
Что он и вправду тронут был,

calici, alti e sottili come i tuoi fianchi, o Zizì[50], cristallo dell'anima mia, oggetto dei miei versi innocenti, fiala d'amore tutta piena di fascino, tu, di cui solevo essere ebbro!

XXXIII

L'umido turacciolo schiocca, liberando la bottiglia; il vino sibila e frizza; Triquet con grande sussiego si alza, perché da tempo il distico lo tormenta. Davanti a lui tutta l'assemblea sta in profondo silenzio.

Tatiana è più morta che viva; Triquet si rivolge a lei con un foglietto e si mette a cantare, stonato. Grida di gioia, applausi, lo salutano. La fanciulla è costretta a ringraziare il cantore: il poeta, grande sì, ma modesto, per primo beve alla sua salute, e le porge la poesia.

XXXIV

Poi vengono i saluti, gli auguri: Tatiana ringrazia tutti. Quando tocca a Eugenio, la languida cera della vergine, il suo turbamento, la sua stanchezza, suscitano nell'anima di lui un po' di compassione. E in silenzio le si inchina, e come una strana tenerezza si avverte nel suo sguardo. Forse era veramente commosso, oppure voleva solo

Иль он, кокетствуя, шалил,
Невольно ль, иль из доброй воли,
Но взор сей нежность изъявил:
Он сердце Тани оживил.

XXXV

Гремят отдвинутые стулья;
Толпа в гостиную валит:
Так пчел из лакомого улья
На ниву шумный рой летит.
Довольный праздничным обедом,
Сосед сопит перед соседом;
Подсели дамы к камельку;
Девицы шепчут в уголку;
Столы зеленые раскрыты:
Зовут задорных игроков
Бостон и ломбер стариков,
И вист доныне знаменитый,
Однообразная семья,
Все жадной скуки сыновья.

XXXVI

Уж восемь робертов сыграли
Герои виста; восемь раз
Они места переменяли;
И чай несут. Люблю я час
Определять обедом, чаем
И ужином. Мы время знаем
В деревне без больших сует:
Желудок — верный наш брегет;
И к стате я замечу в скобках,
Что речь веду в моих строфах
Я столь же часто о пирах,
О разных кушаньях и пробках,

scherzare, involontariamente o no: ma il suo sguardo esprimeva tenerezza, e il cuore di Tania parve rivivere.

XXXV

Con gran rumore, le seggiole vengono spostate; la folla invade il salotto: così vola al campo dal ghiotto alveare lo sciame delle api ronzanti. Lieto del pranzo di festa, il vicino ansima presso il vicino, le signore si son sedute accanto al caminetto; le ragazze in un angolino, sussurrano; si aprono i tavoli verdi da gioco; il *boston* e il *lomber* dei vecchi invitano i giocatori accaniti, e così il *whist* ancor oggi famoso: monotona famiglia, tutti figli dell'avida noia[51].

XXXVI

Già hanno giocato otto *rubbers*[52], gli eroi del *whist*; già otto volte hanno scambiato i loro posti; ora portano il tè. Mi piace precisare l'ora dicendo "pranzo", "tè", "cena". In campagna noi misuriamo il tempo senza troppe difficoltà: lo stomaco è il nostro fedele orologio. A proposito: noto fra parentesi che continuo a parlare, nelle mie strofe, di banchetti, di intingoli vari, di turaccioli;

Как ты, божественный Омир,
Ты, тридцати веков кумир!

XXXVII. XXXVIII. XXXIX

Но чай несут: девицы чинно
Едва за блюдички взялись,
Вдруг из-за двери в зале длинной
Фагот и флейта раздались.
Обрадован музыки громом,
Оставя чашку чаю с ромом,
Парис окружных городков,
Подходит к Ольге Петушков,
К Татьяне Ленский; Харликову,
Невесту переспелых лет,
Берет тамбовский мой поэт,
Умчал Буянов Пустякову,
И в залу высыпали все,
И бал блестит во всей красе.

XL

В начале моего романа
(Смотрите первую тетрадь)
Хотелось в роде мне Альбана
Бал петербургский описать;
Но, развлечен пустым мечтаньем,
Я занялся воспоминаньем
О ножках мне знакомых дам.
По вашим узеньким следам,
О ножки, полно заблуждаться!
С изменой юности моей
Пора мне сделаться умней,
В делах и в слоге поправляться,
И эту пятую тетрадь
От отступлений очищать.

proprio come te, divino Omero, come te, idolo di trenta secoli[53].

(XXXVII. XXXVIII) XXXIX

Portano il tè: le ragazze, cerimoniosamente, hanno appena sfiorato il piattino, che dietro la porta del lungo salone si sente il suono del fagotto e del flauto. Petuškov, il Paride delle cittadine del distretto, reso lieto dalla musica, lascia subito il suo tè al rum, e si accosta a Olga; Lenskij va da Tatiana; il mio poeta di Tambov[54] invita la Charlikova, fidanzata un po' troppo matura; Bujanov si è portato via la Pustjakova, e tutti si sono sparpagliati per la sala. Il ballo risplende in tutta la sua bellezza.

XL

All'inizio del mio romanzo (andate a vedere il capitolo primo), avrei voluto, come l'Albani[55], descrivere un ballo di Pietroburgo; ma, distratto da un vano sogno, mi sono abbandonato al ricordo dei piedini di certe dame che avevo conosciuto. Ora basta, piedini: non mi perderò più dietro le vostre orme sottili. Col tradimento della mia giovinezza, è tempo per me di divenire più saggio, è tempo di correggermi, nelle parole e nei fatti, e di liberare questo quinto quaderno da ogni digressione[56].

XLI

Однообразный и безумный,
Как вихорь жизни молодой,
Кружится вальса вихорь шумный;
Чета мелькает за четой.
К минуте мщенья приближаясь,
Онегин, втайне усмехаясь,
Подходит к Ольге. Быстро с ней
Вертится около гостей,
Потом на стул ее сажает,
Заводит речь о том, о сем;
Спустя минуты две потом
Вновь с нею вальс он продолжает;
Все в изумленьи. Ленский сам
Не верит собственным глазам.

XLII

Мазурка раздалась. Бывало,
Когда гремел мазурки гром,
В огромной зале всё дрожало,
Паркет трещал под каблуком,
Тряслися, дребезжали рамы;
Теперь не то: и мы, как дамы,
Скользим по лаковым доскам.
Но в городах, по деревням,
Еще мазурка сохранила
Первоначальные красы:
Припрыжки, каблуки, усы
Всё те же: их не изменила
Лихая мода, наш тиран,
Недуг новейших россиян.

XLIII. XLIV

Буянов, братец мой задорный,
К герою нашему подвел

XLI

Monotono e folle, come il vortice della vita giovanile, turbina il vortice chiassoso del valzer; alle coppie veloci succedono le coppie. Onegin, sorridendo in segreto, si appresta al momento della vendetta, si avvicina a Olga. Veloce volteggia con lei intorno agli ospiti, poi la fa sedere, le parla di tante cose. Due minuti dopo riprendono il valzer. Tutti sono stupefatti. Lo stesso Lenskij non crede ai suoi occhi.

XLII

Incomincia la mazurca. Una volta, quando il frastuono della mazurca rintronava nell'enorme sala, tutto tremava, sotto i tacchi scricchiolava il *parquet*, traballavano e tintinnavano le finestre; ora non è più così: anche noi, come le signore, scivoliamo sul pavimento lucidato. Ma nelle città di provincia, nei villaggi, la mazurca ha mantenuto la sua primitiva bellezza: i salti, i tacchi, i baffi, tutto come prima; la moda veloce, tiranna nostra e guaio dei Russi più moderni, non è ancora riuscita a cambiarli.

(XLIII) XLIV

Bujanov, mio balzano cugino, ha accompagnato Olga e

Татьяну с Ольгою: проворно
Онегин с Ольгою пошел;
Ведет ее, скользя небрежно,
И наклонясь ей шепчет нежно
Какой-то пошлый мадригал,
И руку жмет — и запылал
В ее лице самолюбивом
Румянец ярче. Ленской мой
Всё видел: вспыхнул, сам не свой;
В негодовании ревнивом
Поэт конца мазурки ждет
И в котильон ее зовет.

XLV

Но ей нельзя. Нельзя? Но что же?
Да Ольга слово уж дала
Онегину. О боже, боже!
Что слышит он? Она могла...
Возможно ль? Чуть лишь из пеленок,
Кокетка, ветреный ребенок!
Уж хитрость ведает она,
Уж изменять научена!
Не в силах Ленской снесть удара;
Проказы женские кляня,
Выходит, требует коня
И скачет. Пистолетов пара,
Две пули — больше ничего —
Вдруг разрешат судьбу его.

Tatiana dal nostro eroe, e Onegin, lestamente, se ne è andato con Olga; la guida nel ballo, volteggia, noncurante, si china verso di lei, le mormora teneramente qualche madrigale volgaruccio, le stringe la mano; e di più avvampa il rossore sul volto della fanciulla, lusingata. E il mio Lenskij vede tutto: brucia, è fuori di sé; nell'indignazione gelosa aspetta fremendo la fine della mazurca, e al ballo *cotillon*[57] la chiama.

XLV

Ma Olga non può. Non può? E perché? Perché ha dato la sua parola a Onegin. O Dio! Dio! Che cosa sente? Ha potuto... Ma è possibile, questo? È appena uscita dalle fasce, e già fa la civetta, ah ragazzina leggera! Già la scaltrezza la guida, ha già appreso a tradire! Lenskij non è capace di sopportare il colpo; maledice i vizi delle donne, esce, chiede un cavallo, e via al galoppo. Un paio di pistole, due pallottole (non c'è altro da fare) decideranno il suo destino.

ГЛАВА ШЕСТАЯ.

La sotto i giorni nubilosi e brevi
Nasce una gente a cui 'l morir non dole.

Petr.

I

Заметив, что Владимир скрылся,
Онегин, скукой вновь гоним,
Близ Ольги в думу погрузился,
Довольный мщением своим.
За ним и Олинька зевала,
Глазами Ленского искала,
И бесконечный котильон
Ее томил как тяжкий сон.
Но кончен он. Идут за ужин.
Постели стелют; для гостей
Ночлег отводят от сеней
До самой девичьи. Всем нужен
Покойный сон. Онегин мой
Один уехал спать домой.

II

Всё успокоилось: в гостиной
Храпит тяжелый Пустяков
С своей тяжелой половиной.
Гвоздин, Буянов, Петушков
И Флянов, не совсем здоровый,
На стульях улеглись в столовой,
А на полу мосье Трике,
В фуфайке, в старом колпаке.

CAPITOLO SESTO

> Là, sotto i giorni nubilosi e brevi,
> Nasce una gente a cui 'l morir non dole.
> Petrarca[1]

I

Onegin notò che Vladimiro era scomparso, e fu di nuovo ripreso dalla noia; sedette vicino ad Olga e si immerse nelle meditazioni, felice della compiuta vendetta. E anche Olen'ka sbadigliava, cercando Lenskij con gli occhi: il ballo *cotillon* non finiva mai, l'opprimeva come un sogno greve. Finalmente si va a cena. Fanno i letti; per gli ospiti si appresta un dormitorio, dall'anticamera fino alla stanza delle ancelle. Tutti han bisogno di un sonno tranquillo. Soltanto il mio Onegin se ne è andato a dormire a casa.

II

Tutto è silenzioso: in salotto il pesante Pustjakov russa con la sua pesante metà. Gvozdin, Bujanov, Petuškov, e Fljanov (che non è del tutto in salute) si sono coricati sulle seggiole, nella sala da pranzo, mentre monsieur Triquet, in maglietta di lana e vecchio *kolpak*,[2] dorme sul pavi-

Девицы в комнатах Татьяны
И Ольги все обьяты сном.
Одна, печальна под окном
Озарена лучом Дианы,
Татьяна бедная не спит
И в поле темное глядит.

III

Его нежданым появленьем,
Мгновенной нежностью очей
И странным с Ольгой поведеньем
До глубины души своей
Она проникнута; не может
Никак понять его; тревожит
Ее ревнивая тоска,
Как будто хладная рука
Ей сердце жмет, как будто бездна
Под ней чернеет и шумит...
„Погибну", Таня говорит,
„Но гибель от него любезна.
Я не ропщу: зачем роптать?
Не может он мне счастья дать". —

IV

Вперед, вперед, моя исторья!
Лицо нас новое зовет.
В пяти верстах от Красногорья,
Деревни Ленского, живет
И здравствует еще доныне
В философической пустыне
Зарецкий, некогда буян,
Картежной шайки атаман,
Глава повес, трибун трактирный,
Теперь же добрый и простой

mento. Le ragazze, nella camera di Tatiana e di Olga, sono tutte immerse nel sonno. Sola e triste, presso la finestra illuminata dal raggio di Diana, la povera Tatiana non dorme, e fissa il campo oscuro.

III

Tutta la sua anima è invasa fin nel profondo dalla inattesa apparizione di lui, dal momento di tenerezza dei suoi occhi, dalla strana condotta con Olga. Non può capirlo: l'amarezza della gelosia la inquieta, come se una fredda mano le stringesse il cuore,[3] come se un abisso nero rumoreggiasse sotto di lei. «Morirò», dice Tania, «ma la morte che mi viene da lui mi è cara. Non mi lagnerò: perché lagnarsi? Egli non mi può dare la felicità».

IV

Avanti, avanti, o mio racconto! Un nuovo personaggio ci chiama. A cinque verste da Krasnogor'e[4], il villaggio di Lenskij, vive e sta sano ancor oggi, nella sua filosofica solitudine, un certo Zareckij[5], un tempo noto attaccabrighe, atamano[6] di una banda di giocatori di carte, capo di buontemponi, tribuno da osteria, e ora padre di famiglia

Отец семейства холостой,
Надежный друг, помещик мирный
И даже честный человек:
Так исправляется наш век!

V

Бывало, льстивый голос света
В нем злую храбрость выхвалял:
Он, правда, в туз из пистолета
В пяти саженях попадал,
И то сказать, что и в сраженьи
Раз в настоящем упоеньи
Он отличился, смело в грязь
С коня калмыцкого свалясь,
Как зюзя пьяный, и французам
Достался в плен: драгой залог!
Новейший Регул, чести бог,
Готовый вновь предаться узам,
Чтоб каждым утром у Вери[87]
В долг осушать бутылки три.

VI

Бывало, он трунил забавно,
Умел морочить дурака
И умного дурачить славно,
Иль явно, иль исподтишка,
Хоть и ему иные штуки
Не проходили без науки,
Хоть иногда и сам в просак
Он попадался, как простак
Умел он весело поспорить,
Остро и тупо отвечать,
Порой рассчетливо смолчать,
Порой рассчетливо повздорить,

scapolo, semplice e buono, amico fidato, possidente pacifico, e persino uomo onesto[7]: così la nostra vita si corregge.

V

Accadeva che l'adulatrice voce mondana esaltasse in lui un feroce coraggio: egli, a dire il vero, sapeva colpire un asso di carte sparando con la pistola a cinque *saženy*[8], e si diceva anche che una volta, durante un combattimento, come un ubriaco fradicio[9], si gettasse arditamente dal suo cavallo calmucco, giù nel fango, e venisse fatto prigioniero dai Francesi: ostaggio prezioso. E come un Regolo[10] dei tempi nuovi, dio dell'onore, era pronto a riconsegnarsi ai ceppi pur di asciugare a credito, ogni mattina, tre bottiglie da Véry*[11].

VI

Sapeva prendere in giro il prossimo, imbrogliare qualche imbecille, beffare abilmente qualcuno che si diceva intelligente, e lo faceva apertamente o di nascosto: benché anche i tiri degli altri non gli risparmiassero qualche lezione, e anch'egli qualche volta cadesse nella trappola, come un ingenuo. Era capace di discutere brillantemente, di rispondere con acutezza e da balordo; di tacere per oppor-

* Ristorante di Parigi.

Друзей поссорить молодых
И на барьер поставить их,

VII

Иль помириться их заставить
Дабы позавтракать втроем,
И после тайно обесславить
Веселой шуткою, враньем.
Sed alia tempora! Удалость
(Как сон любви, другая шалость)
Проходит с юностью живой.
Как я сказал, Зарецкий мой,
Под сень черемух и акаций
От бурь укрывшись наконец,
Живет, как истинный мудрец,
Капусту садит, как Гораций,
Разводит уток и гусей
И учит азбуке детей.

VIII

Он был не глуп; и мой Евгений,
Не уважая сердца в нем,
Любил и дух его суждений,
И здравый толк о том, о сем.
Он с удовольствием, бывало,
Видался с ним, и так нимало
Поутру не был удивлен,
Когда его увидел он.
Тот после первого привета,
Прервав начатый разговор,
Онегину, осклабя взор,
Вручил записку от поэта.
К окну Онегин подошел
И про себя ее прочел.

tunità e, sempre per opportunità, di litigare, di far litigare gli amici, e spingerli fino al duello,

VII

oppure li costringeva alla riconciliazione (per poi poter pranzare in tre), e quindi sparlarne in segreto, con frizzi allegri e con bugie. *Sed alia tempora!* La spavalderia (come i sogni d'amore, altra sciocchezza), passa con la giovinezza vivace. Come dicevo, il mio Zareckij, all'ombra delle amarasche e delle acacie[12], aveva alfine trovato rifugio dalle tempeste, e viveva come un autentico saggio, coltivando cavoli (come Orazio[13]), allevando anitre e oche, e insegnando l'alfabeto ai bambini.

VIII

Non era uno stupido, e il mio Eugenio, pur non stimandone il cuore,[14] ne apprezzava lo spirito nei giudizi, e il buonsenso in tutti gli argomenti. Lo incontrava con piacere, e quel mattino, vedendolo, non ne fu per nulla stupito. Ma quello, dopo il primo saluto, interruppe il discorso che s'era cominciato e, con un sorriso, tese a Onegin il biglietto del poeta. Onegin si avvicinò alla finestra e tra di sé lo lesse.

IX

То был приятный, благородный.
Короткий вызов иль *картель:*
Учтиво, с ясностью холодной
Звал друга Ленский на дуэль.
Онегин с первого движенья,
К послу такого порученья
Оборотясь, без лишних слов
Сказал, что он *всегда готов.*
Зарецкий встал без объяснений;
Остаться доле не хотел,
Имея дома много дел,
И тотчас вышел; но Евгений
Наедине с своей душой
Был недоволен сам собой.

X

И поделом: в разборе строгом,
На тайный суд себя призвав,
Он обвинял себя во многом:
Во-первых, он уж был неправ,
Что над любовью робкой, нежной
Так подшутил вечор небрежно.
А во-вторых: пускай поэт
Дурачится; в осьмнадцать лет
Оно простительно. Евгений,
Всем сердцем юношу любя,
Был должен оказать себя
Не мячиком предрассуждений,
Не пылким мальчиком, бойцом,
Но мужем с честью и с умом.

XI

Он мог бы чувства обнаружить,
А не щетиниться, как зверь;

IX

Era una sfida, un "cartello[15]" elegante, nobile, breve: con fredda precisione, Lenskij sfidava a duello l'amico. Il primo impeto di Onegin fu di rivolgersi a chi gli portava quel messaggio e, senza parole di troppo, gli disse: «Sempre pronto[16]». Zareckij si alzò senza spiegazioni; non voleva restare di più, avendo a casa molti impegni, e uscì subito; ma Eugenio, quando fu solo con la sua anima, si sentì assai scontento di sé.

X

E a ragione: al severo esame del tribunale della sua coscienza egli si accusò di molte colpe: prima di tutto, aveva torto, per aver scherzato, la sera prima, con tanta leggerezza su un amore timido e tenero. In secondo luogo al poeta era lecito anche fare delle sciocchezze: a diciotto anni la cosa si poteva perdonare. Ma Eugenio, che lo amava di tutto cuore, avrebbe dovuto dimostrarsi uomo d'onore e intelligente, e non così gonfio di pregiudizi, come un ragazzo focoso e violento.

XI

Avrebbe potuto esprimere i suoi sentimenti, e non arricciare il pelo come una bestia; doveva disarmare quel gio-

Он должен был обезоружить
Младое сердце. „Но теперь
Уж поздно; время улетело...
К тому ж — он мыслит — в это дело
Вмешался старый дуэлист;
Он зол, он сплетник, он речист...
Конечно: быть должно презренье
Ценой его забавных слов,
Но шопот, хохотня глупцов..."
И вот общественное мненье! [38]
Пружина чести, наш кумир!
И вот, на чем вертится мир!

XII

Кипя враждой нетерпеливой,
Ответа дома ждет поэт;
И вот сосед велеречивый
Привез торжественно ответ.
Теперь ревнивцу то-то праздник!
Он всё боялся, чтоб проказник
Не отшутился как-нибудь,
Уловку выдумав и грудь
Отворотив от пистолета.
Теперь сомненья решены:
Они на мельницу должны
Приехать завтра до рассвета,
Взвести друг на́ друга курок
И метить в ляжку иль в висок.

XIII

Решась кокетку ненавидеть,
Кипящий Ленский не хотел
Пред поединком Ольгу видеть,
На солнце, на часы смотрел,

vane cuore. ”Ma ora è tardi, e il momento è passato... Per di più”, egli pensa, ”nella faccenda si è immischiato questo vecchio duellante, che è maligno, pettegolo e ciarlone... D'accordo, le sue parole buffonesche dovevano essere ripagate col disprezzo: ma i mormorii, le risatine degli sciocchi...”. Eccola, l'opinione pubblica*[17]! La molla dell'onore, questo nostro idolo! Ecco su che cosa ruota il mondo.

XII

Agitato da odio impaziente, il poeta, a casa, attende la risposta; ed ecco il vicino ampolloso[18] che gliela porta, con aria solenne. Immaginate ora che gioia per il geloso! Aveva temuto che quel birbante rispondesse scherzando e con un pretesto sottraesse il petto al tiro della pistola. Ora i dubbi sono risolti; l'indomani si recheranno al mulino, alzeranno il grilletto l'uno contro l'altro, e mireranno alla coscia o alla tempia.

XIII

L'impetuoso Lenskij voleva, per fermo, odiare quella civetta, e non vederla prima dell'incontro; scrutava il sole,

* Verso di Gribojedov.

Махнул рукою напоследок —
И очутился у соседок.
Он думал Олиньку смутить,
Своим приездом поразить;
Не тут-то было: как и прежде,
На встречу бедного певца
Прыгнула Олинька с крыльца,
Подобна ветреной надежде,
Резва, беспечна, весела,
Ну точно та же, как была.

XIV

„Зачем вечор так рано скрылись?“
Был первый Олинькин вопрос.
Все чувства в Ленском помутились,
И молча он повесил нос.
Исчезла ревность и досада
Пред этой ясностию взгляда,
Пред этой нежной простотой,
Пред этой резвою душой!..
Он смотрит в сладком умиленье;
Он видит: он еще любим;
Уж он, раскаяньем томим,
Готов просить у ней прощенье,
Трепещет, не находит слов,
Он счастлив, он почти здоров...

XV. XVI XVII

И вновь задумчивый, унылый
Пред милой Ольгою своей,
Владимир не имеет силы
Вчерашний день напомнить ей;
Он мыслит: „буду ей спаситель.
Не потерплю, чтоб развратитель

l'orologio, alfine agitò la mano, e si precipitò dalle vicine. Riteneva che l'Olen'ka restasse confusa, smarrita al suo arrivo, e invece niente. Come sempre, Olga dalla gradinata corse incontro al povero poeta, ed era simile alla speranza, lieve, sciolta, fiduciosa, allegra: come sempre era stata.

XIV

«Perché ieri sera siete sparito così presto?», fu la prima domanda di Olga. A Lenskij si confusero tutte le idee; silenzioso, si abbandonò alla tristezza. Gelosia e rabbia svanirono di fronte a uno sguardo così luminoso, a una semplicità così tenera, a un'anima così vivace!... Con dolce commozione, egli la guarda, sente di essere ancora amato; nell'angoscia del pentimento, è già pronto a chiederle il perdono, palpita, non trova le parole, è felice, è quasi guarito...

(XV. XVI) XVII

Immerso di nuovo nei pensieri, depresso, davanti alla sua cara Olga, Vladimiro non ha la forza di parlare della serata precedente; pensa: "Sarò il suo salvatore, non tollererò

Огнем и вздохов и похвал
Младое сердце искушал;
Чтоб червь презренный, ядовитый
Точил лилеи стебелек;
Чтобы двухутренний цветок
Увял еще полураскрытый".
Всё это значило, друзья:
С приятелем стреляюсь я.

XVIII

Когда б он знал, какая рана
Моей Татьяны сердце жгла!
Когда бы ведала Татьяна,
Когда бы знать она могла,
Что завтра Ленский и Евгений
Заспорят о могильной сени;
Ах, может быть, ее любовь
Друзей соединила б вновь!
Но этой страсти и случайно
Еще никто не открывал.
Онегин обо всем молчал;
Татьяна изнывала тайно;
Одна бы няня знать могла,
Да недогадлива была.

XIX

Весь вечер Ленский был рассеян,
То молчалив, то весел вновь;
Но тот, кто музою взлелеян,
Всегда таков: нахмуря бровь,
Садился он за клавикорды,
И брал на них одни аккорды,
То, к Ольге взоры устремив,
Шептал: не правда ль? я счастлив.

che quel corruttore induca in tentazione, col fuoco dei sospiri e delle lusinghe, il giovane cuore della fanciulla; che quel verme spregevole e velenoso bruchi lo stelo liliale; che il fiorellino da due albe appena dischiuso appassisca''. Egli con ciò voleva dire, amici miei: mi batto in duello.

XVIII

Se avesse saputo quale ferita bruciava nel cuore della mia Tatiana! E se Tatiana avesse potuto presentire, sapere che il giorno dopo Lenskij ed Eugenio avrebbero combattuto per l'ombra del sepolcro, forse il suo amore avrebbe riunito di nuovo i due amici! Ma nessuno ancora aveva scoperto questa passione, neppure casualmente. Onegin non diceva nulla, Tatiana soffriva in silenzio; solo la *njanja* avrebbe potuto saperlo, ma era tarda di mente.

XIX

Lenskij rimase distratto per tutta la sera; ora silenzioso, ora gaio. È così sempre il beniamino della musa: toccava il clavicembalo con le ciglia aggrottate, o sussurrava, con lo sguardo fisso su Olga: «Non sono forse felice?». Ormai

Но поздно; время ехать. Сжалось
В нем сердце полное тоской;
Прощаясь с девой молодой,
Оно как будто разрывалось.
Она глядит ему в лицо.
„Что с вами?“ — Так. — И на крыльцо.

XX

Домой приехав, пистолеты
Он осмотрел, потом вложил
Опять их в ящик, и раздетый,
При свечке, Шиллера открыл;
Но мысль одна его обьемлет;
В нем сердце грустное не дремлет:
С неизьяснимою красой
Он видит Ольгу пред собой.
Владимир книгу закрывает,
Берет перо; его стихи,
Полны любовной чепухи,
Звучат и льются. Их читает
Он вслух, в лирическом жару,
Как Дельвиг пьяный на пиру.

XXI

Стихи на случай сохранились;
Я их имею; вот они:
„Куда, куда вы удалились,
Весны моей златые дни?
Что день грядущий мне готовит?
Его мой взор напрасно ловит,
В глубокой мгле таится он.
Нет нужды; прав судьбы закон.
Паду ли я, стрелой пронзенный,
Иль мимо пролетит она,

è tardi, ed è tempo di andare. Traboccante d'amarezza, il cuore gli si strinse, sembrò spezzarsi, quando salutò la fanciulla. Olga lo guarda in volto: «Che avete?». «Così». Ed è già sulla scaletta.

XX

Giunto a casa, esaminò le pistole, poi le rimise di nuovo nella cassetta, si svestì e, al lume di candela, aprì Schiller[19]; uno solo però è il pensiero dominante; né dorme il suo cuore angosciato; egli vede Olga davanti a sé, bella di inenarrabile bellezza. Chiude il libro e afferra la penna: i suoi versi sono traboccanti di delirio d'amore, e scorrono sonori. Egli li legge a voce alta in lirica febbre come, al festino, l'ebbro Del'vig[20].

XXI

Per caso quei versi si sono serbati; li ho, ed eccoli[21]: "Dove siete volati, giorni d'oro della mia primavera? Che cosa mi prepara il tempo che viene? Invano il mio sguardo tenta di scorgerlo, il futuro si nasconde nella profonda nebbia. Che importa? Giusta è la legge del destino. Se io cadrò, trapassato dal dardo, o se questo non mi toccherà,

Всё благо: бдения и сна
Приходит час определенный;
Благословен и день забот,
Благословен и тьмы приход!

XXII

„Блеснет заутра луч денницы
И заиграет яркий день;
А я — быть может, я гробницы
Сойду в таинственную сень,
И память юного поэта
Поглотит медленная Лета,
Забудет мир меня; но ты
Придешь ли, дева красоты,
Слезу пролить над ранней урной
И думать: он меня любил,
Он мне единой посвятил
Рассвет печальный жизни бурной!..
Сердечный друг, желанный друг,
Приди, приди: я твой супруг!..“

XXIII

Так он писал *темно* и *вяло*
(Что романтизмом мы зовем,
Хоть романтизма тут ни мало
Не вижу я; да что нам в том?)
И наконец перед зарею,
Склонясь усталой головою,
На модном слове *идеал*
Тихонько Ленский задремал;
Но только сонным обаяньем
Он позабылся, уж сосед
В безмолвный входит кабинет
И будит Ленского воззваньем:

tutto sarà per il meglio[22]: giunge l'ora segnata della veglia e del sonno; benedetto sia anche il giorno degli affanni, benedetto sia anche il giungere della tenebra!

XXII

"Domani splenderà il mattutino raggio dell'alba, e sarà il giorno chiaro a trionfare; io, forse, scenderò nell'ombra misteriosa del sepolcro, e il Lete dal lento corso si chiuderà sulla memoria del giovane poeta. Il mondo mi oblierà; tu sola verrai, figlia della bellezza, a versare una lacrima sull'urna immatura e a pensare: 'Egli mi amò, a me sola consacrò l'alba dolorosa di una vita in tumulto!...'. Amica mia del cuore, amica mia bramata; vieni dunque: io sono il tuo sposo!...".

XXIII

Così egli scriveva, con stile *oscuro* e *languido* (è ciò che noi chiamiamo romanticismo, benché di romanticismo io ci veda ben poco[23]; del resto, che ce ne importa?), e alfine, prima dell'alba, piegando la stanca testa sulla parola *ideale*[24], allora di moda, Lenskij, lentamente, si addormentò; ma si è appena abbandonato all'incanto del sonno, che il vicino entra nella stanza silenziosa e lo sveglia

„Пора вставать: седьмой уж час.
Онегин верно ждет уж нас".

XXIV

Но ошибался он: Евгений
Спал в это время мертвым сном.
Уже редеют ночи тени
И встречен Веспер петухом;
Онегин спит себе глубоко.
Уж солнце катится высоко
И перелетная мятель
Блестит и вьется; но постель
Еще Евгений не покинул,
Еще над ним летает сон.
Вот наконец проснулся он
И полы завеса раздвинул;
Глядит — и видит, что пора,
Давно уж ехать со двора.

XXV

Он поскорей звонит. Вбегает
К нему слуга француз Гильо,
Халат и туфли предлагает
И подает ему белье.
Спешит Онегин одеваться,
Слуге велит приготовляться
С ним вместе ехать и с собой
Взять также ящик боевой.
Готовы санки беговые.
Он сел, на мельницу летит.
Примчались. Он слуге велит
Лепажа[39] стволы роковые
Нести за ним, а лошадям
Отъехать в поле к двум дубкам.

con le parole: «Alzati, è l'ora, son le sei. Onegin forse già ci aspetta».

XXIV

Si sbagliava: in quel momento Eugenio era ancora immerso nel sonno più profondo. Già le ombre notturne si fan rade e il gallo saluta la stella del mattino[25]; Onegin dorme, dorme profondamente. Già si volge alto il sole e una tormenta di neve turbina; ma Eugenio ancora non ha lasciato il suo letto, ancora su di lui vola il sonno. Ecco: finalmente si è svegliato, e scosta i lembi delle cortine; guarda, e vede che già da tempo è l'ora di uscire.

XXV

In fretta suona. Guillot[26], il servo francese, accorre, gli porta la vestaglia e le pantofole, gli dà la biancheria. Onegin, in fretta, si veste, ordina al servo di prepararsi e di accompagnarlo, prendendo con sé la cassetta delle armi. È pronta la slitta più veloce. Si è seduto, corre verso il mulino, in gran fretta; eccoli già arrivati. Comanda al servo di seguirlo, con le fatali canne di Lepage*, e di condurre i cavalli in un campo, sotto due querce.

* Famoso maestro d'armi.

XXVI

Опершись на плотину, Ленский
Давно нетерпеливо ждал;
Меж тем, механик деревенский,
Зарецкий жорнов осуждал.
Идет Онегин с извиненьем.
„Но где же, — молвил с изумленьем
Зарецкий, — где ваш секундант?“
В дуэлях классик и педант,
Любил методу он из чувства,
И человека растянуть
Он позволял — не как-нибудь,
Но в строгих правилах искусства,
По всем преданьям старины
(Что похвалить мы в нем должны).

XXVII

„Мой секундант?“ сказал Евгений:
„Вот он: мой друг, monsieur Guillot.
Я не предвижу возражений
На представление мое:
Хоть человек он неизвестный,
Но уж конечно малый честный“.
Зарецкий губу закусил.
Онегин Ленского спросил:
„Что ж, начинать?“ — Начнем, пожалуй, —
Сказал Владимир. И пошли
За мельницу. Пока вдали
Зарецкий наш и *честный малой*
Вступили в важный договор,
Враги стоят, потупя взор.

XXVIII

Враги! Давно ли друг от друга
Их жажда крови отвела?

XXVI

Appoggiato all'argine, Lenskij attende da parecchio tempo, impaziente. Intanto Zareckij, tecnico campagnolo, criticava la macina. Onegin giunge, e fa le scuse. «Ma dov'è il vostro secondo?», chiese Zareckij, stupefatto. Egli, difatti, classico e pedante qual era, amava che i duelli si facessero con metodo, e in ciò era un sentimentale: non ammetteva che un uomo cadesse così, alla bell'e meglio; doveva morire a severa regola d'arte, secondo tutte le tradizioni dell'antichità (il che noi dobbiamo lodare, in lui).

XXVII

«Il mio secondo?», chiese Eugenio, «eccolo: il mio amico *monsieur* Guillot. E non prevedo obiezioni a che costui mi rappresenti; benché sconosciuto, è però un uomo affatto onesto». Zareckij si morsicò il labbro. Onegin chiese a Lenskij: «Cominciamo?». «D'accordo, cominciamo», disse Vladimiro. E andarono dietro il mulino. Mentre, più lontano, il nostro Zareckij e *l'uomo onesto* iniziarono un'importante discussione, i due nemici se ne stanno ritti, con lo sguardo chino.

XXVIII

Nemici! È forse da tanto che la brama di sangue li ha separati? Da tanto essi non dividono più le ore dell'ozio, la

Давно ль они часы досуга,
Трапезу, мысли и дела
Делили дружно? Ныне злобно,
Врагам наследственным подобно,
Как в страшном, непонятном сне,
Они друг другу в тишине
Готовят гибель хладнокровно...
Не засмеяться ль им, пока
Не обагрилась их рука,
Не разойтиться ль полюбовно?..
Но дико светская вражда
Боится ложного стыда.

XXIX

Вот пистолеты уж блеснули,
Гремит о шомпол молоток.
В граненый ствол уходят пули
И щелкнул в первый раз курок.
Вот порох струйкой сероватой
На полку сыплется. Зубчатый,
Надежно ввинченный кремень
Взведен еще. За ближний пень
Становится Гильо смущенный.
Плащи бросают два врага.
Зарецкий тридцать два шага
Отмерял с то́чностью отменной,
Друзей развел по крайний след,
И каждый взял свой пистолет.

XXX

„Теперь сходитесь“.
Хладнокровно,
Еще не целя, два врага
Походкой твердой, тихо, ровно
Четыре перешли шага,

tavola, i pensieri e le opere, in amicizia? Ora, simili a nemici di sangue, come in un sogno spaventoso e incomprensibile, con odio, a sangue freddo, apprestano l'uno la morte dell'altro. Non potrebbero ridere, mentre la loro mano non ancora si è fatta rossa di sangue, non potrebbero lasciarsi con amicizia? Purtroppo, in società, gli odi sono selvaggi, e si ha terrore della falsa vergogna[27].

XXIX

Ecco, già si vede lo scintillio delle pistole, già il martelletto risuona contro la bacchetta. Nella canna esagonale[28] entrano le pallottole, e il grilletto per la prima volta ha scattato[29]. Ecco, la polvere come un rivoletto grigiastro si versa sul focone. La puntuta pietra focaia, fortemente avvitata, viene alzata di nuovo. Guillot, turbato, si ripara dietro un ceppo vicino. I due nemici gettano il mantello. Zareckij, con precisione assoluta, ha misurato trentadue passi, ha fatto scostare i due amici, ciascuno ad un'estremità. E ciascuno ha impugnato la sua pistola.

XXX

«Ora avvicinatevi». Con sangue freddo i due nemici — non mirano ancora — con incedere fermo, calmo, eguale, hanno compiuto quattro passi in avanti, quattro gradini

Четыре смертные ступени.
Свой пистолет тогда Евгений,
Не преставая наступать,
Стал первый тихо подымать.
Вот пять шагов еще ступили,
И Ленский, жмуря левый глаз,
Стал также целить — но как раз
Онегин выстрелил... Пробили
Часы урочные: поэт
Роняет, молча, пистолет,

XXXI

На грудь кладет тихонько руку
И падает. Туманный взор
Изображает смерть, не муку.
Так медленно по скату гор,
На солнце искрами блистая,
Спадает глыба снеговая.
Мгновенным холодом облит,
Онегин к юноше спешит,
Глядит, зовет его... напрасно:
Его уж нет. Младой певец
Нашел безвремянный конец!
Дохнула буря, цвет прекрасный
Увял на утренней заре,
Потух огонь на алтаре!..

XXXII

Недвижим он лежал, и странен
Был томный мир его чела.
Под грудь он был навылет ранен;
Дымясь из раны кровь текла.
Тому назад одно мгновенье
В сем сердце билось вдохновенье,

sulla via di morte. Eugenio, continuando ad avanzare, comincia per primo ad alzare il braccio, con calma. Altri cinque passi, e Lenskij socchiude l'occhio sinistro e prende la mira, ma Onegin ha già sparato... L'ora fatale è rintoccata: il poeta, silenziosamente, lascia sfuggire la sua arma.

XXXI

Lento, appoggia la mano sul petto, e cade. Lo sguardo annebbiato rispecchia la morte, non la sofferenza. Così, lentamente, per la china dei monti, scivola una lastra di neve, scintillando al sole. Preso da un subitaneo senso di gelo, Onegin corre dal suo giovane amico, lo guarda, lo chiama... È inutile: non esiste più. Il giovane cantore ha trovato morte immatura! È soffiato l'uragano, il fiore meraviglioso è appassito all'alba del mattino, il fuoco sull'altare si è spento!...

XXXII

Egli giaceva immobile, ed era strana la pace languida della sua fronte. Sotto il petto, una ferita l'aveva trapassato, e ne fluiva fumido il sangue. Solo un attimo prima in questo cuore battevano la poesia, l'odio, la speranza e l'amo-

Вражда, надежда и любовь,
Играла жизнь, кипела кровь:
Теперь, как в доме опустелом,
Всё в нем и тихо и темно;
Замолкло навсегда оно.
Закрыты ставни, окны мелом
Забелены. Хозяйки нет.
А где, бог весть. Пропал и след.

XXXIII

Приятно дерзкой эпиграммой
Взбесить оплошного врага;
Приятно зреть, как он, упрямо
Склонив бодливые рога,
Невольно в зеркало глядится
И узнавать себя стыдится;
Приятней, если он, друзья,
Завоет сдуру: это я!
Еще приятнее в молчаньи
Ему готовить честный гроб
И тихо целить в бледный лоб
На благородном расстояньи;
Но отослать его к отцам
Едва ль приятно будет вам.

XXXIV

Что ж, если вашим пистолетом
Сражен приятель молодой,
Нескромным взглядом, иль ответом,
Или безделицей иной
Вас оскорбивший за бутылкой,
Иль даже сам в досаде пылкой
Вас гордо вызвавший на бой,
Скажите: вашею душой

re; la vita giocava, e ferveva il sangue; ora, come in una casa deserta, tutto è silenzioso e buio; tutto tace per sempre. Le imposte sono sbarrate, le finestre imbiancate di gesso. La padrona non c'è. E dove si trovi, lo sa Dio. Anche la sua orma è scomparsa[30].

XXXIII

È piacevole far impazzire con un feroce epigramma un malaccorto nemico, è piacevole osservarlo mentre, testardo, abbassa le corna pronte a cozzare e, vedutosi senza volerlo in uno specchio, riconosce se stesso e si vergogna; è più piacevole, amici, se egli stupidamente si mette a gridare: «Quello sono io!». È ancor più piacevole preparargli, in silenzio, una tomba onorevole e mirare con calma la pallida fronte a opportuna distanza: ma spedirlo davvero agli antenati però è invece un po' meno gradevole.

XXXIV

Pensate poi se con la vostra pistola avete colpito un giovane amico che, dopo qualche bottiglia, vi abbia offeso con uno sguardo sfacciato, o con una risposta insolente, o con qualche altra sciocchezza; oppure che vi abbia, lui stesso, sfidato alteramente a duello, nell'ira tumultuosa! Dite,

Какое чувство овладеет,
Когда недвижим, на земле
Пред вами с смертью на челе,
Он постепенно костенеет,
Когда он глух и молчалив
На ваш отчаянный призыв?

XXXV

В тоске сердечных угрызений,
Рукою стиснув пистолет,
Глядит на Ленского Евгений.
„Ну, что ж? убит“, решил сосед.
Убит!.. Сим страшным восклицаньем
Сражен, Онегин с содроганьем
Отходит и людей зовет.
Зарецкий бережно кладет
На сани труп оледенелый;
Домой везет он страшный клад.
Почуя мертвого, храпят
И бьются кони, пеной белой
Стальные мочат удила,
И полетели как стрела.

XXXVI

Друзья мои, вам жаль поэта:
Во цвете радостных надежд,
Их не свершив еще для света,
Чуть из младенческих одежд,
Увял! Где жаркое волненье,
Где благородное стремленье
И чувств и мыслей молодых,
Высоких, нежных, удалых?
Где бурные любви желанья,
И жажда знаний и труда,

quale sentimento si impossesserà della vostra anima quando egli, immobile, con la morte sul volto, a poco a poco si farà rigido e sarà sordo e silenzioso alla vostra angosciosa invocazione?

XXXV

Nell'amarezza dei rimorsi del cuore, con la pistola ancor stretta in pugno, Eugenio guarda Lenskij. «E allora? Ucciso», stabilì il vicino. Ucciso!... Terrorizzato da questa spaventosa esclamazione, Onegin si scosta tremando, e chiama gente. Zareckij, con cautela, depone sulla slitta il corpo divenuto di ghiaccio, e trasporta a casa quel tesoro terribile. I cavalli fiutano il morto, e sbuffano e si agitano, bagnando di bianca schiuma il morso d'acciaio. Son volati via come frecce.

XXXVI

Miei amici, voi avete pietà del poeta[31]: nel fiore delle liete speranze, senza ancora averle godute, uscito appena dalle vesti della fanciullezza, è appassito! Dov'è l'infiammato tumulto, dov'è la nobile tensione dei giovanili pensieri, dei sentimenti, alti, teneri, audaci? Dove sono i desideri tempestosi dell'amore, e la brama di sapere e di lavorare,

И страх порока и стыда,
И вы, заветные мечтанья,
Вы, призрак жизни неземной,
Вы, сны поэзии святой!

XXXVII

Быть может, он для блага мира,
Иль хоть для славы был рожден;
Его умолкнувшая лира
Гремучий, непрерывный звон
В веках поднять могла. Поэта,
Быть может, на ступенях света
Ждала высокая ступень.
Его страдальческая тень,
Быть может, унесла с собою
Святую тайну, и для нас
Погиб животворящий глас,
И за могильною чертою
К ней не домчится гимн времен,
Благословение племен.

XXXVIII XXXIX

А может быть и то: поэта
Обыкновенный ждал удел.
Прошли бы юношества лета:
В нем пыл души бы охладел.
Во многом он бы изменился,
Расстался б с музами, женился,
В деревне счастлив и рогат
Носил бы стеганый халат;
Узнал бы жизнь на самом деле,
Подагру б в сорок лет имел,
Пил, ел, скучал, толстел, хирел.
И наконец в своей постеле

e il timore del vizio e della vergogna, e dove siete voi, reconditi sogni, voi, segni di una vita celeste, voi, visioni della sacra poesia?

XXXVII

Era nato forse per la felicità del mondo, o almeno per la gloria; la sua lira, ora fatta silenziosa, avrebbe intonato un canto risonante per sempre nei secoli. Un alto gradino, fra i gradini del mondo, attendeva forse il poeta. La sua ombra dolorante, forse, portò via con sé un sacro mistero, e per noi si è spenta una voce vivificante, e oltre la soglia del sepolcro l'inno dei tempi non giungerà a lei, né la benedizione delle genti.

(XXXVIII) XXXIX

O forse la sorte comune lo attendeva. Trascorsi gli anni della giovinezza, si sarebbe in lui raggelato il fuoco del cuore. Per molti aspetti sarebbe cambiato; lasciate le muse, si sarebbe sposato e, in campagna, cornuto e contento, indossando una vestaglia trapunta, avrebbe conosciuto la vera vita, con la podagra a quarant'anni, col mangiare, col bere, con l'ingrassare, con l'annoiarsi, col deperire, e,

Скончался б посреди детей,
Плаксивых баб и лекарей.

XL

Но что бы ни было, читатель,
Увы, любовник молодой,
Поэт, задумчивый мечтатель,
Убит приятельской рукой!
Есть место: влево от селенья,
Где жил питомец вдохновенья,
Две сосны корнями срослись;
Под ними струйки извились
Ручья соседственной долины.
Там пахарь любит отдыхать,
И жницы в волны погружать
Приходят звонкие кувшины;
Там у ручья в тени густой
Поставлен памятник простой.

XLI

Под ним (как начинает капать
Весенний дождь на злак полей)
Пастух, плетя свой пестрый лапоть,
Поет про волжских рыбарей;
И горожанка молодая,
В деревне лето провождая,
Когда стремглав верхом она
Несется по полям одна,
Коня пред ним остановляет,
Ремянный повод натянув,
И, флер от шляпы отвернув,
Глазами беглыми читает
Простую надпись — и слеза
Туманит нежные глаза.

finalmente, col morire nel proprio letto in mezzo ai figli, alle donne piangenti e ai farmacisti.

XL

Ad ogni modo, o lettore, la mano dell'amico ha ucciso, purtroppo, il giovane amante, il sognatore pensieroso, il poeta! A sinistra, un po' fuori dal villaggio, vi è un luogo dove viveva il pupillo dell'ispirazione; ivi due pini hanno intrecciato le radici, e sotto di essi serpeggia la corrente del ruscello della valle vicina. L'aratore ama riposarsi e le mietitrici vengono a immergere le brocche tintinnanti nelle onde; là presso il ruscello, sotto la densa ombra, hanno innalzato una semplice stele[32].

XLI

Quando la pioggia primaverile comincia a gocciolare sulle erbe dei campi, lì presso il pastore intreccia il suo calzare variopinto e canta le storie dei pescatori della Volga[33]; la giovane figlia della città, che trascorre l'estate in campagna, quando cavalca veloce, e sola, nei campi, ferma il suo destriero presso la stele, tira le redini e, scostando la veletta del cappello, legge con rapidi occhi il semplice epitaffio e una lacrima offusca il suo tenero sguardo.

XLII

И шагом едет в чистом поле,
В мечтанья погрузясь, она;
Душа в ней долго поневоле
Судьбою Ленского полна;
И мыслит: „что-то с Ольгой стало?
В ней сердце долго ли страдало,
Иль скоро слез прошла пора?
И где теперь ее сестра?
И где ж беглец людей и света,
Красавиц модных модный враг,
Где этот пасмурный чудак,
Убийца юного поэта?“
Современем отчет я вам
Подробно обо всем отдам,

XLIII

Но не теперь. Хоть я сердечно
Люблю героя моего,
Хоть возвращусь к нему конечно,
Но мне теперь не до него.
Лета к суровой прозе клонят,
Лета шалунью рифму гонят,
И я — со вздохом признаюсь —
За ней ленивей волочусь.
Перу старинной нет охоты
Марать летучие листы;
Другие, хладные мечты,
Другие, строгие заботы
И в шуме света и в тиши
Тревожат сон моей души.

XLIV

Познал я глас иных желаний,
Познал я новую печаль;

XLII

E cavalca al passo per l'aperta campagna, tutta assorta nel sogno; senza volerlo, la sua anima è presa dal destino di Lenskij. Pensa: "Che è avvenuto di Olga? A lungo il suo cuore ha patito, o svanì presto il tempo del pianto? E dov'è ora sua sorella? E dov'è colui che fugge gli uomini e il mondo, il nemico delle belle alla moda? Dov'è questo tipo cupo e strano, l'assassino del giovane poeta?". A suo tempo vi informerò con precisione di tutto.

XLIII

Ora no. Benché io ami con tutta l'anima il mio eroe e debba, naturalmente, ritornare a lui, ora non me ne posso occupare. Gli anni scivolano[34] verso la prosa austera, scacciando la rima scapestrata; ed io con un sospiro, lo devo riconoscere, più pigro mi trascino dietro a lei. La penna non sente più l'antico desiderio di scarabocchiare i fogli volanti; altri sogni, freddi, altre cure, severe, turbano il sonno dell'anima mia, sia tra i rumori mondani, sia nella tranquillità.

XLIV

Ho conosciuto la voce d'altri desideri, ho conosciuto una nuova tristezza; per i primi non vi sono più speranze, e

Для первых нет мне упований,
А старой мне печали жаль.
Мечты, мечты! где ваша сладость?
Где, вечная к ней рифма, *младость?*
Ужель и вправду наконец
Увял, увял ее венец?
Ужель и впрям, и в самом деле,
Без элегических затей,
Весна моих промчалась дней
(Что я шутя твердил доселе)?
И ей ужель возврата нет?
Ужель мне скоро тридцать лет?

XLV

Так, полдень мой настал, и нужно
Мне в том сознаться, вижу я.
Но так и быть: простимся дружно,
О юность легкая моя!
Благодарю за наслажденья,
За грусть, за милые мученья,
За шум, за бури, за пиры,
За все, за все твои дары;
Благодарю тебя. Тобою,
Среди тревог и в тишине,
Я насладился... и вполне;
Довольно! С ясною душою
Пускаюсь ныне в новый путь
От жизни прошлой отдохнуть.

XLVI

Дай оглянусь. Простите ж, сени,
Где дни мои текли в глуши,
Исполненны страстей и лени
И снов задумчивой души.

provo rimpianto per la tristezza antica. Sogni, sogni! Dov'è la vostra dolcezza? E dove sei tu, che con questa parola eternamente fai rima, dove sei tu, giovinezza[35]? Veramente, veramente è alfine sfiorita la sua corona? E in un baleno è proprio fuggita la primavera dei miei giorni, senza incanti elegiaci, come io, scherzando, ho sinora ripetuto? E davvero non ritornerà? Presto avrò dunque trent'anni[36]?

XLV

Sì, ho raggiunto il mio meriggio ed è necessario che me lo confessi, lo vedo. Sia pure. Salutiamoci amichevolmente, mia lieve giovinezza! Grazie per le gioie e per le tristezze, per i cari struggimenti, per i tumulti, e le tempeste, e i festini, per tutti i tuoi doni; grazie. Nelle angosce e nella pace, di te ho preso diletto, e completamente; basta, ora! Con l'anima limpida, m'incammino per una nuova strada, per riposare della vita passata.

XLVI

Permetti che per un istante mi guardi indietro. Addio, ombre, dove nella remota profondità trascorsero i miei giorni, pieni di passioni e di pigrizia, colmi dei sogni di un'anima pensierosa. Ma tu, giovanile ispirazione, agita

А ты, младое вдохновенье,
Волнуй мое воображенье,
Дремоту сердца оживляй,
В мой угол чаще прилетай,
Не дай остыть душе поэта,
Ожесточиться, очерстветь,
И наконец окаменеть
В мертвящем упоеньи света,
В сем омуте, где с вами я
Купаюсь, милые друзья! [40]

la mia fantasia, ravviva la sonnolenza del cuore, vola più sovente nel mio angolo, e fa sì che l'anima del poeta non geli, né diventi crudele o insensibile o di pietra, nell'incantesimo mortale del mondo, in questo gorgo dove con voi, cari amici, io mi immergo*.

* Nella prima edizione il sesto capitolo terminava nel seguente modo: «Ma tu, giovanile ispirazione, agita la mia fantasia, ravviva la sonnolenza del cuore, vola più sovente nel mio angolo e fa sì che l'anima del poeta non geli, né diventi crudele o insensibile, o di pietra, nell'incantesimo mortale del mondo, fra i boriosi senz'anima, gli sciocchi brillanti,

XLVII

fra gli astuti, i pusillanimi, i ragazzi matti o viziati; i malvagi, i ridicoli, i noiosi; i giudici stupidi e cavillosi; tra le pie civette e i servi volontari; fra le quotidiane scene alla moda e i tradimenti garbati e carezzevoli; tra le fredde rampogne della crudele vanità e l'irritante vanità dei calcoli, dei pensieri e dei discorsi[37], in questo gorgo dove con voi, cari amici, io mi immergo.

ГЛАВА СЕДЬМАЯ.

Москва, России дочь любима,
Где равную тебе сыскать?

Дмитриев

Как не любить родной Москвы?

Баратынский

Гоненье на Москву! что значит видеть свет!
Где ж лучше?
Где нас нет.

Грибоедов

I

Гонимы вешними лучами,
С окрестных гор уже снега
Сбежали мутными ручьями
На потопленные луга.
Улыбкой ясною природа
Сквозь сон встречает утро года;
Синея блещут небеса.
Еще прозрачные, леса
Как будто пухом зеленеют.
Пчела за данью полевой
Летит из кельи восковой.
Долины сохнут и пестреют;
Стада шумят, и соловей
Уж пел в безмолвии ночей.

II

Как грустно мне твое явленье,
Весна, весна! пора любви!
Какое томное волненье
В моей душе, в моей крови!
С каким тяжелым умиленьем
Я наслаждаюсь дуновеньем

CAPITOLO SETTIMO

Mosca, prediletta figlia della Russia,
Dove troverò una città che ti sia pari?
Dmitriev[1]

Come non amare la nostra Mosca nativa?
Baratynskij[2]

Dir male di Mosca! Che significa vedere il mondo!
Dove stiamo meglio?
Dove non siamo.
Griboedov[3]

I

Già dalle vicine montagne, spinte dai raggi di primavera, le nevi son corse giù in fangosi ruscelli, verso i prati sommersi. La natura, con un luminoso sorriso, accoglie attraverso il sonno il mattino dell'anno. Il cielo azzurro risplende. Ancor trasparenti, i boschi verdeggiano, come ricoperti di piuma. Dalla sua cella di cera l'ape vola a prendere il dono dei campi. Le valli, più asciutte, si fanno variopinte; rumoreggiano le greggi, e l'usignolo già ha cantato nelle notti taciturne.

II

Quanto è triste per me la tua comparsa, primavera, primavera! tempo dell'amore! E quanta languida trepidazione nella mia anima, nel mio sangue! Con quale forte commozione gioisco dell'alito della primavera che soffia

В лицо мне веющей весны,
На лоне сельской тишины!
Или мне чуждо наслажденье,
И всё, что радует, живит,
Всё, что ликует и блестит,
Наводит скуку и томленье
На душу мертвую давно,
И всё ей кажется темно?

III

Или, не радуясь возврату
Погибших осенью листов,
Мы помним горькую утрату,
Внимая новый шум лесов;
Или с природой оживленной
Сближаем думою смущенной
Мы увяданье наших лет,
Которым возрожденья нет?
Быть может, в мысли нам приходит
Средь поэтического сна
Иная, старая весна
И в трепет сердце нам приводит
Мечтой о дальной стороне,
О чудной ночи, о луне...

IV

Вот время: добрые ленивцы,
Эпикурейцы-мудрецы,
Вы, равнодушные счастливцы,
Вы, школы Левшина [41] птенцы,
Вы, деревенские Приамы,
И вы, чувствительные дамы,
Весна в деревню вас зовет,
Пора тепла, цветов, работ,

sul mio volto, tra la pace campestre! O mi è forse straniera la gioia, e tutto ciò che allieta, tutto ciò che vivifica, che tripudia e splende reca noia e languore all'anima morta da tanto tempo, cui tutto sembra oscuro?

III

O forse, senza rallegrarci del ritorno delle foglie uccise dall'autunno, ricordiamo una perdita amara, ascoltando il rinnovato fruscio delle foreste; o forse con l'anima commossa paragoniamo alla natura che rivive l'appassire dei nostri anni, che non torneranno mai più[4]? Forse risorge nel nostro pensiero, in un sogno di poesia, un'altra primavera remota, che fa tremare il cuore con la visione di una terra lontana, di una notte d'incanto, della luna...

IV

È questo il tempo che fa per voi, ottimi fannulloni, saggi epicurei, per voi, gente fortunata e indifferente, pupilli della scuola di Ljovšin*[5], per voi, Priami campagnoli, e per voi, signore molto sensibili. In campagna vi chiama la primavera, la stagione del caldo, dei fiori, dei lavori, delle

* Ljovšin, autore di molte opere di economia.

Пора гуляний вдохновенных
И соблазнительных ночей.
В поля, друзья! скорей, скорей,
В каретах тяжко нагруженных,
На долгих иль на почтовых
Тянитесь из застав градских.

V

И вы, читатель благосклонный,
В своей коляске выписной,
Оставьте град неугомонный,
Где веселились вы зимой;
С моею музою своенравной
Пойдемте слушать шум дубравный
Над безыменною рекой
В деревне, где Евгений мой,
Отшельник праздный и унылый,
Еще недавно жил зимой
В соседстве Тани молодой,
Моей мечтательницы милой;
Но где его теперь уж нет...
Где грустный он оставил след.

VI

Меж гор, лежащих полукругом,
Пойдем туда, где ручеек
Виясь бежит зеленым лугом
К реке сквозь липовый лесок.
Там соловей, весны любовник,
Всю ночь поет; цветет шиповник,
И слышен говор ключевой —
Там виден камень гробовой
В тени двух сосен устарелых.
Пришельцу надпись говорит:

passeggiate ispirate, delle notti allettatrici. Nei campi, amici, in fretta, in fretta, prendete le carrozze, stipatele, siano esse lunghe o da posta, e correte fuori dalle barriere della città.

V

E tu, benevolo lettore, nella tua carrozzella importata[6] lascia la città turbolenta, dove ti sei divertito tutto l'inverno; con la mia musa ritrosa vieni ad ascoltare il mormorio delle querce sopra un fiume senza nome, nella campagna dove il mio Eugenio, romito affranto e ozioso, or è ancor poco tempo, passò un inverno accanto alla mia cara sognatrice, la mia giovane Tatiana... Dove ora egli non è più e dove ha lasciato un'orma di tristezza.

VI

Andremo laggiù, in mezzo all'arco delle montagne, dove serpeggiando scorre il ruscelletto tra i verdi prati, verso il fiume, per una selvetta di tigli. Là l'innamorato della primavera, l'usignolo, canta tutta la notte; vi fiorisce la rosa selvatica, vi si sente il mormorio della fonte; là si scorge una stele di sepolcro all'ombra di due pini antichi. Un epi-

„Владимир Ленской здесь лежит,
Погибший рано смертью смелых,
В такой-то год, таких-то лет.
Покойся, юноша-поэт!“

VII

На ветви сосны преклоненной,
Бывало, ранний ветерок
Над этой урною смиренной
Качал таинственный венок.
Бывало, в поздние досуги
Сюда ходили две подруги,
И на могиле при луне,
Обнявшись, плакали оне.
Но ныне... памятник унылый
Забыт. К нему привычный след
Заглох. Венка на ветви нет;
Один, под ним, седой и хилый
Пастух попрежнему поет
И обувь бедную плетет.

VIII. IX X

Мой бедный Ленской! изнывая,
Не долго плакала она.
Увы! невеста молодая
Своей печали неверна.
Другой увлек ее вниманье,
Другой успел ее страданье
Любовной лестью усыпить,
Улан умел ее пленить,
Улан любим ее душою...
И вот уж с ним пред алтарем
Она стыдливо под венцом
Стоит с поникшей головою,

taffio dice al passeggero: "Qui giace Vladimiro Lenskij morto giovane della morte dei prodi, alla tale età, nell'anno tale. Riposa in pace, poeta adolescente!".

VII

Un tempo, il lieve vento del mattino faceva ondeggiare una corona misteriosa appesa ai rami del pino ricurvo, sopra questa umile urna. Un tempo, nei tardi ozi, qui venivano due amiche e, sulla tomba, sotto la luna, si abbracciavano e piangevano. E ora... È dimenticato, il triste monumento. Il sentiero consueto che vi portava è scomparso. Né vi è più la ghirlanda sul ramo. Solo il pastore[7] canuto e triste canta, come prima, sotto quel ramo, e intreccia il suo povero calzare.

(VIII. IX) X

Povero Lenskij mio! Non lungo è stato il pianto di Olga, né il suo tormento. Ahi, la giovane fidanzata non è stata fedele al suo dolore. Un altro ha avvinto il suo cuore, un altro ha saputo addormentare la sua angoscia con le blandizie di un nuovo amore, un ulano[8] ha saputo incatenarla, un ulano è l'amore dell'anima sua... Eccola già con lui all'altare, vergognosa sotto la coroncina, con la testa pie-

С огнем в потупленных очах,
С улыбкой легкой на устах.

XI

Мой бедный Ленской! за могилой
В пределах вечности глухой
Смутился ли, певец унылый,
Измены вестью роковой,
Или над Летой усыпленный
Поэт, бесчувствием блаженный,
Уж не смущается ничем,
И мир ему закрыт и нем?..
Так! равнодушное забвенье
За гробом ожидает нас.
Врагов, друзей, любовниц глас
Вдруг молкнет. Про одно именье
Наследников сердитый хор
Заводит непристойный спор.

XII

И скоро звонкий голос Оли
В семействе Лариных умолк.
Улан, своей невольник доли,
Был должен ехать с нею в полк.
Слезами горько обливаясь,
Старушка, с дочерью прощаясь,
Казалось, чуть жива была,
Но Таня плакать не могла;
Лишь смертной бледностью покрылось
Ее печальное лицо.
Когда все вышли на крыльцо,
И всё, прощаясь, суетилось
Вокруг кареты молодых,
Татьяна проводила их.

gata, e uno splendore negli occhi chini, con un sorriso lieve sulle labbra.

XI

Povero Lenskij mio! Oltre la tomba, nei confini della remota eternità ti ha forse angosciato il nunzio del tradimento fatale, o mesto cantore? O forse il poeta dormiente nel Lete, beato perché non sente più nulla, da nessuna cosa è più turbato e il mondo gli è chiuso per sempre?... È proprio così: oltre la tomba ci attende indifferenza e oblio. In un momento tacerà la voce dei nemici, degli amici, delle amanti. Il coro stizzoso degli eredi solleverà un'indecente gazzarra per un solo podere[9].

XII

Poco dopo la voce sonora di Olga tacque nella casa dei Larin. L'ulano, prigioniero della sua sorte, dovette partire per il reggimento, e lei lo seguì. La vecchia madre, salutando la figlia, versò lacrime amare e sembrava più morta che viva; ma Tania non poté piangere; il suo volto addolorato si coprì solo di un pallore di morte. Quando tutti uscirono sulla porta e, negli addii, ci fu gran confusione intorno alla carrozza dei due giovani, Tatiana li accompagnò[10].

XIII

И долго, будто сквозь тумана,
Она глядела им вослед...
И вот одна, одна Татьяна!
Увы! подруга стольких лет,
Ее голубка молодая,
Ее наперсница родная,
Судьбою вдаль занесена,
С ней навсегда разлучена.
Как тень она без цели бродит,
То смотрит в опустелый сад...
Нигде, ни в чем ей нет отрад,
И облегченья не находит
Она подавленным слезам —
И сердце рвется пополам.

XIV

И в одиночестве жестоком
Сильнее страсть ее горит,
И об Онегине далеком
Ей сердце громче говорит.
Она его не будет видеть;
Она должна в нем ненавидеть
Убийцу брата своего;
Поэт погиб... но уж его
Никто не помнит, уж другому
Его невеста отдалась.
Поэта память пронеслась
Как дым по небу голубому,
О нем два сердца, может быть,
Еще грустят... На что грустить?..

XV

Был вечер. Небо меркло. Воды
Струились тихо. Жук жужжал.

XIII

Stette lungo tempo a guardarli, come attraverso la nebbia. Ecco, Tatiana è sola, è sola! Ahi, l'amica di tanti anni, la sua giovane colomba, la sua amata e cara confidente, è trascinata lontano dal destino, è separata da lei per sempre. Essa, senza scopo, come un'ombra, ora guarda il giardino deserto... Nessun posto, nulla le dà sollievo, né allevia il pianto represso... E il cuore le si spezza.

XIV

Nell'aspra solitudine brucia più forte la sua passione, e il cuore le parla più forte del lontano Onegin. Non lo vedrà più, lo deve odiare, come assassino del fratello; è morto, il poeta, e già nessuno lo ricorda, e già a un altro si è data la sua fidanzata. La memoria del poeta è svanita come un fumo nel cielo azzurro; solo due cuori, forse, sono ancora tristi per lui... Ma perché soffrire?

XV

Venne la sera. Nel cielo imbruniva. Placide fluivano le acque. Uno scarabeo ronzava[11]. Già i balli in tondo si scio-

Уж расходились хороводы;
Уж за рекой, дымясь, пылал
Огонь рыбачий. В поле чистом,
Луны при свете серебристом,
В свои мечты погружена
Татьяна долго шла одна.
Шла, шла. И вдруг перед собою
С холма господский видит дом,
Селенье, рощу под холмом
И сад над светлою рекою.
Она глядит — и сердце в ней
Забилось чаще и сильней.

XVI

Ее сомнения смущают:
„Пойду ль вперед, пойду ль назад?..
Его здесь нет. Меня не знают...
Взгляну на дом, на этот сад".
И вот с холма Татьяна сходит,
Едва дыша; кругом обводит
Недоуменья полный взор...
И входит на пустынный двор.
К ней, лая, кинулись собаки.
На крик испуганный ея
Ребят дворовая семья
Сбежалась шумно. Не без драки
Мальчишки разогнали псов,
Взяв барышню под свой покров.

XVII

„Увидеть барской дом нельзя ли?"
Спросила Таня. Поскорей
К Анисье дети побежали
У ней ключи взять от сеней;

glievano, già oltre il fiume fumigava il falò del pescatore. Tatiana vagò, a lungo, sola, per il campo sconfinato, alla luce argentata della luna, immersa nei suoi sogni. Vagava... E d'improvviso, dal colle, vede una casa signorile, un paese, e un bosco a ridosso del colle, e un giardino sul chiaro fiume. Osserva meglio, e il cuore più forte le batté in seno, e più veloce.

XVI

I dubbi la fanno confondere: "Devo continuare, devo tornare indietro?... Egli non c'è. Non mi conoscono... Visiterò rapidamente la casa e il giardino". Eccola che scende dal colle, respirando appena; eccola che volge intorno l'incerto sguardo... Eccola che entra nel cortile deserto. I cani, abbaiando, le si son lanciati contro. Alle sue grida di spavento accorre la frotta dei bambini, dei servi. Non senza un po' di baruffa, i ragazzetti cacciano i cani e prendono la signorina sotto la loro protezione.

XVII

«Potrei visitare la casa del padrone?», chiese Tania. Subito i bambini corsero da Anis'ja a prender le chiavi dell'entrata. Comparve Anis'ja, la porta si aprì davanti a loro, e

Анисья тотчас к ней явилась
И дверь пред ними отворилась,
И Таня входит в дом пустой,
Где жил недавно наш герой.
Она глядит: забытый в зале
Кий на бильярде отдыхал,
На смятом канапе лежал
Манежный хлыстик. Таня дале;
Старушка ей: „а вот камин;
Здесь барин сиживал один.

XVIII

„Здесь с ним обедывал зимою
Покойный Ленский, наш сосед.
Сюда пожалуйте, за мною.
Вот это барский кабинет;
Здесь почивал он, кофей кушал,
Прикавчика доклады слушал
И книжку по утру читал...
И старый барин здесь живал;
Со мной, бывало, в воскресенье,
Здесь под окном, надев очки,
Играть изволил в дурачки.
Дай бог душе его спасенье,
А косточкам его покой
В могиле, в мать-земле сырой!“

XIX

Татьяна взором умиленным
Вокруг себя на всё глядит,
И всё ей кажется бесценным,
Всё душу томную живит
Полу-мучительной отрадой:
И стол с померкшею лампадой,

Tania entra nella casa vuota, dove poco tempo prima viveva il nostro eroe. Si guarda intorno: la stecca, abbandonata in sala, riposava sul biliardo, un frustino da equitazione giaceva su un canapé sciupato. Tania procede, e la vecchietta le dice: «Ecco il camino, dove il signore soleva star seduto in solitudine».

XVIII

«D'inverno soleva qui pranzare con lui il nostro vicino, il defunto[12] Lenskij. Seguitemi, per favore. Questo è lo studio del signore; qui egli riposava, beveva il caffè, ascoltava i rapporti dell'economo e, di mattina, leggeva qualche libriccino... Anche il vecchio signore viveva qui; e accadeva qualche volta, di domenica, che proprio sotto questa finestra, messisi gli occhiali, si compiacesse di giocare con me ai *durački*[13]. Dio conceda la salvezza all'anima sua, e pace alle sue ossa, nella madre umida terra[14]!».

XIX

Con lo sguardo intenerito Tatiana osserva tutto quel che le sta intorno; ogni cosa le sembra d'inestimabile valore, fa rivivere la sua anima languente, in un conforto che è pure angoscia. Guarda il tavolo con la lampada spenta, e

И груда книг, и под окном
Кровать, покрытая ковром,
И вид в окно сквозь сумрак лунный,
И этот бледный полусвет,
И лорда Байрона портрет,
И столбик с куклою чугунной
Под шляпой с пасмурным челом,
С руками сжатыми крестом.

XX

Татьяна долго в келье модной
Как очарована стоит.
Но поздно. Ветер встал холодный.
Темно в долине. Роща спит
Над отуманенной рекою;
Луна сокрылась за горою,
И пилигримке молодой
Пора, давно пора домой.
И Таня, скрыв свое волненье,
Не без того, чтоб не вздохнуть,
Пускается в обратный путь.
Но прежде просит позволенья
Пустынный замок навещать,
Чтоб книжки здесь одной читать.

XXI

Татьяна с ключницей простилась
За воротами. Через день
Уж утром рано вновь явилась
Она в оставленную сень.
И в молчаливом кабинете,
Забыв на время всё на свете
Осталась наконец одна,

la pila di libri, e il letto presso la finestra, coperto da un tappeto, e il paesaggio che si scorge nell'ombra lunare; e questa pallida penombra, e il ritratto di lord Byron, e la colonnina con la statuetta di ghisa, con la fronte aggrottata sotto il cappello e le braccia strette conserte[15].

XX

Tatiana si sofferma a lungo, affascinata, in quella cameretta alla moda. È tardi, però. Soffia un vento freddo. Nella valle c'è buio. Il boschetto dorme sul fiume coperto di nebbia; e la luna s'è nascosta dietro la montagna. È tardi, per la giovane pellegrina, è tempo di ritornare. Così Tania, nascondendo il proprio turbamento, e non senza un sospiro, si avvia per la strada di casa. Prima chiede, però, che le sia concesso di visitare ancora il castello deserto, per poter leggere, da sola, qualche libro.

XXI

Dal portone, Tatiana ha salutato la governante. Il giorno dopo, di buon mattino, ricomparve all'ingresso abbandonato. E nel silenzio dello studio, dimenticando per un momento tutto il mondo, rimasta finalmente sola, pianse a

И долго плакала она.
Потом за книги принялася.
Сперва ей было не до них,
Но показался выбор их
Ей странен. Чтенью предалася
Татьяна жадною душой;
И ей открылся мир иной.

XXII

Хотя мы знаем, что Евгений
Издавна чтенье разлюбил,
Однако ж несколько творений
Он из опалы исключил:
Певца Гяура и Жуана,
Да с ним еще два-три романа,
В которых отразился век,
И современный человек
Изображен довольно верно
С его безнравственной душой,
Себялюбивой и сухой,
Мечтанью преданной безмерно,
С его озлобленным умом,
Кипящим в действии пустом.

XXIII

Хранили многие страницы
Отметку резкую ногтей;
Глаза внимательной девицы
Устремлены на них живей.
Татьяна видит с трепетаньем,
Какою мыслью, замечаньем
Бывал Онегин поражен,
В чем молча соглашался он.
На их полях она встречает

lungo. Poi s'interessò dei libri. Dapprima non li aveva guardati, ma il modo come erano stati scelti le sembrò strano. Tatiana si abbandonò alla lettura con anima bramosa, e un altro mondo le si aprì.

XXII

Benché noi sappiamo che già da molto tempo Eugenio si era stancato di leggere, dobbiamo dire che alcune opere erano state escluse dal suo sfavore: il poeta del *Giaurro* e di *Don Giovanni*[16], e due o tre altri romanzi[17], in cui si rifletteva l'epoca, in cui l'uomo contemporaneo era presente con una certa verità, con la sua anima immorale, arida, egoista, troppo proclive al fantasticare, con la sua mente inasprita, tutta fervente di inutili azioni.

XXIII

Molte pagine presentavano ancora il segno inciso dall'unghia; gli occhi dell'attenta fanciulla le osservavano con maggior interesse. Così Tatiana scorge, con tremore, quale pensiero, quale osservazione avesse scosso Onegin; con che cosa, tacitamente, fosse d'accordo. Sui margini trova

Черты его карандаша.
Везде Онегина душа
Себя невольно выражает
То кратким словом, то крестом,
То вопросительным крючком.

XXIV

И начинает понемногу
Моя Татьяна понимать
Теперь яснее — слава богу —
Того, по ком она вздыхать
Осуждена судьбою властной:
Чудак печальный и опасный,
Созданье ада иль небес,
Сей ангел, сей надменный бес,
Что ж он? Ужели подражанье,
Ничтожный призрак, иль еще
Москвич в Гарольдовом плаще,
Чужих причуд истолкованье,
Слов модных полный лексикон?..
Уж не пародия ли он?

XXV

Ужель загадку разрешила?
Ужели *слово* найдено?
Часы бегут; она забыла,
Что дома ждут ее давно,
Где собралися два соседа
И где об ней идет беседа.
— Как быть? Татьяна не дитя, —
Старушка молвила кряхтя. —
Ведь Олинька ее моложе.
Пристроить девушку, ей-ей,
Пора; а что мне делать с ней?

i segni della sua matita. Dovunque l'anima di Onegin si rivela involontariamente, ora con una breve parola, ora con una croce, ora con un punto d'interrogazione.

XXIV

E la mia Tatiana incomincia ora a capire, a poco a poco più chiaramente grazie a Dio, che tipo sia colui per cui deve sospirare, come l'ha condannata la forza del destino: un individuo strambo, triste e pericoloso, una creatura del cielo o dell'inferno? Che è dunque, angelo o altero demonio? O forse un'imitazione, uno spettro da nulla, o magari un Moscovita travestito da Aroldo[18], interpretazione di capricci esotici con il lessico zeppo di parole alla moda?... O è forse una parodia?

XXV

Tatiana avrebbe già risolto il mistero? Già scoperta la *parola*[19] per definirlo? Corre il tempo; ha dimenticato che a casa, da un pezzo, la attendono; a casa, dove due vicini si sono incontrati e parlano proprio di lei. Ansimando, la vecchietta dice: «Tatiana non è più una bambina, Olga è più giovane di lei. Che dobbiamo fare? Sarebbe ora di sistemarla, ma come è possibile? Rifiuta tutti; sempre allo

Всем наотрез одно и то же:
Нейду. И всё грустит она,
Да бродит по лесам одна.—

XXVI

„Не влюблена ль она?“ — В кого же?
Буянов сватался: отказ.
Ивану Петушкову — тоже.
Гусар Пыхтин гостил у нас;
Уж как он Танею прельщался,
Как мелким бесом рассыпался!
Я думала: пойдет авось;
Куда! и снова дело врозь.—
„Что ж, матушка? за чем же стало?
В Москву, на ярманку невест!
Там, слышно, много праздных мест“.
— Ох, мой отец! доходу мало.—
„Довольно для одной зимы,
Не то уж дам хоть я в займы“.

XXVII

Старушка очень полюбила
Совет разумный и благой;
Сочлась — и тут же положила
В Москву отправиться зимой —
И Таня слышит новость эту.
На суд взыскательному свету
Представить ясные черты
Провинцияльной простоты,
И запоздалые наряды,
И запоздалый склад речей;
Московских франтов и цирцей
Привлечь насмешливые взгляды!..
О страх! нет, лучше и верней
В глуши лесов остаться ей.

stesso modo: "non voglio sposarmi". Ed è sempre triste, e vaga sola per i boschi».

XXVI

«È forse innamorata?». «Di chi? Bujanov l'ha chiesta in sposa. Un rifiuto. Lo stesso per Ivan Petuškov. È stato nostro ospite, Pychtin, un ussaro. Com'era affascinato di Tania, come cercava di entrare nelle sue buone grazie! Pensavo: forse va bene. Ma sì! L'affare non si combinò». «Ma allora, mammina, perché indugiare? Si va a Mosca, alla fiera delle fidanzate! A quanto si sente dire, là vi sono molti posti vuoti». «Oh, padre mio! Le rendite sono scarse». «Saranno sufficienti per un inverno, e inoltre vi posso fare un prestito[20]».

XXVII

La vecchietta apprezzò molto il consiglio saggio e benefico; fatti i conti, stabilì subito di recarsi a Mosca quello stesso inverno. Tania sente la novità. Dovrà dunque sottoporre al tribunale del severo gran mondo le linee chiare della sua semplicità provinciale, i suoi costumi d'altri tempi, il suo accento un po' antiquato; dovrà provocare gli sguardi ironici degli zerbinotti e delle Circi moscovite!... Che orrore! No, no, è meglio, è più sicuro starsene nella profondità dei boschi.

XXVIII

Вставая с первыми лучами,
Теперь она в поля спешит
И, умиленными очами
Их озирая, говорит:
„Простите, мирные долины,
И вы, знакомых гор вершины,
И вы, знакомые леса;
Прости, небесная краса,
Прости, веселая природа;
Меняю милый, тихий свет
На шум блистательных сует...
Прости ж и ты, моя свобода!
Куда, зачем стремлюся я?
Что мне сулит судьба моя?“

XXIX

Ее прогулки длятся доле.
Теперь то холмик, то ручей
Остановляют по неволе
Татьяну прелестью своей.
Она, как с давними друзьями,
С своими рощами, лугами
Еще беседовать спешит.
Но лето быстрое летит.
Настала осень золотая.
Природа трепетна, бледна,
Как жертва пышно убрана...
Вот север, тучи нагоняя,
Дохнул, завыл — и вот сама
Идет волшебница зима.

XXX

Пришла, рассыпалась; клоками
Повисла на суках дубов;

XXVIII

Alzatasi con le prime luci, ora va in fretta verso i campi, li contempla con sguardo intenerito, e dice: «Addio, pacifiche valli[21], e voi cime delle montagne ben note, e voi boschi da me conosciuti; addio, bellezza del cielo, addio, natura felice; per il frastuono delle brillanti vanità, do in cambio questo mondo, pacifico e caro... Addio anche a te, mia libertà! Dove e perché corro anelando? Che cosa mi presagisce la mia sorte?».

XXIX

Le sue passeggiate si prolungano. Ora è quel piccolo colle, ora è quel ruscelletto, che con il loro incanto avvincono, senza volerlo, la mia Tatiana. Ella si affretta a parlare ancora con i suoi boschi, con i prati, come con vecchi amici. Ma veloce vola l'estate. È giunto l'autunno d'oro. La natura è trepidante, smorta come una vittima sfarzosamente adorna... Ecco il Nord che sospinge le nubi, soffiando e urlando; ecco che giunge l'inverno stregone.

XXX

È giunto, si è sparso ovunque; in fiocchi si è appeso ai rami delle querce; giace in tappeti ondulati fra i campi, in-

Легла волнистыми коврами
Среди полей, вокруг холмов;
Брега с недвижною рекою
Сравняла пухлой пеленою;
Блеснул мороз. И рады мы
Проказам матушки зимы.
Не радо ей лишь сердце Тани.
Нейдет она зиму встречать,
Морозной пылью подышать
И первым снегом с кровли бани
Умыть лицо, плеча и грудь:
Татьяне страшен зимний путь.

XXXI

Отъезда день давно просрочен,
Проходит и последний срок.
Осмотрен, вновь обит, упрочен
Забвенью брошенный возок.
Обоз обычный, три кибитки
Везут домашние пожитки,
Кастрюльки, стулья, сундуки,
Варенье в банках, тюфяки,
Перины, клетки с петухами,
Горшки, тазы et cetera,
Ну, много всякого добра.
И вот в избе между слугами
Поднялся шум, прощальный плач:
Ведут на двор осьмнадцать кляч,

XXXII

В возок боярский их впрягают,
Готовят завтрак повара,
Горой кибитки нагружают,
Бранятся бабы, кучера.

torno ai colli; ha coperto e confuso le rive e il fiume immortale come con un soffice velo; il gelo ha cominciato a brillare. E noi ci rallegriamo dei giochi di Nonno Inverno. Solo il cuore di Tania non ne prova gioia. Non va incontro all'inverno, a respirare il pulviscolo gelato, a lavarsi il volto, le spalle, il petto con la prima neve, dal tetto del bagno: il viaggio invernale le fa paura.

XXXI

Da tempo è stato stabilito il giorno della partenza. E anche l'ultimo termine è arrivato. La vettura, già messa nel dimenticatoio, è stata controllata, tappezzata di nuovo, rinforzata. Il convoglio è il solito. Tre carri con tendone trasportano tutta la roba di casa. Casseruole, seggiole, bauli, la marmellata nei vasi, materassi, piumacci, gabbie con i galli, vasi, catini, eccetera. Proprio così, tante cose di ogni genere. Ecco che fra i servi si alza un gran fracasso, i lamenti dell'addio; portano in cortile diciotto brenne,

XXXII

le attaccano alla carrozza boiara[22], i cuochi preparano la colazione, stipano i carri come montagne, le donne, i coc-

На кляче тощей и косматой
Сидит форрейтор бородатый.
Сбежалась челядь у ворот
Прощаться с барами. И вот
Уселись, и возок почтенный,
Скользя, ползет за ворота.
„Простите, мирные места!
Прости, приют уединенный!
Увижу ль вас?..“ И слез ручей
У Тани льется из очей.

XXXIII

Когда благому просвещенью
Отдвинем более границ,
Современем (по расчисленью
Философических таблиц,
Лет чрез пятьсот) дороги верно
У нас изменятся безмерно:
Шоссе Россию здесь и тут,
Соединив, пересекут.
Мосты чугунные чрез воды
Шагнут широкою дугой,
Раздвинем горы, под водой
Пророем дерзостные своды,
И заведет крещеный мир
На каждой станции трактир.

XXXIV

Теперь у нас дороги плохи,[42]
Мосты забытые гниют,
На станциях клопы да блохи
Заснуть минуты не дают;
Трактиров нет. В избе холодной
Высокопарный, но голодный

chieri sbraitano. Su una cavalla magra e pelosa siede un barbuto postiglione[23]; i servi sono accorsi al cancello, e salutano i padroni[24]. Ecco, tutti si son seduti, e la rispettabile carrozza, scivolando, si porta fuori dal portone. "Addio, luoghi tranquilli! Addio, asilo di solitudine! Vi rivedrò....?". E un rivolo di pianto scivola dagli occhi di Tania.

XXXIII

Quando allargheremo i limiti della benefica istruzione, col tempo (secondo i calcoli delle tavole filosofiche[25], fra circa cinquecento anni), le nostre strade, forse, cambieranno radicalmente: vie selciate, in ogni punto, attraverseranno la Russia, unendola. Ponti di ghisa passeranno sui fiumi come grandi archi; muoveremo le montagne; scaveremo volte audaci sotto l'acqua, e ad ogni stazione il mondo cristiano costruirà una trattoria.

XXXIV

Ma ora le nostre strade sono pessime*; i ponti, lasciati in abbandono, marciscono; nelle stazioni cimici e pulci non ci concedono un minuto di sonno; non ci sono osterie. Nell'*izba* fredda, è appesa, in bella mostra, pretenziosa

* «Le nostre strade sono un giardino per gli occhi: gli alberi, il terrapieno erboso, i fossi; molto lavoro, molta gloria: peccato che talvolta non ci si possa passare. I passanti traggono scarso profitto dagli alberi che fan da sentinella; la strada, tu dici, è buona, e ricordi il verso: per i viandanti! In due casi soltanto è libero il viaggiare in Russia: quando il nostro Mac Adam o la nostra Mac Eva, l'inverno, compie, scricchiolando per l'ira, l'assalto che devasta e incatena la strada col ferro del ghiaccio, e la prima neve ricopre le sue orme con la sua sabbia di velluto, o quando la siccità brucia i campi, una siccità così ardente che una mosca può attraversare una pozzanghera a occhi socchiusi. (*Stanze* del principe Viazemskij).

Для виду прейскурант висит
И тщетный дразнит аппетит,
Меж тем, как сельские циклопы
Перед медлительным огнем
Российским лечат молотком
Изделье легкое Европы,
Благословляя колеи
И рвы отеческой земли.

XXXV

За то зимы порой холодной
Езда приятна и легка.
Как стих без мысли в песне модной
Дорога зимняя гладка.
Автомедоны наши бойки,
Неутомимы наши тройки,
И версты, теша праздный взор,
В глазах мелькают как забор.[43]
К несчастью Ларина тащилась,
Боясь прогонов дорогих,
Не на почтовых, на своих,
И наша дева насладилась
Дорожной скукою вполне:
Семь суток ехали оне.

XXXVI

Но вот уж близко. Перед ними
Уж белокаменной Москвы,
Как жар, крестами золотыми
Горят старинные главы.
Ах, братцы! как я был доволен,
Когда церквей и колоколен,
Садов, чертогов полукруг
Открылся предо мною вдруг!

ma affamata, la lista dei prezzi, che solletica inutilmente l'appetito[26]; intanto i ciclopi[27] campagnoli, davanti a un fuoco moderato, curano con un martello russo il prodotto fragile dell'Europa, e benedicono le carraie e i fossi della patria.

XXXV

Tuttavia, durante il freddo inverno è piacevole e facile viaggiare. Come dei versi senza idee in una poesia alla moda, la strada, d'inverno, è ben levigata. I nostri automedonti[28] sono abilissimi, le nostre *troike* sono infaticabili, e le pietre miliari, rallegrando lo sguardo ozioso, corrono davanti agli occhi, come una palizzata*[29]. La Larina, malauguratamente, temendo di spender troppo, si fa trasportare dai propri cavalli, non da quelli della posta; così la nostra ragazza si dovette godere, completamente, la noia della strada: viaggiarono per sette giorni e sette notti.

XXXVI

Ma oramai sono vicini. Già splendono davanti a loro, come un incendio, le cupole antiche dalle croci d'oro di Mosca, la città dalle bianche pietre. Fratelli, com'ero felice quando si apriva all'improvviso dinanzi a me l'arco delle chiese e dei campanili, dei giardini e dei palazzi! Come so-

* Paragone tolto da K..., così noto per la giocosità della sua fantasia. K... che una volta, inviato come corriere dal principe Potjomkin all'imperatrice, galoppava così veloce che la sua sciabola, che sporgeva con la punta dalla carrozza, picchiava contro le pietre miliari come contro una palizzata.

Как часто в горестной разлуке,
В моей блуждающей судьбе,
Москва, я думал о тебе!
Москва... как много в этом звуке
Для сердца русского слилось!
Как много в нем отозвалось!

XXXVII

Вот, окружен своей дубравой,
Петровский замок. Мрачно он
Недавнею гордится славой.
Напрасно ждал Наполеон,
Последним счастьем упоенный,
Москвы коленопреклоненной
С ключами старого Кремля:
Нет, не пошла Москва моя
К нему с повинной головою.
Не праздник, не приемный дар,
Она готовила пожар
Нетерпеливому герою.
Отселе, в думу погружен,
Глядел на грозный пламень он.

XXXVIII

Прощай, свидетель падшей славы,
Петровский замок. Ну! не стой,
Пошол! Уже столпы заставы
Белеют; вот уж по Тверской
Возок несется чрез ухабы.
Мелькают мимо бутки, бабы,
Мальчишки, лавки, фонари,
Дворцы, сады, монастыри,
Бухарцы, сани, огороды,
Купцы, лачужки, мужики,

vente, o Mosca, ho pensato a te, nel distacco amaro, nel mio errabondo destino! Mosca... quante cose per un cuore russo sono confluite in questo nome! Quante cose esso rievoca!

XXXVII

Ecco il castello di Pietro[30], in mezzo al suo bosco di querce. Cupo e superbo, ostenta la sua non antica gloria. Inutilmente Napoleone, ebbro per la sua recente fortuna, attese che Mosca gli si inginocchiasse, con le chiavi del vecchio Cremlino; no, la mia Mosca non andò a lui col volto del colpevole. Non feste gli preparò, né doni per accogliere l'eroe impaziente, ma l'incendio. Assorto nei pensieri, egli guardò di qui la fiamma terribile.

XXXVIII

Addio, testimone di una gloria caduta[31], castello di Pietro. Ma non fermarti, va' oltre! Già biancheggiano le colonne della barriera[32]; già la vettura attraversa la via di Tver'[33], piena di fosse. In un baleno, appaiono e scompaiono garitte, *babe*, ragazzi, botteghe, lampioni, palazzi, giardini, monasteri, buchariani[34], slitte, orti, mercanti,

Бульвары, башни, казаки,
Аптеки, магазины моды,
Балконы, львы на воротах
И стаи галок на крестах.

XXXIX. XL

В сей утомительной прогулке
Проходит час-другой, и вот
У Харитонья в переулке
Возок перед домом у ворот
Остановился. К старой тетке,
Четвертый год больной в чахотке,
Они приехали теперь.
Им настежь отворяет дверь
В очках, в изорванном кафтане,
С чулком в руке, седой калмык.
Встречает их в гостиной крик
Княжны, простертой на диване.
Старушки с плачем обнялись,
И восклицанья полились.

XLI

— Княжна, mon ange! — „Pachette!" —
Алина! —
„Кто б мог подумать? — Как давно!
Надолго ль? — Милая! Кузина!
Садись — как это мудрено!
Ей богу сцена из романа..."
— А это дочь моя, Татьяна. —
„Ах, Таня! подойди ко мне —
Как будто брежу я во сне...
Кузина, помнишь Грандисона?"
— Как, Грандисон?.. а, Грандисон!
Да, помню, помню. Где же он? —

stamberghe, contadini, viali alberati[35], torri, cosacchi[36], farmacie, negozi alla moda, balconi, leoni sulle porte e, sulle croci, stormi di cornacchie[37].

XXXIX. XL

Due ore circa[38] se ne vanno in quella passeggiata spossante, ed ecco che la carrozza si ferma a un portone, nel vicolo presso Chariton[39]. Sono arrivati da una vecchia zia, malata di tisi già da quattro anni. Un anziano calmucco[40], con la calza in mano, gli occhiali e il caffettano tutto strappato, spalanca loro la porta. Nel salotto, li accoglie il grido della principessa, distesa su un divano. Le due vecchiette, piangendo, si abbracciano, inondandosi di esclamazioni.

XLI

«Principessa, *mon ange*!». «Pachette![41]». «Alina!». «Chi l'avrebbe detto? Da quanto tempo? Rimarrete a lungo? Cara! Cugina! Siedi... È meraviglioso! Dio, è una scena di romanzo...». «E questa è mia figlia, Tatiana». «Oh, Tania, avvicìnati... Mi sembra di vaneggiare, io sogno... Cugina, ricordi Grandison[42]?». «Come? Grandison?... Ah, sì, Grandison! Ricordo, ricordo. Dov'è?». «A Mo-

„В Москве, живет у Симеона;
Меня в сочельник навестил:
Недавно сына он женил.

XLII

А тот... но после всё расскажем,
Не правда ль? Всей ее родне
Мы Таню завтра же покажем.
Жаль, разъезжать нет мочи мне;
Едва, едва таскаю ноги.
Но вы замучены с дороги;
Пойдемте вместе отдохнуть...
Ох, силы нет... устала грудь...
Мне тяжела теперь и радость,
Не только грусть... душа моя,
Уж никуда не годна я...
Под старость жизнь такая гадость..."
И тут, совсем утомлена,
В слезах раскашлялась она.

XLIII

Больной и ласки и веселье
Татьяну трогают; но ей
Не хорошо на новоселье,
Привыкшей к горнице своей.
Под занавескою шелковой
Не спится ей в постеле новой,
И ранний звон колоколов,
Предтеча утренних трудов,
Ее с постели подымает.
Садится Таня у окна.
Редеет сумрак; но она
Своих полей не различает:
Пред нею незнакомый двор,
Конюшня, кухня и забор.

sca, sta presso San Simeone[43]; la vigilia di Natale[44] è venuto a trovarmi; non è molto che ha ammogliato il figlio.

XLII

«E quello... Ma dopo ci racconteremo tutto, nevvero? Domani presenteremo Tania a tutti i parenti. Purtroppo non ho la forza di andare intorno, trascino appena le gambe. E voi sarete spossate per il viaggio, andiamo insieme a riposarci... Oh, mi mancan le forze... il petto è stanco... Anche la gioia, ora, mi è pesante, non solo la tristezza... anima mia, ormai non son più buona a niente, io... La vita è ripugnante, quando si è vecchi...». E allora, sfinita del tutto, fra le lacrime, prese a tossire.

XLIII

Le carezze e la felicità della malata commuovono Tatiana, che, abituata alla sua cameretta, non si trova a suo agio nella nuova dimora. Non riesce a trovar sonno nel letto estraneo, sotto la cortina di seta, e lo scampanio mattutino, che preannuncia le fatiche del giorno, la fa alzare. Siede presso la finestra, mentre il buio diventa men fitto; ma non vede più i suoi campi: davanti a lei c'è un cortile ignoto, una scuderia, una cucina e uno steccato.

XLIV

И вот: по родственным обедам
Развозят Таню каждый день
Представить бабушкам и дедам
Ее рассеянную лень.
Родне прибывшей издалеча
Повсюду ласковая встреча,
И восклицанья, и хлеб-соль.
„Как Таня выросла! Давно ль
Я, кажется, тебя крестила?
А я так на руки брала!
А я так за уши драла!
А я так пряником кормила!"
И хором бабушки твердят:
„Как наши годы-то летят!"

XLV

Но в них не видно перемены;
Всё в них на старый образец:
У тетушки княжны Елены
Всё тот же тюлевый чепец;
Всё белится Лукерья Львовна,
Всё то же лжет Любовь Петровна,
Иван Петрович так же глуп,
Семен Петрович так же скуп,
У Пелагеи Николавны
Всё тот же друг мосьё Финмуш,
И тот же шпиц, и тот же муж;
А он, всё клуба член исправный,
Всё так же смирен, так же глух,
И так же ест и пьет за двух.

XLVI

Их дочки Таню обнимают.
Младые грации Москвы

XLIV

Ed ecco che ogni giorno l'accompagnano a un pranzo, da parenti, per presentare alle nonnine e ai nonni la sua distratta pigrizia. Tutti accolgono con grandi carezze la parente venuta da lontano, con esclamazioni, con l'offerta del pane e del sale[45]. «Com'è cresciuta Tania! È tanto che ti ho tenuta a battesimo! E io che ti reggevo in braccio! E io che ti tiravo gli orecchi! E io che ti rimpinzavo di pan pepato». E le nonne ripetono in coro: «Come volano i nostri anni!».

XLV

In esse, però, non si scorge alcun cambiamento; tutto è come nei vecchi modelli: la zietta, principessa Elena, ha sempre la sua stessa cuffia di tulle; Luker'ja L'vovna si dà sempre il belletto; Ljubov' Petrovna dice sempre le bugie, Ivan Petrovič è sciocco come al solito, Semjon Petrovič è sempre avaro, e Pelageja Nikolavna ha sempre lo stesso amico, monsieur Finemouche, lo stesso cagnolino e lo stesso marito; e questi è, proprio come prima, diligente socio del club, sempre mansueto e tranquillo, sempre sordo; e, come prima, mangia e beve per due[46].

XLVI

Le loro figlie abbracciano Tania. Le giovani grazie di Mosca, dapprima, l'osservano in silenzio, la scrutano dalla

Сначала молча озирают
Татьяну с ног до головы;
Ее находят что-то странной,
Провинцияльной и жеманной,
И что-то бледной и худой,
А впрочем очень недурной;
Потом, покорствуя природе,
Дружатся с ней, к себе ведут,
Цалуют, нежно руки жмут,
Взбивают кудри ей по моде,
И поверяют нараспев
Сердечны тайны, тайны дев,

XLVII

Чужие и свои победы,
Надежды, шалости, мечты.
Текут невинные беседы
С прикрасой легкой клеветы
Потом, в отплату лепетанья,
Ее сердечного признанья
Умильно требуют оне.
Но Таня, точно как во сне,
Их речи слышит без участья,
Не понимает ничего,
И тайну сердца своего,
Заветный клад и слез и счастья,
Хранит безмолвно между тем,
И им не делится ни с кем.

XLVIII

Татьяна вслушаться желает
В беседы, в общий разговор:
Но всех в гостиной занимает
Такой бессвязный, пошлый вздор;

testa ai piedi; la trovano un poco strana, provinciale e affettata, un po' troppo pallida e magra, ma, d'altronde, per niente brutta; poi, seguendo l'impulso del cuore, fanno amicizia con lei, l'attirano a sé, la baciano, le stringono teneramente le mani, le pettinano i riccioli alla moda, e le rivelano, con una cantilena, i segreti del loro cuore, i segreti di fanciulle.

XLVII

I trionfi loro e delle altre, le speranze, i sogni, le monellerie. Fluiscono le conversazioni innocenti, imbellettate da lievi calunnie. Poi, a ricompensa del cinguettio, le chiedono con blandi modi la confessione dei suoi segreti. Ma Tania, proprio come in un sogno, ascolta distaccata i loro discorsi, non capisce nulla, e custodisce in silenzio il suo recondito tesoro di lacrime e di gioia, e non lo divide con nessuno.

XLVIII

Tatiana vuole pur sentire i discorsi, le conversazioni comuni; ma nel salotto son tutti presi da insulsaggini volgari

Всё в них так бледно, равнодушно;
Они клевещут даже скучно;
В бесплодной сухости речей,
Расспросов, сплетен и вестей,
Не вспыхнет мысли в целы сутки,
Хоть невзначай, хоть наобум;
Не улыбнется томный ум,
Не дрогнет сердце, хоть для шутки.
И даже глупости смешной
В тебе не встретишь, свет пустой.

XLIX

Архивны юноши толпою
На Таню чопорно глядят,
И про нее между собою
Неблагосклонно говорят.
Один какой-то шут печальный
Ее находит идеальной,
И, прислонившись у дверей,
Элегию готовит ей.
У скучной тетки Таню встретя,
К ней как-то Вяземский подсел
И душу ей занять успел.
И близ него ее заметя,
Об ней, поправя свой парик,
Осведомляется старик.

L

Но там, где Мельпомены бурной
Протяжный раздается вой,
Где машет мантией мишурной
Она пред хладною толпой,
Где Талия тихонько дремлет
И плескам дружеским не внемлет,

e senza senso; tutto ciò che dicono è così scialbo, così indifferente, che son noiose anche le calunnie; nei discorsi sterili e secchi, nelle domande, nei pettegolezzi, nelle notizie, non divampa la luce di un pensiero, per interi giorni; la intelligenza fiacca non sorride nemmeno per caso, nemmeno inavvertitamente; nessun fremito del cuore, neppure per gioco. E in te, vuota società, non s'incontra neppure una scempiaggine che faccia ridere.

XLIX

In folla, i giovani degli Archivi[47] guardano Tania con aria manierata, e ne parlano fra di sé, malevolmente. Un tale, pagliaccio malinconico, la trova ideale, e, appoggiandosi a una porta, compone per lei un'elegìa. Un giorno Vjazemskij[48] incontrò Tania presso una zia noiosa, le si sedette vicino e riuscì a incantare la sua anima. E un vecchietto[49] vedendola presso di lui, se ne volle informare, aggiustandosi il parrucchino.

L

Ma là dove riecheggia il prolungato grido della tempestosa Melpomene[50], che davanti alla folla gelida agita il mantello ricoperto di falso oro; dove Talia sonnecchia placidamente, senza prestare attenzione ai benevoli applausi;

Где Терпсихоре лишь одной
Дивится зритель молодой
(Что было также в прежни леты,
Во время ваше и мое),
Не обратились на нее
Ни дам ревнивые лорнеты,
Ни трубки модных знатоков
Из лож и кресельных рядов.

LI

Ее привозят и в Собранье.
Там теснота, волненье, жар,
Музыки грохот, свеч блистанье,
Мельканье, вихорь быстрых пар,
Красавиц легкие уборы,
Людьми пестреющие хоры,
Невест обширный полукруг,
Всё чувства поражает вдруг.
Здесь кажут франты записные
Свое нахальство, свой жилет
И невнимательный лорнет.
Сюда гусары отпускные
Спешат явиться, прогреметь,
Блеснуть, пленить и улететь.

LII

У ночи много звезд прелестных,
Красавиц много на Москве.
Но ярче всех подруг небесных
Луна в воздушной синеве.
Но та, которую не смею
Тревожить лирою моею,
Как величавая луна
Средь жен и дев блестит одна.

dove il giovane spettatore ammira solamente Tersicore (così fu negli anni andati, al vostro tempo e al mio), né gli occhialini gelosi, né i binocoli degli esperti alla moda dai palchi e dalle poltrone si rivolgono mai verso la fanciulla.

LI

La portano alla "Sobranie[51]". C'è ressa, caldo, fermento, rombo di musica, splendore di candele, un balenare, un vortice di rapide coppie, eleganti ornamenti di belle donne, cori variopinti di gente, e un ampio semicerchio di fidanzate: tutto ciò, di colpo, colpisce i sentimenti. Qui gli eleganti da figurino ostentano la loro sfacciataggine, il loro *gilet* e l'occhialino disattento. Qui gli ussari in congedo accorrono subito, per far baccano, scintillare, incantare qualcuna e volarsene via.

LII

Tante sono nella notte le stelle affascinanti, quante sono a Mosca le belle donne[52]. Ma la luna nell'azzurrità dell'aria è più risplendente delle sue compagne celesti. Così colei[53] che io non oso turbare con la mia lira, sola risplende come la luna[54] maestosa in mezzo alle donne e alle fanciulle.

С какою гордостью небесной
Земли касается она!
Как негой грудь ее полна!
Как томен взор ее чудесный!..
Но полно, полно; перестань:
Ты заплатил безумству дань.

LIII

Шум, хохот, беготня, поклоны,
Галоп, мазурка, вальс... Меж тем,
Между двух теток, у колоны,
Не замечаема никем,
Татьяна смотрит и не видит,
Волненье света ненавидит;
Ей душно здесь... она мечтой
Стремится к жизни полевой,
В деревню, к бедным поселянам,
В уединенный уголок,
Где льется светлый ручеек,
К своим цветам, к своим романам
И в сумрак липовых аллей,
Туда, где *он* являлся ей.

LIV

Так мысль ее далече бродит:
Забыт и свет и шумный бал,
А глаз меж тем с нее не сводит
Какой-то важный генерал.
Друг другу тетушки мигнули,
И локтем Таню враз толкнули
И каждая шепнула ей:
— Взгляни налево поскорей. —
„Налево? где? что там такое?“
— Ну, что бы ни было, гляди...

Con quale celeste fierezza ella sfiora la terra, come il suo seno è colmo di delizie, come languido il suo sguardo incantevole! Ma basta, basta; smettila: hai già pagato un tributo alla follia.

LIII

Frastuono, risa, correre, inchini, galoppo, mazurca, valzer[55]... E intanto Tatiana guarda senza vedere, appoggiata a una colonna, fra due zie, non notata da nessuno; odia la concitazione mondana; soffoca qui... Col sogno è tutta rivolta alla vita fra i campi, al villaggio, ai poveri campagnoli, al suo angolo solitario dove fluisce il chiaro ruscelletto, ai suoi fiori, ai suoi romanzi, e al luogo dove *egli* le apparve nella penombra dei viali di tigli.

LIV

Erra così, lontano, la sua mente, dimenticando il mondo e il ballo rumoroso. E intanto un certo generale, molto importante, non stacca lo sguardo da lei. Le due zie già si son fatte segno con gli occhi, e contemporaneamente hanno toccato Tania col gomito, e ciascuna le mormora: «Guarda presto a sinistra...». «A sinistra? Dove? Che cosa c'è?». «Tu guarda, qualunque cosa ci sia... Vedi? In

В той кучке, видишь? впереди,
Там, где еще в мундирах двое...
Вот отошел... вот боком стал... —
„Кто? толстый этот генерал?“

LV

Но здесь с победою поздравим
Татьяну милую мою,
И в сторону свой путь направим,
Чтоб не забыть, о ком пою...
Да кстати, здесь о том два слова:
Пою приятеля младого
И множество его причуд.
Благослови мой долгий труд,
О ты, эпическая муза!
И верный посох мне вручив,
Не дай блуждать мне вкось и вкрив.
Довольно. С плеч долой обуза!
Я классицизму отдал честь:
Хоть поздно, а вступленье есть.

quel gruppo... Più avanti, là, dove ci sono altri due in uniforme... Eccolo, si è mosso... si è voltato di fianco...».
«Chi? Quel grosso generale?».

LV

Qui però complimentiamoci con la mia cara Tatiana per la sua vittoria[56], e volgiamo da un'altra parte la nostra via, per non dimenticare chi io canto... E qui sono proprio opportune due parole: «Canto il mio giovane amico e tante sue stramberie. *Benedici, o epica musa, la mia lunga fatica! E dammi un sicuro bordone, perché io non vagabondi senza senso, perché non vada fuori strada*». Finalmente! Via il carico dalle spalle! Ho dato anch'io il mio tributo d'onore al classicismo; un po' tardi, ma l'introduzione c'è[57].

ГЛАВА ОСЬМАЯ.

Fare thee well, and if for ever
Still for ever fare thee well.

Byron

I

В те дни, когда в садах Лицея
Я безмятежно расцветал,
Читал охотно Апулея,
А Цицерона не читал,
В те дни, в таинственных долинах,
Весной, при кликах лебединых,
Близ вод, сиявших в тишине,
Являться Муза стала мне.
Моя студенческая келья
Вдруг озарилась: Муза в ней
Открыла пир младых затей,
Воспела детские веселья,
И славу нашей старины,
И сердца трепетные сны.

II

И свет ее с улыбкой встретил;
Успех нас первый окрылил;
Старик Державин нас заметил
И, в гроб сходя, благословил.
. . . .
. . . .
. . . .
. . . .
. . . .
. . . .

CAPITOLO OTTAVO

Fare thee well, and if for ever
Still for ever fare thee well.
Byron[1]

I

In quei giorni[2] quando fiorivo sereno nei giardini di Liceo, leggevo volentieri Apuleio[3], e non leggevo Cicerone; in quei giorni nelle valli misteriose, di primavera, la musa[4] cominciò ad apparirmi al grido dei cigni, presso acque scintillanti nel silenzio. La mia cameretta di studente ad un tratto si illuminò; la musa le aprì la festa delle fantasie giovanili[5], cantò le gioie dell'infanzia, e la gloria dei nostri tempi andati[6], e i sogni tremanti del cuore.

II

E il mondo l'accolse con un sorriso; il primo successo ci dette le ali; il vecchio Deržavin[7] ci notò e, sulla soglia del sepolcro, ci benedisse . . . .
. . . .
. . . .

III

И я, в закон себе вменяя
Страстей единый произвол,
С толпою чувства разделяя,
Я Музу резвую привел
На шум пиров и буйных споров,
Грозы полуночных дозоров;
И к ним в безумные пиры
Она несла свои дары
И как Вакханочка резвилась,
За чашей пела для гостей,
И молодежь минувших дней
За нею буйно волочилась —
А я гордился меж друзей
Подругой ветреной моей.

IV

Но я отстал от их союза
И вдаль бежал... она за мной.
Как часто ласковая Муза
Мне услаждала путь немой
Волшебством тайного рассказа!
Как часто, по скалам Кавказа,
Она Ленорой, при луне,
Со мной скакала на коне!
Как часто по брегам Тавриды
Она меня во мгле ночной
Водила слушать шум морской,
Немолчный шопот Нереиды,
Глубокой, вечный хор валов,
Хвалебный гимн отцу миров.

III

Ed io, obbligandomi all'unica legge del capriccio delle passioni[8], condividendo con la folla i miei sentimenti, portai la mia fervente musa nel tumulto chiassoso delle feste e delle discussioni furibonde[9], terrore delle ronde di mezzanotte; essa recò loro i suoi doni, nei pazzi festini; e folleggiò come una baccante, cantando davanti alla coppa, per gli ospiti, mentre la gioventù dei giorni passati la corteggiava furiosamente; ed io, con gli amici, andavo superbo della mia spensierata amica.

IV

Poi lasciai la loro compagnia, e fuggii lontano[10]... La musa mi seguì. Come sovente la mia tenera musa mi rese dolce il muto cammino con l'incanto di una storia misteriosa! Come sovente tra i picchi del Caucaso ella cavalcò con me al galoppo, come Lenora[11] sotto la luna! Come sovente sulle rive della Tauride essa mi accompagnò nelle tenebre notturne a sentire il rumore del mare, il mormorio incessante della Nereide[12], il coro sempiterno e profondo delle onde, l'inno di gloria al padre degli universi.

V

И позабыв столицы дальной
И блеск и шумные пиры,
В глуши Молдавии печальной
Она смиренные шатры
Племен бродящих посещала,
И между ими одичала,
И позабыла речь богов
Для скудных, странных языков,
Для песен степи ей любезной...
Вдруг изменилось всё кругом:*
И вот она в саду моем
Явилась барышней уездной,
С печальной думою в очах,
С французской книжкою в руках.

VI

И ныне Музу я впервые
На светский раут[44] привожу;
На прелести ее степные
С ревнивой робостью гляжу.
Сквозь тесный ряд аристократов,
Военных франтов, дипломатов
И гордых дам она скользит;
Вот села тихо и глядит,
Любуясь шумной теснотою,
Мельканьем платьев и речей,
Явленьем медленным гостей
Перед хозяйкой молодою,
И темной рамою мужчин
Вкруг дам как около картин.

VII

Ей нравится порядок стройный
Олигархических бесед,

V

E, dimenticata la capitale lontana, e lo scintillio, e i festini rumoreggianti, nel cuore della triste Moldavia essa entrava con me nelle umili tende delle tribù errabonde, divenne fra di esse selvaggia, dimenticò la lingua degli dèi per idiomi strani e poveri, per i canti della steppa da lei amata[13]... Improvvisamente, tutto mutò, ed eccola apparire nel mio giardino, come una signorina di provincia[14], con un triste pensiero nello sguardo, e un libretto francese tra le mani.

VI

E ora accompagno per la prima volta la mia musa a una riunione* del gran mondo; guardo con timidezza gelosa il fascino che le viene dalla steppa. Attraverso una fitta schiera di aristocratici, di ufficiali eleganti, di diplomatici e di altere dame, ella passa; ora siede silenziosa; e guarda, ammira, la folla rumorosa, lo scintillare dei vestiti e dei discorsi, il comparire lento degli ospiti, davanti alla giovane padrona, e la scura cornice di uomini, che circonda le dame come fossero quadri.

VII

Le piace l'ordine elegante[15] dei discorsi oligarchici, e il

* *Raut*, riunione serale senza ballo. Propriamente vuol dire «folla».

И холод гордости спокойной,
И эта смесь чинов и лет.
Но это кто в толпе избранной
Стоит безмолвный и туманный?
Для всех он кажется чужим.
Мелькают лица перед ним,
Как ряд докучных привидений.
Что, сплин иль страждущая спесь
В его лице? Зачем он здесь?
Кто он таков? Ужель Евгений?
Ужели он?.. Так, точно он.
— Давно ли к нам он занесен?

VIII

Всё тот же ль он, иль усмирился?
Иль корчит также чудака?
Скажите, чем он возвратился?
Что нам представит он пока?
Чем ныне явится? Мельмотом,
Космополитом, патриотом,
Гарольдом, квакером, ханжой,
Иль маской щегольнет иной,
Иль просто будет добрый малой,
Как вы да я, как целый свет?
По крайней мере мой совет:
Отстать от моды обветшалой.
Довольно он морочил свет...
— Знаком он вам? — И да и нет.

IX

— Зачем же так неблагосклонно
Вы отзываетесь о нем?
За то ль, что мы неугомонно
Хлопочем, судим обо всем,
Что пылких душ неосторожность

freddo del compassato orgoglio, e questo insieme di gradi e di anni. Ma chi è colui che sta fosco e taciturno nella folla eletta? A tutti sembra estraneo. Passano i volti davanti a lui come un corteo di apparizioni noiose. Che c'è sul suo volto, lo *spleen* o una alterigia dolente? Perché è qui? Chi è? È forse Eugenio? È forse lui?... Sì, proprio lui. «Da molto tempo è venuto a finir qui da noi?».

VIII

«È sempre lo stesso o si è calmato? O fa mostra di essere ancora stravagante? Dite, come è tornato? Che cosa vorrà rappresentarci ora? Chi vorrà sembrare? Melmoth[16], un cosmopolita, un patriota[17], Aroldo[18], un quacchero[19], un bacchettone, o forse ostenterà una maschera diversa, o sarà semplicemente un bravo ragazzo, come voi, come me, come tutti[20]? Almeno avesse seguito il mio consiglio: staccarsi dalla moda invecchiata. Un po' troppo ha preso in giro il mondo...». Voi lo conoscete? «Sì e no».[21]

IX

Perché[22] parlate così ostilmente di lui? Forse perché senza mai stancarci ci affanniamo a giudicare di tutto, perché la sconsideratezza degli spiriti impetuosi o la nullità suscetti-

Самолюбивую ничтожность
Иль оскорбляет иль смешит,
Что ум, любя простор, теснит,
Что слишком часто разговоры
Принять мы рады за дела,
Что глупость ветрена и зла,
Что важным людям важны вздоры,
И что посредственность одна
Нам по плечу и не странна?

X

Блажен, кто с молоду был молод,
Блажен, кто во-время созрел,
Кто постепенно жизни холод
С летами вытерпеть умел;
Кто странным снам не предавался,
Кто черни светской не чуждался,
Кто в двадцать лет был франт иль хват,
А в тридцать выгодно женат;
Кто в пятьдесят освободился
От частных и других долгов,
Кто славы, денег и чинов
Спокойно в очередь добился,
О ком твердили целый век:
N. N. прекрасный человек.

XI

Но грустно думать, что напрасно
Была нам молодость дана,
Что изменяли ей всечасно,
Что обманула нас она;
Что наши лучшие желанья,
Что наши свежие мечтанья
Истлели быстрой чередой,
Как листья осенью гнилой.
Несносно видеть пред собою

bile ci offende o ci fa ridere; perché la mente, che ama i vasti spazi, soffoca; perché troppo spesso siamo felici di prendere le parole per le opere; perché la stupidità è vana e cattiva; perché per le persone importanti sono importanti le sciocchezze; perché solo la mediocrità ci va bene e non è strana?

X

Beato colui che in gioventù è stato giovane e, al tempo giusto, è maturato, e ha saputo sopportare a poco a poco, con gli anni, il freddo della vita; colui che non si è abbandonato a strani sogni, che non si è estraniato dalla mondana plebaglia, che a vent'anni è stato un elegantone o un ardito corteggiatore, a trenta s'è sposato bene; a cinquanta s'è liberato dai debiti privati e dagli altri, che ha raggiunto la gloria, i denari, e i gradi, tranquillamente e al momento opportuno; di cui tutta la sua epoca ha confermato: N N è una persona eccellente!

XI

Ma come è triste pensare che la gioventù ci è stata data invano, che l'abbiamo tradita sempre e che essa ci ha ingannati; che i nostri migliori desideri, i nostri sogni più freschi, in rapida volta sono marciti, come le foglie del fracido autunno! Com'è insopportabile vedersi davanti la lun-

Одних обедов длинный ряд,
Глядеть на жизнь, как на обряд,
И вслед за чинною толпою
Идти, не разделяя с ней
Ни общих мнений, ни страстей.

XII

Предметом став суждений шумных,
Несносно (согласитесь в том)
Между людей благоразумных
Прослыть притворным чудаком,
Или печальным сумасбродом,
Иль сатаническим уродом,
Иль даже Демоном моим.
Онегин (вновь займуся им),
Убив на поединке друга,
Дожив без цели, без трудов
До двадцати шести годов,
Томясь в бездействии досуга
Без службы, без жены, без дел,
Ничем заняться не умел.

XIII

Им овладело беспокойство,
Охота к перемене мест
(Весьма мучительное свойство,
Немногих добровольный крест).
Оставил он свое селенье,
Лесов и нив уединенье,
Где окровавленная тень
Ему являлась каждый день,
И начал странствия без цели,
Доступный чувству одному;
И путешествия ему,
Как всё на свете, надоели;

ga serie degli stessi pranzi, guardare la vita come un rituale, e dover seguire una folla compassata senza condividerne le idee comuni e le passioni!

XII

Com'è insopportabile (anche voi sarete d'accordo) divenire oggetto di apprezzamenti clamorosi; esser creduto, dai bempensanti, un finto stravagante, un matto malinconico, un mostro diabolico, o persino il mio demone[23]! Onegin (ancora mi occupo di lui), dopo aver ucciso l'amico in duello, ed esser vissuto senza scopo, e senza faticare, fino a ventisei anni, non era capace di far niente, annoiato dall'inane ozio, senza alcun lavoro, senza moglie, senza un impiego.

XIII

Lo prese[24] un'irrequietudine, un desiderio di mutar posto (facoltà assai angosciosa, croce volontaria di pochi), lasciò le sue campagne, lasciò la solitudine dei boschi e dei campi, dove gli compariva ogni giorno un'ombra insanguinata, e cominciò a vagabondare senza meta, provando un solo sentimento; e anche del viaggiare, come di ogni al-

Он возвратился и попал,
Как Чацкий, с корабля на бал.

XIV

Но вот толпа заколебалась,
По зале шопот пробежал...
К хозяйке дама приближалась,
За нею важный генерал.
Она была нетороплива,
Не холодна, не говорлива,
Без взора наглого для всех,
Без притязаний на успех,
Без этих маленьких ужимок,
Без подражательных затей...
Всё тихо, просто было в ней,
Она казалась верный снимок
Du comme il faut... (Шишков, прости:
Не знаю, как перевести.)

XV

К ней дамы подвигались ближе;
Старушки улыбались ей;
Мужчины кланялися ниже,
Ловили взор ее очей;
Девицы проходили тише
Пред ней по зале: и всех выше
И нос и плечи подымал
Вошедший с нею генерал.
Никто б не мог ее прекрасной
Назвать: но с головы до ног
Никто бы в ней найти не мог
Того, что модой самовластной
В высоком лондонском кругу
Зовется *vulgar*. (Не могу...

tra cosa al mondo, provò noia; tornò indietro, e come Čackij[25], dalla nave andò direttamente a una festa da ballo.

XIV

Ecco che la folla ha cominciato ad agitarsi, e un brusio corre per la sala... Una dama si è avvicinata alla padrona di casa, seguita da un imponente generale. Ella non si affrettava, non era né fredda, né ciarliera, né guardava tutti sfacciatamente; non pretendeva di aver successo, non faceva le smorfiette, né imitava i capricci... Tutto in lei era placido, semplice; sembrava il ritratto fedele *du comme il faut*... (Šiškov[26], perdonami, non so come tradurre).

XV

Le signore[27] le si avvicinavano, le vecchiette le sorridevano, gli uomini facevano gli inchini più profondi e coglievano lo sguardo dei suoi occhi; le fanciulle più silenziosamente passavano davanti a lei nella sala, mentre il generale[28], che era entrato con lei, più in alto di tutti alzava il naso e le spalle. Nessuno avrebbe potuto definirla bella, ma nessuno avrebbe potuto trovare in lei dalla testa ai piedi ciò che la moda dispotica, in un circolo londinese molto su, dice *vulgar*[29]. (Non posso...

XVI

Люблю я очень это слово,
Но не могу перевести;
Оно у нас покаместь ново,
И вряд ли быть ему в чести.
Оно б годилось в эпиграме...)
Но обращаюсь к нашей даме.
Беспечной прелестью мила,
Она сидела у стола
С блестящей Ниной Воронскою,
Сей Клеопатрою Невы:
И верно б согласились вы,
Что Нина мраморной красою
Затмить соседку не могла,
Хоть ослепительна была.

XVII

„Ужели“, думает Евгений:
„Ужель она? Но точно... Нет...
Как! из глуши степных селений...“
И неотвязчивый лорнет
Он обращает поминутно
На ту, чей вид напомнил смутно
Ему забытые черты.
„Скажи мне, князь, не знаешь ты,
Кто там в малиновом берете
С послом испанским говорит?“
Князь на Онегина глядит.
— Ага! давно ж ты не был в свете.
Постой, тебя представлю я. —
„Да кто ж она?“ — Жена моя. —

XVI

Mi piace molto questa parola, ma non posso tradurla; è ancora troppo nuova per noi, ed è poco probabile che le si renda onore. Converrebbe in un epigramma...). Ma io mi rivolgo alla nostra signora. Ella sedeva a tavola, incantevole di un suo fascino istintivo, con la scintillante Nina Voronskaja[30], la Cleopatra della Neva, e senza dubbio sarete d'accordo anche voi che Nina, con la sua marmorea bellezza, benché così sfolgorante, non avrebbe potuto oscurare la vicina.

XVII

"Davvero?", pensa Eugenio, "è proprio lei[31]? Proprio... No... Come? Dal suo villaggio sprofondato nella steppa...". Ed egli rivolge ogni momento il suo occhialino fastidioso a colei il cui aspetto gli ricorda confusamente un volto dimenticato. «Principe, dimmi, conosci quella signora con il cappello cremisi, che ora sta parlando con l'ambasciatore di Spagna?[32]». Il principe guarda Onegin. «Ah, è da tanto che non vieni in società! Ora te la presento». «Ma chi è?». «Mia moglie».

XVIII

„Так ты женат! не знал я ране!
Давно ли?“ — Около двух лет. —
„На ком?“ — На Лариной. — „Татьяне!“
— Ты ей знаком? — „Я им сосед“.
— О, так пойдем же. — Князь подходит
К своей жене и ей подводит
Родню и друга своего.
Княгиня смотрит на него...
И что ей душу ни смутило,
Как сильно ни была она
Удивлена, поражена,
Но ей ничто не изменило:
В ней сохранился тот же тон,
Был так же тих ее поклон.

XIX

Ей-ей! не то, чтоб содрогнулась,
Иль стала вдруг бледна, красна...
У ней и бровь не шевельнулась;
Не сжала даже губ она.
Хоть он глядел нельзя прилежней,
Но и следов Татьяны прежней
Не мог Онегин обрести.
С ней речь хотел он завести
И — и не мог. Она спросила,
Давно ль он здесь, откуда он
И не из их ли уж сторон?
Потом к супругу обратила
Усталый взгляд; скользнула вон...
И недвижим остался он.

XVIII

«Sei sposato? Non l'ho mai saputo! E da molto?». «Da circa due anni». «E con chi?». «Con una Larina». «Tatiana!». «Ti conosce?». «Certo, sono loro vicino». «Oh, andiamo subito». Il principe si avvicina alla moglie e accompagna da lei l'amico e parente. La principessa lo osserva... Qualunque fosse il sentimento che le turbava il cuore, benché tanto stupita e meravigliata, nulla la tradì: mantenne lo stesso tono, il suo inchino fu perfettamente tranquillo.

XIX

Proprio così: non solo non sussultò, né impallidì o arrossì di colpo... ma non mosse neppure un ciglio, né strinse le labbra. Benché la guardasse in modo così insistente, che più di così non si poteva, Onegin non riuscì a scorgere i segni dell'antica Tatiana. Avrebbe voluto iniziare un discorso con lei, e non gli fu possibile. Tatiana gli chiese se fosse lì da molto tempo e da dove venisse, se non, per caso, dalle loro parti. Poi rivolse al marito lo sguardo stanco; e scivolò fuori... Ed Eugenio rimase immobile.

XX

Ужель та самая Татьяна,
Которой он наедине,
В начале нашего романа,
В глухой, далекой стороне,
В благом пылу нравоученья.
Читал когда-то наставленья,
Та, от которой он хранит
Письмо, где сердце говорит,
Где всё наруже, всё на воле,
Та девочка... иль это сон?...
Та девочка, которой он
Пренебрегал в смиренной доле,
Ужели с ним сейчас была
Так равнодушна, так смела?

XXI

Он оставляет раут тесный,
Домой задумчив едет он;
Мечтой то грустной, то прелестной
Его встревожен поздний сон.
Проснулся он; ему приносят
Письмо: князь N покорно просит
Его на вечер. „Боже! к ней!...
О буду, буду!“ и скорей
Марает он ответ учтивый.
Что с ним? в каком он странном сне.
Что шевельнулось в глубине
Души холодной и ленивой?
Досада? суетность? иль вновь
Забота юности — любовь?

XX

È forse quella la Tatiana cui, nella solitudine, all'inizio del nostro romanzo, aveva un tempo recitato il sermone, in una regione remota e lontana; quella di cui egli conservava una lettera dove il cuore parla, dove tutto è alla mano, tutto libero, quella fanciulla... o è un sogno?... Quella fanciulla che egli volle trascurare, al tempo del suo umile destino? Ed ora è con lui così indifferente, così ardita?

XXI

Egli abbandona l'affollata riunione, e va verso casa immerso nei pensieri; il suo sonno, tardo a giungere, è inquieto per una visione ora malinconica, ora incantevole. Si è svegliato; gli portano una lettera: il principe N... lo invita umilmente a una serata. "Dio! Da lei!... Ci sarò, ci sarò!", e in fretta butta giù una risposta rispettosa. Che gli succede? Che strano sogno! Che cosa si è agitato nel profondo della sua anima fredda e indolente? Stizza? Vanità? O ancora una volta l'affanno della gioventù, l'amore?

XXII

Онегин вновь часы считает,
Вновь не дождется дню конца.
Но десять бьет; он выезжает,
Он полетел, он у крыльца,
Он с трепетом к княгине входит;
Татьяну он одну находит,
И вместе несколько минут
Они сидят. Слова нейдут
Из уст Онегина. Угрюмый,
Неловкий, он едва, едва
Ей отвечает. Голова
Его полна упрямой думой.
Упрямо смотрит он: она
Сидит покойна и вольна.

XXIII

Приходит муж. Он прерывает
Сей неприятный tête-à-tête;
С Онегиным он вспоминает
Проказы, шутки прежних лет.
Они смеются. Входят гости.
Вот крупной солью светской злости
Стал оживляться разговор;
Перед хозяйкой легкий вздор
Сверкал без глупого жеманства,
И прерывал его меж тем
Разумный толк без пошлых тем,
Без вечных истин, без педанства,
И не пугал ничьих ушей
Свободной живостью своей

XXII

Onegin ancora una volta conta le ore, ancora una volta non è in grado di aspettare la fine del giorno. Finalmente battono le dieci; si precipita fuori, è sul pianerottolo, entra, tremando, in casa della principessa; la trova sola, e per qualche minuto siedono accanto. Le labbra di Eugenio non trovano parola. Tetro, impacciato, le risponde appena. La sua mente è tutta presa da un pensiero ostinato. La guarda, fissamente: Tatiana siede calma e franca.

XXIII

Sopraggiunge il marito e interrompe lo spiacevole *tête-à-tête*[33]; con Onegin egli ricorda gli scherzi e le scappatelle di un tempo. Ridono. Entrano gli ospiti. La conversazione[34] ha già cominciato ad animarsi con il sale grosso della malignità mondana; davanti alla signora le facili sciocchezze scintillano senza stupide leziosaggini, e talora sono interrotte da qualche discorso intelligente e senza volgarità, senza le solite verità eterne, la solita pedanteria; con la loro libera vivacità, esse non spaventavano gli orecchi di nessuno.

XXIV

Тут был однако цвет столицы,
И знать и моды образцы,
Везде встречаемые лицы,
Необходимые глупцы;
Тут были дамы пожилые
В чепцах и в розах, с виду злые;
Тут было несколько девиц,
Не улыбающихся лиц;
Тут был посланник, говоривший
О государственных делах;
Тут был в душистых сединах
Старик, по старому шутивший:
Отменно тонко и умно,
Что нынче несколько смешно.

XXV

Тут был на эпиграммы падкий,
На всё сердитый господин:
На чай хозяйский слишком сладкий,
На плоскость дам, на тон мужчин,
На толки про роман туманный,
На вензель, двум сестрицам данный,
На ложь журналов, на войну,
На снег и на свою жену.

. . . .
. . . .
. . . .
. . . .
. . . .
. . . .

XXVI

Тут был Проласов, заслуживший
Известность низостью души,

XXIV

E tuttavia qui si radunava il fior fiore della capitale, gli aristocratici e gli arbitri della moda, facce che s'incontrano dappertutto, gli idioti necessari; vi erano dame attempate con cuffie e rose, dall'aspetto maligno; vi erano alcune fanciulle il cui volto non sorrideva mai; vi era un ambasciatore che discuteva di affari di stato; un vecchio dalla profumata canizie, che scherzava all'antica, e cioè in modo perfettamente intelligente e sottile: il che, oggi, fa un po' ridere.

XXV

Là c'era un patito per gli epigrammi, un signore che si arrabbiava di tutto[35]: del tè della padrona, troppo dolce, della scipitaggine delle signore, del tono dei signori, dei discorsi a proposito di un romanzo confuso; del monogramma imperiale[36] dato a due sorelline; delle bugie dei giornali; della guerra; della neve e di sua moglie . . . .
. . . .
. . . .
. . . .

XXVI

La c'era Prolasov[37], che s'era procacciata fama di animo vile, che aveva spuntato le tue matite in tutti gli album, o

Во всех альбомах притупивший,
St.-Priest, твои карандаши;
В дверях другой диктатор бальный
Стоял картинкою журнальной,
Румян как вербный херувим,
Затянут, нем и недвижим,
И путешественник залётный,
Перекрахмаленный нахал,
В гостях улыбку возбуждал
Своей осанкою заботной,
И молча обмененный взор
Ему был общий приговор.

XXVII

Но мой Онегин вечер целый
Татьяной занят был одной,
Не этой девочкой несмелой,
Влюбленной, бедной и простой,
Но равнодушною княгиней,
Но неприступною богиней
Роскошной, царственной Невы.
О люди! все похожи вы
На прародительницу Эву:
Что вам дано, то не влечет;
Вас непрестанно змий зовет
К себе, к таинственному древу:
Запретный плод вам подавай,
А без того вам рай не рай.

XXVIII

Как изменилася Татьяна!
Как твердо в роль свою вошла!
Как утеснительного сана
Приемы скоро приняла!

Saint-Priest; presso la porta stava un altro dittatore di balli, simile a un'illustrazione di rivista, roseo come un cherubino con la palma, tutto rigido, muto e immobile. C'era anche un viaggiatore[38] di passaggio, uno spudorato troppo inamidato, che, con la sua figura impacciata, suscitava un sorriso fra gli ospiti: uno sguardo tacitamente scambiato valeva per lui come un giudizio universale.

XXVII

Ma il mio Onegin fu preso per tutta la sera dalla sola Tatiana; non dalla fanciulla timida, innamorata, povera e semplice, ma dalla principessa indifferente, dalla dea inaccessibile della Neva sontuosa e regale. O gente! Come tutti siete uguali all'antica madre Eva: ciò che vi è offerto non vi affascina; incessantemente il serpente vi chiama a sé, all'albero misterioso; è il frutto proibito che devono darvi, perché senza di esso il paradiso non è più tale.

XXVIII

Quanto è mutata[39], Tatiana! Con quale forza recita la sua parte! Come ha appreso in fretta le cerimonie del suo rango opprimente! Chi oserebbe cercare la tenera ragazza di

Кто б смел искать девчонки нежной
В сей величавой, в сей небрежной
Законодательнице зал?
И он ей сердце волновал!
Об нем она во мраке ночи,
Пока Морфей не прилетит,
Бывало, девственно грустит,
К луне подъемлет томны очи,
Мечтая с ним когда-нибудь
Свершить смиренный жизни путь!

XXIX

Любви все возрасты покорны;
Но юным, девственным сердцам
Ее порывы благотворны,
Как бури вешние полям:
В дожде страстей они свежеют,
И обновляются, и зреют —
И жизнь могущая дает
И пышный цвет и сладкий плод.
Но в возраст поздний и бесплодный,
На повороте наших лет,
Печален страсти мертвой след:
Так бури осени холодной
В болото обращают луг
И обнажают лес вокруг.

XXX

Сомненья нет: увы! Евгений
В Татьяну как дитя влюблен;
В тоске любовных помышлений
И день и ночь проводит он.
Ума не внемля строгим пеням,
К ее крыльцу, стекляным сеням

un tempo in questa legislatrice dei salotti, maestosa e sprezzante? Ed egli le aveva turbato il cuore! Per lui, virginalmente, ella aveva sospirato nell'oscurità della notte, finché l'alato Morfeo non giungesse; alla luna aveva alzato languidi gli occhi, sognando di compiere un tempo con lui la strada tranquilla della vita!

XXIX

Ogni età è sottomessa all'amore; ma per le anime giovani, vergini, gli impeti d'amore sono benefici come, per i campi, i temporali di primavera: nella pioggia delle passioni l'anima diventa più fresca, si rinnova, matura, e la vita potente produce il fiore splendido e il dolce frutto. Ma nella tarda e sterile età, alla svolta dei nostri anni, come è triste l'orma di una morta passione! Così nel freddo autunno il temporale muta in palude il prato, e intorno fa nudi i boschi.

XXX

Nessun dubbio. Ahimè! Eugenio è innamorato di Tatiana come un ragazzo; nell'affanno dei pensieri d'amore, trascorre il giorno e la notte. Senza ascoltare le severe rampogne della ragione, egli ogni giorno viene alla porta di

Он подъезжает каждый день;
За ней он гонится как тень;
Он счастлив, если ей накинет
Боа пушистый на плечо,
Или коснется горячо
Ее руки, или раздвинет
Пред нею пестрый полк ливрей,
Или платок подымет ей.

XXXI

Она его не замечает,
Как он ни бейся, хоть умри.
Свободно дома принимает,
В гостях с ним молвит слова три,
Порой одним поклоном встретит,
Порою вовсе не заметит:
Кокетства в ней ни капли нет —
Его не терпит высший свет.
Бледнеть Онегин начинает:
Ей иль не видно, иль не жаль;
Онегин сохнет, и едва ль
Уж не чахоткою страдает.
Все шлют Онегина к врачам,
Те хором шлют его к *водам.*

XXXII

А он не едет; он заране
Писать ко прадедам готов
О скорой встрече; а Татьяне
И дела нет (их пол таков);
А он упрям, отстать не хочет,
Еще надеется, хлопочет;
Смелей здорового, больной
Княгине слабою рукой

Tatiana, le corre dietro come un'ombra; è felice se può porle sulle spalle, sulla porta di vetro, il soffice boa, o se, ardendo, può sfiorarle la mano, o se fa scostare davanti a lei la schiera multicolore delle livree, o se può raccogliere il suo fazzoletto.

XXXI

Qualsiasi cosa egli faccia, anche se morisse, Tatiana non lo nota. Liberamente lo accoglie in casa, ai ricevimenti scambia qualche parola con lui, talora lo saluta, talaltra lo ignora del tutto; in lei non v'è neppure una briciola di civetteria, ché l'alta società non la tollera. Onegin comincia a farsi pallido, e lei o non se ne avvede, o non ne prova compassione; Onegin smagrisce e, forse, è già malato di mal sottile. Tutti mandano Onegin dai medici; questi, in coro, lo inviano *alle acque*.

XXXII

Ma egli non parte; sarebbe pronto ad annunziare agli avi il suo prossimo incontro; e a Tatiana non importa nulla (perché tale è il loro sesso). Ma egli è testardo, non vuole abbandonare, spera ancora, tenta ogni cosa; con più ardire che se fosse sano, egli, malato, scrive alla principessa

Он пишет страстное посланье.
Хоть толку мало вообще
Он в письмах видел не вотще;
Но, знать, сердечное страданье
Уже пришло ему не в мочь.
Вот вам письмо его точь в точь.

Письмо
Онегина к Татьяне.

Предвижу всё: вас оскорбит
Печальной тайны объясненье.
Какое горькое презренье
Ваш гордый взгляд изобразит!
Чего хочу? с какою целью
Открою душу вам свою?
Какому злобному веселью,
Быть может, повод подаю!

Случайно вас когда-то встретя,
10 В вас искру нежности заметя,
Я ей поверить не посмел:
Привычке милой не дал ходу;
Свою постылую свободу
Я потерять не захотел.
Еще одно нас разлучило...
Несчастной жертвой Ленской пал...
Ото всего, что сердцу мило,
Тогда я сердце оторвал;
Чужой для всех, ничем не связан,
20 Я думал: вольность и покой
Замена счастью. Боже мой!
Как я ошибся, как наказан...

Нет, поминутно видеть вас,
Повсюду следовать за вами,
Улыбку уст, движенье глаз
Ловить влюбленными глазами,
Внимать вам долго, понимать

un messaggio di passione, lo scrive con la debole mano. In genere non vedeva un gran senso nelle lettere, ma non riusciva a sopportare la sofferenza del cuore. Ed ecco la sua lettera, punto per punto.

LETTERA DI ONEGIN A TATIANA[40]

Tutto prevedo: vi offenderà la rivelazione del triste segreto. E quale amaro disprezzo esprimerà il vostro sguardo altero? Che voglio? Perché vi apro la mia anima? Di quale cattivo divertimento sarò forse occasione!

Un giorno, per caso, vi ho incontrata, e scorgendo in voi come una favilla di tenerezza, non ho osato crederlo; e non ho voluto abbandonarmi a una cara abitudine, perdere l'odiosa libertà. E un'altra cosa ci divise... Lenskij cadde, vittima sventurata... Allora strappai l'anima da tutto ciò che essa amava; a tutti straniero, non più legato a nulla, pensavo: invece della felicità, libertà e pace. Dio mio! Come, come mi sono sbagliato, quanto sono stato punito!...

No, vedervi ad ogni istante, seguirvi ovunque, cogliere con gli occhi innamorati il sorriso delle labbra, il moto degli sguardi, ascoltarvi a lungo, capire con tutta l'anima la

Душой всё ваше совершенство,
Пред вами в муках замирать,
30 Бледнеть и гаснуть... вот блаженство!

И я лишен того: для вас
Тащусь повсюду на удачу;
Мне дорог день, мне дорог час:
А я в напрасной скуке трачу
Судьбой отсчитанные дни.
И так уж тягостны они.
Я знаю: век уж мой измерен;
Но чтоб продлилась жизнь моя,
Я утром должен быть уверен,
40 Что с вами днем увижусь я...

Боюсь: в мольбе моей смиренной
Увидит ваш суровый взор
Затеи хитрости презренной —
И слышу гневный ваш укор.
Когда б вы знали, как ужасно
Томиться жаждою любви,
Пылать — и разумом всечасно
Смирять волнение в крови;
Желать обнять у вас колени,
50 И, зарыдав, у ваших ног
Излить мольбы, признанья, пени,
Всё, всё, что выразить бы мог,
А между тем притворным хладом
Вооружать и речь и взор,
Вести спокойный разговор,
Глядеть на вас веселым взглядом!..

Но так и быть: я сам себе
Противиться не в силах боле;
Всё решено: я в вашей воле,
60 И предаюсь моей судьбе.

vostra perfezione; morire tra i tormenti davanti a voi, impallidire, spegnermi... Ecco la felicità!

Ed io non l'ho; per voi mi trascino dovunque, alla ventura; mi è caro il giorno, l'ora; ed in vana noia consumo i giorni che il destino ha segnato. Questi giorni che sono così pesanti. So già che il mio tempo è contato; ma perché la mia vita si prolunghi ancora, ogni mattino devo esser certo di rivedervi quello stesso giorno...

Temo che nella mia umile preghiera il vostro sguardo severo veda le ambagi di spregevoli furberie, e mi par di sentire la vostra rampogna irata. Se sapeste com'è tremendo languire di desiderio d'amore, bruciare e placare continuamente con la ragione il tumulto del sangue; desiderare abbracciarvi le ginocchia e, piangendo, ai vostri piedi, versare preghiere, confessioni, canti, tutto, tutto quello che potrei esprimere, e intanto difendere le parole e gli sguardi con simulata freddezza, conversare calmo, osservarvi con sguardo lieto!...

E sia; non ho più la forza di resistere a me stesso; è deciso tutto; sono in vostro potere, e mi lascio andare al mio destino.

XXXIII

Ответа нет. Он вновь посланье:
Второму, третьему письму
Ответа нет. В одно собранье
Он едет; лишь вошел... ему
Она на встречу. Как сурова!
Его не видят, с ним ни слова;
У! как теперь окружена
Крещенским холодом она!
Как удержать негодованье
Уста упрямые хотят!
Вперил Онегин зоркий взгляд:
Где, где смятенье, состраданье?
Где пятна слез?... Их нет, их нет!
На сем лице лишь гнева след...

XXXIV

Да, может быть, боязни тайной,
Чтоб муж иль свет не угадал
Проказы, слабости случайной...
Всего, что мой Онегин знал...
Надежды нет! Он уезжает,
Свое безумство проклинает —
И, в нем глубоко погружен,
От света вновь отрекся он.
И в молчаливом кабинете
Ему припомнилась пора,
Когда жестокая хандра
За ним гналася в шумном свете,
Поймала, зà ворот взяла
И в темный угол заперла.

XXXV

Стал вновь читать он без разбора.
Прочел он Гиббона, Руссо,
Манзони, Гердера, Шамфора,

XXXIII

Nessuna risposta. Manda un nuovo messaggio. Nessuna risposta, neppure alla seconda lettera, e neppure a una terza. Va a un ricevimento; entra, ed ella gli sta di fronte. Com'è severa! Sembra non vederlo, non fa parola con lui; è come se ora fosse avvolta dal gelo dell'Epifania! Come le sue labbra rigide cercano di trattenere lo sdegno! Onegin la guarda con sguardo acuto: dov'è il turbamento, dove la compassione? Dove la traccia del pianto? Più nulla, più nulla! Su questo viso c'è solo il segno dell'ira...

XXXIV

Sì, è forse per il timore segreto che il marito, la gente, non indovinino la sua debolezza di un attimo, la sua debolezza casuale... Tutto ciò che il mio Eugenio sapeva... Non v'è più speranza! Ed egli se ne va, maledicendo la sua follia; profondamente immerso nel pensiero di lei, di nuovo ha rinunciato al mondo. Nella sua camera silenziosa egli ricorda il tempo in cui la malinconia piú feroce lo inseguiva tra i rumori mondani, lo abbrancava, lo prendeva per il bavero e lo spingeva in un angolo oscuro.

XXXV

Riprese di nuovo a leggere, ma a caso. Ha già letto Gibbon, Rousseau, Manzoni, Herder, Chamfort, Madame

Madame de Staël, Биша, Тиссо,
Прочел скептического Беля,
Прочел творенья Фонтенеля,
Прочел из наших кой-кого,
Не отвергая ничего:
И альманахи, и журналы,
Где поученья нам твердят,
Где нынче так меня бранят,
А где такие мадригалы
Себе встречал я иногда:
E sempre bene, господа.

XXXVI

И что ж? Глаза его читали,
Но мысли были далеко;
Мечты, желания, печали
Теснились в душу глубоко.
Он меж печатными строками
Читал духовными глазами
Другие строки. В них-то он
Был совершенно углублен.
То были тайные преданья
Сердечной, темной старины,
Ни с чем несвязанные сны,
Угрозы, толки, предсказанья,
Иль длинной сказки вздор живой,
Иль письмы девы молодой.

XXXVII

И постепенно в усыпленье
И чувств и дум впадает он,
А перед ним Воображенье
Свой пестрый мечет фараон.
То видит он: на талом снеге

de Staël, Bichat, Tissot; ha letto tutto lo scettico Bayle e le opere di Fontenelle[41]; ha letto pure qualcuno dei nostri, senza rifiutare niente: e almanacchi e riviste dove ci ribadiscono gli insegnamenti, dove ora così mi rampognano, e dove talvolta ho trovato madrigali rivolti a me: *E sempre bene*[42], signori.

XXXVI

E con ciò? I suoi occhi leggevano, ma i pensieri erano lontani; sogni, desideri, tristezze, gli si affollavano nel profondo dell'anima. Egli fra le righe della stampa leggeva altre righe, con gli occhi dello spirito. Righe che lo avvincevano completamente. Erano tradizioni misteriose dell'oscuro e caro tempo che fu; erano sogni a nulla legati, minacce, voci, presagi, o l'assurdità vivace di un lungo racconto, o le lettere di una giovanetta[43].

XXXVII

A poco a poco egli cade in un sopore di sentimenti e pensieri, e la fantasia agita davanti a lui il suo variopinto faraone[44]. Ora egli vede: sulla neve che sgela giace, come se

Как-будто спящий на ночлеге,
Недвижим юноша лежит,
И слышит голос: что ж? убит.
То видит он врагов забвенных,
Клеветников, и трусов злых,
И рой изменниц молодых,
И круг товарищей презренных,
То сельский дом — и у окна
Сидит *она*... и всё она!..

XXXVIII

Он так привык теряться в этом,
Что чуть с ума не своротил,
Или не сделался поэтом.
Признаться: то-то б одолжил!
А точно: силой магнетизма
Стихов российских механизма
Едва в то время не постиг
Мой бестолковый ученик.
Как походил он на поэта,
Когда в углу сидел один,
И перед ним пылал камин,
И он мурлыкал: *Benedetta*
Иль *Idol mio* и ронял
В огонь то туфлю, то журнал.

XXXIX

Дни мчались; в воздухе нагретом
Уж разрешалася зима;
И он не сделался поэтом,
Не умер, не сошел с ума.
Весна живит его: впервые
Свои покои запертые,
Где зимовал он как сурок,

dormisse su una coltre, immobile, un giovane; e si ode una voce: "E allora? Ucciso". Poi vede i nemici dimenticati, i calunniatori, i vili malvagi, e lo sciame delle giovani infedeli, e il gruppo dei compagni spregevoli; ora vede una casa agreste, e presso la finestra è seduta *lei*... Ancora, ancora lei!...

XXXVIII

Era così avvezzo a perdersi in tali sogni, che per poco non smarrì la mente o non divenne poeta. Riconosciamolo: dovremmo essergli grati! E davvero, perché il mio balordo discepolo per poco non afferrò allora, come per forza magnetica[45], il meccanismo dei versi russi. Come era simile a un poeta, quando, seduto solo, in un angolo, davanti al camino acceso, mormorava: *Benedetta* o *Idol mio*[46], e lasciava cadere nel fuoco ora la pantofola, ora la rivista.

XXXIX

Fuggivano i giorni; nell'aria tiepida già l'inverno si scioglieva; ed egli non divenne poeta, non morì, non impazzì. La primavera lo fa rivivere; in una luminosa mattina egli lascia per la prima volta le riposte stanze sbarrate dove aveva svernato come una marmotta, i doppi vetri, il pic-

Двойные окны, камелек
Он ясным утром оставляет,
Несется вдоль Невы в санях.
На синих, иссеченных льдах
Играет солнце; грязно тает
На улицах разрытый снег.
Куда по нем свой быстрый бег

XL

Стремит Онегин? Вы заране
Уж угадали; точно так:
Примчался к ней, к своей Татьяне
Мой неисправленный чудак.
Идет, на мертвеца похожий.
Нет ни одной души в прихожей.
Он в залу; дальше: никого.
Дверь отворил он. Что ж его
С такою силой поражает?
Княгиня перед ним, одна,
Сидит, не убрана, бледна,
Письмо какое-то читает
И тихо слезы льет рекой,
Опершись на руку щекой.

XLI

О, кто б немых ее страданий
В сей быстрый миг не прочитал!
Кто прежней Тани, бедной Тани
Теперь в княгине б не узнал!
В тоске безумных сожалений
К ее ногам упал Евгений;
Она вздрогнула и молчит;
И на Онегина глядит
Без удивления, без гнева...

colo camino, e si fa portare in slitta lungo la Neva. Gioca il sole sui ghiacci azzurrini, solcati; fangosa, tutta scavata, la neve si scioglie per le vie. Dove rivolge, sulla neve,

XL

Onegin, la sua corsa? L'avete già indovinato; proprio così: al galoppo, il mio incorreggibile stravagante corre da lei, dalla sua Tatiana. Pallido come un cadavere, corre. In anticamera non c'è nessuno. Entra in sala; prosegue: nessuno. Apre una porta. Che è ciò che lo colpisce così profondamente? La principessa gli sta dinanzi, sola; siede, pallida, abbandonata, legge una certa lettera e versa lacrime silenziose, appoggiando il volto sulla mano.

XLI

Chi in quel fuggevole momento non avrebbe letto le sue mute angosce? Chi ora non avrebbe riconosciuto nella principessa l'antica Tania, la povera Tania? Nel dolore dei folli rimpianti Eugenio cade ai suoi piedi; ella ha un sussulto e poi, ecco, sta silenziosa, guarda Onegin senza stupore e senza sdegno... Lo sguardo di lui malato e spen-

Его больной, угасший взор,
Молящий вид, немой укор,
Ей внятно всё. Простая дева,
С мечтами, сердцем прежних дней
Теперь опять воскресла в ней.

XLII

Она его не подымает,
И, не сводя с него очей,
От жадных уст не отымает
Бесчувственной руки своей...
О чем теперь ее мечтанье?
Проходит долгое молчанье,
И тихо наконец она:
„Довольно; встаньте. Я должна
Вам объясниться откровенно.
Онегин, помните ль тот час,
Когда в саду, в аллее нас
Судьба свела, и так смиренно
Урок ваш выслушала я?
Сегодня очередь моя.

XLIII

„Онегин, я тогда моложе,
Я лучше, кажется, была,
И я любила вас; и что же?
Что в сердце вашем я нашла?
Какой ответ? одну суровость.
Не правда ль? Вам была не новость
Смиренной девочки любовь?
И нынче — боже! — стынет кровь,
Как только вспомню взгляд холодный
И эту проповедь... Но вас
Я не виню: в тот страшный час

to, il muto rimorso, tutto le è chiaro. In lei è di nuovo risorta la semplice fanciulla, coi sogni ed il cuore dei giorni passati.

XLII

Non lo fa alzare, continua a guardarlo, non sottrae la mano insensibile alle avide labbra... Qual è ora il suo sogno? Passa un lungo silenzio, e alfine, piano, gli dice: «Su, basta, ora. Devo spiegarmi chiaramente. Onegin, ricordate quell'ora in cui, nel viale del giardino, per sorte ci incontrammo e umilmente io ascoltai la vostra lezione? Ora tocca a me.

XLIII

«Allora ero più giovane e, forse, migliore. E vi amavo. E così? Che cosa ho trovato nel vostro cuore? Quale risposta? Solo la severità. Non è forse vero? Non era una novità, per voi, l'amore di una modesta fanciulla. Anche ora, Dio mio, mi si ferma il sangue quando ricordo il vostro sguardo freddo, la vostra predica... Non vi accuso: in

Вы поступили благородно,
Вы были правы предо мной:
Я благодарна всей душой...

XLIV

„Тогда — не правда ли? — в пустыне,
Вдали от суетной Молвы,
Я вам не нравилась... Что ж ныне
Меня преследуете вы?
Зачем у вас я на примете?
Не потому ль, что в высшем свете
Теперь являться я должна;
Что я богата и знатна,
Что муж в сраженьях изувечен,
Что нас за то ласкает двор?
Не потому ль, что мой позор
Теперь бы всеми был замечен,
И мог бы в обществе принесть
Вам соблазнительную честь?

XLV

„Я плачу... если вашей Тани
Вы не забыли до сих пор,
То знайте: колкость вашей брани,
Холодный, строгий разговор,
Когда б в моей лишь было власти,
Я предпочла б обидной страсти
И этим письмам и слезам.
К моим младенческим мечтам
Тогда имели вы хоть жалость,
Хоть уважение к летам...
А нынче! — что к моим ногам
Вас привело? какая малость!

quell'ora tremenda vi siete comportato nobilmente; avevate ragione davanti a me. Con tutta l'anima ve ne sono riconoscente...

XLIV

«Allora, non è vero, forse? nella solitudine, lontano dalla folla vana, non vi piacqui... E perché ora mi perseguitate? Perché ora vi interessate di me? Non è forse perché ora devo frequentare l'alta società, perché sono ricca e nobile, perché mio marito è stato ferito in guerra e perché la corte ci tiene cari? Non è forse perché ora la mia vergogna sarebbe nota a tutti e potrebbe arrecare a voi, in società, una gloria allettante?

XLV

«Piango... Se non avete ancora dimenticato la vostra Tatiana, sappiate che preferirei i vostri duri rimproveri, se lo potessi, le vostre parole fredde e severe, a questa passione che m'offende, a questa lettera, a queste lacrime. Almeno allora avete avuto pietà dei miei sogni di fanciulla, e rispetto della mia età... Ma ora... Che cosa vi ha condotto davanti a me? Quale miseria... E come potete voi, con la

Как с вашим сердцем и умом
Быть чувства мелкого рабом?

XLVI

„А мне, Онегин, пышность эта,
Постылой жизни мишура,
Мои успехи в вихре света,
Мой модный дом и вечера,
Что в них? Сейчас отдать я рада
Всю эту ветошь маскарада,
Весь этот блеск, и шум, и чад
За полку книг, за дикой сад,
За наше бедное жилище,
За те места, где в первый раз,
Онегин, видела я вас,
Да за смиренное кладбище,
Где нынче крест и тень ветвей
Над бедной нянею моей...

XLVII

„А счастье было так возможно,
Так близко!.. Но судьба моя
Уж решена. Неосторожно,
Быть может, поступила я:
Меня с слезами заклинаний
Молила мать; для бедной Тани
Все были жребии равны...
Я вышла замуж. Вы должны,
Я вас прошу, меня оставить;
Я знаю: в вашем сердце есть
И гордость и прямая честь.
Я вас люблю (к чему лукавить?),
Но я другому отдана;
Я буду век ему верна“.

vostra intelligenza, col vostro cuore, essere schiavo di un sentimento così miserevole?

XLVI

«Onegin, questo lusso, questo oro falso di una vita che mi fa ribrezzo, questi miei successi nel vortice della mondanità, questa mia casa alla moda, e i ricevimenti, che valgono? Che posso trovare in essi? Come sarei felice di dare tutta questa mascherata di stracci, il luccichio, il frastuono, questo inutile fumo, per uno scaffaletto di libri, per il mio giardino selvatico, per la nostra povera abitazione, per quei luoghi dove, Onegin, vi ho visto la prima volta, per quel dimesso cimitero dove una croce e l'ombra dei rami proteggono la mia povera nutrice...

XLVII

«E la felicità era così possibile, così vicina!... Ma la mia sorte è ormai decisa. Forse ho agito incautamente. Mia madre mi ha pregato con lacrime supplichevoli; e per la povera Tania ogni sorte era eguale... Mi sono sposata. E voi dovete lasciarmi in pace, vi prego; lo so: nel vostro cuore c'è orgoglio e onore, io vi amo (perché mentire?), ma sono stata data a un altro, e gli sarò per sempre fedele[47]».

XLVIII

Она ушла. Стоит Евгений,
Как будто громом поражен.
В какую бурю ощущений
Теперь он сердцем погружен!
Но шпор незапный звон раздался,
И муж Татьянин показался,
И здесь героя моего,
В минуту, злую для него,
Читатель, мы теперь оставим,
Надолго... навсегда. За ним
Довольно мы путем одним
Бродили по́ свету. Поздравим
Друг друга с берегом. Ура!
Давно б (не правда ли?) пора!

XLIX

Кто б ни был ты, о мой читатель,
Друг, недруг, я хочу с тобой
Расстаться нынче как приятель.
Прости. Чего бы ты за мной
Здесь ни искал в строфах небрежных,
Воспоминаний ли мятежных,
Отдохновенья ль от трудов,
Живых картин, иль острых слов,
Иль грамматических ошибок,
Дай бог, чтоб в этой книжке ты
Для развлеченья, для мечты,
Для сердца, для журнальных сшибок,
Хотя крупицу мог найти.
За сим расстанемся, прости!

L

Прости ж и ты, мой спутник странный,
И ты, мой верный Идеал,

XLVIII

Uscì. Resta solo, Eugenio, come colpito dal fulmine. Da quale tempesta di sensazioni il suo cuore è avvolto! Ma all'improvviso si sentì il suono degli speroni, comparve il marito di Tatiana, e, a questo punto, mio lettore, lasceremo il nostro eroe. In un brutto momento... Lo lasceremo per molto tempo, per sempre. Da troppo abbiamo vagato per il mondo dietro a lui, per la stessa via. Felicitiamoci l'un l'altro di aver raggiunto la sponda. Urrah! Era tempo, non vi pare?

XLIX

Chiunque tu sia stato, mio lettore, amico o nemico, voglio ora separarmi da te amichevolmente. Addio. Che tu abbia con me cercato, nelle strofe trasandate, i ricordi turbolenti o i riposi dalle fatiche, quadri vivi o parole acute o errori di grammatica, Dio ti conceda che in questo libriccino tu possa aver trovato almeno un frammento di distrazione o di sogno, per il cuore e per le critiche delle riviste. Dopo, lasciamoci, e addio!

L

Addio anche a te[48], mio stravagante compagno, e a te, mio ideale fedele, e a te, mia fatica viva e assidua, benché

И ты, живой и постоянный,
Хоть малый труд. Я с вами знал
Всё, что завидно для поэта:
Забвенье жизни в бурях света,
Беседу сладкую друзей.
Промчалось много, много дней
С тех пор, как юная Татьяна
И с ней Онегин в смутном сне
Явилися впервые мне —
И даль свободного романа
Я сквозь магический кристал
Еще не ясно различал.

LI

Но те, которым в дружной встрече
Я строфы первые читал...
Иных уж нет, а те далече,
Как Сади некогда сказал.
Без них Онегин дорисован.
А та, с которой образован
Татьяны милый Идеал...
О много, много Рок отъял!
Блажен, кто праздник Жизни рано
Оставил, не допив до дна
Бокала полного вина,
Кто не дочел Ее романа
И вдруг умел расстаться с ним,
Как я с Онегиным моим.

КОНЕЦ.

piccola. Con voi ho saputo tutto ciò che è invidiabile per un poeta: il dimenticare la vita nelle tempeste del mondo e il dolce discorrere con gli amici. In un baleno sono fuggiti molti, molti giorni, da quando la giovane Tatiana, ed Eugenio con lei, mi apparvero per la prima volta, in un sogno confuso, e non distinguevo ancora con chiarezza, attraverso il magico cristallo[49], la lontana distesa di un libero romanzo.

LI

E coloro cui lessi in incontri amichevoli le prime strofe... Alcuni non sono più, altri andarono lontano[50], come un giorno disse Sa'adi[51]. Onegin è stato compiuto senza di loro. E colei[52] che è stata l'immagine del caro ideale di Tatiana...Quante, quante cose ci ha sottratto il destino! Beato colui che ha lasciato per tempo il festino della vita, senza aver bevuto fino in fondo il calice colmo di vino! Beato colui che non ne ha letto fino in fondo il romanzo, ed ha saputo in un momento staccarsene, come io lascio ora il mio Onegin!

ОТРЫВКИ ИЗ ПУТЕШЕСТВИЯ ОНЕГИНА.

Последняя глава Евгения Онегина издана была особо, с следующим предисловием:

„Пропущенные строфы подавали неоднократно повод к порицанию и насмешкам (впрочем весьма справедливым и остроумным). Автор чистосердечно признается, что он выпустил из своего романа целую главу, в коей описано было путешествие Онегина по России. От него зависело означить сию выпущенную главу точками или цыфром; но во избежание соблазна решился он лучше выставить, вместо девятого нумера, осьмой над последней главою Евгения Онегина, и пожертвовать одною из окончательных строф:

Пора: перо покоя просит;
Я девять песен написал;
На берег радостный выносит
Мою ладью девятый вал —
Хвала вам, девяти Каменам, и проч.“

П. А. Катенин (коему прекрасный поэтический талант не мешает быть и тонким критиком) заметил нам, что сие исключение, может быть и выгодное для читателей, вредит однако ж плану целого сочинения; ибо чрез то переход от Татьяны, уездной барышни, к Татьяне, знатной даме, становится слишком неожиданным и необъясненным. — Замечание, обличающее опытного художника. Автор сам чувствовал справедливость оного,

FRAMMENTI DEL VIAGGIO DI ONEGIN

L'ultimo capitolo dell'*Eugenio Onegin* venne pubblicato a parte, con la prefazione che segue:

«L'aver tralasciato alcune strofe ha dato occasione a biasimi e a derisioni (a dire il vero assai giusti e intelligenti). L'autore riconosce apertamente di aver escluso dal suo romanzo un capitolo intero, in cui si descriveva il viaggio di Onegin attraverso la Russia. Era in potere dell'autore numerare quel capitolo tralasciato con puntini o con una cifra; ma per sfuggire alla tentazione, egli ritenne più opportuno segnare col numero otto, invece che col nove, l'ultimo capitolo del romanzo, e sacrificare una delle ultime strofe:

> È ora: la penna vuol riposare;
> Ho scritto già nove canti;
> La nona ondata porta la mia navicella
> Sulla riva gioiosa:
> Gloria a voi, nove Camene eccetera.

«P.A. Katenin[1], a cui il bellissimo genio poetico non vieta di essere critico sottile, ci ha osservato che tale omissione, se pur può essere utile ai lettori, danneggia il piano dell'opera nel suo complesso; difatti, in tal modo, il passaggio da Tatiana signorina di provincia a Tatiana signora di gran mondo si attua in modo troppo improvviso e inesplicabile. L'osservazione rivela l'esperienza dell'artista. L'autore stesso ne avvertì la giustezza, ma ha deciso

но решился выпустить эту главу по причинам, важным для него, а не для публики. Некоторые отрывки были напечатаны; мы здесь их помещаем, присовокупив к ним еще несколько строф.

Е. Онегин из Москвы едет в Нижний Новгород:

. . . . перед ним
Макарьев суетно хлопочет,
Кипит обилием своим.
Сюда жемчуг привез индеец,
Поддельны вины европеец,
Табун бракованных коней
Пригнал заводчик из степей,
Игрок привез свои колоды
И горсть услужливых костей,
Помещик — спелых дочерей,
А дочки — прошлогодни моды.
Всяк суетится, лжет за двух
И всюду меркантильный дух.

*

Тоска!...

Онегин едет в Астрахань, и оттуда на Кавказ.

Он видит, Терек своенравный
Крутые роет берега;
Пред ним парит орел державный,
Стоит олень, склонив рога;
Верблюд лежит в тени утеса,
В лугах несется конь черкеса,
И вкруг кочующих шатров
Пасутся овцы калмыков,
Вдали — кавказские громады:
К ним путь открыт. Пробилась брань
За их естественную грань,
Чрез их опасные преграды;
Брега Арагвы и Куры
Узрели русские шатры.

*

di tralasciare questo capitolo per cause che sono importanti per lui e non per il pubblico. Alcuni frammenti sono stati stampati, e noi qui li pubblichiamo, aggiungendovi alcune altre strofe».

Eugenio Onegin da Mosca va a Nižnij Novgorod:

...davanti a lui inutilmente Makar'ev[2] si agita, e ferve nella sua opulenza. Qui l'Indiano ha portato le perle, e i vini affatturati l'Europeo; qui l'allevatore delle steppe ha sospinto una mandria di cavalli scelti; il giocatore ha portato i suoi mazzi di carte e un pugno di dadi servizievoli; il possidente ha qui trascinato le figlie già mature, e le ragazze han portato la moda di un anno fa. Tutti si dan da fare, mentono per due e dappertutto aleggia lo spirito commerciale.

Angoscia!...

Onegin va ad Astrachan, e di qui al Caucaso.

Vede il Terek capriccioso che erode le erte rive; dinanzi a lui si libra la maestosa aquila, e sta il cervo, con le corna chine; all'ombra di una roccia riposa il cammello, nei prati il destriero del Circasso corre; intorno alle tende dei nomadi pascolano le pecore dei Calmucchi. Più lontano, le moli ingenti del Caucaso; la via è aperta. La battaglia è passata rapida oltre il loro naturale confine, attraverso le loro barriere ostinate; le tende[3] russe oramai hanno visto le rive dell'Aragva e della Kura.

Уже пустыни сторож вечный,
Стесненный холмами вокруг,
Стоит Бешту остроконечный
И зеленеющий Машук,
Машук, податель струй целебных;
Вокруг ручьев его волшебных
Больных теснится бледный рой;
Кто жертва чести боевой,
Кто Почечуя, кто Киприды;
Страдалец мыслит жизни нить
В волнах чудесных укрепить,
Кокетка злых годов обиды
На дне оставить, а старик
Помолодеть — хотя на миг.

*

Питая горьки размышленья,
Среди печальной их семьи,
Онегин взором сожаленья
Глядит на дымные струи
И мыслит, грустью отуманен:
Зачем я пулей в грудь не ранен?
Зачем не хилый я старик,
Как этот бедный откупщик?
Зачем, как тульский заседатель,
Я не лежу в параличе?
Зачем не чувствую в плече
Хоть ревматизма? — ах, создатель!
Я молод, жизнь во мне крепка;
Чего мне ждать? тоска, тоска!..

Онегин посещает потом Тавриду:

Воображенью край священный:
С Атридом спорил там Пилад,
Там закололся Митридат,
Там пел Мицкевич вдохновенный
И, посреди прибрежных скал,
Свою Литву воспоминал.

*

Già l'eterna sentinella del deserto, il Beštu, dall'aguzza cima, si erge, premuto intorno dai colli; e così il verdeggiante *Mašuk*[4] che dona acque medicinali; intorno ai suoi ruscelli magici si accalca il pallido sciame dei malati: chi è vittima dell'onor militare, chi delle Emorroidi[5], chi di Ciprigna[6]; chi soffre pensa di rafforzare il filo della vita nelle onde miracolose, la *coquette* di lasciare in fondo all'acqua le offese degli anni spietati, e il vecchio di ringiovanire... sia pure per un attimo.

Pascendosi di amare meditazioni, in mezzo a quella triste famiglia, Onegin osserva con sguardo di compassione gli zampilli fumiganti e pensa, velato di tristezza: "Perché la pallottola non m'ha colpito nel cuore? Perché non sono io un debole vecchio come questo povero appaltatore? Perché, come quell'assessore di Tula, io non ho la paralisi? Perché non sento nelle spalle almeno un reumatismo?[7] Ah, Creatore! Sono giovane, e forte è la vita in me; che mi devo aspettare?". Angoscia, angoscia!...

Onegin visita poi la Tauride:

Terra sacra alla fantasia, là dove Pilade altercò con l'Atride[8], dove Mitridate[9] si pugnalò, dove Mickiewicz[10] ispirato intonò il suo canto, ricordando tra gli scogli della riva la sua Lituania.

Прекрасны вы, брега Тавриды;
Когда вас видишь с корабля
При свете утренней Киприды,
Как вас впервой увидел я;
Вы мне предстали в блеске брачном:
На небе синем и прозрачном
Сияли груды ваших гор,
Долин, деревьев, сёл узор
Разостлан был передо мною.
А там, меж хижинок татар...
Какой во мне проснулся жар!
Какой волшебною тоскою
Стеснялась пламенная грудь!
Но, Муза! прошлое забудь.

*

Какие б чувства ни таились
Тогда во мне — теперь их нет:
Они прошли иль изменились...
Мир вам, тревоги прошлых лет!
В ту пору мне казались нужны
Пустыни, волн края жемчужны,
И моря шум, и груды скал,
И гордой девы идеал,
И безыменные страданья...
Другие дни, другие сны;
Смирились вы, моей весны
Высокопарные мечтанья,
И в поэтический бокал
Воды я много подмешал.

*

Иные нужны мне картины:
Люблю песчаный косогор,
Перед избушкой две рябины,
Калитку, сломанный забор,
На небе серенькие тучи,
Перед гумном соломы кучи —

Belle siete voi, rive della Tauride, quando vi si vede dal vascello alla luce della mattutina Cipride[11], come io la prima volta vi scorsi; e voi mi siete apparse come nel fulgore delle nozze; sotto il cielo lucido e azzurro risplendevano le vostre montagne; il ricamo delle valli, degli alberi, dei villaggi si apriva dinanzi a me. E là, tra le capanne dei Tartari... quale fiamma si risvegliò in me, di quale incantata malinconia si strinse il mio cuore ardente! Ma dimentica il passato, o musa!

I sentimenti[12] che allora si celavano in me, quali essi fossero, ora sono scomparsi, svaniti oppure mutati... La pace sia con voi, inquietudini degli anni che furono! Allora mi parvero necessari i deserti, le plaghe di perla delle onde, e il rumore del mare, e l'ingente mole delle rocce, e l'ideale di un'altera fanciulla, e le sofferenze senza nome... Altri giorni, altri sogni; vi siete placate, visioni altovolanti[13] della mia primavera, e nella coppa della poesia ho mescolato molta acqua.

Altri paesaggi mi sono necessari: amo il declivio sabbioso, i due sorbi davanti alla piccola casa, un cancelletto, una palizzata rotta, nuvole un po' grigie in cielo, i covoni di paglia davanti al granaio e uno stagno all'ombra dei fit-

Да пруд под сенью ив густых,
Раздолье уток молодых;
Теперь мила мне балалайка
Да пьяный топот трепака
Перед порогом кабака.
Мой идеал теперь — хозяйка,
Мои желания — покой,
Да *щей горшок, да сам большой.*

*

Порой дождливою намедни
Я, завернув на скотный двор...
Тьфу! прозаические бредни,
Фламандской школы пестрый сор!
Таков ли был я, расцветая?
Скажи, Фонтан Бахчисарая!
Такие ль мысли мне на ум
Навел твой бесконечный шум,
Когда безмолвно пред тобою
Зарему я воображал
Средь пышных, опустелых зал...
Спустя три года, вслед за мною,
Скитаясь в той же стороне,
Онегин вспомнил обо мне.

*

Я жил тогда в Одессе пыльной...
Там долго ясны небеса,
Там хлопотливо торг обильный
Свои подъемлет паруса;
Там всё Европой дышит, веет,
Всё блещет Югом и пестреет
Разнообразностью живой.
Язык Италии златой
Звучит по улице веселой,
Где ходит гордый славянин,
Француз, испанец, армянин,

ti salici, ristoro delle anatroccole: ora mi è cara la *balalaj-ka*[14] e il calpestio ebbro del *trepak*[15] davanti alla soglia dell'osteria. Il mio ideale oggi è una padrona di casa, il mio desiderio è la quiete "*e una pentola di cavoli*[16], *la più capace possibile*".

In un tempo piovoso, poco fa, io, passando per il cortile del bestiame... Uff! Sogni prosaici, spazzatura multicolore della scuola fiamminga[17]. Nel fiore della vita io ero proprio così? Dimmelo, fontana di Bachčisaraj[18]! Tali pensieri indusse forse nel mio cuore il tuo mormorio senza fine, quando silenziosamente davanti a te vedevo Zarema[19] nelle sale sfarzose e deserte... Tre anni dopo[20], seguendomi, errando negli stessi paesi, Onegin si ricordò di me.

Allora io vivevo nella polverosa Odessa... Laggiù il cielo a lungo rimane luminoso, laggiù la fiera ricca delle merci innalza affaccendata i suoi stendardi, in tutto si sente il respiro, il soffio dell'Europa; laggiù tutto risplende alla luce del mezzogiorno e tutto è variopinto della varietà più vivace. Risuona per le vie allegre l'idioma dell'Italia[21] dorata; là passano lo Slavo altero, il Francese, lo Spagnolo,

И грек, и молдаван тяжелый,
И сын египетской земли,
Корсар в отставке, Морали.

*

Одессу звучными стихами
Наш друг Туманский описал,
Но он пристрастными глазами
В то время на нее взирал.
Приехав он прямым поэтом,
Пошел бродить с своим лорнетом
Один над морем — и потом
Очаровательным пером
Сады одесские прославил.
Всё хорошо, но дело в том,
Что степь нагая там кругом;
Кой-где недавный труд заставил
Младые ветви в знойный день
Давать насильственую тень.

*

А где, бишь, мой рассказ несвязный?
В Одессе пыльной, я сказал.
Я б мог сказать: в Одессе грязной —
И тут бы право не солгал.
В году недель пять-шесть Одесса,
По воле бурного Зевеса,
Потоплена, запружена,
В густой грязи погружена.
Все домы на аршин загрязнут,
Лишь на ходулях пешеход
По улице дерзает в брод;
Кареты, люди тонут, вязнут,
И в дрожках вол, рога склоня,
Сменяет хилого коня.

*

l'Armeno e il Greco, e il tozzo Moldavo, e il figlio della terra egiziana, e il moro Alì[22], corsaro in congedo.

Il nostro amico Tumanskij[23] ha descritto Odessa con versi sonori, ma egli allora la guardava con occhi troppo appassionati. Vi giunse e, come un vero poeta, andò subito errabondo e solo lungo il mare, con il suo occhialino, e poi con la penna incantatrice cantò lodi ai giardini d'Odessa. Il che è ottima cosa, ma la realtà è che lì intorno c'è la nuda steppa; solo qua e là giovani rami sono stati costretti a far ombra, per forza, nei giorni di gran calura.

Ma dove ti trovi, mio racconto sconnesso? Come ho detto, nella polverosa Odessa, e avrei potuto dire: in Odessa fangosa, e qui proprio non avrei mentito. Per volontà del tempestoso Zeus, Odessa è inondata, infossata, sommersa nel fango più fitto per cinque o sei settimane all'anno. Tutte le case sono imbrattate per un aršin di altezza; il pedone tenta il guado della via solo sui trampoli; le vetture e la gente affondano, s'impantanano, e a trainare i calessi il malfermo cavallo è sostituito dal bue che abbassa le corna.

Но уж дробит каменья молот,
И скоро звонкой мостовой
Покроется спасенный город,
Как будто кованной броней.
Однако в сей Одессе влажной
Еще есть недостаток важный;
Чего б вы думали? — воды.
Потребны тяжкие труды...
Что ж? это небольшое горе,
Особенно, когда вино
Без пошлины привезено.
Но солнце южное, но море...
Чего ж вам более, друзья?
Благословенные края!

*

Бывало, пушка зоревая
Лишь только грянет с корабля,
С крутого берега сбегая,
Уж к морю отправляюсь я.
Потом за трубкой раскаленной,
Волной соленой оживленный,
Как мусульман в своем раю,
С восточной гущей кофе пью.
Иду гулять. Уж благосклонный
Открыт Casino; чашек звон
Там раздается; на балкон
Маркёр выходит полусонный
С метлой в руках, и у крыльца
Уже сошлися два купца.

*

Глядишь и площадь запестрела.
Всё оживилось; здесь и там
Бегут за делом и без дела,
Однако больше по делам.
Дитя расчета и отваги,
Идет купец взглянуть на флаги,

Ma già il martello spacca le pietre, e un risonante selciato[24], simile a una corazza forgiata, ricoprirà la città salva. Tuttavia in questa Odessa umida c'è un altro, grosso difetto; che pensereste? Manca l'acqua[25]. C'è bisogno di lavori pesanti... E con ciò? È un piccolo difetto, tanto piú che il vino viene importato senza dazio. Ma il sole del Sud, il mare... Che volete ancora, amici? È una terra benedetta!

Di solito facevo così: quando dalla nave[26] tuonava il cannone, all'alba, subito io correvo giù dall'erta ripa, verso il mare; quindi, con la pipa rovente, vivificato dalla salsedine dell'onda, bevevo il caffè, denso, alla turca, e sembravo un mussulmano nel suo paradiso. Poi andavo a passeggiare. Il benevolo *Casino*[27] era già aperto, e si sentiva il risonare delle tazze; il marcatore, mezzo addormentato, esce sul balcone con una scopa tra le mani, e sull'ingresso si sono già incontrati due mercanti.

Tu guardi, e la piazza si è fatta varia di colori. Tutto si è animato; dappertutto corrono per affari e senza scopo, ma di più per affari. Il mercante, figlio del calcolo e del rischio, va a guardare le bandiere, per sapere se il cielo gli

Проведать, шлют ли небеса
Ему знакомы паруса.
Какие новые товары
Вступили нынче в карантин?
Пришли ли бочки жданных вин?
И что чума? и где пожары?
И нет ли голода, войны,
Или подобной новизны?

*

Но мы, ребята без печали,
Среди заботливых купцов,
Мы только устриц ожидали
От цареградских берегов.
Что̀ устрицы? пришли! О радость!
Летит обжорливая младость
Глотать из раковин морских
Затворниц жирных и живых,
Слегка обрызгнутых лимоном.
Шум, споры — легкое вино
Из погребов принесено
На стол услужливым Отоном;*
Часы летят, а грозный счет
Меж тем невидимо растет.

*

Но уж темнеет вечер синий,
Пора нам в Оперу скорей:
Там упоительный Россини,
Европы баловень — Орфей.
Не внемля критике суровой,
Он вечно тот же, вечно новый,
Он звуки льет — они кипят,
Они текут, они горят,
Как поцелуи молодые,
Все в неге, в пламени любви,
Как зашипевшего Аи
Струя и брызги золотые...

abbia mandato delle vele a lui note. Quali merci nuove sono entrate ora in quarantena? Son giunte le botti dei vini attesi? E la peste? E gli incendi dove sono? E la fame, in qualche posto, o la guerra, o simili novità?

Noi però, ragazzi senza tante tristezze, fra i mercanti solerti, noi si aspettava solo le ostriche delle coste di Car'grad[28]. Le ostriche? Eccole arrivate! Che gioia! L'ingorda gioventù vola a inghiottire, con un leggero spruzzo di limone, le vive e grasse abitatrici solitarie delle conchiglie marine. Rumore, alterchi, il vino leggero portato dalle cantine sul tavolo dal compiacente Otòn[29], le ore volano, e intanto il conto minaccioso aumenta senza che ce se ne accorga.

Ma già s'incupisce la sera azzurra, è ora che noi si vada all'opera; presto: rappresentano l'incantevole Rossini[30], l'Orfeo, il beniamino d'Europa. Senza ascoltare la critica severa, egli è eternamente lo stesso, eternamente nuovo; fa scorrere i suoni, che fervono, fluiscono, ardono come i giovani baci, tutti tenerezza e fiamma d'amore, come lo

Но, господа, позволено ль
С вином равнять do-re-mi-sol?

*

А только ль там очарований?
А разыскательный лорнет?
А закулисные свиданья?
А prima dona? а балет?
А ложа, где красой блистая,
Негоцианка молодая,
Самолюбива и томна,
Толпой рабов окружена?
Она и внемлет и не внемлет
И каватине, и мольбам,
И шутке с лестью пополам...
А муж — в углу за нею дремлет,
В просонках фора закричит,
Зевнет — и снова захрапит.

*

Финал гремит; пустеет зала;
Шумя, торопится разъезд;
Толпа на площадь побежала
При блеске фонарей и звезд,
Сыны Авзонии счастливой
Слегка поют мотив игривый,
Его невольно затвердив,
А мы ревем речитатив.
Но поздно. Тихо спит Одесса;
И бездыханна и тепла
Немая ночь. Луна взошла,
Прозрачно-легкая завеса
Объемлет небо. Всё молчит;
Лишь море Черное шумит...

*

Итак я жил тогда в Одессе...

champagne Ay che frizza in zampilli e getti d'oro... Ma, signori, è lecito paragonare al vino il do-re-mi-sol?

E solo lì sono gli incanti? E il binocolo[31] ricercatore? E gli incontri dietro le quinte? E la prima donna? E il balletto? E il palco dove, scintillante di bellezza, una giovane moglie di mercante[32], altera e languida, è circondata da una folla di schiavi? Ed essa ascolta e non ascolta la cavatina, le preghiere, lo scherzo e le adulazioni... E il marito si è appisolato in un angolino, dietro di lei; nel dormiveglia urla: «Fuori![33]», sbadiglia e russa di nuovo.

Riecheggia il finale; la sala si vuota; con chiasso ci si affretta a uscire; la folla è corsa sulla piazza alla luce dei fanali e delle stelle, i figli dell'Ausonia felice lievemente cantano il motivo giocoso, dopo averlo imparato involontariamente, e noi si rugge il recitativo. È tardi, però. Placida, Odessa dorme; e la silenziosa notte è senz'alito di vento e tepida. È sorta la luna; un lieve trasparente velo avvolge la volta celeste. Tutto tace; mormora solo il Mar Nero...

Così, vivevo allora in Odessa...

CAPITOLO DECIMO

I

Un autocrate[1] debole e furbo, un calvo bellimbusto, nemico del lavoro, per caso accarezzato dalla gloria, regnava allora su di noi . . . .

II

L'abbiamo conosciuto assai pacifico, quando non erano i nostri cuochi a spennare l'aquila bicipite presso la tenda di Bonaparte[2] . . . .

III

Scoppiò la bufera dell'anno dodici, e chi allora ci aiutò? L'ira popolare, Barklay[3], l'inverno o il dio russo[4]? . . . .
. . . .

IV

Ma Dio ci aiutò, il fermento si placò, e presto, per la forza delle cose, noi capitammo a Parigi, e lo zar russo fu signore dei re[5] . . . .

V

Quanto più è grasso[6], tanto più è pesante; o stupido popolo russo nostro, dimmi perché effettivamente . . . .

VI

O Forse[7], o Šibbolet[8] popolare, io ho dedicato l'ode a te, ma un poetastro[9] dagli alti natali mi ha prevenuto . . .
Hanno lasciato il mare ad Albione . . . .

VII

Forse, dimenticando gli affitti, qualche bacchettone[10] si rinchiuderà in monastero, forse per un gesto di Nicola la Siberia restituirà[11] alle famiglie . . . .
Forse ci sistemeranno le strade . . . .

VIII

Questo sposo della sorte[12], questo pellegrino guerriero, davanti al quale gli zar si sono inchinati, questo cavaliere incoronato dal papa, e svanito come l'ombra del crepuscolo . . . .
Tormentato dal castigo della pace . . . .

IX

Minacciosamente i Pirenei si sono scossi[13], il vulcano di Napoli ha gettato fuoco[14], da Kišinjov il principe monco[15] ha fatto segno agli amici di Morea . . . .
Il pugnale di L***, l'ombra di B***[16] . . . .

X

"Io calmerò tutti, col mio popolo". Il nostro zar alla pace[17] ha parlato, e di te non si cura punto, tu, servo di Alessandro[18] . . . .

XI

Il reggimento che Pietro il Titano aveva formato per gioco[19], la compagnia dei vecchi baffuti, che un tempo hanno abbandonato il tiranno[20] a una banda di carnefici inferociti . . . .

XII

Ancora una volta la Russia[21] si pacificò, e lo zar più di prima si abbandonò alle gozzoviglie, ma la scintilla di un'altra fiamma già da molto tempo forse . . . .
. . . .

XIII

Da loro avvenivano i convegni; essi, davanti a una coppa di vino, o a un bicchierino[22] di vodka russa . . . . .

XIV

Celebri per la loro tagliente oratoria, si radunavano i membri di questa famiglia presso Nikita[23] senza pace, e presso il cauto Il'ja[24] . . . .

XV

Qui Lunin[25], amico di Marte, di Bacco e di Venere, chiedeva con audacia provvedimenti decisivi e borbottava ispirato. Puškin leggeva le sue *Noeli*[26], e sembrava che il malinconico Jakuškin[27], snudasse in silenzio il pugnale per uccidere lo zar. Turgenev, lo zoppo[28], che, al mondo, pensava solo alla Russia c inseguiva il suo ideale, li ascoltava e, odiando le sferze della schiavitù, vedeva in questa folla di nobili i liberatori dei contadini.

XVI

Così era sulla Neva ghiacciata; ma là dove primamente scintilla la primavera sulla Kamenka ombrosa e sui colli di Tul'čin[29], dove le compagnie di Wittgenstein[30] coprirono le pianure inondate dal Nipro e le steppe del Bug, là le cose si svolsero diversamente. Là Pestel'[31] contro i tiranni... E un esercito... raccoglieva un generale dal sangue freddo[32]. E Murav'jov[33], a lui devoto, e ricco di audacia e di forze, affrettava il momento dello scoppio.

XVII

In principio questa era una cospirazione fra il Laffitte e il Cliquot, era solo una disputa amichevole, e non faceva penetrare profondamente nei cuori la scienza della ribellione[34], era soltanto la noia, l'ozio delle menti giovanili, il divertimento di monelli adulti, sembrava . . . .
i gruppi insieme con gli altri gruppi . . . .
E a poco a poco di una rete segreta la Russia . . . . .
Il nostro zar dormiva[35] . . . .

PRINCIPALI VARIANTI E AGGIUNTE

Nell'elenco delle varianti vengono usate le seguenti sigle:

M: le minute dell'autore.

B: le trascrizioni in bella copia eseguite dall'autore.

S: le prime edizioni a stampa dei singoli capitoli, e cioè:

cap. I	1825
cap. II	1826
cap. III	1827
cap. IV e V	1828
cap. VI	1828
cap. VII	1830
cap. VIII	1832

T: la prima edizione a stampa dell'opera completa (23 marzo 1833).

Col numero romano vengono indicate le strofe secondo la numerazione della presente edizione e secondo le corrispondenti strofe dell'edizione russa. Le strofe escluse dall'autore nell'edizione stampata vengono indicate con la sola lettera dell'alfabeto (e le loro varianti con una doppia lettera); le varianti delle strofe pubblicate, con una lettera preceduta dal numero della corrispondente strofa definitiva. Per queste «varianti e aggiunte» (aggiunte nel senso che abbiamo riportato, in linea di massima, le strofe che Puškin scrisse ma non pubblicò), abbiamo seguito le scelte di Tomaševskij (P. 1949), e consultato la grande edizione dell'Accademia, edizione critica ma per qualche aspetto lacunosa (P. 1937): com'è noto questa edizione non riporta alcun commentario. Delle varianti diamo solo il testo italiano.

CAPITOLO PRIMO

Il primo capitolo venne pubblicato nel 1825 con la seguente prefazione:

(EVGENIJ ONEGIN, ROMANZO IN VERSI. OPERA DI ALEKSANDR PUŠKIN. SANKTPETERBURG. NELLA TIPOGRAFIA DEL DIPARTIMENTO DELL'EDUCAZIONE NAZIONALE. DEDICATO AL FRATELLO LEV SERGEEVIČ PUŠKIN)

Ecco l'inizio di una lunga poesia che, probabilmente, non verrà terminata.

Alcuni canti, o capitoli, dell'*Eugenio Onegin* sono già pronti. Scritti sotto l'influsso di piacevoli circostanze, essi portano in sé il segno della letizia, che già aveva caratterizzato le opere dell'autore di *Ruslan e Ljudmila*[1].

Il primo capitolo si presenta come qualcosa di unito. Racchiude in sé la descrizione della vita mondana di un giovane di Pietroburgo, alla fine del 1819, e ricorda *Beppo*[2], la scherzosa opera del tenebroso Byron.

I critici dalla lunga vista noteranno certamente l'insufficienza del piano. Chiunque è libero di giudicare del piano di un intero romanzo, dopo aver letto solo il primo capitolo. Si metteranno anche a criticare il carattere antipoetico del personaggio principale, che par simile al Prigioniero del Caucaso, e pure alcune strofe scritte nel modo faticoso delle più recenti elegìe, in cui «il sentimento di angoscia ha inghiottito tutti gli altri sentimenti». Ma ci sarà permesso rivolgere l'attenzione del lettore a questi pregi, rari in uno scrittore satirico: l'assenza di un personaggio offensivo e l'osservanza del più stretto decoro nella descrizione scherzosa dei costumi.

Nel manoscritto, invece dell'ultima frase della prefazione, leggiamo:

Il titolo di editore non ci permette di lodare, né di criticare, questa nuova opera. Le nostre idee possono dimostrarsi partigiane. Ci sarà però permesso rivolgere l'attenzione del rispettabile pubblico e dei signori giornalisti a questo pregio, ancora nuovo in uno scrittore satirico: l'osservanza del più stretto decoro nella descrizione scherzosa dei costumi. Giovenale, Petronio, Voltaire e Byron rarissimamente hanno conservato il dovuto rispetto per i lettori e il bel sesso. Si dice che le nostre signore incominciano a leggere il russo. Offriamo loro, arditamente, un'opera dove esse troveranno, sotto il velo leggero di una gaiezza satirica, osservazioni veritiere e attente.

Un altro pregio, quasi altrettanto importante, che ha arrecato non poco onore alla mitezza d'animo del nostro autore, è la completa assenza di un personaggio offensivo. Ciò non si deve però attribuire unicamente alla patriottica vigilanza della nostra censura, che custodisce i costumi, la quiete dello Stato, e con tanta sollecitudine difende i cittadini dagli attacchi della *calunnia ingenua*, e della leggerezza ironica.

In M *c'era un abbozzo della strofa V:*

Il mio amico ardeva dall'impazienza di liberarsi per sempre dallo studio: lo splendore e il rumore mondano da tempo affascinavano il suo giovane cuore.

In B *la stessa strofa V si leggeva:*

In lui sospettavano il genio. Ed Eugenio effettivamente

poteva condurre una piacevole conversazione, e talora una discussione dotta sul signor Marmontel[3], sui Carbonari[4], su Parny[5], sul generale Jomini[6].

Nelle minute, invece di sul signor Marmontel *si hanno varianti:*

su Byron, su Manuel[7]; su Mirabeau, su Bergomi[8], Benjamin (Constant)[9], Gessner, le Eterie[10], il magnetismo.

In M, *nella strofa VI, dopo* un paio di versi dell'Eneide *si leggeva:*

Egli conosceva la letteratura tedesca dai libri della signora di Staël[11].

Alla VI seguiva l'inizio d'un'altra strofa (VI a):

Confucio, il sapiente della Cina, ci insegna a rispettare la giovinezza, salvaguardandola dai piaceri, senza affrettarsi a giudicare... Essa sola dà le speranze...

In M *la strofa VII terminava:*

Il padre litigò con lui per mezz'ora, e poi gli diede i suoi boschi.

In S *vi era un'annotazione alla strofa VIII:*

L'idea che Ovidio venisse deportato nell'attuale Akerman non è per nulla fondata. Nelle sue elegìe *Ex Ponto* egli indica chiaramente la località dove soggiornò, la città di Tomi, proprio sulla foce del Danubio. Altrettanto sbagliata l'idea di Voltaire, che supponeva fosse causa del suo esilio una segreta simpatia di Giulia, figlia di Augusto. Ovidio aveva allora circa cinquant'anni, e la dissoluta Giulia dieci anni prima era stata essa stessa esiliata dal suo geloso padre. Le altre supposizioni degli studiosi non sono che supposizioni. Il poeta ha mantenuto la sua parola, e il suo mistero morì con lui:

Alterius facti culpa silenda mihi[12].

Nota dell'autore.

In B *si legge la strofa IX (VIIIa):*

L'ardore del cuore molto presto ci tormenta. Incantevole inganno, non la natura ci insegna l'amore, ma la signora di Staël o Chateaubriand. Noi bramiamo conoscere prima la vita, la conosciamo dai romanzi, tutti l'abbiamo conosciuta, ma di nulla abbiamo goduto. Con l'anticipare la voce della natura, noi roviniamo solo la felicità, e tardi, tardi, dietro ad essa, vola l'ardore giovanile. Onegin aveva provato tutto ciò, e perciò conosceva le donne.

In M *si hanno le strofe XIII e XIV (rispettivamente XIIa, XIIb).*

XIIa

Come sapeva affascinare lo sguardo devoto di un'umile vedovella, e iniziare, arrossendo, un colloquio modesto e confuso con lei! Incatenare con la tenera inesperienza e con la fedeltà, ricca di speranze, di un amore unico al mondo e con l'impetuosità degli anni giovanili! Come sapeva, con qualsiasi signora, discutere dell'amor platonico, e giocare alle bambole con una sciocchina, turbarla con un improvviso epigramma e, finalmente, strapparle la corona della vittoria!

XIIb

Così il gatto baffuto, vivace beniamino della serva e fedele guardiano della dispensa, dalla panca della stufa, quatto quatto, fa la posta al topo, gli va dietro, striscia, socchiude gli occhi, avanza, si arrotola, gioca con la coda, allarga le unghie delle zampe astute e, all'improvviso, zapzarap, t'acchiappa il poverino. Così il predace lupo, spinto dalla fame, esce dal profondo dei boschi e, sfiorando gli incuranti cani, s'appressa guardingo al gregge inesperto. Tutti dormono, e improvvisamente il feroce ladrone trascina l'agnello nella selva profonda[13].

In M *la frase* Tutte le minute galanterie... *della strofa XXIII, si leggeva:*

Loderò con lode appropriata l'ordine meraviglioso, ammirevole, gli ornamenti, l'arredamento dell'altare, senza dire parole superflue.

In M *alla strofa XXIV seguiva l'abbozzo:*

Nel nostro tempo, in tutta l'Europa, non si considera un peso, tra la gente colta, la tenera rifinitura delle unghie. E ora il militare e il cortigiano, il poeta e il provocante liberale e il diplomatico dalla dolce voce sono pronti...

In S *la strofa XXVI era accompagnata da una nota:*

Non può non addolorarci il fatto che i nostri scrittori troppo raramente consultino il vocabolario[14] dell'Accademia russa. Esso rimarrà monumento eterno della volontà protettrice di Caterina[15] e dell'opera illuminata dei successori di Lomonosov[16], tutori severi e fedeli della lingua della patria. Ecco ciò che dice Karamzin[17] nel suo discorso: «L'Accademia russa ha celebrato l'inizio della sua esistenza con un'opera importantissima per la lingua, necessaria per gli autori, indispensabile per tutti coloro che desiderano esprimere chiaramente i loro pensieri, e comprendere sé e gli altri. Il vocabolario completo, edito dall'Accademia, appartiene al novero di quei fenomeni con cui la Russia fa meravigliare gli attenti stranieri: noi diventiamo maturi non attraverso i secoli, ma attraverso i decenni. L'Italia, la Francia, l'Inghilterra, la Germania vantavano già grandi scrittori, pur non avendo ancora un vocabolario: noi abbiamo avuto libri ecclesiastici, religiosi; abbiamo avuto poeti, scrittori, ma solo uno veramente classico (Lomonosov), e abbiamo presentato un sistema di lingua che può paragonarsi alle famose creazioni dell'Accademia fiorentina e parigina. La Grande Caterina... chi di noi, anche nel fiorentissimo tempo di Alessandro I, può pronunciare il suo nome senza un sentimento profondo di amore e di riconoscenza?... Caterina che amò la gloria della Russia come se fosse la sua propria, fosse essa la gloria delle vittorie o la pacifica gloria della ragione, accolse questo frutto felice dei lavori dell'Accademia con quella benevolenza lusinghiera con la quale ella sapeva premiare tutto ciò che era degno di gloria e che è rimasto per voi, benevoli signori, il più prezioso, indimenticabile ricordo».

Nota dell'autore

Questa strofa XXVI terminava in M:

E il mio solenne vocabolario non è legge per me, come era nei tempi antichi.

In S *gli ultimi versi della strofa XXX si leggevano:*

E ora, talvolta, nel sogno, essi mi turbano il cuore (imperdonabile gallicismo).

Le strofe XXXIX, XL e XLI, che nel testo del romanzo vengono indicate come mancanti, mancano anche nei manoscritti.

Nota dell'autore alla strofa L della S:

L'autore, per parte di madre, è di origine africana. Il suo avo Abram Petrovič Gannibal (Annibal)[18] all'età di otto anni venne rapito dalle rive dell'Africa e deportato a Costantinopoli. L'ambasciatore russo lo riscattò e lo mandò in dono a Pietro il Grande, che lo fece battezzare a Vilna. In seguito suo fratello andò a Costantinopoli e poi a Pietroburgo, offrendo il riscatto. Ma Pietro I non volle restituire il figlioccio. Fino alla più tarda vecchiaia Annibal ricordava ancora l'Africa, la lussuosa vita del padre, i diciannove fratelli, dei quali era il minore; ricordava come essi venissero condotti al padre con le mani legate dietro la schiena, mentre egli solo era libero e nuotava sotto le fontane della casa paterna; ricordava anche la sua cara sorella Lagan', che nuotò di lontano dietro il vascello sul quale egli si allontanava.

A diciotto anni Annibal fu mandato dallo zar in Francia, dove iniziò il servizio nell'armata del Reggente; ritornò poi in Russia con la testa rotta e il grado di luogotenente francese. Da allora egli si trovò sempre al servizio particolare dell'imperatore. Durante il regno di Anna, Annibal, nemico personale di Biron[19], venne mandato in Siberia con un pretesto. Annoiato dalla durezza del clima e da quei luoghi deserti, prese la decisione di tornare a Pietroburgo, e si presentò dal suo amico Minich. Questi si meravigliò e gli consigliò di nascondersi subito. Annibal si ritirò nei suoi possedimenti, dove visse per tutta la durata del regno di Anna, mentre tutti lo pensavano in servizio in Siberia. Elisabetta, quando salì al trono, gli concesse la grazia. A. P. Annibal morì durante il regno di Caterina, esonerato oramai dai più gravosi impegni di servizio, col grado di generale in capo. Aveva novantadue anni.

Suo figlio, il tenente-generale I. A. Annibal, appartiene senza dubbio al numero dei migliori uomini dell'epoca di Caterina (morì nel 1800).

In Russia, dove la memoria degli uomini eccellenti svanisce presto, per difetto delle storie, la strana vita di Annibal è nota solo attraverso le tradizioni di famiglia. Spero, col tempo, di pubblicare una sua biografia completa.

Nota dell'autore

CAPITOLO SECONDO

*Nella strofa II, il v. 7 (*ritratti di zar appesi alle pareti*), nelle edizioni pubblicate durante la vita del poeta, si leggeva:* I ritratti dei nonni appesi alle pareti. *In* M *Puškin osservò che questa variante era stata fatta per la censura.*

Nella strofa IV, in M, *invece di* nel suo angolo sperduto il saggio solitario *si leggeva*: vuoto seminatore di libertà.

Nella strofa VI, in M, *al posto di* seguace di Kant e poeta. Egli dalla nebbiosa Germania *eccetera, si leggeva:* Bel ragazzo nel fiore degli anni

strillone, sedizioso e poeta. Egli dalla libera Germania aveva portato i frutti dell'istruzione, sogni d'amore per la libertà, l'anima impetuosa, nobilissima... *In* S *si leggeva (invece di* l'anima gottinghiana*):* nell'anima era un filisteo di Gottinga.

La strofa VII, in B, *dopo* Egli rallegrava... *si leggeva:*

Egli conosceva il lavoro e l'ispirazione, e la quiete rinfrescante, e un'attrazione inesprimibile per qualcosa della giovane vita, la festa tumultuosa delle passioni ribelli, e le lacrime, e la pace del cuore.

VIII strofa - Durante la vita di Puškin gli ultimi versi (10-14), dopo amici sacri, *non vennero stampati, per la censura, o tolti o sostituiti con cinque righe di puntini.*

In B *si leggevano:*

Che esistono gli eletti del destino, che la loro vita è il più bel dono del cielo; di essi è il calore incorruttibile dei pensieri, e il genio di guidare le menti; consacratisi al bene degli uomini, hanno pari il coraggio alla gloria.

Dopo la strofa IX, in B, *seguivano alcune strofe, poi cancellate:*

IXa) [X]
Egli non cantava i diletti del vizio, né le Circi sprezzanti; aveva orrore di offendere i costumi, con la sua lira eletta. Devoto alla vera felicità, non esaltava le reti del piacere, ansimando di vergognosa dolcezza, come chi, avendo l'anima avida, è preda triste di pericolosi errori e di passioni, ricerca nella sua angoscia le immagini dei piaceri di un tempo, e in canti fatali, follemente, li svela al mondo.

IXb) [XI]
O poeti del cieco piacere, inutilmente ci ridate le impressioni dei nostri stravaganti giorni nelle vive elegìe.
Invano, furtiva, la fanciulla ascolta i suoni della dolce lira e vi rivolge il tenero sguardo, senza osare iniziare il colloquio.
Invano la leggera gioventù davanti alla coppa ricolma, con le ghirlande, durante il festino, ricorda la molle dolcezza dei versi o all'orecchio di pudiche fanciulle li mormora, vincendo la timidezza.

IXc) [XII]
Infelici, decidete voi stessi qual è il vostro mestiere; voi seminate il male della depravazione con i versi e le vuote parole. Davanti al tribunale di Pallade per voi non vi sarà né corona né premio; ma a voi è più cara, lo so, una lacrima a mezzo con un sorriso; voi siete nati per sentire le lodi delle donne e il giudizio della fama non vale nulla per voi. Ho pietà di voi... e voi mi siete cari; l'orgoglioso Lenskij non era dei vostri: perché, senza dubbio, una madre avrebbe certo ordinato alla figlia di leggerne i versi.

Nell'ultimo verso di questa strofa c'è una polemica con I. I. Dmitriev[1] *che del poema* Ruslan e Ljudmila *diceva: «Ogni madre dovrà ordinare alla figlia di sputare su que-*

sto racconto». In M *c'era anche un'annotazione ironica di Puškin:* La mère en prescrira la lecture à sa fille, Piron[2]. Questo verso divenne proverbiale. Notiamo che Piron (oltre che per la sua *Metromania*) è buono solo in quei versi che non si possono citare senza offendere la decenza.

Oltre alle tre strofe suddette, in M *ce n'era una quarta:*

IXd)
Ma il buon giovane, pronto a compiere una nobile impresa, nella severa alterigia, non ripeterà gli impuri versi; il giusto, stremato e sconfitto, nella sua... nella prigione, con la lampada fioca nel buio, non piegherà nel deserto silenzio i suoi occhi sul vostro volume, e sul muro non scriverà con mano innocente il vostro libero verso, muto e dolente addio per il prigioniero degli anni che verranno.

In M *i due ultimi versi della strofa X si leggevano:*

Egli cantava i boschi di querce, dove trovava il suo caro, eterno ideale.

La strofa XIV in B *terminava:*

È ridicolo diventare vittima di se stessi. Avere sentimenti esaltati è perdonabile a sedici anni. Chi ne è colmo, è poeta o vuole mostrare la sua arte davanti alla folla di facile credenza. Siamo noi così?... Dio mio!

Seguiva, sempre in B, un'altra strofa che è una variante della XV:

Del resto Eugenio era un po' più tollerante: non amava il prossimo, ecco tutto, e non sentiva grande bisogno di influenzare le opinioni altrui; non induceva gli amici a fare gli spioni, benché pensasse che il bene, le leggi, l'amor di patria, il diritto, fossero solo parole convenzionali. Egli comprendeva la necessità, ma un attimo della sua tranquillità non l'avrebbe dato per nessuno, e nel prossimo rispettava la fermezza, la bellezza della gloria inseguita, il genio e la dirittura del cuore.

Dopo la strofa XVI, in M, *c'era:*

Prendendo lo spunto da argomenti importanti, la conversazione toccava spesso talora anche i poeti russi. Vladimiro ascoltava, sospirando e abbassando lo sguardo, come Eugenio condannasse crudelmente le lodi... delle nostre opere laureate, degne...

I vv. 4-14 della strofa XVII in B, *erano:*

Onegin parlava di essi come di conoscenti che si erano mutati, pacificati da tempo nel sonno della tomba, e di cui non restava più traccia. Ma talora prorompevano dalle sue labbra tali nomi, in tale profondo e strano lamento, che a Lenskij sembrava segno di tormento non placato. Ed era proprio così: le passioni c'erano, e nasconderle era vana fatica.

Alla strofa XVII seguivano, in B, altre tre strofe:

XVIIa)
Quali passioni non fervevano nel suo petto tormentato? Da tempo dunque, per lungo tempo, si erano calmati? Aspetta solo un poco, e si risveglieranno. Beato colui che ha conosciuto le loro agitazioni, gli impeti, la dolcezza, l'ebrezza e, alfine, ha reso freddo l'amore col distacco, l'inimicizia con la maldicenza. Talora, sbadigliava con gli amici e la moglie, senza tormentarsi con le angosce della gelosia. Per quel che mi riguarda, mi è rimasta in parte una certa ardente passione.

XVIIb)
È la passione per il bank![3] Né i doni della libertà, né Febo, né gloria, né feste non mi avrebbero distolto, negli anni

passati, dal gioco delle carte; assorto, tutta la notte, fino all'alba, io ero pronto negli anni che furono a interrogare il decreto del destino: il «fante» andrà a sinistra? Già si sente il suono delle messe, fra i mazzi sciolti di carte; il *croupier* vegliava, ed io, tetro, eccitato e pallido, colmo di speranza, chiudendo gli occhi, raddoppiavo la posta sul terzo «asso».

XVIIc)
Ma ora, umile eremita, senza credere al sogno avaro, quasi non punto più la carta tenebrosa, osservando il minaccioso *routier*; ho lasciato in pace il gessetto; *attendez*, la parola fatale, non mi viene più sulle labbra, mi sono disabituato persino alla rima. Che farò? Detto fra noi, mi sono stancato di tutto ciò. Fra qualche giorno proverò, amici miei, a occuparmi di versi bianchi, benché il *quinze et le va*[4] abbia, per me, maggiori diritti.

L'ultima parte della strofa XXI era, in B *(invece di* Nella solitudine*...):*

Così, in Olga, Vladimiro si era abituato a vedere una cara amica; senza di lei si annoiava subito, e sovente, su un folto prato, tra i fiori, quando Olga non c'era, ne cercava le orme.

Alla strofa XXI seguivano in B *due strofe:*

XXIa)
Chi era colei i cui occhi, senza artificio, erano così attraenti, alla quale egli dedicava i pensieri dell'amore giorno e notte? La figlia minore di vicini poveri. Lontano dai piaceri pericolosi della capitale, colma di fascino innocente, agli occhi dei genitori ella fioriva come il mughetto celato nella folta erba, ignoto alla farfalla e all'ape; il fiorellino forse destinato al taglio della falce apportatrice di morte, senza aver ancora sentito il sapore della rugiada.

XXIb)
Né una sciocca di origine inglese, né una *mademoiselle* capricciosa, che, secondo i dettami della moda, sono finora indispensabili in Russia, hanno guastato la dolce Olga. La Fadèevna, con la sua gracile mano, dopo aver dondolato la sua culla e anche fatto il letto, passeggiava con Olga, le raccontava la storia di Bova[5], pettinava la seta dei suoi riccioli, le insegnava a leggere "abbi pietà di me", le versava il tè ogni mattina e, senza rendersene conto, la viziava.

L'ultima frase della strofa XXIII era, in B*:*

E prendo una nuova matita per descrivere sua sorella.

Il v. 1 della strofa XXIV aveva la variante, in M*:*

La sorella si chiamava... Nataša.

I vv. 8-14 della stessa, in B *si leggevano:*

Dobbiamo sempre riconoscerlo: noi abbiamo proprio un cattivo gusto, nei vestiti e nelle case, e nei battesimi, e nei versi. Come non abbiamo raggiunto la cultura, l'ho dimostrato subito. Ma non è questo il nostro problema!

La strofa XXIX, in B, *iniziava diversamente:*

Le piaceva di più leggere, e nessuno in ciò l'ostacolava, e quanto più un romanzo tirava per le lunghe, tanto più le andava a genio.

I vv. 7-10 della stessa strofa erano:

La stessa vecchia madre impazziva per Grandison, così per Tatiana il solenne Richardson era l'eroe più caro.

Dopo la strofa XXXI, in M *v'era l'inizio di un'altra strofa:*

XXXIa)

Erano abituati a mangiare insieme, ad andare insieme a trovare i vicini, a sentire la messa nei giorni di festa, a russare di notte, a sbadigliare di giorno.

Il v. 7 della strofa XXXII era, in S[1]*:*

Di governare (il marito) come una Prostakova[6]...

Dopo la strofa XXXII c'era l'inizio:

Il consorte - si chiamava Dmitrij Larin - e *vinokur* e *chlebosol...*[7] in una parola, era un vero nobile russo.

I vv. 7-8 della strofa XXXIV si leggevano, in M*:*

La cara famiglia dei vicini, il capo della polizia, il prete e la moglie del prete.

La strofa XXXV, per ordine della censura, durante la vita del poeta venne stampata fino a frittelle russe. *Il resto era sostituito da puntini.*

Nella strofa XL Puškin indicò una variante ai vv. forse... fu un poeta:

E questo verso giovanile e trasandato, trascorrerà il mio secolo turbolento; posso ben esclamarlo, amici: anch'io ho innalzato un monumento[8].

L'ultimo verso era sostituito dalla citazione dell'ode di Orazio: Exegi monumentum...

Dopo la strofa XL, che conclude il capitolo, nei manoscritti ce n'era un'altra:

XLa)
Ma, forse, ed è cento volte più verosimile, il mio raccon-

to, non riletto, stracciato, pieno di polvere e di fuliggine, buttato via dalla serva, finirà in anticamera la sua vergogna, come un calendario dell'anno scorso o un sillabario usato; ma che importa? In salotto o in anticamera i lettori sono ugualmente tremendi: i loro diritti sul libro sono pari. Non sarò io il primo e l'ultimo a sentire su di me il loro giudizio, invidioso, severo e stupido.

CAPITOLO TERZO

In M *la strofa III, dopo* portano... *proseguiva:*

Portano la marmellata sui vassoi con un cucchiaino per tutti; dopo pranzo, in campagna, altre preoccupazioni e divertimenti non puoi trovarne. Presso la porta, a braccia conserte, sono accorse le ragazze, per dare un'occhiata al nuovo vicino e nella corte la folla, intanto, criticava i loro cavalli.

In B *si leggono due varianti della fine della strofa V:*

1) «Nei lineamenti di Olga non si scorge il pensiero, proprio come in una Madonna di Raffaello. Il colorito e lo sguardo innocente mi hanno stancato da molto tempo». «Ciascuno prega la sua icona», rispose seccamente Vladimiro, e il nostro Onegin tacque.

2) «Nei lineamenti di Olga non si scorge il pensiero, proprio come in una Madonna di Raffaello. Credi, l'innocenza è un'assurdità, e lo sguardo della sdolcinata Pamela mi ha stancato anche in Richardson». Vladimiro rispose seccamente, e poi, per tutta la strada, stette zitto.

Dopo la strofa V, in M, *c'era la Va:*

Steso in letto, il nostro Eugenio leggeva con gli occhi di

Byron, ma il tributo delle meditazioni serali, nella mente, lo dedicava a Tatiana. Si svegliava prima dell'aurora, e il pensiero volava subito a Tatiana. "Che novità", pensava. "Che per caso mi sia innamorato? Per Dio, sarebbe una gran cosa, mi sarei fatto un bel servizio. Stiamo a vedere". E decise subito di visitare regolarmente le vicine, quanto più spesso si poteva, ogni giorno, ché loro son sempre in ozio e noi non siam pigri.

La strofa VI, in B, *terminava in una prima redazione:*

Dello stesso parere era anche il prete, e il suo sagrestano, Antrop.

In B, *col numero XI, seguiva la seguente strofa (per noi la Xa), poi cancellata:*

Ahimè, amici! Scorrono gli anni e, con loro, passano una dopo l'altra le mode in multiforme avvicendamento. Tutto muta, nella natura: il neo e il guardinfante erano alla moda, il cortigiano elegante e l'usuraio portavano la parrucca bianca di cipria. Accadeva che teneri poeti, sperando gloria e laudi, elaborassero un sottile madrigale o delle canzonette molto intelligenti. Accadeva che un generale valoroso compisse il suo servizio senza conoscere l'alfabeto.

Nota alla strofa XVIII:

Qualcuno chiedeva alla vecchietta: «Ti sei sposata per amore, nonnina?». «Per amore, caro», rispondeva lei, «l'economo e lo *starosta*[1] promisero di picchiarmi fin che fossi mezzo morta». Nei tempi antichi le nozze, come i giudizi, di solito erano interessate.

Alla strofa XXI in B *ne seguiva un'altra (XXIa), poi cancellata:*

Ora, nell'ozio, io dovrei giustificare la mia Tatiana. Il critico geloso, in un circolo alla moda, farà le sue osservazioni, come prevedo: «Forse non potevano insegnare prima alla pensosa Tatiana le regole principali del decoro? E in un altro argomento il poeta ha torto: è possibile forse che Tatiana si sia potuta innamorare di Onegin sin dal primo incontro? E da che cosa poté essere avvinta? Che intelligenza, quali parole riuscirono a incatenarla improvvisamente?». Aspetta, amico, discuterò io stesso.

Dopo la XXIII in B *si ha un'altra strofa:*

XXIIIa)
E voi, *coquettes* appassionate, io vi amo, benché ciò sia peccato. I sorrisi, le accorte e preordinate carezze voi sperperate per tutti, a tutti rivolgete lo sguardo attraente; a colui cui sembrano bugiarde le parole, il bacio sembrerà sincero. Chi vuole, è libero: esulta! Io stesso, prima, ero felice di un solo sguardo dei vostri occhi, ora invece vi rispetto soltanto, ma sono malato di fredda esperienza, sono pronto ad invitarvi, ma mangio per due, e, tutta la notte, dormo.

Dopo la strofa XXIV in B *c'erano altre due strofe (XXIVa e XXIVb), poi cancellate:*

XXIVa)
E voi, che avete amato senza il permesso dei genitori e serbavate il tenero cuore per le giovanili sensazioni, per l'amarezza, le speranze, e la dolcezza, forse, se v'accadeva di strappare furtivamente il sigillo segreto di una lettera d'amore, o di affidare il sospirato ricciolo a certe mani audaci, o anche di permettere silenziosamente, nel momento amaro della separazione, un tremante bacio d'amore, in lacrime e col sangue in tumulto,

XXIVb)
non giudicate in modo assoluto la mia sventata Tatiana, non ripetete a sangue freddo i pareri di giudici falsamente seri. E a voi, fanciulle senza macchia, che anche l'ombra del vizio oggi spaventa come una serpe, io consiglio la stessa cosa. Chi lo sa? Brucerete forse anche voi di ardente affanno, e domani il facile giudizio delle chiacchiere attribuirà a un eroe alla moda anche la gloria di un nuovo trionfo; il dio d'amore vi cerca.

Dopo la strofa XXVI in B *seguivano altre due strofe (XXVIa e XXVIb), cancellate in seguito. Parte di questi versi il poeta li trasferì nell'*Album di Onegin.

XXVIa)
Il tesoro della lingua materna (così noteranno le persone importanti) noi abbiamo scioccamente disprezzato, per balbettare parole straniere. Amiamo i giochi delle muse straniere, i sonagli di estranei parlari, e non leggiamo i nostri libri. Ma dove sono? Dateceli. Certo, i suoni del Nord accarezzano il mio udito avvezzo, la mia anima slava li ama, i tormenti del cuore sono come placati dalla loro musica... ma il poeta ha cari soltanto i suoni.

XXVIb)
Abbiamo noi trovato le prime conoscenze, i primi pensieri, dove tentiamo le nostre esperienze, dove veniamo a conoscere il destino del mondo, non nelle rozze tradizioni, non nelle opere arretrate, dove la *mente russa* e l'*anima russa* ripetono cose note e mentono per due. I nostri poeti traducono, e non abbiamo prosa. Quella rivista è piena di lodi sdolcinate, quell'altra di volgari insolenze. E tutte provocano lo sbadiglio della noia, se non il sonno. L'Elicona russo, come si vede, è assai felice.

Nella lettera di Tatiana, in B, *invece di* i turbamenti di un'anima inesperta *c'era, dapprima:*

La mia umile famiglia, le passeggiate solitarie e i libri, fedeli amici, ecco tutto ciò che io amavo. I sogni dell'anima inesperta.

Dopo incontro con te, *si legge:*

Tu a me hai ispirato le mie preghiere e l'ardore benefico della fede, e la tristezza e le lacrime di commozione. Non è sempre il tuo sacro dono?

Dopo Dissipa i miei dubbi, *Puškin dapprima aveva notato l'aggiunta:*

Ma, forse, crudelmente il destino mi ha saputo ingannare, e profondamente si è impresso nel mio cuore pieno di tristezza.

Dopo l'ultimo verso della lettera, che in principio si leggeva E ciecamente mi affido a Lei *seguiva la firma:* Tatiana L.

Da la leggera camicia *alla fine, la strofa XXXII precedentemente si leggeva:*

È già tardi, la luna perde il suo splendore e il placido mattino riluce attraverso i rami del tiglio ed entra nella finestra di lei. Ma tutto è indifferente per la nostra fanciulla, che, come pietra, sta con la testa appoggiata alle braccia. Il letto... ardente. Dalle sue spalle incantevoli è scivolata la lieve camicia. Sono caduti i riccioli sugli occhi ed una lacrima è scesa sul seno.

Indi seguiva:

Seduta sul letto, per l'affanno, Tatiana riusciva appena a respirare. Non osava, difatti, né leggere né firmare la lettera, e pensava: che dirà la gente? E infine firmò: T.L.

Dopo la strofa XXXV c'era, in B*:*

Ora, come il cuore cominciò a battere in lei, le cominciò a far male, come presagio di sventura. "È possibile? Che cosa mi è capitato? Perché, Dio mio, ho scritto?!". Non ha il coraggio di guardare la madre, ora avvampa, ora impallidisce, tutto il giorno, con lo sguardo abbassato, tace, e quasi non piange, e trema... Il nipote della *njanja* è tornato tardi. Ha visto il vicino: e gli ha consegnato la lettera, a lui personalmente. E il vicino? Stava montando in sella e si è messo in tasca la lettera. Come finirà il romanzo?

Il Canto delle fanciulle*, nella minuta era un altro:*

Dunja è uscita sulla strada dopo aver pregato Dio.
Dunja piange, si lamenta, accompagna il suo amico.
L'amico va in terra estranea, in terra lontana.
Ohimè, questa terra estranea, amaro affanno!...
In terra estranea vi son le giovani, belle ragazze.
Io, poverina, sono restata amara vedovella.
Ricorda me giovane, o muoio di gelosia.
Ricorda me di lontano, anche se non vuoi.

CAPITOLO QUARTO

Le prime quattro strofe, non incluse da Puškin nel testo, vennero da lui pubblicate nella rivista «Moskovskij Vestnik», col titolo «Donne» e il sottotitolo «Frammento dell'Eugenio Onegin» (nel numero di ottobre del 1827). Sono le seguenti:

a)
Al principio della mia vita, era il sesso debole, affascinante e furbo, che mi governava; allora io tenevo per legge la sua unica prepotenza. Non appena l'anima s'accendeva, subito la donna mi appariva simile a pura deità. Domina-

trice dei sentimenti, essa brillava di perfezione. Io languivo in silenzio davanti a lei: il suo amore mi sembrava un'inaccessibile felicità. Vivere, morire ai suoi piedi adorati: non altro io potevo bramare.

b)
Ma all'improvviso cominciai a odiarla, a trepidare, a piangere, a vedere in lei, con amarezza e spavento, delle forze misteriose e malefiche. I suoi sguardi penetranti, il sorriso, la voce, il discorrere, tutto in lei stillava veleno, tutto era gonfio di malvagio tradimento: tutto in lei era brama ardente di lacrime e gemiti, e si nutriva del mio sangue. E d'improvviso vidi nella donna la statua di marmo, prima della preghiera di Pigmalione, ancora muta e fredda, e subito dopo viva e calda.

c)
Sia lecito pure a me dire, con i versi di un vate: «Temira, Dafne, Lileta, da tanto tempo, come un sogno, vi ho dimenticate». Ma una v'è, tra la loro folla... Di una sola, per lungo tempo, io fui incantato. Ma sono stato forse amato, e da chi, e dove, e a lungo?... Perché dovreste saperlo? Non è questo che conta! Il passato è passato... sciocchezze... Ciò che conta è che da allora il mio cuore è diventato freddo, si è chiuso all'amore, e tutto in esso è deserto e buio.

d)
Questo ho potuto sapere, che le stesse signore, rivelando il segreto del loro cuore, e valutando se stesse secondo coscienza, non possono meravigliarsi di noi. I nostri capricciosi entusiasmi sembrano loro molto buffi e, non v'è dubbio, noi per parte nostra siamo imperdonabilmente ridicoli. Incauti, ci lasciamo mettere il giogo, aspettando, per compenso, il loro amore; invochiamo, folli, l'amore, come se si potesse chiedere alle farfalle o ai gigli sentimenti profondi e passione!

Nelle M si hanno diverse varianti a queste strofe. Dopo la a, *in principio, si diceva:*

Dovete riconoscerlo, in quel tempo io avevo un solo diletto. Quell'accecamento mi era caro, e per esso poi ebbi a soffrire.

Dopo la c *c'era un abbozzo (di 5-14 versi) di un'altra strofa (cc):*

Ma non mi tormentai a lungo, furtivamente, del seducente enigma... Esse stesse mi aiutarono, mormorarono a me la *parola*, da molto tempo ben nota al mondo e che a nessuno mai era parsa ridicola. Così, avendo risolto questo indovinello, io dissi: quanto poco perspicace fui, amici miei!

Dopo la d *e l'abbozzo dell'inizio della strofa successiva, corrispondente alla strofa* VII *del testo definitivo, veniva la* e*:*

Beato colui che condivide il diletto, saggio chi da solo ha provato le sue sensazioni, chi, pieno d'amor proprio, ha dominato un'involontaria passione, chi l'ha accolta senza troppo fervore e l'ha lasciata senza rimpianti quando l'alato amore e... abbandonandosi di nuovo...

E poi c'era un'altra strofa, la f*:*

Gli affanni turbolenti delle passioni se ne sono andati, non torneranno più! Non più l'amore risveglierà la sonnolenza dell'anima insensibile. La vuota bellezza del vizio splende e piace al tempo giusto.

È ora di espiare con la mia vita i falli della gioventù! La fama, nel suo gioco, colorò di nero i miei primi anni; in segreto, l'aiutò la calunnia e ha appena finito di tener allegri gli amici, ma, per fortuna, il giudizio della cieca fama è corretto dal tempo!

Dopo la strofa XVII c'era in M *un'altra strofa, la 17 a:*

Tu, invece, o governatorato di Pskov[1], fosti la serra dei giorni della mia gioventù! Che cosa vi può essere, paese solitario, di più insopportabile delle tue signorine? Tra di loro, appunto lo noterò, non c'è né la gentilezza sottile della nobiltà, né la lievità delle dolci etère. Io, che rispetto lo spirito russo, perdonerei loro i pettegolezzi, la boria, lo spirito degli scherzi alla buona, e, qualche volta, i denti sporchi, l'indecenza, e la leziosaggine: ma come si può perdonare il loro vuoto e insulso chiacchierare alla moda e il goffo cerimoniale?

In M *la strofa XXIV si leggeva:*

I parenti scuotono la testa, i vicini si sussurrano l'un l'altro: sarebbe ora di darle marito! Anche sua madre pensa lo stesso; cauta, chiede consiglio agli amici. E gli amici le consigliano di trasferire, l'inverno, tutta la famiglia a Mosca. Forse nella folla del gran mondo, si troverà un marito per Tatiana, più simpatico e più fortunato degli altri.

Seguiva una strofa (XXIVa) che s'inizia coi versi: La vecchietta apprezzò molto il consiglio, *che Puškin trasportò in parte nel capitolo VII (strofa XXVII), in parte nella strofa 40 dello stesso capitolo IV* (Già nel cielo c'è l'alito dell'autunno).

Poi, altre due strofe:

XXIVb)
Quando da noi spira la primavera, e il cielo, d'improvviso, si è ravvivato, mi piace, con mano frettolosa, togliere i doppi vetri. E con quale malinconica gioia m'inebrio del soffio della viva frescura ma la primavera, da noi, non è gioiosa, è ricca di fango e non di fiori. Invano il ricamo in-

cantevole dei prati attira l'avido sguardo; il cantore non zufola sulle acque; non vi sono viole, e invece di rose, nei campi vi è il letame calpestato.

XXIVc)
Che è questa nostra nordica estate? Una caricatura degli inverni del Sud. Appare un momento e svanisce. Tutti lo sappiamo anche se non vogliamo riconoscerlo. Né il mormorio dei querceti, né l'ombra, né le rose, ma il gelo ci è dato in sorte e la bufera, la plumbea volta del cielo. L'argentato bosco senza foglie, i deserti accecanti di neve, dove fischiano i pattini delle slitte. Fra notti fredde e fosche, le *kibitki*, canti che s'allontanano, le doppie finestre, il bagno a vapore, la vestaglia, il giaciglio sulla stufa, l'odore di fumo.

Dopo la strofa XXXV c'era la XXXVI, soppressa in T; *essa si legge nella* S *del capitolo:*

Già più lungi li cerca il mio sguardo. E come un cacciatore che cammini cauto nel bosco, maledice la poesia e fischia, e con cautela, spara. Ciascuno caccia ciò che vuole, ha la sua occupazione preferita: chi, col fucile, mira alle anitre; chi vaneggia con le rime, come me; chi batte con lo scacciamosche le mosche impertinenti; chi dirige le idee della folla; chi si diletta di guerre; chi si diletta di tristi sentimenti; chi si dedica al vino; e il bene è mescolato col male.

Su una copia di questa edizione S, *Puškin sostituì:*

Chi vaneggia con le rime, come me; chi batte con lo scacciamosche le mosche impertinenti.

con: Chi, come me, con gli epigrammi spara ai beccaccini delle riviste.

In B *si hanno due versi della strofa XXXVII omessi in* T, *e tutta la strofa XXXVIII pure omessa:*

Egli (ma è dubbio che voi indossiate un simile abbigliamento) portava una camicia russa, e come cintura una fascia di seta. Un *armjak*[3] tartaro, sbottonato, e un berretto a visiera, che sembrava una casa. Di questo copricapo straordinario, *immorale* e *folle*, era sempre rattristata la signora Durina, di Pskov, e, con lei, Mizinčikov. Eugenio, forse, disprezzava le chiacchiere, e, verosimilmente, non li conosceva; ma, tuttavia, non cambiava le sue abitudini per far loro piacere: per questo i vicini non lo potevano sopportare.

In B *l'inizio della strofa XLIII si legge:*

Nell'eremo, che fare di questo tempo? Andare a passeggio? Ma tutti i luoghi sono nudi come la calva tempia di Saturno, o la miseria dei servi della gleba.

CAPITOLO QUINTO

In M *la strofa XXX, da* non ode nemmeno *alla fine, si leggeva:* non ode nemmeno il saluto dei due amici, già le lacrime vogliono prorompere dagli occhi, improvvisamente la poverina è svenuta, subito la portano via; con gran confusione, la folla degli ospiti mormora, balbetta. Tutti guardano Eugenio, come per accusarlo di tutto.

Nella S *del cap. V, dopo la XXXVI c'erano le strofe XXXVII e XXXVIII poi non più incluse dal poeta nel testo definitivo* T*:*

XXXVII)
Io, disobbediente, sono pronto nei festini a combattere contro la tua divinità; ma, lo riconosco magnanimamente, tu mi hai vinto in un altro genere: i tuoi eroi tremendi e crudeli, le tue battaglie tumultuose, la tua Ciprigna[1], il

tuo Zeus, hanno un grande vantaggio sul freddo Onegin, su questa noia assonnata dei campi, sulla mia Istomina, sulla nostra educazione alla moda; Tania, però, lo giuro, è più dolce della tua Elena.

XXXVIII)
Nessuno qui si metterà a discutere, benché, per Elena, Menelao non smetterà per cent'anni ancora di castigare la misera terra di Frigia[2], benché intorno al venerabile Priamo il consiglio dei vecchioni di Pergamo[3], guardandola di lontano, deciderà di nuovo: «Ha ragione Menelao, ma ha ragione anche Paride». Per quel che riguarda le battaglie, abbiate un momento di pazienza, vi prego; compiacetevi di leggere un po' più in là; non giudicate severamente il principio; la battaglia ci sarà. Non mento: posso dare la mia parola d'onore.

Alla strofa XLII seguiva in B *e in* S *(1828) (in S, esclusi i primi quattro versi) la strofa XLIII non inclusa in* T*:*

XLIII)
Come sulla sabbia del maneggio la frusta sospinge contro la corda le capricciose giumente, così gli uomini in cerchio agitato hanno cacciato, tirato le ragazze. I tacchi ferrati e gli speroni di Petuškov, cancelliere in pensione, picchiano; il tacco di Bujanov spacca, lì intorno, il pavimento; scricchiolio, calpestio, frastuono: tutto in regola; e più t'inoltri nel bosco e più c'è legna; ora sono entrati i giovanotti, si son slanciati, ma non nella *prisjadka*[4]. Ah, più piano, più piano! I tacchi schiacceranno la punta dei piedi delle signore!

CAPITOLO SESTO

Dopo la strofa XIV in alcuni manoscritti si leggono due altre strofe XV e XVI non incluse nel testo definitivo del capitolo:

XV)

Sì, sì, gli attacchi di gelosia sono un morbo, proprio come la peste, come il negro *spleen*, come la febbre, come un guasto al cervello. Come la febbre essa divampa, col suo calore e i deliri, i sogni tremendi e gli spettri. Amici miei, che Dio ci protegga! Non v'è al mondo pena più straziante dei suoi tormenti fatali. Credetemi: chi li ha sentiti, salirebbe senza paura su un rogo in fiamme o piegherebbe il collo alla scure.

XVI)

Non voglio con vana rampogna turbare la pace di una tomba: ormai non sei più viva, tu, cui nelle tempeste della mia giovinezza io debbo un'esperienza terribile e un istante di gioia di paradiso. Come a un bambino debole si insegna, così tu hai insegnato alla mia anima ancora tenera cos'è il dolore più profondo. Tu hai fatto tumultuare il mio sangue con le delizie, hai acceso in esso l'amore e la fiamma della crudele gelosia; ma è passato questo giorno tremendo; e tu sta' in pace, ombra dolorosa!

Nelle numerose copie del VI capitolo, si trovano abbozzi di minute, probabilmente relativi alla strofa XXXIV:

XXXIVa)

È lodevole essere coraggioso in battaglia, ma chi non ha avuto del coraggio, in questo secolo eroico? Si batte in modo valoroso, e poi mente sfacciatamente. Eroe, sii prima uomo! La sensibilità è stata di moda anche nella nostra natura del Nord. Quando la mitraglia ardente strappa la testa all'amico, allora, o eroe, piangi, senza vergogna, piangi liberamente: anche Cesare ha versato lacrime quando ha saputo della morte dell'amico, ed egli stesso era ferito gravemente (non ricordo dove, non ricordo come); ed egli non era uno sciocco.

XXXIVb)

Ma si può piangere, anche senza ferite, su un amico, se egli era caro, non ci irritava incautamente ed era servizievole ai nostri desideri. Ma se la mietitrice fatale, cieca e insanguinata, con il fuoco e la polvere, abbatte l'uccello di passaggio! O paura! O attimo di dolore! O Stroganov[1], quando tuo figlio cadde, colpito, e tu rimanesti solo, dimenticasti la gloria e la battaglia, e desti a un altro la gloria del successo da te ottenuto.

Come un lamento cupo, come il freddo della tomba...

Alla strofa XXXVII ne seguiva un'altra (la XXXVIII), che non fu inserita in T *per motivi di censura. Essa si è conservata nella copia, ma senza i due ultimi versi:.*

XXXVIII)

Senza aver compiuto alcun bene, colmando la sua vita di veleno, ahimè, egli avrebbe potuto riempire di gloria immortale i numeri dei giornali. Insegnando alla gente, schernendo i fratelli, al frastuono degli applausi e delle maledizioni, avrebbe compiuto un cammino minaccioso, per respirare un'ultima volta davanti ai trofei del trionfo, come il nostro Kutuzov[2], o Nelson[3], o in esilio, come Napoleone, o impiccato, come Ryleev[4]...

In S, *la strofa XLIII, dopo* nell'incantesimo mortale del mondo, *continuava:*

Fra i boriosi senz'anima, fra gli stupidi brillanti, tra i furbi, tra la gente dal cuore meschino, fra i ragazzi corrotti e viziati, fra malvagi ridicoli e noiosi, fra giudici stupidi e cavillosi, fra lacchè volontari, fra civette pie, fra scene quotidiane alla moda, fra tradimenti cortesi e carezzevoli, tra le fredde condanne della vanità dal duro cuore, fra l'irritante vuotaggine dei calcoli, dei pensieri e delle conversazioni, in questo gorgo ecc.

CAPITOLO SETTIMO

Dopo la strofa VII, in M *c'erano due altre strofe (VIII e IX), non incluse in* T*:*

VIII)
Ma una volta, durante l'ora della sera, una delle fanciulle qui è venuta. Sembrava turbata da una grave angoscia; come sconvolta dalla paura, stava in pianto, presso la cara cenere, chino il capo, con le braccia tremanti, conserte. Ma qui, a passi affrettati, la raggiunse un giovane ulano, ben attillato, snello, colorito, fiero dei suoi neri baffi, chine le vaste spalle, al tintinnio orgoglioso degli speroni.

IX)
Ella sogguardò il soldato, l'occhio di lui ardeva di dispetto: ella impallidì e sospirò, ma non disse nulla; e in silenzio la fidanzata di Lenskij si allontanò con l'altro da quel luogo deserto. E da allora più non ritornò, di dietro i colli. Così, oltre la tomba, ci attende indifferenza e oblio, tacerà la voce dei nemici, degli amici, delle amanti. Il coro stizzoso degli eredi solleverà un'indecente gazzarra per un solo podere.

Questi ultimi versi vennero inseriti nell'attuale strofa XI, la cui ultima parte, prima, si leggeva:

Dalla tomba, almeno, non uscì in quel triste giorno la sua ombra gelosa, e più tardi, nel momento caro a Imeneo, non spaventarono i giovani sposi le orme di fantasmi del sepolcro.

Dopo la strofa XXI, in B, *si hanno alcune strofe dedicate all'album, cioè al diario di Onegin:*

XXII a)
L'album, ben rinforzato agli orli con bordi d'argento dorato, era tutto scritto, con disegni fatti, intorno intorno,

dalla mano di Onegin. Fra scarabocchi incomprensibili brillavano pensieri, annotazioni, ritratti, numeri, nomi e lettere, segni segreti, frammenti, minute di lettere; in breve, un diario sincero in cui Onegin, durante la giovinezza, versava la sua anima; un diario di sogni e giochi. Ne trascriverò per voi qualcosa.

ALBUM DI ONEGIN[1]

1) Non mi amano, e mi calunniano; sono insopportabile agli uomini, le fanciulle tremano davanti a me, le dame mi guardano male. Perché noi siamo contenti di scambiare per realtà le chiacchiere, perché le sciocchezze sono importanti per gli sciocchi, e la stupidità è facile e maligna; perché la sconsideratezza delle anime impetuose offende o fa ridere le nullità presuntuose; perché l'ingegno, che ama lo spazio, soffoca.

2) «Avete timore della contessa ...ova?», gli chiese Eliza K[2]. «Sì», replicò NN, cupo. «Tutti noi temiamo la contessa ...ova, come voi avete paura del ragno».

3) Nel Corano vi sono molte sagge idee, come, per esempio: prima di ogni sonno, prega; rifuggi dalle vie della furbizia; onora Dio e non discutere con lo stupido.

4) Il fiorellino dei campi, la fogliolina dei querceti, diventa pietra nel ruscello del Caucaso. Nella vita tumultuosa così muore sia l'indole spensierata che quella tenera.

5) Il sei sono stato al ballo da V[3]. In sala c'era un vuoto sufficiente; R.C. è buona come un angelo: quale scioltezza di modi, nel sorriso, nel balenio languido degli sguardi, che tenerezza, che anima!

Poi due versi cancellati:

Ella disse (*nota bene*) che domani andrà da Selimene.

6) Ieri sera R.C. mi ha detto: «Da tanto desideravo vedervi». «Perché?». «Tutti mi hanno detto che io vi odio». «Per che motivo?». «Per i vostri aspri discorsi, per il vostro pensare alla leggera, per tutto: per il pungente disprezzo verso tutto; ma queste sono sciocchezze. Voi avete il diritto di ridere di me, e non siete poi così pericoloso; non avete ancora saputo che voi, semplicemente, siete molto buono?»

7) I tesori della lingua materna, noteranno le menti importanti, noi li abbiamo scioccamente disprezzati per balbettare parole straniere. Amiamo i giochi delle muse straniere, i sonagli di estranei parlari, e non leggiamo i nostri libri. Ma dove sono? Dateceli. E dove abbiamo trovato le prime notizie, i primi pensieri, dove mettiamo alla prova le esperienze e veniamo a conoscere le sorti della terra? Non in barbare traduzioni, né in opere sorpassate, dove la mente russa e lo spirito russo ripetono cose vecchie e mentono per due.

8) Gelo e sole! Giorno meraviglioso, ma, evidentemente, le nostre dame sono pigre a uscire dalle case e a risplendere lungo la Neva con la loro fredda bellezza. Siedono, e invano fa loro cenni il granito cosparso di sabbia. È saggio il sistema degli Orientali, e giusto il costume dei vecchi: le donne sono nate per l'*harem* o per la schiavitù dei *terem*[4].

9) Ieri dalla V., lasciato il festino, R.C. volò via come uno zefiro, senza ascoltare lamenti e rampogne; e noi pure sui gradini lucidati volavamo in folla chiassosa dietro la giovane odalisca. Ed io sono riuscito ad afferrare l'ultimo suono dell'ultima conversazione di lei; ho rivestito di negro zibellino le sue candide spalle luminose; ho posato un verde scialle sui riccioli della sua adorabile testina; io, davanti alla Venere della Neva, sono riuscito a far scostare la folla innamorata.

10) ...Io vi amo ecc.

11) Oggi le sono stato presentato; per mezz'ora ho osservato il marito. È uomo solenne, si tinge i capelli, e l'alto grado lo esime dall'essere intelligente.

*Nelle minute vi sono alcuni abbozzi di appunti dell'*Album di Onegin*:*

12) Che l'amicizia scioccamente tradisce, che l'amore è infedele.

13) Io non amo la principessa S.L. Della sua involontaria civetteria ha fatto uno strumento: sarebbe stato tanto più breve farne uno scopo.

14) Che cosa allora voleva? Forse dire le prime tre lettere? K-L-J-U, KLJU, forse Kljukvy[5]!

Il quarto appunto continuava:

Così, con la tensione di una ferma volontà noi placheremo una folle passione, sopporteremo con anima altera un dolore, con la speranza renderemo più dolce la tristezza. Ma l'angoscia, la folle angoscia come conforteremo?
. . . .

Nella strofa XXII, invece del verso e due o tre altri romanzi *si legge, in* M*:* Melmoth, René, Adolphe, Constant.

Dopo la strofa XXIV in M *c'era un'altra strofa, la XXIVa:*

Congratuliamoci, per la sua scoperta, con la mia Tatiana, e riprendiamo la nostra strada, per non dimenticare chi io canto. Dopo aver ucciso l'amico inesperto, Onegin non poté sopportare la pena degli ozi campagnoli e decise di salire sulla *kibitka*; tintinnò la risonante sonagliera, fischiò l'ardito cocchiere, e il nostro Eugenio galoppò, a cercare sollievo alla vita noiosa. Per remote regioni; dove, non sapeva neppure lui stesso.

Dopo la strofa XXXV in M *c'era l'inizio di un'altra strofa:*

La *njanja*, che immaginava Tatiana sempre come una bambina, le predicava la felicità, esaurendo la retorica delle sue lodi. In modo magniloquente e vivo le descrive Mosca.

La seconda parte della strofa XXXVI, dopo come sovente*, si leggeva:*

Mosca! Quante cose per un cuore russo sono confluite in questo nome!... Quante cose esso rievoca! In esilio, nell'amarezza, nell'abbandono, Mosca, quanto ti ho amata, mia cara patria.

Di questa strofa si fanno poi numerosi abbozzi nella minuta: il lavoro di Puškin sulla parola e nel verso era sempre molto approfondito e tormentato.

Dopo la strofa XXXVIII, in T*, è indicato il numero di un'altra strofa (la XXXIX), che però non compare né in* M*, né in* B*, né in* S.

Si ha, invece, un abbozzo della strofa XLI, da B*:*
Come il mordace Griboedov vivamente descrisse nella satira i nipoti, come Fonvizin descrisse i nonni, egli invitò tutta Mosca a un ballo . . . .

CAPITOLO OTTAVO

In B *il capitolo incominciava con le seguenti quattro varianti (a, b, c, d), ridotte a una in* T*:*

a) In quei giorni, quando fiorivo spensierato nei giardini di Liceo, leggevo volentieri *Eliseo*[1] e maledicevo Cicerone, in quei giorni, quando avrei preferito a un poema prezioso un buon tiro di pallone, consideravo la scolastica un cumulo di sciocchezze e saltavo nel giardino scavalcando il cancello; quando ero ora diligente, ora pigro, ora cocciuto, ora astuto, ora franco, ora tranquillo, ora ribelle, ora triste e silenzioso, e ora cordiale e ciarliero; *b)* quando, in oblio, davanti alla classe, talora perdevo vista e udito, e cercavo di parlare con voce profonda e mi radevo sul labbro i primi peli, in quei giorni... in quei giorni, in cui, per la prima volta, notai i vivi lineamenti di una fanciulla incantevole e l'amore mise in tumulto il mio sangue giovane, ed io, languendo senza speranza, angosciato dall'inganno di sogni ardenti, cercavo ovunque le sue orme, e teneramente restavo assorto, pensando a lei, attendevo per tutto il giorno l'incontro di un attimo e conobbi la felicità delle pene segrete; *c)* in quei giorni, all'ombra delle querce, presso i rivi che fluivano nel silenzio, negli angoli degli anditi del liceo, la musa cominciò ad apparirmi. La mia cameretta di studente, fino a quel momento straniera alla gioia, improvvisamente si illuminò; la musa le aprì la festa delle sue fantasie; addio, fredde scienze; addio, giochi dei primi anni! Io mi ero trasformato, ero un poeta. Nell'anima mia i suoni soltanto vibrano, vivono, scorrono in dolce misura; *d)* Ovunque, infaticabile, con me, a me cantava la musa, cantava nuovamente (*Amorem canat aetas prima*[2]). Amore sempre e sempre amore. Io ripetevo le sue voci. I giovani amici negli ozi liberi amavano ascoltare il mio canto; essi tendendo con l'anima appassionata al fraterno sodalizio, mi diedero la prima corona, perché il loro poeta ne adornasse la sua timida musa. O esultanza dei giorni innocenti! Dolce è il tuo sogno per l'anima mia.

In B *la strofa II terminava così:*
E Dmitriev[3] non ci biasimò; e, custode del costume russo, lasciando le tavole della legge, ci ascoltò attento, e accarezzò la timida musa. E tu, profondamente ispirato, cantore di tutto ciò che è bello, tu, idolo dei cuori verginali, non fosti tu, forse, avvinto dalla passione, non mi desti tu forse la mano, chiamandomi alla pura gloria (?).

Nelle M *le strofe dedicate ai ricordi di liceo si leggevano (aa, bb):*

aa) In quei giorni, quando fiorivo tranquillamente nei giardini di Liceo, leggevo Apuleio di nascosto, e sbadigliavo su Virgilio, quando impigrivo e combinavo monellerie, strisciando sul tetto mi infilavo in un finestrino, e dimenticavo le lezioni di latino per labbra rosse ed occhi neri; quando una confusa tristezza cominciò a turbarmi il cuore, quando una lontananza remota attirava i miei sogni, e d'estate... al giorno mi svegliavano gioiosamente;
bb) quando gli amici, per provocarmi, mi chiamavano francese, quando i pedanti mi predicevano che io sarei stato sempre un buono a nulla, quando per il campo rosato si ruzzolava e si folleggiava in libertà, quando nell'ombra dei folti viali io ascoltavo il gridare dei cigni, mirando le acque luminose, o quando fra le radure... Visitando il marmo di Kagul'[4]...

In B *i primi quattro versi della strofa IV fino a* il muto cammino *si leggevano:*

Ma il fato lampeggiò su di me sguardi d'ira e mi portò lontano... La musa mi seguì. Come sovente la carezzevole vergine rallegrò l'ora mia notturna...

Puškin rielaborò quei versi, per la censura (era evidente l'accenno all'esilio, voluto da Alessandro I). Una simile allusione c'era anche nel v. 10 della strofa V di B:

Ma soffiò il vento, rumoreggiò il tuono, *sostituito da* Improvvisamente, tutto si mutò.

In B *la strofa VII, da* Ma chi è colui, *suonava diversamente:*
Chi è là, colui che sta in disparte, come qualcosa di superfluo e inutile? Con nessuno, si pensa, egli è in rapporto. Quasi non parla con nessuno [fra i giovani aristocratici], [fra i diplomatici che viaggiano lontano], dappertutto sembrava un estraneo.

I vv. 13 e 14 della strofa XXIII si leggevano, in B*:*
E nei discorsi non diceva parola né della pioggia, né delle cuffie.

Poi seguivano altre due strofe (XXIIIa e XXIIIb):

XXIIIa)
Nel salotto, veramente nobile, erano estranee le eleganze dei discorsi, le delicatezze piccolo-borghesi degli affettati giudici delle riviste. Nel salotto libero e mondano era accolta la parola del semplice popolo, che non spaventava le orecchie di nessuno con la sua vivace stranezza (di qualcosa, veramente, si stupisce, preparando il suo foglio slegato, un certo profondo giornalista; ma al mondo poco importa che di noi non si sia ricordata, forse, neppure una rivista!).

XXIIIb)
Nessuno pensava di salutare il vecchio con il freddo scherno, notando il colletto fuori moda sotto il nodo del foulard da collo, e la padrona di casa non faceva confondere il provinciale novizio con la superbia; per tutti, ella era,

allo stesso modo, disinvolta e gentile; solo un viaggiatore[5] di passaggio, uno sfacciato brillante londinese, suscitava un mezzo sorriso per la sua figura ansiosa, e uno sguardo rapidamente scambiato era per lui una riprovazione generale.

Dopo la XXIV in B *si leggeva (XXIVa):*

E colei alla quale sorrideva la felicità di una vita fiorente; e colei che già s'accingeva a guidare l'opinione pubblica; e la rappresentante del gran mondo; e colei, il cui modesto pianeta doveva un giorno scintillare di umile felicità; e colei che nel cuore sopportava in segreto la pena di una folle passione, e nutriva gelosia e timore, sedevano, per caso, vicine, ed erano nel cuore estranee, e ciascuna era sola, pur al fianco dell'altra.

Il seguito della strofa XXV, indicato in T *con puntini, in* B *si leggeva:*

Là c'era un patito per gli epigrammi, il principe Brodin, che si arrabbiava di tutto: del tè della padrona, troppo dolce; della stupidità delle signore; del tono dei signori; del monogramma, dato a due orfanelle; delle discussioni a proposito di un romanzo confuso; della vuotaggine di sua moglie; della goffaggine delle figlie; vi era un dittatore delle sale da ballo, un compassato ballerino preso dal suo dovere; appoggiato al muro, stava un bellimbusto, che pareva un figurino da rivista, colorito come un cherubino nel giorno delle palme, tutto attillato, muto e immobile.

Dopo un altro dittatore di balli, *la strofa XXVI continuava, in* B*:*

Vi era là K.M., un francese, sposato con una bambola anemica e gobba e settemila anime; vi era, con tutte le sue stelle, l'inflessibile censore del governo (qualche tempo fa questo terribile Catone venne cacciato dall'impiego per concussione); vi era anche un senatore insonnolito, che aveva passato la sua vita a giocare a carte: un uomo necessario al governo.

Dopo la strofa XXVI c'era la XXVIa:
Osservate: Nina[6] entra nella sala; si è soffermata sulla porta e volge intorno lo sguardo distratto, sugli ospiti attenti; in tumulto è il petto, scintillano le spalle, splende la testa coperta di diamanti, intorno ai fianchi s'agitano e tremano le trine come un merletto trasparente. E la seta; tela di ragno rabescata, riluce trasparente, fasciando le rosee gambe; solo Onegin... davanti a questo quadro incantevole... vinto dalla sola Tatiana, egli vede solo Tatiana.

In seguito Puškin tentò di cambiare questa strofa (XXVIaa):

E nella sala luminosa e lussuosa, quando entra nel piccolo cerchio degli amici, fatti silenziosi, simile a un giglio alato entra ondulando Lalla Ruk[7] e sulla folla che si inchina risplende con la testa regale, e silenziosa si volge, e scivola, come una stella càrite fra le càriti, e lo sguardo delle generazioni ivi mescolate si sforza di vedere, ardendo di gelosia, ora lei, ora lo zar; per costoro l'unico cieco è Eugenio, che è colpito dalla sola Tatiana, che vede Tatiana soltanto.

Alla XXVII in B *seguiva la XXVIIa:*

Passano i giorni, volano le settimane; Onegin pensa ad una sola cosa, né vede altro scopo alla sua vita, se non d'incontrare, davanti a tutti o in segreto, e dove che sia, la principessa; se non osservare sul volto di lei o preoccupazione o ira; così vince il suo selvatico costume e dovunque, alle serate, ai balli, al teatro, dalle artiste della moda, sulle rive delle acque gelate, per la via, negli atrii, nelle sale, sempre la rincorre, come un'ombra. Dov'è andata a finire la sua pigrizia?

La strofa XXXII, prima che Puškin inserisse nel romanzo la lettera di Onegin, terminava così:

Ormai le sue forze erano al limite, e aspettava la risposta giorno e notte.

In M *si legge un'altra strofa (non completa), che si riferisce alla lettera di Tatiana:*

Ho dimenticato la vostra cara immagine, la tenera eco delle schive parole. E la vita con anima triste ho sopportato, come una sofferenza espiatrice... Così, io sono folle... ma forse vi chiedo troppo? Quand'anche solo l'ombra voi comprendeste, di ciò che io sopporto nel cuore!... E che... Ecco, ciò che chiedo: andrò, un poco, al vostro fianco, berrò qualche gocciola del dolce veleno e, riconoscente, resterò silenzioso...

VIAGGIO DI ONEGIN

Il Viaggio di Onegin *doveva costituire il contenuto del primitivo capitolo VIII; alcune strofe, come la descrizione di Odessa, erano state scritte già nel 1825 a Michajlovskoe e dovevano entrare nel capitolo che Puškin considerava allora settimo (con questa indicazione vennero stampati nel 1827 nella rivista «Moskovskij Vestnik»). Nell'autunno 1829 Puškin cominciò a lavorare al capitolo VIII come tale, e lo finì il 18 settembre del 1830. In un primo tempo voleva pubblicarlo insieme con l'ultimo (che all'inizio era il nono) e preparava la seguente prefazione:*

Da noi è abbastanza difficile per lo stesso autore conoscere l'impressione prodotta nel pubblico dalla sua opera. Dalle riviste egli viene a sapere soltanto il parere degli editori, sul quale non è possibile fondarsi, per molti motivi. Il parere degli amici, si capisce, non è imparziale, e gli sconosciuti, certo, non si metteranno a criticare la sua opera, anche se ne valesse la pena.

Quando apparve il capitolo VII dell'*Onegin*, le riviste l'accolsero in modo malevolo. Io avrei volentieri creduto loro, se i rimproveri non fossero stati troppo in contraddizione con quello che essi avevano detto dei primi capitoli del mio romanzo. Dopo lodi sperticate e immeritate delle quali essi cosparsero sei parti della stessa opera, è stato strano per me leggere, per esempio, il seguente pezzo:

«Si può chiedere l'attenzione del lettore a un'opera come, per esempio, il capitolo VII dell'*Onegin?* Noi in principio abbiamo pensato che si trattasse solo di una mistificazione, di uno scherzo o parodia, e non ci volevamo convincere che questo capitolo VII fosse opera del compositore di *Ruslan e Ljudmila* finché i librai non riuscirono a convincerci. Questo capitolo VII è formato da due fogli-stampa in piccolo formato, ed è tutto ricoperto di versi tali e di tali buffonate, che, al suo confronto, anche *Eugenio Velskij*[1] sembra simile a una vera opera d'arte. Non v'è alcuna idea, in questo capitolo VII così annacquato, né alcun sentimento, e nessun quadro degno di essere ammirato! Un crollo totale, *chûte complète...* I nostri lettori ci chiederanno: quale è il contenuto di questo capitolo VII di cinquantasette paginette? I versi dell'*Onegin* ci attraggono, e ci costringono a rispondere in versi a questa domanda:

«E allora, come disperdere l'amarezza di Tania? Ecco: far sedere la fanciulla su una slitta e allontanarla dai luoghi cari, portarla a Mosca, alla fiera delle fidanzate! La madre si lamenta, la figlia si annoia; il settimo capitolo finisce, punto e basta!».

Proprio così, cortesi lettori, tutto il contenuto di questo capitolo sta nella storia di Tania che viene condotta a Mosca dal suo villaggio!

In una delle nostre riviste era stato detto che il capitolo VII non poteva incontrare successo, perché i tempi e la Russia vanno avanti, mentre il poeta rimane al posto di prima. Soluzione sbagliata (cioè, nella sua conclusione). Se il tempo può andare avanti, le scienze, la filosofia e la socialità possono perfezionarsi e mutare, la poesia resta allo stesso posto, non invecchia e non muta. Il suo fine è lo stesso, i mezzi eguali.

E mentre i concetti, i lavori, le scoperte dei grandi rappresentanti dell'astronomia, della fisica, della medicina e della filosofia antica sono invecchiati e ogni giorno si trasformano in altri, le opere dei veri poeti rimangono eternamente fresche ed eternamente giovani.

L'opera poetica può essere debole, non riuscita, sbagliata; la colpa è, senza dubbio, del talento del poeta, e non dei tempi che sono andati più avanti. Senza dubbio il critico voleva dire che Eugenio Onegin e tutta la sua compagnia non è più una novità per il pubblico, e oramai l'hanno stancato, come hanno stancato i giornalisti.

Come che sia, mi sono deciso a provare ancora la sua pazienza. Ecco ancora due capitoli dell'*Eugenio Onegin*, gli ultimi, almeno per la stampa. Quelli che vorrebbero trovarvi avvenimenti avvincenti, si convinceranno che qui vi è meno azione che in tutti i capitoli precedenti. Avrei voluto distruggere del tutto il capitolo VII e sostituirlo con la sola cifra romana, ma ho avuto timore della critica. Inoltre, molti frammenti erano già stati stampati. Il pensiero che si potesse scambiare una parodia scherzosa per una mancanza di rispetto a un ricordo grande e sacro, pure mi tratteneva. Ma *Childe Harold* sta a un'altezza tale, che, in qualsiasi tono se ne parli, il pensiero di una possibilità di offenderlo non poteva nascere, in me.

28 novembre 1830. Boldino.

*Puškin tolse il capitolo sul viaggio di Onegin dal romanzo, per motivi politici, e ne stampò frammenti come supplemento all'edizione completa dell'*Eugenio Onegin. *Nel manoscritto si hanno ancora altri appunti per questo capitolo, per cui è possibile ricostruirlo nella forma ideata da Puškin. Questa ricostruzione è riportata da D.D. Blagoj e S. M. Petrov (in* A. Puškin, Opere complete, *Mosca, 1954, voll. 3). Alcune strofe (tra parentesi quadre) sono state pubblicate da Puškin e inserite nell'VIII capitolo, e sono le stesse che abbiamo tradotto a pp. 395-397 e da p. 441 a p. 455. Le altre sono le seguenti*[2]:

a) [Beato colui[3] che in gioventù è stato giovane] . . . .
. . . .

Beato chi, [al tempo giusto, è maturato, e ha saputo sopportare a poco a poco, con gli anni, il freddo della vita; colui che non si è abbandonato a strani sogni, che non si è estraniato dalla mondana plebaglia, che a vent'anni è stato un elegantone o un ardito corteggiatore, a trenta s'è sposato bene; a cinquanta s'è liberato dai debiti privati e dagli altri, che ha raggiunto la gloria, i denari, e i gradi, tranquillamente e al momento opportuno; di cui tutta la sua epoca ha confermato: NN è una persona eccellente!]

b) Beato colui che ha capito la voce severa della necessità terrena, che nella vita ha camminato per l'ampia via maestra, che ha avuto uno scopo e ha cercato di raggiungerlo, che ha saputo per quale motivo si trovava al mondo, ha affidato l'anima a Dio, come un appaltatore o un generale. "Noi siamo nati", disse Seneca[4], "per far del bene al prossimo e a noi stessi"; (non si può essere più semplici e più chiari di così), ma è pesante, dopo aver vissuto mezzo secolo, vedere nel passato solo le tracce degli anni perduti senza frutto.

c) (coincide con la XI dell'VIII cap., meno il 1˘ verso). È insopportabile pensare [che la gioventù ci è stata data invano, che l'abbiamo tradita sempre e che essa ci ha ingannati; che i nostri migliori desideri, i nostri sogni più freschi, in rapida volta sono marciti, come le foglie del fracido autunno! Com'è insopportabile vedersi davanti la lunga serie degli stessi pranzi, guardare la vita come un rituale e dover seguire una folla compassata senza condividerne le idee comuni e le passioni!]

d) (coincide con qualche variante con la XII dell'VIII cap.). [Diventato oggetto di clamorosi giudizi, è insopportabile, convenitene, passare tra i bempensanti come uno stravagante, come una specie di quacchero, di massone, oppure un Byron primitivo, o anche come il mio demone[5]. Onegin (di nuovo mi occupo di lui), dopo aver ucciso l'amico in duello, ed esser vissuto senza scopo, e senza faticare, fino a ventisei anni, non era capace di far niente, annoiato dall'inane ozio, senza alcun lavoro, senza moglie, senza un impiego.]

e) Annoiandosi, passando per un Melmoth, oppure ostentando un'altra maschera, si svegliò una volta come patriota, durante la stagione noiosa delle piogge. La Russia, signori, in un momento gli piacque proprio, e decisamente. Già se ne era innamorato, già per la Russia andava in delirio, già odiava l'Europa[6], per la sua arida politica e la sua dissoluta vanità. Onegin viaggia; egli visita la santa Russia: i suoi campi, i deserti, le città e i mari.

f) Egli era pronto, e grazie a Dio, il 3 di luglio[7] una carrozza leggera da posta lo portò via. Attraverso la distesa semiselvaggia, egli vide la grande Novgorod. Domate le piazze, fra di esse si è fatta silenziosa la campana ribelle[8], ma errano le ombre dei grandi eroi: il conquistatore scandinavo[9], il legislatore Jaroslav[10] con la coppia dei terribili Ivan[11], e intorno alle chiese piegate, ribolle il popolo dei giorni passati.

g) Angoscia, angoscia! Eugenio corre, sempre più in

fretta e più lontano; ora passano balenando come ombre davanti a lui il Valdaj[12], Toržok e Tver'[13]. Qui da cavillosi contadini egli acquista tre fasci di ciambelle; là compera pantofole, cavalca insonnolito lungo le superbe rive della Volga. Galoppano i cavalli ora per i colli, ora lungo il fiume; rapide passano le pietre miliari, i cocchieri cantano e fischiano, e imprecano; la polvere si solleva. Ecco che Eugenio si sveglia a Mosca, sulla Via Tverskaja.

h) Mosca accoglie Onegin con la sua altezzosa vanità, lo incanta con le sue fanciulle e con la sua zuppa di pesce[14]. Nel palazzo del Club Inglese (esperimento delle assemblee popolari), silenzioso, cupo nell'anima, egli ascolta dei discorsi sulla *kaša*[15]. Viene notato. Di lui parlano voci diverse, di lui Mosca si occupa, lo chiama spia, compone versi in suo onore e lo mette tra i fidanzati.

i) Angoscia, angoscia. Vuole andare a Nižnij nella patria di Minin[16]. [Davanti a lui inutilmente Makar'ev[17] si agita, e ferve nella sua opulenza. Qui l'Indiano ha portato le perle, e i vini affatturati l'Europeo; qui l'allevatore delle steppe ha sospinto una mandria di cavalli scelti; il giocatore ha portato i suoi mazzi di carte e un pugno di dadi servizievoli; il possidente ha qui trascinato le figlie già mature, e le ragazze han portato la moda di un anno fa. Tutti si dan da fare, mentono per due e dappertutto aleggia lo spirito commerciale].

l) Angoscia! Eugenio aspetta il bel tempo. Già la Volga, [bellezza dei fiumi e dei laghi[18]], lo chiama alle sue acque gonfie e spumeggianti. Non è difficile attrarre chi lo desidera sotto le vele ben tese. Noleggiato un vascello mercantile, egli navigò rapido lungo il corso del fiume, verso Sud. La Volga si era gonfiata. Gli alatori[19], spingendo le aste di ferro, cantano con voce lamentosa, cantano di quell'asilo di masnadiero, di quelle scorrerie, lontane, di Sten'ka Razin[20], che, nei tempi antichi, insanguinò le onde del fiume.

m) Cantano di quegli ospiti non chiamati che incendiavano e sgozzavano. Ma ecco, fra le steppe sue sabbiose, sulla riva delle acque saline, si apre Astrachan, città di commerci. Onegin si era appena immerso nei ricordi dei giorni passati, che il caldo dei raggi di mezzogiorno, e nugoli di zanzare sfacciate, che pizzicano e ronzano da tutte le parti, subito lo accolgono, ed egli, infuriato, lascia immediatamente le rive del Caspio. Angoscia! E viaggia verso il Caucaso.

n) (Le strofe n, o, p vennero da Puškin pubblicate nel Viaggio di Onegin. V. a pp. 441 e segg.*).* [Vede il Terek capriccioso che erode le erte rive; dinanzi a lui si libra la maestosa aquila, e sta il cervo, con le corna chine; all'ombra di una roccia riposa il cammello, nei prati il destriero del Circasso corre; intorno alle tende dei nomadi pascolano le pecore dei Calmucchi. Più lontano, le moli ingenti del Caucaso: la via è aperta. La battaglia è passata rapida oltre il loro naturale confine, attraverso le loro barriere ostinate; le tende russe oramai hanno visto le rive dell'Aragva e della Kura.]

o) [Già l'eterna sentinella del deserto, il Beštu, dall'aguzza cima, si erge, premuto intorno dai colli; e così il verdeggiante *Mašuk*, che dona acque medicinali; intorno ai suoi ruscelli magici si accalca il pallido sciame dei malati; chi è vittima dell'onor militare, chi delle Emorroidi, chi di Ciprigna; chi soffre pensa di rafforzare il filo della vita nelle onde miracolose, la *coquette* di lasciare in fondo all'acqua le offese degli anni spietati, e il vecchio di ringiovanire... sia pure per un attimo.]

p) [Pascendosi di amare meditazioni, in mezzo a quella triste famiglia, Onegin osserva con sguardo di compassione [*gli zampilli fumiganti*] e pensa, velato di tristezza: "Perché la pallottola non m'ha colpito nel cuore? Perché non sono io un debole vecchio come questo povero appaltatore? Perché, come quell'assessore di Tula, io non ho la paralisi? Perché non sento nelle spalle almeno un reumatismo? Ah, Creatore!"] Così, io, come questi signori, avrei almeno potuto conoscere la speranza!...

q) Beato colui che è vecchio! Beato colui che è malato, colui sul quale si posa la mano del destino! Ma io sto bene, sono giovane, libero: che devo aspettare?

Angoscia! Angoscia!... Addio, pianure, cime dei monti nevosi, e voi, pianure del Kuban; egli viaggia verso altre rive, da Taman è andato in Crimea. [Terra sacra alla fantasia, là dove Pilade altercò con l'Atride, dove Mitridate si pugnalò, dove] l'esule [ispirato intonò il suo canto, ricordando tra gli scogli della riva la sua Lituania].

r) [Così, vivevo allora in Odessa[21]], fra nuovi amici, dimentico del mio tenebroso perdigiorno, dell'eroe del mio racconto. Onegin, come me, non si valse mai dei servigi della posta, ed io, uomo felice, non ero in corrispondenza con nessuno. Da quale stupore fui preso, giudicatelo voi, quando egli mi apparve, come una visione non invitata! Come furono sonore le esclamazioni degli amici; e come io mi rallegrai!

s) Santa amicizia, voce della natura! Dopo esserci guardati in faccia, l'un l'altro, come gli àuguri[22] di Cicerone, ci mettemmo a ridere sottovoce.

t) Per breve tempo insieme vagabondammo per le rive del Ponto Eusino[23]. I nostri destini di nuovo si divisero e ci stabilirono diverso cammino. Onegin, molto più freddo, e sazio di ciò che aveva veduto, partì per le rive della Neva, ed io, lontano dalle amabili signore del Sud, dalle grasse ostriche del Mar Nero, dall'opera, dai palchi in penombra, e, grazie a Dio, dai potenti[24], m'immersi nell'ombra dei boschi di Trigorskoe[25], in un lontano distretto settentrionale; e il mio arrivo fu triste.

u) Ma dovunque il destino mi assegni un angolo sperduto e senza nome, ovunque sia, ovunque esso spinga la mia umile barca, dovunque una tarda pace a me stabilisca il destino, e dovunque mi aspetti la tomba, nella mia anima benedico gli amici miei. No, no! Non dimenticherò i loro discorsi cari e dolcissimi; lontano, solo, fra la gente, io eternamente vi vedrò con l'immaginazione, ombre dei salici lungo la riva, e voi, pace e sogno dei campi di Trigorskoe.

v) E la riva declive del Sorot'[26], e i colli a solchi, e i sentieri nascosti nel folto bosco, e la casa dove noi si faceva festa; rifugio avvolto dallo splendore delle muse, cantato dal giovane Jazykov[27], quando dal Tempio delle scienze[28] egli giungeva nel nostro circolo campagnolo, e lodava la ninfa del Sorot', e cantava i campi intorno col suo verso d'incanto. Ma laggiù anch'io lasciai la mia orma, là, dono votivo del vento, ho appeso a uno scuro abete la mia risonante zampogna.

Dopo la strofa «Belle siete voi, rive della Tauride» *c'era un abbozzo di strofa senza i primi 4 vv. e poi altre due strofe:*

1) Vede: il Terek in furia scuote e sgretola le rive; sopra di esso, dalla sporgenza di una roccia inclinata sta sospeso un cervo, chine le corna; le valanghe si sgretolano, scintillano; lungo la roccia rapidi i torrenti sgorgano. Tra i monti, fra due alte pareti, corre la gola; tutto il cammino pericoloso è già, già più stretto; in alto, il cielo si vede appena; la tenebrosa natura rivela ovunque la stessa selvaggia bellezza. Gloria a te, venerando Caucaso; Onegin, per la prima volta, è commosso.

2) Un altro tempo passato!... In quei giorni, in cui anche me conoscesti, o Caucaso, nel tuo deserto sacrario, molte volte mi chiamasti. Follemente ero innamorato di te. Tu mi salutavi col fragore, con la voce possente dei tuoi uragani; io sentivo ruggire i tuoi torrenti, e il tonfo delle valanghe, e il grido delle aquile, e il canto delle vergini, e il ringhio rabbioso del Terek, e il riso lungirisonante dell'eco; e miravo, io, tuo debole cantore, la corona regale del Kazbek.

FRAMMENTO D'INCERTA COLLOCAZIONE

*Il seguente frammento è riportato nell'edizione dell'Accademia. Non si sa a quale momento dell'*Onegin *l'autore volesse riferirsi.*

«Spòsati». «Chi?». «Vera Čackaja». «È vecchia». «La Radina». «È sempliciotta». «La Chal'skaja». «Ride come una sciocca». «La Šipova». «È povera e grassa». «La Minskaja». «Ha il sospiro troppo languido». «La Torbina». «Scrive romanzi, sua madre bacia tutti, il padre è un imbecille». «E allora la Len'skaja». «Ma sì! Devo imparentarmi con una famiglia di lacchè». «La Gruša Lipskaja». «Che modi! Fa mille smorfie e mille gesti». «La Lidina». «Che razza di famiglia! Offrono noci e, a teatro, bevono la birra».

COMMENTO

ABBREVIAZIONI USATE NEL COMMENTO

Bel. = V.G. Belinskij, Polnoe Sovranie Sočineij, t. 1-13, Moskva-Leningrad, 1953-1959.

Br. = N.B. Brodskij, Evgenij Onegin. Roman A.S. Puškina. Posobie dlja učitelej srednej školy, Moskva, 1957.

Č. = Alexander Sergeevich Pushkin. Evgenij Onegin. A Novel in Verse. The Russian Text edited with introduction and Commentary by Dmitry Čiževsky, Cambridge (USA), 1953.

L. = Ju. M. Lotman, Roman A.S. Puškina «Evgenij Onegin». Kommentarij. Leningrad, 1980.

N. = Onegin Eugene. A Novel in verse by Aleksandr Pushkin. Translated from the Russian, with a Commentary, by Vladimir Nabokov. In four volumes, Princeton University Press, 1975.

CAPITOLO PRIMO

Il capitolo, che si apre con la descrizione del viaggio (e dei pensieri) di Eugenio che corre verso il paese dello zio morente, è dedicato al protagonista, di cui si racconta l'infanzia (strofa III), l'adolescenza, la giovinezza, con gli studi e le passioni (strofe IV-XI). Il racconto si ferma su Eugenio all'epoca del romanzo e sulla descrizione della vita brillante di un giovin signore di Pietroburgo (strofe XII e segg.). Particolarmente ampio è lo spazio dedicato al teatro e alle attrici: qui Puškin è largamente autobiografico (strofe XIV-XIX). Il costume è l'argomento che occupa le strofe XX-XXIII. Con la strofa XXIV ha inizio il tema dei ricevimenti e delle feste da ballo, con digressioni direttamente autobiografiche. Alla strofa XXXII, Eugenio va a letto mentre gli altri s'alzano, proprio come il giovin signore del Parini (il raffronto è però puramente esteriore). Il ritratto morale di Eugenio è tracciato nelle strofe XXXIV e XXXV, dove facciamo conoscenza con la malattia di moda, lo *spleen*. Il tema delle belle donne è toccato nelle strofe XXXVI e XXXVII, cui seguono quelli dell'inutilità dei libri (strofa XXXVIII) e dell'amicizia: il poeta si inserisce nel romanzo come amico di Onegin (strofe XXXIX-XL). La strofa XLIII è dedicata al tema mitico dell'Italia, e la XLIV al ricordo ancestrale dell'Africa, legato a uno struggente desiderio di libertà. Con la strofa XLV riprende il racconto interrotto all'inizio del capitolo: Eugenio e l'eredità dello zio. Di nuovo la biografia interiore, il tema della campagna, l'affermazione antibyroniana e la conclusione, letteraria, del capitolo. Questo capitolo venne iniziato il 9 maggio 1823 (vecchio stile) a Kišinjov. Čiževskij fa notare che, nella minuta, dopo la strofa XXXIII (XXX), è segnata la data: 16 agosto. Il 22 ottobre 1823 il capitolo era terminato.

1. *Vjazemskij:* l'epigrafe è tolta dalla poesia *La prima neve*, del 1819. In S la citazione non venne stampata, in B era di due versi («Attraverso la vita così trascorre l'ardente gioventù / E s'affretta a vivere, e s'affretta a provar sentimenti»). Il poeta Pjotr Andreevič Vjazemskij (1792-1878) fu carissimo amico di Puškin, con il quale fu in corrispondenza fin dai tempi del liceo. Vjazemskij frequentava le riunioni dell'Arzamas; scrisse articoli critici su varie opere di Puškin.

2. *onesti principii:* riprende, ironicamente, il primo verso di una favola di Krylov (*L'asino e il contadino*, 1819), che dice: un asino di onesti principi (v. Br. 31 e Č. 210). Per la discussione intorno a questo punto v. in particolare N. 2, 29-31. Ma L. 121 afferma che questo riferimento preciso a Krylov non è accettabile, nel senso che la frase era di uso corrente.

3. *scavezzacollo:* in questa definizione, secondo Br. 33 non v'è alcuna sottolineatura ironica od offensiva per Eugenio. In due passi (nella poesia *A Jurev* e nella *Gavriliada*) Puškin definisce se stesso scavezzacollo, ma con una sfumatura politico-ideologica determinata. Anche la società della «Lampada Verde» era formata da scavezzacolli (*povesa*). Potremmo anche tradurre «libertino» nel senso più sottile del termine (amico della libertà e uomo libero da pregiudizi). Si tratta di terminologia di origine illuminista.

L'inizio dell'azione del poema (Eugenio che corre in carrozza dallo zio morente) è stato ispirato dall'inizio del poema di C. R. Maturin, *Melmoth the Wanderer*: c'è qui, appunto, John Melmoth che corre dallo zio morente, (N. 2, 35). Charles Robert Maturin (1782-1824), il maestro inglese del «romanzo gotico», ebbe gran fama anche in Russia.

4. *erede:* erede dello zio e di altri parenti, ma non del padre. Eugenio potrà continuare a fare la bella vita solo perché lo zio, un ricco avaro, gli lascia terre, boschi e manifatture. Altrimenti avrebbe fatto la fine di altri giovani nobili, le cui famiglie andavano perdendo, tra il 1820 e il 1830, la loro stabilità economica. Il padre di Eugenio muore lasciando un passivo di debiti pari, se non superiore, alle sostanze. Questo destino di impoverimento sarà proprio di molti altri personaggi-nobili di Puškin. Eugenio Onegin è, in un certo senso, un'eccezione, in quanto evita la sorte di molti coetanei.

5. *Ljudmila e Ruslan:* Puškin si rivolge ai lettori, che già lo conoscono per avere letto il poema, che lo rese famoso, *Ruslan e Ljudmila*, iniziato nel 1817 al liceo di Carskoe Selo e pubblicato

nel luglio 1820. Argomento del poema, in sei canti, è un'avventura fantastica, simile alle avventure narrate dall'Ariosto nell'*Orlando Furioso*. Ruslan è un intrepido principe che sposa Ljudmila, figlia di Vladimiro-Bel-Sole, sire di Kiev. Ma subito dopo le nozze, il mago Černomor rapisce la sposa e la nasconde in un palazzo incantato. Ruslan la libera, dopo mille avventure strabilianti.

L. 121 mette a fuoco le ragioni di questo riferimento a *Ruslan e Ljudmila*, sottolineando il fatto che il poema era più apprezzato dai cosiddetti «arcaicisti» (avversari di Karamzin e della sua scuola linguistica stilistica modernizzante), in particolare da Kjuchel'beker, che ne dette una valutazione assai positiva. Ma Puškin, nell'edizione del 1825, aveva premesso una prefazione (vedi la nostra edizione a p. 463), in cui ricorda anche il *Prigioniero del Caucaso*, uno dei suoi poemi byroniani: Puškin vuole, secondo quanto osserva L., dichiarare qui il carattere di «sintesi» dell'*Eugenio Onegin*.

6. *alcun preambolo:* l'*Eugenio Onegin* dev'essere considerato anche come una manifestazione polemica contro i classicisti: Puškin sottolinea il fatto che il suo romanzo in versi entra subito in medias res, senza prefazioni ed esordi (del tipo «Cantami, o Diva» oppure «Canto l'armi pietose»), proprio per una sottolineatura polemica: egli mette sì l'esordio, ma alla fine del VII capitolo!

7. *Onegin:* ricordiamo che nel piano dell'opera, tracciato da Puškin, il primo di nove capitoli in cui il poema si sarebbe dovuto suddividere era dedicato al protagonista maschile, che dava il nome a tutto il romanzo. Puškin aveva intitolato questo capitolo, sempre nel piano, col nome *chandra*, e cioè noia, angoscia: la malattia di cui soffriva Eugenio. Una prima guida per capire la figura del protagonista sono le parole di Belinskij di cui riportiamo i giudizi salienti: «Il poeta bene ha fatto a scegliere un eroe dell'alta società. Onegin non è un gran personaggio...; Onegin è un uomo mondano... Suo zio gli era estraneo, sotto tutti i rapporti. E che cosa vi può essere in comune fra Onegin, che già sbadigliava sia nelle sale alla moda che in quelle vecchie, e il rispettabile possidente, che nella profondità della sua campagna, per quarant'anni aveva litigato con la governante, guardato dalla finestra e acchiappato mosche? Diranno: lo zio è il suo benefattore. Quale benefattore, se Onegin era l'erede, per legge, degli averi dello zio? Qui il benefattore non è lo zio, ma la legge, il diritto di ereditare. Qual è la situazione di un uomo costretto a recitare la parte del parente addolorato, sofferente, davanti al

letto di morte di un uomo a cui era completamente estraneo e lontano? Si dirà: chi lo ha costretto a recitare una parte così bassa? Ma come chi? Un sentimento di delicatezza, di umanità...». E più oltre: «Gran parte del pubblico ha negato completamente che Onegin avesse un cuore, un'anima; ha visto in lui un uomo freddo, arido, un egoista di natura. Non si può capire un personaggio in modo più sbagliato e più contorto di così. Ancora: molti, in buona fede, hanno creduto e credono che il poeta volesse rappresentare Onegin come un freddo egoista. Ma questo significa aver gli occhi e non vedere. La vita mondana non ha ucciso in Onegin i sentimenti, ma solo li ha resi freddi e ostili alle sterili passioni e ai piaceri da poco... Onegin non era né freddo, né arido, né duro; nella sua anima viveva la poesia e, in genere, egli non apparteneva al novero della gente comune, dozzinale. Un'involontaria dedizione ai sogni, sensibilità e indolenza nell'ammirare le bellezze della natura e nel ricordare i romanzi d'amore degli anni passati: tutto ciò è più testimonianza di poesia e di sentimento, che non di freddezza e aridità. Il fatto è che Onegin non amava abbandonarsi ai sogni, sentiva più di quanto non volesse dire, e non era chiuso a ogni cosa. Una mente irritata è anche segno di una natura elevata, perché l'uomo la cui mente è irritata è scontento non solo degli altri, ma anche di se stesso. Gli uomini dozzinali sono sempre contenti di sé, e, se le cose vanno bene, di tutti... L'essere disincantati della vita, degli uomini, di se stessi... è proprio di coloro che, desiderando molto, non si accontentano di qualche nonnulla». E più oltre: «Onegin non è un Melmoth, né un Childe-Harold, né un demone, né una parodia, né un bizzarro alla moda, né un genio, né un grand'uomo, ma semplicemente, un bravo ragazzo, come voi, come me, come tutti... Un bravo ragazzo, ma non un uomo dozzinale. Egli non si atteggia a genio, non mira a fare il grand'uomo, ma l'inazione e la volgarità della vita lo soffocano; egli non sa neppure ciò di cui ha bisogno, quello che vuole; ma egli sa molto bene di non aver bisogno, "di non volere ciò di cui è così felice e soddisfatta la mediocrità"». Belinskij definisce quindi Eugenio come «un egoista sofferente, un egoista di tipo speciale, cioè, con aspirazioni e sogni, con eterna inquietudine, anche, a volte, con la volontà di fare il bene... Un egoista involontario».

Per il nome e il cognome del protagonista, rimandiamo a L. 112 e segg.: «Eugenio» era un nome con un «passato letterario» preciso, che richiamava al lettore sia una satira di Antioco Kantemir (*Eugenio*, un nobile che della nobiltà aveva preso solo i privilegi), sia il protagonista di un romanzo di A.E. Izmajlov,

Eugenio, ovvero le Disastrose conseguenze di una cattiva educazione e di cattive compagnie (1799-1801). Il cognome è un'innovazione felice di Puškin, con riferimento al fiume Onega. Anche Lenskij è derivato dal nome di un fiume, Lena.

Il nostro Eugenio Onegin, come risulta dal poema, nacque nel 1795 (vedi L. 18).

8. *Neva:* il fiume che attraversa Pietroburgo. Il ricordo della Neva e di Pietroburgo assilla Puškin, costretto all'esilio nel Sud. L'autore entra, autobiograficamente, nell'*Eugenio Onegin*, sia come interlocutore e conoscente di Eugenio («Onegin, mio buon amico»), sia come «elemento» del protagonista maschile Eugenio, che è, in parte, trasfigurazione dello stesso poeta. La vita di Puškin, come risulta dalle ricerche di tutti gli interpreti (Čizevskij, Tomaševskij, Troyat, Simmons, Blagoj, ecc.), specialmente nei primi anni della brillante vita mondana di Pietroburgo, è riflessa in questo primo capitolo. Riferimenti letterari di questa vita di società possono essere *Le mondain* di Voltaire, L'*Epistola a un abitante di Pietroburgo* (1821) di Jakov N. Tolstoj, amico di Puškin e membro della società della «Lampada Verde», secondo le conclusioni di B. L. Modzalevskij, citato da Č. Questi elementi autobiografici sono però marginali: Eugenio è un personaggio del tutto autonomo e ben distinto dall'autore.

9. *il Settentrione:* riferimento ai motivi politici dell'esilio. Nel maggio del 1820 il poeta era stato mandato in esilio in Bessarabia, nel Sud.

10. *Madame... Monsieur:* l'alta società russa e, in genere, anche i nobili di minor rango, usavano parlare francese e davano istitutori francesi ai loro figli. Dopo la rivoluzione francese, molti emigrati, fuggiti dalla Francia, trovavano lavoro in Russia. Fra questi, numerosi i prelati, specialmente Gesuiti («Monsieur l'Abbé»). A proposito di quest'ultimo Čizevskij avanza anche l'ipotesi che si tratti non di un abate, ma di un francese di cognome L'Abbé. N. 2,40 pensa (anche sulla base di una minuta), che l'ipotesi sia senza fondamento. Interessante però osservare che in B, al posto di «un povero francese» c'era «uno svizzero molto intelligente». Visto che monsieur l'abbé insegnava «scherzando», vuol dire che applicava la pedagogia di Rousseau. La parte dedicata all'educazione di Eugenio è ispirata all'analogo argomento del *Don Giovanni* di Byron (I, XXXVIII-LIII) (N. 2,45).

11. *Giardino d'Estate:* giardino pietroburghese dove soleva radunarsi la società dei nobili e dei notabili. Il Giardino d'Estate

era vicino alla casa dove abitava (in questo capitolo) Eugenio, in Via Fontanka (L. 63). La Pietroburgo qui rappresentata è la Pietroburgo dei quartieri eleganti (Nevskij Prospekt, Lungoriva della Neva, Lungoriva della Fontanka, Via Malaja Morskaja ecc.).

12. *turbolenta giovinezza:* N. 2,42 nota che si tratta di un «cliché» francese e cita Jacques Delille, *Epître sur la ressource contre la culture des arts et des lettres* (1761): «Dans l'âge turbulente des passions humaines / Lorsqu'un fleuve de feu bouillonne dans nos veines...»

13. *dandy:* questo termine entrò nell'uso europeo all'inizio dell'Ottocento. Nacque in Inghilterra, dove veniva applicato ai giovani dell'alta società londinese, che all'estrema eleganza nell'abbigliamento univano un grande disprezzo delle convenzioni sociali. Il gran maestro dei dandies fu lord Brummel, di cui Eugenio era devoto discepolo. Il dandismo era legato al culto di Byron.

14. *stravagante* (pedant): il termine italiano «pedante» non ha niente a che vedere col termine russo, come viene usato qui. Interessanti le osservazioni del Brodskij sul valore della parola pedante intorno al 1820. *Pedant* era colui che si distingueva, per particolari concezioni e per abitudini, dalla folla comune del gran mondo. Così Vladimir Fjorodovič Odoevskij (1803-1860, scrittore, critico musicale, autore di racconti «del mistero») che, per le sue idee, suscitava stizza e dispetto nella società dei conformisti, veniva chiamato dal padrino (principe Leone) *pedant*. *Pedant* era quindi sinonimo di *čudak*, stravagante... L'epiteto di pedante, negli anni venti, portava con sé non solo una coloritura etica, ma anche politica, di insofferenza, di inimicizia nei confronti della classe dirigente, della società nobiliare (Br. 44). Altrove nell'*Onegin* il termine *pedant* ha un valore più vicino al nostro: p. es. in 1, 25 (applicato all'abbigliamento dell'eroe). Il termine, per Puškin, valeva anche come guida intellettuale dei ribelli. Di solito però la parola indicava una persona di scarsa cultura che discetta e discute su tutto. Eugenio è rappresentato, nelle strofe V-VII, in modo ironico, satirico. Vedi, in proposito, anche la lunga disquisizione di N. 2, 46-48.

15. *il dono:* vedi la variante a p. 464 «in lui sospettavano il genio...».

16. *solenne:* l'aggettivo ha valore ironico e polemico. Tali erano le discussioni dei burocrati dalle idee anguste.

17. *Il latino:* Č. 211 osserva che Puškin (qui la cultura latina di Onegin si riferisce, almeno in parte, a quella del poeta) possedeva testi latini con la traduzione francese a fianco. Le letterature latina e greca servivano ai liberali russi per gli stimoli ed esempi di libertà che esse offrivano. Il latino (osserva L. 130) era la carta da visita dell'intelligencija non nobile, come il francese lo era per la nobiltà. Ma anche molti nobili, all'inizio dell'800, si interessarono di latino. Ciò avvenne anche per l'influenza delle scuole private («pensioni») tenute dai Gesuiti. Con la chiusura di queste scuole (1815) il latino non interessò più tanto i nobili («è oggi passato di moda»).

18. *Giovenale:* il grande poeta satirico romano è esaltato da Puškin per il suo atteggiamento critico nei confronti di Domiziano (identificato con lo zar Alessandro).

19. *un coreo:* la metrica russa, quale si affermò nell'epoca del classicismo (precedentemente il verso russo era o ritmico o orientato sui versi di origine polacca), assunse la terminologia della poesia greco-latina, pur rimanendo sillabico-tonica. La distinzione tra metrica accentuativa e metrica quantitativa, va certamente ridotta, perché all'accento tonico è semplicemente accompagnata una certa durata. Comunque il giambo (*jamb*) e il trocheo (*trochèj*), detto anche coreo (*chorèj*) erano particolarmente diffusi. La forma ritmica dell'*Eugenio Onegin* è di tipo giambico; ogni strofa è formata da 14 tetrametri giambici, con gli accenti su alcune sillabe pari.

20. *Omero:* l'*Iliade* era stata tradotta da Nikolaj J. Gnedič (1784-1833); la traduzione (pubblicata nel 1829) divenne famosa, come la nostra del Monti. La traduzione dell'*Odissea* sarà di Žukovskij. Eugenio biasimava Omero perché il mondo dell'*Iliade* e dell'*Odissea* era lontano dagli interessi politico-economici di un giovane liberale-rivoluzionario. Agamennone era considerato un despota malvagio. Eugenio, comunque, ripete le idee di Nikolaj Ivanovič Turgenev (1789-1871) e d'altri «liberali», che ritenevano più utili le traduzioni delle opere di Smith che non l'Omero di Gnedič.

21. *Teocrito:* armoniose imitazioni di Teocrito scrisse il classicista Aleksej Fjodorovič Merzljakov (1778-1830). A Eugenio non potevano piacere le pastorelle e i pastori di Teocrito.

22. *Adam Smith:* lo studio dell'economista (1723-1790) era una delle attività del circolo cui apparteneva Puškin, intorno al 1820.

23. *lo Stato si arricchisca:* secondo N.V. Svjatlovskij (*Storia delle idee economiche in Russia*, 1923, citata dal Br.), in questa strofa Puškin darebbe una definizione della fisiocrazia e non dell'ideologia di Smith. Br. discute il problema e rettifica l'osservazione dello Svjatlovskij, riconoscendo gli elementi smithiani nelle espressioni di Puškin.

24. *la scienza della tenera passione:* l'*Ars amandi* di Ovidio — tradotta in stile rococò, come osserva Č., che contrappone il *jeu d'amour* di stile settecentesco, che piaceva a Eugenio, all'amore romantico di Lenskij e al misticismo amoroso di Tatiana.

25. *Ovidio:* al poeta, che la dura volontà di Augusto costrinse al remoto esilio a Tomi, località del Mar Nero, Puškin non poteva non dedicare un messaggio. La sollecitazione letteraria era troppo forte. Il 26 dicembre 1821 Puškin scrisse la lirica *A Ovidio* («Ovidio, io vivo presso le placide rive, alle quali un giorno portasti gli dei della patria scacciati, e dove lasciasti il tuo cenere. Il tuo pianto sconsolato ha fatto questa terra gloriosa; né ancora si è taciuta la tenera voce della tua lira...»). Questa poesia venne pubblicata su «La Stella polare» nel 1823, sine nomine auctoris, per ingannare «la vecchia scema», e cioè la censura. *A Ovidio* fu scritta a Kišinjov. La contrapposizione, nell'*Onegin*, fra l'Italia e le squallide steppe riprende i temi e le espressioni che ritroviamo nella poesia *A Ovidio* («la fredda Scizia, l'Italia dorata, la bella Italia»). La comunione di sofferenze e di vocazione con Ovidio è il tema dominante. Come per Ovidio, così per Puškin non valse che le grazie incoronassero i suoi versi, o che i giovani li ricordassero a memoria. Ottaviano, come Nicola I, non fu toccato dalla tenera dolcezza dei canti. E se Ovidio sognava la dorata Italia, Puškin soffriva per la lontananza dalla vita brillante della capitale. Alla quale, del resto, ritornò. Nel sud, per altro, Puškin trascorse alcuni anni intensi (anche per gli amori) e le «sofferenze per l'esilio» erano in gran parte letterarie.

26. *Moldavia:* il poeta partì nel marzo del 1821, per raggiungere la città di Kišinjov e il suo superiore, il generale Inzov. Ecco come Luginin, un contemporaneo di Puškin, descrive la città: «La città è ampia, ma costruita in malo modo. Le vie sono strette, gli anditi e i passaggi innumerevoli. Poche le case di pietra, poche le case di legno... Sono invece numerose le capanne... La sera ho fatto una passeggiata nel giardino, c'erano alcuni ufficiali, dei Moldavi con i cappelli alti e tondeggianti (i più ricchi e noti); altri portavano berretti meno alti, tutti indossavano delle specie di caffettani variopinti, che assomigliavano alle sottane dei preti.

Sotto il caffettano, ce n'era un altro, più stretto, una giubba, dei pantaloni. Le dame vestono all'europea. Ci sono molti Greci, Serbi, Arnauti, coi vestiti molto belli. Pochi i Turchi...» (Troyat, *Pouchkine*, I, 271). Puškin alloggiava nella bella casa del generale Inzov, presso il fiume Byk. Ma Inzov era generoso e intelligente e, a suo modo, ammirava l'irrequieto poeta.

27. *Faublas:* è il protagonista di un romanzo di Jean Baptiste Louvet de Couvray, nato a Parigi nel 1760 e morto, sempre a Parigi, nel 1797. Era un deputato girondino e fu quindi travolto dalla sconfitta del suo partito. Riuscì però a salvare la vita e, caduto Robespierre, entrò nel Comitato di Salute Pubblica e nel Consiglio dei Cinquecento. L'opera sua maggiore è *Amours du chevalier de Faublas*, in cui viene descritta in modo pittoresco e brillante la vita della Francia prerivoluzionaria; il protagonista è un insaziabile libertino.

28. *cornuto:* forse Aleksandr I. Davydov, nella casa del quale, a Kamenka, Puškin dimorò, col permesso del generale Inzov, per due settimane, fra il settembre e l'ottobre del 1820. Scriveva lo stesso poeta: «Aleksandr Ivanovič era un altro Falstaff, gioioso, pauroso, vanesio, non troppo sciocco, privo di idee morali, piagnucolone e obeso. Un'altra particolarità gli conferiva un incanto originale: era sposato. Shakespeare non ebbe il tempo di far sposare il suo eroe: Falstaff morì senza aver potuto essere né marito cornuto, né padre di famiglia». Puškin rimase deluso, però, dalla moglie di Aleksandr, Aglae, una Francese di trent'anni che faceva girare la testa a tutti i generali e alti ufficiali dei dintorni. Aglae voleva fare les exercices à la française col nostro poeta, il quale voleva ben altro che amori romantici. Puškin non sdegnava neppure la dolce e dodicenne Adele, figlia di Aglae. A Kamenka il poeta terminò *Il prigioniero del Caucaso*.

29. *letto:* una delle fonti cui Puškin si è ispirato in questo capitolo è, come si è detto, l'*Epistola a un abitante di Pietroburgo*, di Jakov N. Tolstoj. Molti parallelismi si possono trovare fra questa poesia e il cap. I.

30. *bolivar:* cappello a larga falda, così nominato in onore di Simon Bolivar (1783-1830), il liberatore sud-americano.

31. *Boulevard:* il Nevskij Prospekt (Prospettiva della Neva).

32. *Bréguet:* Abramo Luigi Bréguet (1747-1823), orologiaio celebre di Neuchâtel e accademico svizzero; fabbricava preziosi orologi, famosi in tutto il mondo.

33. *Talon:* ristorante di Pietroburgo, come dice, in nota, lo stesso poeta. Quando Puškin pubblicò il cap. I dell'*Eugenio*, questo ristorante, che si trovava sul lungo-Neva, aveva cessato l'attività.

34. *Kaverin:* Pjotr Pavlovič Kaverin (1794-1855) faceva parte del reggimento di ussari che dopo la campagna del 1814 fu acquartierato a Carskoe Selo, dove Puškin seguiva i corsi liceali. A lui il nostro poeta indirizzò il messaggio: «Prega il dio Como ed Amore. Cogli il momento della giovinezza». Il dio Como era il dio dei Convivi. Il Tomaševskij (B. Tomaševskij, *Puškin*, vol. I [1813-1824], Mosca-Leningrado, 1956) a p. 202, nota 100, sostiene che non vi sono fondate ragioni per ritenere che anche Kaverin facesse parte della «Lampada Verde»; a favore di questa partecipazione c'era una chiara testimonianza di P.V. Annenkov (in *Puškin nell'epoca di Alessandro*, SPB, 1874) oltre ad affermazioni meno credibili di P.I. Bartenev (*Puškin nella Russia Meridionale*, 1862 [edito a Mosca nel 1914]). È comunque un fatto che Kaverin e Puškin si trovavano spesso insieme, nello stesso circolo letterario.

Ecco la descrizione del Troyat (*op. cit.*): «Kaverin sembra l'eroe-tipo di questa piccola società. Aveva cinque anni più di Puškin. Dopo aver studiato a Gottinga, partecipò, nel 1813, alla guerra contro Napoleone. Grande bevitore, si abbandonava ad ogni sorta di piaceri, seguendo una vita quanto mai disordinata, fra il rum, le innumerevoli ragazze di piacere, i duelli, la poesia e le discussioni politiche. Finì la vita come un uomo del medioevo, vendendo ceri e cantando nel coro della chiesa». Kaverin e gli altri ussari erano stati a Parigi, dove avevano ascoltato le conferenze di Benjamin Constant. Erano tornati in patria col cuore caldo di eguaglianza, libertà e fratellanza; si erano poi collegati con i circoli liberali prussiani. Kaverin era affiliato alla società segreta «Unione della Salvezza», una specie di gruppo carbonaro fondato tra gli ufficiali di Pietroburgo nel 1816. Nel manoscritto di Puškin si legge solo l'iniziale K.

35. *vino della "cometa":* un ottimo vino del 1811. Proprio nel 1811 era apparsa una cometa: da ciò il nome. Si trattava, più propriamente, di un vino della Francia del Sud; il nome veniva però dato a molti altri vini del 1811 (*vins de la comète*).

36. *un ananasso:* per ananasso vedi N. 2, 74-75, che cita il poema *Summer* (1727) di James Thomson e quello di William Cooper, *The Pineapple and the Bel* (1779). Ma Puškin non li conosceva: l'ananas era, piuttosto, simbolo di lusso. Nel n. 15, 1832,

del «Telegrafo moscovita» si legge che, pagando, era possibile avere immediatamente pâtés di Strasburgo, formaggi del Limburgo, montagne di ananassi e fiumi di sciampagna. Il pâté di Strasburgo era il famoso pâté di fegato d'oca. Il formaggio del Limburgo è detto «vivo», secondo il Brodskij, con riferimento ai batteri della fermentazione: è affine, quindi, al nostro gorgonzola. Per L. 143 «vivo» perché molto molle: al taglio, si spandeva.

37. *Fedra:* eroina di un'opera di J.B. Lemoyne (N. 2,78) e Steinbelt (L. 144), rappresentata nel 1818. Il soggetto era stato ispirato dall'omonima tragedia di Racine. Per Cleopatra, non si sa a chi volesse alludere il poeta. Anche Tomaševskij (*op. cit.*, p. 294, nota) lascia insoluta la questione e confuta, anzi, l'opinione di M. Zagorskij (*Puškin e il teatro*, pp. 66-70), secondo cui la figura sarebbe tratta dal repertorio del teatro francese. Per tutte le congetture in proposito v. comunque N. 2, 79-80.

38. *Moina:* personaggio del *Fingal*, di Ozerov, di solito rappresentato dalla Semjonova.

39. *Terra:* le strofe XVIII e XIX vennero scritte dopo che fu terminato il capitolo, nell'ottobre del 1824. Anche nella strofa XVIII, e nelle seguenti, le allusioni autobiografiche sono frequenti. Un'ampia narrazione della vita dei teatri di Pietroburgo e della partecipazione di Puškin ad essa si trova nella bellissima e documentata opera di B. Tomasĕvskij già citata.

40. *Fonvizin:* Denis Ivanovič Fonvizin (1745-1792) è stato il maggiore commediografo russo del Settecento. *Il Minorenne* unisce satira del costume all'intreccio di caratteri, che escono dagli schemi di personaggi fissi per entrare nella rappresentazione realistica della società.

41. *Knjaznin:* Jakov Borisovič Knjaznin (1742-1791), traduttore e compilatore di commedie. Ebbe una gioventù scapestrata, in mezzo alla *jeunesse dorée* di Pietroburgo. Si giocò a carte vasti territori e anche del denaro dello Stato, per cui fu mandato sotto processo. In seguito si dedicò alla letteratura, e visse facendo il traduttore. Dal 1781 entrò (di nuovo) in servizio. Nel 1769 fu rappresentata la sua prima tragedia, *Didone*, che ottenne grande successo e procurò al suo autore molte lodi. Knjaznin fu esaltato come il Racine, il Molière, l'Euripide russo. La sua opera più importante è il *Vadim di Novgorod*, dove il classicismo è temperato da elementi di tipo shakespeariano (azione sulla piazza di *Novgorod*), come poi farà Puškin nel *Boris Godunov*. Il

Vadim è opera decisamente ostile all'autocrazia (narra la vicenda di un notabile di Novgorod ucciso nell'863 dal tiranno Rjurik).

42. *Ozerov:* Vladislav Aleksandrovič Ozerov (1770-1816) è l'ultimo rappresentante della cosiddetta tragedia classica alessandrina del secolo XVIII. Scrisse il *Fingal* (1805), *Dmitrj Donskoj* (1807), *Polissena* (1811). Puškin aveva, negli anni del liceo, grande ammirazione per le tragedie di Ozerov; poi (v. *Le mie osservazioni sul teatro russo* [Puškin, Op. in X voll., t. VII,. M.L., 1949, p. 10]) ne notò i difetti, fra cui l'incompiutezza. La tragedia *Fingal* era particolarmente lodata e Puškin la ricorda più volte, nell'*Eugenio* e nelle poesie. Tomaševskij sostiene che la fortuna del *Fingal* era dovuta sia al sentimentalismo che a una certa esaltazione della libertà.

43. *la giovane Semjonova:* Ekaterina Semjonova, nota attrice (1786-1849). Puškin ebbe modo di assistere alle recitazioni della Semjonova nel periodo 1817-1820. Il Tomaševskij elenca le rappresentazioni date dalla grande attrice, nel periodo indicato: *Ifigenia in Aulide*, nella traduzione di Sobanov; *Edipo ad Atene* di Ozerov; *Arianna* di Corneille, nella traduzione di Katenin; e altre opere di Voltaire, di Schiller e di Ozerov (il *Dmitrij Donskoj* e il *Fingal*). Nel *Fingal*, rappresentato il 23 ottobre 1817, il 25 aprile e il 5 luglio 1818, la Semjonova recitò la parte di Moina. Puškin la ricorda come la migliore attrice del suo tempo, senza competitrici (v. *Le mie osservazioni sul teatro russo*, *cit.*, p. 8 e segg.). La fervida esaltazione della Semjonova non era del tutto disinteressata, dato che il nostro poeta s'era innamorato di lei.

44. *Katenin:* Pavel Aleksandrovič Katenin (1792-1853), critico letterario e poeta. Passò dal preromanticismo al classicismo (con l'*Andromaca*). Katenin era affiliato alla «Società della Salvezza», una loggia liberale, ed era noto per il suo amore per la libertà. Costretto a lasciare il servizio per ragioni politiche, dovette ritirarsi, nel 1822, presso Kostroma. Puškin l'aveva conosciuto nel 1817.

45. *Corneille:* Puškin, al liceo, aveva imparato che Corneille andava considerato inferiore a Racine. In Corneille non si trovava (vedi Tomaševskij, *op. cit.*, I, 594) quella purezza dello stile e quella semplicità di struttura che era l'ideale dei classici. I romantici, invece, anteponevano Corneille a Racine. Puškin sottolinea in Corneille (a proposito del *Cid* che Katenin aveva tradotto) gli aspetti considerati più romantici: un soggetto cavalleresco invece di un soggetto greco o romano.

46. *Šachovskoj:* Aleksandr Aleksandrovič Šachovskoj (1797-1846), organizzò teatri a Pietroburgo e a Mosca; dopo una prima adesione al classicismo si orientò verso il romanticismo, scrivendo commedie romantiche, assai satiriche. Puškin assistette per la prima volta alla rappresentazione di un testo dello Šachovskoj il 24 ottobre 1815. Sempre nel 1815 Puškin scrisse un epigramma contro di lui.

47. *Didlot* o *Didelot*: il balletto russo è molto lodato e citato nel I capitolo, che è stato scritto proprio sotto l'influsso dello sviluppo di questa forma d'arte. Il maestro del balletto era il celebre Didelot (1767-1837), autore di incantevoli figure. Didelot rappresentò balletti di tema mitologico (*Il pastore e l'amadriade; Aci e Galatea; Zefiro e Flora*). Dal 1817 al 1820 i temi divennero romantici: *Carlos e Rosalba; Il califfo di Bagdad; Laura ed Enrico; Raul de Krekì (Crequis)*: Raul, tornato dalla Crociata, trova la sua terra usurpata dal tiranno Baldovino, che getta la moglie di lui, Adelaide, col figlio, in carcere. Le scene sono romantiche: l'alba sulla riva scoscesa del mare, davanti alla bufera; la torre carceraria del castello, ecc. Molte le ballerine (Tersicori russe): Aleksandra Michajlovna Kolosova, Avdotija Ilinišna Istomina, immortalata da Puškin, la Lichutina, ricordata in una variante cancellata del I capitolo.

48. *disincantato:* l'epiteto psicologico viene attribuito a un oggetto (il binocolo). Il termine *Lornet* (dal francese *lorgnette*) ha in Puškin un doppio significato (v. N. 2, 71): occhialino e binocolo, qui *dvojnoj lornet* (*lorgnette double*) vuol dire binocolo come altrove nell'*Onegin*. Al tempo di Puškin e di Eugenio (v. L. 151) era molto «chic» fingersi miopi a teatro, ma era anche considerato volgare e villano osservare le signore con binocoli e occhialini.

49. *i palchi scintillano:* all'inizio del secolo scorso la distribuzione dei posti nel teatro russo (ed europeo) era la seguente: proprio di fronte all'orchestra, c'erano alcune file di poltrone, riservate alla nobiltà (Onegin prende posto in queste poltrone); dietro veniva la platea (*parterre*), riservata al medio ceto, alla borghesia intellettuale. I palchi, in due o tre piani, ospitavano le donne e i loro accompagnatori. In galleria, la plebe.

50. *Istomina:* Avdotija (Evdokija) Ilinišna Istomina (1799-1848), la celebre danzatrice «circassa» del balletto di Pietroburgo; allieva di Didelot e causa di frequenti duelli fra i suoi ammiratori. Esordì nell'agosto del 1816. Nel gennaio 1823 rappresentò la circassa nel balletto tratto da Didelot da *Il prigioniero*

del Caucaso di Puškin. Puškin, che la chiamava la «circassa», (era bruna e con «gli occhi di fuoco») e che se ne innamorò, la frequentò in particolare a Pietroburgo tra il 1817 e il 1820.

51. *Londra:* non solo in questa digressione sulle importazioni, Puškin si rivela attentissimo ai problemi economici.

52. *filosofo diciottenne:* secondo Br. in questa definizione di Eugenio non c'è ironia. I dandies come Onegin non dovevano distinguersi solo per l'eleganza e la raffinatezza dei costumi, ma anche per l'interesse ai problemi filosofici.

53. *Grimm:* Federico Melchiorre Grimm (1723-1807), enciclopedista, illuminista.

54. *ciarlatano eloquente:* «charlatan déclamateur». Sono parole di Voltaire contro Rousseau (in *La guerra civile di Ginevra*). Questa espressione contrasta con la successiva «difensore della libertà». Vedi L. 153.

55. *Čadaev* (Čaadaev)*:* Pjotr Jakovlevič Čaadaev (1793-1856) è stato uno dei leaders intellettuali della Russia fra il 1820 e il 1840. Puškin gl'indirizzò un messaggio poetico, che ebbe grande popolarità e che ci è noto attraverso varie trascrizioni (l'autografo è andato perduto). Il messaggio è del 1818: almeno questa è la data più probabile. Vi si esprime l'esaltazione della poesia civile, contrapposta alla poesia «fuggitiva». Puškin aveva conosciuto Čaadaev al liceo, a Carskoe Selo. Lo rivide a Pietroburgo; allora Čaadaev era un liberale: le idee conservatrici delle *Lettres philosophiques* (*Lettere filosofiche*) si formeranno in lui molto più tardi; egli rappresentava per il poeta l'ideale della ferma devozione alla libertà. La crisi di profondo pessimismo che sconvolse l'anima di Čaadaev dopo il 1821, non s'era ancora profilata: «Dell'amore, della speranza, della placida gloria / Non a lungo ci ha allettato l'inganno, / Svanite sono le gioie della giovinezza, / Come un sogno, come la nebbia del mattino; / Ma in noi arde ancora la brama, / Sotto il giogo di un potere fatale / con l'anima impaziente / Accogliamo l'appello della patria. / Noi aspettiamo nel tormento della speranza / Il momento della sacra libertà / Come il giovane amante attende / L'ora del sicuro incontro. / Mentre bruciamo per la libertà / Mentre i cuori vivono per l'onore, / Amico mio, consacriamo alla patria / Gli impeti bellissimi del cuore! / Compagno, credi: essa verrà / La stella della gioia incantatrice, / La Russia si alzerà dal sonno / E sulle rovine dell'autocrazia / Scriveranno i nostri nomi». (Pubblicata all'insaputa dell'autore nella «Stella polare», del

1829). Puškin disse di Čaadaev — questo ufficiale degli ussari, saggio, sognatore, spassionato osservatore della vana folla — che sarebbe stato un Bruto a Roma, e un Pericle ad Atene. Čaadaev veniva amato dai dandies: la sua eleganza era perfetta e severa (come ci racconta M. Žicharjov, *P. Ja. Čaadaev*, Dalle memorie di un contemporaneo, «Il Messaggero d'Europa», 1871, luglio, pp. 182-183, cit. da Br. 89), senza inutili fronzoli. Mutava abito sovente: un vero lord Brummel russo. Qui il paragone con Čaadaev si riferisce più che altro all'estrema eleganza del filosofo.

56. *gilet:* i corrispondenti termini russi non esistono. Per comprendere le parole di Puškin, bisogna ricordare la polemica linguistica fra puristi e innovatori. Come in Italia, i puristi erano conservatori anche in politica; gli innovatori, liberali e romantici. Un problema essenziale era stabilire se la lingua russa e la lingua slavonica (slavo ecclesiastico) fossero o no due lingue distinte. Aleksandr Semjonovič Šiškov (1754-1841, ammiraglio, ministro e capo della censura, arcaicista e conservatore) affermava che si trattava di una lingua unica, espressa in due stili. C'era stata la posizione di Nikolaj Michajlovič Karamzin (1766-1826, poeta, scrittore e storico) che, nel 1797, aveva epurato di molte parole d'origine straniera le sue *Lettere di un viaggiatore russo*, come *voyage* per *putešëstvie, natural'no* per *Kak vodit'sia*, ecc. Šiškov condusse oltre questa tendenza: non voleva europeizzare il russo, rifiutava termini come «morale, estetico, epoca, armonia», ecc. I discepoli di Karamzin tennero in grande onore la lingua volgare, ma la lingua scritta doveva essere quella della buona società. A proposito di *gilet* L. 154-158 dà interessanti informazioni sull'evoluzione della moda maschile russa ed europea tra il '700 e l'800. I pantaloni (il cui nome deriva dalla nota maschera italiana), il *frac* e il gilet erano indumenti «relativamente» nuovi al tempo di Eugenio. Il frac, che in origine era un abito usato quando si cavalcava, venne introdotto dagli anglomani, dai dandies. I pantaloni lunghi erano un indumento del «terzo stato» e si contrapponevano, come ben si sa, alle «culottes» dei nobili.

57. *Dizionario dell'Accademia:* in sei volumi, venne pubblicato tra il 1789 e il 1794.

58. *mogli alla moda:* l'espressione ha un significato preciso, assunto fin dal diciottesimo secolo: si tratta di mogli infedeli e dissolute. Il tipo di una di queste mogli è descritto da Ivan Ivanovič Dmitriev in un racconto intitolato, appunto, *La moglie alla moda* in cui si racconta come una donna tradisse il marito.

59. *piedini:* il tema dei piedini ritorna più volte nelle opere di Puškin. Č. cita *Bova, Ruslan e Ljudmila, Il conte Nulin, Alla Ušakova.* N. 2, 115 elenca gli altri punti del poema in cui «vibra» questo interesse erotico per i piedini delle fanciulle. Ma l'italiano «piedini» rende solo in parte la sfumatura di tenerezza che ha il russo *nožki.* Per le risonanze erotiche di questa parte del corpo femminile dovremmo ricorrere alla lingua cinese mandarina.

60. *Elvina:* nome convenzionale che si trova varie volte nelle poesie di Puškin. (A. Puškin, *Eugenio Onegin*, traduzione, introduzione e note di Ettore Lo Gatto, Firenze, 1954, p. 250, nota al v. 429). Un altro nome convenzionale usato da Puškin è Armida (v. alla strofa XXXIII), in ricordo dell'eroina della *Gerusalemme liberata.*

61. *il mare:* elemento del linguaggio poetico dei romantici, frequente nel lessico puškiniano. L. 163 pensa che la strofa (la XXXIII) sia stata inserita nel testo del capitolo successivamente, mentre il poeta lavorava al terzo capitolo, come espressione di un sentimento «immediato e appassionato». La tradizione letteraria fa il nome di Marija Nikolaevna Raevskaja Volkonskaja, come leggiamo nelle memorie di quest'ultima. Sarebbe dunque un ricordo della giovinezza di Puškin. Marija Nikolaevna Raevskaja (1805-1863) l'11 gennaio 1825 sposò il principe Sergej Grigor'evič Volkonskij (1788-1865). Puškin conobbe la famiglia Raevskij a Pietroburgo (1817-1820), poi a Kiev e a Ekaterinoslav e fu con loro in rapporti di profonda amicizia (specialmente durante un viaggio al Caucaso e in Crimea). Il poeta li frequentò ancora a Kišinjov (giugno 1821) e a Odessa (ottobre-dicembre 1822). Puškin avrebbe scritto la *Fontana di Bachčisaraj* proprio per Marija Raevskaja, che incontrò, per l'ultima volta, a una serata d'addio, la vigilia della partenza della donna per la Siberia, dove aveva deciso di recarsi per raggiungere il marito deportato, in seguito alla fallita sommossa decabrista alla quale egli aveva partecipato. (v. Čerejskij, ad vocem Raevskaja Marija). L. 164 riporta anche un'altra tesi, secondo la quale la donna alla radice dell'emozione «marina» di Puškin sarebbe Elizaveta Ksaver'evna Voroncova (1792-1880), moglie del generale, governatore della Bessarabia, Michail Semjonovič Voroncov (1782-1856). Siamo perfettamente d'accordo col Lotman, anche per nostra antica convinzione, che la ricerca ad ogni costo dei prototipi e di «che cosa c'è di reale» dietro ogni episodio lirico e letterario sia spesso un gioco inutile. La poesia è sempre la sintesi magica di un numero infinito di elementi. Il prototipo, osserva Lotman, è

sempre problematico e «sobiratel'nyj», collettivo, nel senso che raccoglie, appunto, molti elementi del reale. Quello che conta è capire l'alternarsi, qui, di strofe impostate su immagini letterarie convenzionali e strofe che esprimono un autentico sentimento. Mi pare che sia proprio questa una delle regole poetiche di Puškin, la radice del gioco mirabile dei suoi contrappunti e dei suoi chiaroscuri.

62. *giovani Armide:* per antonomasia l'eroina del Tasso indicava (già nel lessico letterario francese) una donna bella ed esperta nell'arte del sedurre.

63. *felice:* anche qui, l'epiteto psicologico è attribuito a un oggetto (la staffa).

64. *ferve:* più propriamente, ribolle. Ribollire, ribollente, fervente, ardere, infiammato, bruciare, calore, scoppiare e altri verbi e sostantivi e aggettivi della stessa sfera semantica dei precedenti (con i concetti di calore e sinonimi e contrari) sono tipici del vocabolario lirico del poeta.

65. *Che fa:* Č. cita i paralleli con le liriche di Puškin. È ovvio il legame tra *l'Onegin* e le liriche del periodo corrispondente (1823-1830). Vedi in proposito E. Lo Gatto, *A.Puškin* in «Letterature moderne», dicembre 1950.

66. *Ochta:* rione di Pietroburgo Questa l'interpretazione di D.D. Blagoj e di S.M. Petrov.

67. *sportellino:* in russo *vasisdas*, parola francese derivata dal tedesco *was ist das*, che cosa è questo? Era uno sportellino che si apriva o nella finestra in alto (come la *fortočka*) o nella porta in basso.

68. *ipocondria:* in russo *chandra*, che è la traduzione dello *spleen* inglese, ma con altre sfumature. Nel primitivo piano dell'opera *Chandra* doveva essere il titolo del primo capitolo. *Chandra, Skuka* e *Toska* sono una disposizione spirituale tipica di Onegin. Gli otto anni vissuti da lui nel mondo, fra scintillanti vittorie, fra diletti quotidiani, anni colmi di diverse impressioni di vita, si mutarono in anni di uniforme noia (*skuka*), divenuta sua compagna di viaggio per tutto il romanzo... Perché questa noia di vivere? Ciò che Eugenio aveva osservato nella vita non corrispondeva ai suoi sogni. La realtà soffocava il fervore dei suoi sogni, trasformando la vita in qualcosa di vuoto. Di questo male, che Br. 99-103 chiama *oneginismo*, soffrivano altri, amici di Puškin, o vicini a lui: Konstantin Nikolajevič Batjuškov, Vla-

dimir Fjodorovič Odoevskij, Nikolaj Ivanovič Turgenev, Pjotr Andreevič Vjazemskij. Sulle cause di questa *chandra* si è scritto molto. La scuola sociologica (Br.) insiste sulla sua origine politica, storica e sociale: sarebbe il tipico sentimento post-napoleonico che invade l'Europa della Santa Alleanza. In realtà è *il* sentimento di Eugenio, che, nonostante Belinskij e i belinskiani, resta sempre un *individuo* particolare, che esiste *solo* nel poema, anche se ha tratti comuni con altri personaggi. Al tempo della Santa Alleanza c'era tanta gente contenta e soddisfatta: essa non aveva proprio niente in comune con gli «Onegin». Alcuni non erano soddisfatti: la *chandra* non nasce tanto o soltanto da condizioni storiche (anche se queste possono favorirla), ma da situazioni e radici esistenziali ed è imparentata con l'*angoscia* che verrà poi analizzata da Kierkegaard. Quanti sinonimi nelle lingue europee: da *spleen* ad *ennuî*, alla *noia* leopardiana (la più profonda: tra la *chandra*, tutto sommato frivola di Eugenio, e la *noia* leopardiana c'è solo una vaga eco).

69. *Childe Harold:* di questo poema di Byron, Puškin lesse i primi cinque canti.

70. *XXXIX, XL, XLI:* nell'*Eugenio Onegin*, in tutti i capitoli, il poeta ha tralasciato una o più strofe, indicando con i numeri le strofe tralasciate. Come osserva il Lotman (L. 136 e 166) si tratta, in genere, di un procedimento letterario, di una finzione: alla quale possono anche corrispondere strofe nelle prime varianti, ma non necessariamente.

Questo procedimento «ha un significato compositivo-strutturale, perché crea, da una parte, un intervallo temporale, necessario per giustificare i cambiamenti del carattere dell'eroe, dall'altra l'effetto di una unione contrappositiva di narrazione particolareggiata ("le chiacchiere") e di frammentarietà. Tralasciare le strofe era un elemento fondamentale del nuovo tipo di narrazione creato da Puškin, costruito sull'alternarsi di intonazioni e sull'intersecarsi di punti di vista, il che permetteva all'autore di sollevarsi sulla soggettività del monologo romantico. Tuttavia i contemporanei percepivano questo fatto, sovente, come una manifestazione del frammentarismo romantico del testo». Su questo procedimento si scrissero, allora, anche delle parodie.

71. *Say:* i trattati di economia politica del francese Jean Baptiste Say (1767-1832) erano ben noti a Nikolaj Turgenev, che se ne valse per la sua opera di propaganda politica liberale: Puškin aveva sentito parlare di Say al liceo.

72. *Bentham:* Jeremy Bentham (1748-1832), altro economista inglese, molto letto e studiato anche in Russia. Ricordo ancora una volta il grande interesse di Puškin per l'economia politica. Il Lo Gatto ricorda che tutte le opere di Bentham si trovavano nella biblioteca di Puškin. Say era invece rappresentato dal *Petit volume contenant quelques aperçus des hommes et de la société.*

73. *uno di loro:* un letterato.

74. *Strofa XLV:* mi pare utile riportare quanto osserva L. 167, a proposito delle strofe XLV-L. Puškin lavorò a queste strofe nell'ottobre del 1823 «periodo di una grave crisi ideale di Puškin. La disfatta del circolo decabristico (''di Orlov'') di Kišinjov fu accompagnata dall'arresto di Vladimir Fedoseevič Raevskij (1795-1872, decabrista, massone, poeta), dalle persecuzioni e dalla messa in congedo di Michail Fjodorovič Orlov (1788-1842, generale, membro dell'*Arzamas*, decabrista: come Raevskij amico di Puškin). Fatti avvenuti sotto gli occhi di Puškin, il quale venne mandato a Odessa. Tuttavia tutto questo fu solo una delle cause che lo spinsero alle tragiche meditazioni sulla debolezza della coscienza progressista e sulla passività dei popoli, che "vogliono la tranquillità". Non meno importanti altre cause. La dissoluzione della Società della Prosperità (Sojuz Blagodenstvija) fu accompagnata dalla delusione per il suo programma tattico, legato con la scelta di un periodo relativamente lungo di propaganda pacifica e il passaggio alla tattica della rivoluzione militare. Ciò poneva in modo del tutto nuovo la questione della funzione e della partecipazione del popolo alla propria liberazione. La tragica sensazione di distacco dal popolo e, di conseguenza, del destino fatale dell'opera dei congiurati, venne vissuta nel 1823-1824 dai più decisi partecipanti del movimento. Il timore per l'energia rivoluzionaria dei contadini era unito all'amara coscienza dell'inerzia del popolo./..../ La figura letteraria dell'uomo "intelligente" comincia ad essere associata non più con la immagine dell'entusiasta e del propagandista politico (Čackij), ma con la figura del Demone che dubita, e libera tormentosamente il poeta dalle illusioni. Una nuova interpretazione riceve anche il tema della noia (*skuka*). Nella primavera del 1825 Puškin scriveva a Ryleev: "La *skuka* (noia) è una delle caratteristiche dell'essere pensante" (Puškin, Opere, XIII, 176). In questa situazione la *skuka* di Onegin e il suo rapporto verso il mondo degli ideali di Puškin assumono una nuova valutazione. Nella strofa XLV avviene per la prima volta l'avvicinamento tra l'autore e il suo eroe. Contemporaneamente Onegin prende nuove caratteristiche: gli vengono attribuite originalità

("stranezza originale") e un alto livello intellettuale ("la mente acuta e fredda"). Quest'ultima caratteristica è in contrasto con le caratteristiche di Onegin all'inizio del capitolo».

75. *il cielo notturno sulla Neva:* in questa strofa si contrappone il «nuovo» (come dice L. 170) Onegin al vecchio Onegin, cioè all'Onegin delle prime strofe del capitolo, che non amava troppo la poesia.

76. *il vate:* come dice Puškin nella sua nota, il riferimento va a Michail Nikitič Murav'jov (1757-1807), autore di favole in versi e di liriche di intonazione sentimentale.

77. *Mil'jonnaja:* una via di Pietroburgo, parallela al Lungo Neva. Oggi si chiama Via Chalturin. In questa via abitava l'amico di Puškin, Katenin, nella cui casa Puškin si recava spesso per discutere di poesia e non solo di poesia. Katenin era un «arcaicista», ma anche il capo di un gruppo cospirativo. Come si vede, Eugenio è diventato, qui, un vero e proprio compagno, quasi un'ombra di Puškin.

78. *corno:* forse è il corno dei pastori; ma per Br. 112 è l'orchestra di corni, diletto della nobiltà russa. L'aggettivo «lontano» (in russo l'avverbio *vdaleke*) mi fa propendere per la prima interpretazione.

79. *Tasso:* al tempo della sua preparazione scolastica, Puškin considerava il Tasso come l'esempio classico di un genere letterario. Secondo una lettera mandata da Pogodin a Ševirjov, tuttavia, Puškin non avrebbe molto amato l'autore della *Gerusalemme liberata*. Il Lo Gatto (ed. 1954, p. 251, nota al v. 616), rileva che nella biblioteca di Puškin non esistevano le opere del Tasso in italiano. A Trigorskoe c'era però una traduzione francese. Secondo il Lo Gatto, Puškin conosceva la *Gerusalemme* attraverso la traduzione francese. Ma non ignorava l'italiano; tradusse, infatti, alcune ottave dell'Ariosto e altri brani; e alcune liriche sono testimonianza dell'ammirazione di Puškin per il Tasso. Così, in una poesia del 1814, egli afferma di tenere, nel palchetto d'onore, accanto a Voltaire, il Tasso, con Omero e Virgilio. Ma penso che il Tasso fosse certo più conosciuto grazie al *Tancredi* di G. Rossini rappresentato a Pietroburgo dal 1817.

80. *Adriatiche onde:* in questa strofa XLIX e nelle successive, il poeta accenna, velatamente, al suo desiderio di fuggire da Odessa per recarsi all'estero, e in Italia. L'Italia è qui simbolo di libertà e di poesia. Ritroviamo le ''adriatiche onde'' in una poesia del 1827: «Chi conosce la terra dove il cielo risplende...». L'im-

magine del Brenta risale a una poesa di I. I. Kozlov (1779-1840).

L'orgogliosa lira di Albione: il quarto canto del *Childe Harold* di Byron è dedicato tutto all'Italia, all'arte e ai poeti italiani (Tasso, Petrarca). Il tema del gondoliere si trova pure in Byron e, qui, nell'*Onegin*.

La lingua del Petrarca e dell'amore: questa strofa è meravigliosa per l'armonia musicale del verso e per le risonanze delle immagini. Eppure gran parte delle immagini sono riprese da Byron. Anche il fiume Brenta è legato a fatti della vita di Byron, «la lira di Albione»; quindi questa lirica strofa sull'Italia è un puro gioco letterario, una ispirata «reminiscenza» byroniana (e *non può* essere testimonianza di una passione diretta di Puškin per l'Italia). La strofa, poi, non è priva di qualche risvolto ironico (anche autoironico). Il momento più autentico è forse il bisogno di libertà. Ma la strofa, sapientemente costruita, ci dà un'illusione di autenticità profonda.

81. *libertà:* non dimentichiamo che Puškin si trovava a Odessa in una specie di confino.

82. *Africa:* Puškin ricorda i suoi antenati abissini. L'espressione ricorda una analoga di Batjuškov (*Tasso Morente*): «Sotto il dolce cielo della mia Italia». Un accenno all'Africa lontana si trova nella poesia *A Jazykov*, del 1824, ed è riferito all'avo del poeta, Gannibal. Anche l'allusione poetica all'Africa va interpretata come l'evocazione di Venezia, ma con una maggiore intensità e personalizzazione.

83. *strofa LI:* nelle strofe LI-LIV viene ripresa la fabula che era stata interrotta dopo la strofa II (per far posto alla «biografia» del protagonista e a molte digressioni). Eugenio, che avevamo incontrato all'inizio del capitolo mentre si recava dallo zio morente (esattamente come l'eroe di Maturin, Melmoth) è dunque arrivato al villaggio dello zio, che intanto era già morto.

84. *lungo tempo:* il lungo esilio di Puškin. Ma non tutti sono d'accordo su questa interpretazione.

85. *tavolo:* secondo il costume russo, il cadavere veniva lasciato, per qualche tempo, su un tavolo.

86. *del parco ombroso: parco* (prati e boschetti) traduce o può tradurre *dubrava*, N. 2, 204 e segg. elenca tutti i riferimenti letterari. Nelle strofe LIV e LV Puškin non riflette la natura russa, ma la convenzione del paesaggio settecentesco.

87. *la voce della lira:* espressione neoclassica. Il vocabolario

neoclassico e il vocabolario romantico sono mirabilmente intrecciati nell'*Onegin*, spesso con sfumature ironiche. Il motivo della vita campestre e del canto che ne nasce, lo ritroviamo nella poesia *Il villaggio* (1819).

88. *negli anni passati:* le estati del 1817 e 1819 a Michajlovskoe, nella casa della madre.

89. *la differenza fra Onegin e me:* L. 174 osserva: «Le strofe LVI-LIX dichiarano due nuovi princìpi artistici fondamentali per Puškin: il rifiuto di una confluenza dell'autore e del suo eroe, e il distacco dalla tradizione romantica, che esigeva la creazione, intorno al poema, di un'atmosfera di confessioni liriche, intime dell'autore e l'inserimento della biografia mitologizzata del poeta nel complesso gioco dei rapporti con le immagini artistiche». In genere le note e le spiegazioni di Lotman, oltre che informate, sono molto acute: a volte sono inutili per un lettore italiano e, forse, anche per un lettore russo. Altre volte, come questa, sono «meccaniche». La mania meccanicistica semiotica di cercare sempre e ovunque i «principi artistici» finisce col portare a un fraintendimento della complessità della poesia (che pure è ben presente a Lotman). Qui Puškin non «nega» semplicemente la sua «identificazione» con Onegin: la nega, e contemporaneamente, con ironia, ambiguità e partecipazione emotiva, non la esclude. Non esclude neppure le sue «confessioni», che vengono per altro mirabilmente truccate. Anche qui l'ambiguità e la complessità del dettato poetico sono irriducibili agli schemi.

90. *noi stessi:* il poeta vuol distinguersi da Onegin e da Byron. È il contrario (almeno a parole) di quanto dice Byron nella lettera allo scudiero John Hobnousse, datata Venezia, 2 gennaio 1818, posta come introduzione al IV canto del *Childe Harold*: «... Per ciò che concerne la condotta dell'ultimo canto, si troverà che il pellegrino vi agisce meno ancora che nei precedenti, e che è quasi confuso coll'autore, parlando in suo nome. Il fatto si è che mi stancai di segnare una linea di separazione fra Aroldo e me, cosa che nessuno pareva disposto ad ammettere; come il Cinese del Cittadino del mondo di Goldsmith, che nessuno volle credere un Cinese: ed io pretendevo inutilmente, ed immaginavo di stabilire una distinzione fra l'autore e il pellegrino...».

91. *fanciulla delle montagne:* accenno alle liriche e ai poemi di argomento caucasico, scritti da Puškin prima dell'*Onegin*, e specialmente a *Il prigioniero del Caucaso*.

92. *Salgir:* accenno al poema *La fontana di Bachčisaraj*. Le pri-

gioniere sono Maria e Zarema. Il Salgir è un fiume della Crimea e sta a indicare, qui, la Crimea stessa.

93. *non disegna:* allusione autobiografica: nel manoscritto di Puškin si trovano moltissimi disegni.

94. *venticinque canti:* quasi secondo le regole del classicismo. Lo dice anche Byron nel *Don Giovanni*, canto II, strofa 216: «... ho terminato duecento e più strofe come nel primo canto, come ne scriverò pressappoco in ognuno dei dodici o ventiquattro libri che comporranno questo poema...». Ma il *Don Giovanni* terminò col canto XVII. Nella strofa LX, L. 174 vede l'esposizione di princîpi fondamentali della poetica di Puškin. Siamo d'accordo sul «libero movimento del piano dell'azione» e sul «principio della compresenza di contraddizioni». Ma è ciò che, da tempo immemorabile anche se in modo più approssimativo, si chiama libero gioco della poesia.

CAPITOLO SECONDO

Il secondo capitolo venne iniziato da Puškin subito dopo il primo, a Odessa, nell'ottobre del 1823. Il 3 novembre 1823 erano state scritte 17 strofe (la 18ª venne scritta proprio il 3; il 1° novembre le strofe erano 16). Il capitolo (39 strofe) era terminato l'8 dicembre 1823. Nel 1824 il poeta rielaborò le strofe già esistenti, altre ne aggiunse. Il capitolo venne stampato (S^1), separatamente, nell'ottobre 1826, e ristampato (S^2) nel maggio 1830. S^1 portava l'indicazione: scritto nell'anno 1823.

I temi trattati nel capitolo sono: la descrizione della vita campagnola di Onegin (strofe I-V); il ritratto di Lenskij (strofe VI-XII); l'incontro fra Onegin e Lenskij e le loro discussioni (strofe XIII-XVIII); col tema autobiografico (o quasi) del distacco dalle passioni (strofe XVII-XVIII); l'amore di Lenskij per Olga (strofe XIX-XXI), Olga (strofe XXII-XXIII); il tema di Tatiana (cioè l'ingresso di Tatiana nel romanzo [strofa XXIV - inizio della strofa XXIX]); i genitori di Olga e Tatiana (strofe XXIX-XXXVI); Lenskij alla tomba di Dmitrij Larin (strofe XXXVII-XXXVIII); la digressione conclusiva sul passare delle generazioni e sull'eternità della poesia (strofe XXXVIII-XL).

1. *O Rus'!:* gioco di parole fra *Rus'*, nome arcaico e sacrale della Russia, e la parola latina *rus*, campagna, dal verso di Orazio «O rus, quando ego te aspiciam quandoque licebit / (nunc vete-

rum libris, nunc somno et inertibus horis) / ducere sollicitae iucunda oblivia vitae?» (*Satire*, II, 6, 60-63). Pare che non si tratti, però, di un'analogia trovata da Puškin. Il poeta la copiò (secondo Č. 222) da un repertorio di motti (Bievriana, *Almanach des calembours*, Parigi, 1771). Il motto (l'analogia) sarebbe dovuto a un emigrato o a un nobile francese, che attendeva i Russi a Parigi e il crollo della rivoluzione, dicendo, appunto «O Rus', quando te aspiciam» «O Rus', quando ti vedrò». Ma qui si tratta d'altro: l'identità antica fra la Rus' e la terra contadina, la campagna.

2. *un angolo incantevole:* il paesaggio descritto in questa strofa riflette quello di Michajlovskoe: ma, naturalmente, è un'immagine artistica, non la copia di un paesaggio reale. Un «principio» poetico di Puškin, comune a tutti i grandi artisti, è quello della totale trasfigurazione, per cui la ricerca dei prototipi dei personaggi, degli oggetti, o dei paesaggi, è abbastanza priva di senso. La parola *ugolok* (più propriamente angolino) riprende forse il latino *angulus mundi* di Properzio (IV, IX, 65) e *terrarum angulus* di Orazio (Odi, II, VI, 13-14): v. N. 2, 219.

3. *Il rispettabile castello:* riferimento ironico al castello dello zio di Melmoth, l'eroe di Maturin: continua così il parallelo con questo famoso testo inglese (vedi L. 176). Nei romanzi romantici, i castelli si sprecavano: ma il poeta intende la casa di campagna di Onegin, che era del tutto russa, e non aveva niente a che fare con i castelli scozzesi. Un casa di campagna «tipica», di possidente russo, è descritta da L. 69. N. 2, 221 accusa (lo fa spesso) Č. di comica ingenuità perché, a proposito del castello, questo studioso ricorda l'influenza delle province baltiche. Certo, detto così, può anche essere fondata l'obiezione di N.: però è più probabile che Č. avesse in mente i «castelli baltici» dei romanzi storici (per es. di Bestužev, come *Il castello di Venden*, che è del 1823). Ma «castello» è metafora ironica.

4. *campagnolo:* Puškin alluderebbe a un suo prozio, o al padre di una sua vicina. Ma non occorre individualizzarlo. «Il vecchio campagnolo che, volente o nolente, si era sistemato nella sua proprietà feudale, dopo il manifesto di Pietro III (18 febbraio 1762), che concedeva ai nobili in servizio il diritto di dare le dimissioni quando lo volessero, era divenuto un fatto tipico, che si conservò a lungo nella vita nobiliare di campagna (confronta il padre di Oblomov, Gončarov...» (Br. 128).

5. *un calendario del 1808:* venivano pubblicati degli annuari, contenenti l'elenco di tutti i funzionari di un certo livello

dell'Impero russo, con le loro cariche e funzioni, sia centrali che provinciali. Tali annuari servivano per le indicazioni utili ai fini delle richieste, suppliche ecc.: inoltre ciascuno poteva seguire la carriera dei propri congiunti o contemplare la propria (come i nostri annuari universitari p. es.). I calendari erano anche calendari veri e propri, con indicazione dei giorni dell'anno, dei santi, delle feste, e delle caratteristiche astronomiche (luna ecc.). C'erano poi degli spazi dove si potevano scrivere gli avvenimenti familiari. Puškin nella *Storia del Villaggio di Gorjuchino* immagina di aver trovato tale storia appunto in vecchi calendari. Vedi L. 178.

6. *corvées:* Puškin era contrario all'istituto della servitù della gleba (anche se non disdegnava certo i redditi dei suoi sia pur modesti possedimenti). Sui metodi per abolirlo, le sue idee erano contraddittorie. Nella poesia *Il villaggio* pensa che debba essere lo zar ad abolire la schiavitù. Essa è interessante per comprendere la posizione di Puškin: s'inizia con un tono di idillio; la seconda parte, invece, è di tono retorico-politico, e ricorda lo stile di Radiščev (l'autore del *Viaggio da Pietroburgo a Mosca*). «Fardello» traduce *jarem* (che vuol dire anche giogo); vocabolo che si trova anche ne *Il villaggio*. La forma usuale è *jarmo*. La *barščina* è il lavoro dei servi, obbligatorio e gratuito, che una legge del 1797 limitava a tre giorni per settimana. Quindi mi pare giusto tradurre il termine con *corvées*. Onegin, che qui riflette le idee moderato-radicali dell'autore, abolisce la *barščina* e la sostituisce, nei suoi possedimenti, con l'*obrok*, una forma di tributo in denaro. Le differenze precise fra il contadino *barščinnjj* e il contadino *obročnyj* sono descritte nelle memorie di Nikolaj Ivanovič Turgenev (vedi Tomaševskij, *Puškin*, cit., pp. 188-189). Onegin (L. 179) introdusse il cosiddetto *obrok* leggero (da 18 a 25 rubli per «anima»). A proposito dell'*obrok* si osserva che Turgenev lo idealizzò molto: la realtà, per i servi, era in genere più dura.

7. *frammassone:* da *franc maçon* il russo ha fatto, nella dizione popolare, corrotta, *farmazon*. Nei bempensanti di media o infima cultura questo termine suscitava orrore. Br. ricorda un atteggiamento simile nei confronti di Čackij, l'eroe di *L'ingegno, che guaio!* di Griboedov, che viene accusato dalla nonna contessa di essere massone o musulmano. Molti decabristi pensarono di servirsi dell'organizzazione massonica ai fini politici della lotta per la Costituzione. Br. cita il messaggio poetico di Puškin al generale Puščin. Costui (Pavel Sergeevič Puščin [1785-1867]), comandante di brigata e già affiliato alla «Società della Prospe-

rità», fondò a Kišinjov la loggia massonica Ovidio, di cui fece parte il poeta. In questo messaggio Puškin celebra, con terminologia massonica, la fondazione della loggia: «...Tu prenderai il maglietto nelle tue mani / E proclamerai: libertà! / Gloria a te, fedele fratello / Venerabile muratore!...». La Massoneria venne proibita in Russia nel 1822.

8. *nossignore:* Onegin veniva definito ignorante perché non rispettava le regole del galateo provinciale. Fra queste regole, c'era anche l'uso di aggiungere alle parole di convenienza, agli appellativi, alle affermazioni e negazioni, ecc., una -s finale, ... in segno di rispetto. Quindi Eugenio, per essere giudicato favorevolmente dai vicini, avrebbe dovuto dire *da-s, net-s* e non soltanto *da* (si) e *net* (no).

9. *Lenskij:* ecco come Belinskij, nel già citato saggio su Puškin, ha voluto rappresentare un carattere completamente astratto, del tutto estraneo alla realtà: «Ciò era allora un fenomeno nuovo; persone di quel tipo cominciarono allora ad apparire nella società russa... Lenskij era romantico, per natura, e per lo spirito del tempo... Un essere aperto a tutto ciò che è bello, elevato, un'anima pura, nobile. Parlava eternamente della vita, ma non la conobbe mai. La realtà non aveva presa su di lui: le sue gioie e le sue tristezze erano creazioni della sua fantasia. Egli si innamorò di Olga, perché gli era necessaria... Sposandosi, Olga sarebbe stata una seconda edizione corretta di sua madre: le era eguale sposare un poeta o un ulano contento di sé e del suo cavallo. Ma Lenskij l'abbellì di virtù e perfezioni che la fanciulla non possedeva, le attribuì sentimenti e pensieri che non aveva e di cui non si preoccupava. Un essere buono, caro, gaio. Olga era incantevole come tutte le signorine, finché non diventavano signore, e Lenskij vedeva in lei una fata, una silfide, un romantico sogno, non sospettando per nulla la futura signora. Egli scrisse un madrigale funebre al vecchio Larin, nel quale, fedele a se stesso, e senza alcuna ironia, aveva saputo trovare l'aspetto poetico. Nel semplice desiderio di Onegin di scherzare su di lui, egli vide il tradimento, un'offesa sanguinosa. Il risultato fu la sua morte, ancora prima cantata in versi avvolti da romantiche nebbie...». Se Lenskij fosse rimasto in vita, Puškin non avrebbe saputo che farsene: se non allargare a un capitolo quello che aveva pienamente detto in una sola strofa. Sarebbe diventato un filisteo, conclude Belinskij, o un vecchio mistico maniaco.

La matrice di Lenskij (e cioè il modello reale sul quale Puškin costruì il personaggio) può essere il poeta Vilgel'm Karlovič Kjuchel'beker (1797-1846), compagno di scuola di Aleksandr

Sergeevič. Nelle varianti (v. a p. 470 e segg.) la descrizione di Lenskij era più intensamente poetica (strofe VI, VII, ecc.). Nel capitolo VI l'autore ritorna a descrivere il carattere della poesia di Lenskij. Qui rimangono, della formazione ideologica del poeta romantico (o, meglio, preromantico), alcuni segni: l'anima gottinghiana, Kant, la nebbiosa Germania, i sogni di libertà. Molti insegnanti e molti amici di Puškin (come Kaverin) studiavano a Gottinga, dove, nel 1803-1804, si tenevano corsi su Kant e sulla filosofia kantiana, frequentati dai Russi. Č. osserva che Puškin conosceva Kant attraverso testi francesi, e che legava il nome del filosofo di Königsberg al libero pensiero. I liberali, i democratici, leggevano e commentavano Kant.

Sono interessanti le osservazioni di L. 181-182: «Secondo il progetto iniziale Lenskij doveva essere il personaggio centrale del capitolo (nel piano dell'edizione del romanzo che Puškin tracciò nel 1830 il secondo capitolo porta il titolo «Il poeta»), e doveva pure essere il contrapposto principale di Onegin. La contrapposizione era concepita come antitesi tra lo scettico intelligente e l'entusiasta ingenuo ed esaltato. Di conseguenza i tratti di amore per la libertà, che si sono conservati anche nella variante definitiva dell'immagine di Lenskij, all'inizio erano molto più fortemente sottolineati. Entrambi i personaggi (Onegin e Lenskij) sono legati col mondo lirico di Puškin, ma il secondo è riportato al mondo ideologico-emotivo del poeta anteriore alla svolta del 1823. Lenskij conserva il fascino della purezza, ma è ingenuo, mentre Onegin è ora come segnato dal segno di una mente matura, ma è anche toccato da uno scetticismo divorante. La contrapposizione tra i due personaggi sottolinea quanto manca a ciascuno dei due, ma anche il valore spirituale dell'uno e dell'altro. Un complesso sistema di passaggi stilistici ha permesso a Puškin di distinguere la narrazione compiuta con lo sguardo dell'autore dalla posizione di Lenskij e da quella di Onegin, e contemporaneamente di evitare una loro valutazione dura e unilaterale». Il nome Lenskij era già stato usato da M. Cheraskov nella *Rossiade* (1779): indicava un consigliere di Ivan il Terribile, e anche nella traduzione russa (fatta da N. Griboedov e da A. Gendre) di una commedia francese, *Les Fausses infidélités* (v. N. 2, 228).

10. *l'anima del tutto gottinghiana:* l'Università di Gottinga era una delle più liberali d'Europa: ciò era dovuto al suo statuto speciale. Trovandosi nel territorio dello Hannover, la cui dina-

stia era quella inglese, l'Università era sottoposta alle leggi inglesi (vedi L. 182). Da questa università uscirono noti «liberali» e democratici come il ricordato Nikolaj Ivanovič Turgenev e i suoi fratelli Aleksandr Ivanovič Turgenev (1784-1845) e Sergej Ivanovič Turgenev (1792-1827). V. Čerejskij, ad voces.

11. *seguace di Kant:* «Puškin conosceva Kant non solo in base alle *Lettere di un viaggiatore russo* e, probabilmente, a quanto gli raccontava Karamzin, ma anche grazie alle lezioni di A. I. Galič (1783-1848), kantiano e schellinghiano. Puškin sapeva che durante l'"affare dei professori" (1821) Runič disse a Galič: "Voi preferite il paganesimo al cristianesimo, la filosofia depravata alla verginale sposa della chiesa cristiana, l'ateo Kant allo stesso Cristo e Schelling allo Spirito Santo" (L. 182-183). Quindi Puškin cita Kant non a caso. Galič fu professore di letteratura russa e di letteratura latina nel Liceo di Carskoe Selo (1814-1815), poi nell'Università di Pietroburgo (1819-1837). Era stato insegnante di Puškin al Liceo. E Puškin gli aveva dedicato due poesie nel 1815 e una strofa di una poesia del 1814». (Čerejskij, ad vocem Galič).

12. *dalla nebbiosa Germania:* si noti che in M c'è la frase «Egli dalla libera Germania» (v. a p. 470). Della Germania c'erano due rappresentazioni: quella romantico-conservatrice, propria alla signora De Staël (*Della Germania*), che è rappresentata nel «nebbiosa» della variante pubblicata del poema; e quella liberale, rivoluzionaria, che si trova nella minuta e che Puškin preferì per ovvie ragioni sostituire (ma non del tutto, visto che conserva gli «appassionati sogni di libertà»). In verità il termine russo «vol'noljubivnye mečty» è più sfumato, meno «aspro» sia della nostra versione italiana, sia della frase «libera Germania».

13. *riccioli neri fino alle spalle:* portare i capelli lunghi era un segno di libertà, di libero pensiero: i capelli lunghi si contrapponevano a quelli tagliati molto corti dei dandies (L. 183).

14. *anima gemella:* un altro segno dell'attitudine romantica.

15. *le catene:* accenno al mito di Pizia, che acconsentì a sostituire nel carcere, per tre giorni, l'amico Damone, condannato a morte da Dionigi. La leggenda ispirò Schiller.

16. *destino:* eletti dal destino sono i poeti. Secondo le osservazioni di Juryi Tynjanov (*Puškin e Kjuchel'beker*, in «Literaturnoe Nasledstvo», n. 16-18, pp. 360-361), questi versi sono un riflesso di una lirica di Kjuchel'beker, *I poeti*. In questa lirica Kjulchel'beker narra che l'uomo, un tempo, era felice e immor-

tale, ma, innamoratosi di un fantasma di vano piacere, perse l'immortalità, e ora vaga sulla terra, in preda al dolore. Ma Crono, preso da pietà, invia sulla terra i poeti, creati da spiriti, ad alleviare il peso delle angosce, a salvare l'uomo. Puškin usa alcune espressioni della poesia di Kjuchel'beker (che, secondo Tynjanov [*Puškin e i suoi contemporanei*, p. 233-234] avrebbe ispirato in Puškin certe caratteristiche di Lenskij).

17. *di Schiller e di Goethe:* Schiller era noto in Russia attraverso le belle traduzioni di Žukovskij; l'ammirazione per Schiller diventò più intensa, però, dopo il 1831. Kjuchel'beker è ritenuto uno dei primi studiosi e ammiratori di Goethe in Russia.

18. *diciott'anni:* nel delineare la poetica di Lenskij, Puškin ricorda anche se stesso, e alcuni periodi della propria attività poetica (influenza della poesia sentimentale francese). Nelle strofe IXa, IXb, IXc (vedi Principali varianti e aggiunte, p. 471), Puškin lancia un'invettiva contro la poesia erotica, cui contrappone la moralità della lirica di Lenskij. Tale invettiva venne eliminata nel testo a stampa. Il motivo della gioventù, appassita a diciassette o diciotto anni, è tipico dell'epoca puškiniana. Puškin elenca una serie di frasi «tipiche» del gergo romantico: frasi diventate luoghi comuni, ripetizioni ormai prive di vitalità artistica. Se si legge attentamente la strofa, si capisce che Puškin è abbastanza «cattivo» con il suo Lenskij, che però viene «salvato», per la sua età. Ma anche l'età finisce con l'essere un altro elemento di satira: come si può cantare «l'appassito fiore della vita» a diciott'anni? (Lenskij, che muore nel 1821, era nato [vedi L. 19] nel 1803). L. 189 fa notare come anche le rime di questa strofa siano volutamente «triviali» (cioè banali, facili, ripetute): «poslušnyj - prostodušnyi», «jasnà - lunà» ecc. Insomma, tutta la strofa è una tagliente ironia contro i poeti romantici o preromantici di terz'ordine.

19. *nel mio palazzo d'oro:* lo stesso Puškin, nella sua nota, dice che la romanza è tratta dall'opera *La Rusalka del Nipro* di N. Krasnopol'skij. Si tratta dell'adattamento di un'opera comica di F. Kaner (1751-1831) (*Das Donauweibchen*), che venne (per la prima volta) rappresentata a Pietroburgo il 26 ottobre 1803, con grande successo.

20. *amici:* la strofa XIII descrive l'antitesi tra Onegin e Lenskij. C'è stata un'evoluzione tra la prima versione del romanzo e quella pubblicata. L. 191 nota che «secondo l'idea primitiva le discussioni tra l'entusiasta Lenskij e lo scettico Onegin dovevano costituire il contenuto fondamentale del capitolo». Onegin,

continua L., doveva presentare alcuni elementi che poi entrarono nel personaggio della poesia *Il demone* e anche alcune affinità con il protagonista del poema *Gli Zingari*, Aleko: vedi p. es. la variante XVIIa a p. 473 della presente edizione. Ciò comportava un «pericoloso» avvicinamento tra il protagonista e il narratore/autore. Per evitare questo avvicinamento, Puškin «abbassò» l'immagine del narratore. Quando (continua ancora L. 192) Onegin divenne l'incarnazione delle elevate possibilità della personalità dell'autore, l'«io» convenzionale, soggetto del discorso, doveva delineare un suo doppio inferiore. Se nel «petto tormentato» di Onegin «fervevano le passioni», la «voce dell'autore» doveva diventare oggetto di ironia, e l'autore doveva anche lui avere delle passioni: in XVIIa e XVIIb si vede che era la passione per il *bank*, uno speciale gioco di carte, di azzardo. Nella redazione definitiva l'affinità di Onegin e del Demone venne eliminata e quindi ne risultò più necessaria l'ironia verso il narratore.

21. *ridicola:* l'interpretazione di questa strofa è complessa. Anzitutto viene qui rappresentata la delusione che succede sempre alle grandi illusioni, riformatrici o rivoluzionarie (specialmente in tempi di restaurazione). La lotta contro i pregiudizi, in nome della Ragione, ha significato infine la vittoria dell'egoismo. Il nostro modello è diventato Napoleone: considerato ora (come nota L. 193) in modo negativo, come «rappresentante dell'egoismo europeo», dell'amoralismo politico, simbolo di chi è pronto a sacrificare tutto il mondo alla sua gloria o vanagloria e bestiale brama di potere. Si allude qui, con connotazione satirica e di accusa, a quel fenomeno del «napoleonismo» che sarebbe poi divenuto un tema letterario (fino a Dostoevskij). Sono appunto i «napoleoni», i despoti (di ogni genere) che ritengono il sentimento cosa barbara e ridicola. Riguardo a quel pronome plurale «noi», si può discutere. L. 193 afferma che il poeta allude alla generazione «degli egoisti romantici», dalla quale sarebbero esclusi l'autore (che vuol distinguersi, proprio perché «parla» e critica, da coloro che «considerano gli altri degli zeri») e Onegin. A dire il vero L. sottolinea poi il carattere fittizio di quel «noi». Anche noi riteniamo che non sia il caso di stabilire con precisione il referente di quel «noi», che in parte è un procedimento retorico. Ma è possibile che l'ironia di Puškin fosse rivolta anche a se stesso, come letterato e critico: tribù, i cui appartenenti, da che mondo è mondo, considerano se stessi dei napoleoni e gli altri degli zeri.

22. *argomento:* in queste strofe, come nelle precedenti, abbia-

mo una traccia delle idee filosofiche di Puškin in quel torno di tempo. Secondo Č. le discussioni dovevano vertere sia sui filosofi della Francia illuminista, sia su Aleksandr Petrovič Kunicyn (1783-1840, professore di filosofia al Liceo di Carskoe Selo). La filosofia dell'egoismo morale ritorna nella discussione sul bene e sul male, alla quale fa seguito quella sui pregiudizi, sul destino, sulla vita: il catalogo, insomma, dei problemi che appassionavano i romantici.

23. *i trattati:* verosimilmente, il *Contratto sociale* di Rousseau.

24. *i frutti della scienza:* anche qui ci può essere un riferimento a Rousseau, al suo discorso sull'utilità delle scienze. L'accenno successivo ai «pregiudizi» introduce un argomento che era assai dibattuto, e segno di divisione tra illuministi (post-illuministi) e romantici: questi ultimi difendevano anche i «pregiudizi» come frutto della tradizione di un popolo, contro i primi, che lottavano contro di essi, frutto dell'ignoranza e della servitù. N. 2, 252 deride l'interpretazione di Br. 155, ma senza alcun fondamento: non si vede, difatti, perché Onegin e Lenskij non dovessero anche discutere di problemi economico-tecnici, visto che erano entrambi possidenti.

25. *poemi nordici:* L. 195 esclude i *Canti di Ossian* dicendo che, al tempo di Onegin, le traduzioni russe del poema di Macpherson erano «invecchiate». Ma perché non potevano essere lette ancora? Del resto Puškin si riferisce, genericamente, a opere della più nebbiosa poesia romantica, senza ulteriori specificazioni.

26. *le passioni:* certo, attraverso l'elaborazione teorica degli illuministi e dei materialisti del secolo precedente e dell'epoca di Eugenio: da Holbach, a Rousseau, a Mably, alla signora di Staël e a Ivan Petrovič Pnin (1773-1805): uno scrittore russo, di idee liberali (che ha prestato il cognome a un noto personaggio di Nabokov [Pnin]). Ebbe qualche influenza sul giovane Alessandro, il futuro zar. Amico di Radiščev, criticò aspramente la servitù della gleba.

27. *Vladimiro amava:* le strofe XX, XXI e XXII sono «scritte nella chiave della poesia elegiaca romantica e rappresentano il racconto di una situazione biografica (l'infanzia di Lenskij, la sua partenza, l'amicizia dei padri — vicini ecc.), nella lingua dei clichés della poesia idilliaco-romantica degli anni 1810-1820» (L. 195). I «giochi dorati», le «folte selvette», la «solitudine», segnali-clichés dello stile elegiaco-idilliaco, si trasformano, os-

serva L., in personificazioni, indicate con la lettera maiuscola (Notte, Stelle, Luna). L'edizione in dieci volumi non porta le maiuscole.

Il metodo di indagare l'alternarsi degli stili, l'ironia nei confronti dello stile invecchiato, e anche la parodia (o il fine parodistico o ironico) sono strumenti critici fondamentali: tuttavia, si corre sempre il rischio di perdere qualcosa. Nella «parodia» ci può essere anche la «nostalgia» del passato: lo stile di Puškin è sempre felicemente ambiguo, e lo schematismo di derivazione tynjanoviana o šklovskiana, o altra, è da considerare sempre con prudenza. Puškin è veramente straordinario: non si dà mai (e questo si può dire di tutti i grandi artisti); nel momento stesso in cui rileviamo in lui una «legge» (un «principio»), subito essa viene messa in discussione dalla realtà più profonda del verso. Se vogliamo usare anche noi i termini di «leggi» e di «princîpi», è mirabile in Puškin la legge o il principio della contemporanea presenza (una presenza che permea tutta la frase poetica, la strofa, il canto o capitolo) di una rete di sottilissime vibrazioni emotive, che trascolorano l'una nell'altra, e impediscono qualsiasi definizione. Così, qui, l'ironia per uno stile superato, si unisce al compianto di un tempo perduto, di una poesia ingenua ma comunque amata, alla tenerezza per un poeta così sprovveduto, ma anche, così caro e vero e pulito e gentile. Vi si manifesta la verità artistica del poema: la meravigliosa «ambiguità puškiniana». Il fascino dell'*Onegin* sta proprio nella sua apparente facilità e reale inafferrabilità.

28. *Olga:* la sorella di Tatiana è rappresentata con affettuosa ironia, di cui è prova anche il consiglio di leggerne il ritratto in un romanzo qualsiasi. Essa è profondamente diversa dalla sorella. Nell'amore di Lenskij per Olga, Puškin riflette, forse, anche i sentimenti che egli stesso aveva provato ed espresso al liceo. A proposito dei nomi delle due sorelle, Olga e Tatjana, L. 196-197 nota che il primo nome era preferito dai nobili (come Aleksandra, Ekaterina, Elizaveta, Julija), in particolare negli ambienti pietroburghesi; il secondo era scelto dalla piccola nobiltà di provincia, ed era frequente anche fra le contadine. Le contadine si chiamavano, per lo più, Agaf'ja, Akulina, Irina, Ksenija, Marina: nomi riportati dal calendario ortodosso.

29. *come un mughetto nascosto:* il *landyš* russo, il mughetto italiano è la *convallaria lilialis*, pianta inconfondibile, dai bei fiori bianchi, molto profumati. Appartiene alle Liliacee, ed è chiamata anche giglio delle valli. A N. 2, 270 non par vero di dire che è una pianta velenosa e che api e farfalle si guarderebbero

bene dal toccarla. In realtà è velenosa ma anche benefica: dal mughetto si estrae la digitale. Puškin sapeva che era una pianta velenosa? Certo ci può essere facile pensare a una diabolica immagine di Olga: bel fiore profumato che dà la morte. Ma Olga non era una «donna fatale», anche se, per leggerezza, contribuisce alla morte di Lenskij. Ritengo che la scelta di Puškin fosse assai meno complicata. Nella variante XXIa (a p. 474) il poeta introduce la falce: più normalmente, è la falce che porta la morte al mughetto, che è dato come fiore innocente e profumato, simbolo candido e gentile di Olga.

30. *tutto in Olga:* questo elenco di qualità (dall'inizio della strofa) è una parodia delle descrizioni di fanciulle nei romanzi alla moda. N. 2, 277 nota: «Sa taille...ses regards...tout exprime en elle... (description of Delphine d'Albémar in Mme de Staël's insipid novel of that name [1802], pt. I, Letter XXI, ecc.)».

31. *njanja:* la bambinaia, la nutrice.

32. *di Richardson e di Rousseau:* sono gli autori che piacevano a Tatiana e a sua madre. Onegin apparteneva alla generazione più avanzata, e non leggeva questi romanzi. Tatiana, che è provinciale e appassionata, ne è ancora presa: la sua anima si forma su di essi. Sua madre, dopo un'adolescenza colma di sogni, fra cui l'amore per un Grandison moscovita, si adatta al suo quieto destino. Samuel Richardson (1689-1761) fu uno dei più fortunati romanzieri del Settecento. Il suo primo romanzo, *Pamela* (1741), fu pubblicato in Russia dal 1787 in poi. Il secondo romanzo, *Clarissa Harlowe* (1748), uscì in Russia dal 1791; la *Storia di Sir Charles Grandison* ebbe un successo clamoroso; e il cuore delle giovanette nobili e borghesi di tutta l'Europa, Russia compresa, palpitò per l'eroe ideale del romanzo. La *Nuova Eloisa* di Rousseau era stata pubblicata in Russia fin dal 1769.

33. *Suo padre:* (Dmitrij Larin) «non è molto stupido e non è molto intelligente; non è un uomo, e non è una bestia; è una specie di polipo che appartiene contemporaneamente a due regni della natura: quello animale e quello vegetale... La pace che egli gode nella tomba è la continuazione di quella che aveva goduto durante la vita, quando indossava la sua vestaglia tartara... Ma la mamma di Tatiana viveva a un livello superiore a quello del marito. Prima di sposarsi, adorava Richardson, non perché l'avesse letto o capito, ma perché, da una sua cugina di Mosca, aveva sentito parlare di Grandison. Promessa a Larin, in segreto sospirava per un altro. Ma la portarono all'altare, senza chiedere il suo parere... Nello sperduto villaggio del marito, in un pri-

mo tempo pianse e si disperò, poi imparò l'arte di dominare il marito...In una parola, i Larin vivevano meravigliosamente, come vivono al nostro mondo milioni di persone...Ecco dunque l'ambiente in cui nacque Tatiana». Così dice Belinskij, che giudica in modo frontale, moralistico e inutilmente acido personaggi simpatici e dolci come il padre di Tatiana.

34. *Lovelace:* il protagonista maschile di *Clarissa Harlowe*.

35. *le reclute:* ogni possidente doveva inviare periodicamente nell'esercito un certo numero di servi di sua proprietà. Il servizio militare durava venticinque anni. Tosare le reclute valeva come arruolare o dichiarare inabile al servizio: agli abili veniva tosata una ciocca di capelli sulla fronte; agli inabili sulla nuca. La scelta dipendeva dai padroni, che spesso usavano questo diritto di mandare i servi al servizio militare come misura punitiva.

36. *Pauline:* la trasformazione dei nomi russi in nomi francesi era un'abitudine snobistica.

37. *come la «n» francese:* è un passo dall'interpretazione controversa. L. 202, che ricorda le proposte di vari studiosi, parafrasa in questo modo: «Il russo "nas" come l'"en" francese». «Nas» era infatti il modo come veniva indicata la «enne», nell'alfabeto cirillico slavo-ecclesiastico.

38. *il digiuno:* due volte all'anno (ma il periodo più importante era quello di Pasqua) si compivano i particolari riti religiosi, che consistevano nell'andare a messa, nel digiunare, per prepararsi alla confessione e alla comunione. La mattina del sabato santo si coloravano le uova. Il giorno di Pasqua, esse venivano poste intorno alla «pasqua», una specie di grande ciambella.

39. *piattino:* secondo un antico costume, le fanciulle traevano presagi nascondendo i loro anelli sotto un fazzoletto posato su un piattino e cantando delle canzoncine. Ecco una di queste canzoncine: «Da Spas a Čigasi oltre la Jauza / Vivono contadini ricchi ricconi / Rastrellano l'oro con badili / E il puro argento con panieri». V. anche, nel romanzo, il cap. V, strofa VIII.

40. *tre tenere lacrimette sul fascio di erba:* far cadere lacrime su delle erbe o su un rametto di betulla, presso l'altare (per es. nel giorno della Trinità) era considerato un importante gesto di propiziazione, contro la siccità o altro (vedi L. 204 e la bibliografia da lui riportata). In questo rito pare che la commemorazione dei defunti non c'entrasse. «Piangere sui fiori» il giorno della Trinità serviva anche per farsi perdonare i peccati.

41. *zarja:* erba con cui, in memoria dei morti, si adornavano le case nel giorno della Trinità. I Larin piangono, nei giorni festivi, ricordando i loro morti. Secondo la tradizione, la *zarja* (che, nelle edizioni italiane, viene tradotta, secondo il lessico del Dal' ligustro [v. anche N. 2, 300]) puliva gli occhi dei morti. L. pensa che si tratti del ranuncolo (*Ranunculus acris*).

42. *kvas:* bevanda lievemente alcoolica, ottenuta col pane raffermo messo a fermentare. Veniva (e viene) considerato bevanda nazionale russa, da tempo immemorabile.

43. *coroncina:* secondo l'espressione ecclesiastica, prendere una nuova coroncina equivale a morire. La prima coroncina era quella del matrimonio.

44. *Dmitrij Larin:* il cognome Larin sarebbe stato suggerito a Puškin da una conoscenza fatta a Kišinjov.

45. *brigadiere:* grado militare della quinta classe, fra il colonnello e il maggiore. Alla fine del '700 questo grado venne eliminato.

46. *Poor Yorick:* la celebre frase dell'Amleto. Yorick è anche il protagonista del *Viaggio sentimentale* di Sterne. Qui il riferimento è ironico, contro l'uso inutile e mal a proposito delle citazioni letterarie.

47. *Očakov:* Larin aveva dunque partecipato alla guerra russo-turca e alla conquista della fortezza di Očakov, sul Mar Nero, nel 1788. Questa medaglia non venne data a lui personalmente, per qualche eroica impresa individuale: la ricevettero tutti coloro che parteciparono alla campagna.

48. *cadono:* il tema del succedersi delle generazioni è già in Omero, *Iliade,* c. VI, vv. 146-9: «Come stirpi di foglie, così le stirpi degli uomini; / le foglie, alcune ne getta il vento a terra, altre la selva / fiorente le nutre al tempo di primavera; / così le stirpi degli uomini: nasce l'una, l'altra dilegua» (trad. Calzecchi-Onesti), dice Glauco a Diomede. Il Č. riporta altre citazioni, tratte dalla Bibbia, da Byron o da opere russe. N. 2, 306 riferisce la citazione a Bossuet (la predica *Sur la mort*). L. 208 accetta questo riferimento, che ritengo non testimoniato. Omero invece faceva parte dei «fondamenti» culturali (almeno alcune sue frasi o versi) di Puškin.

49. *allori di un vecchio:* questa espressione veniva usata dal prof. Galič, che già abbiamo ricordato, quando si accingeva a leggere agli studenti l'opera di un classico antico. Il cap. II ter-

minava con la strofa XLa, piuttosto pessimista verso i lettori. Nell'edizione definitiva il poeta, visto il successo conseguito, preferì togliere la strofa.

CAPITOLO TERZO

Il terzo capitolo, la cui struttura è simile a quella del primo, venne iniziato da Puškin l'8 febbraio 1824, a Odessa. Le strofe XXXII e XXXIII portano la data: 5 settembre (Michajlovskoe). Il 2 ottobre il capitolo venne terminato. Stampato all'inizio dell'ottobre 1827, con l'osservazione: «Il primo capitolo dell'*Eugenio Onegin*, scritto nel 1823, fu pubblicato nel 1825. Due anni dopo comparve il secondo capitolo. Questa lentezza fu dovuta a circostanze esterne. Ora l'edizione proseguirà senza interruzioni: un capitolo subito dopo l'altro».

I temi trattati nel capitolo sono: la visita dei due amici ai Larin e le osservazioni di Eugenio (strofe I-V); l'apparizione di Onegin a Tatiana, che sente in lui l'amore atteso della sua anima, e lo sconvolgimento provocato nella fanciulla innamorata, che si ritrova nelle eroine dei suoi romanzi (strofe VI-X); osservazioni su Eugenio e digressione sull'eroe perfetto (strofe XI-XII); digressione autobiografica sui temi della poesia (strofe XIII-XIV). Nelle strofe successive (XV-XXI) si sviluppa l'ampia sinfonia dell'amore di Tatiana, con la digressione sulle donne belle e inaccessibili, su quelle bizzarre e sulla contrapposizione fra loro e Tatiana e altre osservazioni sulle donne (strofe XXII-XXX), Con la strofa XXXI riprende direttamente il tema dell'amore: la strofa XXXI è un'introduzione alla celebre Lettera di Tatiana a Onegin. Il tema dell'amore e della lettera continua con la strofa XXXII e con la descrizione delle ansie di Tatiana, poi con la scena dell'incontro. Qui, con un taglio classico, s'interrompe il capitolo.

1. *Malfilâtre:* nella biblioteca di Puškin, esisteva una copia del *Narcisse* di Malfilâtre, pubblicato nel 1825 a Parigi. Da esso venne tratta la citazione. Jacques Charles Louis de Clinchamp de Malfilâtre (1732-1767) fu un gentile autore di poesie e poemetti (come *Narcisse ou l'île de Vénus*), ed elegante traduttore delle *Georgiche* di Virgilio. Originariamente l'epigrafe al capitolo era stata presa da Dante (*Inferno*, V).

2. *Fillide:* nome «cliché» di eroine della poesia arcadica.

3. *ricevimento:* la cerimonia consisteva nell'offrire marmellata e acqua di mirtilli agli ospiti. Vedi, per questo, la variante alla strofa III a p. 477. Tale cerimonia era diffusa nel Sud (Ucraina, Romania, Jugoslavia). Pare dunque che, in un primo momento, Puškin volesse situare la vicenda di Tatiana nel Sud, forse per il ricordo di Maria Raevskaja. Nella stesura definitiva la vicenda del racconto venne situata, almeno nelle intenzioni, in una località del governatorato di Pskov. La *brusničnaja voda* (acqua di mirtilli) è ancor oggi una bevanda che si offre volentieri agli ospiti, in Russia, Siberia ecc.

4. *Svetlana:* eroina di una celebre ballata di Vasilij Andreevič Žukovskij (1792-1828), intitolata *Svetlana*. Questa ballata, del 1812, è la rielaborazione libera di *Ljudmila*, traduzione in versi (dello stesso Žukovskij) della celebre ballata del Bürger, *Lenora* (1773). Nella seconda strofa di questa ballata romantica si legge: «Fosca risplende la luna / Nella penombra nebbiosa / Triste e silenziosa / È la cara Svetlana». L'influenza di questa ballata sull'*Onegin* è notevole, anche in altri punti. Il gioco degli anelli e dei piattini si riscontra appunto in Žukovskij, nella prima strofa della ballata. Mentre le fanciulle nascondono l'anello nell'acqua e cantano le nenie magiche per conoscere il futuro, solo Svetlana non vuole cantare, né mettere l'anellino insieme alle compagne. «Come posso, amichette, cantare? / L'amico mio dolce è lontano / Il destino che ho è di morire, / Sola sola nella tristezza. / Un anno è passato, e non so nulla, / Lettere non me ne scrive....». Allora Svetlana compie davanti a uno specchio, a mezzanotte, il rito magico. L'amico caro le appare, per prenderla e portarla all'altare. La slitta attende, e i cavalli nitriscono, impazienti. La cavalcata corre in un'atmosfera di tregenda; ad un tratto Svetlana si trova sola; il fidanzato, la slitta, i cavalli, tutti sono scomparsi. Il paesaggio è spaventoso; Svetlana non sa dove andare, ma vede lontano il lumicino di un'izba. Vi si reca, e, piangendo, bussa alla porta. Entra e vede una cassa da morto. Il morto si alza: è il suo fidanzato. Dall'orrore, Svetlana si sveglia. Il giorno dopo arriverà il fidanzato. Ma tutto sarà stato solo un brutto sogno. Žukovskij ha ripreso e modificato la famosa ballata del Bürger (*Lenora*). Questi elementi ritorneranno, come nucleo iniziale, nel sogno di Tatiana (capitolo V), anche con la citazione dell'ultima strofa della ballata di Žukovskij («Oh, non conoscere questi sogni spaventosi, / mia Svetlana»). *Svetlana* era considerata un modello di romanticismo fondato sul folklore.

5. *Madonna del Van Dyck:* come risulta dalle varianti, Puškin

pensò, prima, a una *Madonna* di Raffaello. La sostituzione col Van Dyck (*La Madonna delle pernici*) denota la finezza e la cultura estetica del poeta: a Olga era più adatto il sentimentalismo della figura del Van Dyck! Nelle varianti, c'è un accenno critico alla *Pamela* di Richardson: mentre la strofa V era dedicata alla descrizione del sorgere dell'amore nell'anima di Eugenio. Più coerentemente col carattere del personaggio, Puškin tolse l'accenno nell'edizione definitiva.

6. *bella:* continuo a interpretare *krasna* come «bella» (secondo l'antico significato russo) e non come «florida» («rossa»), secondo l'interpretazione di N. 2, 332-333 che pure è suggestiva e intelligente.

7. *Tatiana:* il nome della fanciulla doveva essere, in origine, Nataša. D'altra parte, il nome dell'eroina del poemetto *Il fidanzato* (che è del 1825 e che, sotto molti rapporti, è prefigurazione della vicenda di Tatiana) era, in principio, non Nataša ma Tatiana. Tatiana rappresenta la vecchia generazione, conservatasi in provincia, alla quale era caro il romanzo sentimentale. Onegin è invece il rappresentante della generazione successiva, cittadina e scettica. Secondo Č. sarebbe difficile indicare i modelli letterari di un personaggio così unico. I romanzi cari a Tatiana sono *Pamela* di Richardson, pubblicato dal 1787 in poi; *Clarissa Harlowe*, pubblicato dal 1791. *Nuova Eloisa* di Rousseau era già comparsa in Russia fino dal 1769. Grandison è l'eroe del romanzo omonimo: un eroe popolarissimo, come Lovelace e, poi, Don Giovanni. Anche per Tatiana riporteremo quello che dice Belinskij, ricordando ancora che ciò che egli dice va riportato all'epoca in cui scrisse, è un brano romantico-descrittivo più che critico, ma resta ancora suggestivo e con spunti di notevole acutezza. «Non è facile definire il carattere di Tatiana; la natura di Tatiana non è complessa, ma profonda e forte; in Tatiana non vi sono quelle morbose contraddizioni di cui soffrono le nature troppo complicate; Tatiana è stata formata come da un solo elemento, senza aggiunte né mescolanze. Tutta la sua vita è compenetrata da quella integrità, da quella unità che, nel mondo dell'arte, costituisce la più alta qualità della rappresentazione poetica. Appassionatamente innamorata, semplice fanciulla di campagna e poi signora del gran mondo, Tatiana in tutte le circostanze della vita è sempre la stessa: il ritratto della sua infanzia, così magistralmente tracciato dal poeta, appare in seguito sviluppato, ma non mutato...».

«La malinconia pensosa le fu compagna fin dalla culla, le rallegrò i giorni della vita monotona; le dita di Tatiana non conoscevano gli aghi; la fanciulla non amava le bambole, le erano estranei gli scherzi infantili; provava noia per gli schiamazzi e il riso sonoro dei giochi dei bambini; le piacevano di più i racconti spaventosi nelle serate d'inverno. E per questo, molto presto, si appassionò ai romanzi, e i romanzi le assorbirono tutta la vita... Così, le notti estive erano dedicate alla sognante fantasia, e quelle invernali alla lettura dei romanzi. Ciò fra gente che aveva la nobile abitudine di russare fragorosamente. Quale contraddizione fra Tatiana e il mondo che la circondava! Tatiana era un raro e bellissimo fiorellino, per caso cresciuto nella fenditura di una roccia selvaggia: "Ella fioriva come un mughetto nascosto, celato / tra la folta erba, ignoto all'ape e alle farfalle".

«Questi due versi, che Puškin scrisse per Olga, si addicono molto meglio a Tatiana. Quali farfalle, quali api potevano conoscere questo fiore o restarne affascinate? Forse gli informi tafani, assilli e scarafaggi, come il signor Petuškov, e gli altri? Sì, una donna come Tatiana può incantare solo uomini che si trovino ai due estremi del mondo morale: o quelli che si trovano al livello della sua natura, e che sono pochi, o quelli completamente abbietti, che sono molti. A questi ultimi Tatiana poteva piacere per la bellezza, per la freschezza e sanità campagnole, anche per la selvatichezza del carattere, in cui potevano scorgere la modestia, l'obbedienza, e l'umiltà nei confronti del futuro marito, qualità preziose per la rozza animalità di costoro. Le nature medie non avrebbero potuto essere affascinate da Tatiana. Ripetiamo: Tatiana è un essere eccezionale, una natura profonda, appassionata. L'amore per lei poteva essere o un grandissimo bene, o una grandissima angoscia della vita, senza nessuna via di mezzo...».

Più oltre, parlando delle superstizioni di Tatiana, Belinskij continua: «Questa mirabile unione di pregiudizi volgari con la passione per i romanzi francesi e il rispetto per la profonda opera di Martin Zadek, era possibile solo in una donna russa. Tutto il mondo interiore di Tatiana si racchiude nella sua sete d'amore; nessun'altra cosa le parlava, nell'anima; la sua mente dormiva, e solo un grave dolore della sua vita poteva poi risvegliarla, e solo per comprimere la passione e sottometterla al giudizio della morale benpensante... Non era il libro a far nascere la passione, ma era la passione che non poteva manifestarsi se non un poco attraverso i libri. Perciò Tatiana si raffigurava Onegin come Wolmar, un Malek Adel, un de Linar, un Werther (Malek-Adel e Werther, non sono la stessa cosa che Eruslan Lazarevič e il Corsaro di Byron?). Questo perché, per Tatiana, non esisteva il vero Onegin che non poteva né comprendere, né conoscere; di conseguenza le era necessario caricarlo di un qualche significato, preso in prestito da un libro, e non dalla vita, perché Tatiana non era capace neppure di conoscere e capire la vita. E perché rappresentava se stessa come Clarissa, Giulia, Delfina? Perché conosceva e comprendeva se stessa altrettanto poco quanto Onegin. Essere appassionato, dal profondo sentire, e nello stesso tempo non sviluppato, sordamente rinchiuso nel cupo vuoto della sua esistenza intellettuale, Tatiana, come personalità, è simile non a una bella ed elegante statua greca, in cui tutto il mondo interiore si è riflesso, in modo trasparente e rilevato, nell'esterna bellezza, ma a una statua egiziana, immobile, pesante, impacciata. Senza libri, Tatiana, sarebbe stata un essere muto... Per amare doveva trovare il mistero e colmarlo della sua passione ideale. All'improvviso le apparve Onegin. Egli era tutto circondato dal mistero: i suoi modi aristocratici, la sua mondanità, l'indiscutibile superiorità su quel mondo quieto e volgare, in cui era comparso come una meteora, la sua indifferenza verso tutto, la stranezza della sua vita, le strane cose che si dicevano di lui: tutto ciò non poteva non agire sulla fantasia di Tatiana, non poteva non... prepararla all'effetto decisivo del primo incontro con Onegin. Ed ella lo vide, e Onegin le si presentò giovane, bello, agile, scintillante, indifferente, annoiato, enigmatico, incomprensibile, un mistero indecifrabile, per la sua mente, una seduzione per la sua fantasia selvatica. Vi sono degli esseri la cui fantasia ha maggiore influenza sul cuore del pensiero. Tatiana era una di queste. Vi sono donne alle quali è sufficiente mostrarsi appassionati e ardenti, ed esse sono vostre; ma vi sono donne, la cui attenzione l'uomo può risvegliare per sé solo con l'indifferenza, la freddezza e lo scetticismo, come segno di grandi pretese dalla vita o risultato di una vita, vissuta in modo turbolento e completo: la povera Tatiana apparteneva a queste...».

«La conversazione di Tatiana con la *njanja* è un miracolo di perfezione artistica! È un intero dramma, compenetrato di profonda verità. In esso è rappresentata in modo meraviglioso una signorina russa nell'impeto della passione che la sconvolge. Il sentimento, dentro soffocato, erompe di continuo fuori, specialmente nel primo periodo della passione nuova, mai provata. A chi aprire il cuore? Alla sorella? Ma questa non l'avrebbe capita così come voleva Tatiana. La *njanja* non avrebbe capito nulla; ma proprio per questo Tatiana le rivela il suo mistero o, per dir meglio, non glielo tiene nascosto». Dopo aver citato le strofe XVII e XVIII, Belinskij continua: «Ecco come scrive un poeta veramente popolare, veramente nazionale! Nelle parole della *njanja* semplici e popolari, senza trivialità o volgarità, si rivela un quadro completo e chiaro della vita interiore, domestica, del popolo, le sue idee sui sessi, sull'amore, sul matrimonio... E questo viene detto dal poeta con un sol tratto, di sfuggita, quasi inavvertibile».

È più oltre: «Tatiana decide di scrivere a Onegin: impulso nobile e ingenuo; la causa non sta nella coscienza, ma nell'inconscio: la povera fanciulla non sapeva quel che faceva. Poi, quando diviene una donna dell'alta nobiltà, questi impulsi del cuore così ingenuamente magnanimi diventano impossibili... La lettera di Tatiana ha fatto delirare tutti i lettori russi, quando comparve il terzo capitolo dell'*Onegin*. Noi, con tutti, abbiamo pensato di vedere in essa il modello della sincerità di un cuore femminile. Lo stesso poeta, pare senza alcuna ironia, senza alcun pensiero riposto, aveva scritto e letto la lettera. Ma da allora molta acqua è passata sotto i ponti... La lettera di Tatiana è bellissima anche oggi; per quanto ci si veda più qualcosa di fanciullesco che non di romantico. Diversamente non sarebbe potuto essere; la lingua delle passioni era così nuova e inaccessibile per Tatiana... Ella non avrebbe saputo né capire, né esprimere le proprie sensazioni, se non avesse fatto ricorso all'aiuto di impressioni, lasciate nella sua memoria da romanzi buoni e cattivi, letti da lei alla rinfusa».

Anche in altre opere Puškin sottolinea la formazione letteraria dei personaggi. Anzi, dà addirittura come regola l'essere educati e formati non dalla natura, ma dai romanzi (vedi la variante 8 del cap. I). La figura di Tatiana (v. Br. p. 171) si ritrova, quasi ripetuta, nel *Romanzo in lettere*, dove Maša, fanciulla diciassettenne, è pure educata sui romanzi, che legge per intere giornate, nel giardino di casa.

8. *ascoltava:* l'amore di Tatiana sorge anche (o si riflette anche) nella citazione letteraria. Siamo immersi in pieno romanticismo, o meglio, al confine tra sentimentalismo e romanticismo.

9. *l'amante di Giulia Wolmar:* il protagonista del romanzo di Rousseau, *La nouvelle Heloïse*, Saint-Preux.

10. *Malek-Adel:* protagonista maschile di *Mathilde*, un romanzo, allora famoso, di Marie Cottin Risteau (1770-1807). Le lettrici russe deliravano (intorno al 1812) per questo eroe.

11. *de Linar:* si tratta del romanzo della baronessa de Krudener, *Valerie, ou Lettres de Gustave de Linar à Ernest de G.* London, 1803. Barbara Giuliana Krudener (1764-1824) è famosa, oltre che per questo romanzo, per la influenza misticheggiante esercitata sull'animo di Alessandro I.

12. *Werther:* il celebre romanzo epistolare di Goethe, tradotto in russo nel 1782, ristampato nel 1794 e nel 1796; tradotto un'altra volta nel 1798 e ristampato nel 1818.

13. *Clarissa, Giulia e Delfina:* Clarissa Harlowe, personaggio di Richardson, è il tipo della fanciulla perseguitata dalla sorte, antenata di molte figure simili. Clarissa muore perdonando a tutti, anche a Robert Lovelace, il cinico seduttore, che la sogna mentre, biancovestita, sale in cielo. Egli, sempre nel sogno, precipita all'inferno. Delfina è la protagonista dell'omonimo romanzo della signora di Staël. Per Giulia Wolmar, vedi sopra. In questa strofa, come si vede, Tatiana paragona se stessa alle eroine dei suoi romanzi, mentre Onegin nella strofa precedente e altrove, era diventato l'amante di Giulia Wolmar, o Malek-Adel, o Grandison, o Lovelace, o Childe Harold. Nella strofa X, Puškin nega, però, che Onegin fosse un Grandison.

14. *modello della perfezione:* Puškin espone qui alcuni princîpi della poetica del romanzo del Settecento o, per lo meno, di un certo tipo dominante di romanzo. Br. p. 175 cita il passo di un racconto di Karamzin (*Un cavaliere del nostro tempo*, 1799-1802), in cui si accenna alla funzione educativa e incitatrice ad alte e nobili gesta, esercitata da taluni romanzi sul protagonista Leon. In questi romanzi (*Selim e Damasina, Miramond, La storia di Lord N* ecc.) il bene trionfa sempre e l'eroe (virtuoso) anche, dopo mille peripezie, espresse anche nei titoli: *Luisa G., ovvero il trionfo dell'innocenza* ecc. In realtà dietro l'espressione di Puškin c'è un filo di ironia. C'erano ben altri romanzi, nel '700, in cui era il vizio a trionfare. Un rozzo ma interessante tentativo di romanzo settecentesco, *La storia del cavaliere Alessandro*, di anonimo, rivela, p. es., che Alessandro, un cavaliere nobile e di sentimenti elevati, dopo mille peripezie e angosce, muore, mentre l'altro protagonista del romanzo (o dell'altra «linea» del romanzo), Vladimir, che è del tutto privo di princîpi morali, trionfa felicemente. Ma in questo racconto del Settecento russo sono semplicemente accostate due linee, quella cavalleresca e quella picaresca. Del resto Puškin non poteva non conoscere le opere del marchese De Sade, anche se i critici russi preferiscono non parlarne. La biblioteca del padre e quella dello zio contenevano la più vasta raccolta di libri francesi.

15. *Ma ora:* nella strofa XII il poeta contrappone, alle passioni letterarie delle lettrici della generazione precedente (cui Tatiana idealmente appartiene), quelle della generazione successiva, cui appartiene, idealmente e di fatto, Eugenio. Passato di moda Ri-

chardson, si diffonde la letteratura più accentuatamente romantica. Gli avversari del movimento romantico accusavano i nuovi scrittori di esaltare l'amoralità: confondevano, in realtà, antimoralismo con amoralità, ma certo l'eroe romantico era rappresentato come un egoista.

16. *Vampiro:* eroe di *The Vampyre*, già attribuito a Byron e scritto, pare, da John William Polidori segretario del poeta. Il Polidori ne aveva sentito il racconto dalla viva voce di Byron, durante una serata di maltempo, in Svizzera, nel 1816: erano con loro anche Shelley e la moglie di Shelley, Mary. Venne pubblicato in inglese nel 1819 e in russo nel 1828.

17. *Melmoth:* eroe di un'opera del romanziere irlandese Charles Robert Maturin, *Melmoth the Wanderer*, che è del 1820, ma che fu pubblicato in lingua russa molto più tardi, nel 1833.

18. *l'Ebreo errante:* personaggio popolare nella letteratura del tempo (ricorre in romanzi di Matthew G. Lewis, di Maturin, ecc.).

19. *il Corsaro:* celebre eroe byroniano.

20. *Sbogar:* il protagonista del romanzo omonimo di Charles Nodier (1783-1844), protagonista del movimento romantico e scrittore dalla multiforme attività. *Jean Sbogar* fu pubblicato a Parigi nel 1818.

21. *Amici miei:* le strofe XIII e XIV sono dedicate a una digressione letteraria sul romanzo che Puškin vorrebbe scrivere. Confluiscono qui due elementi: la volontà, forse un po' ironica o polemica, di ritornare al romanzo sentimentale, o all'idillio del '700, e la professione di fede realistica.

22. *disprezzando le minacce di Febo:* Apollo è qui il simbolo del classicismo o, almeno, dello stile elevato: contrapposto all'«umile prosa», a un romanzo di costumi campagnoli e sereni, che Puškin vorrebbe scrivere, come dice nella strofa XIV.

23. *amata:* Amalija Riznič, come risulta dal nome Amalija, poi cancellato, e che si trova in B. Si tratta di una conoscenza di Odessa: nata nel 1803, Amalija Ripp era la moglie di un ricco commerciante odessita di origine dalmata (Ivan Stepanovič Riznič). Amalija era di origine italo-tedesca. Era una donna elegante e slanciata, dalla chioma folta e lunga, che le arrivava alle ginocchia. Era anche nota per la lunghezza dei piedi (c'è qualche allusione ironica nella frase della strofa XIV?). Tutti ne erano innamorati, ma la bella Amalija concedeva alcuni favori a Pu-

škin (è nel Taccuino di Don Giovanni) e altri favori ad altri devoti. Il poeta, nel 1823, ne era pazzo. Poi Amalija partì. La sua fine fu triste: morì nel 1825, abbandonata dal marito e dall'amante che l'aveva seguita in Italia: il principe Jablonovskij. Puškin la ricorderà in molte poesie, ancora nel 1830. E la ricorda nell'*Eugenio Onegin*. *V*. Čarejskij, ad vocem Riznič.

24. *La njanja:* la nutrice. In questo personaggio s'incarna la figura della nutrice di Puškin, Arina Rodjonovna Jakovleva (1758-1828), colei che gli raccontava le vecchie leggende russe. Dopo la morte di Arina, egli dirà: «Non odo più il suo passo, né la sua voce dare ordini di mattina. Non udirò più, nelle notti di temporale, i suoi racconti rievocati dal fondo della mia fanciullezza, ma sempre belli, come i canti del mio paese, come le pagine di un vecchio libro. Talvolta i suoi discorsi semplici, i suoi consigli, i suoi rimproveri affettuosi davano al mio cuore una calma gioia...». Si ricordi che Arina era una serva dei Puškin, della proprietà di Kobrino, ed era stata affrancata nel 1799 dalla madre del poeta. Ma Arina (che in quell'epoca era quarantacinquenne), rifiutò la libertà, e preferì vivere accanto alla padrona. Fu la seconda madre di Aleksandr Sergeevič. Il Lo Gatto fa notare come buona parte del capitolo III sia stata scritta a Michajlovskoje, dove il poeta era sempre vicino alla nutrice. Il poeta la ricorda anche nella poesia *Alla njanja*, del 1826. Non ci si deve, per altro, fare un quadro troppo idilliaco dei rapporti tra «*njanje*» e padroni: certo Puškin dà della «*njanja*» di Tatiana (come della sua) una rappresentazione gentile e affettuosa, e presso molte famiglie era anche così. Ma, la stessa *njanja* di Puškin (come di altri giovani signori) aveva tra le sue incombenze anche quella di scegliere tra le giovani contadine-serve eventuali compagne di qualche ora o di qualche giorno per i suoi padroncini. Faceva parte delle usanze e dei diritti padronali. Ma Anna Kern ebbe a dire che Puškin, «che non amava nessuno veramente», amò la sua bambinaia (v. Čarejskij, ad vocem Jakovleva, Arina Rodjonovna). Ma v. anche la nota 26, a p. 570-571.

25. *Non posso dormire, qui!:* Come osserva L. 216 la «confessione» della giovane signorina alla propria *njanja* era un luogo comune della letteratura sentimentale: c'è un passo, che L. cita ampiamente, di *Natal'ja, figlia di boiaro* di Karamzin, dove l'eroina di Karamzin manifesta la propria inquietudine amorosa alla *njanja*. La scena è ripresa pari pari da A. Bestužev in *Roman e Ol'ga*. In tutti e tre i casi (Karamzin, Bestužev-Marlinskij e Puškin) la bambinaia fa il segno della croce alla fanciulla, per proteggerla. Come al solito, c'è, in Puškin, il lieve sorriso, la

sfiorata ambiguità di chi riprende, sviluppa e, in un certo senso, trasforma un po' in gioco una scena divenuta canonica, nella letteratura sentimentalistica e romantica. In Puškin, c'è in più (vedi la strofa XVIII) la precisa cognizione della differenza dei «valori» delle parole in Tatiana e nella *njanja*, una vecchia che era stata fatta sposare a 13 anni e, ovviamente, non conosceva i valori romantici della parola «amore», della parola «eletto», che invece creavano fantasie nella mente e nel cuore di Tatiana.

26. *mi sciolsero la treccia:* le ragazze contadine, prima di sposarsi, portavano i capelli stretti in una sola treccia. Poco prima dello sposalizio o addirittura al momento di entrare in chiesa, le amiche scioglievano l'unica treccia e ne facevano due. Le donne sposate usavano portare due trecce (che, in strada o in presenza di sconosciuti, venivano sempre coperte con un fazzoletto). Vedi L. 220.

27. *in chiesa coi cantici:* vedi le osservazioni di Belinskij: «I matrimoni erano, di solitò, combinati dalle famiglie. Si può vedere, nel matrimonio forzato della *njanja*, una certa prefigurazione di quello di Tatiana. La ricchezza poetica dell'*Onegin* sta anche in una folla di corrispondenze segrete, di echi e riflessi e presagi che ritornano, e di situazioni che si ritrovano».

28. *la lettera è pronta:* N. 2, 368 osserva: «la lettera è finita: è stata scritta automaticamente, in trance...».

29. *Lasciate ogni speranza:* citazione dalla *Divina Commedia* (Inf. III, 9). Puškin conosceva frammenti della *Commedia* nell'originale. Non risulta che l'avesse letta tutta.

30. *La civetta:* questa contrapposizione tra la «civetta» e l'innamorata sincera è un topos letterario, di cui si ha un esempio immediato in una poesia di Parny: *La main*: «...La résistence / Enflamme et fixe les désirs; / Reculons l'instant des Plaisirs / Que suit trop souvent l'inconstance» /..../ Et la coquette ainsi raisonne...». Per Parny vedi in seguito e L. 221.

31. *linguaggio della posta:* il russo era considerato, dalle vecchie generazioni, lingua degli umili; la classe nobile si esprimeva più correttamente in francese, o infarciva di termini ed espressioni francesi il russo che parlava. Vjazemskj ricorda (Br. p. 185 e Č. p. 141) che lo stesso Puškin, in principio, voleva scrivere la lettera di Tatiana in prosa o addirittura in francese. Tatiana, che vive in provincia, è ancora legata alle abitudini della vecchia generazione, come s'è detto, e quindi non ha ancora imparato a sostituire del tutto il russo al francese. Non è che Tatiana non

conoscesse il russo. Tatiana non disponeva (ancora) di un linguaggio russo «scritto», letterario ma anche comune, in grado di esprimere tutte le sfumature di un sentimento d'amore. L. 223 ricorda un autore e studioso dell'inizio del secolo, A.S. Kaisarov, che rilevava l'esistenza di un vuoto tra la lingua «inferiore» (semplice, popolare) e la lingua elevata (slavone-russa). La gente, quando doveva scrivere una lettera, non aveva veri e propri modelli e spesso doveva inventare frasi complicate per esprimere cose semplici o ricorrere a calchi dal francese.

32. *Blagonamerennyj:* «Il Bempensante», rivista letteraria e di varietà, diretta da Aleksandr Efim'evič Izmajlov (1779-1831) autore di satire e giornalista. Per il realismo dei temi trattati e la franchezza di linguaggio era considerata non adatta alle signore.

33. *un seminarista... cuffia:* Č. (p. 241) nega che il seminarista sia il critico Nadeždin, esteticamente sordo, avversario di Puškin e dei romantici. Nadeždin veniva spesso chiamato «seminarista» perché era stato in seminario. Il testo, qui, non richiederebbe però un'identificazione precisa; vuole indicare, in generale, una persona dalla cultura limitata e parziale e di cattiva educazione; così come «accademico» indica un rappresentante della stilistica arretrata. Ma Br. p. 187 accetta l'interpretazione che individua il seminarista nel professor Nadeždin. Queste interpretazioni sembrano però superate dalla più sensata interpretazione di L. 225: «seminarista in scialle giallo» e «accademico con la cuffia» non sono altro che due espressioni figurate per indicare le donne che si danno agli studi, le donne saccenti, se è vero quanto dice Vjazemskij su una probabile prima redazione della frase «sulla scalinata» (o «pianerottolo»): e cioè «sulla scalinata di Šiškov». Šiškov era il noto esponente della scuola conservatrice (per la lingua russa) e la persona che lo frequentava era, appunto, una delle più accese seguaci di Šiškov, la poetessa Anna Petrovna Bunina (1774-1828), alla quale si riferiscono i versi successivi sulle donne saccenti.

34. *labbra rosse:* Č. cita Marziale, 7, 25. Ci possono essere precisi riferimenti autobiografici, a amiche, che non conoscevano bene la lingua russa, perché di origine straniera.

35. *Bogdanovič:* Ippolit Fjodorovič Bogdanovič (1743-1803) è un autore della scuola classica, imitatore, con elementi di originalità, di La Fontaine. Era noto per il poemetto scherzoso *Dušen'ka* (dedicato al mito di Amore e Psiche), ed era considerato un maestro della poesia leggera o *fugitive*.

36. *Parny:* Puškin e i contemporanei di Puškin, come Batiuškov e Baratynskij, Žukovskij e Milonov, ammirarono tutti all'inizio la poesia di Parny, e ne sentirono l'influenza. Evariste Parny (1753-1814) scrisse raffinati ed eleganti versi d'amore, in gran parte dedicati a una bella creola, Eleonora. Egli è autore, anche, di *La guerre des Dieux* che, per il suo contenuto libero e irreligioso, dovette piacere molto a Puškin.

37. *dei Banchetti:* lo stesso Puškin ricorda il nome di Evgenij Abranovič Baratynskij (1800-1844), autore de l'*Eda* (1826) poemetto ispirato alla natura finlandese, de *I banchetti* (o *I festini*), anch'esso edito nel 1826 ma composto nel 1820, qui citati da Puškin, e di altre opere che rivelano un'acuta sensibilità e una tendenza a sottolineare l'aspetto doloroso della vita. L'eroina del poemetto *Eda* è una fanciulla finlandese innamorata di un russo: ad essa si riferiscono le parole «una fanciulla appassionata», qui avvicinata, per affinità e simpatia, a Tatiana.

38. *amarezza:* Baratynskij dovette compiere il servizio militare in Finlandia per punizione, e come soldato semplice.

39. *La lettera di Tatiana:* come s'è osservato (vedi nota a proposito del *Linguaggio della posta*) Puškin, secondo la testimonianza di Vjazemskij, avrebbe voluto inserire la lettera di Tatiana in modo che spiccasse come documento umano autentico, non letterario: voleva quindi scriverla in prosa o in francese. Decise poi di scriverla usando un sistema strofico diverso da quello dell'*Onegin* (v. anche L. 227), e sottolineandone la particolarità (la diversità, per esempio, dallo stile di Parny o di Baratynskij). In realtà, la lettera di Tatiana (è perfino ovvio l'osservarlo) è un altro esempio di letterarietà diversa, che si pone come «maggiormente autentica». Era così brava, Tatiana, da possedere tanti mezzi dell'eloquenza? Si considerino quante figure, quante interrogazioni retoriche, quante concessioni, seguite da negazioni («avrei trovato un compagno per il cuore» ecc. e poi: «no, a nessuno al mondo...»). I sapienti passaggi dal «voi» al «tu», la reticenza, cioè, seguita dall'abbandono; una serie di immagini, i dubbi. Certo, possiamo pensare che l'amore trasformasse Tatiana in un nuovo Quintiliano: ma è anche certo che la sapienza e la perfidia di Puškin sono del più alto livello. Nella traduzione la sapienza retorica si nota, purtroppo, molto più che nell'originale: ma la lettera di Tatiana è un capolavoro della letteratura più letteraria, a causa della sottile astuzia di Puškin, che ha «caricato» la retorica della lettera, nel momento stesso in cui voleva presentarla come assolutamente «spontanea» e «a-letteraria».

L. riferisce i dati della critica (p. 227-229) sulle «fonti» della Lettera di Tatiana. Siamo d'accordo con lui: è una lettera fatta di luoghi comuni, tratti dalla letteratura che Tatiana conosceva: il «cuore di Tatiana» (secondo una certa «retorica» critica) in realtà si esprimeva con le parole della *Nouvelle Heloïse*. Anche Nabokov (N. 2, 392) ha osservato come il passaggio dal «voi» al «tu» si trovi già nella lettera di Saint Preux all'amata. Nabokov (ivi) e altri, cita, come una delle fonti, un'elegia di Marceline Desbordes-Valmore (1786-1859), le cui poesie furono pubblicate nel 1819 e che Puškin certamente conosceva: versi non eccelsi ma che godevano fama di grande sincerità e dolcezza. In questa elegia troviamo i versi:

J'était à toi peut-être avant de t'avoir vu. / Ma vie, en se formant, fut promise à la tienne; / ... / ... j'avais dit: Le voila! Au fond de ce régard ton nom se révéla, Et sans le démander j'avais dit: «Le voila».

«Eccolo», «È lui», è il mandato dal destino ecc. Erano frasi che correvano nei cuori di tutte le fanciulle di provincia e di città. Resta il problema della «sincerità» della lettera di Tatiana: problema che si pone anche L. Secondo L. (229) la sincerità di Tatiana non è messa in discussione, perché la fanciulla aveva assimilato la fraseologia e l'ideologia amatoria che le provenivano dai suoi romanzi. Quelle frasi era come se nascessero spontaneamente e sorgivamente dal suo cuore. In realtà, il problema della sincerità dello scrittore, dei suoi personaggi e della lingua dei suoi personaggi si pone in modo diverso e complicato nei diversi critici: e in Puškin è un problema complicato nel più alto dei modi. È la sincerità di un attore che ci fa «piangere» o il suo eccelso artificio? Ma da questo risultano vani e ingenui tutti i discorsi critici su Tatiana e sui suoi sentimenti. Tatiana è un personaggio straordinario proprio perché è un personaggio assolutamente «letterario» (cioè assolutamente «costruito»), ma costruito sulla base di una autentica intuizione, di un sogno reale, che nella coscienza del poeta si mescola (inevitabilmente) al suo gioco, al suo distacco, che gli permette di scrivere contemporaneamente a diversi livelli di profondità: di qui la diversità di letture del personaggio Tatiana, da Belinskij a Nabokov. (Per quest'ultimo cfr. le molte osservazioni interessanti e spesso illuminanti in N. 2, 383-396).

L'inserimento di una «lettera» in un romanzo era quanto di più letterario e meno spontaneo ci potesse essere. Era un canone vero e proprio. Non c'erano esempi famosi? La *Nuova Eloisa*, il *Werther*? E lo stesso Puškin non aveva scritto un romanzo epistolare? Certo in questa lettera Tatiana esprime i suoi sentimenti e la sua filosofia dell'amore (con parole altrui, ma da lei fatte proprie e divenute frutto sincero della sua anima). Tatiana espone il suo sentirsi vittima e «privilegiata» (per il dono dell'amore), la sua «gioia» per le sofferenze amorose (più immaginarie che reali, ma non meno vere); esprime la sua fede nella romantica predestinazione amorosa dell'anima gemella. Dice in proposito il Troyat: «La lettera di Tatiana determina la sorte del poeta. Stregato dal suo personaggio, Puškin rinuncia al tono satirico. Diviene serio, profondo. Come il poeta, Onegin è commosso dalla lettera della piccola provinciale. Tatiana si esprime con semplicità. Sembra tanto fresca, nuova, sincera. E il seduttore non si sente il diritto di disonorarla» (v. Troyat, capitolo IV). Le cose non stanno proprio come dice Troyat: la lettera di Tatiana esprime al massimo grado l'arte e l'artificio, oltre che la felicità poetica, di Puškin. Dobbiamo parlare della letterarietà (cioè della mirabile costruzione artificiosa) della lettera di Tatiana che è sgorgata contemporaneamente dal cuore e dai romanzi.

40. *Freischütz: Il franco cacciatore*, opera romantica di Carl Maria von Weber (1786-1826), noto musicista tedesco. Intorno al 1824 era di gran moda a Mosca.

41. *la posta l'ha trattenuto:* la posta arrivava (e partiva) due volte alla settimana: quindi, per Lenskij, Onegin non s'era fatto ancora vedere perché aspettava il giorno della posta.

42. *Canto della fanciulle:* è un'imitazione di canti popolari. Vedi anche la variante a p. 482. Interessante l'osservazione di Br. (p. 194 e segg.), che nota come nei capitoli scritti a Michajlovskoe (i capitoli III, IV, V, VI) l'elemento popolare sia più intenso: troviamo canti di contadini, costumi, credenze, fiabe, sullo sfondo della natura russa settentrionale.

43. *Finirò poi, in qualche modo:* L. 233 fa alcune considerazioni su questo «finale», che si contrappone per il suo tono al carattere intenso di tutto il canto e in particolare dei suoi ultimi aspetti (la lettera di Tatiana, il pallore della fanciulla, il folklore del canto delle fanciulle, che riecheggia certi canti nuziali) e ricorda i versi conclusivi del quarto canto della *Pulzella d'Orléans* di Voltaire e del III canto del *Furioso* ariostesco.

CAPITOLO QUARTO

Secondo Tomaševskij (Puškin cit, 1, 586), il 4° capitolo venne iniziato da Puškin alla fine dell'ottobre del 1824. Č. è dello stesso parere. Il Br. riporta le date conosciute della stesura di alcune strofe: la strofa XXIII, l'11 gennaio 1825; la strofa XLII, il 2 gennaio 1826; la strofa LI, il 6 gennaio 1826. Tuttavia rispondendo a una lettera di Katenin, Puškin gli scriveva, nella prima metà del settembre 1825 (e non più tardi del 14): «quattro canti dell'*Onegin* sono già pronti...». In seguito il poeta deve aver cambiato l'ordine delle strofe e aggiuntene altre (nella stessa lettera si parla, poi, di frammenti). Le strofe del 1826 sono dunque nuove, o rimaneggiamenti di altre già scritte. Le strofe 1-6 sono state omesse nel testo definitivo e sostituite dai puntini. Alcune di queste strofe (I-IV) erano però state scritte e pubblicate nel 1827, nel n. 20 del «Moskovskij Vestnik». V. alle pp. 482-483 della presente traduzione. A proposito di queste strofe sostituite da puntini, e del fatto che i puntini sostituiscono anche due altre strofe mai scritte, L. 235 fa alcune considerazioni, in base anche ai suoi criteri di meccanicismo semiotico: Puškin avrebbe voluto con questo «allargare» il testo con un richiamo ad elementi extratestuali (secondo me: divenuti in seguito extratestuali) e tutto questo sarebbe stato generato dalle «ricerche innovatrici nell'ambito di una struttura realistica»: cioè, l'evento, poteva essere più stretto e più largo del testo (l'allusione alle due strofe mancanti e mai esistite, ma che potevano esistere). Certo, penso che questo possa essere tenuto in considerazione: potremmo però proporre anche una diversa ipotesi: quello che un tempo si chiamava «freno dell'arte» spinse Puškin a eliminare quattro strofe autobiografiche e prolisse, e non del tutto coerenti con il capitolo. Tuttavia questa eliminazione non poteva non essere indicata, direi per una forma di «nostalgia» del poeta e resa ancora più intensa con la mistificazione delle due strofe mai scritte (che potevano e possono essere mentalmente «scritte» dal lettore). Il quarto capitolo fu pubblicato col quinto il 31 gennaio 1828, con la dedica: «Non penso di divertire il mondo superbo...», a Pletnjov, poi trasportata in testa all'opera.

Questo è un capitolo di transizione, ricco di digressioni di vario genere. Si tratta di consigli sull'amore e le donne (I-II), della ripresa del carattere di Eugenio, con nuova insistenza sulla sua noia (III-V). Segue il discorso di Onegin, le sue obiezioni al matrimonio, l'esaltazione della virtù della fanciulla, e il sermoncino finale (VI-X). Tatiana ed Eugenio tornano in casa (XI) e Puškin sottolinea la nobiltà di cuore di Onegin (XII-XIII); segue un frizzo contro i cari parenti (XIV), ancora una digressione sull'amore e le donne, conclusa con l'esaltazione dell'amore di sé (XV-XVI). Viene quindi descritta la tristezza di Tatiana, dopo il crollo della sua illusione d'amore (XVII-XVIII), e, per contrappasso, la felicità di Vladimiro e Olga (XIX-XXI). Ricordando i disegni che Lenskij (e lui stesso) amava fare, il poeta parla dell'album di una signorina di provincia (XXII-XXIV); viene poi contrapposta l'appassionata poesia di Lenskij alle frivolezze dei versi da album (XXV). In un'altra digressione il poeta accenna al contrasto fra la poesia aulica del classicismo e quella elegiaca e sentimentale (XXVI-XXVII). Vladimiro non legge a Olga le sue poesie (XXVIII), e Puškin vuol leggere le sue solo alla vecchia *njanja* (XXIX). Con la strofa XXX, l'autore riprende il racconto, descrivendo la vita di Eugenio in campagna (è l'esatta descrizione della vita di Puškin a Michajlovskoe). Segue la descrizione dell'autunno (XXXII) e dell'inverno (XXXIII-XXXIV), in celebri strofe; la ripresa del tema «vita di Onegin», con la descrizione delle cene fra i due amici, rallegrate dal vino, e l'accettazione, da parte di Onegin, dell'invito dei Larin. Il capitolo si chiude con due strofe dedicate a Lenskij e alle anime appassionate (XLII-XLIII).

A prova della sostanziale onestà di Onegin, il Brodskij confronta il discorso di Eugenio con la lettera mandata alla protagonista dal suo innamorato, nel racconto *Giulia* di Karamzin. Il rapporto amore-matrimonio vi è espresso in termini assai brutali e volgari.

1. *Necker:* l'epigrafe del IV capitolo è presa dalla signora di Staël, *Considérations sur la Révolution Française*, parte II, capitolo XX. Si ricordi che Jacques Necker (1732-1804), ministro di Luigi XVI, era il padre della signora di Staël. La parola «morale» assume, nel contesto puškiniano, un valore duplice: a) di morale b) di insegnamento della morale. È la «morale» che Eugenio «fa» a Tatiana.

2. *Quanto... piace:* questo precetto di arte amatoria è già contenuto in una lettera di Puškin al fratello, del 1822; e viene definito degno di «un vecchio scimmione del Settecento».

3. *Lovelace:* V. nota 34 a p. 548.

4. *dei tacchi rossi:* erano di moda al tempo di Luigi XV. Anche le grandi parrucche erano diventate di moda nella seconda metà del 700.

5. *e non hanno:* c'è l'eco di una strofetta del Parny: «J'ai quatorze ans, / Répond Ninette, / Je suis trop jeunette / Pour les amants» (N. 2, 419).

6. *whist:* gioco di carte, predecessore del bridge, diffuso in tutto l'Ottocento.

7. *le disse:* comincia qui la «predica» di Eugenio (strofe XII-XVI). Tutto il discorso di Eugenio è scritto in stile elevato, con vocaboli eletti. Dice Belinskij: «Onegin era così intelligente, sottile ed esperto, capiva così bene gli uomini, che non poteva non comprendere che... Tatiana non era per nulla simile a quelle coquettes che l'avevano stancato coi loro sentimenti ora leggeri ora falsificati». E il Brodskij: «Onegin sa che ella lo ama, sa, come lo sa anche l'autore del romanzo, che la fanciulla l'ama sul serio... Ma Onegin non vuole dar corso alla cara abitudine (e preferisce la tranquillità)». L. 236 nota giustamente che la «risposta» di Eugenio a Tatiana si contrappone alla lettera di lei per l'assenza completa di reminiscenze e di clichés letterari. Eugenio sorprende Tatiana perché non si comporta in nessuno dei due modi standard degli eroi dei romanzi («salvatore» o «seduttore»), ma come un signore gentile, ben educato, benevolo: comprensivo e indulgente verso la condotta un po' sconsiderata ma sincera di una signorina di provincia. Naturalmente, Tatiana, pronta al dilemma «amore o morte», resta sbilanciata oltre che addolorata. Qui Eugenio si trova a svolgere, non senza ironia, la parte del rappresentante della saggezza.

8. *macchinalmente:* vocabolo dello stile umile, con altre espressioni della strofa XI, che contrastano con le precedenti.

9. *li ho ricordati:* allusione autobiografica a una calunnia che sarebbe stata fatta circolare da Fjodor Ivanovič Tolstoj (detto l'Americano, 1782-1846) contro Puškin. In seguito a questa calunnia Puškin sarebbe stato arrestato e frustato dai poliziotti. Successivamente Puškin e F.I. Tolstoj (un curioso e intelligente tipo di avventuriero) si sarebbero riconciliati. Leone Tolstoj (che era suo parente) si ispirò a lui nel creare il personaggio di Dolochov, in *Guerra e Pace*.

9bis. *solaio:* il solaio rende, scherzosamente, il russo *čerdak* (abbaino, mansarda) e si riferisce, propriamente, all'ultimo piano del palazzo al n. 12 di via Srednjaja (Podjačevskaja), dove il principe Šachovskoj (v. anche a pag. 527, nota 46) organizzava feste piuttosto dissolute, con la partecipazione di non troppo virtuose fanciulle. Poiché Puškin frequentò qualche volta quel «solaio», intorno a lui si diffusero molte voci calunniose; e in particolare la storia di Puškin frustato come un lacchè.

10. *Satana... amore:* tema molto diffuso nel Settecento (Čiževskij cita *Le diable boiteux* del Lesage).

11. *nessun... trovare:* esaltazione dell'egoismo romantico.

12. *Non è difficile:* nelle strofe XXIII e XXIV la descrizione delle sofferenze spirituali di Tatiana è espressa con l'abbondanza di vocaboli tratti dalla terminologia romantica.

13. *Così l'ombra cupa:* L. 240 fa una serie di osservazioni e di confronti assai acuti, ma non so fino a che punto probabili. L'espressione che abbiamo riportato (che corrisponde ai versi 13-14 della strofa XXIII) risulta essere, per L., «reminiscenza» di tre versi dell'*Eda* di Baratynskij: «Che cosa dunque ha potuto cambiarla? Che cosa ha avvolto questo mattino / E così improvvisamente nella tenebra della notte?». L'immagine è senza dubbio simile, il paragone simile. Secondo L. questa vicinanza con Baratynskij è «polemica»: in Baratynskij l'immagine caratterizza la situazione dell'eroina «caduta» preda di un «perfido tentatore» (per dirla con Tatiana): questa situazione, tipicamente letteraria, nella vita (al tempo di Puškin) era irreale, o, per lo meno, un fatto eccezionale, «anomalo». La storia di Tatiana era invece normale (come fatto della vita) ma eccezionale come fatto letterario, anzi: unico. «Eda appassisce a causa della vittoria del perfido tentatore, Tatiana appassisce benché non sia stata sedotta e abbandonata da nessuno (nonostante i suoi sforzi letterari per ottenere una simile sorte letteraria). E Onegin rifiuta la parte di perfido seduttore». La tesi di L. (sebbene sia sempre pericoloso fidarsi delle «reminiscenze») è affascinante e forse anche convincente. Si ricordi comunque che è lo stesso Puškin a ricordare, alla strofa XXX, la «penna di Baratynskij»: a proposito di Vladimiro.

14. *Vladimiro,* ecc: la descrizione sentimentale dell'amore di Lenskij ricorda l'*Émile* di Rousseau.

15. *legge... Chateaubriand:* Lo Gatto ricorda che nella biblioteca di Puškin c'erano le opere complete di François René de Chateaubriand (1768-1848). Lenskij non ama molto Chateaubriand, e quindi preferisce gli autori che «conoscono la natura» meglio dell'autore di *Atala*. Con il termine «natura» non si intende qui tanto il paesaggio, ma la «nature», l'essenza delle cose. Lenskij ama i preromantici, ama Schiller, se mai, il *Werther* di Goethe (v. L. 241). L. osserva giustamente che Lenskij *non* è

un romantico: «L'entusiasmo e la sensibilità, l'ottimismo e la fede nella libertà della letteratura preromantica, venivano contrapposti all'egoismo, alla delusione, allo scetticismo dei romantici». I disegni di Lenskij (strofa XXVII) sono una conferma del suo atteggiamento: il paesaggio campestre, la pietra del sepolcro, il tempio di Cipride, la colomba sulla lira sono segni caratteristici del preromanticismo elegiaco, con interessi «empire» per il classico e specialmente per la poesia greca. Naturalmente non si può dire che in Lenskij non ci siano elementi romantici (le cose sono intrecciate): prevalgono in lui, anche per la sua posizione di poeta provinciale, i gusti di un recente passato. L'amore per gli scacchi, forse, è invece un'allusione al medioevo e quindi un elemento «romantico».

16. *l'album:* sul tema-digressione dell'album Puškin torna altre volte (v. anche i frammenti dell'*Album* di Onegin a p. 492 e segg.). L'album era un importante strumento non solo sociale e mondano, ma anche culturale. Continuava la tradizione del libro manoscritto; esistevano vere e proprie regole per tenerlo: questo accadeva specialmente tra la fine del '700 e i primi decenni dell'800. Un album conteneva pensieri più o meno peregrini, disegni, poesie ecc. Il suo valore dipendeva dalle amicizie o conoscenze della signora che lo teneva: avere un disegno di Puškin o di Lermontov era, naturalmente, un fatto importante. Vedi L. 241 e segg. La struttura dell'album era cronologica, ma con alcune norme: le prime pagine erano destinate ai genitori, ai vecchi, seguivano poi le amiche e gli amici. Gli amici che desideravano esprimere sentimenti di particolare tenerezza cercavano di occupare le ultime pagine, mentre la prima pagina veniva incominciata a metà, perché si riteneva di cattivo augurio iniziare l'album dal principio.

17. *il pennello... di Tolstoj:* Fjodor Petrovič Tolstoj (1783-1873), scultore e disegnatore. Puškin avrebbe voluto far illustrare le sue liriche da questo celebre incisore, ma rinunciò all'idea, temendo il prezzo troppo alto di quel «pennello miracoloso». Questo Fjodor Petrovič Tolstoj, pittore, scultore, medaglista, poi dal 1828 fino al 1859 vice-presidente dell'Accademia delle Arti, non deve essere confuso con Fjodor Ivanovič Tolstoj, detto l'Americano, per cui v. a p. 566, nota 9.

18. *la penna di Baratynskij:* v. la nota 37 a p. 561 («O cantore» dei Banchetti).

19. *colme di viva verità:* L. 243 afferma che qui Puškin sottolinea un carattere della lirica romantica: qui Lenskij sarebbe già

romantico: penso, anzitutto, che ciò non sia in contrasto con la «forma» preromantica che gli è propria. L. cita poi il noto libro di G.A. Gukovskij (*Puškin e i romantici russi*, M. 1965, p. 139), dove a proposito delle poesie di Žukovskij si dice che, tutte insieme, rappresentano una specie di «romanzo dell'anima», inizio di quel processo dal quale si sarebbe sviluppato poi il romanzo russo. In realtà l'espressione di Puškin è, come sempre, semplice (chiara) e ambigua. Perché Lenskij è «sincero»? Che cosa vuol dire «viva verità»? Sappiamo, dagli studi dei formalisti e dai loro successori (compreso lo stesso Lotman) che per ogni rappresentante dei diversi metodi di rappresentazione del mondo il «suo» metodo (specialmente agli inizi, quando è fresco e nuovo) appare come l'*unico* in grado di rappresentare sinceramente la verità. Ma, in quanto rappresenta la sincerità del cuore, non è forse Lenskij un rappresentante (illuso) della «poesia ingenua»? O forse l'amore per Olga non era, non poteva essere la «spinta» emotiva, che l'avrebbe aiutato, se fosse vissuto, a superare le convenzioni stilistiche dell'elegia preromantica? Avrebbe scritto elegie più nettamente «romantiche» come quelle di Jazykov subito dopo ricordato? O forse, superato il soggettivismo preromantico e protoromantico Lenskij si sarebbe rivolto a temi più nobili e degni, seguendo i consigli di Kjuchel'beker (subito dopo, nella strofa XXXI, ricordato come «critico severo») e avrebbe scritto nobili odi? Questo «non destino» (speranza delusa dalla morte) di Lenskij, che si sente dietro le parole di Puškin, serve a Puškin per la sua polemica letteraria, assai complessa.

20. *Jazykov:* Nikolaj Michajlovič Jazykov (1803-1846), poeta romantico, amico di Puškin, di cui sentì profondamente l'influenza. Fu poi esponente della corrente slavofila.

21. *critico severo:* si tratta di Vil'gelm (Wilhelm) Karlovič Kjuchel'beker (1797-1846), poeta romantico e «arcaista» (cioè sostenitore di una linea stilistico-linguistica in cui si sottolineava la fondamentale importanza della classicità della lingua letteraria, e si opponeva alle «modernizzazioni», dovute specialmente alla scuola karamziniana). Scrisse un articolo (*O napravlenii našej poezii, osobenno liričeskoj, v poslednee desiatjletie* / Sull'indirizzo della nostra poesia, specialmente lirica, nell'ultimo decennio), pubblicato sulla rivista «Mnemozyna» nel 1824 (parte XII, pagg. 29-44). In questo articolo Kjuchel'beker critica l'«elegia» russa, per il suo vocabolario ripetitivo, la mancanza di precisione e di forte individualizzazione. Vengono naturalmente citati i nomi di Žukovskij, Puškin, Baratynskij. In proposito ci fu una

polemica (del resto amichevole) con Puškin. Puškin, come si legge chiaramente anche nella strofa XXXII, sosteneva la validità (e la necessità) letteraria del nuovo stile e riteneva che l'ode, cavallo di battaglia dei classicisti, fosse un genere non più corrispondente alla più sottile sensibilità moderna, V. anche N. 2, 447.

22. *pugnale:* simbolo della satira, come la tromba lo era dell'ode e la maschera della tragedia: i tre generi letterari tipici del classicismo. Secondo L. 235 i tre simboli erano tutti simboli di Melpomene, musa della poesia tragica.

23. *capitale:* per rendere più evidente il suo ribelle atteggiamento nei confronti del classicismo, Puškin usa qui, provocatoriamente, un vocabolo tratto addirittura dai libri di economia.

24. *ragioni altrui:* è il poeta privo di genio descritto da Ivan Ivanovič Dmitriev (1760-1837) nella satira *Le ragioni altrui*, del 1794. Dmitriev mise in ridicolo gli autori di odi, come poeti sordi, aridi e pomposi narratori di sentimenti e vicende che non provano (le ragioni altrui).

25. *Vladimiro:* Vladimiro avrebbe scritto odi, se Olga le avesse lette, ma Olga non le leggeva. Puškin, invece, si accontenta di leggere le sue poesie alla buona *njanja*. Questa non le capiva, del resto, come Olga non capiva le poesie di Lenskij. Čizevskij osserva qui che la strofa XXXV vuol essere una replica scherzosa a Baratynskij, che, nei suoi *Festini* (già ricordati, nell'*Onegin*), aveva scritto che dovunque Puškin avrebbe trovato uditori.

26. *solo all'amica dei miei anni giovanili:* molte sfumature dell'originale sfuggono necessariamente al lettore straniero, ma alcune sfumature dell'originale sfuggono anche al lettore russo di oggi, senza un opportuno commento. Il modo di recepire il peso di certi vocaboli era diverso, ovviamente, nel lettore contemporaneo di Puškin e nel lettore odierno. L. 247, che è il più attento a questi rapporti, osserva che il termine «podruga» («amica») riferito alla *njanja* (cioè a una serva) non poteva non produrre un certo effetto (le «amicizie» esistevano solo all'interno dello stesso ceto sociale, e il linguaggio non poteva non esprimere questo fatto). Esiste quindi, qui, un fatto di «elevazione» stilistica. Il L. contrappone (secondo il suo metodo) a questo fatto di elevazione un corrispondente fatto di «abbassamento» stilistico: l'espressione *un vicino capitato per caso* sembra riferirsi a personaggi per così dire di secondo piano, casuali appunto, ai quali il poeta leggeva i suoi versi. In realtà le cose stavano

diversamente: in quegli anni (gli anni del IV capitolo), e cioè il 1824-1825, Puškin leggeva le sue opere (nella fattispecie il *Boris Godunov*) ad amici intellettuali, letterati, e non capitati da lui per caso: come Aleksej Nikolaevič Vul'f (1805-1881) e il poeta Jazykov. N. 2, 452 nel parlare di Arina Rodjonovna, nata a Kobrino, *njanja* della sorella di Puškin, critica la posizione di tutti quegli studiosi e anche divulgatori che, per «demofilia», esaltano l'importanza di questa donna nella formazione spirituale di Puškin: «L'influsso dei suoi racconti popolari su Puškin fu entusiasticamente e ridicolmente esagerato. È dubbio che Puškin le avesse mai letto l'*Eugenio Onegin*, come supposero taluni commentatori. Negli anni dal '20 al '30 ella governò la famiglia con mano ferma, terrorizzando le giovani serve, e fu assai attaccata alla bottiglia». In linea di massima non possiamo dar torto, nonostante la sua «anti-demofilia», a Nabokov: effettivamente la lettura di Puškin, e dell'*Eugenio Onegin* in particolare, è disturbata continuamente dalla massa di stratificazioni ideologico-sentimentali-generalizzanti accumulatesi nel corso di tante generazioni di interpreti, e dal fatto che Puškin, come poeta nazionale, è diventato oggetto di studio nelle scuole di ogni ordine e grado: di qui la sua «iconizzazione», l'eliminazione di tutti i particolari sgradevoli e l'accentuazione di tutti i fatti che potevano contribuire alla formazione dell'icona Puškin. Nel caso di Arina Rodjonovna, però, c'è da dire questo: se è vero che la sua funzione di tramite fra il poeta e il popolo e di depositaria delle tradizioni poetiche popolari è stata esagerata e che Puškin sottolinea tale funzione in base a chiavi tipicamente romantiche, è anche vero che dietro questi versi (e altri) dedicati ad Arina si sente un'autentica commozione. Forse questa commozione può anche essere la cifra del rimpianto di un'infanzia e di un'adolescenza ormai passate (o, forse, mai veramente vissute: Puškin non ebbe una vera calda infanzia, i rapporti con i suoi genitori erano del tutto formali), di un angolo di tranquillità non più recuperato: resta il fatto che i versi dedicati ad Arina sono tra i più belli della poesia puškiniana. Inoltre Arina è diventata una creatura letteraria e quindi riunisce in sé i tratti di prototipi reali diversi (per quanto questo possa essere accettabile). Per es. anche i tratti di Uljana Jakovlevna, la bambinaia di Puškin quando era piccolo.

27. *Che fa Onegin?:* questa strofa (XXXVI) e la successiva sono di evidente valore autobiografico. Anche la strofa XXXVIII (vedi varianti, p. 487) era autobiografica. In uno dei rapporti che la polizia segreta mandava periodicamente (Puškin, com'è

noto, era un vigilato speciale), si legge: «Puškin si è recato alla fiera di Svjatogorie indossando una *rubaška* (camicia) rossa...».

28. *il fiume:* il fiume Sorot', di Michajlovskoe.

29. *Gulnara:* il cantore di Gulnara è lord Byron. Gulnara (dal persiano *gulnar*: fiore del melograno) è l'eroina de *Il Corsaro*: «Attraversai l'Ellesponto in un'ora e dieci minuti soltanto... Dopo tali fatti che cosa potrebbe farmi dubitare della prodezza di Leandro?». (Da una lettera di lord Byron al suo libraio Murray, datata: Ravenna, 21 febbraio 1821). Puškin amava il nuoto, anche d'inverno: «D'inverno Puškin si alza presto, corre al fiume, spezza il ghiaccio a colpi di pugno [chissà perché!, E.B.] e si tuffa nell'acqua fredda. Poi sella un cavallo e galoppa attraverso i campi per riscaldarsi». (Troyat, I, 385).

30. *Passeggiate:* il termine non traduce esattamente il russo *progulki*, che vale anche passeggiata a cavallo.

31. *una fanciulla*, ecc.: imitazione da Andrea Chénier: «le baiser jeune et frais d'une blanche aux yeux niais». La citazione letteraria non esclude, ovviamente, qualche referenza reale.

32. *nordica estate:* più di una volta Puškin ci dà quadretti ispirati alla natura. La loro purezza lirica è testimonianza della sua grande capacità tecnica e della sua sensibilità verso il paesaggio. Secondo il Č. c'è una ragione letteraria; la competizione poetica tra lo stile neoclassico del paesaggio e quello romantico.

33. *argento... vento:* il russo ha: *morozy* (geli) e *rozy* (rose). Secondo il Č. questi versi vorrebbero essere una critica e una satira contro la povertà delle rime russe allora in uso. Secondo L. 251 le rime russe proposte da Puškin *morozy, rozy* come «banali» non sono affatto banali. Penso sia utile tradurre direttamente quanto dice L., perché illumina su certi fondamentali aspetti di questo capitolo (e, naturalmente, sul modo di interpretarli da parte di L.): «Le parole che rimano fra di loro sono, in linea di principio, di diverso valore: l'espressione *treščat morozy* (scricchiola il gelo) caratterizza un certo paesaggio reale, mentre *ždet už rifmy rozy* (alla lettera: si aspetta già la rima rozy / rose: nella traduzione tutto questo si perde) è una scelta di rima, cioè un metatesto, che tratta un problema di tecnica poetica. Una tale costruzione è caratteristica di tutta la parte polemico-letteraria di questo capitolo: si scontrano la realtà e la letteratura, e inoltre la prima è caratterizzata come vera, e la seconda come convenzionale e falsa. La fraseologia letteraria, le situazioni letterarie e i caratteri letterari vengono svalutati mettendoli vicini alla

realtà». La tesi di L. è senza dubbio attraente e corrisponde *anche* alla realtà del poema: ma, e questo vale in generale, solo *a una parte* della realtà del poema. Senza dubbio Puškin ha inteso (come ogni poeta) scrivere un'opera nuova, abbattere degli *idola* letterari, creare una lingua diversa e si è servito anche di questo. Ma, come sempre, Puškin non è poeta o scrittore da contrapposizioni nette. Le sue contrapposizioni sono sempre sfumate. E proprio in queste sfumature, in cui il vecchio (diciamo così) e il nuovo, il letterario e il reale (che è poi un letterario di altro tipo, che sembra rendere il reale come reale e non come letterario) creano con la loro vicinanza notevoli effetti di colore, di chiaroscuri, di ombre e luci, di sfumature che influiscono a vicenda sui due versanti: la poesia dell'*Onegin* sta anche, se non forse esclusivamente, proprio in questo sottile e bellissimo gioco di sfumature. Quindi il metodo delle opposizioni, del resto così intelligentemente usato da L., è utile fino a un certo punto e va ridimensionato e sfumato. Puškin resta sempre un poeta, e non un elaboratore elettronico di impulsi opposti. La poesia nasce dal chiaroscuro più che dall'opposizione netta.

34. *nudità uniforme:* confronta l'inizio della strofa XLIII con le varianti abbandonate per ragioni di censura (a p. 487).

35. *e leggi:* dato il carattere autobiografico di queste strofe, interesserà al lettore conoscere le letture di Puškin a Trigorskoe e a Michajlovskoe. Ne siamo informati attraverso alcune lettere mandate dal poeta al fratello Lev che si trovava a Pietroburgo. Ecco la lettera del 10 novembre 1824: «Qui cioè a Trigorskoe va tutto bene: a Michajlovskoe ci sto di rado. N.B. mandami; 1) *Oeuvres* de Lebrun, *Odes*, *élégies* etc., le troverai da St. Florent; 2) Zolfanelli; 3) Carte... 3) [sic]. La vita di Emel'ka Pugačjov [il celebre ribelle, di cui Puškin in seguito si occuperà]; 4) Il viaggio di Murav'jov nella Tauride; 5) Mostarda e formaggio; ma me li porterai tu», ecc. In questo periodo Puškin leggeva i *Mémoires* di Fouché, le *Conversazioni* di Byron, Sismondi, Schlegel, Genlis, il *Childe Harold* di Byron, Walter Scott, ecc.

36. *Pradt:* Dominique Dufour abate di Pradt (1759-1837), scrittore politico, autore di libri polemici: parlava spesso del «pericolo russo», esprimendo i timori di una parte dei politici occidentali a proposito della vera o presunta aumentata influenza russa in Europa.

37. *Walter Scott:* il celebre scrittore scozzese (1771-1831). Altri personaggi puškiniani leggono Walter Scott: Saša e Liza nel *Romanzo in lettere* e il conte Nulin. Nel testo russo l'iniziale W. va

letta come Walter (Val'ter), quindi come bisillabo.

38. *Childe Harold:* il nome di questo eroe byroniano torna sovente nell'*Onegin*. Inizialmente l'*Onegin* venne anche messo in relazione col *Childe Harold*. Il Simmons (nell'opera *Alessandro Puškin* cit.) pensa invece a una maggiore affinità fra l'*Onegin* e il *Troilus and Cryseide* di Chaucer. Per i rapporti Puškin/Byron v. la monografia di V. Žirmunskij, *Byron e Puškin* (1924), dove lo studioso definisce i limiti e i modi con cui Puškin usa e trasforma la tradizione byroniana.

39. *gioca... palle:* ricorda il Simmons: «Egli (e cioè Puškin) come il suo eroe, visse quasi recluso; d'estate si alzava alle sette, andava a nuotare nel ruscello, prendeva il caffè e scorreva i giornali. Faceva lunghe passeggiate e cavalcate attraverso i campi; si fermava a sognare sotto gli ombrosi fogliami; ma non si limitava, però, come il suo Eugenio, ai semplici baci di qualche contadinella dagli occhi neri. Durante l'inverno, i giorni e le lunghe notti doveva trascorrerli in casa, leggendo e giocando al biliardo con una stecca spuntata».

40. *trojka:* la famosa slitta russa, trainata da tre cavalli.

41. *Il vino* ecc.: un'altra digressione. Si tratta di marche di *champagne*, come in altri punti del romanzo. In questa (XLV) e nella strofa successiva, ai vini vengono attribuiti epiteti psicologici («benedetto», «moderato»). Il nome Ay, marca di *champagne*, ritorna in poesie di Vjazemskij e di Baratynskij, pure con epiteti, come ha osservato V. Nečaeva (cit. da Br., 233). L'elenco dei vini noti a Puškin e da lui citati una o più volte è stato fatto da M.A. Cjavlovskij (nel sesto volume dell'ediz. di Puškin in sei volumi, M.L. 1931 / *Guida a Puškin*). C'erano il più leggero Bordeaux, il rosso Laffitte, il Madera, lo Chablis, varie marche di Champagne (Ay, Cliquot, Moët et Chandon, St. Péré). Oltre ai vini moldavi e ucraini. (Vedi L. 254-255).

42. *tra... il cane:* dal francese «Entre chien et loup». Il Lo Gatto interpreta «nell'oscurità», in cui non si distingue un lupo da un cane. Anche, forse, nella penombra del crepuscolo.

43. *i nostri amici:* nelle strofe XLVIII-XLIX il racconto procede attraverso il metodo del dialogo, come spesso in questo capitolo. La tecnica, nel testo originale, è assai raffinata, ricca di enjambements e di soluzioni ritmiche del tutto nuove. Il lettore italiano, che legge la traduzione in prosa e che, quindi, non può sentire la ricchezza formale del testo, deve sempre tener presente che l'*Onegin* ha segnato una data centrale nella storia della lin-

gua letteraria russa. Non v'è altra lingua, nel tempo, chiara, limpida, e, contemporaneamente, così raffinata e tecnicamente complicata come quella di Puškin. L'*Onegin* è anche un'antologia di virtuosismi tecnici: Puškin si diverte a giocare di eleganza e d'equilibrio con il suo strumento linguistico.

44. *l'onomastico di Tatiana:* ricorreva il 12 gennaio Santa Tatiana (Taziana), una santa di Roma, martirizzata verso il 230.

45. *Olen'ka:* diminutivo di Olga.

46. *Lafontaine:* August Heinrich Lafontaine (1758-1831) era uno scrittore tedesco, autore di idilli.

47. *capace di abbandonarsi:* contrapposizione del disincantato Onegin al sempre appassionato Lenskij.

CAPITOLO QUINTO

Il quinto capitolo venne iniziato il 4 gennaio 1826, appena terminato il quarto. Fu scritto a larghi intervalli: in un primo momento fino alla strofa XXI, in seguito il resto. Finito e ricopiato il 22 novembre 1826. Pubblicato, insieme col quarto, nel 1828.

Il capitolo s'inizia con un'altra descrizione di paesaggio: l'inverno, che riprende la descrizione del capitolo quarto. Nelle sillabe del verso si avverte acutissimo il valore purificatore del paesaggio invernale, la gioia del bambino che gioca col cane. Come al solito, Puškin non si abbandona al gioco dei sentimenti, e ricorda altri poeti, cantori dell'inverno: Vjazemskij e Baratynskij (strofe I-III). Il racconto prende l'avvio dall'amore di Tatiana per l'inverno (strofa IV). Incomincia poi il tema dei presagi e dei sogni, che, in un crescendo drammatico, arriva alla narrazione del terribile sogno di Tatiana (strofe IV-XXI). Segue il risveglio di Tatiana, i suoi tentativi di interpretare il sogno (XXI-XXIV). La seconda parte del canto è dedicata al ricevimento dei Larin, per la festa dell'onomastico di Tatiana, con i diversi episodi che condurranno l'azione alla soluzione drammatica del capitolo quinto (XXV-XLII).

1. *Žukovskij:* l'epigrafe è tratta dalla ballata di Žukovskij *Svetlana*, già ricordata alla p. 551, nota 4.

2. *la notte del 3 gennaio:* L. 258 nota (sulla base di una lettera di Karamzin a Dmitriev) che in realtà la neve era caduta molto pri-

ma, il 28 settembre 1820. L'osservazione di L. è giusta, in quanto difende la libertà del poeta di far cadere la neve quando vuole lui. Però potrebbe essere anche corrispondente alla realtà: per Karamzin (Pietroburgo, Carskoe Selo) il 28 settembre, per i Larin (Pskov) il 3 gennaio.

3. *esultante:* il verbo «esultare» (toržestvovat') non era mai stato usato con un soggetto umile (il contadino).

4. *kibitka:* carro con tenda, già proprio dei nomadi.

5. *tulup:* lungo cappotto con pelliccia; indumento tradizionale dei contadini russi.

6. *cagnolino:* nel testo žučka, forse dal francese *joujou* (v. N. 2, 492).

7. *umile natura:* N. 2, 492 osserva che i critici dell'umile natura (in poesia) erano i lettori snob, il cui buon gusto si era formato sulla poesia francese, e non i «nobili». Ma perché dare sempre dell'idiota al Brodskij?

8. *poeta*, ecc.: lo stesso Puškin ci spiega l'allusione: «Vjazemskij ne *La prima neve*». In un'annotazione del manoscritto si leggeva anche: «Prima neve di Vjazemskij: "Il magnifico puledro, rampollo dei branchi selvaggi, / Ha gareggiato nella corsa con la daina dalle zampe alate, / Calpestando la fragile neve, e ci trascina nel campo"» (Sono i vv. 25-27 della poesia, che s'inizia: «Splendono le vette del cielo di luminoso azzurro»). Anche in altre poesie, Puškin vuol gareggiare con Vjazemskij.

9. *con te:* Baratynskij, già citato, autore dell'*Eda* (1826). Di questo poema disse Puškin: «Opera notevole per la sua originale semplicità, per l'incanto del racconto, la vivacità dei colori, e il tratteggio dei caratteri, segnati in modo lieve ma magistrale». Un brano dell'*Eda*, dedicato appunto all'inverno, venne pubblicato sulla «Stella Polare» del 1825 (pp. 372-373).

10. *Tatiana (russa nell'anima:* le strofe dalla IV alla XXIV del quinto capitolo sono dedicate al tema di «Tatiana e il folklore russo», «Tatiana e il sogno». L. 260 osserva che c'è una contraddizione fra la Tatiana che sapeva male il russo (come risulta dal capitolo III, strofa XXVI) e questa Tatiana del capitolo V che è, invece, «russa nell'anima». In realtà Tatiana era figlia di due culture: quella della nobiltà di provincia, che leggeva i romanzi francesi, e quella «contadina», che in vari modi e per vari tramiti influiva su di lei e la suggestionava molto. In questo non c'è nulla di strano. Naturalmente il tema «Tatiana, russa

nell'anima» può interessare molto i Russi, per ragioni patriottico-sentimentali, ma può anche lasciare del tutto indifferenti i non russi. Il fascino di Tatiana (intendo il suo fascino poetico e di donna) non passa attraverso la sua «russicità», ma attraverso la sua verità poetica, la sapienza con cui i vari elementi della sua personalità malinconica e gentile sono congegnati dall'esperto e appassionato poeta. Nel quinto capitolo, l'anima russa di Tatiana consiste nel credere alle credenze delle fanciulle e di avere una cieca fede nel libro dei sogni. Questa fede non era solo delle fanciulle russe, ma anche di quelle finlandesi, svedesi, tedesche, italiane, bretoni, turche, greche, inglesi, francesi, irlandesi ecc. Nella critica retorica, l'anima russa di Tatiana consisteva nel «sacrificio»: si ricordi quello che dice Dostoevskij nel suo bellissimo e insopportabile discorso su Puškin: «No: l'anima russa pura decide così: "Non importa se io sarò privata della felicità... ma non voglio essere felice facendo morire un'altra persona" (il marito di Tatiana)». L'errore (di Belinskij, di Dostoevskij, dei critici, sovietici e non sovietici) consiste nell'aver visto in Tatiana un personaggio «esemplare» (quindi «tipico») e non un personaggio «poetico», cioè unico. Contemporaneamente personaggio inventato e spontaneo, Tatiana è una costruzione letteraria, e il punto d'arrivo di quella corrente poetica folkloristica che ha uno dei suoi esponenti in Žukovskij: questa è una delle sue componenti. Quale arte rivela Puškin e quale «freno dell'arte», nell'ingenuità di Tatiana, nel suo essere così vicina alle ragazze del paese!

11. *le favole... semplice:* i racconti popolari come quelli che Arina Rodjonovna raccontava a Puškin.

12. *profezie della luna:* la credenza, più o meno condivisa dal poeta, nelle superstizioni popolari, è presente in tutta l'opera puškiniana. Cercando di spiegare la coesistenza, nel suo spirito, dell'ideologia razionalista con la tendenza alla superstizione, Puškin scrive: «Il lettore mi perdonerà, sapendo per esperienza quanto sia abituale nell'uomo abbandonarsi alla superstizione, nonostante ogni possibile disprezzo per i pregiudizi».

13. *i segni:* in russo *primety*. Non c'è popolo che non abbia il suo codice di «segni», di oggetti, di indicazioni di buona o malasorte. La fede di Tatiana esprimeva la cosiddetta «anima popolare», tanto cara ai romantici.

14. *ospiti:* N. 2, 495 nota che questa credenza c'era anche nel Galles. Per gli italiani del nord, se il gatto, nel lavarsi, si passa la zampina dietro l'orecchio, è segno infallibile di pioggia.

15. *le feste:* erano le feste comprese tra la vigilia di Natale e l'Epifania (6 gennaio). In queste feste invernali, dietro e accanto alle ricorrenze cristiane, c'era un'antica e lunga tradizione di feste della fertilità dei campi, degli animali e degli uomini, collegate con il solstizio invernale. Per questo motivo, durante le feste invernali le ragazze interrogavano il destino in vari modi (con la cera, il piattino, ecc.) a proposito del loro futuro sposo, dei figli che avrebbero avuto, della felicità domestica. Puškin parla solo di alcuni aspetti delle feste invernali (p. es. non parla dei canti detti «koljadki» o delle *kalendae*, che venivano cantati la vigilia di Natale: è però anche possibile che nella zona dei Larin, e cioè la Russia di nord-ovest, la zona di Pskov/Michajlovskoe, alcuni riti si fossero perduti già al tempo di Puškin). Non parla nemmeno (come osserva L. 263) dell'uso di mascherarsi: rito e gioco che è invece ben presente in Tolstoj (*Guerra e Pace*, volume secondo, parte 4, capitoli 10-11: Nataša, Nikolaj, Sonja ecc. si mascherano tutti). L. giustifica questa omissione affermando che a Puškin interessava soltanto l'elemento «matrimoniale» dei giochi.

16. *la cera:* si tratta di cera liquida fatta raffreddare nell'acqua. Le canzoncine del piattino erano state ricordate (v. cap. II, strofa XXXV, e la nota 39 alla p. 548).

17. *canto della gattina:* un canto di nozze.

18. *e rivolge uno specchio alla luna:* questa forma di «gadanie» (interrogazione del futuro) veniva realizzata in solitudine e coinvolgeva un elemento magico.

19. *Agatone:* nome solenne di contadini russi, come Platone, Mirone ecc. Tutti di origine greca, e diffusi nel popolo attraverso il calendario ortodosso.

20. *Svetlana:* è sempre l'eroina di Žukovskij, alla quale si allude spesso nel capitolo, per certe affinità (esteriori) con Tatiana.

21. *Lel':* il dio dell'amore della mitologia slava. In realtà Lel', per molti studiosi di mitologia, non sarebbe altro che un nome derivato da una parola-ritornello dei canti popolari-rituali russi, senza alcuna allusione a dèi. Questa parola-ritornello ricorreva specialmente nei canti nuziali. La trasformazione del ritornello in dio sarebbe stata opera dei mitografi e scrittori russi del '700. Questa tesi è sostenuta anche da L. 269. Ma il Rybakov (*Jazyčěstvo drevnich slavjan* [Il paganesimo degli antichi Slavi], Mosca, 1981, pagg. 404 e segg.) ricupera la tesi dell'autenticità e antichità di Lel': Lel' accompagna sovente il nome di Lada (per Ry-

bakov déa slava) e si trova in fonti polacche, serbo-croate ecc. Per Rybakov non è un dio, ma una dea (come risulta da un canto agrario bielorusso: «Dacci grano, dacci il frumento, / Ljalja, Ljalja, nostra Ljalja». Ljalja è la forma che si alterna con Lel'. Ljalja sarebbe la figlia di Lada, come Persefone è la figlia di Demetra.

22. *un sogno:* Il Br. elenca alcuni interessanti riferimenti. Anzitutto esiste una connessione fra il sogno di Tatiana e la ballata *Il fidanzato*, scritta da Puškin nello stesso periodo: abbozzi de *Il fidanzato* si trovano fra gli appunti e le minute del cap. IV, dell'*Onegin*. Nella ballata (che è del 1825), si racconta la vicenda di Nataša turbata e sconvolta da un sogno funesto. Il fidanzato, durante la festa, chiede perché la fanciulla sia così triste, non mangi e non beva; Nataša risponde di non aver pace, e di piangere giorno e notte, a causa di un sogno. Nel sogno entra in un bosco profondo, a tarda ora; appena appena si scorge la luna tra le nubi. Nataša smarrisce il sentiero, nel bosco non c'è anima viva; solo pini e abeti mormorano, agitando le cime. Improvvisamente, vede una capanna. Bussa. Nessuno risponde. Chiama. Nessuno risponde. Pregando, apre la porta; dentro c'è una candela accesa. E molti segni di ricchezza; oro e argento, panni di alto prezzo, tappeti, una ricca *kamča* (specie di frusta) di Novgorod. Nataša guarda, piacevolmente ammirata, tutto quel ben di Dio. Improvvisamente ode un grido, e uno scalpitare di cavalli. La porta si apre. Nataša si nasconde dietro la stufa. Di lì sente delle voci; entrano dodici giovani e una bella fanciulla. Entrano senza compiere nessun atto di riverenza, senza neppur degnare di uno sguardo l'icona. Siedono a tavola, ridono e gridano, sono tutti felici, meno la fanciulla, che non mangia, e piange. Improvvisamente, il più anziano dei convitati prende un coltello, afferra la fanciulla per le trecce e le taglia la mano destra. Il sogno rivela che il suo fidanzato era un assassino. Questa ballata ha però una somiglianza solo formale con il sogno di Tatiana, assai più complesso e simbolico. Il prof. Samarin (in *Marginalia sull'Eugenio Onegin. Il luogo e la funzione del sogno di Tatiana nella composizione dell'Eugenio Onegin*. Estratti da «Memorie scientifiche dell~ cattedra di storia della cultura ucraina», 1937, n. 6, p. 310 [cit. da Br. 241 e 412]), fa alcune interessanti osservazioni sul sogno di Tatiana e sul parallelismo col sogno di Nataša. Egli sostiene che Puškin, intrecciando nel sogno di una fanciulla nobile il materiale tratto dal repertorio delle canzoncine e delle fiabe, corrente fra i semplici, aveva in mente di tratteggiare in modo più rilevato la figura di Tatiana: non quella che

nel cap. III appariva come una signorina di provincia, con un libretto francese tra le mani, ma un'altra Tatiana, più compenetrata dell'elemento popolare di quanto ella stessa non supponesse; il suo mondo subcosciente era colmo delle stesse immagini di cui era colmo il mondo subcosciente delle fanciulle che d'estate intonavano nel giardino dei Larin il canto del giovanotto. Sebbene Tatiana, francesizzata, considerasse quel canto con disprezzo, il giovanotto le era vicino al punto che lo vedeva in sogno. Alcune osservazioni di L. 265 sono assai interessanti: egli vede in questo sogno di Tatiana una duplice funzione. Da una parte esprime l'«anima russa» della ragazza (la sua fede nei sogni e nei loro presagi), dall'altra serve come legame compositivo tra i precedenti capitoli e «gli avvenimenti drammatici del capitolo sesto». Inoltre esso è motivato dal particolare stato di estrema tensione psicologica in cui si trovava Tatiana: a causa della strana condotta di Eugenio (in realtà dal suo rifiuto), poi dall'eccitazione delle feste e dal fatto che tutte le ragazze che lei conosceva, nobili e contadine, pensavano a una sola cosa: al possibile fidanzato. Le ragazze erano a tal punto prese da ciò che non esitavano a ricorrere a riti in cui entrava anche il diavolo. Il procedimento dello specchio era *già* un procedimento di magia nera. Dopo aver respinto interpretazioni del tutto assurde, secondo le quali in questo sogno si dovrebbe vedere una specie di crittografia politica, un'allusione ai decabristi giustiziati o esiliati ecc., L. ricorda che Tatiana prima di andare a letto (per evocare il sogno) si toglie la cintura. Infatti le ragazze, quando chiedevano le sorti, si toglievano le croci e le cinture («cerchi magici» di protezione contro le forze impure): avevano bisogno dell'aiuto del diavolo. Il pranzo per due persone preparato nel bagno (per consiglio della *njanja* che sapeva tutte le regole della magia popolare) era un vero e proprio atto di evocazione (vedi anche nella *Svetlana* di Žukovskij). Puškin (vedi ancora L. 268) fa preparare il pranzo per due non nella *svetlica* (la camera) ma nel bagno, cioè nella costruzione in legno situata *fuori* dalla casa, *dove non c'erano le icone*.

23. *un torrente:* nella poesia popolare, nei canti nuziali, il passaggio del fiume è sempre simbolo di nozze (L. 269 e altrove).

24. *un orso:* l'orso è un personaggio comune nel folklore russo. Durante le mascherate delle feste invernali, travestirsi da orso era nell'uso. Inoltre sognare un orso voleva dire per le ragazze sposarsi sicuramente e presto. Era simbolo di forza (anche sessuale), di fertilità, di prosperità. L. 271 ricorda che l'orso poteva avere un duplice significato: quello positivo, di prosperità (nei

riti nuziali, nei canti nuziali) e quello demonico (di signore del bosco, ostile all'uomo). L'ambiguità dell'orso (benigno/maligno) domina Tatiana nel sogno, che è un incubo.

25. *esseri mostruosi:* i critici hanno cercato i riferimenti letterari o psicologici di questo catalogo di mostri. Sono stati ricordati un gioco di carte illustrate russe con l'immagine dei Diavoli, che tentano S. Antonio, la *Tentazione di S. Antonio* di Jeronymus Bosch, una copia del quadro di Murillo *La tentazione di S. Antonio*, che si trovava a Michajlovskoe, una fiaba di Čulkov, che sembra molto simile nei particolari alla narrazione di Puškin («Tutta la stanza si riempì di diavoli di tipo diverso. Alcuni erano di statura gigantesca, e il soffitto tremava quando si muovevano; altri erano piccoli come passeri o scarafaggi, con le ali, senza ali, con le corna, senza corna, con molte teste, senza testa, simili a belve, e uccelli, a tutto ciò che nella natura v'è di più orribile. Tutti ruggivano, urlavano spaventosamente, fischiavano, stridevano coi denti, e si buttavano sull'eroe»). La scena rappresenta un banchetto nuziale visto alla rovescia, cioè dal punto di vista «diabolico». Il banchetto nuziale è anche banchetto funebre. Si ricordi che l'idea del mondo infernale come mondo «alla rovescia» è diffusa in tutto il folklore europeo e nei riti magici (per consacrarsi al diavolo, p.es., per diventare streghe e stregoni, bisogna recitare più volte il *Pater Noster*, cominciando dall'ultima parola [p.es.: malo a nos libera sed] o, meglio: olam a son arebil des). L. 272 osserva che nella tradizione iconografica, letteraria e folkloristica, a partire dal medioevo, la «forza impura» era rappresentata con immagini in cui forme, particolari ecc. che non potevano stare insieme, venivano riuniti in accozzaglie assurde (qui, p.es., il teschio sul collo d'oca e con berretto rosso ecc.). Questa tradizione del «caos» come espressione della forza diabolica venne ripresa dai romantici. L. 273 osserva ancora giustamente che questa rappresentazione della forza impura come un insieme di agglomerati caotici non ha nessuna rispondenza nel vero folklore russo. Si tratta di puri e semplici modelli occidentali. Anche Gogol' ha tratto gran parte delle sue immagini dall'arsenale occidentale e lo stesso Vij è uno degli ultimi derivati del mito dell'occhio di Medusa.

26. *prisjadka:* ballo nazionale russo, in cui il ballerino si alza e si piega alternatamente.

27. *hlop! hlop!:* anche nel *Fidanzato* c'è l'onomatopeico hlop.

28. *domovoj:* spirito della casa, nella mitologia minore e poi nella superstizione dei Russi. I *domovoj*, secondo la tradizione,

abitano nella stufa. Qui il termine è usato per indicare, genericamente, i mostri che partecipano al banchetto. I banchettanti sono, evidentemente, trasfigurazioni fantastiche dei convitati che prendono parte alla festa dell'onomastico di Tatiana.

29. *delle signore alla moda:* L. 276 suppone che si tratti del "Journal des dames et des modes", rivista francese diffusa in Russia.

30. *Martin Zadek:* si tratta di un libro di sogni, attribuito a un Martin Zadek; Puškin dice Zadeka, scambiando il genitivo in -a per un nominativo. Nel 1821 era uscita la 3ª edizione del libro presso la Tipografia Rešotnikov (*Drevnij i novyj gadatel'nyj orakul, najdennyj posle smerti odnogo stašestiletnego starca Martina Zadeka* [Antico e nuovo oracolo per indovinare, ritrovato dopo la morte di un vecchio di 106 anni, Martin Zadek]). N. 2, 514-516 nota che questo personaggio appariva nei sogni e prediceva le cose. Secondo la leggenda sarebbe vissuto nell'XI secolo: in realtà sarebbe stato inventato, verso il 1770, da un compilatore di almanacchi, svizzero-tedesco, che avrebbe tratto il nome (il cognome) dall'ebraico (*zaddik* = molto virtuoso, o *Zadok*, nome di un sacerdote dell'epoca di Salomone, o *Zedechia*, un cabalista e mago dell'VIII secolo). Per Č. 258 l'autore del libro era un polacco o un ceco. Poiché l'originale non è stato identificato, qualsiasi ipotesi è inutile. È anche una perdita di tempo, perché i libri dei sogni venivano pubblicati in tutte le lingue europee e costituivano uno dei pezzi forti dell'editoria popolare. Il libro dei sogni attribuito a Martin Zadek era stato tradotto da un'opera tedesca che conteneva altri trattati di scienze occulte e chiromantiche. Anche qui, come vediamo, non c'è niente di russo: i sogni di Tatiana e le loro interpretazioni sono del tutto occidentali.

31. *Malvina:* romanzo di Maria Sofia Cottin Risteau (1770-1807), scrittrice francese di romanzi passionali, assai famosi al suo tempo. *Malvina* apparve in Russia nel 1816-1818. Poiché l'edizione russa di questo romanzo è del 1816-1818 (V. Br. 231 e N. 2, 516) difficilmente la campagnola Tatiana avrebbe potuto leggerla. La Cottin è anche autrice di *Mathilde*, il cui eroe Malek-Adel compare nel capitolo terzo, strofa IX (v. a p. 555).

32. *favolette volgari:* secondo il Č. 260, si tratta delle favole di A. Izmajlov e di A. Nachimov. Aleksandr Efimovič Izmajlov (1779-1831) scrisse favole di tipo picaresco, oltre che romanzi non adatti alle signore. La volgarità consisteva, oltre che nel

contenuto, nel linguaggio. È curioso che Tatiana li leggesse; probabilmente il venditore ambulante di libri (figura assai popolare, e di cui si hanno molte documentazioni iconografiche) le aveva venduto il libretto insieme con gli altri. Del resto, il libro che interessava di più alla fanciulla era il Martin Zadek.

33. *Petriadi:* nel Settecento e all'inizio dell'Ottocento furono scritte decine di poemi dedicati a Pietro il Grande (come, poi, in seguito e fino ai nostri giorni, furono scritti molti romanzi storici sullo stesso personaggio). Qui si tratta certo della *Petriade* di A.N. Gruzincev (del 1812, ripubblicata nel 1817), opera di un poeta di terz'ordine; o di quella di S. Sichmatov (1810) altro poeta di secondaria importanza. Il Lo Gatto, nel suo commento, suppone trattarsi dei poemi di Kantemir e di Lomonosov, del secolo precedente, che servirono di modello alle successive Petriadi.

34. *Marmontel:* i *Contes Moraux* di Marmontel vennero pubblicati in edizione russa (4 volumi) tra il 1820 e il 1821. Jean François Marmontel (1723-1799), amico e discepolo di Voltaire, fu direttore del «Mercure de France»; scrisse *Les Incas* (1777), *Éléments de littérature* (1787): *Mémoires d'un père* (1807).

35. *aurora... di porpora:* è la famosa espressione che risale a Omero (l'alba dalle dita rosate). Nella sua nota, Puškin afferma di aver voluto parodiare Lomonosov e precisamente l'inizio dell'ode scritta nel 1746 per l'ascesa al trono di Elisabetta Petrovna. L'espressione russa (di porpora) fa pensare subito, osserva N. 2, 520, a una lavandaia. Ma il colore «porpora» era quello dell'impero e delle imperatrici: senza dubbio Lomonosov (cfr. ancora N. nello stesso luogo), che era per così dire esistenzialmente un cortigiano, vedeva tutto attraverso i colori della sua imperatrice Elisabetta Petrovna. L'intento di Puškin è puramente parodistico.

36. *onomastico:* il banchetto dell'onomastico di Tatiana rivela che i Larin non sono ricchi. La loro ospitalità è generosa, ma le loro risorse limitate. Perciò offrono, per esempio, *champagne* di qualità inferiore. Onegin, abituato a ben altre raffinatezze, ne è forse irritato.

37. *kibitka:* V. nota a p. 576.

38. *Pustjakov:* l'elenco dei vicini convitati è tutto in chiave satirica: di questi personaggi, che erano tutti «tipi» letterari, maschere (v. L. 278) ben note al pubblico, si ricorderà Gogol' ne *Le anime morte*. Anche i cognomi, hanno, di solito, una risonanza

di significato ironico. Pustjakov ricorda il vuoto, e ce lo immaginiamo subito: grande, grosso e stupido. Ricorda il Prostakov della commedia di Fonvizin *Il minorenne*.

39. *Gvozdin:* nonostante la censura, Puškin accenna qui al problema dei servi della gleba e dei padroni sostenitori del vecchio ordine. Il cognome Gvozdin ricorda il chiodo.

40. *Skotinin:* il cognome Skotinin (che ricorda le bestie) è di origine letteraria. Lo ritroviamo fra i personaggi de *Il minorenne* di Fonvizin.

41. *Petuškov:* il cognome ricorda il gallo, e sembra ben appropriato.

42. *Bujanov:* anche Bujanov è figura letteraria. Si tratta del protagonista di un'opera di Vasilij L'vovič Puškin (1767-1830), zio di Puškin e poeta di scarso valore. Collaborò a varie riviste, «Aonidi», «Il messaggero d'Europa», ecc. Seguace del Karamzin nella disputa sulla lingua. Nel 1811 scrisse *Il vicino pericoloso*, una satira piuttosto pepata nella quale vengono derisi gli avversari di Karamzin; Bujanov, il personaggio del poema, è chiamato da Puškin cugino, perché figlio dello zio.

43. *Charlikov: Charlo* vuol dire «gola».

44. *monsieur Triquet:* la strofa XXVII, nell'originale, è ricca di rime straniere (*Triquet - pariquet; det'mi - endormie; al'manacha - parcha; Ninà - Tatianà*, con accentuazione francese). Triquet deriva dal francese *triqué*, picchiato col randello. La canzone *Réveillez-vous* era diffusa in numerose varianti, derivate da una elegante e lievemente *osée* canzone rococò di Charles Rivière Dufresny (1648-1724).

45. *Tambov:* c'è, finalmente, un preciso riferimento topografico. Tambov è una città a 420 chilometri a sud-est di Mosca.

46. *posad:* piccolo centro abitato, distinto del *selo* (insieme di *derevni*), che è il paese con la chiesa, e dalla *derevnja*, paese o frazione, senza chiesa.

47. *di fronte a Tania:* le emozioni della fanciulla sono descritte con tipico vocabolario romantico.

48. *blanc-manger:* Č. 263, nota che questo piatto indica il modesto tenore di vita dei Larin: si tratta di carne bianca in gelatina; esiste la traduzione: biancomangiare.

49. *spumante di Cimljanskaja:* vino del Don, di infima qualità.

50. *Zizì:* si tratta di Evpraksija Nikolaevna Vul'f (da sposata Vrevskaja) (1809-1883), una vicina di Puškin che abitava a Trigorskoe. Ecco ciò che ne dice il Troyat: «Fine, bionda, scintillante, svaporata e facile al riso, Zizì seduceva Puškin. Gli piaceva, perché non era né chimerica, né intelligente. Aveva sedici anni, era sorella del famoso Alessio Vul'f, famoso per la sua esperienza nella scienza delle tenere passioni. Tra le qualità migliori di Zizì c'era quella di saper fare degli ottimi ponci». Puškin conobbe la Vul'f nel 1817 e continuò a frequentarla fino alla morte. Nel 1835 le regalò la prima edizione completa dell'*Eugenio Onegin*. Anche la Vul'f era attratta dal poeta, ma ne respinse l'assidua corte e gli rimase sempre amica. Non ne fu poi l'amante (anche se il suo nome è compreso nel cosiddetto Taccuino di Don Giovanni di Puškin, che era però, più che altro, un elenco di desideri, e non di realtà). Puškin, che si confidava con lei, come un'amica sincera, le parlò del suo imminente duello con d'Anthès, ma la donna non riuscì ad impedirlo. Assistette Puškin negli ultimi giorni della vita. Nei momenti della più intensa passione per lei (1825-1826), egli le dedicò alcune ispirate poesie. Cfr. Čerejskij, alla voce Vul'f, E.N.

51. *avida noia:* avida di trovare sollievo; qui, nei giochi di carte. Il boston era un gioco di origine americana, il lomber di origine spagnola; il whist è inglese;

52. *rubbers:* Puškin usa il termine *robert* di origine inglese (rubber). Nel whist ogni rubber corrispondeva a tre partite o smazzate. Il poeta amava i giochi di carte. Il gioco ritorna molte volte nelle sue opere (basti pensare alla *Dama di picche*).

53. *di trenta secoli:* il testo ha Omir invece di Omer o Gomer, come si scrive oggi. Omir, forma arcaica, doveva avere una sfumatura un po' ironica. Č. cita Voltaire (*La Pucelle d'Orléans*): «tous ces auteurs divins / Le bon Virgile et ce bavard Homère... / Ne manquent point au milieu des combats / L'occasion de parler d'un repas».

54. *poeta di Tambov:* Monsieur Triquet.

55. *Albani:* pittore bolognese (Francesco Albani, 1578-1660). È curioso che Puškin ricordi, qui e altrove (per esempio nelle poesie *Il monaco, A un pittore, Il sogno*), un pittore così molle. Forse piaceva a Puškin per la cura dei particolari e la grazia delle forme levigate. Non si tratterebbe dunque di un giudizio artistico, ma di ammirazione per la grande perfezione tecnica. Puškin conosceva l'Albani, forse, solo attraverso disegni. Ma l'Albani era molto popolare nel '700.

56. *digressione:* è una garbata critica che il poeta rivolge a se stesso: si tratta di una digressione contro le digressioni. Ma nessuna digressione di Puškin è inutile o pesante.

57. *al ballo cotillon:* ballo figurato.

CAPITOLO SESTO

Il sesto capitolo venne scritto nel 1826, forse fra il gennaio e il 25 novembre. Fu pubblicato il 23 marzo 1828, con la nota: «Fine della prima parte». Alla fine del mese di febbraio il capitolo era stato letto e riletto dallo zar Nicola I, che controllava personalmente tutte le opere di Puškin.

Il capitolo è dedicato al duello e alla morte di Lenskij. All'inizio si descrive la fine della festa: tipiche scene di ambiente, che a Puškin dovevano essere familiari, a Michajlovskoe e a Trigorskoe (strofe I-II). In contrasto con la grossolanità degli altri ospiti, che si abbandonano al sonno, solo Tatiana veglia (strofe II-III). Con la strofa IV viene introdotto un nuovo personaggio, Zareckij, la cui descrizione prosegue fino alla strofa VIII. Segue la consegna della sfida di Lenskij a Onegin; e chi dà il cartello al nostro eroe è proprio Zareckij (VIII-IX). Eugenio prova rimorso e vorrebbe respingere la sfida, ma la paura dell'opinione pubblica è più forte dell'amicizia e del rimorso (strofe IX-XII). Intanto Lenskij corre da Olga, e si convince dell'innocenza della fanciulla (strofe XIII-XV). Dopo una strofa dedicata a Tatiana (XVI), il poema prosegue sul tema di Lenskij che, giunto a casa, prima dell'alba fatale, scrive versi romantici (strofe XVII-XXI). Onegin si sveglia, si prepara, esce (strofe XXII-XXIII), e giunge al mulino, luogo classico per i duelli. Lo accompagna il servo Guillot; Lenskij e Zareckij già lo aspettano. Si fanno i preparativi (strofe XXIV-XXVIII). Poi, il duello e la morte del poeta, con le relative considerazioni e l'accenno all'umile tomba di Lenskij (strofe XXIX-XXXIX). Il capitolo termina (strofe XL-XLIII) con una digressione autobiografica.

1. *Petrarca:* l'epigrafe è tolta dalla canzone del Petrarca «O aspettata in ciel beata e bella», vv. 49 e 51. Puškin tralascia il v. 50: «Nemica naturalmente di pace». Nel Petrarca, l'indifferenza verso la morte di questi «iperborei» era dovuta al loro carattere fiero e feroce («nemica della pace»): l'omissione del verso 50 dà ai versi un altro senso (per fatalismo ecc.). Vedi L. 286.

2. *kolpak:* berretto di pelo.

3. *le stringesse il cuore:* l'immagine è tratta dall'Ariosto, *Orlando Furioso*, XXIII, 111 («stringersi il cor sentia con fredda mano»). Cfr. N. 3, 5.

4. *Krasnogor'e:* un altro toponimo (Belmonte) inventato, per far rima con «istoria».

5. *Zareckij:* il personaggio sarebbe ispirato al già ricordato Tolstoj l'americano; in realtà questo personaggio complesso, che nel poema ha una funzione di secondo piano, è nato dalla fusione di diversi elementi tratti dalla letteratura o dalla vita, fra conoscenti del poeta: fra i tipi letterari Zareckij ricorda un personaggio di *L'ingegno, che guaio!* di Griboedov, Zagoreckij.

6. *atamano:* capo di una cosacchia, o banda di cosacchi.

7. *e persino uomo onesto:* citazione del *Candide* di Voltaire: «et même devint honnête homme» (L. 289); anche la frase successiva («così la nostra vita si corregge») è di Voltaire (*La Pucelle*).

8. *saženy:* la *sažena* era un'antica misura russa di lunghezza, pari a m. 2,134.

9. *come un ubriaco fradicio:* il termine russo (*zjuzja*) era proprio del gergo degli Ussari.

10. *Regolo:* dalla tematica classica, la figura di Attilio Regolo era entrata nella scuola letteraria del Settecento, come simbolo dell'onore. Qui Puškin paragona ironicamente il più malleabile Zareckij a Regolo.

11. *Véry:* ristorante di Parigi, nel Giardino delle Tuileries.

12. *all'ombra... acacie:* citazione di una poesia di Batjuškov, *Il colloquio delle Muse* (1817), che termina: «Egli un giorno forse verrà a riposare // Alla folta ombra delle sue amarasche e delle sue acacie». Br. 252 sottolinea l'intento parodistico della citazione. N. 3, 9-13 scrive un'interessante disquisizione botanica sulle *čerjomuchi* e le *akacij*, che qui tralasciamo. Certo, l'acacia in Russia non cresce. Ma che importa? A Puškin importava di più la rima con Goracij (Orazio).

13. *come Orazio:* ricorda la passione di Orazio per la vita agreste.

14. *il cuore:* cioè la generosità, la sensibilità e l'integrità morale, di cui Zareckij era privo (N. 3, 15).

15. *cartello:* parola d'origine francese, usata per indicare il biglietto con cui si sfidava a duello un avversario. Il lettore italia-

no può leggere quell'affascinante libro che è *Il manuale del duellante* di J. Gelli, che si trova in appendice al *Codice cavalleresco italiano* dello stesso autore, un manuale Hoepli che, nel 1901, era arrivato alla 9ª edizione riveduta e corretta. L., da p. 92 a p. 105, compila un breve e succoso compendio delle regole dei duellanti, come erano seguite al tempo di Onegin e di Puškin. Il duello, osserva fra l'altro L., trovava ostilità sia da parte delle autorità costituite (Nicola I lo definiva una forma di barbarie), sia da parte dei democratici e dei massoni. L'ostilità dei governanti verso il duello viene spiegata con le osservazioni di Montesquieu: «può uno stato dispotico tollerare che dei sudditi possano battersi per onore e togliersi la vita? È solo il despota che ha il diritto di privare della vita i suoi sudditi». Nella tragica vicenda Onegin-Lenskij, Zareckij non si comportò affatto come un severo arbitro di duelli, conoscitore delle regole, ma da quel mascalzone che era. L. 98 osserva che Zareckij aveva il diritto di interrompere il duello ad ogni momento, di non farlo iniziare neppure (tentando la rappacificazione: ma non lo fece). Già poteva essere sufficiente la scelta offensiva di Onegin (che nominò proprio «secondo» il servo Guillot). Inoltre Onegin si era fatto attendere più di un'ora (era tollerato al massimo un quarto d'ora: dopo di che il duellante che attendeva aveva il diritto di andarsene). Ma, a parte l'opinione pubblica, nessun gentiluomo avrebbe potuto fare a meno di sfidare a duello Onegin, dopo il suo sfacciato comportamento. N. 3, 43 e segg. analizza il duello Onegin/Lenskij, che è un duello «à volonté», secondo il codice francese. Puškin aveva avuto altri duelli o inizi di duello (p. es. con Ryleev nel 1820 e con Starov, nel 1822).

16. *Sempre pronto:* queste parole divennero poi proverbiali.

17. *l'opinione pubblica:* il verso di Griboedov si trova in *L'ingegno, che guaio!*, IV, X, 286.

18. *il vicino ampolloso:* frase di V.L. Puškin (dal poema: *Il vicino pericoloso*).

19. *Schiller:* il grande poeta tedesco (1759-1805) non poteva non avvincere l'impetuoso cuore romantico di Lenskij.

20. *Del'vig:* Anton Antonovič Del'vig (1798-1831) fu compagno di Puškin al liceo di Carskoe Selo. La sua poesia come quella di Batjuškov si ispirava alle pure forme dell'antica bellezza della Grecia. Scrisse anche canti di ispirazione «popolare» e bei sonetti. A Puškin era molto caro. Nel poema è ricordato con l'iniziale D. Morì il 14 gennaio del 1831, dieci anni esatti dopo la morte di Lenskij (14/1/21).

21. *eccoli:* i versi di Lenskij sono presentati da Puškin come un'elegia al confine fra tardo classicismo e preromanticismo. Si è già visto che Lenskij, per formazione, non è romantico. I suoi maestri sono Andrea Chénier, Parny, Lamartine. Lenskij è autore di elegie e Puškin considerava l'elegia un genere neoclassico o preromantico, non romantico. Comunque l'elegia di Lenskij rappresenta un esempio dell'elegia russa dei primi dell'Ottocento: affini ad essa sono l'elegia *Lettera di Werther a Charlotte* di Merzljakov, l'analoga elegia *Werther e Charlotta* di Tumanskij, e alcune elegie del giovane Puškin. Tuttavia, come osserva L. 296, l'elegia di Lenskij è sottoposta all'intonazione anche strofica puškiniana. Se Puškin l'avesse «staccata» e avesse indicato l'elegia di Lenskij come qualcosa a sé, un esempio «di come non si dovessero più scrivere le elegie» tutta l'operazione avrebbe assunto un carattere polemico e parodistico. Ma non è avvenuto così. L. 297 ritiene quindi che la lettura di queste strofe di Lenskij possa ammettere diverse interpretazioni «da quella ironica e parodistica a quella lirica e tragica». Penso che, in questo caso, ogni intento polemico, parodistico-letterario, sia del tutto assente. Puškin non può non avere pietà del suo personaggio, e anche una certa ammirazione per la sua ingenua impulsività. L'ipotesi ironica suppone una barbarie che né Onegin né Puškin avevano: ma di tali forme di barbarie possono essere dotati a volte letterati e filologi. Il canto di morte di Lenskij non poteva essere cantato se non con le immagini e i ritmi che erano stati così cari al ragazzo. Se c'è qualche lieve increspatura ironica, è più forte il sentimento di compianto. I *clichés* letterari perdono la loro indole e, trasformati in segni dell'alfabeto puškiniano, esprimono il sentimento dell'autore verso il suo personaggio. Il quale era anche, in parte, un elemento della sua anima, forse un sogno di se stesso: inconsciamente, anche una predizione. La frase «giorni d'oro della mia primavera» era una frase che in quella o simili forme era stata ripetuta più volte ed era diventata un vero e proprio *cliché* (l'origine, forse, era in Schiller, *Die Ideale: O meines Lebens goldene Zeit*), per non parlare di Catullo, dei provenzali, del Petrarca ecc. che hanno usato immagini e metafore simili. Ma il contesto puškiniano opera prodigiosamente (come sempre) e la frase fatta assume una nuova freschezza.

22. *per il meglio:* ho così tradotto «vsjo blago», perché esprime ironia nei confronti dell'ottimismo.

23. *ci veda ben poco:* Puškin sottolinea la sua distinzione fra poeti preromantici (cui appartiene Lenskij) e poeti romantici.

Egli si oppone al luogo comune secondo cui vengono definite romantiche tutte le opere inclini alla malinconia e al sogno. N. 3, 33-35 elenca ben undici significati del termine «romantico» al tempo di Puškin.

24. *ideale:* sulle trasformazioni subìte dai significati di questa parola, v. L. 302: qui si sente di più l'ironia antiromantica (Lenskij si addormenta su questa parola e sui suoi versi).

25. *la stella del mattino:* Venere, che Puškin erroneamente chiama qui Vesper. L. 302 informa che il duello avvenne il 14 gennaio 1821 (vecchio stile) e che Venere, in quel giorno, sorse alle 6,45. Il sole sarebbe comparso all'orizzonte solo alle 8,20 e i duellanti dovevano incontrarsi, difatti, prima del sorgere del sole. Eugenio invece si alzò dal letto verso le 10 e comparve verso le 11.

26. *Guillot:* nelle strofe XXV e XXIX il nome del servitore di Onegin è scritto in caratteri cirillici, nella XXVII in caratteri latini.

27. *falsa vergogna:* purtroppo anche Puškin, non molti anni dopo, avrà terrore della falsa vergogna e cadrà in duello, sotto i colpi della pistola del barone D'Anthès.

28. *esagonale:* le canne delle pistole dell'armaiolo parigino Lepage esternamente avevano sezione esagonale, internamente erano ovviamente circolari e liscie.

29. *per la prima volta ha scattato:* al momento della carica; al momento dello sparo, il grilletto doveva scattare una seconda volta.

30. *è scomparsa:* la morte di Lenskij venne accolta con dolore da alcune lettrici. Nelle *Conversazioni* di Puškin, raccolte da S. Gessev e L. Modzalevskij (Mosca, 1929), si legge che una volta Puškin si recò ad Apraksino dove abitavano i Novolsil'cev. Nastas'ja Petrovna Novosil'ceva gli chiese: «Perché avete ucciso Lenskij? Ieri Varia ha pianto tutto il giorno». Varia era la sorella, una ragazza di sedici anni che, interrogata da Puškin, gli rispose che, secondo lei, Lenskij doveva essere solo ferito al braccio o alla spalla. Olga l'avrebbe medicato e il loro amore sarebbe diventato più forte. Nastas'ja, invece, avrebbe ferito Eugenio: Tatiana sarebbe andata da lui ed Eugenio se ne sarebbe innamorato. Al che Puškin rispose: «No, Eugenio non la meritava».

31. *pietà del poeta:* dietro questo «lamento in morte di Lenskij» si sente un altro lamento, più corrispondente alla realtà. Esiste-

va, nel testo originario del 6° capitolo, la strofa XXXVIII, una strofa incompleta (di 12 versi), che noi riportiamo nelle varianti e che era dedicata alla morte per impiccagione di Ryleev. Il 6° capitolo venne difatti scritto nel 1826, durante il processo contro i decabristi e venne concluso dopo l'impiccagione dei cinque decabristi condannati a morte e la deportazione degli altri. La letteratura romantica si era trasformata in realtà politica e storica tragica. Per quanto riguarda il possibile futuro di Lenskij, se non fosse morto a diciott'anni, si propongono, alle strofe XXXVII e XXXIX, due varianti possibili (l'eroico-lirica e la pantofolaia); è un puro esercizio di Puškin: Lenskij non poteva che morire a diciott'anni, proprio per il suo programma poetico e per confermare il detto *Muor giovane colui che al cielo è caro*.

32. *stele:* il tema della tomba del giovane si incontra spesso in letteratura: in Russia esso è ripreso da Michail Vasil'evič Milonov (1792-1821) e dallo stesso Puškin ne *La tomba del giovane*, scritta nel 1821 (luglio) e pubblicata nel 1826. La poesia gli venne ispirata dalla notizia della morte di un suo compagno di liceo, N.A. Korsakov, spentosi a Firenze il 26 settembre 1820. Questa memoria gli dovette essere presente, forse, anche nel ricordo della tomba di Lenskij.

33. *pescatori della Volga:* nei cantici popolari, col nome di pescatori della Volga s'intendevano i fuorilegge e i ribelli, seguaci delle imprese di Sten'ka Razin.

34. *gli anni scivolano:* nelle strofe XLIII, XLIV e XLV torna l'antico tema della giovinezza che sta passando: accanto alle frasi letterarie c'è un accenno autobiografico preciso: avrò presto trent'anni. La frase è oraziana («Labuntur anni, Postume, Postume»).

35. *dove sei tu, giovinezza?:* un altro accenno alle rime logorate dall'uso.

36. *Presto... trent'anni?:* a proposito di questo accenno autobiografico, il Tomaševskij (*op. cit.* I, p. 607) fa notare che la caratterizzazione autobiografica non sempre coincide con la realtà. Vedi la nota 40 di Puškin e l'aggiunta alla strofa XLIII a p. 488.

37. *dei calcoli, dei pensieri e dei discorsi:* questa frase (corrispondente al verso 12 della cosiddetta strofa XLVII data da Puškin in nota) è assai dubbia. Il testo dell'Accademia (volume VI, p. 651) dice: «raščjotov, *duš* i razgovorov», cioè: «dei calco-

li, delle anime e dei discorsi». La parola «*dum*», nel testo preparato dall'autore per la stampa, è corretta e, sopra, vi è scritto «duš» (anime). Sono state fatte varie congetture e modifiche (anche di punteggiatura). Meglio attenersi alla lettura più semplice «*dum*» (pensieri), sebbene non molto soddisfacente. Come non lo era, si capisce, per Puškin.

CAPITOLO SETTIMO

Questo capitolo, dedicato a Mosca, doveva essere il primo della terza parte del progetto iniziale: è dedicato quasi interamente a Tatiana e ad Olga Larina. L'*Album di Onegin* è stato tolto. Il capitolo, la cui bella copia è andata perduta, venne iniziato probabilmente subito dopo il sesto, nell'agosto o nel settembre del 1827. Secondo il Brodskij il 18 marzo 1827. La composizione avvenne in modo irregolare: il 19 febbraio 1828 erano state scritte dodici strofe. A dire il vero, la strofa XIII è datata 19 febbraio 1827, ma, secondo me, per un errore materiale dello scrittore. Terminato il capitolo a Malinniki il 4 novembre 1828, la pubblicazione in volumetto separato ebbe luogo il 18 marzo 1830.

Il capitolo si apre, come altre volte nell'*Onegin*, con la descrizione della primavera, una descrizione famosa, ricca di risonanze umane, di sensazioni, alla quale molti altri poeti si ispireranno. Alla descrizione della primavera segue la vivace nota della partenza per la campagna, che introduce in modo mirabile il tema, di nuovo ricordato, del sepolcro di Lenskij e dell'oblio (strofe I-IX). Il racconto si sposta quindi su Olga: essa parte, e Tatiana, sola, si può abbandonare al gioco tormentoso della passione (strofe X-XII). Spinta dall'amore e dal dolore, erra a lungo per i campi, vede la villa di Onegin e la vuol visitare: il motivo della villa abbandonata dal proprietario e impregnata dei ricordi di lui è di intensa liricità (strofe XIII-XXII). Il male segreto di Tatiana viene notato dalla madre che, chiesto consiglio, decide, nonostante il grande sacrificio finanziario, di recarsi a Mosca con la figlia, alla fiera delle fidanzate, per trovarle marito (strofe XXIII-XXV). Seguono l'addio di Tatiana ai luoghi nativi (strofa XXVI), la descrizione dell'inverno, un tema ripreso (strofe XXVII-XXVIII), e la vivace rappresentazione della partenza e del viaggio (strofe XXIX-XXXIII). Quindi inizia il tema di Mosca (strofe XXXIV-XXXVII); e l'arrivo, la conoscenza coi parenti e col gran mondo della seconda capitale (strofe XXXVIII-LII), con l'accenno al generale che dovrà sposare la fanciulla e la nota di tristezza che continuamente sottolinea i giorni di Tatiana.

Vladimir L'vovič Burcev, in *VIII, IX, i X glava Evgenija Onegina* (Paris, 1937), ricorda quanto segue. Nella composizione e nella stampa dei primi sei capitoli dell'*Eugenio Onegin* non avvenne nulla di catastrofico, almeno per quanto sappiamo. Non più tardi della primavera del 1827, Puškin cominciò a preparare per la stampa il settimo capitolo. In questo periodo egli aveva già pronto il *Viaggio di Onegin* e meditato e in parte scritto l'*Album di Onegin*. Erano già state scritte le strofe sulla partenza dei Larin dal paese e sul loro arrivo a Mosca (strofe pubblicate nella prima metà del 1828 sul «Messaggero Moscovita»). Il piano del settimo capitolo era il seguente:

1°) Avvenimenti nel villaggio dei Larin dopo l'uccisione di Lenskij e la partenza di Onegin.

2°) Viaggio di Onegin attraverso la Russia. Esposizione delle sue idee politiche. Suo album.

3°) Partenza dei Larin per Mosca.

Burcev sostiene che Puškin forse non pensava, in quel periodo, all'incontro di Tatiana col generale. Ma il piano primitivo del capitolo fu sconvolto, per motivi che restano ancora oscuri.

Eugenio doveva essere il protagonista del capitolo: come personaggio politico, favorevole alle idee dei rivoluzionari liberali (decabristi). Poi Eugenio fu escluso quasi del tutto: un accenno si ha nella variante XXIVa (v. a p. 491 e segg.) e nelle strofe XXI-XXV del capitolo, secondo la versione definitiva, dove Tatiana cerca di rendersi conto del carattere di Eugenio. I critici sostengono che Tatiana è la trasfigurazione poetica di Marija Raevskaja Volkonskaja, la moglie del principe Volkonskij, il decabrista deportato in Siberia. Nel 1827 Puškin fu profondamente colpito e affascinato da lei che, sebbene non amasse il marito, lo aveva seguito in Siberia, diventando celebre per devozione coniugale e coraggio. La trasformazione di Tatiana da fanciulla provinciale in signora del gran mondo è una trasposizione della metamorfosi reale di Marija Raevskaja Volkonskaja da fanciulla delicata e un po' frivola in donna ed eroina. Puškin la paragona, in una poesia, alla Madonna. La strofa LII si riferisce, non a Tatiana, ma a Marija (v. più avanti).

1. *Dmitriev:* Ivan Ivanovič Dmitriev, su cui v. nota 24 a p. 570. L'epigrafe è tratta dal suo poema *La liberazione di Mosca* (1795); poema dedicato all'insurrezione capitanata da Dmitrij Požarskij contro Polacchi, Lituani e il Falso Demetrio, nel

1613. Seguì l'ascesa al trono del primo Romanov, Michele.

2. *Baratynskij:* l'epigrafe è tratta dal poema *I festini*, già ricordato da Puškin.

3. *Griboedov:* citazione da *L'ingegno, che guaio!*

4. *non torneranno mai più:* ricorda Orazio, *Odi*, IV, 7 («Diffugere nives...»).

5. *Ljovšin:* Vasilij Alekseevič Ljovšin (1746-1826) viene qui considerato da Puškin come un tecnico dell'economia agricola. «Pupilli» ecc. vuol dire, quindi, «agricoltori».

6. *importata:* importata dall'estero e non costruita in Russia. È l'interpretazione che L. 313 dà della parola russa *vypisnoj* (da *vypisat'*). V. anche N. 1, 253.

7. *il pastore:* nelle strofe VI e VII ritorna il tema del sepolcro del giovane. Il quadro è ripreso da una poesia di Millevoye, *La chute des feuilles*, che dice, «Mais son amante ne vient pas // visiter la pierre isolée; // et la pâtre de la vallée // trouble seul de bruit de ses pas // les silences du mausolée...». Charles Hubert de Millevoye (1782-1816) fu un delicato e malinconico poeta francese, autore di poemetti di stile classico, di cui *La chute des feuilles* è uno dei più famosi.

8. *un ulano:* «nella coscienza di Puškin l'ulano rappresentava il marito ideale di una signorina di provincia» (L. 313, 314). Secondo N. 3, 79-80 Olga potrà diventare una moglie capricciosa e infedele del suo ulano.

9. *podere:* il motivo dell'erede è ripreso da Orazio (Odi, II, 3 e 14).

10. *Strofa XII:* sulla strofa XII sono interessanti le osservazioni di N., 3, 80 per il giudizio estetico negativo e per la sua proposta di spiegazione: Puškin era costretto (noi diremmo per ragioni di copione, o di soggetto) a «riempire» il poema anche di strofe descrittive, che dovevano appunto dar conto di certi movimenti dei suoi personaggi. A volte queste parti non gli interessavano, come in questo caso: da tale sua mancanza di interesse (e di ispirazione) nasce il carattere non poetico della strofa. N. osserva anche che, al tempo di Puškin, nessun narratore aveva ancora raggiunto «l'arte della transizione» (e cioè l'arte di scrivere raccordi sul piano della «struttura» [nel senso crociano del termine] artisticamente validi). Per questo bisognerà aspettare il terzo decennio del secolo e Flaubert. L'unico commento, che tenti di da-

re anche un'analisi estetica di Puškin, resta sempre il Nabokov.

11. *Uno scarabeo ronzava:* N.3, 81-82 elenca una serie di poeti che evocano l'immagine del *Melolontha*, o scarabeo: da Shakespeare (*Macbeth*) a William Collins, da Thomas Gray a James Macpherson, da Robert Southey a Žukovskij. Ma l'ispirazione a Puškin può essere venuta solo da Žukovskij.

12. *il defunto:* una serva non avrebbe mai potuto dire «il defunto Lenskij», ma il defunto Vladimir, seguito dal patronimico.

13. *durački:* gioco di carte.

14. *umida terra:* antica espressione russa, che risale alla primitiva cultura pagana.

15. *la fronte... conserte:* un busto di Napoleone. Byron e Napoleone: Onegin, come risulta da queste strofe, è un ammiratore dell'eroe, e del romanticismo eroico. Puškin, nella poesia *Al mare*, aveva ricordato gli stessi oggetti (il quadro di Byron e la statuetta di Napoleone), a indicare una particolare inclinazione.

16. *il poeta... Don Giovanni:* Byron. Puškin rifece diverse volte queste strofe, come si può notare dalle varianti.Il catalogo della biblioteca di Onegin comprendeva opere di Byron, Hume, Robertson, Rousseau, Mably, Holbach, Voltaire, Helvétius, Locke, Fontenelle, Diderot, Lamotte, vale a dire tutti autori dell'illuminismo francese, teisti e atei; poi Orazio, Cicerone, Lucrezio, Scott, Byron, l'*Adolphe* di Benjamin Constant, *Corinne* della signora di Staël, Chateaubriand, Maturin (ricordato attraverso il nome del romanzo *Melmoth*). *Adolphe* venne molto lodato da Puškin. La traduzione russa del romanzo è dovuta a Vjazemskij (1830). Si veda per questo rapporto con Constant e in particolare l'*Adolphe* il saggio di Anna Achmatova.

17. *altri romanzi:* verosimilmente i romanzi erano il *Melmoth* di Maturin, *René* di Chateaubriand e l'*Adolphe* di Benjamin Constant.

18. *Aroldo:* Childe Harold, il celebre eroe byroniano. Tutte queste domande chi se le pone? Il poeta o Tatiana? Il Brodskij propende per Tatiana. Ma anche Puškin, con notevole senso poetico, si inserisce nei dubbi e negli interrogativi della fanciulla. La creatura dell'arte, per un momento, diviene enigmatica al suo stesso creatore. Vedi anche: A.S. Puškin, *Tutte le opere poetiche*, a cura di E. Lo Gatto, Milano, 1960, p. 838.

19. *la parola:* il termine *slovo* (la parola) è qui usato da Puškin

come calco dal francese, nel senso di «mot de l'enigme», cioè di parola che risolve l'indovinello, la sciarada ecc. (cfr. L. 321).

20. *prestito:* già si è visto che le rendite dei Larin sono esigue.

21. *Addio, pacifiche valli:* ricorda l'*Addio* di Lucia dei *Promessi Sposi*: il motivo è frequente in altri poeti e scrittori dell'epoca. Per esempio nel monologo della *Giovanna d'Arco* di Schiller («Addio, campi e materni miei colli...»), che è probabilmente il modello iniziale di questi «addii». Il motivo si trova ancora in Puškin (nella lirica: *Addio, fedeli querceti*, che è del 1817).

22. *carrozza boiara:* si tratta del cofano di una carrozza signorile, sistemato non su quattro ruote ma su una slitta.

23. *un barbuto postiglione:* L. 321 fa notare che questo è un altro segno del fatto che i Larin seguivano vecchie mode. Al tempo della vicenda dell'*Onegin* era di moda avere come «efrejtor», o postiglione, non un vecchio servo, ma un giovanotto di piccola statura.

24. *salutano i padroni:* la descrizione della partenza è tutta in chiave ironica. Il tema del viaggio e delle strade ritorna molte volte in Puškin.

25. *tavole filosofiche:* forse le statistiche di un certo Charles Dupin (1784-1873), pubblicate in Francia nel 1827.

26. *appetito:* il lessico della strofa è stilisticamente impostato su due serie, come osserva L. 323: da una parte troviamo alcuni europeismi, come «appetit», «prejskurant», dall'altra alcuni termini del linguaggio colloquiale e quotidiano, come «chlop» (= cimice), «blocha» (= pulce), «kolei» (= rotaie, infossature). Sia gli europeismi che i termini colloquiali appartenevano a tratti stilistici non ammessi dalle norme vigenti del linguaggio poetico. Di questo Puškin fu accusato.

27. *ciclopi:* i fabbri. La parola è usata con intonazione ironica.

28. *automedonti:* per antonomasia (dal nome del cocchiere di Achille): cocchieri, aurighi.

29. *come una palizzata:* tale è la velocità della trojka. Iperbole scherzosa, che Puškin giustifica con il rimando, nella nota * a p. 367, a un certo K... che sarebbe, secondo L. 324, A.D. Kopiev, autore di storie fantastiche, così come il principe D.E. Cicianov, che le contava grosse come il celebre barone di Münchhausen.

30. *castello di Pietro:* un palazzo di Pietro il Grande, fuori mo-

sca, dove Napoleone (dopo l'incendio della città) attese vanamente che i Russi si arrendessero.

31. *testimone di una gloria caduta:* quella di Napoleone. Le strofe XXXIV-XXXVI, dedicate a Mosca, ricche di sentimento patriottico, sono giustamente considerate tra le più belle del poema. Eppure questa frase fu interpretata da alcuni critici, al tempo di Puškin, in modo stravolto: si tentò di accusare il poeta di aver voluto offendere la gloria della Russia. Il poeta fu difeso personalmente dalla figlia del generalissimo Kutuzov, e cioè dalla signora Elizaveta Michajlovna Chitrovo, che era innamorata di Puškin.

32. *della barriera:* tutti i viaggiatori che arrivavano a Mosca dovevano fermarsi alla barriera corrispondente alla strada dalla quale provenivano e alla relativa porta: qui dovevano dichiarare i loro nomi, mostrare documenti e passaporti, dichiarare i motivi per cui volevano entrare in città. I Larin, provenienti dalla strada di Pietroburgo, si fermarono al punto di controllo della barriera/porta di Tver' (corrispondente all'attuale stazione di Bielorussia). C'era allora, alla Porta di Tver', l'arco di trionfo eretto in onore di Kutuzov e della vittoria sui Francesi (a questo si riferiscono certo le «colonne» di cui parla Puškin. Vedi L. 326). Questo arco di trionfo si trova ora all'ingresso di Mosca, sul Prospekt Kutuzov.

33. *la via di Tver':* corrisponde all'attuale Via Gor'kij. Era anche allora una delle vie principali di Mosca, lungo la quale si ergevano numerosi palazzi dell'aristocrazia, e molti antichi e ricchi monasteri, con i loro orti e i loro giardini.

34. *buchariani:* propriamente, abitanti del Buchara, emirato uzbeko dell'Asia Centrale. Il nome veniva però dato, genericamente, alle persone che dall'Asia Centrale venivano a Mosca per vendere le loro merci.

35. *viali alberati:* corrispondono alla circonvallazione detta Sadovaja, e cioè all'insieme di boulevards che vennero formati dopo che, per ordine di Caterina II, furono abbattute le mura della Città Bianca, la seconda cinta di mura di Mosca, dopo quella della «Città cinese» (Kitaj-gorod), se non si considera «prima» la cinta del Cremlino.

36. *cosacchi:* a Mosca gli unici cosacchi che si potevano vedere erano i corrieri.

37. *e... cornacchie:* il metropolita Filarete protestò per questa

immagine, ma il censore Nikitenko (che riferisce il caso nel suo *Diario*) e il ministro Benkendorf difesero il poeta.

38. *Due ore circa:* i numeri XXXIX e XL dati alla strofa che s'inizia con questa frase non corrispondono a due strofe precedentemente esistite (in minute, varianti ecc.): si tratta solo di un «gioco» stilistico di Puškin, una forma di «rallentamento» ottenuta con un espediente meccanico.

39. *presso Chariton:* cioè presso la parrocchia di S. Chariton, secondo l'uso antico (anche nostro) di indicare le contrade con i nomi delle parrocchie. Tra il 1802 e il 1807 i Puškin abitarono a Mosca nel palazzo del conte Santi, proprio nella parrocchia di S. Chariton (nella parte orientale di Mosca, nel Bol'šoj Charitonevskij Pereulok, n. 8, come c'informa N. 3, 116).

40. *calmucco:* pare che questo calmucco, fosse realmente esistito, come servo di una vecchia nobildonna.

41. *Pachette:* curiosa forma contaminata. Al nome proprio diminutivo russo Paša (da Praskov'ja) è stato unito il suffisso diminutivo francese *-ette* (come Annette, Yvette).

42. *Grandison:* un bellimbusto moscovita, ricordo degli anni giovanili delle due vecchiette, che gli avevano affibbiato il nome dell'eroe letterario preferito. Forse era il celebre elegantone del capitolo II, strofa XXX.

43. *San Simeone:* il testo ha «da Simeone», ma è da interpretarsi come «presso S. Simeone», cioè la contrada, la parrocchia di S. Simeone: corrisponde all'attuale via Vorovskij.

44. *la vigilia di Natale:* poteva essere anche la vigilia dell'Epifania.

45. *l'offerta... sale:* è il rito d'ospitalità tradizionale dei Russi (il *chlebo-sol'*), l'offerta di pane e sale su una tovaglia rituale.

46. *mangia... due:* tutti i personaggi della strofa XLV sono rappresentati in chiave di satira sociale, e lo stile ricorda quello di Griboedov. Anche la strofa XLVIII è in chiave satirica. Il *club* era il Club Inglese, ritrovo di nobili e di ricchi. Vi si organizzavano pranzi divenuti celebri.

47. *giovani degli Archivi:* gli impiegati del Ministero degli Esteri. Molti giovani funzionari del Ministero si occupavano di letteratura e di filosofia e svolgevano anche attività intellettuale militante: per esempio Venevitinov e Odoevskij. Come osserva L. 331, la Mosca di cui parla Puškin non è tanto quella del 1822

(l'anno in cui si svolge l'azione), quanto quella posteriore al 14 dicembre 1825: «resa vuota per aver perduto i brillanti rappresentanti della vita intellettuale». Non a caso «nella strofa XLIX sono ricordati (come giovani degli Archivi) Vjazemskij e i Ljubomudry, cioè gli intellettuali che si erano salvati dopo la bufera decabrista». Continua L.: «è significativo il nuovo approccio di Puškin al livello intellettuale di Tatiana: nel quinto capitolo veniva sottolineata la sua ingenuità, la sua inclinazione verso le semplici, antiche tradizioni del popolo: all'elitarismo intellettuale di Onegin si contrapponevano la purezza morale e il carattere popolare delle idee dell'eroina. Il primato intellettuale restava di Eugenio, quello morale di Tatiana. Nel capitolo settimo l'autore fonde le proprie posizioni intellettuali con quelle di Tatiana. Perciò i discorsi correnti nel salotto erano per lei ''insulsaggini volgari e senza senso''. L'unico che fosse riuscito a incantare l'anima di Tatiana era stato Vjazemskij, con i suoi discorsi "necessari". Vjazemskij, uno dei più intelligenti uomini dell'epoca, era un "doppio" di Puškin».

48. *Vjazemskij:* cfr. nota 1 a pag. 516.

49. *un vecchietto:* forse Ivan Ivanovič Dmitriev (1860-1837), poeta, autore di favole, già ricordato.

50. *Melpomene:* ritorna il tema del teatro, già sviluppato nel primo capitolo; qui però si dà del teatro un'idea di decadimento.

51. *Sobranie:* era il palazzo dell'assemblea dei nobili.

52. *le belle donne:* l'espressione è presa da Ovidio.

53. *colei:* il Čiževskij sostiene che Puškin volle a bella posta lasciare indeterminato chi sia questa donna. Burcev sostiene che si tratta di Marija Raevskaja Volkonskaja, per la quale il poeta sentiva una così profonda ammirazione da paragonarla alla Madonna. «Questa strofa LII», dice il Burcev, «non si può riferire del tutto a Tatiana... ed è stata conservata nel capitolo casualmente, forse per la sua bellezza artistica o perché Puškin volle indicare così che gli era impossibile scrivere l'apoteosi della Volkonskaja. Puškin avrebbe dunque voluto cantare ed esaltare la nobiltà d'animo e la fermezza di Marija, ma non potendolo fare per la censura, cercò, almeno, di lasciarci un segno della sua intenzione: la strofa LII». P.A. Vjazemskij sostenne, invece, che Puškin voleva riferirsi ad Aleksandra Korsakova, con la quale aveva avuto rapporti d'amicizia assai vicini all'amore. Il poeta fu in casa dei Rimskij-Korsakov nell'inverno del 1826-27 e in quello del 1827-28.

54. *la luna:* il paragone si ritrova in Karamzin (nell'opera *Natalia, la figlia del boiaro*), in Bobrov (*La Tauride*), e in V. Petrov (*Come fra le stelle la luna*).

55. *Frastuono... valzer:* questi versi ricordano il sogno di Tatiana e la descrizione dei clamori dei morti (secondo Čiževskij).

56. *vittoria:* c'è una sfumatura di tristezza, in queste parole. Tatiana vince agli occhi del gran mondo, ma, in realtà, non sarà mai più abbandonata dalla tristezza dell'amore perduto.

57. *l'introduzione c'è:* la poetica classicista pretendeva che i poemi, sul modello dell'*Iliade* e dell'*Odissea*, s'iniziassero con un'introduzione. Puškin mette in ridicolo le regole del classicismo.

CAPITOLO OTTAVO

Questo capitolo, che era, originariamente, il nono, è stato concepito nel 1829, e terminato il 25 settembre 1830 a Boldino. Il primitivo capitolo ottavo (*Viaggio di Onegin*), iniziato il 24 dicembre 1829, venne poi tolto dal romanzo; parti di esso andarono a finire nel nuovo ottavo capitolo che fu sottoposto a completa revisione: così le strofe IX-XIII appartenevano al precedente capitolo ottavo (X-XIII secondo altri). La lettera di Onegin a Tatiana è stata scritta successivamente, il 5 ottobre 1831, a Carskoe Selo. Il capitolo venne pubblicato, nel suo aspetto definitivo, il 20 gennaio 1832; la copertina recava il titolo: «Ultimo capitolo dell'Eugenio Onegin».

Vediamo ora la ricostruzione del capitolo, secondo il già ricordato Burcev. Nell'ottobre-novembre 1829 Puškin si accinse a preparare per la stampa il capitolo ottavo, dedicato al viaggio. Oltre alle strofe XIII-XXVII del viaggio, già stampato nel 1827 nel «Messaggero Moscovita», nel gennaio 1830 il poeta pubblicò alcune altre strofe del viaggio nella «Gazzetta Letteraria», annunciando che esse appartenevano all'ottavo capitolo. In questo periodo erano già scritte le strofe dopo la XXVII, fino alla XXXII. Fra la XXVII e la XXXI ci sarebbero state altre strofe, non giunte fino a noi. Puškin (di ritorno da un viaggio al Caucaso) sperava di pubblicare l'ottavo capitolo comprendendovi anche il *Viaggio*. Forse aveva già scritto i capitoli nono e decimo. Ma presto si accorse che ciò non era possibile: la censura non glielo avrebbe mai permesso (vedi, a questo proposito, la nota di Ettore Lo Gatto, al v. 4511 della sua prima versione).

Il poeta decise quindi di terminare il poema, così come poteva. Si recò a Boldino: qui escluse dal *Viaggio* le strofe che la censura gli avrebbe impedito di pubblicare. Con l'aggiunta di due strofe, il viaggio poteva costituire l'ottavo capitolo. Il nono era già pronto, e Puškin decise di concludere con questo il suo romanzo, rinunciando sia al decimo capitolo, sia ad altre strofe che, nel nono, potevano essere proibite dalla censura. Nel dicembre del 1830 il poeta si recò a Mosca, con la speranza di poter pubblicare i due capitoli; quindi partì per Pietroburgo e per Carskoe Selo, dove incontrò il ministro Benkendorf e l'imperatore. Nicola I fu molto esplicito con il poeta: mai gli avrebbe permesso di pubblicare il *Viaggio*, perché da esso traspariva in modo troppo evidente la simpatia del poeta per i decabristi. Perciò Puškin rinunciò a pubblicare il *Viaggio* (e cioè l'ottavo capitolo), e decise di pubblicare il nono capitolo, contrassegnandolo con il numero VIII. Frammenti mutili del *Viaggio* vennero pubblicati nel 1833. Il nuovo capitolo ottavo (ex nono) venne naturalmente adattato, in modo da collegarlo meglio al settimo. Nella Tatiana dell'ottavo capitolo (diversa dalla precedente) si riflettono dunque anche tratti della principessa Marija Volkonskaja, come il poeta la vide dopo il 1826. L'attuale capitolo ottavo s'inizia con un accenno autobiografico (strofe I-XI), in cui si mescolano i ricordi delle prime prove poetiche di Puškin, con il riflesso del suo ingresso in società, l'accenno all'eroina, che sotto le vesti della Musa, può essere considerata Tatiana e Marija Volkonskaja (Puškin è maestro in queste sovrapposizioni liriche, dove i confini tra una figura e l'altra si perdono e si confondono nell'immaginazione poetica). Le strofe XII-XIII parlano dei viaggi di Onegin. La strofa XIV ci introduce nel gran mondo. Segue l'incontro di Eugenio con Tatiana (strofe XV-XX), il sorgere dell'amore nel cuore di lui (strofe XXI-XXXI), la lettera a Tatiana, l'attesa di Onegin, la risposta di Tatiana. Con questo episodio termina il poema.

1. *Byron*: l'epigrafe è tratta da una poesia di Byron del 1816 (*Fare thee well*), che appartiene ai *Poems of separation*: «Addio, e se per sempre, per sempre addio»: Byron con dolore dice addio alla donna amata (Lady Byron), davanti alla quale si sente colpevole. Sul senso di questa epigrafe la critica ha discusso e polemizzato. In realtà la strofa ha diversi significati: è l'addio degli eroi (Onegin e Tatiana) che si salutano per sempre (la loro vita termina con la conclusione del poema), è l'addio del poeta ai suoi eroi e al suo poema. Questo addio è da interpretarsi con una sfumatura lieve di sorriso malinconico. Che rifletta l'addio

di Puškin a Marija Volkonskaja che, nel 1830, si trovava già in Siberia e che il poeta non avrebbe più riveduto, è pure possibile.

2. *In quei giorni:* Puškin riprende qui la frase (e il senso) dei versi scritti nella lirica *Il Demone*: «In quei giorni, quando mi erano nuove / tutte le impressioni dell'esistenza».

3. *Apuleio:* cfr. le interessanti varianti alle pp. 496-497. Nella strofa a) Puškin dichiara di preferire a Cicerone il burlesco *Eliseo* di V. Majkov (v. nota 1 a p. 628). Ma anche *Le Metamorfosi* di Apuleio dovevano piacergli per la ricchezza delle favole mitologiche: a quanto pare, egli non conosceva, però, l'originale, ma una riduzione russa del mito di Amore e Psiche. La favola di Amore e Psiche è il soggetto del poema (ispirato, appunto, ad Apuleio) *Dušen'ka* (= Anima, 1778) di I.F. Bogdanovič (1743-1803), libera versione del romanzo di La Fontaine, *L'amour de Psyché et de Coupidon*.

4. *la musa:* Puškin cominciò a scrivere poesie quando era al liceo.

5. *fantasie giovanili:* i canti della vita gioiosa.

6. *tempi andati:* i tempi storico-patriottici.

7. *Deržavin:* il poeta classicista russo Gavrila Deržavin (1743-1816) era una gloria del tempo di Caterina II. L'8 gennaio 1815 Puškin giovinetto gli lesse una delle sue prime poesie: *Ricordi a Carskoe Selo*; Deržavin lo lodò molto, e vide in lui il segno della poesia. La strofa II ci è conservata mutila, forse perché Puškin tolse versi dedicati a personalità viventi (Dmitriev, Karamzin e Žukovskij). Il tono e le immagini delle prime strofe del capitolo sono ispirate alla poesia del tardo Settecento.

8. *legge ... passioni:* secondo la teoria romantica della poesia, questa nasce dal fortissimo sentire.

9. *discussioni furibonde:* Puškin ricorda qui la sua intensa attività di poeta militante, negli anni tumultuosi di Pietroburgo, quando partecipava alle riunioni dell'«Arzamas» (associazione letteraria che si voleva contrapporre al movimento conservatore dell'ammiraglio Šiškov) e poi a quelle della «Lampada Verde». Le discussioni letterarie venivano poi concluse con allegri festini, allietati dallo *champagne* e da fanciulle di gai costumi, come ci ricorderà lo stesso Puškin in un punto del capitolo X (strofa XVII).

10. *Poi lasciai la loro compagnia, e fuggii lontano:* la «compa-

gnia» (in russo: *sojuz*: unione, riunione) può essere intesa sia nel senso di riunione di amici sia nel senso di gruppo politico (L. 343). Il termine «fuggii» (bežal), non è altro che una metafora del reale concetto («mi mandarono in esilio»). L'accenno all'esilio è del resto evidente in una variante (nel manoscritto di bella copia: «Ma il Destino mi gettò sguardi d'ira e mi scagliò lontano»). *Lontano*: in Bessarabia.

11. *Lenora:* eroina della ballata del Bürger, famosa anche in Italia per la traduzione fattane dal Berchet. In russo, la ballata venne tradotta da Žukovskij, che diffuse il romanticismo in Russia, ma deve essere considerato un poeta di transizione. Qui Lenora è simbolo della Musa, cioè della poesia di Puškin nel periodo più romantico (de *Il prigioniero del Caucaso*). Con maggiore accentuazione romantica la stessa ballata venne tradotta da Katenin.

12. *il mormorio ... Nereide:* allusione alla poesia *Al mare*, scritta dal poeta nel 1824, o alla poesia *La Nereide*.

13. *i canti ... amata:* allusione al poema dedicato agli zingari (*Gli zingari*, pubblicato nel 1824).

14. *signorina di provincia:* come già si è osservato, qui Tatiana rappresenta se stessa, Marija Raevskaja, ed è anche il simbolo dell'ispirazione poetica.

15. *Le piace l'ordine elegante...:* intorno alla valutazione positiva che Tatiana dà del mondo dell'aristocrazia vi fu, a suo tempo, una polemica (questa valutazione positiva fu rimproverata dai romantici); la discussione è stata ora ripresa da L. 348. Anche qui si potrebbero dare delle risposte semplici: prima di tutto non eliminare completamente Tatiana per trasformarla in puro portavoce delle idee non romantiche di Puškin e del suo concetto della nobiltà. Nell'evoluzione di Puškin, ci sono due tipi di interpretazione della nobiltà. Si pensi, per esempio, al *Dubrovskij* e alla contrapposizione tra la nobiltà precateriniana, onesta e seguace di certi principi, e la nobiltà di origine cateriniana, avventuriera e violenta. Nel mondo dell'*Onegin*, la contrapposizione, come nota il L., sarebbe tra la élite intellettuale (Karamzin, Žukovskij, Vjazemskij, lo stesso Puškin) e gli altri: tra una nobiltà sensibile ai valori e ai destini della patria russa e una nobiltà insensibile a questi valori. Questa antitesi è stata ripresa nei nostri tempi da gruppi detti neo-slavofili o neo-russofili, nella loro difesa della «vera», nobiltà russa. Tra l'altro essi affermano che il cuore di quella nobiltà (alla quale appartennero tutti i maggiori

scrittori russi) era Mosca (Pietroburgo era «inesistente»). In genere, si trattava di piccoli nobili, con pochi servi, trattati con grande umanità ecc. Tatiana quindi può anche ammirare questo «compassato orgoglio», perché ad esso corrispondevano determinate qualità. Ma, poi, senza pensare alle contraddizioni con espressioni anti-nobiliari presenti nell'*Onegin*, perché Tatiana non avrebbe potuto essere affascinata da quell'insieme «di gradi e di anni»? Quello era diventato il suo mondo: le regole di quel mondo ella doveva seguire e anche amare; indipendentemente dai suoi sogni giovanili. Che fosse possibile una trasformazione così radicale dalla Tatiana di prima maniera alla Tatiana di seconda maniera è un altro problema: ma la realtà, anche in questo caso, giustifica tale trasformazione. Tatiana, benché di provincia, era pur sempre nobile. Per le «due nobiltà», il lettore facilmente si può riferire al mondo di *Guerra e Pace*.

16. *Melmoth:* eroe del già ricordato romanzo di Maturin (v. nota 16 a p. 595). Era lo spirito demoniaco della negazione e piaceva molto agli scettici degli anni '20. A.N. Raevskij veniva chiamato Melmoth (v. Br. 300-301).

17. *un patriota:* il termine «patriota» aveva un significato particolare, che andava oltre il senso di «amante della patria». Voleva dire anche «uomo libero, nemico della tirannide e della schiavitù». Patria voleva dire anche «libertà»; perciò Paolo I aveva proibito l'uso di tale vocabolo, perché rivoluzionario.

18. *Aroldo:* l'eroe byroniano è qui, soprattutto, uno spirito di negazione.

19. *un quacchero:* alla corte di Alessandro I si era formato un gruppo di sektanty (seguaci di «sette», eretici) quaccheri.

20. *come me, come tutti:* i tempi cambiano, e può cambiare anche Eugenio. Il brillante scetticismo di marca francese è stato sostituito dal misticismo che tanto piaceva ad Alessandro I, lo zar della Santa Alleanza. Perciò Eugenio potrebbe anche essere un quacchero o un bacchettone.

21. *Sí e no:* i giudizi negativi o problematici che vengono dati di Eugenio, del resto in tono lievemente scherzoso, riprendono quelli del cap. VII. Che non siano condivisi dall'autore è ovvio: pleonastica è l'osservazione di L. 349.

22. *Strofe IX-XII:* queste strofe, secondo il Burcev, non erano state incluse nella prima redazione del IX capitolo, ma si trovavano nella prima redazione dell'VIII. Poi esse vennero trasferite

nella seconda redazione del IX capitolo che prese il numero di VIII. Della frase «perché la mente, che ama i vasti spazi, soffoca» si sono occupati vari interpreti (v. L. 349): sarebbe l'eco di una frase pronunciata da Aleksandr Vasil'evič Kikin, avversario politico di Pietro il Grande e da costui fatto uccidere con il supplizio della ruota nel 1718. Pietro avrebbe chiesto a Kikin, che era in prigione, come mai un uomo intelligente come lui gli si fosse messo contro. E Kikin gli avrebbe risposto: «Ma quale intelligente! L'intelligenza ama gli spazi, e qui da te si soffoca». C'è dunque una allusione al dispotismo di Pietro, al quale veniva opposta la libertà di coscienza individuale. Puškin ha cambiato il suo pensiero su Pietro il Grande: non è più il Puškin di *Poltava* ma è il Puškin de *Il cavaliere di bronzo*. È abbastanza vano cercare l'immagine di Eugenio in questa o in quella definizione (la strofa nona, del resto, si contrappone alla ottava e il loro scopo congiunto è anche di distogliere l'accorto lettore dal pretendere un giudizio preciso e definito di Eugenio). La conclusione un po' amara è quella data nella strofa X: i sogni dell'eccezionalità romantica sono finiti per sempre, trionfa la morale «borghese», quella delle vie comuni. Un riflesso di Puškin alla vigilia del matrimonio? Ma neppure questo è vero: anche la strofa X va letta nel contesto delle due strofe precedenti e delle due strofe seguenti. Perché volere definire ad ogni costo (come fa il L.) il «pensiero» di Puškin? Perché non capire quel sublime principio artistico che è lo sfumato e l'incerto o il possibile? Quella della strofa X è una possibilità, come quelle delle altre strofe: tutte evocazioni (attente, profonde, ricche di risonanze storiche, ma non univoche) del destino umano. Eugenio era un tipo umano particolare: era, socialmente, un nobile possidente, proprietario di servi, un possibile Oblomov, ma divorato dall'irrequietudine (strofa XIII). In conclusione, il giudizio che il poeta dà del suo eroe è positivo: di ciò è testimonianza anche il paragone con Čackij (strofa XIII), che veniva considerato un personaggio positivo.

23. *il mio demone:* Puškin si riferisce alla sua lirica *Il demone*: «Nei giorni in cui mi erano nuove / tutte le sensazioni della vita, / e gli sguardi delle fanciulle / e il mormorio dei boschi di quercia, / e il canto notturno degli usignoli; / quando i sentimenti esaltati, / la libertà, la gloria e l'amore / e l'ispirazione dell'arte / così fortemente agitavano il mio sangue, / allora, adombrando d'improvvisa tristezza / le ore delle speranze e delle gioie, / un genio malvagio, in segreto, / cominciò ad apparirmi. / Tristi erano i nostri incontri; / il suo riso, lo sguardo stralunato, / le

sue parole mordaci / versavano un freddo veleno nell'anima mia. / Con la calunnia inesauribile / egli inaridiva la provvidenza». *Il demone* è connesso con la fase byroniana di Puškin e riflette anche la personalità di Aleksandr Raevskij (1795-1868). (v. N. 3, 163).

24. *Lo prese:* anche la strofa XIII non esisteva nella prima redazione del IX capitolo, ma venne scritta dopo la distruzione del primitivo VIII capitolo.

25. *Čackij:* l'eroe della commedia *L'ingegno, che guaio!* di Griboedov. Come Čackij Onegin è solo, entra nel gran mondo, a lui estraneo, attratto dalla donna amata. E, come lui, dovrà lasciarla.

26. *Šiškov:* ancora un'allusione polemica ai puristi, guidati dall'ammiraglio Aleksandr Semjonovič Šiškov (1754-1841), scrittore, segretario di stato di Alessandro I, ministro dell'educazione nel 1824-1828, presidente dell'Accademia Russa dal 1813 al 1841, conservatore in politica e in linguistica: lottò contro ogni tentativo di abolizione o di riforma della servitù della gleba e contro le nuove correnti in letteratura (il sentimentalismo) e nelle teorie sulla lingua letteraria contrapponeva alle tesi più moderne della «scuola karamziniana» la necessità di usare la lingua letteraria tradizionale, infarcita di slavonismi. Nel 1811, fondò la *Beseda Lubitelej rossijskogo slova* (Società degli amatori della parola russa) con il compito di difendere la scuola tradizionale. In contrapposizione a questa società di conservatori arcaicizzanti, si costituì nel 1815, per iniziativa di Žukovskij e di altri, l'*Arzamasskoe obščestvo bezvestnych ljudej* (Arzamas, società della gente sconosciuta). I membri di questa società presero pseudonimi di vario genere: Žukovskij era Svetlana, Aleksandr Turgenev l'«arpa di Eolo», Vasilij Puškin (lo zio di Puškin) era «Eccolo» e il nostro Puškin divenne «sverčok» (il grillo). Šiškov tradusse in prosa la *Gerusalemme Liberata* del Tasso, pubblicò un vasto e dotto commento al *Canto della Schiera di Igor'* e si occupò di linguistica comparata. Slavofilo anzi tempo, contrappose al «corrotto tempo moderno» la Russia anteriore a Pietro il Grande.

I puristi volevano escludere dalla lingua letteraria qualsiasi forma straniera (v. nota 56 a p. 529). Nel testo il nome di Šiškov non è però detto esplicitamente, ma indicato con tre asterischi. L'interpretazione «Šiškov» è comunemente accolta. Secondo altri (fra cui un po' presuntuosamente il poeta Kjuchel'beker) Puškin voleva alludere proprio a Kjuchel'beker (il cui nome roprio era Wilhelm, e il computo delle sillabe tornerebbe). Ma el manoscritto c'è l'iniziale Š: e quindi, l'interpretazione «Šikov» è da accettare senz'altro. Puškin usa l'espressione *comme l faut* anche in una lettera alla moglie del 30 ottobre 1833.

7. *le signore:* Pletnjov sosteneva che il modello della Tatiana ignora di gran mondo sarebbe stato suggerito da Puškin dalla igura della contessa Kočubej.

8. *il generale:* Puškin non ci parla esplicitamente del matrimonio di Tatiana. Č. fa alcune osservazioni su questo personaggio, val la pena di riferirle. Si tratta di un generale anziano o di un giovane generale? Dopo le guerre napoleoniche, i generali di giovane età non erano rari... Il marito di Tatiana poteva essere in alto ufficiale della élite intellettuale del tempo: un decabrista, per esempio. Egli e Onegin si danno del tu. Non è certo, poi, che l marito di Tatiana sia lo stesso personaggio del capitolo VII. Ma tutte queste supposizioni non sono necessarie. L'ambiguità n certi punti essenziali era uno dei caratteri che distinguevano il ibero poema byroniano . Nel capitolo VIII il marito di Tatiana è, semplicemente, «il principe».

29. *vulgar:* altro termine che allora non era ammesso dai puristi. Oggi è entrato nel russo corrente.

30. *Nina Voronskaja:* le identificazioni di Nina Voronskaja, proposte da vari critici e interpreti, sono almeno due. Per Br. e Č. questa «bellezza marmorea» sarebbe da identificarsi con la contessa E.M. Zavadovskaja (1807-1874), della quale Puškin si innamorò nel 1828. La tesi è stata proposta dal critico P.E. Ščegolev nel 1934, sulla base di un'indicazione del principe Vjazemskij, il quale, in una lettera alla moglie, parlava appunto di Nina Voronskaja, dicendo: «così è chiamata nell'*Onegin* la Zavadovskaja». L'altra tesi, sostenuta da V. Veresaev, identifica invece Nina con Agrafena Fjodorovna Zakrevskaja (1800-1879), moglie del governatore generale di Finlandia A.A. Zakrevskij, che nel 1828 fu nominato ministro degli interni. Puškin chiama Nina «Cleopatra della Neva», e questo renderebbe più convincente l'identificazione con la Zakrevskaja, che sarebbe il prototipo (o uno dei prototipi) delle «donne fatali» da lui evocate in alcuni frammenti in poesia e in prosa (*Le notti egiziane,* la poesia *Cleopatra, All'angolo della piccola piazza, Gli ospiti si riunirono in villa* ecc.): per Puškin il primo modello di «donna fatale» era, appunto Cleopatra. Da essa derivarono le varie «daimonie» (come la Tamara di Lermontov). Tuttavia, come osserva L. 354, la Zakrevskaja era tutto fuorché «marmorea». Quindi, lasciamo

che il personaggio viva liberamente, senza ulteriori indagini scientifico-poliziesche. N. 3, 177 fa notare la differenza tra questa Nina della strofa XVI e quella della variante XXVIa: sono, dice, due donne diverse.

31. *lei:* già si è accennato alle critiche rivolte a Puškin a proposito del repentino e non del tutto giustificato mutamento di carattere di Tatiana. Ma occorre tener conto della soppressione del *Viaggio di Onegin*. Secondo il Blagoj (*La sociologia dell'opera di Puškin*, Mosca, 1931, p. 149) la trasformazione di Tatiana non sarebbe che il ritorno naturale alla posizione in cui avevano vissuto i suoi avi.

Queste critiche tradizionali sono rozze, perché identificano il personaggio Tatiana con una presunta persona Tatiana; il personaggio Tatiana segue liberamente le interne leggi artistiche e quindi non c'è nessuna contraddizione. La delusione d'amore ha maturato Tatiana, la quale comprende la inutilità del proprio sogno (al quale rimane fedele) e accetta, come quasi tutte le altre donne del suo ceto sociale, il destino che hanno deciso per lei i suoi genitori. Ora si sente, proprio per la sua forza interna, responsabile della posizione che occupa. È una donna esternamente integrata nel suo mondo che conserva il sogno interiore non realizzato: il sogno interiore le dà quell'aura di malinconia e di severa dolcezza che sostiene la sua qualità poetica.

32. *con l'ambasciatore di Spagna:* l'incontro di Tatiana con Eugenio avviene nel 1824 quando le relazioni diplomatiche tra la Spagna e la Russia erano ancora interrotte (in seguito ai moti liberali spagnoli). Vennero riprese nel 1825. Si tratta dunque di un anacronismo: la storia post-decabrista si riflette sullo sfondo dei capitoli VII ed VIII (vedi L. 355). L'ambasciatore spagnolo a Pietroburgo dal 1825 al 1835 si chiamava J. M. Paez de la Cadena: Puškin lo conobbe personalmente nel 1832.

33. *tête-a-tête:* Puškin usa l'espressione francese in mancanza di un'adeguata espressione letteraria russa.

34. *La conversazione:* cfr. la primitiva versione della descrizione della festa nelle varianti (a p. 498). C'è contraddizione fra ciò che si legge nella strofa XXIII (abbastanza positivo) e le strofe XXIV-XXVI, dove prevale l'elemento critico.

35. *un signore ... tutto:* sarebbe il conte G. K. Moden. Nelle prime varianti si ha un nome: «principe Brodin».

36. *monogramma imperiale:* il *venzel'*, o monogramma, era un monile d'oro e di brillanti, che veniva regalato alle signorine nobili, quando erano ammesse a corte o diventavano damigelle

dell'imperatrice. Il monogramma in questione sarebbe stato donato dall'imperatrice a due fanciulle, figlie (orfane) del generale Borozdin. L. 355-357 fa notare come questa vicenda sia ambigua: difatti è possibile una certa ironia di Puškin o una maldicenza di salotto. Le figlie del generale Borozdin vennero appoggiate, aiutate e presentate dagli alti funzionari della polizia, dal capo dei gendarmi e da Benkendorf in persona, che perorò la loro causa presso l'Imperatore. Sia l'Imperatore che la sua polizia volevano presentarsi come sostegno degli afflitti e appoggio delle vedove e degli orfani.

37. *Prolasov:* in alcune edizioni al posto di «Prolasov» si legge il nome del personaggio che sarebbe servito di modello a Puškin: Saburov. Si tratterebbe di Andrej I. Saburov (1797-1866), che divenne, nel 1858, direttore dei teatri. Esistono note caricature di questo personaggio, dovute alla matita di Saint-Priest, il figlio di un emigrato, che si era fatto un certo nome a Pietroburgo, come disegnatore e caricaturista. Dalle minute, risulta che Puškin cercò di applicare il giudizio «fama di animo vile» a diverse persone. Nel 1824, Puškin aveva accusato Saburov (o forse uno dei suoi fratelli) di essere un calunniatore. Secondo L. 358, l'identificazione con Saburov è priva di fondamento; non sappiamo chi fosse Prolasov.

38. *un viaggiatore:* si ignora a chi volesse realmente alludere Puškin, ma vedi la nota 5 a p. 628.

39. *è mutata:* il poeta insiste sulla trasformazione subita dalla fanciulla, senza spiegarne più minutamente le ragioni interiori. D'altra parte è la seconda Tatiana che suscita l'amore nel cuore di Onegin.

40. *Lettera di Onegin a Tatiana:* già si è detto che venne scritta da Puškin in un secondo tempo (il 5 ottobre 1831). È un celebre pezzo di antologia: le capacità espressive di Puškin sono qui tese al massimo; l'elemento letterario si fonde mirabilmente con il contenuto amoroso e la descrizione lirica del sentimento, secondo una delle linee centrali della poetica dell'*Onegin*. Si possono elencare numerosi riferimenti letterari: le lettere di Saint-Preux, l'eroe della *Nouvelle Héloïse* di Rousseau (questo riferimento è di Kjuchel'beker) o le lettere di Adolphe, nel romanzo omonimo di B. Constant (il rapporto Onegin-Tatiana ricorda il rapporto Adolphe-Ellénore); il Č. sottolinea anche le coincidenze espressive (per esempio la frase dell'*Adolphe*: «Lorsque j'aurai un tel besoin de me reposer de tant d'angoisse, de poser ma tête sur vos genoux, de donner un libre cours à mes larmes il faut que je me

contraigne». Esistono molte corrispondenze fra la lettera di Tatiana ad Eugenio, e la lettera di Eugenio a Tatiana nel ritmo, oltre che nelle espressioni). A proposito della lettera di Tatiana non sarà privo di interesse sapere che Puškin avrebbe voluto mandare due lettere a una splendida donna di Pietroburgo, Katerina Soban'skaja, una «vamp» (anche: vampiressa) del tempo. Puškin ci ha lasciato solo le brutte copie delle due lettere che ritenne opportuno non spedire alla signora, della quale si era invaghito. Riporteremo il testo della prima lettera, la più breve (in francese come quello dell'altra lettera): A K.A. Soban'skaja. 2 febbraio 1830 / v. Puškin, Op. in 10 voll., vol. 10, lettera N. 296, pag. 270):

C'est aujourd'hui le 9 anniversaire du jour où je vous ai vue pour la première fois. Ce jour a décidé de ma vie.

Plus j'y pense, plus je vois que mon existence est inséparable de la vôtre; je suis né pour vous aimer et vous suivre — tout autre soin de ma part est erreur ou folie; loin de vous je n'ai que les remords d'un bonheur dont je n'ai pas su m'assouvir. Tôt ou tard il faut bien que j'abandonne tout, et que je vienne tomber à vos pieds. L'idée de pouvoir un jour avoir un coin de terre en Crimée est la seule qui me sourit et me ranime au milieu de mes mornes regrets. Là je pourrai venir en pèlerinage, errer autour de votre maison, vous rencontrer, vous entrevoir...

Nella seconda lettera (che è del 2 febbraio 1830) Puškin chiama la Soban'skaja «Ellenore», come l'eroina dell'*Adolphe* di Constant: «[....] Chère Ellénore, vous le savez, j'ai subi toute votre puissance [...]» (Puškin, vol. cit., pag. 271). Tutte le lettere d'amore, forse, si assomigliano, perché sono contemporaneamente vere e false e sono dettate ora dal puro istinto ora dal sentimento ora da un'esaltazione letteraria ora dalla memoria ora dall'illusione. È anche possibile che queste lettere (è una mia supposizione) fossero solo «prove d'autore», in vista della lettera d'Eugenio a Tatiana. Karolina Adamovna Soban'skaja (1794-1885), figlia del maresciallo della nobiltà di Kiev conte Adam Stanislav Rževuskij, moglie di Jeronim Sobanskij, dal quale si separò, amante del conte I.O. Vitt, generale, capo delle colonie penali del sud, ebbe poi altri due mariti. Aveva fama, oltre che di divoratrice d'uomini, anche di informatrice della polizia. Era bellissima: Puškin ne fu molto innamorato.

41. *Fontenelle:* altro catalogo di letture, come nel capitolo VII. Naturalmente, queste letture senza scelta potrebbero riflettere le letture di Puškin di allora. *Decadenza e rovina dell'impero ro-*

mano del Gibson, si trovava nella Biblioteca di Puškin: ma solo il primo volume e le prime venti pagine del secondo risultano sfogliati. Rousseau è remota lettura di Puškin, e uno dei fondamenti della cultura di Onegin. Puškin possedeva opere del Manzoni, in originale e in traduzione (la traduzione francese dei *Promessi Sposi* di Rey Dusseuil del 1828). Manzoni è l'unico scrittore e l'unico contemporaneo di questo elenco di nomi disparati, in cui la critica ha cercato invano un filo conduttore. Johann Gottfried Herder (1744-1803) era un famoso filosofo, storico della cultura ed etnologo tedesco; Sebastien Chamfort (1741-1794), letterato francese, le cui opere Puškin possedeva. Della signora de Staël già si è detto. Naturalmente Puškin ne possedeva le opere e le aveva lette. Marie François Xavier Bichat (1771-1802) e Simon André Tissot (1728-1797) erano due celebri medici, studiosi di fisiologia e medicina, e autori di vari libri scientifici. Tissot scrisse *De la santé des gents de lettres* (Lausanne et Lion, 1768); a lui si deve un libro sui mali dovuti alla masturbazione, che nell'800 (in particolare) ispirò dogmaticamente tutti i sistemi di repressione contro la sessualità degli adolescenti. Bichat era francese e Tissot svizzero: entrambi erano assai conosciuti in Russia. Pierre Bayle, 1647-1706, viene chiamato scettico da Puškin perché autore del *Dizionario storico e critico*, che precorre l'*Enciclopedia* degli Illuministi, e oppositore del dogmatismo cattolico. Di Bernard Fontenelle (1657-1757) erano assai noti in Russia gli *Entretiens sur la pluralité des mondes*. Lalande, Parny e Tocqueville sono ricordati nelle varianti a questi versi. Poi Puškin accenna all'ostilità che le riviste letterarie manifestavano nei suoi riguardi.

42. *E sempre bene:* in italiano nel testo.

43. *lettera di una giovanetta:* lo scettico Eugenio si è convertito, come qui si vede, al romanticismo letterario della sua passione. Come Tatiana un tempo, ora è lui a leggere libri d'amore, anche se più raffinati.

44. *faraone:* metafora, tratta da un noto gioco di carte: le variopinte carte spiegate dal tenitore del banco (=il destino) davanti al giocatore rappresentano le varie vicende della vita.

45. *forza magnetica:* il magnetismo (il mesmerismo) e le esperienze relative erano allora di moda.

46. *Benedetta o Idol mio:* sul motivo di una barcarola veneziana (appunto: Benedetta / sia la madre) l'amica di Puškin, Anna Kern, gli cantò una romanza di Kozlov (Notte veneziana. Fanta-

sia), in cui ricorre l'immagine del Brenta, che Puškin riprese (Adriatiche onde...). (Vedi la lettera di Puškin a P.A. Pletnjov, del 19 [?] luglio 1825), Puškin, op. in 10 voll., vol. X, n. 141, p. 154). Vedi anche: A. P. Kern, *Vospominanija o Puškine* (Ricordi di Puškin), in: *A. S. Puškin v vospominanijach sovremennikov* cit., 1, p. 383. *Idol mio, pace più non ho* era un duettino del compositore italiano Vincenzo Cabussi (1800-1846).

47. *fedele:* questo atteggiamento di Tatiana è lodato da Dostoevskij nel suo discorso su Puškin; esso è criticato da Belinskij e (molto aspramente) da Gleb Uspenskij. Una situazione del genere (la donna che, pur innamorata dell'eroe, non abbandona il marito cui ha promesso fedeltà) si ritrova nell'ultimo capitolo del *Dubrovskij* (un romanzo incompiuto di Puškin), e in una ballata di Žukovskij (*Alinà e Alsim*).

48. *Addio anche a te...:* nonostante questo addio, Puškin continuò anche dopo il 1830 a lavorare, sia pure molto saltuariamente, al poema: nel 1833 abbozzò alcune strofe, dichiarando di voler continuare il racconto «dimenticato»; altri abbozzi sono del 1835. Ma nient'altro. E poi il secondo Eugenio, l'Eugenio degli anni '30, sarebbe stato del tutto diverso dal primo, per la mutata base della società russa.

49. *il magico cristallo:* la sfera di cristallo per la divinazione. Ma N. 3 , 244-245 dubita di questa interpretazione (confermata da L. 370) e nota che Puškin usa il termine cristallo per indicare il calamaio, in una sua poesia del 1821.

50. *andarono lontano:* i decabristi, esiliati o fuggiti o uccisi.

51. *Sa'adi:* celebre poeta persiano (1184-1291). Non si sa con precisione a quale verso volesse alludere Puškin: forse a un verso del *Gulistan* (Il Roseto).

52. *colei,* ecc.: prototipi di Tatiana poterono essere, secondo i vari interpreti, oltre a Marja Raevskaja Volkonskaja, a Evpraks'ija Nikolaevna Vul'f Vrevskaja, anche Anna Petrovna Kern, Elizaveta Ksaverevna Voroncova, la Strojnovskaja, la Fonvizina ed altre ancora.

FRAMMENTI DEL VIAGGIO DI ONEGIN

Nel piano di edizione che Puškin tracciò il 26 settembre 1830, dopo aver terminato il poema, sono indicate, come sappiamo, le date fondamentali della stesura dei singoli capitoli. Era ancora presente l'idea dell'articolazione del poema in nove capitoli, perché la terza parte è così indicata: Canto VII. Mosca (Michajlovskoe. Pietroburgo. Malinniki). 1827-8. VIII. Il viaggio (Mosca, Pavlovsk, Boldino). IX. Il gran mondo. Boldino.

In realtà i luoghi in cui vennero scritte le singole strofe del primitivo VIII capitolo (che, dunque, doveva essere «il viaggio») non corrispondono alle indicazioni del poeta. Difatti le strofe del viaggio vennero scritte in parte a Michajlovskoe nel 1825 (la descrizione di Odessa). Le strofe di Odessa dovevano però essere incluse nel VII capitolo (e quindi l'indicazione dello schema corrisponderebbe). Queste strofe furono pubblicate nel «Moskovskij Vestnik», proprio come frammenti del VII capitolo, nel 1827 (marzo). Altri frammenti, come le strofe in cui viene descritta la Crimea, apparvero nel gennaio del 1830 sulla «Literaturnaja Gazeta». Come appartenenti a un autonomo VIII capitolo, dedicato dunque al viaggio, diverse strofe vennero riscritte o scritte da Puškin a Boldino durante l'autunno del 1830. Ma in un tempo successivo Puškin decise di abolire il viaggio di Onegin come argomento dell'VIII capitolo. Il vecchio IX capitolo (dedicato all'incontro di Tatiana e Onegin al gran ballo), terminato il 25 settembre 1830 a Boldino, prese la numerazione di «ottavo capitolo». Il «decimo capitolo» venne bruciato da Puškin il 19 ottobre.

Probabilmente, dopo aver modificato, cancellato, rifatto e poi nuovamente cancellato molte, troppe strofe del «Viaggio» Puškin si rese conto che quello che rimaneva non era sufficiente per costituire, da solo, un intero capitolo. Decise dunque di eliminare il tutto e di pubblicare solo alcune strofe, come appendice, nel 1833. Sono queste le strofe che noi riportiamo da pag. 438 a pag. 455. Le altre strofe che si sono conservate del viaggio di Onegin ma che non vennero pubblicate, le riportiamo nella sezione delle «varianti e aggiunte».

In sostanza il «viaggio» in origine doveva comprendere: a) le strofe pubblicate; b) le strofe non pubblicate ma conservatesi nelle minute; c) un numero imprecisato di strofe, distrutte dal poeta. Distrutte certamente per le implicazioni politiche: difatti il viaggio di Onegin (che non può essere ricostruito nella sua interezza) era anche un viaggio di ricognizione della situazione russa. Dopo aver ucciso Lenskij, Onegin, nell'inverno del 1821 lascia il suo villaggio e torna nella capitale, dalla quale parte il 3 luglio 1821 per il viaggio attraverso la Russia (e, forse, anche all'estero). Ritorna a Pietroburgo nell'ottobre del 1824 e si reca subito (come Čackij al ballo) al ricevimento dove incontra Tatiana. Il viaggio (vedi anche L. 375) dura dunque tre anni e mezzo: un tempo considerevole, troppo lungo in relazione ai luoghi russi visitati. Il resto del tempo, forse, Onegin lo trascorre all'estero: ma nessuna traccia è rimasta. Sappiamo solo che nel 1823 Onegin «incontra» il suo autore, Puškin, a Odessa. E dove Onegin sia stato successivamente non si sa. Inoltre, secondo l'ipotesi di alcuni studiosi (vedi L. 376) sia a Odessa che nella regione di Novgorod, Onegin avrebbe visitato le colonie militari-punitive organizzate da Arakčeev, i lager di quel tempo. Le colonie della zona di Odessa si trovavano sotto la giurisdizione del generale Vitt, della cui amante, la bellissima e perfida Karolina Soban'skaja, anche Puškin si era innamorato. Vitt, dimostrando qualche simpatia per i «liberali», faceva del resto il doppio gioco. Come la sua amante.

1. *Katenin:* v. nota 44 a p. 526.

2. *Makar'ev:* presso le mura del monastero di S. Macario, non lontano da Nižnij Novgorod, si teneva ogni anno una grande fiera che, nel 1817, venne trasportata nella stessa Nižnij Novgorod. Continuò a conservare il vecchio nome di Fiera di S. Macario.

3. *tende:* agli inizi dell'Ottocento l'impero russo organizzò una serie di campagne colonialiste per la conquista delle terre caucasiche (annessione della Georgia Orientale nel 1801; assoggettamento del Khanato di Baku, nel 1806; annessione definitiva dell'Azerbaigian, con la pace di Gulistan, nel 1813; successive campagne per domare le rivolte). Il Terek, la Kura e l'Aragva sono fiumi caucasici, divenuti famosi per le imprese belliche compiute presso le loro rive e per essere entrati nella toponomastica lirica di molti poeti.

4. *Beštu... Mašuk:* monti del Caucaso, anche essi famosi per i riferimenti letterari.

5. *Emorroidi:* Puškin usa questo termine (con la lettera maiuscola, così come Ciprigna, simbolo delle malattie veneree) a bella posta, per far inorridire i bempensanti classicisti.

6. *di Ciprigna:* complessa metafora eufemistico-mitologica per indicare la sifilide. Puškin, che si dedicò spesso a Venere Pandemia, si ammalò almeno tre volte nella sua vita di gonorrea e di qualche forma di sifilide: nel 1818, nel 1819 e nel 1826 (questa ultima volta fu il «regalo» di un bordello di Pskov) (v. N. 3, 284).

7. *un reumatismo:* pare che i reumatismi (specialmente alla spalla) fossero un male diffuso fra i dandies.

8. *Pilade ... Atride:* allusione al mito di Oreste (l'Atride, cioè uno degli Atridi) e di Pilade, che litigarono per stabilire chi dei due dovesse sacrificarsi per l'altro, e al tempio di Diana, che si trovava, pare, in Crimea. La Tauride corrisponde appunto alla Crimea.

9. *Mitridate:* il re del Ponto, che lottò strenuamente contro i Romani. Ma qui c'è un errore di Puškin: Mitridate non morì in Crimea.

10. *Mickiewicz:* anche il massimo poeta polacco (1798-1855), visse per qualche tempo in Crimea (nel 1825); egli cantò questa terra specialmente nei *Sonetti di Crimea*. Qui si può vedere un riferimento al sonetto *La steppa di Akerman*, in cui Mickiewicz immagina di sentire, in Crimea, una voce dalla nativa Lituania. A Mickiewicz, Puškin dedica certo la poesia *Nella gelida dolcezza delle fontane*, del 1826, ispirata alla Crimea e ai *Sonetti di Crimea*. Puškin conobbe personalmente Mickiewicz a Mosca nel 1826 e stabilì con lui un rapporto d'amicizia, che però s'interruppe al tempo dell'insurrezione polacca del 1830. Nella poesia *Ai calunniatori della Russia* Puškin esprime sentimenti sfavorevoli agli insorti.

11. *mattutina Cipride:* il pianeta Venere (Lucifero) al mattino.

12. *I sentimenti*, ecc.: in questa strofa e nella successiva è data una sintesi lirica dello sviluppo creativo del poeta, nel periodo 1820-1830, dal *Prigioniero del Caucaso* alla *Storia del villaggio di Gorjuchino* (1830) e allo splendido autunno di Boldino.

13. *altovolanti:* il termine puškiniano *visokoparnie* non aveva un significato negativo; questo venne assunto più tardi: quindi sarebbe errato tradurre, come talvolta si è fatto, con «ampollose» o «magniloquenti».

14. *balalajka:* chitarra russa di forma triangolare.

15. *trepak:* danza russa.

16. *pentola di cavoli:* osserva la contrapposizione realistica all'idealismo lirico e romantico delle strofe precedenti. Questa espressione era stata usata dal principe Ivan Michajlovič Dolgorukov nella poesia *A un vicino* e, prima ancora, nella *Quinta Satira* di Kantemir (Č., e L. 388). Anche nel *Cavaliere di bronzo* (1833) Puškin accenna all'ideale della pentola: «Un letto, due

seggiole, una pentola di cavoli, la più capace: che voglio di più?» Che è poi l'ideale di una vita povera ma del tutto indipendente. Era l'ideale oraziano di Puškin che odiava il regime burocratico e la corte. La strofa è considerata il manifesto del suo realismo artistico.

17. *fiamminga:* riferimento ai tardi fiamminghi Ostade, Potter, ecc.

18. *Bachčisaraj:* di nuovo la nostalgia dei liberi poemi della giovinezza. Puškin visitò la famosa fontana delle lacrime nel 1820, Eugenio nel 1823.

19. *Zarema:* l'eroina del poema *La fontana di Bachčisaraj*.

20. *Tre anni dopo:* cioè nel 1823.

21. *dell'Italia:* all'inizio dell'Ottocento almeno metà degli abitanti di Odessa era formata da italiani.

22. *il moro Alì:* un egiziano. Aveva accumulato grandi ricchezze esercitando la pirateria; poi si era ritirato a vita privata; amava la compagnia degli intellettuali ed era diventato amico di Puškin.

23. *Tumanskij:* Vasilij Ivanovič Tumanskij (1802-1860), un amico di Puškin. Scrisse liriche romantiche su Odessa, la Crimea, e fu redattore della rivista «Il Messaggero di Odessa». Una delle più note poesie di Tumanskij, *Odessa*, venne pubblicata nel 1824 su «La stella polare».

24. *selciato:* nel 1823 il governatore di Odessa, conte Voroncov, cominciò a far selciare la città.

25. *l'acqua:* gli acquedotti vennero costruiti più tardi.

26. *nave:* un vascello della costa, dal quale, all'alba, veniva dato il segnale, mediante un colpo di cannone.

27. *Casino:* si trovava all'angolo della Via Richelieu con la Via Langeron.

28. *Car'grad:* Costantinopoli.

29. *Otòn:* noto ristorante di Odessa (osserv. di Puškin, a piè di pagina). Si trovava in Via Deribas e ospitò anche Gogol' nel 1848. Il proprietario era un francese, Autonnes (pronunciato Otòn, da cui la grafia russa).

30. *Rossini:* di Rossini Puškin ebbe modo di sentire, a Odessa, *Il Barbiere di Siviglia, La Gazza ladra* e *Il Turco in Italia*.

31. *il binocolo:* il binocolo che, nel primo capitolo, era «disincantato», qui è «ricercatore».

32. *moglie di mercante:* forse Amalija Riznič nata Ripp (v. nota 23 a p. 557-558). Questa identificazione è inutilmente confutata (v. Br. 358) da N. Lerner e da A.A. Sivens (nella ricerca *La famiglia Riznič, Puškin e i suoi contemporanei*, fasc. XXXI-XXXII). Sivens dimostra che Riznič era uomo colto e amante dell'opera italiana, non un tipo sonnecchiante. Tale però poteva «sembrare», si può dire, a un giovane corteggiatore della moglie. È un fatto che la Riznič è nominata nel famoso Taccuino di Don Giovanni di Puškin. Puškin ne ricorda la morte prematura. Vedi Čarejskij, ad vocem *Riznič*.

33. *«Fuori!»:* grido italiano con cui si chiamavano gli attori per una richiesta di «bis». Poi venne sostituito dal grido «bis» che anche noi usiamo.

CAPITOLO DECIMO

È difficile dire se sia mai esistito un «capitolo decimo» dell'*Eugenio Onegin*: un canto delle stesse dimensioni degli altri (40-50 strofe). Le strofe attribuite al capitolo decimo e che ci sono pervenute sono solo diciassette (o sedici secondo un altro calcolo). Ad eccezione di due strofe quasi complete, tutte le altre sono formate solo da pochi versi o frammenti di versi. C'è una frase di Puškin, in una delle sue carte relative al 1830, in cui il poeta dice: «Il 19 ottobre ho bruciato il X capitolo» (N. 3, 312 indica il numero della carta del manoscritto: quaderno 2373). Questa è una delle poche testimonianze sicure dell'esistenza di un qualcosa (un insieme di strofe) che Puškin definiva «X capitolo». Il poeta, nel 1829, avrebbe espresso a un conoscente, M. F. Juzefovič, delle idee sul destino di Onegin: «Egli ci spiegò in modo abbastanza particolareggiato tutto quello che rientrava nel suo primitivo progetto, secondo il quale, fra l'altro, Onegin doveva o morire al Caucaso o mettersi con i decabristi». Ma queste parole (recentemente ristampate nel volume *Puskin nei ricordi dei contemporanei*, *A.S. Puškin v vospominanijach sovremennikov,* Mosca 1974, t. 2 [M.V. Juzefovič, *Pamjati Puškina*] pp. 107/108), vennero ricordate da Juzefovič ben cinquant'anni dopo (nel luglio del 1880), e benché il memorialista sia in genere persona degna di fede e scrupolosa, la reminiscenza non può essere accolta con tutta sicurezza (come giustamente osserva L. 393, Puškin si riferiva ai progetti precedenti, e non a quelli futuri, visto che non pare che pensasse al X capitolo). Senza dubbio quelle erano possibilità di Onegin. Nei frammenti del X capitolo, il nome di Onegin non è mai fatto: ci troviamo di fronte a una serie di osservazioni storico-politiche sulla Russia di quegli anni, e in particolare a espressioni libellistiche contro Alessandro I, che Puškin detestava cordialmente. Altre testimonianze sul X capitolo sono quella di Vjazemskij («Sono stato l'altro ieri da Puškin... Mi ha letto delle strofe del X capitolo, progettato, sul 1812 e sugli anni seguenti» Cfr. P.A. Vjazemskij, *Iz «Zapisnych Knižek»* [Dai «Taccuini», al 19 dicembre 1830], nel citato *A.S. Puškin v vospominanijach sovremennikov*, vol. I, p. 162), di A.I. Turgenev (Lettera al fratello N.I. Turgenev, dell'11 agosto 1832), in cui si dice che Puškin non poteva pubblicare quella parte dell'*Eugenio Onegin* in cui si descrivevano il viaggio di Eugenio per la Russia e i moti del 1825: Turgenev riporta i sei ultimi versi della strofa XV del canto decimo. È possibile che in quel torno di tempo Puškin intendesse anche unire le strofe del viaggio e quelle del cosiddetto X capitolo (così si spiegherebbero le parole di Turgenev, che trovano riscontro anche in altre carte di Puškin). Le «strofe» I-XVI del capitolo ci sono pervenute in un manoscritto «cifrato» personalmente dal poeta, con particolari abbreviazioni e altri espedienti. Questo testo cifrato non ci è neppure pervenuto completo o comprensibile (si sono potuti decifrare e ristabilire solo i primi quattro versi delle strofe e non sempre). Oltre a questo testo cifrato, ci è pervenuto anche il testo di minuta delle strofe XV e XVI, i cui versi iniziali corrispondono a quelli del testo cifrato. Inoltre è giunto fino a noi in forma di abbozzo anche il testo di quella che convenzionalmente si chiama strofa XVII. Resta ancora incerta l'interpretazione di parte dei frammenti e la loro precisa collocazione. Comunque, sia pure frammentaria, questa cronaca degli avvenimenti è di estremo interesse. Naturalmente sul rapporto di questa storia con l'*Onegin* e con Onegin nulla si può dire.

L., che è il più recente degli interpreti e si è liberato di gran parte dei clichés critici secondo i quali Onegin avrebbe partecipato alla rivolta decabrista, sottolinea (L. 411) che «nella parte conservataci del capitolo, Onegin non viene per nulla nominato e, quindi, non abbiamo sicure basi per l'ipotesi di come il destino del protagonista dovesse avere un rapporto con questo vasto quadro storico». Discutibile è anche l'ipotesi di un rinnovamento spirituale che avrebbe portato Onegin verso il movimento «decabrista». Nella presente edizione avremmo dovuto pubblicare il cosiddetto X capitolo tra le varianti e aggiunte: ma abbiamo preferito seguire la tradizione e inserire la traduzione (senza il testo russo, anche per il valore puramente documentario di questi frammenti) subito dopo il viaggio di Onegin, ribadendo però ancora una volta che il poema *Eugenio Onegin* termina con l'VIII capitolo, e che non possiamo, da qualsiasi punto di vista, considerare il *Viaggio* e il X capitolo come facenti parte del poema.

1. *Un autocrate,* ecc.: Alessandro I. Napoleone disse di lui: «È furbo come un greco bizantino». Anche gli altri giudizi rispondono alla verità storica. Puškin usa l'abbreviazione VL, che può significare Vlastitel' o Vladyka, despota, autocrate.

2. *presso ... Bonaparte:* riferimento alla vittoria napoleonica di Austerlitz (1805) e alla pace di Tilsit (1807). Come si vede, Puškin, parlando di aquile spennacchiate, non era troppo rispettoso dello stemma imperiale russo.

3. *Barklay:* Michail Bogdanovič Barklay de Tolly (1761-1818), comandante della I armata Occidentale e poi delle armate unite durante l'invasione napoleonica, ordinò un'opportuna ritirata strategica, dopo che Napoleone ebbe conquistato Smolensk. Gli venne sostituito Kutuzov l'8 agosto 1812. Partecipò anche al consiglio di guerra che decise l'abbandono di Mosca.

4. *il dio russo:* allusione ironica a certe espressioni nazionalistico-religiose, che apparivano in scritti dell'epoca, e al patriottismo ufficiale.

5. *zar... dei re:* parole di un inno trionfale cantato a Parigi in occasione dell'ingresso dello zar. Le truppe alleate (fra cui i Russi) entrarono in Parigi il 19 marzo 1814. Il 20 marzo fu cantato l'inno ad Alessandro.

6. *grasso:* allusione ironica allo zar. Ma non è certo che il frammento si riferisca ai frammenti precedenti (e quindi ad Alessandro) e non ai seguenti.

7. *Forse:* questo vocabolo (qui da considerarsi sostantivato) traduce il russo *avos'* che Puškin considera uno *šibbolet*, segno caratteristico della nazione russa, la cui realtà politica era tutta incerta e indecisa.

8. *Šibbolet* (Shibbolet): carattere distintivo della nazionalità. Il termine è preso dalla Bibbia, dove si legge (*Giudici*, 12, 5-6) che gli Ebrei facevano dire a certi prigionieri la parola *šibbolet* (non nel significato di «spiga», ma, in quel contesto, nel significato di «corrente che scorre»: vedi *A Hebrew and English Lexicon of*

the Old Testament, [...], Clarenton Press, Oxford, ristampa 1974, pag. 987, 2ª colonna), per vedere se sapessero o no pronunciarla, e distinguerne quindi la nazionalità. Chi non sapeva pronunciarla esattamente veniva ucciso. Per i Russi dell'epoca di Puškin, il termine serviva anche per distinguere i membri d'un circolo, d'un partito. La citazione della parola e l'immagine si trovano in Byron, *Don Giovanni*, XI, XII, 1-2 con riferimento, si capisce, agli inglesi.

9. *un poetastro:* il principe Ivan Michajlovič Dolgorukov, autore di un poema intitolato *Avos'*.

10. *bacchettone:* non si sa chi sia: secondo taluni, il principe A. Golicyn, ministro della pubblica istruzione al tempo di Alessandro I, e noto per il suo pietismo formale. In gioventù aveva professato l'ateismo. Secondo L. 403 il frammento si potrebbe però riferire a M.L. Magnickij (1778-1855).

11. *la Siberia:* allusione alla proposta di un'amnistia per i decabristi.

12. *sposo*, ecc.: Napoleone. La strofa venne poi inserita da Puškin nella poesia *L'eroe*.

13. *I Pirenei ... scossi:* la rivoluzione spagnola del 1820. Vedi anche l'ode *1824 (Il Sud)* con l'accenno alle rivoluzioni nazionali in Spagna, Napoli, ecc.

14. *Napoli ... fuoco:* i moti di Napoli del 1820, al cui successo Puškin aveva brindato.

15. *principe monco:* il principe Ypsilanti, che nel 1821 diresse il moto insurrezionale greco. Ypsilanti aveva perduto una mano durante la battaglia di Dresda, nel 1813.

16. *Il pugnale di L..., l'ombra di B...:* il Čiževskij riporta alcuni tentativi di interpretazione di questo verso: a) il pugnale di Louvel cantò Byron; b) il pugnale di Louvel, l'ombra di B; c) B (enedisse) il tuo pugnale. Ma Puškin non ha mai scritto Biron per Bairon (trascrizione fonetica russa di Byron), né Byron si occupò mai di Louvel, che nel 1820 uccise il conte di Berry. Interessante l'interpretazione del Brodskij «(è) l'ombra del B(orbone)». In seguito alla rivoluzione di luglio (1830) Carlo X di Borbone veniva costretto a lasciare la Francia. Un'altra interpretazione riferisce ad Alessandro I il verso letto: «Il pugnale di Louvel (e cioè il tirannicidio), l'ombra (il fantasma) del Borbone (e cioè l'ombra della ghigliottina) attendono il tiranno».

17. *alla pace:* il termine, forse, si riferisce «al congresso»: forse il congresso di Verona del 1822, durante il quale Alessandro propose al duca di Wellington un intervento armato in Spagna (N. 3, 332).

18. *servo di Alessandro:* il reazionario ministro Arakčeev tristemente famoso per le colonie militari e per il regime di terrore poliziesco instaurato. Altri interpretano diversamente.

19. *per gioco:* il reggimento Semjonovskij, che era stato costituito da Pietro il Grande «uno dei più bestiali ma anche dei più intelligenti... Romanov» (N. 3, 336), per esercizi e divertimenti di carattere militare, e che si trovava di guardia al palazzo imperiale la notte in cui lo zar Paolo I venne ucciso dai congiurati.

20. *il tiranno:* Paolo I assassinato da un gruppo di congiurati l'11 marzo 1801.

21. *Russia:* è una congettura. Il testo reca «r».

22. *un bicchierino:* altre interpretazioni: «una tazza» di vodka. Allusione ai brindisi del poeta decabrista Ryleev (1795-1826).

23. *Nikita:* Nikita Michajlovič Murav'jov (1798-1843): dirigeva la Lega del Nord, associazione moderata.

24. *Il'ja:* Il'ja Dolgorukov (1764-1848): cauto, perché, dopo una iniziale partecipazione all'attività dei Decabristi, ritenne più prudente tirarsi da parte.

25. *Lunin:* Michail Sergeevič Lunin (1787-1845), il sostenitore della necessità di uccidere il tiranno, deportato in Siberia dopo il 1825. Puškin aveva molta stima per lui «Michel Lounin est un homme vraiment remarquable».

26. *Noeli:* le «Noeli» erano poesie satiriche scritte per Natale. Qui si tratta di una sola poesia di Puškin, *Noel*, letta a un gruppo di decabristi. Questa poesia venne diffusa in copie manoscritte, e fu scritta, probabilmente, nel dicembre del 1818. Vi si schernisce la malafede di Alessandro I, che il 15 marzo 1818, all'inaugurazione del Parlamento polacco, aveva promesso di dare a tutto l'impero russo forme costituzionali di governo; nel settembre dello stesso anno Alessandro I partecipò a un congresso della Santa Alleanza, ad Aquisgrana, insieme con l'imperatore d'Austria e col re di Prussia: e lo zar affermò solennemente di appoggiare l'ordine costituito e di difendere i popoli dalle tentazioni. La poesia vuol imitare un canto di Natale (Noël).

27. *Jakuškin:* Ivan Dmitrievič Jakuškin (1796-1857), un decabrista che propose l'uccisione dello zar; Puškin vide giustamente, nella malinconia e nella tristezza, i tratti più caratteristici della personalità di Jakuškin.

28. *lo zoppo:* Nikolaj Ivanovič Turgenev (1789-1872), che abbiamo già ricordato per i suoi studi economici. Pure membro della Lega del Nord, come Murav'jov, Lunin e Jakuškin.

29. *Tul'čin*: a Tul'čin, nel governatorato di Podolia, risiedeva lo stato maggiore della II Armata, agli ordini del generale conte Wittgenstein. A Kamenka, nei possedimenti di Vasilij L'vovič Davydov (governatorato di Kiev) si trovavano i centri della Lega del Sud.

30. *Wittgenstein:* Pjotr Wittgenstein (1768-1842), il comandante della II Armata.

31. *Pestel':* Pavel Ivanovič Pestel' (1792-1826), repubblicano, capo della Lega del Sud. Questa Lega era molto più radicale, nei propositi, di quella del Nord: voleva abbattere lo zarismo e instaurare la repubblica. Puškin chiamò Pestel' l'uomo più intelligente dell'epoca. Pestel' comandava un reggimento di Vjatka. Fu impiccato nel 1826.

32. *generale ... freddo:* Il testo è estremamente incerto. B.V. Tomaševskij, che ha curato l'edizione delle opere di Puškin dell'Accademia delle Scienze, sia la prima edizione (del 1949), sia la seconda (del 1957), ha dato due interpretazioni diverse di questo generale. Nel 1949 lo identifica, secondo il consenso generale dei critici, con A.P. Jušnevskij (vedi Puškin, ed. citata del 1949, vol. V, pag. 595), poi con S.G. Volkonskij (vedi Puškin, ed. citata del 1957, pag. 608). Questa seconda ipotesi risulta vera, come nota L. 410: Jušnevskij difatti non era generale nel senso di comandante di armate, ma capo dell'intendenza militare. Sergej Grigor'evič Volkonskij (1788-1865) era invece generale, comandante di brigata e uno dei capi della Società del Sud. Venne poi condannato a vent'anni di lavori forzati.

33. *Murav'jov:* Sergej Murav'jov Apostol (1796-1826), un decabrista che nel 1825 diresse la insurrezione militare nel Sud, nel reggimento di Černigov. Fu anch'egli impiccato.

34. *cospirazione ... ribellione:* allusione alle prime riunioni dei futuri decabristi, alle quali partecipò anche Puškin. Il Laffitte e il Cliquot sono marche di *champagne*.

35. *dormiva:* alcuni interpreti pensano che in questa strofa XVII Puškin volesse tenere un atteggiamento critico nei confronti dei decabristi. Ma la lezione è troppo frammentaria, e le altre testimonianze provano che Puškin fu spiritualmente vicino ai decabristi. Altrimenti non si comprenderebbe la ossessionante vigilanza esercitata su di lui da Nicola I. D'altra parte Puškin, di fatto, non fu un rivoluzionario e neppure un ribelle.

PRINCIPALI VARIANTI E AGGIUNTE

CAPITOLO PRIMO

1. *Ruslan e Ljudmila:* vedi nota 5 al cap. I, p. 516.

2. *Beppo:* poema di Byron (*Beppo a Venetian story*). A questa opera si è forse ispirato Puškin nella prima composizione del suo poema. *Beppo* è un poema burlesco pubblicato nel 1818, e influì in modo più intenso su un'altra opera di Puškin, *Il conte Nulin*.

3. *Marmontel:* v. nota 34, a p. 583.

4. *Carbonari:* Puškin, come si è visto, seguiva attentamente l'azione delle associazioni liberali. Probabilmente ebbe contatti, almeno indiretti, con i Carbonari italiani, attraverso la massoneria.

5. *Parny:* v. nota 36, a p. 561.

6. *Jomini:* Henry Jomini (1779-1869), generale svizzero di Napoleone. Poi passò al servizio dell'impero russo e seguì lo zar Alessandro I nella campagna contro i Turchi.

7. *Manuel:* Jacques Antoine Manuel (1775-1827), era, con Benjamin Constant, uno dei capi dell'ala di sinistra alla Camera dei deputati francese. Era pure molto noto in Europa per essersi coraggiosamente opposto all'intervento francese contro i rivoluzionari spagnoli, nel 1823. Aveva tenuto un infiammato discorso contro il ministro degli esteri, Chateaubriand. In seguito Manuel, speranza dei liberali, venne privato del titolo di deputato ed escluso con la violenza dalla Camera. In numerose varianti Puškin mantiene sempre il nome di Manuel. Solo nell'edizione definitiva, per le solite ragioni di censura, dato che Manuel, fra l'altro, aveva praticamente giustificato ed approvato l'esecuzio-

ne di Luigi XVI, il suo nome viene sostituito col nome di Marmontel, neutro dal punto di vista politico.

8. *Bergomi:* compare in una variante di minuta. Si tratta di un personaggio pure celebre, Bartolomeo Bergomi (non Bergami) che, assunto al servizio di Carolina di Brunswick come corriere, ne divenne l'amante. Carolina era stata ripudiata dal marito, Giorgio IV d'Inghilterra, e viveva alla Barona, presso Milano, e alla Villa d'Este, a Cernobbio. Il Bergomi è stato anche immortalato in tre sonetti di Carlo Porta, molto liberi (*Sonett sora el Bergom faa cavalier de la Principessa de Galles, decoraa de la Cros de Malta*).

9. *Benjamin Constant:* vedi note 16 e 17, a p. 595.

10. *Eterie:* c'erano state due associazioni segrete di questo nome, sorte fra i Greci: la prima, fondata da Costantino Rhigas a Vienna, nel 1790; la seconda, sorta dopo lo scioglimento della prima e creata dal più noto Alessandro Ypsilanti. A questa Eteria si deve l'insurrezione antiturca del 1821.

11. *signora di Staël:* il poeta si riferisce certo alla seconda parte del libro *De l'Allemagne*.

12. *Alterius ... mihi:* citazione da Ovidio, *Tristia*, libro II, «Supplica ad Augusto», v. 208. Il verso precedente è: «Perdiderint cum me duo crimina, carmen et error»: «Sebbene due colpe mi abbiano perduto, una poesia e un errore [per una di esse io devo tacere]». Ricordiamo il particolare interesse di Puškin per Ovidio; dietro questo interesse ci dovevano essere riferimenti personali e motivi politico-ideologici. Il poeta era affiliato a una loggia massonica intitolata proprio a Ovidio. Vedi anche la nota 25 al cap. I, p. 522.

13. *profonda:* la stessa strofa troviamo, in forma quasi simile, nel poemetto puškiniano *Il conte Nulin*.

14. *il vocabolario:* vocabolario russo, pubblicato in sei volumi dal 1789 al 1794, sulla base del materiale già preparato da Lomonosov, fondato sulla tripartizione degli stili secondo Lomonosov. Si noti in questo vocabolario il numero ridotto delle parole di origine straniera, in gran parte, parole greche (342) e latine (107). Le parole di origine francese ammesse nel vocabolario sono 92, quelle di origine tedesca 74 (vedi: *E.M. Galkina-Fedoruk, K.V. Gorškova, N.M. Šanskij,* La lingua russa contemporanea, Mosca, 1957, p. 86).

15. *Caterina:* l'imperatrice Caterina II.

16. *Lomonosov:* Michail Vasil'evič Lomonosov (1710-1765), uno dei più grandi scienziati e scrittori russi del Settecento, è ricordato da Puškin per i suoi meriti letterari e linguistici.

17. *Karamzin:* Nikolaj Michajlovič Karamzin (1766-1826), già citato scrittore e letterato, importante per la riforma linguistica da lui condotta, tesa al superamento della distinzione lomonosoviana dei tre stili. Fu attaccato da Šiškov, difensore della lingua slavo-ecclesiastica.

18. *Abram:* (Ibrahim) Petrovič Annibal (Gannibal) (1697-1781), era figlio di un principe etiope. Donato dal sultano a Pietro I, divenne ingegnere militare. Fu generale in capo dal 1759. Nel 1726 scrisse un libro di ingegneria militare. L'esilio in Siberia durò dal 1727 al 1731. Sposò in seconde nozze Ch. R. Seberg, dalla quale ebbe Osip Abramovič Annibal (Gannibal), nonno di Puškin per linea materna.

19. *Biron:* Ernesto Biron, duca di Curlandia (1690-1772), consigliere dell'imperatrice Anna; di fatto governò e tiranneggiò la Russia per molto tempo. Alla morte di Anna, fu arrestato dal maresciallo Minich, e deportato in Siberia. Pietro III lo fece ritornare a Pietroburgo. Caterina II gli restituì il ducato di Curlandia, dove, a Mitau, morì.

CAPITOLO SECONDO

1. *I.I. Dmitriev:* vedi note 24 a p. 570 e 1 a p. 593.

2. *Piron:* Alexis Piron (1689-1773), autore di farse e di contes, che imitano quelli del La Fontaine.

3. *È la passione per il bank:* il bank era un gioco d'azzardo (con le carte). L. 192 ce lo spiega. Il puntatore azzardava la puntata contro il banco: metteva una carta sul banco, togliendola da un mazzo; il banchiere alzava una carta dopo l'altra da un altro mazzo, mettendole, in ordine, una alla sua destra e una alla sua sinistra. Se la carta corrispondente alla carta giocata dallo scommettitore veniva a cadere a sinistra, vinceva lo scommettitore, se a destra vinceva il banco. La forma russa «gnut' ugol» voleva dire «raddoppiare la posta».

4. *quinze et le va:* è da approvare la correzione di N. 2, 261, al posto di *quinze elle va*: quinze et le va. La scala delle vincite era la seguente: prima vincita, 1 + 1 = 2 (un et le va); seconda vinci-

ta 2 + 2 = 4 (trois et le va); terza vincita 4 + 4 = 8 (sept et le va); quarta vincita 8 + 8 = 16 (quinze et le va) ecc.

5. *Bova:* la vecchia leggenda medievale di Bova (Buovo d'Antona) entrò dapprima nei territori degli Slavi meridionali; alla fine del XVI secolo venne tradotta dall'italiano (o dal polacco o dal serbo) in bielorusso e, poco dopo, in russo. In Russia ebbe una grande diffusione, sia fra il popolo che fra i nobili (lo zarevič Alessio, figlio di Pietro il Grande, lo teneva fra i suoi libri preferiti).

6. *come una Prostakova:* personaggio de *Il minorenne* di Fonvizin.

7. *vinokur e chlebo-sol':* elementi tipici del costume russo. *Chlebo-sol'* era l'offerta tradizionale di pane e sale agli ospiti; *vinokur* era il distillatore di alcoolici (di vodka), tipica attività campagnola.

8. *un monumento:* questo verso di Orazio («Exegi monumentum aere perennius», *Carmina*, III, 30, 1) sarà posto come epigrafe, almeno nella sua prima parte («Exegi monumentum»), a una poesia di Puškin del 1836, e sarà tradotto liberamente dall'autore nel primo verso della poesia.

CAPITOLO TERZO

1. *starosta:* l'anziano del villaggio.

CAPITOLO QUARTO

1. *Pskov:* nella Russia nord-occidentale. N. 2, 425 nota che la congiunzione oppositiva *no* (ma, invece) esclude che la tenuta dei Larin si trovasse nel governatorato di Pskov. Nel governatorato di Pskov c'era il possedimento della madre di Puškin, a Opočka, dove il poeta si recò durante l'infanzia e l'adolescenza. E c'era anche Michajlovskoe.

2. *armjak:* vestaglia tartara, di lana di cammello, usata dai contadini. Bosnjak, l'agente segreto che aveva il compito di controllare ciò che Puškin faceva ogni giorno, riferisce in un rapporto che il poeta amava andare alle feste popolari, vestito con la camicia russa e la fascia di seta.

CAPITOLO QUINTO

1. *Ciprigna:* Venere (v. anche nota 6 a p. 614).

2. *terra di Frigia:* Troia.

3. *vecchioni di Pergamo:* allusione al noto episodio del canto III dell'*Iliade* (Elena alle Porte Scee).

4. *prisjadka:* vedi nota 26 a p. 581.

CAPITOLO SESTO

1. *Stroganov:* P.A. Stroganov, un comandante russo che, turbato dalla morte del figlio in battaglia, lasciò il comando a M.S. Voroncov, che attribuì a se stesso il merito della vittoria.

2. *Kutuzov:* Michail Ilarjonovič Kutuzov, principe di Smolensk (1745-1813). Il famoso generalissimo russo, vincitore di Napoleone.

3. *Nelson:* l'ammiraglio inglese (1758-1805) che vinse Napoleone ad Abukir e a Trafalgar.

4. *Ryleev:* Kondratij Fjodorovič Ryleev, poeta e cospiratore russo (1795-1826). Scrisse le *Dumy*, ispirandosi alle forme epiche ucraine e narrando le gesta dei grandi Russi, e il poema *Voinarovskij*. Partecipò al moto decabrista del 1825 e venne impiccato.

CAPITOLO SETTIMO

1. *Album di Onegin:* all'inizio, l'*Album* di Onegin doveva avere un'importanza fondamentale nell'economia del romanzo: Tatiana lo doveva leggere, e trarne quindi il giudizio su Onegin (vedi Čiževskij, p. 515). Poi questa soluzione venne eliminata da Puškin, che preferì far rivelare Eugenio a Tatiana attraverso l'esame dei libri letti dall'eroe. I frammenti dell'*Album*, che si conservano nella bella copia, risalgono all'agosto del 1829.

2. *Eliza K.:* altri leggono «Eliza V.».

3. *da V.:* forse: Vjazemskij.

4. *terem:* nei palazzi russi medioevali, il locale delle donne.

5. *Kljukvy:* specie di bacche palustri.

CAPITOLO OTTAVO

1. *Eliseo:* titolo di un poema comico di Vasilij Ivanovič Majkov (1728-1778), che rappresenta in modo parodistico l'Olimpo.

2. *Amorem ... prima:* verso tratto da Properzio (II, 10, 7), ma modificato per ragioni metriche. Il verso di Properzio è propriamente: «Aetas prima canat Veneres, extrema tumultus».

3. *Dmitriev:* vedi note 24 a p. 570, 1 a p. 593 e 1 a p. 625.

4. *Kagul':* allusione a un monumento eretto in Bessarabia, presso Kagul', in memoria di una vittoria sui Turchi. Il verso, però, sembra qui poco a proposito.

5. *un viaggiatore:* mentre nel testo definitivo (v. a p. 411) questo viaggiatore viene lasciato senza nazionalità, qui lo si definisce londinese.

6. *Nina:* Nina Voronskaja (E.M. Zavadovskaja), vedi nota 30 a pag. 607).

7. *Lalla Ruk:* l'imperatrice Aleksandra Fjodorovna (1798-1860), qui ricordata col nome di un'eroina (da un poema di Moore, e poi di Žukovskij), da lei rappresentata durante un ballo.

VIAGGIO DI ONEGIN

1. *Eugenio Velskij:* racconto anonimo, scritto in strofe oneginiane, in tre capitoli, pubblicato a Mosca nel 1828-29.

2. *seguenti:* abbiamo tralasciato i vari altri tentativi di ricostruzione del viaggio, pensando siano sufficienti quelli del Blagoj e del Petrov.

3. *Beato:* ecc. questa strofa divenne, con poche variazioni, la X del definitivo capitolo VIII. La c e la d corrispondono all'XI e alla XII.

4. *Seneca:* citazione dal *De Otio*, 3,5.

5. *demone:* cfr. la poesia di Puškin *Al demone*, citata alla nota 23, p. 605.

6. *odiava l'Europa:* Onegin è affascinato, ora, dalle idee degli Slavofili del primo Ottocento. Vedi, a questo proposito, il libro *La philosophie et le problème national en Russie au début du XIX siècle*, di Alexander Koyré, Parigi, 1929.

7. *il 3 di luglio:* del 1821. Il viaggio durò tre anni: Eugenio ritornò a Pietroburgo nel 1824.

8. *la campana ribelle:* nel Medioevo Novgorod, libera città, mal tollerava il dispotismo, e molte volte la grande campana suonò per chiamare il popolo all'assemblea (la *veče*) o anche per chiamarlo alla rivolta.

9.· *conquistatore scandinavo:* Rjurik, il mitico principe variago (scandinavo) fondatore dello Stato di Kiev, secondo la storiografia tradizionale. Assediò Novgorod, la cui difesa fu diretta da Vadim, ricordato dal poeta in un appunto sul manoscritto.

10. *Jaroslav:* Jaroslav il saggio, gran principe di Kiev, morto nel 1054.

11. *terribili Ivan:* Ivan III e Ivan IV il Terribile. Si noti che l'appellativo terribile (groznyj) faceva parte della titolatura dei principi di Mosca, e non aveva tanto un contenuto specifico, quanto un valore cerimoniale (come magnifico, serenissimo). Il titolo rimase a Ivan IV anche come allusione alle crudeltà da lui commesse.

12. *Valdaj:* le alture del Valdaj, dalle quali sgorga la Volga, nella Russia nord-occidentale.

13. *Toržok e Tver':* due antiche città, sulla strada Novgorod-Mosca.

14. *di pesce:* più precisamente di sterleto, come traduce Lo Gatto.

15. *kaša:* la polentina russa. Quindi: «discussioni gastronomiche».

16. *Minin:* la patria di Minin è Nižnij Novgorod, sulla Volga. Kuz'ma Minin fu condottiero ed eroe nazionale russo del XVII secolo. Durante l'invasione polacca, seguita ai torbidi del regno di Boris Godunov, egli organizzò a Nižnij Novgorod un esercito popolare, che venne posto al comando del principe Požarskij. Alla testa di queste truppe Minin e Požarskij liberarono la Russia dall'invasore. In seguito a questi avvenimenti venne nominato zar Michele Romanov.

17. *Makar'iev:* vedi nota 2 a pagina 614. Questa strofa coincide con la strofa del testo pubblicato dall'autore.

18. *bellezza ... laghi:* citazione della poesia *Alla Volga* di Dmitriev.

19. *Gli alatori:* i famosi *burlaki*, o barcaioli della Volga, che trainavano barconi per mezzo di bande di stoffa e corde che si legavano al petto e alle spalle (vedi il famoso quadro di Repin).

20. *Sten'ka Razin:* Stefano (Sten'ka) Timofeevič Razin, alla testa di servi della gleba fuggiaschi, organizzò una grande rivolta contro il governo zarista. Conquistò Astrachan, Saratov, Samara e altre città, trovando larghi consensi fra il popolo. L'esercito ribelle fu però decimato da carestie e indebolito da discordie. Sten'ka fu catturato e poi giustiziato (nel 1671).

21. *a Odessa:* anche questo passo è stato pubblicato da Puškin nei *Frammenti*.

22. *gli auguri:* citazione dal ciceroniano *De divinatione*, II, 51, e dal *De natura deorum*, I, 71, di Lucrezio dove si parla di aruspici, che, quando si incontravano, non potevano fare a meno di ridere pensando ai creduloni che si affidavano ai loro presagi.

23. *Ponto Eusino:* il Mar Nero, od Ospitale.

24. *dai potenti:* il conte generale M.S. Voroncov (1782-1856), governatore di Novorossisk, superiore di Puškin.

25. *boschi di Trigorskoe:* Puškin partì da Odessa il 30 luglio 1824. Il 9 agosto giunse a Michajlovskoe, nel governatorato di Pskov.

26. *Sorot':* piccolo fiume che scorre nelle vicinanze di Michajlovskoe.

27. *Jazykov:* nota 20 a p. 569.

28. *Tempio delle scienze:* l'università di Dorpat (Tartu), in Estonia, dove Jazykov studiava.

INDICE DEI NOMI

SOMMARIO

BUR
Periodico settimanale: 28 dicembre 2000
Direttore responsabile: Evaldo Violo
Registr. Trib. di Milano n. 68 del 1°-3-74
Spedizione in abbonamento postale TR edit.
Aut. N. 51804 del 30-7-46 della Direzione PP.TT. di Milano
Finito di stampare nel dicembre 2000 presso
Legatoria del Sud - via Cancelliera, 40 - Ariccia RM
Printed in Italy

BELYI ANDREJ
Il colombo d'argento
introduzione di Georges Nivat - *traduzione di* Maria Olsoúfieva

BLOCK ALEKSANDR
I Dodici
testo russo a fronte - a cura di Eridano Bazzarelli

BULGAKOV MICHAIL
Appunti di un giovane medico
introduzione di Milli Martinelli - *traduzione di* Emanuela Guercetti
La guardia bianca
a cura di Milli Martinelli - *traduzione di* Anjuta Gancikov
Piccola prosa. Racconti brevi e feuilletons
a cura di Milli Martinelli - *introduzione di* Tatjana Nicolescu
Racconti fantastici (Diavoleide. Uova fatali. Cuore di cane. Le avventure di Čičikov)
introduzione di Vladimir Lakšin
Romanzo teatrale (Le memorie di un defunto)
a cura di Milli Martinelli
Vita del signor de Molière
introduzione di Aleksandr Ninov - *traduzione e note di* Roberta Arcelloni

BUNIN IVAN ALEKSEEVIČ
Racconti d'amore
a cura di Giovanna Spendel

Canto dell'impresa di Igor' (Il)
testo russo a fronte - a cura di Eridano Bazzarelli

ČECHOV ANTON
Il giardino dei ciliegi
con le note di regia di Giorgio Strehler - *a cura di* Luigi Lunari
Zio Vania
testo russo a fronte - a cura di Luigi Lunari

DOSTOEVSKIJ FËDOR M.
Delitto e castigo
introduzione di Clara Strada Janovič - *traduzione e note di* Silvio Polledro

I demoni
introduzione di Pietro Citati - *traduzione di* Giovanni Buttafava
Memorie dal sottosuolo
testo russo a fronte - a cura di Milli Martinelli
Le notti bianche
testo russo a fronte - introduzione di Erica Klein - *traduzione di* Giovanni Faccioli

GOGOL' NIKOLAJ
Le anime morte
introduzione di Eridano Bazzarelli - *traduzione di* Laura Simoni Malavasi
Il cappotto
testo russo a fronte - a cura di Eridano Bazzarelli
Il naso. Il ritratto
testo russo a fronte - introduzione di Eridano Bazzarelli - *traduzione di* Tommaso Landolfi
Racconti di Pietroburgo
testo russo a fronte - introduzione di Eridano Bazzarelli - *traduzione di* Emanuela Guercetti
Taras Bul'ba
introduzione di Eridano Bazzarelli - *traduzione di* Laura Simoni Malavasi
Veglie alla fattoria presso Dikan'ka
introduzione di Fausto Malcovati - *traduzione di* Emanuela Guercetti
Il Vij
testo russo a fronte - a cura di Eridano Bazzarelli

GONČAROV IVAN
Oblomov
introduzione di Vittorio Strada - *traduzione di* Laura Simoni Malavasi

IL'F IL'JA, PETROV EVGENIJ
Le dodici sedie
a cura di Anjuta Gancikov - *introduzione di* Boris Golanov

LERMONTOV MICHAIL J.
Il Demone
testo russo a fronte - a cura di Eridano Bazzarelli
Un eroe del nostro tempo
introduzione di Giovanna Spendel - *traduzione di* Clara Terzi Pizzorno

PUŠKIN ALEKSANDR S.
La donna di picche
testo russo a fronte - introduzione di Eridano Bazzarelli - *traduzione di* Silvio Polledro
Eugenio Onegin
testo russo a fronte - a cura di Eridano Bazzarelli
Piccole tragedie
testo russo a fronte - a cura di Serena Vitale
I racconti di Belkin
testo russo a fronte - introduzione di Giovanna Spendel -

traduzione e note di Silvio Polledro

TJUTČEV FËDOR I.
Poesie
testo russo a fronte - a cura di Eridano Bazzarelli

TOLSTOJ LEV NIKOLAEVIČ
Anna Karénina (Cof. 2 voll.)
introduzione di Pietro Citati - *traduzione di* Leone Ginzburg
Chadži Murat
a cura di Milli Martinelli
La felicità familiare
testo russo a fronte - introduzione di Giovanna Spendel - *traduzione di* Erme Cadei
Il prigioniero del Caucaso. Tre morti
testo russo a fronte - a cura di Eridano Bazzarelli
I racconti di Sebastopoli
introduzione di Eridano Bazzarelli - *traduzione di* Giovanni Faccioli
Resurrezione
introduzione di Eridano Bazzarelli - *traduzione di* Clara Terzi Pizzorno

TURGENEV IVAN SERGEEVIČ
Memorie di un cacciatore
introduzione e note di Eridano Bazzarelli - *traduzione di* Silvio Polledro
Padri e figli
introduzione di Eridano Bazzarelli - *traduzione di* Silvio Polledro

ISBN 88-17-16519-0